CHRISTA v. BERNUTH

Damals warst du still

Buch

Als der Drogenfahnder David Gerulaitis eine Diskothek observieren will, findet er vor der Eingangstür einen Toten. Auf dem Rücken der Leiche sind deutlich Buchstaben zu erkennen, die post mortem eingeritzt wurden; sie bilden das Wort »warst«. Die Identität des Jungen ist schnell geklärt. Es handelt sich um den Sohn des Therapeuten Fabian Plessen, der von seinen Jüngern wie ein Guru verehrt wird.

Wenig später wird Kriminalhauptkommissarin Mona Seiler zu einem neuen Tatort gerufen. Eine Frau, die dreiundvierzigjährige Sonja Martinez, liegt seit über einer Woche tot in ihrer Wohnung; und auch in ihren Körper wurde ein Wort geritzt: Es lautet »damals«. Mona braucht nicht viel Fantasie, um auf einen Serienmörder zu schließen: »Damals warst« liest sich wie der Beginn eines Satzes – es ist also wahrscheinlich, dass mindestens zwei weitere Morde geplant sind. Doch niemand weiß, wer die nächsten Opfer sein könnten.

Als Mona erfährt, dass Sonja Martinez früher bei Plessen in Behandlung war, beschließt sie, ihren Kollegen David Gerulaitis in eine der von Plessen geleiteten Seminargruppen einzuschleusen. Mona misstraut Plessen immer mehr, hat aber gleichzeitig das Gefühl, etwas Wichtiges übersehen zu haben. Bei ihrem Chef stößt Mona jedoch auf taube Ohren – und das hat tödliche Konsequenzen …

Autorin

Christa v. Bernuth ist freie Journalistin in München. 1999 erschien ihr erster Roman, »Die Frau, die ihr Gewissen verlor«. In ihrem hoch gelobten zweiten Roman, »Die Stimmen«, hat sie die Figur der Kriminalhauptkommissarin Mona Seiler eingeführt, die auch in »Untreu«, ihrem dritten Roman, ermittelt. »Die Stimmen«, »Untreu« und »Damals warst du still« wurden mit Mariele Millowitsch in der Rolle der Mona Seiler verfilmt. Christa v. Bernuths Bücher erscheinen in Übersetzung in Schweden und den Niederlanden.

Von Christa v. Bernuth außerdem lieferbar:

Die Frau, die ihr Gewissen verlor. Roman (44374)
Die Stimmen. Roman (45383)
Untreu. Roman (45716)

Christa v. Bernuth

Damals warst du still

Roman

GOLDMANN

FSC
Mix
Produktgruppe aus vorbildlich
bewirtschafteten Wäldern und
anderen kontrollierten Herkünften

Zert.-Nr. SGS-COC-1940
www.fsc.org
© 1996 Forest Stewardship Council

Verlagsgruppe Random House FSC-DEU-0100
Das FSC-zertifizierte Papier *München Super* für Taschenbücher aus dem Goldmann Verlag liefert Mochenwangen Papier.

2. Auflage
Taschenbuchausgabe Mai 2005

Umschlaggestaltung: Design Team München
Umschlagfoto: Photonica / Kimmell
Druck und Bindung: GGP Media GmbH, Pößneck
BH · Herstellung: Str
Made in Germany
ISBN 3 442 46062 X

www.goldmann-verlag.de

Wir sind wie die Sonne, welche das Leben der Erde nährt
und allerhand Schönes, Seltsames und Übles
hervorbringt.

Erst der Herbst wird zeigen, was der Frühling gezeugt hat,
und erst am Abend wird deutlich sein,
was der Morgen begann.

C. G. Jung

PROLOG

1980

Er war ein Junge mit kräftigen blonden Locken und braunen Augen, den anfangs alle niedlich fanden trotz seiner leichten Behinderung. Alle außer seiner Mutter, die schon vor der Katastrophe etwas ahnte, ohne es genauer wissen zu wollen. Besonders ihr zu Gefallen hielt er seine öffentliche Maskerade aufrecht, denn ihm war klar, dass er wenigstens eine einzige Verbündete brauchte.

Natürlich war seine Mutter alles andere als das. Natürlich verriet sie ihn nur deshalb nicht an den Rest der Welt, weil sie Angst hatte, selber in ein schlechtes Licht zu geraten. Genau aus diesem Grund würde sie weiter schweigen, solange er ihren ungeschriebenen Vertrag erfüllte, der aus einem einzigen Satz bestand.

Wehe, jemand merkt was.

Seine Mutter und sein Vater waren Ärzte und hatten häufig an den Wochenenden Dienst. Seine Schwester war viel älter als er und dachte nicht daran, in ihrer knappen Freizeit auf ihn aufzupassen. So war er an diesen magischen Tagen ganz allein mit sich in seiner alternativen Welt, die er wie ein Puzzle Stück für Stück zusammensetzte. Irgendwann würde sie so vollkommen sein wie ein dreidimensionales Gemälde, irgendwann würde sie leuchten – in düsteren, faszinierenden Farben. Irgendwann würde er sich darin bewegen können wie in einer realen Landschaft, nur Millionen Mal schneller. Er wusste (aber nicht woher), dass er dazu bestimmt war, etwas zu erschaffen, das es noch nicht gab. Manchmal fürchtete er sich vor seinem Auftrag, dessen Umfang noch im Dunkel der Zukunft lag, dann wieder überwältigte ihn ein Gefühl der Befriedigung, wenn er nach exakten Vorgaben geleistet hatte, was er sich vorgenommen hatte.

Er stand ganz am Anfang, er war ja erst acht. Begonnen hatte es mit dem Sezieren von Spinnen und Fliegen, deren Flügel und Beine er sorgfältig ausgerissen hatte, um die nun wehrlosen Körper akribisch zu untersuchen. Die Gefühle, die ihn dabei durchfluteten, waren machtvoll und unbeschreiblich, aber noch nicht voll befriedigend. Ein Weberknecht zum Beispiel bestand ohne seine langen, dürren Gliedmaßen nur aus Kopf und einem komplett charakterlosen Leib. Da beides so winzig war, konnte man mit bloßem Auge nicht genau sehen, wann und mit welchen eventuellen Verrenkungen die Spinne ihren Geist endgültig aufgab. Also wünschte sich der Junge eine Lupe, um den Prozess des Sterbens besser beobachten zu können. Seinen Eltern machte er weis, dass seine Lehrerin dieses Utensil für den Unterricht eingefordert hatte. Die glaubten ihm nicht und beschieden ihn mit der Information, dass es in der Republik zurzeit keine Vergrößerungsgläser zu kaufen gebe. Aber der Junge blieb hartnäckig, und schließlich bekam er von der Oma das, was er sich wünschte, wenn auch mit der Auflage, einen Bedanke-mich-Brief zu schreiben.

Es war sein achter Geburtstag, und die Lupe das Erste, was er auspackte. Seine Freude war groß und äußerte sich in einem kurzen Aufleuchten seiner seltsam kalten Augen. Die übrigen Geschenke sah er nicht einmal an. Seine Eltern wechselten verärgerte Blicke, als er die ersehnte Lupe – ein altes, schon leicht zerkratztes Modell, das laut dem Begleitschreiben der Oma dem Stiefopa gehört hatte – an sein Gesicht drückte. Das gebogene Glas kühlte seine heiße Stirn. Nach dem gemeinsamen

Frühstück entwischte er in den Garten. Es war ein kalter, verregneter Junimorgen. Kein Tag, um draußen zu sein.

Seine Mutter spürte ihn auf, als er, vollkommen in seine Tätigkeit versunken, auf einer der steinernen Stufen hockte, die zu einem kleinen, mit Unkraut zugewucherten, nie benutzten Pavillon führten. Es nieselte, als sie langsam auf ihn zukam, mit diesem komischen Gefühl in der Magengrube, das sie in letzter Zeit häufiger erfasste, wenn sie über ihn nachdachte. Langsam trat sie näher, bis sie hinter ihm stand. Ihr Sohn bemerkte sie nicht. Auf seinem grauen Wollpullover glitzerten winzige Regentropfen wie Diamanten, seine Haare waren dunkel und strähnig vor Nässe. Sie beugte sich über seinen schmalen, gekrümmten Rücken. Dann zog sie scharf die Luft ein. Vor dem Jungen, auf der regennassen Stufe, lagen die sorgfältig längs tranchierten Hälften eines riesigen Hirschkäfers und daneben ihr kleines, scharfes Küchenmesser. Der Junge nahm die eine Hälfte des Käfers am Geweih (die Beinchen schienen sich noch schwach zu bewegen) und begutachtete sie eingehend durch die Lupe. Sein Atem ging stoßweise, als sei dieser Akt mit einer enormen körperlichen Anstrengung verbunden.

Das war das Schlimmste: dieses heftige unregelmäßige Keuchen. Die Luft um ihn herum schien zu dampfen. Sie hätte schwören können, dass sein Körper fieberheiß war, aber sie war nicht im Stande, ihn zu berühren.

Sie hob im ersten Impuls die Hand, um ihm eine Ohrfeige zu geben – ihre übliche Art, Probleme aus der Welt zu schaffen. Aber irgendetwas hielt sie davon ab. Angst vielleicht. Sie ging rückwärts durch das hohe, nasse Gras. Ihre Gedanken schlugen seltsame Volten und schienen gleichzeitig stillzustehen. Am liebsten hätte sie ihn geschlagen für diese widerliche, ekelhafte …

Warum tat sie es dann nicht? Warum lief sie davon?

Sie versuchte, sich zu beruhigen.

Vielleicht taten *so was* alle Kinder. Hatte sie selbst nicht auch Insekten getötet und seziert?

Ja, schon. Aber anders. Nicht so – nicht mit dieser stummen, fokussierten Besessenheit.

Als der Junge außer Sichtweite war, drehte sie sich um und fing an zu laufen. Nicht ins Haus, sondern trotz der Kälte und des Regens aus dem Garten hinaus, die ungeteerte Straße entlang, an den Grundstücken der Nachbarn vorbei, bis sie auf den einzigen Gasthof des Ortes stieß. Er hieß »Zur Wende«, weil die Straße hier einen scharfen Knick vollzog. Sie fühlte sich nicht gut, das musste als Begründung für den reichlich frühen Besuch reichen. Sie versuchte die Tür aufzustoßen, aber sie hatte vergessen, dass »Zur Wende« am Sonntagvormittag geschlossen hatte.

Kein Schnaps, nirgends. Ihr Mann hielt nichts davon, sich tagsüber einen zu genehmigen, deswegen konnte sie jetzt nicht einmal an ihre Hausbar heran. Langsam ging sie wieder nach Hause, wo sie nicht hinwollte, aber es gab ja keinen anderen Platz, wo sie hinkonnte. Niemand wollte hier sein. Nicht sie, nicht ihr Mann, nicht ihre Kinder, nicht die Nachbarn, niemand. Aber der Ort, in dem sie lebten, befand sich auf einer Lagune, deshalb gab es nur einen Eingang, keinen Ausgang. So dachte sie manchmal, obwohl sie natürlich wusste, dass das komplett absurd war (jeden Morgen fuhr sie schließlich ungehindert heraus aus dem Ort zu ihrem Arbeitsplatz, einer Klinik in der benachbarten Kreisstadt).

Nur ein Eingang, kein Ausgang. Wen es hierher verschlug, kam nie wieder weg. Sie war dieses Gefühl nie losgeworden.

Seit dem Tag X behielt sie ihren Sohn im Auge – und er sie. Sie unternahm zwar im Grunde gar nichts, nicht einmal die fällige Tracht Prügel fand statt, aber er wusste trotzdem, was los war. Er hatte diese Begabung, Stimmungen zu erkennen, bevor über sie gesprochen wurde. Auch dann, wenn niemals über sie gesprochen wurde. Manchmal war er sich selbst unheimlich. Er war kein normaler Junge. In ihm schien eine zweite Persönlichkeit zu existieren, die vollkommen unabhängig von seiner ersten funktionierte. Diesen unsichtbaren Schatten zu nähren war seine Aufgabe – anders hätte er es nicht erklären können, wenn ihn jemand gefragt hätte.

Aber das tat niemand, und schon gar nicht seine Mutter. Sie

sah ihn nur immer wieder merkwürdig an und nahm ihm bei passender Gelegenheit seine Lupe weg, und das nicht ein Mal, sondern mehrmals, immer wieder, und jedes Mal ganz gegen ihre Gewohnheit ohne ein böses Wort. Aber er fand die Verstecke immer. Sie waren so simpel und schlecht ausgedacht, als ob etwas in ihr wollte, dass er weitermachte mit seinen komischen, kranken Spielen. Diesen stummen Kampf führten sie monatelang, bis er dazu überging, die Lupe immer bei sich zu tragen, selbst in der Schule, wo er gar keine Verwendung für sie hatte.

Niemand dort kannte seinen geheimen Schatz. Er hatte keine Freunde und keine Feinde. Anfangs hatten ihn einige Mitschüler gehänselt, weil er für sein Alter klein und dünn war. Aber mittlerweile traute sich niemand mehr an ihn heran. Kinder besitzen ein feines Gespür dafür, welche Angriffe echte Wunden schlagen, und ihm konnten sie nichts anhaben. Mehrfach war er von den Stärkeren der Klasse verprügelt worden. Er hatte sich nicht gewehrt, aber sein Blick hatte ausgereicht: Es machte keinen Spaß, ihn zu quälen.

Es machte eher Angst.

ERSTER TEIL

1

Montag, 8. 7., 12.10 Uhr

Die Frau trug ein gelbes T-Shirt und eine schmutzig graue Jogginghose, als sie zum letzten Mal in ihrem Leben die Tür öffnete. Sie sah den Mann mit der Zeitung und wusste sofort, worum es ging. »Nein«, sagte sie leise, »ich war das nicht, ehrlich.«

Aber sie war es eben doch gewesen.

Sie fühlte sich so fertig und kaputt, sie war so elend und matt, und alles war allein ihre Schuld. Der Mann hielt die Zeitung mit jenem Artikel hoch, in dem sie mit vollem Namen zitiert wurde. Als enttäuschte Patientin, deren Depressionen sich durch Fabian Plessens Therapie so verschlimmert hatten, dass sie sich mittlerweile nicht einmal mehr aus dem Haus traute. Sie hätte dieses Interview nie geben dürfen. Das hatte sie nun davon: Nun wollte erst recht niemand mehr etwas mit ihr zu tun haben. Sie sah zu dem Mann hoch. Ihre Augen waren trübe, ihre Haare fettig, und bestimmt stank es in der Wohnung nach gammligen Pizzaresten und Bettwäsche, die ewig nicht mehr gewechselt worden war.

»Das sind doch Sie«, sagte der Mann. Seine Stimme klang freundlich, und falls er etwas Unangenehmes roch, ließ er es sich nicht anmerken. »Sonja Martinez. Das sind doch Sie.«

»Ich war das nicht. Ich hab denen nichts erzählt.«

»Darum geht's doch gar nicht. Herr Plessen – *Fabian* – macht sich Sorgen um Sie. Er hat versucht, Sie anzurufen, aber Sie gehen ja nicht ans Telefon.«

Die Frau senkte die Augen. Das Telefon war abgemeldet, sie hatte die Gebühren nicht mehr bezahlt.

»Er möchte, dass es Ihnen besser geht. Deshalb schickt er mich.«

»Fabian? Ist das wirklich wahr?«

»Ja. Bitte lassen Sie mich herein. Nur für eine Minute.«

Ihr wurde plötzlich klar, dass der Mann immer noch auf dem Gang stand. Sie ließ ihn herein. Wenn er von Fabian kam, dann würde ihn das Chaos nicht stören. Fabian kannte die Menschen und ihre Schwächen, er verurteilte niemanden. Oder fast niemanden. Das Einzige, was er hasste, waren Unehrlichkeit und Trotz. Seine Erkenntnisse waren sakrosankt und durften nicht ungestraft in Frage gestellt werden. Ihr hatte er gesagt, dass ihr Mann und ihre Tochter nur ohne sie glücklich und befreit sein könnten. Ihr persönlicher Weg, hatte er gesagt, sei das Alleinsein. Das hatte sie nicht glauben wollen, nicht glauben können. Sie hatte sich dagegen gesperrt, zuletzt mit diesem Interview, das sie immunisieren sollte gegen seinen übermächtigen Einfluss. Und der Lohn war das hier: Sie war so schlecht dran wie nie zuvor.

»Wie geht es Fabian?«, fragte sie schüchtern, nachdem sie ihrem Besucher einen Stuhl in der Küche freigeräumt hatte.

»Fabian geht es gut, aber er macht sich Sorgen. Um Sie. Er hat keine Zeit, selbst zu kommen, aber er hat mich vorbeigeschickt.«

Sie sah ihn fragend an.

»Sie brauchen Medizin, Sonja«, sagte der Mann. Sie kniff die Augen zusammen (ihre Brille hatte sie schon seit Tagen verlegt, und sie war stark kurzsichtig). Sie erkannte kaum mehr als seine Umrisse.

»Medizin? Von Fabian?« Fabian hatte nie mit Medikamenten gearbeitet, im Gegenteil, er lehnte sie rigoros ab. Nur Naturheilkundliches ließ er gelten.

»Ich habe etwas bei mir, das Ihnen den nötigen Push geben wird. Es ist rein pflanzlich. Ganz natürlich.«

»Oh, das … ist gut.«

»Haben Sie etwas … Einen Strumpf oder einen Gürtel?«

»Einen… Strumpf?«

»Ja. Zum Abbinden Ihres Oberarms. Ich muss Ihnen das Mittel spritzen. Es ist so fein, dass es die Magen-Darm-Schranke nicht passieren kann. Deshalb muss es direkt ins Blut.«

»Oh.«

»Haben Sie Angst vor Spritzen?«

Sie hatte fürchterliche Angst. Nicht nur vor Spritzen, sondern vor allem vor diesem Mann, den sie nicht kannte. Aber sie war noch nie im Stande gewesen nein zu sagen, wenn jemand so nett mit ihr redete wie er. Hypnotisiert von seiner Sicherheit und Freundlichkeit krempelte sie den Ärmel ihres T-Shirts hoch. Ein letzter Versuch, ihrem Schicksal zu entgehen: »Muss das wirklich sein? Ich meine, ich glaube gar nicht, dass ich wirklich etwas brauche, ich brauche eigentlich nur etwas mehr Schlaf.«

Der Mann hatte nun etwas in der Hand, das aussah wie ein Riemen. »Lehnen Sie sich einfach zurück«, sagte er. Seine Stimme wurde tiefer, verfiel in eine Art Singsang, der sie irgendwie an Fabian erinnerte. »Einfach zurücklehnen«, sagte die Stimme. »Es ist gleich vorbei. Nur ein kleiner Piks…«

Sonja schloss die Augen, willenlos, hoffnungslos. Sie spürte, wie der Mann etwas um ihren Oberarm wickelte, sie hörte, wie er sie bat, mit ihrer Hand eine Faust zu machen. Schließlich spürte sie den Stich. Fast im selben Moment schien sie abwärts zu rasen. Ein wahnsinniger, tödlicher Schwindel erfasste sie, Bilder stürzten auf sie ein (ihr Mann und ihre Tochter zusammen in Spanien am blauen Meer, sie lachten glücklich, weil sie endlich frei waren – frei von ihr und ihren ständigen Forderungen nach Liebe und Fürsorge). Sie fiel ins Bodenlose, sie stöhnte, bis die Visionen abgelöst wurden von einer Wand, die unaufhörlich wuchs und schließlich alles vernichtete, was an ihr lebendig war. »Kämpfen Sie nicht dagegen an.« Das waren die letzten Worte, die sie hörte, bevor die schwarze Einsamkeit sie verschlang.

2

Dienstag, 15.7., 4.00 Uhr
Es war immer dieselbe Kneipe in der sie sich trafen, ein ehemaliges Striplokal mit dem hochtrabenden Namen *Palais*, das anschließend zu einem Club umfunktioniert worden war, bis auch der neue Betreiber pleite ging. Heute kamen nur noch Trinker der untersten Kategorie. Dafür hatte das *Palais* jede Nacht bis sechs Uhr morgens geöffnet, dem offiziellen Ende ihrer Arbeitszeit.

In dieser Nacht stießen David und sein Partner Janosch die Tür auf wie jede Nacht, wenn sie Dienst hatten. Wie jede Nacht blickten die vier, fünf traurigen Gestalten im Lokal kurz auf und rasch wieder auf ihr Glas herunter, als sie die beiden jungen, gesunden Männer erkannten, die nicht dazu- und nicht hierher gehörten. Sie kamen aus einer Welt voller Kraft und Energie, deren reine Existenz den Männern an der Bar mittlerweile ganz unmöglich schien, vor allem um diese Uhrzeit, vor allem an diesem heruntergekommenen Ort mit seinem schmuddligen Tresen und seinen abgewetzten, fleckigen Plüsch-Separees.

David und Janosch blieben einen Moment stehen, um sich in der schummrigen Beleuchtung zu orientieren. Jeder von ihnen trug eine Plastiktüte voller bunter Pillen, braunen, harzig duftenden »Pieces«, weißer Kristalle. In wenigen Sekunden würden sie ihre Tüten auf den Tisch knallen, die anderen würden sie mit Hallo begrüßen, und sie würden feiern: dass eine weitere erfolgreiche Nacht hinter ihnen lag, in der sie im Namen des Gesetzes beschlagnahmt hatten, was in und vor den Clubs an illegalen Waren an minderjährige und andere Kunden gebracht werden sollte. Sie hatten sich als potenzielle Käufer und als potente Händler ausgegeben. In dieser Nacht hatten sie mehrere vierzehnjährige Mädchen gefilzt, die geschminkt und aufgetakelt wie Nutten waren, und sie hatten zwei sechzehnjährige Jungs als strafmündig erkannt und festgenommen, sie hatten in ihrem Zivilfahrzeug einen Deal beim Abwickeln beobachtet und waren in letzter Sekunde eingeschritten.

In solchen Momenten empfanden sie sich als die wahren Könige der Straße, und dass sie auf der Seite der Guten waren, erhöhte nur noch ihr Machtgefühl. Die anderen waren nur Statisten in einem Stück, dessen Ausgang Janosch und David bestimmten. Mit dem wiegenden Gang der Leute, die wussten, was *in der Szene abging*, die den *Durchblick* hatten, durchquerten sie das Lokal auf der Suche nach dem Rest der Truppe.

Aber diesmal war ihr Stammplatz leer. Janosch machte ein enttäuschtes Gesicht und ging aufs Klo, David bestellte an der Theke zwei Bier für sich und ihn und setzte sich allein an den Tisch ganz hinten im Lokal. Er war in dieser halb euphorischen, halb übermüdeten Stimmung, in der er dringend etwas zu trinken brauchte, um später wenigstens ein paar Stunden schlafen zu können. Seine Augen brannten, sein Herz schlug zu schnell. Der Polizeiarzt hatte letzte Woche Herzrhythmusstörungen festgestellt und ihm angeboten, ein Attest zu schreiben. Natürlich hatte David abgelehnt. Er brauchte keinen Zwangsurlaub, sondern diesen Job. In mehr als einer Beziehung. Er zündete sich eine Zigarette an.

Ein älterer Mann in fadenscheinig aussehender Kellnerkluft brachte das Bier. Im selben Moment kam Janosch an den Tisch zurück. David sah ihm ins Gesicht: ein Spiegelbild seiner eigenen Verfassung. Janosch war blass, seine Augen hatten dunkle Ringe und glänzten fiebrig.

»Alles klar mit dir?«, fragte David.

»Ja. Geht schon.« Vorhin hatten sie noch über dies und das gewitzelt, jetzt wirkte Janosch ernst. Er setzte sich und nahm einen tiefen Schluck Bier. »Hast du noch Zigaretten?«

»Sicher.« David schob ihm die Schachtel herüber. Janosch nahm eine heraus und sah David dabei nicht an. Beide rauchten und tranken schweigend. Nicht immer war ihr Job spannend, oft erwies er sich auch als die ödeste Sache der Welt. Das war vor allem dann der Fall, wenn sie warten mussten: auf einen eventuellen Deal zum Beispiel oder vor dem Haus eines Verdächtigen, der observiert werden sollte. In solchen Situationen hatten sie von Zeit zu Zeit tief gehende Gespräche geführt – über den

Sinn des Daseins, über Zukunftsträume, über jene seltsamen, elementaren Ängste, die niemand verstehen konnte, dessen Leben sich hauptsächlich tagsüber abspielte.

Eigentlich fühlte er sich mit Janosch befreundet. Doch es war immer das Gleiche: Sobald die Arbeit beendet war, schienen sie sich plötzlich nichts mehr zu sagen zu haben. Empfand das Janosch auch als irritierend? Ging es den anderen mit ihren Partnern genauso? War das der heimliche Sinn ihrer allnächtlichen Treffen? Zusammenzukommen, um gemeinsam das große Schweigen zu brechen? David hatte den Verdacht, dass es genau so war, aber darüber würde er mit niemandem sprechen können. Man sprach nicht über so etwas.

Er rutschte unbehaglich hin und her und sah auf die Uhr. Seine Augen brannten vor Müdigkeit; plötzlich wollte er nur noch nach Hause ins Bett.

»Kann ich heute das Auto nehmen?«, fragte er Janosch.

»Natürlich. Du bist ja dran.«

»Danke.« Einer von beiden fuhr mit ihrem Dienstwagen nach Hause, der andere nahm sich auf Kostenstelle ein Taxi. Immer abwechselnd. Dafür holte jeweils der, der an der Reihe war, den anderen am nächsten Abend zur neuen Schicht ab.

»Ich geh jetzt«, sagte David. »Das dauert mir zu lange mit den anderen.«

»Kein Problem. Holst du mich um zehn?«

»Klar. Bleibst du noch?«

»Paar Minuten vielleicht. Ich trink nur noch aus.«

Das hieß übersetzt: Ich nehm noch eins. David grinste und schlug Janosch in die geöffnete Hand.

»Cool, Alter.«

»Fick dich selber.« Ihre müden Gesichter erhellten sich für einen Moment.

»Soll ich dir Zigaretten dalassen?«, fragte David.

»Lass nur, ich hol mir selber noch welche.«

Zwei Minuten später saß David in ihrem schwarzen 3er BMW, den sie im Halteverbot vor dem *Palais* geparkt hatten. Er startete den Wagen, schüttelte sich die hundertste in dieser Nacht aus der Schachtel, und drückte auf den Anzünder. Die Straßen waren so leer wie zu keiner anderen Tageszeit. Er genoss diese letzten zwanzig Minuten ganz allein mit sich. Der Anzünder sprang heraus, David hielt ihn an die aufglühende Zigarette und nahm einen tiefen Zug. Er fuhr los und legte eine neue CD ein. Die schwarze Popdiva, der man längst ansah, dass sie ein notorischer *Crackhead* war, sang von Angst und Mut und einem neuen Anfang, und bestimmt glaubte sie daran, so wie all die anderen Süchtigen. Ihre Stimme war immer noch stark und schön, aber das würde ihr bald auch nicht mehr helfen. David hatte schon viele Frauen kennen gelernt und abgeführt, die ähnlich aussahen und sich genauso benahmen wie sie – abgemagert, nervös, befeuert von einer wilden, krankhaften Energie, hoffnungslose Fälle, die im Sarg, in der Psychiatrie oder im Obdachlosenasyl endeten. Nun, Letzteres war bei ihr immerhin nicht zu befürchten.

David ließ die Innenstadt hinter sich und fuhr auf den Ring Richtung Osten. Er bemühte sich, wach zu bleiben, aber seine Augenlider wurden schwer. Schließlich schaltete er auf einen Nachrichtensender um. Die trockene Stimme des Sprechers berichtete, dass die Zahl der Firmenpleiten dieses Jahr erneut einen Höchststand erreichen würde, was gleichermaßen für die Nettoverschuldung der Regierung galt. David hörte mit halbem Ohr zu; an Katastrophenberichte zum Zustand der Nation hatte er sich längst gewöhnt. Die verbotenen Geschäfte blühten wie nie zuvor, trotz oder gerade wegen Rezession und Zukunftsangst.

Kurz vor seiner Wohnung bog er in eine Seitenstraße und fuhr auf das Gelände einer vor Jahren stillgelegten Papierfabrik, die demnächst abgerissen werden sollte. Ihm fiel auf, dass es dunkler war als sonst, aber er konnte sich keinen Reim darauf machen. Der Club, zu dem er wollte, befand sich in einer der alten Fabrikhallen im hinteren Teil des Geländes und war normalerweise bis acht Uhr morgens geöffnet. Ein-, zweimal hatte David hier noch in buchstäblich letzter Minute Beute gemacht (so nannten sie ihre Razzien: Beute machen, als handle es sich um ein Räuber-und-Gendarm-Spiel). Seither machte er häufig allein diesen Abstecher hierher, obwohl das eigentlich nicht erlaubt war, weil sie nicht zu zweit waren und dieser Club nicht zu seinem Revier gehörte. Aber danach fragte im Fall des Falles keiner.

Der betonierte Platz vor der Halle war leer und dunkel. David bremste ein paar Meter von der Frontseite entfernt und stieg aus. Jetzt merkte er erst richtig, dass etwas ganz anders war als sonst. Grillen zirpten, und in der Ferne hörte man jemanden hupen und einen anderen mit quietschenden Reifen bremsen: sonst nichts. Keine hämmernden Bässe, kein durch die Wände gedämpftes vielstimmiges Geschrei. Der Club schien Ruhetag zu haben. David wollte gerade wieder einsteigen, da sah er etwas vor dem Eingang liegen.

David zog seine Waffe und entsicherte sie.

Es war sehr still und dunkel, nur über dem Eingang spendete eine trübe Funzel etwas Licht und beleuchtete schwach dieses *Ding*, das da lag. Vielleicht nur ein Bündel Kleidung. Sicher nichts Bedrohliches. Um trotzdem keine Zielscheibe in der Dunkelheit abzugeben schaltete David die Scheinwerfer des BMWs nicht ein. Er nahm stattdessen die Waffe in beide Hände und ging langsam, links und rechts schauend, auf den Eingang zu.

Das Ding war ein junger Mann in überweiten Hosen und einem schwarzen, bedruckten T-Shirt. Er lag auf der David abgewandten Seite und schien zu schlafen. Jedenfalls hoffte David, dass er das tat. Er kniete vorsichtig nieder, nahm die Pistole in die linke Hand und fasste mit der rechten dem Mann an die Schulter. Sie fühlte sich seltsam steif an, wie gefroren, dabei war es eine milde Sommernacht. David legte zwei Finger auf die Halsschlagader und fühlte keinen Puls. Die Haut war kalt und fast so unbeweglich wie Wachs.

»Scheiße«, sagte David vor sich hin. Sein Mund wurde trocken, und plötzlich spürte er im Magen jede einzelne Zigarette dieser langen Nacht. Es war bei weitem nicht sein erster Toter, aber er hatte heute überhaupt nicht mit so was gerechnet. Es hatte ihn kalt erwischt. Er dachte an Sandy, die jetzt allein im Bett lag, sprintete zurück zum Auto und holte seine Taschenlampe, eine riesige Mag-Lite. In ihrem kalten Licht wirkte das Gesicht des Toten grau und noch auf andere Weise seltsam. David hatte keine Lust genauer hinzuschauen. Da lag eine Leiche, und er war derjenige, der sie gefunden hatte. Das hieß, dass er in den nächsten Stunden nicht nach Hause kommen würde und später bestimmt keine Chance bekäme, den verlorenen Schlaf nachzuholen.

Er zog sein Handy aus der Hosentasche und informierte den Bereitschaftsdienst im Dezernat für Todesermittlung. Aus seiner Sicht, dachte er, war alles klar. Heroin, Highball oder Crack. Der Club war ein Umschlagplatz für alle möglichen Drogen, auch harten Stoff. Er erklärte das dem Beamten, der ihm zusagte, die üblichen Leute vorbeizuschicken. Die Nacht war so warm, dass er bei diesem kurzen Gespräch beinahe ins Schwitzen kam. Vielleicht lag das aber auch gar nicht an den Temperaturen.

»Ist er sicher tot?«, fragte der Beamte zum Schluss.

»Ja. Leichenstarre hat schon eingesetzt.«

»Ich ruf trotzdem einen Krankenwagen.«

»Kann man sich sparen. Wirklich.«

»Ganz sicher?«

»Ja!«

»Okay. Sie bleiben vor Ort, bis die Kollegen da sind, klar?«

»Nee«, sagte David. »Ich geh jetzt nach Hause und hau mich hin. Ihr kriegt das schon alleine auf die Reihe.« Der Beamte produzierte ein blechernes »Hö, hö!« und legte auf. David wandte sich erneut der Leiche zu und kniete sich hin. Ohne die Lage des Toten zu verändern, untersuchte er vorsichtig die nackten, kalten, steifen Arme. Das Gesicht sparte er aus. Irgendetwas stimmte damit nicht, und er wollte noch immer nicht wissen, was es war. Die Arme waren unauffällig, jedenfalls auf den ersten Blick. Keine Narben alter Einstiche fühlbar. Vielleicht Selbstmord, dachte er. Aber wie hat er es gemacht?

Eine Überdosis Pillen?

Sehr unwahrscheinlich.

Er stand wieder auf und rief Sandy an. Mittlerweile war es

hell geworden, die Zeit, wenn das Baby meistens wach wurde und zu weinen begann. Dann verließ Sandy das gemeinsame Bett, und er drehte sich um und schlief weiter, obwohl er es nicht mochte, wenn sie ging, und sie jedes Mal am liebsten festgehalten hätte, weil er sich ohne sie so einsam fühlte. Dabei blieb sie doch in der Wohnung, ganz in seiner Nähe. Und trotzdem war ihm in solchen Momenten, als würden sie sich unausweichlich voneinander entfernen.

Es klingelte einmal, zweimal, dreimal, dann hörte er ihre verschlafene Stimme.

»David? Wo bist du denn?«

»Sandy, tut mir Leid. Ich hab 'ne Leiche gefunden. Vor dem *Babylon*.«

»Was?«

»Ein toter Junge. Wahrscheinlich Drogen, wie immer. Aber ich muss warten, bis die Kollegen kommen.«

»Klar. Du bist ja auch ein ganz Wichtiger.«

»Sandy...«

»Und wie lange musst du da jetzt rumstehen?«

»Weiß nicht. Bis die kommen, eben. Danach muss noch ein Protokoll geschrieben werden, dafür muss ich dann...«

Er hörte ihr genervtes Stöhnen. »Toll!«

»Ich kann auch nichts dafür. Das ist mein...«

»Ach hör doch auf.«

»Ich kann nichts dafür, verstehst du? Wenn man einen Toten findet, kann man nicht einfach...«

»Debbie schreit. Ich geh jetzt zu ihr.« Sie brach abrupt die Verbindung ab, und David stand regungslos wie ein Idiot mit dem stummen Telefon am Ohr vor einem dunklen, leeren Abrissgebäude, an dem das Unkraut schon nagte. Mit einem toten Jungen zu seinen Füßen, der höchstens sechzehn, siebzehn war und in diesem Alter nichts Besseres zu tun gehabt hatte, als sein Leben zu ruinieren. Als er die Polizeisirenen hörte, erwachte er aus seiner Starre. Langsam schob er das Handy in die Hosentasche zurück. In diesem Moment bogen zwei Wagen mit Geheul und Blaulicht auf das Gelände, das plötzlich taghell zu werden schien.

Sie hielten direkt auf David zu, der die rechte Hand gehoben hatte und sich in dieser Pose ein wenig lächerlich vorkam. Insgesamt vier Männer stiegen aus, zwei Polizisten in Uniform und zwei in Zivilkleidung. David kannte einen von ihnen, es war ein Gerichtsmediziner aus dem Institut für Rechtsmedizin. Er begrüßte ihn mit einem kurzen Winken.

»Mergentheimer, Dezernat für Todesermittlung«, sagte der andere, ein dünner Mann mit Glatze und einem schütteren blonden Schnauzbärtchen. David schüttelte die ausgestreckte Hand. »Gerulaitis, Drogenfahndung, Dezernat 9. Sind Sie neu?«

»Seit einer Woche dabei. Also, Herr …

»Gerulaitis.«

»Äh, ja. Was haben wir denn hier?«

Idiot, dachte David, und sagte: »Einen toten Jungen, wie man sieht. Drogen nehme ich an.«

»Wie haben Sie ihn gefunden?«

»Zufällig. Ich war bei einem Einsatz und bin nach Hause gefahren. Der Club liegt auf dem Weg, und …«

Aber Mergentheimer hörte ihm nicht mehr zu. Gemeinsam mit dem Gerichtsmediziner begab er sich zu der Leiche hinter David. Der Gerichtsmediziner beugte sich nach unten. »Absperren müssen wir ja wohl nichts«, sagte Mergentheimer zu niemandem bestimmten. »Kein Mensch da. Was ist das für ein Club?«

David trat neben ihn, weil er annahm, angesprochen zu sein. »House, Hiphop, viel *black music*. Viele harte Drogen. Heute scheint Ruhetag zu sein, normalerweise ist hier die Hölle los.«

»Tot«, sagte der Gerichtsmediziner, als habe daran noch irgendein Zweifel bestanden. Er hob das T-Shirt des Jungen an und zog es vorsichtig nach oben, um Rücken und Bauch zu untersuchen. »Moment mal«, sagte er. »Da ist doch was. Am Rücken. Ich fühl da was. Da ist irgendwas, eine Wunde oder so.«

David und Mergentheimer kamen näher. »Kann ich ihn auf den Bauch drehen?«, fragte der Gerichtsmediziner.

»Warten Sie damit«, sagte Mergentheimer. »Vielleicht ist das hier ein Tatort, dann muss hier fotografiert werden und …«

»Dann kommen Sie mal runter und halten Sie meine Taschenlampe.«

Mergentheimer und David knieten sich neben den Gerichtsmediziner, Mergentheimer nahm gehorsam dessen Lampe und richtete sie auf den freien Rücken des Jungen. David fuhr zurück. Jemand hatte in die glatte, leicht gebräunte Haut ein blutiges Wort geritzt. Man konnte es deutlich lesen, denn jeder Buchstabe war mindestens fünf Zentimeter hoch. Es lautete W A R S T.

»Verdammt«, sagte Mergentheimer leise. Sein Schnurrbart zitterte. »Das kann er sich ja wohl kaum selber beigebracht haben.«

»Das ist noch was«, sagte der Gerichtsmediziner tonlos.

»Wo?«

»Leuchten Sie mal hierher. Auf die rechte Hand. Der hat was in der Hand. Etwas … hm … Fleischiges.«

»Scheiße«, sagte David, als die Hand des Toten im Lichtkreis auftauchte. »Das ist ja so was wie …«

»Jemand hat ihm die Zunge rausgeschnitten«, sagte der Gerichtsmediziner. »Jedenfalls nehme ich das mal an.« Er versuchte, den Mund der Leiche zu öffnen, aber es ging nicht; der Kiefer war fest zusammengepresst. Die Hand der Leiche war um ein blutiges Etwas gekrampft, das etwa die Größe einer Maus hatte. »Das ist eine Zunge mit Zungenwurzel.«

»Wieso?«, fragte Mergentheimer mit schwacher Stimme, als sei ihm übel.

»Das ist Ihr Bier«, sagte der Gerichtsmediziner. »Ich stell hier bloß die Fakten fest. Der hat eine Zunge in der Hand. Das Fleischgekröse, was da rausschaut, ist die Zungenwurzel. Ob das seine eigene Zunge ist, sehen wir in der Pathologie, wenn die Leichenstarre vorbei ist.«

David setzte sich auf den Boden und ließ den Kopf zwischen den Beinen hängen. Er versuchte, alles von sich wegzuschieben: seine Erschöpfung, seine Übelkeit, seinen Ekel. Sein Fernziel war die Mordkommission. Dort wollte er eines Tages hin, und diese Gelegenheit hier, redete er sich ein, war schon mal ein guter Anfang.

3

Dienstag, 15. 7., 10.00 Uhr
KHK Mona Seiler hieß die Chefin der Mordkommission 1, die diesen Fall übernehmen würde. David hatte sie schon vor dem *Babylon* gesehen, als sie später zu den Kollegen von der Todesermittlung hinzugekommen war, aber nur kurz mit ihr gesprochen. Sie hatte eine heisere Stimme und schien nicht gerade jemand zu sein, der gern viele Worte machte. Sie galt, wusste David aus der Gerüchteküche, als Typ, der sich durchbiss und keinen Humor hatte. Aber das sagte man hier von allen Frauen, die es zum Ärger nicht beförderter Kollegen geschafft hatten, ein paar Stufen in der Polizeihierarchie aufzusteigen. Er nahm dieses Gerede nicht ernst.

David saß wartend in KHK Seilers Büro im Dezernat 11. Die Morgensonne fiel durch das gekippte Fenster und heizte den kleinen, nüchternen Raum unangenehm auf. An den Wänden standen Metallregale voller Aktenordner, die braune Schreibtischplatte aus lackiertem Pressspan war dagegen leer bis auf die absolut unverzichtbaren Dinge: den PC, einen Plastikbecher mit Kugelschreibern und Bleistiften, eine kleine Stehlampe und das Telefon. Kein Foto auf dem Schreibtisch, keine Pflanze am Fenster. Nichts Privates, an dem der Blick hängen bleiben konnte, um die Fantasie auf Touren zu bringen. Es hätte irgendein Büro sein können in irgendeiner Behörde, irgendwo auf der Welt. Das machte es in Davids Augen wiederum interessant. Der internationale Prototyp eines Büros. David gähnte und rieb sich die Augen.

Von draußen dröhnte der Verkehr mit einer Lautstärke, als befände man sich mittendrin und nicht in einem Raum drei Stockwerke darüber. Trotz seiner Müdigkeit ging David schließlich zum Fenster und betrachtete durch die staubigen Scheiben das Treiben am Hauptbahnhof. Es roch nach Benzin und aufgeheiztem Teer. Eine Straßenbahn hielt unentwegt bimmelnd und mit kreischenden Bremsen – Metall auf Metall –, und David war versucht, sich wie ein Kind die Ohren zuzuhalten. Schließlich machte er das Fenster trotz der Treibhaustemperaturen zu und begab sich wieder an seinen Platz vor dem Schreibtisch.

Auf dem Gang wurden Männerstimmen laut. David setzte sich unwillkürlich gerade hin, aber die Stimmen passierten das Büro und entfernten sich wieder. Erneut herrschte Stille, bis auf den nun einigermaßen gedämpften Straßenlärm. David sah zum zehnten Mal auf die Uhr. Vier nach zehn. Ob er sich bei Sandy melden sollte? Aber er hatte keine Lust auf weitere Vorhaltungen, und es gab auch nichts Neues mitzuteilen. Er wusste selbst nicht, wie lange das alles hier noch dauern würde. Die Leiche des Jungen, dessen Identität noch nicht festgestellt war, befand sich schon seit Stunden im Institut für Rechtsmedizin und wurde obduziert. Am Tatort – wenn er es denn war, das wurde noch geprüft – hatte der Gerichtsmediziner weitere Stichverletzungen in Rücken und Bauch festgestellt, die dem Jungen post mortem beigebracht worden waren. Auch die Zunge war dem Jungen wahrscheinlich erst herausgeschnitten worden, als er bereits tot war.

David war mehrfach von unterschiedlichen Kollegen der MK 1 befragt worden, er hatte seiner Ansicht nach alles gesagt, was es zu sagen gab, und viel wusste er ja ohnehin nicht. Er hatte also gehofft, dass man es dabei bewenden lassen würde und er nicht auch noch im Dezernat vernommen werden musste, aber diese Mona Seiler hatte darauf bestanden.

Vielleicht war sie wirklich so, wie ihre Untergebenen sagten. Penibel und unlocker. Penibel und unlocker. Die beiden Worte vollführten Kapriolen in seinem Hirn, sein Kinn sank ihm auf die Brust, und er nickte ein.

In diesem Moment sprang die Tür auf.

David fuhr hoch, KHK Seiler kam herein, im Schlepptau jene zwei Männer, die bereits vor dem Club mit ihm gesprochen hatten. Der eine war Ende zwanzig und ziemlich großspurig und selbstbewusst, der andere sah aus wie achtzehn, wirkte sehr sensibel und litt, das hatte David beim Gespräch vor dem *Babylon* festgestellt, unter einem nervösen Augenzucken. David versuchte, sich an die Namen zu erinnern, aber sie fielen ihm nicht ein.

»Hallo, bleiben Sie sitzen«, sagte Mona Seiler im Vorbeigehen. Die Männer lehnten sich an die geschlossene Tür hinter David, sie setzte sich hinter ihren Schreibtisch. David sammelte sich. Wenn er jetzt kurz und präzise blieb, könnte er in einer Stunde im Bett sein.

»Kann ich rauchen?«, fragte er.

Sie sah ihn prüfend an. Ihre Augen waren braun, ihr Gesicht schmal und ungeschminkt. »Sie schlafen sonst ein, was?«

»Ja. Ich war die ganze Nacht unterwegs und …«

»Okay. Patrick holst du bitte einen Aschenbecher.« Der jüngere der beiden Männer verließ den Raum.

»Habt ihr euch schon vorgestellt?«, fragte sie.

»Also …«

»Das ist KK Hans Fischer. Der, der gerade rausgegangen ist, ist KK Patrick Bauer. Ich bin KHK Mona Seiler. Wir sind alle von der MK 1. Ihr Name …«

»KK David Gerulaitis, Drogenfahndung.«

»Sie arbeiten verdeckt?«

Das hatte er alles schon vor dem *Babylon* erzählt. Einmal diesem Hans Fischer und einmal dem mit dem Tick, Patrick Bauer.

»Ja«, sagte er, und hoffte, dass es nicht gereizt klang.

»Kennen Sie den Jungen, den Toten irgendwoher? Haben Sie ihn schon mal gesehen?«

»Nein.«

»Bei einer Ihrer Razzien? Ist er nie von Ihnen gefilzt worden? Irgendjemand aus dem Dealermilieu?«

»Kann schon sein. Aber ich kenn ihn nicht.«

»Haben Sie ein gutes Gedächtnis für Gesichter?«

»Eigentlich schon. Ich meine …«

»Ja?«

»Also vielleicht habe ich ihn mal gefilzt oder was, aber wenn, dann kann ich mich nicht erinnern. Ein großer Fisch ist er jedenfalls nicht. Soviel ich weiß«, fügte er noch hinzu, um nicht angeberisch zu wirken.

»Was ist mit Ihrem Partner?«

»Janosch Kleiber. Keine Ahnung, ob er ihn kennt.«

»Okay.« Sie dachte nach. Schließlich bat sie ihn um eine Zigarette. Danach lehnte sie sich zurück, rauchte und schwieg eine halbe Minute lang. Auch Hans Fischer sagte kein Wort. Patrick Bauer kam mit einem Aschenbecher herein und stellte ihn vorsichtig zwischen David und sie auf den Schreibtisch.

»Irgendwie komisch«, sagte sie schließlich.

»Was?«

»Sie haben gesagt, Sie haben regelmäßig vor diesem Club, diesem …«

»*Babylon*.«

»… Sie haben da immer mal wieder vorbeigeschaut und ein-, zweimal auch einen Deal kassiert. Vielleicht kannte Sie da jemand.«

David sah sie erstaunt an. »Wie meinen Sie das?«

»Vielleicht ist die Leiche Ihretwegen ausgerechnet da abgelegt worden. Als eine Art schräger Botschaft. An Sie. W – A – R – S - T. Sagt Ihnen das was?«

»Nein.«

»Deswegen wollte ich wissen, ob Sie den Toten kennen. Wenn nicht … Tja …«

Deswegen hatte sie ihn also hier behalten? »Ich glaube wirklich nicht, dass ich den kenne. Sicher nicht. Wenn das eine Botschaft an mich gewesen sein soll, dann ging die voll daneben. Weiß man inzwischen, wer er ist?«

»Nein. Aber das wird nicht lang dauern. Dann reden wir noch mal, okay?«

»Sicher. Kann ich jetzt gehen?«

Sie lächelte zum ersten Mal und sagte das übliche Sprüchlein auf. »Wenn Ihnen was einfällt, egal was, rufen Sie bitte an.«

»Ja.« David stand erleichtert auf, und sie reichte ihm ihre Karte.

»Patrick fährt Sie nach Hause. Ist das okay, Patrick?«

»Äh, klar. Kein Problem.«

»Das ist nicht nötig«, sagte David. »Ich hab das Auto hier abgestellt, ich kann selber fahren.«

»Patrick macht das.« Sie sah ihn so lange an, bis David schließlich doch klein beigab und aufstand. Patrick schaute nach unten, als er ihm die Tür aufhielt.

»Konferenz ist um eins«, sagte KHK Seiler. Dies schien ein Signal zu sein, ihr Büro zu verlassen, denn auch Hans Fischer ging nach draußen. Auf dem Gang verabschiedete er sich kurz und unfreundlich und marschierte in die entgegengesetzte Richtung davon.

4

Dienstag, 15.7., 10.25 Uhr

W – A – R – S – T. Eine willkürliche Buchstabenfolge? Ein Nachname? Eine Abkürzung? Initialen? Ein Code? Oder die zweite Person Singular Imperfekt von »sein«? Mona verschränkte die Arme hinter ihrem Kopf. Eine Botschaft, so viel war sicher. Aber an wen? Das Telefon klingelte, sie warf einen Blick auf das Display. Es war der Anschluss von Herzog, dem Chef des Rechtsmedizinischen Instituts. Mona hob ab.

»Frau Seiler?«

»Am Apparat. Und?«

»Heroin, eine Überdosis. Ganz klar die Todesursache. Wollen Sie herkommen?«

»Nein, jetzt nicht. Geben Sie einfach Forster den Bericht mit.«

»Das dauert aber noch. Forster ist schon wieder auf dem Weg zu Ihnen.«

»Macht nichts, dann schicken Sie es halt per E-Mail. Wir müssen sowieso erst mal erfahren, wer er ist. War er süchtig?«

»So weit würde ich nicht gehen, aber es war auch nicht sein erster Druck.«

»Er hat schon mal gespritzt? Heroin?«

»Ja, ein paar Mal, soweit man das an den Einstichstellen sehen kann. Möglich ist auch, dass er es vorher geraucht hat, also doch schon länger drauf war, als es jetzt den Anschein hat. Viele machen das ja heutzutage. Ich würde auf jeden Fall sagen, er war möglicherweise schon auf dem Weg in die Abhängigkeit. Aber noch keine fühlbaren Vernarbungen, keine Krankheiten, nichts in dieser Richtung.«

»Dann hat er sich die Spritze selbst verabreicht?«

»Keine Spuren eines Kampfes. Keine fremden Hautfasern unter den Fingernägeln, keine Kratzer, keine sonstigen oberflächlichen Verletzungen, kein Zeichen für Fremdeinwirkung. Außer eben diese herausgeschnittene Zunge und die übrigen…«

»Post-Mortem-Verletzungen?«

»Ja, die Schnitte wurden ihm nachträglich beigebracht. Todesursache ist jedenfalls die Überdosis. Ich schätze, er hat sich das Zeug selbst gespritzt, ohne zu wissen, wie viel es war. Er war wahrscheinlich noch… unerfahren. Außerdem war der Stoff ungewöhnlich rein.«

Mona dachte einen Moment nach. »Jemand muss es ihm gegeben haben und bei ihm gewesen sein, als er es sich gespritzt hat. Anschließend hat der Jemand dem Jungen diese Verletzungen beigebracht. Anders ergibt das Ganze keinen Sinn.«

»Möglich«, sagte Herzog mit einer Stimme, als seien ihm ihre Schlussfolgerungen ziemlich egal. »Sie kriegen den Bericht um halb eins.«

»Danke.« Mona legte auf und rief anschließend bei Anton an, um ihm mitzuteilen, dass es heute später werden würde. In ihrem Leben hatten sich einige Dinge geändert. Noch immer besaß sie ihre eigene Wohnung, noch immer war sie offiziell allein erziehende Mutter, noch immer wusste niemand im Dezernat 11 über ihre Beziehung zu einem Mann Bescheid, gegen den nun schon jahrelang wegen Autoschmuggels ins östliche Ausland ermittelt wurde (mit auf- und abnehmendem Elan der Behörden, da ihm nie etwas nachzuweisen war). Aber mittlerweile taten Anton und Mona das, wogegen Mona sich aufgrund ihrer Position, die sich in keiner Weise mit seinen problematischen Aktivitäten vereinbaren ließ, jahrelang gewehrt hatte: Sie lebten de facto zusammen. Sie waren eine Art Familie. Eine so normale, wie es angesichts der Gegebenheiten eben möglich war. Und ihr gemeinsamer Sohn Lukas hatte endlich ein echtes Zuhause.

Auf diese Weise war in ihren Alltag eine prekäre Ruhe eingekehrt, die sich jederzeit ins Gegenteil verkehren konnte. Nach wie vor sprach Anton nicht über seine Geschäfte am Rande (oder völlig außerhalb) der Legalität, und Mona schloss die Augen vor den möglichen Konsequenzen, denn, dachte sie, was machte es für einen Sinn, sich etwas auszumalen, auf das man im Fall des Falles ohnehin keinen Einfluss hatte?

Es war wie immer bei ihr: Kurzfristige Lösungen ersetzten langfristige Strategien. Aber gab es nicht das Sprichwort, dass nichts so langlebig ist wie ein Provisorium?

»Anton, hier ist Mona«, sagte sie in den Hörer, leise, weil sie wusste, wie hellhörig hier Türen und Wände waren.

»Du kommst später«, sagte Anton. Sie mochte seine Stimme, die gleichzeitig tief und sanft war.

»Ja. Bestimmt nicht vor zehn. Wir haben einen neuen Fall.«

»Red lauter, ich versteh kein Wort.«

»Du hast ganz gut verstanden. Gegen zehn. Wie geht's Lukas?«

»Der isst heute in der Schule und kommt um zwei mit seinem Freund Dennis.«

»Bist du da, wenn er kommt?«

»Sicher. Weißt du doch.« Sie hörte sein leises Lachen durch den Hörer. Anton hatte ein paar unbezahlbare Eigenschaften: Er war ein liebevoller Vater und vor allem häufig zu Hause, denn seine Geschäfte ließen sich offenbar problemlos per Telefon organisieren. Für die Arbeit vor Ort hatte er seine Leute – die Mona nicht kannte und auch nicht kennen lernen wollte.

»In zwei Wochen hat Lukas Ferien …«, begann Anton.

»… und wir fahren nach Griechenland«, vollendete Mona den Satz. »Ich vergess das schon nicht.«

»Das sagst du so. Wenn du einen neuen Fall hast, gilt das plötzlich nicht mehr.«

»Natürlich gilt das.«

»Schreib dir den Termin auf. Mittwoch, 30. Juli. Um neun geht die Maschine.«

»Anton. Urlaub ist eingereicht und genehmigt.«

»Ja, ja. Ich kenn dich. Dann kommt ein neuer Fall und …«

»Bis dann«, sagte sie und legte auf, weil es an ihrer Tür klopfte und sie wusste, dass Leute wie Fischer grundsätzlich nie auf ein »Herein« warteten.

»Herein«, sagte Mona, als Fischer schon vor ihrem Schreibtisch stand. Er überhörte das. »Wir wissen jetzt, wie er heißt.«

»Oh. Gut.«

»Ziemlich sicher jedenfalls. Wir haben eine Meldung vom Vermisstendezernat. Alter, Größe, Haarfarbe, Augenfarbe, Klamotten – alles stimmt.«

»Wer hat die Anzeige aufgegeben? Seine Eltern?«

Fischer warf einen Blick auf den Packen DIN-A4-Blätter, den er in den Händen hielt. Er setzte sich auf die Ecke von Monas Schreibtisch. »Pass auf: Plessen Fabian, Plessen Roswitha. Dürften die Eltern sein. Ja, hier steht's. Eltern von Samuel Plessen. Der Vermisste heißt Samuel Plessen, sechzehn Jahre, Haare blond, Augen braun, Größe eins zweiundachtzig. Wohnhaft bei seinen Eltern. Selbe Adresse jedenfalls. In Gersting.«

»Wo soll das denn sein?«

»Wenn es das Kaff ist, das ich meine …«

»Ja?«

»Ziemlich totes Nest. Viele Kühe. Bin mal durchgefahren.«

»Seit wann ist er abgängig?«

»Seit vorgestern früh. Kein Handy-Empfang. Freunde wurden von den Eltern befragt, wissen angeblich auch nicht, wo er ist.«

»Ist das häufiger passiert, dass er einfach so verschwunden ist?«

Fischer blätterte in den Seiten. »Seine Eltern sagen, nein. Kam oft erst zum Frühstück, aber wenn nicht, hat er sich immer gemeldet.«

»Also gut«, sagte Mona. »Wir fahren hin und checken das.«

»Du und ich?« Fischer machte ein saures Gesicht.

»Sicher. Wenn's dir nicht passt, nehme ich Patrick. Liegt ganz bei dir.«

Fischer machte den Mund auf und überlegte es sich dann anders. Ihre stumm glimmende und manchmal geräuschvoll auflodernde Feindschaft hatte in Monas Augen beinahe schon etwas Lächerliches. Fischer hatte sich in diese Haltung verrannt und kam jetzt nicht mehr heraus. Vielleicht musste er einem Leid tun, vielleicht musste man sich vor ihm fürchten, vielleicht galt beides zu unterschiedlichen Zeitpunkten.

»Gibt's ein Foto von der Leiche?«, fragte Mona, um das Schweigen zu beenden. »Also eins vom Gesicht, das sie nicht gleich umhaut?«

Fischer antwortete widerwillig. »Ja, wir haben da was, na ja, Präsentables. Das mit der rausgeschnittenen Zunge sieht man jedenfalls nicht.«

»Gut. Wenigstens das.«

»Was ist mit der Konferenz?«

»Es ist noch nicht mal elf, Hans. Bis eins sind wir wieder hier.«

5

Dienstag, 15.7., 11.45 Uhr

Gersting befand sich von der Stadt aus gesehen im Nordwesten, ein paar Kilometer von der A8 entfernt. Wegen der sengenden Hitze hatten Mona und Fischer ihre beiden Seitenfenster geöffnet. Der Sommerwind blies Mona die Haare ins Gesicht und rötete Fischers Augen. Fischer saß am Steuer und starrte mit seiner üblichen mürrischen Miene geradeaus, Mona sah aus dem Fenster und dachte an nichts und alles. Sie fuhren an reifen Maisfeldern vorbei, über denen die Luft zu flirren schien, an flachen, renaturierten Landschaften mit mächtigen Starkstrommasten, die sich bis zum diesigen Horizont fortsetzten. Eine wohlige Trägheit ergriff von Mona Besitz, und schließlich fielen ihr die Augen zu.

Als ihr Kopf auf die Brust fiel, schreckte sie hoch und warf Fischer einen Blick zu. Er schien nichts gemerkt zu haben. Langsam ordneten sich ihre Gedanken und fokussierten sich wieder auf den Fall.

Samuel Plessen. Hierzulande ein merkwürdiger Vorname. Von seinen Freunden wurde er wahrscheinlich Sam genannt. Mona stellte sich Sam lebend vor: ein Junge, wie es ihr Sohn Lukas auch bald sein könnte. Rotzig, charmant, unsicher, arrogant, schlecht in der Schule, aber ab und zu mit Geistesblitzen brillierend, kurz: die übliche fatale Mischung aus Komplexen und Größenwahn-Allüren. Eltern von Jugendlichen wie Samuel stießen schnell an die Grenzen ihrer Erziehungsbemühungen. Die Samuels dieser Welt waren zu groß, um sich noch etwas sagen zu lassen, und gleichzeitig zu unerfahren, um die Folgen ihrer Handlungen abschätzen zu können – ein teuflisch riskantes Alter. Lukas, dachte Mona, ist schon vierzehn, und ihre Stirn runzelte sich, ohne dass sie es merkte. Sehr bald würde auch er zu einer Clique gehören, von der sie nur hoffen konnte, das es nicht eine von der gefährlichen Sorte war.

Fischer verlangsamte die Fahrt und verließ die Autobahn. »Was erzählen wir denen eigentlich?«, fragte er, als sie vor einer Ampel standen. Es war beinahe windstill, aus der Ferne hörten sie das Rattern einer Mähmaschine.

»Du machst das doch nicht zum ersten Mal«, sagte Mona überrascht.

Als hätte er nichts gehört, fuhr Fischer fort: »Wir können doch erst mal so tun, als seien wir vom Vermisstendezernat. Vielleicht ist er's ja gar nicht.«

»Möglich. Vielleicht ist er's nicht. Und dann ist ja alles in Ordnung. Wir zeigen ihnen das Foto, und das war's dann. Ist er's aber doch, bringen solche Manöver nichts.«

»Sie kriegen aber nicht gleich den Schock ihres Lebens. Sie haben Zeit, sich vorzubereiten. Ich mach das immer so. Also in Vermisstenfällen bei Tötungsdelikten. Immer.«

»Das ist – äh – nett von dir. Sehr rücksichtsvoll.« Es war nicht nur das, sondern ausgesprochen erstaunlich für ein Raubein wie Fischer. »Aber eine schlechte Nachricht wird keine Spur besser, wenn du sie nett verpackst. Deswegen fahren wir ja hin.

Damit sie nicht allein sind, wenn…, also, wenn es sich als wahr erweisen würde und ihr Sohn das Opfer ist. Und davon können wir ausgehen.«

»Was ist, wenn sie nicht da sind?«

»Das sehen wir dann.«

Sie verließen die Umgehungsstraße und passierten das gelbe Ortsschild von Gersting. Fischer hielt sich untypischerweise streng an die Geschwindigkeitsbegrenzung, und Mona ließ das unkommentiert. Keiner von beiden hatte es besonders eilig, Eltern, die noch hofften und beteten, vor vollendete Tatsachen zu stellen.

Gersting war sehr klein und wirkte wie von der Welt vergessen. *Totes Kaff* hatte Fischer gesagt, und die flapsige Charakterisierung passte ziemlich gut. Die Hauptstraße war flankiert von uralten Bauernhöfen mit ultramodernen Traktoren vor den Stalltoren und betonfarbenen Anbauten aus den Sechzigerjahren. Im Zentrum standen eine nagelneue Filiale einer großen Metzgereikette, eine Boutique namens »Modische Zeiten« und ein Eiscafé. Nirgends war jemand zu sehen; selbst im Eiscafé saß niemand. Vielleicht lag es an der Mittagshitze.

»Seltsam hier«, sagte Mona, und ihre Stimme schien vom Ort verschluckt zu werden. Fischer würdigte sie keiner Antwort.

»Wo jetzt?«, fragte er stattdessen.

»Weiß ich doch nicht. Die Straße heißt Ulmenweg. Ulmenweg 1. Halt an und frag wen.«

»Hier ist doch keiner.«

»Herrgott! Dann halt bei dem Bäcker da vorn!«

»Der hat geschlossen, wetten?«

Der Bäcker hatte tatsächlich über Mittag geschlossen. Es war fünf nach zwölf. Fischer fuhr weiter, mit verbissenem Gesicht. »Es ist außerhalb«, sagte er schließlich.

»Wieso fragst du dann, wenn du eh…« Mona verstummte. Das menschenleere Gersting sog ihre Energien auf wie ein schwarzes Loch und produzierte merkwürdige Bilder und angstvolle Gedanken.

Sie ließen Gersting hinter sich, aber ihre Beklemmung blieb.

Nach ein, zwei Kilometern sahen sie eine Querstraße, die tatsächlich Ulmenweg hieß und direkt in ein nahe gelegenes Wäldchen führte. Fischer warf Mona einen triumphierenden Blick zu und bog ein. Der Ulmenweg war schlecht asphaltiert und voller Schlaglöcher. Mona hielt sich am Griff über dem Seitenfenster fest, denn Fischer gab ausgerechnet jetzt richtig Gas, so als wollte er sein Unbehagen mit Motorenlärm betäuben. Sie passierten das Wäldchen, kamen auf eine Lichtung, und schon bremste Fischer vor einem Anwesen – dem einzigen Anwesen des Ulmenwegs, denn die Straße endete hier in einer Sackgasse.

»Verdammt«, sagte Fischer verblüfft.

Ulmenweg 1 war eine Villa, wie man sie aus amerikanischen Filmen kannte: weiß gekalkte Holzfassade, Säulen vor dem Eingang und mehrere Veranden. Das Grundstück – eigentlich war es eher ein Park – sah auf kunstvolle Weise verwildert aus. Fischer und Mona stiegen aus und klingelten am schmiedeeisernen Gartentor. Sie hörten einen durch die Hauswand gedämpften, melodiösen Glockenton und warteten. Es war sehr still. Nicht einmal Vögel zwitscherten.

»Plessen«, sagte Mona. »Hast du den Namen schon mal gehört?«

Fischer schüttelte stumm den Kopf, aber er sah aus, als sei er nicht ganz sicher.

Plessen. Mona war sich plötzlich sicher, dass sie ihn kannte. Aus dem Fernsehen möglicherweise. Irgendeine Talkshow. Vielleicht auch eine Interviewsendung. Sie hob die Hand, um ein zweites Mal zu klingeln, doch im selben Moment ertönte ein Summen, und die Haustür öffnete sich. Eine Frau stand im Schatten des Säulenvorbaus und bedeutete ihnen, das Gartentor aufzustoßen.

Mona und Fischer gingen langsam auf sie zu. Sie hatten beide heimlich gehofft, dass niemand zu Hause sein würde. Beide hassten das, was ihnen jetzt bevorstand.

Die Frau war vielleicht Anfang vierzig und sehr schlank. Sie hatte kurze, dunkle Haare, ein kleines Gesicht mit kräftiger gerader Nase, vollen Lippen und auffallend großen blauen Augen mit getuschten Wimpern. Mona suchte unwillkürlich Halt in diesen Augen, die sie unverwandt ansahen. Es war Frau Plessen, niemand anders, kein Dienstmädchen, keine Haushälterin. Auch das Alter stimmte. Ihr Mann, hatte Fischer den Unterlagen entnommen, war wesentlich älter als sie. Mona wartete darauf, dass sie eine Frage stellte. Es war leichter, wenn das unvermeidliche Gespräch auf diese Weise begann.

Die Frau tat ihr den Gefallen.

»Sind Sie von der Polizei?«

»Ja«, sagte Mona.

»Ich habe Sie dort gar nicht gesehen.«

»Wir – äh – arbeiten für eine andere Abteilung.«

»Haben Sie eine Nachricht von …«

»Können wir vielleicht kurz hereinkommen?«

»Oh … Ach ja, natürlich. Bitte.« Die Frau ließ sie an sich vorbei und machte hinter ihnen die Tür zu. Nun standen sie zu dritt in einer dämmrigen Halle. Mona ertappte sich bei dem Wunsch, ihre Sandalen auszuziehen und sich barfuß auf den schwarzen Marmorfußboden zu stellen, der ihre heißen Füße kühlen würde.

»Könnten wir ein Foto Ihres Sohnes sehen?«, fragte sie.

»Ja, sicher«, sagte die Frau schnell und mit eifriger Stimme, als sei sie erleichtert über diese leicht zu erfüllende Bitte. »Wir haben keins mitgebracht, als wir ihn vermisst gemeldet haben. Wir haben's einfach vergessen.«

»Das macht nichts. Haben Sie gerade eins zur Hand? Sonst …«

Die Frau entfernte sich hastig; ein paar Sekunden später hörte man nur noch das sich entfernende Klappern ihrer Absätze.

»Toll«, flüsterte Fischer gereizt. »Jetzt holt sie das Foto, wir sehen, es ist der Vermisste, und dann? Zeigen wir ihr, ällabätsch …«

»Nein«, sagte Mona. »Ich hab's mir anders überlegt. Wir zeigen ihr unser Foto nicht, sondern sagen ihr, dass wir ihren Sohn möglicherweise gefunden haben, und nehmen anschließend sie und ihren Mann mit in die Stadt. Dann hat sie Zeit, sich darauf vorzubereiten.«

»Toll«, fing Fischer wieder an.

»Sei ruhig«, unterbrach ihn Mona. Sie wusste, diese Frau war die Mutter des Opfers. Sie wusste, in ein paar Sekunden war es zu Ende mit dem Frieden in diesem Haus, und das für lange, lange Zeit. *Ihr kommt immer nur, wenn alles scheiße läuft. Wenn alles gut läuft, braucht euch kein Mensch.* So oder so ähnlich hatte sich KK Patrick Bauers Exfreundin ausgedrückt, bevor sie ihn verlassen hatte. *Wenn alles gut läuft, braucht euch kein Mensch.* Und sie hat Recht, hatte Bauer damals in Monas Auto geschluchzt. Kein normales Mädchen braucht einen Mann wie mich. Und er hatte trotzdem weitergemacht. Wie Forster, Schmidt, Fischer, Mona – sie alle von der MK 1. Man konnte mit diesem Job nicht einfach aufhören. Er ließ einen nicht mehr los. Er beeinflusste Leben und Lieben, verfolgte einen bis in die Träume, machte zynisch und traurig und alle Illusionen von Ewigkeit zunichte. Aber ohne ihn fühlte man sich wie amputiert.

»Es ist bloß ein Schnappschuss«, sagte die Frau, die plötzlich wieder neben ihnen stand, barfuß und ohne ihre High Heels, was sie noch kleiner und zierlicher wirken ließ. Vielleicht hatte sie das muntere, geschäftige Geräusch, das ihre Absätze produzierten, auf einmal gestört. Vielleicht bereitete sie sich unbewusst auf die Grabesstille vor, die dieses Haus bald umhüllen würde wie ein weiches Tuch. Vielleicht …

Mona nahm das Bild in die Hand.

Auf dem Kopf, in den kurz geschorenen, dichten blonden Haaren steckte lässig eine Sonnenbrille. Er lächelte schief; sein Gesichtsausdruck wirkte wie eine seltsame Mischung aus Amüsiertheit und Gereiztheit. Aber das lag vielleicht nur an dem blendend hellen Sonnenlicht, das ihn die Augen zusammenkneifen ließ: Es war Samuel Plessen, ohne jeden Zweifel.

Mona reichte das Bild mit gesenktem Kopf an Fischer weiter. Sie spürte die Hand der Frau auf ihrem Arm.

»Es ist möglich, dass wir Ihren Sohn gefunden haben«,

sagte Mona schließlich, ohne sie anzusehen. »Ist Ihr Mann zu Hause?«

»Was ist mit Sam? Bitte ... Was ist mit ihm?«

»Ihr Mann. Ist er hier? Können wir mit ihm reden?«

Frau Plessen nahm Monas warme Hände in ihre eigenen, die eiskalt waren, und Mona brach der Schweiß aus, aber sie hob nun doch den Kopf und hielt dem Blick stand, in dem sich mühsam beherrschte Angst zeigte und eine winzige Spur Hoffnung. »Sagen Sie mir, was Sie vermuten. Bitte, ich kann das aushalten.«

Ihre Hände waren eiskalt, aber Mona ließ sie nicht los. »Ihr Mann. Wo ist er jetzt? Wie kann man ihn erreichen?«

6

1981

Eine Politik, die versucht, alles zu kontrollieren, produziert mit einem scheinbar paradoxen Automatismus Nischen unzugänglicher Privatheit, und auf diese Weise eine beinahe schrankenlose individuelle Freiheit. Der Junge konnte in aller Ruhe seinen Neigungen nachgehen, weil es niemanden gab, der ein Interesse daran gehabt hätte, seine seltsamen Hobbys zu analysieren und in der Folge als bedenklich zu bezeichnen. Keine schlafenden Hunde zu wecken galt als die geheime Devise schlechthin in dieser Gesellschaft, und speziell die Mutter des Jungen war eine Meisterin in der Disziplin des Wegsehens. Sein Vater hatte sich blinde Flecken in der Wahrnehmung schon so früh antrainiert, dass er tatsächlich nichts merkte.

Als der Junge neun Jahre alt war, erkrankte sein Vater und erhielt die Diagnose: unheilbar. Er starb an einer absichtlichen Überdosis Morphium, einem Mangelprodukt, an das er als Klinikarzt zumindest leichter herankam als der Rest der Republik. Der Selbstmord wurde erwartungsgemäß von seinen Kollegen gedeckt und von seiner Frau vor Verwandten und Freunden vertuscht. Aber geredet wurde dennoch.

In der Folge entwickelte der Junge ein abnormes, von seiner Mutter irgendwann mit Ohrfeigen quittiertes Interesse an den schauerlichen Details der mörderischen Krankheit.

Hatte Papa Krebs?

Ja. Weißt du doch.

Hat der Krebs ihn aufgefressen?

Nein. Der Krebs ist in dem Fall kein Tier, sondern eine Art Geschwulst.

Was tut eine Geschwulst? (Er stellte sich einen Wurm vor, der sich an seinem Vater dick und rund fraß. Dieses Bild löste etwas in ihm aus, eine Art Faszination, die an Lust grenzte.)

Sie verdrängt die gesunde Substanz. So und jetzt ist Schluss damit.

Wie sieht die Geschwulst aus?

Hässlich. Schluss jetzt.

Wie hässlich? Ganz dick und rot?

Nein. Hör jetzt auf.

Hat sie ein Maul? Hat sie Zähne?

Nein!

Aber sie hat Papa innen aufgefressen, bis nichts mehr von ihm übrig war? Nur noch die Haut und …

Hör jetzt auf mit diesem verdammten Quatsch, sonst setzt es was!

Er fand im Bücherschrank seiner Eltern ein medizinisches Lexikon, dessen Abbildungen von blutigen Tumoren an Deutlichkeit nichts zu wünschen übrig ließen. Er vertiefte sich in die Funktionen der Bauchspeicheldrüse. Pankreas-Karzinom, las er schließlich. So lautete die genaue Diagnose, die sein Vater erhalten hatte. Zu fast hundert Prozent tödlich. Er fand das ungeheuer interessant. Er wollte beobachten, wie das ging. Den Prozess herausfinden und analysieren.

Insekten besaßen keine Bauchspeicheldrüse, es war also an der Zeit, sich mit anderen Tieren zu befassen. Sein erstes größeres Studienobjekt war eine Maus, die er schwer verletzt in einem Winkel des Gartens fand. Wahrscheinlich hatte eine der Nachbarskatzen mit ihr herumgespielt und dann aus irgendeinem Grund das Interesse an ihr verloren.

Der Junge schnitt der noch zuckenden Maus vorsichtig den

weichen, kleinen Bauch auf, doch sie blutete so stark, dass man nichts richtig erkennen konnte. Als sie endlich tot war und die Blutung nachließ, packte der Junge sie am Schwanz und wusch sie vorsichtig unter dem Strahl des Gartenschlauchs. Durch seine Lupe betrachtete er die winzigen, nun für immer stillgelegten Organe. Er atmete flach und hastig vor Aufregung. Vorsichtig wollte er mit der Messerspitze Darm und Magen freilegen, aber dann erfasste ihn etwas, das er selber nicht benennen konnte, und er stach wie wild auf den kleinen Kadaver ein, bis er nur noch eine braungraue Masse war.

Danach fühlte er sich atemlos und schwach, aber auch befriedigt, wie nach einer erfrischenden körperlichen Anstrengung. Dennoch kam ihm zum ersten Mal in seinem Leben der Gedanke, dass etwas an dem, was er tat, nicht in Ordnung war. Er verscheuchte diese Idee mit einer anderen: Er beschloss, seine Angelegenheiten (so nannte er es vor sich selbst) eine Zeit lang ruhen zu lassen. Vielleicht für immer, dachte er.

Jedenfalls machte es auf die Dauer keinen Spaß, wenn das Objekt danach so zerstört war, dass man nichts mehr damit anfangen konnte. Er beschloss, sich künftig in dieser Hinsicht zusammenzureißen, und lief ins Haus zurück, wo sich niemand sonst befand, weil seine Mutter Nachtdienst hatte und seine Schwester irgendwohin unterwegs war, wo sie ihn absolut nicht brauchen konnte. Er schaltete den Fernseher ein und wieder aus. Es gab niemanden, der ihn sehen wollte, und er selbst wollte auch niemanden sehen.

7

Dienstag, 15. 7., ca. 12.00 Uhr

Fabian Plessen, einundsiebzig Jahre alt. Als Beruf gab er Heilkundiger an, und bevor sich Mona über diese seltsame Bezeichnung wundern konnte, wusste sie wieder, woher sie ihn kannte. Es war eine Talkshow gewesen, in der Plessen, im Gespräch mit einem jungen Moderator, seine Behandlungsweise erläuterte. Mona erinnerte sich, wie ihm der Moderator, ein eitler Wichtigtuer, immer wieder ins Wort gefallen war, und dass Plessen sich davon überhaupt nicht hatte beirren lassen. Er sprach leise, langsam, gemessen und hatte zum Schluss das Studiopublikum auf seiner Seite.

Aber jetzt, bei der MK 1, wirkte Plessen nicht mehr charismatisch, sondern schwach und alt. Er hielt die Hand seiner Frau, die unaufhörlich weinte. Beide saßen auf zerkratzten Plastikstühlen vor Monas Schreibtisch, und Mona dachte einen absurden, peinlichen Moment lang, dass sie aussahen wie Schüler, die etwas ausgefressen hatten. Sie drehte sich nach Fischer um, der an der Fensterbank lehnte; wie meist hatte er die Arme verschränkt – seine Lieblingspose. Es war ein Uhr und die Hitze beinahe unerträglich. Draußen dröhnte der Verkehr mit enervierender Stetigkeit. Anfahren, bremsen, hupen, bimmeln. Manchmal hasste Mona diese ewige Lärmkulisse so, dass sie gewalttätige Fantasien heimsuchten, in denen eine Eisenstange, mehrere verbeulte Kotflügel und ganz viele zersplitterte Autofenster eine Rolle spielten.

»Wir müssen diese Vernehmung nicht jetzt machen«, begann Mona, in dem Bewusstsein, dass sich Fischer bei dieser Bemerkung innerlich krümmte. Sie mussten diese Vernehmung so schnell wie möglich machen, so sah die Wahrheit aus. Die Lösung der meisten Mordfälle war eine Frage der Zeit. Dieser Mord gehörte mit ziemlicher Sicherheit dazu.

»Wir sind bereit«, sagte Plessen. Seine Stimme klang brüchig, er räusperte sich ungeschickt. Kein Vergleich mit dem Mann, den Mona im Fernsehen gesehen und dessen unerschütterliche Souveränität sie bewundert hatte. »Aber vielleicht könnte sich meine Frau einen Moment hinlegen. Ist das möglich?«

»Nein!«, sagte Frau Plessen mit tränenerstickter Stimme, aber laut und deutlich.

»Wir könnten ...«, begann Mona.

»Nein! Ich will alles mitbekommen!« Frau Plessen wandte sich an ihren Mann. »Ich schaffe das«, sagte sie zu ihm, und in diesem kurzen Statement klang eine unterschwellige Botschaft an, deren Sinn Mona gern verstanden hätte. Sie überlegte, an diesem Punkt anzusetzen.

Die Plessens hatten beide darauf bestanden, Samuel unverzüglich zu identifizieren. Mona hatte dabei ein schlechtes Gefühl, aber das Paar ließ sich nicht umstimmen und wirkte dabei so selbstbewusst und optimistisch, als seien sie sich im Grunde sicher, dass alles auf einem Irrtum beruhte. Also waren sie vor der Vernehmung im Dezernat ins Institut für Rechtsmedizin gefahren und hatten sich von dem schauerlichen gepanzerten Lift ins Untergeschoss der Pathologie bringen lassen. Frau Plessen war immer stiller geworden, während ihr Mann, zu diesem Zeitpunkt noch beherrscht und kühl wirkend, Fragen über Fragen stellte, die Herzog, der Chefpathologe, geduldig beantwortete.

Wie viele Leichen bewahren Sie hier eigentlich auf?

Das kommt darauf an.

Worauf?

Nun, wie viele ungeklärte Todesfälle in einem bestimmten Zeitraum zu verzeichnen sind.

Aha. Sie haben hier also nur …

Ungeklärte Todesfälle, ganz richtig. Alle aus dem Landkreis landen, äh, werden zu uns gebracht, und wir untersuchen sie dann.

Sie schneiden sie auf. Von Kopf bis Fuß.

Nicht ganz …

Also gut, vom Hals bis zu den Geschlechtsorganen. Ein langer Schnitt. Nicht der Y-Schnitt, den man in amerikanischen Filmen sieht. Stimmt das?

Nun ja.

Ein einziger langer Schnitt. Und dann …

Ja. Oft ist das notwendig, um sich Klarheit zu verschaffen. Hier entlang bitte.

Und dann waren sie im Obduktionssaal gestanden, mit seinen vergilbten Kacheln und den drei steinernen Sektionswannen in der Mitte des Raums, und ein junger Angestellter des Instituts öffnete die matt schimmernden Metalltüren der Kühlräume und schob kurz darauf die abgedeckte Leiche Samuel Plessens auf einem Rollwagen heraus und zu den Eltern hin. Er hob einen Zipfel des Tuchs an, sodass sie sein Gesicht sehen konnten.

Wenigstens war der Mund des Toten geschlossen.

Seitdem weinte Frau Plessen wieder beinahe ohne Pause: auf der Fahrt ins Dezernat, in der Tiefgarage, im Lift zum dritten Stock, auf dem Weg in ihr Büro und jetzt hier. Leise und zurückhaltend, aber ohne Unterlass. War das noch normal, oder kündigte das schon einen Zusammenbruch an? Das war manchmal schwer zu sagen. Mona überlegte, ob sie prophylaktisch einen Arzt verständigen sollten, der Frau Plessen irgendwas Beruhigendes spritzte. Dann dachte sie an die Fernsehsendung und glaubte, sich daran zu erinnern, dass Plessen die Schulmedizin grundsätzlich ablehnte außer im Fall lebensrettender Operationen.

»Haben Sie irgendeinen Verdacht, wer das getan haben könnte?«, fragte sie, ohne sich viel davon zu erwarten.

Plessen sah seine Frau Hilfe suchend an. Sie schüttelte den Kopf und schnäuzte sich. Langsam schienen ihre Tränen zu versiegen.

»Wussten Sie, dass Ihr Sohn regelmäßig Drogen genommen hat?«, versuchte es Fischer, diesmal auf die härtere Tour. »Harte Drogen, verstehen Sie, keine bunten Pillen.« Diesmal schüttelten beide heftig den Kopf, offenbar schockiert. Frau Plessen weinte nicht mehr, aber ihr Gesicht war blass unter der Sonnenbräune, und das leuchtende Blau ihrer Augen schien erloschen zu sein.

»Heroin«, begann Fischer.

»Ist schon gut«, unterbrach ihn Mona und seufzte innerlich. »Hans ruf doch mal die anderen an und sag, dass die Konferenz verschoben wird.«

8

Dienstag, 15.7., 14.03 Uhr

»Serientäter«, sagte Berghammer, Chef vom Dezernat 11, eine Stunde später. »Darauf läuft's doch hinaus, oder?« Mit seinen schwerlidrigen Augen sah er sie der Reihe nach an, als hätte er diesen Blick geübt: Schmidt, Forster, Bauer, Fischer, Mona. Jeden Einzelnen.

»Also, noch wissen wir zu wenig«, sagte Mona. Der Konferenzraum war wie eine Sauna, noch schlimmer als ihr Büro; sie spürte, wie ihr Nacken unter den schweren dunklen Haaren feucht wurde. »Das ist jetzt mal ein einziges Tötungsdelikt, und vielleicht wollte jemand mit dem ganzen – äh – Zeug nur eine falsche Spur legen.«

»Sollen wir die OFA…?«, fragte Patrick Bauer.

»Noch nicht«, sagte Mona rasch, und Berghammer stimmte ihr ebenso rasch zu. Die Operative Fallanalyse zur Ermittlung von Serientätern war sein Lieblingskind, da er maßgeblich zur Gründung dieser Abteilung beigetragen hatte, aber ein einziges Tötungsdelikt war noch keine Serientat, auch wenn es den für Serientaten typischen Ritualcharakter hatte. Aber das konnte auch eine Finte sein. Mona dachte an den geplanten Urlaub mit Anton und Lukas in zwei Wochen. Serientaten aufzuklären, das dauerte.

Schweigen. Zigarettenrauch hing wie Nebel im Raum, weil auch das Konferenzzimmer auf den Hauptbahnhof hinausging und man deshalb die Fenster lieber geschlossen ließ. In dieser Gegend und bei dieser Hitze gab es ohnehin keine frische Luft, sondern nur Gerüche – nach geschmolzenem Teer, Benzindämpfen und Kebab-Buden.

»Und die Eltern?«, fragte Berghammer schließlich. Sein Gesicht sah rot aus, und er atmete schwer. Er war ein großer, übergewichtiger Mann, sein blaues Hemd spannte über dem Bauch und war unter den Armen schweißnass; das Klima machte ihm sichtlich zu schaffen. Dessen ungeachtet zündete sich Forster die dritte Zigarette an, und niemand sagte etwas: Es gab Gewohnheiten, die sich sozusagen von Natur aus jedem Änderungsversuch widersetzten. Und dazu gehörte, dass es nicht einmal dem Nichtraucher Berghammer geglückt war, wenigstens diesen einen Raum zur rauchfreien Zone zu erklären.

»Beide Eltern sind völlig am Ende«, sagte Mona. Sie nahm ihre Notizen zu Hilfe, froh, dass es wenigstens etwas gab, an das man sich halten konnte. »Samuel Plessen, genannt Sam. Vorgestern, am Samstag, hat er mit Roswitha Plessen gefrühstückt, keine besonderen Vorkommnisse.«

»Worüber haben sie gesprochen?«

»Nichts Wichtiges. Schulkram. Er hat sowieso nie viel erzählt, sagt sie.«

»Wie war das Verhältnis?«

»So weit wohl ganz okay, sagt sie. Er hatte seine Freunde, er ist viel ausgegangen, er hat wenig erzählt … Ich meine, das ist in dem Alter ja ganz normal.«

»Und daran hat sich im Lauf der letzten Wochen nichts verändert?«

»Nein. Sie hat jedenfalls nichts bemerkt.«

»Sie wusste nicht mal, dass ihr Sohn drückt«, warf Fischer ein. »Supertolle Mutter.«

»Genau wie deine«, sagte Berghammer, Vater zweier erwachsener Söhne. »Deiner Mami hast du bestimmt auch immer alles haarklein berichtet, was in deinem Leben so abging. Mit sechzehn. Oder?«

»Die hätte gemerkt, wenn ich …«

»So! Woran denn, wenn du ihr was vorlügst? Was du, schätze ich mal, doch wohl getan hättest, im Fall des Falles. Damals mit sechzehn. Oder?«

Fischer schwieg, fürs Erste matt gesetzt.

»Die Plessen wusste jedenfalls nichts davon«, fuhr Mona fort, als hätte sie nichts von diesem Geplänkel mitbekommen. »Er auch nicht. Beide fielen aus allen Wolken, waren völlig entsetzt. Also, sie und Sam frühstückten gegen zehn Uhr zu zweit und dann ging er aus dem Haus, zu einem Freund. Bei dem war er ihren Nachfragen zufolge bis ungefähr zwölf. Dann ging er schwimmen. Sagte jedenfalls der Freund zu ihr, müssen wir natürlich noch checken. Ab da keine Spur mehr.«

»Wo ging er schwimmen?«

»An einen Baggersee in der Nähe von Gersting. Notfalls müssen wir...«

»Wir lassen das über die Medien laufen, morgen bei der PK«, sagte Berghammer. »Vielleicht hat ihn jemand an diesem See gesehen.«

»Die Eltern haben uns eine Liste mit all seinen Freunden gegeben, die sie kennen. Die müssten wir noch abklappern, wie gesagt. Aber da die Mutter das schon getan hat...«

»Die wussten alle nichts?«

»Sagt die Plessen. Keiner hätte ihn gesehen, keiner mit ihm geredet.«

»Vielleicht ist einer von denen der Täter. Vielleicht ist es so was wie eine Eifersuchtsgeschichte. Hatte er eine Freundin?«

»Nichts Festes. Eher Affären.«

»Kannte sie die Namen?«

»Bestimmt nicht alle. Einige hat sie uns gegeben.«

»Eifersuchtsdelikt«, sagte Berghammer versonnen. Sein voluminöser Schnauzbart zitterte leicht. »Solche Täter neigen auch zu Verschleierungsmaßnahmen. Nachträglich.«

»Die Zunge rauszuschneiden ist aber eine ziemlich drastische Verschleierungsmaßnahme. Kann ich mir bei einer Affekthandlung nicht vorstellen. Wenn es wirklich eine war.« Wahrscheinlich war es keine. Dann konnte sie den Urlaub in den Wind schreiben.

»Eifersucht ist oft Affekt.«

»Eben. Und in diesem Fall...«

»Moment, Mona. Jemanden mit einer Überdosis umzubringen, das ist keine Überwindungsleistung. Das Opfer gibt sich ja selber den Goldenen Schuss. Man braucht nur den Stoff. Es muss also einer seiner Dealer gewesen sein. Und das Ganze war geplant. Kein Affekt.«

»Also, Martin...«

»Hatte er eine Brieftasche dabei?«, unterbrach sie Berghammer.

»Wahrscheinlich, im Haus ist sie laut den Plessens nicht. Also wird sie ihm der Täter abgenommen haben. Aber reiner Raubmord…«

»Scheidet aus.«

»Kann auch gar nicht sein«, warf Forster ein. »Fundort war nicht Tatort. Tatort muss ein Garten oder so was sein. Vielleicht auch irgendwo in der Natur. Das Opfer hat winzige Grasflecken und Erdreste auf dem T-Shirt.«

»Sagt Herzog?«, wollte Berghammer wissen.

»Genau«, sagte Forster. »Und das bedeutet: Der Täter hat ihn also nach der Tat vor diesem Club abgeladen. So viel Umstände macht sich kein Raubmörder, wenn er das Opfer dann nicht mal versteckt. Muss einer gewesen sein, der wusste, wann das Dings…«

»*Babylon*«, sagte Fischer.

»… wann das geschlossen hat. An welchem Wochentag.«

»Tatzeit?«, fragte Berghammer.

»Gestern Abend zwischen acht und zehn«, sagte Herzog.

»Dieser Undercovermann, David Gerulaitis…«, sagte Mona

»War das der, der die Leiche gefunden hat?«, fragte Berghammer.

»Ja. Also, dieser Gerulaitis war da schon öfter, um die Kundschaft auf Drogen zu checken, und er sagt, die hatten eigentlich nie Ruhetag. Wir müssen das bei dem Besitzer noch abfragen.«

»Vielleicht war er es«, sagte Schmidt, der eigentlich nie etwas sagte, weil er zu langsam war, und immer sofort unterbrochen wurde.

»Der Besitzer? Macht sich verdächtig, indem er 'ne Leiche vor seinem eigenen Laden deponiert? Blödsinn!«

»Okay«, sagte Berghammer. »Ihr checkt das mit dem Besitzer. Und den Freunden.«

»Lucia macht das gerade«, sagte Mona. Lucia war Berghammers Sekretärin. »Sie ruft Sams Freunde an und lädt sie vor, einen nach dem anderen. Wir teilen uns die Vernehmungen dann auf. Ich denke, heute Abend haben wir sie alle durch.«

»Dann sehen wir uns gegen sieben noch mal hier. Ist das okay?«

»Sicher«, sagte Mona. Wenn nichts Wichtiges passierte, würde sie doch nicht erst gegen zehn, sondern schon um acht, halb neun bei Anton und Lukas sein. Das war keine schlechte Zeit.

9

Dienstag, 15. 7., ca. 16.00 bis ca. 19.00 Uhr
Die Vernehmungen des Clubbesitzers und von Samuels Freunden brachten nicht viel. Einige hatten Alibis für die ungefähre Tatzeit, andere nicht. Konkrete Verdachtsmomente ergaben sich nicht. Der Besitzer des *Babylon* gab an, den außerplanmäßigen Ruhetag in Szeneblättern angekündigt zu haben; eine der Meldungen hatte er sogar dabei. »Konnte jeder wissen, der wollte«, sagte er. Grund sei die Hochzeit seiner Schwester gewesen und die Tatsache, dass zufälligerweise keiner seiner Vertretungen Zeit gehabt hatte. Keine konkreten Verdachtsmomente gegen ihn.

Gegen sieben Uhr sprachen Mona und Fischer mit der letzten Vorgeladenen. Die frühabendliche Sonne tauchte den Vorplatz des Hauptbahnhofs in goldenes Licht, und ein Schimmer davon fiel auch in Monas schattiges Büro. Sie schaltete deshalb das Kunstlicht absichtlich nicht ein. Fischer setzte bei seinen Vernehmungen auf Nervosität und Angst, Mona darauf, dass selbst notorische Lügner in einer angenehmen Atmosphäre unvorsichtig wurden (welche Strategie die perfidere war, ihre oder Fischers, darüber machte sie sich durchaus manchmal Gedanken, ohne zu einem Ergebnis zu kommen).

Das blonde Mädchen, das in Sams Alter war und ein hübsches, klares Gesicht hatte, sagte aus, dass sie früher einmal in Sam verliebt gewesen sei, dass sie sich aber von ihm getrennt habe, weil er anfing »H« zu nehmen. Pillen fand sie okay, Koks auch, aber »H« nicht.

»Wann war das genau?«, fragte Mona. Kein anderer seiner Freunde hatte das beantworten können, aber das Mädchen antwortete, ohne zu zögern: »Anfang Juni ungefähr.«

»Das ist ja erst sechs Wochen her.«

»Ja.«

»Woher weißt du das so genau?«, schaltete sich Fischer ein. Ab sechzehn wurden Zeugen vorschriftsmäßig gesiezt, aber Fischer hielt sich ja nie an irgendwelche Regeln.

Das Mädchen senkte den Kopf. »Es war mein Geburtstag. Ich hatte ihn eingeladen... Sie wissen schon..., ihn allein.«

»Um Sex zu haben?«, fragte Fischer ungerührt.

»Ja. Aber es, äh...«

»Es ging nicht?«, fragte Mona, der etwas dämmerte. »Er war zu stoned, und es klappte nicht?«

Das Mädchen nickte. »Er war total verändert. Hat immer nur gelächelt. Und dann hat er es mir gezeigt.«

»Den Einstich?«

»Nein. Das Zeug. Zu dem Zeitpunkt hat er es noch geschnupft.«

»Und Sie?«

»Er hat gesagt, er würde es wieder tun, und ich müsste es auch versuchen, und es sei besser als jeder Orgasmus.«

»Und dann?«

»Ich war total enttäuscht. Ich hab ihm gesagt, dass ich mich trenne, wenn er nicht damit aufhört.«

»Haben Sie ihn gefragt, wo er das Heroin herhat?«

»Interessiert mich doch nicht. Das kriegt man doch überall.«

»Haben Sie ihn danach noch mal gesehen?«

»Ich hab gehofft, er hört auf. Aber er hat es immer wieder gemacht. Ich wollte ihn dann nicht mehr sehen.«

»Wann war das? Wann haben Sie mit ihm Schluss gemacht?«

»Ich weiß nicht genau. Vor zwei Wochen ungefähr. Oder, nee. Zweieinhalb. Bestimmt schon zweieinhalb.«

»Okay«, sagte Mona. »Und Sie wissen bis heute nicht, wer ihm das Heroin verkauft hat?«

»Nein. Ist mir auch total egal.«

»Das glaube ich dir nicht«, mischte sich Fischer ein.

»Warum duzen Sie mich eigentlich? Ich bin schon sechzehn, selbst die Lehrer sagen Sie zu mir.«

»Wir werden Sie ab jetzt siezen«, sagte Mona rasch, ohne Fischer anzusehen. Aber sie spürte seine Wut darüber, dass sie ihm in den Rücken fiel. Denn so sah er das: Wer nicht seiner Meinung war, war gegen ihn. Wahrscheinlich fand er das Mädchen hübsch und wertete ihre Bemerkung als Abfuhr, was ihn noch zusätzlich aggressiv machte. Fischer war sehr gut im Vernehmen trotziger und verlogener Zeugen, aber er merkte nicht, wann jemand tatsächlich nicht mehr wusste, als er sagte. Mona versuchte es ein letztes Mal. »Es ist wirklich wichtig, dass wir seinen Dealer kennen. Denken Sie bitte noch mal nach.«

Das Mädchen runzelte gehorsam die Stirn und tat so, als würde sie sich in die Frage vertiefen, aber es kam nichts dabei heraus.

»Kennen Sie einen Club namens *Babylon*?«, fragte Mona schließlich nach längerem Schweigen. Die Sonne verschwand hinter dem Gebäude des Hauptbahnhofs, und Monas Büro wurde innerhalb weniger Minuten so dämmerig, dass sie das Gesicht des Mädchens nur noch als undeutliche helle Fläche wahrnahm. Als Fischer schließlich das harte, nüchterne Deckenlicht einschaltete, zuckte das Mädchen zusammen und schien aus einem langen Traum aufzuwachen. Ihre Augen waren gerötet, und sie wirkte blass und verschreckt. Vielleicht registrierte sie erst jetzt, was passiert war: dass sie ihren ehemaligen Freund, in den sie möglicherweise noch verliebt war, niemals wiedersehen würde. Nie, niemals. Die meisten Angehörigen von Mordopfern begriffen erst spät, dass der Tod endgültig war, irreversibel, und bar jeder tränentreibenden Romantik.

»Schon mal gehört«, sagte das Mädchen schließlich. »Aber da gehe ich doch nicht hin, das ist doch was für Loser.«

»Aha«, sagte Mona. Auch die anderen Freunde von Sam waren angeblich noch nie im *Babylon* gewesen. Das konnte alles Mögliche bedeuten, im Moment half es jedenfalls nicht weiter. Mona beendete die Vernehmung. Es war fast sieben Uhr, und sie hatte leichte Kopfschmerzen.

10

Dienstag, 15. 7., ca. 20.00 Uhr
Da die Vernehmungen nach dem aktuellen Stand der Ermittlungen wenig Verwertbares erbracht hatten, endete der Tag früher als geplant. Fischer ging mit Patrick Bauer, Single wie er, einen trinken. Mona fuhr nach Hause, das hieß in Antons Wohnung. Niemand von ihren Kollegen ahnte, dass ihre offizielle Adresse – ein hässliches Dreizimmer-Loch in der Nähe ihres Arbeitsplatzes – nur noch Alibifunktion hatte. Eine Information, die sich mühelos verheimlichen ließ, weil kein Mensch im Dezernat 11 über sein Privatleben sprach, außer bei Todesfällen oder wenn eine Scheidung ins Haus stand. Das einzige Risiko bestand darin, dass die jahrelangen Ermittlungen gegen Antons unkonventionelle Exporttätigkeiten doch einmal zum Erfolg führen würden – und Mona hatte sich vorgenommen, sich mit dieser Problematik erst dann zu beschäftigen, wenn es so weit wäre. Sie konnte nur hoffen, dass Lukas zu diesem Zeitpunkt alt genug sein würde, um ohne seinen Vater klarzukommen. Um die Folgen für sich und ihre Karriere machte Mona sich dagegen keine Gedanken mehr. Im Fall des Falles konnte sie immer behaupten, von nichts eine Ahnung gehabt zu haben, und kein Mensch würde im Stande sein, das Gegenteil zu beweisen. (Mona glaubte nicht wirklich daran, aber es half, sich das immer wieder einzureden)

Draußen war es noch hell, als sie vor dem fünfstöckigen Altbau parkte, den Anton vor Jahren gekauft hatte – billig, weil der Eigentümer fast pleite war; die Lage zwar zentral, aber das Haus völlig heruntergekommen. Die Mietwohnungen hatte er renovieren und sich selbst den Dachstuhl als prachtvolle Maisonette ausbauen lassen – mit verglastem Lift an der Wand zum Innenhof, der direkt vor seiner zweiten Wohnungstür hielt. Mona fuhr nicht gern mit diesem Lift, von dem sie mittlerweile mutmaßte, dass Anton für die Genehmigung irgendwen aus dem Landesbauamt hatte schmieren lassen, aber es war immer noch so warm und sie so erschöpft, dass sie keine Lust hatte, Treppen zu steigen.

Sie lehnte sich an die Wand des Lifts und gähnte, den Kopf zurückgelegt. Durch die Verglasung konnte man den Himmel sehen; er hatte mittlerweile einen leichten rostroten Schimmer. Oben angekommen wäre sie am liebsten ein zweites Mal gefahren, so müde war sie. Aber stattdessen stieß sie sich von der Wand ab, zückte den Wohnungsschlüssel und sperrte auf.

»Hi, Mam«, sagte Lukas, an einem Donut kauend, die Beine auf dem Esstisch, als sie in die Küche kam und ihre Tasche achtlos auf der Arbeitsplatte ablegte. »Pap ist noch unterwegs«, fügte er hastig hinzu, als müsste er sich verteidigen. Und in gewisser Weise war es auch so.

»Was? Hat er dich etwa hier allein gelassen?« Mona spürte, wie ihr die Stimme entglitt, sich viel zu hoch schraubte, um dann wieder steil abzufallen. Sie versuchte, ruhig zu atmen.

Es kam die Antwort, die sie erwartet hatte: »Na und? Macht doch nichts!«

»Herrgott.«

»Ist doch egal«, erklärte Lukas abschließend und beinahe väterlich autoritär. »Bin ja kein Baby mehr.«

Mona sagte nichts darauf. Noch vor einer Minute hatte sie Hunger gehabt, jetzt fühlte sich ihr Magen an, als hätte sie drei Currywürste und zwei Stück Sahnetorte verdrückt. Sie nahm sich einen Stuhl und setzte sich Lukas gegenüber. »Wie lange ist er schon weg? Und sei ehrlich!«

»Fünf Minuten«, sagte Lukas grinsend.

»Von wegen. Dieser Idiot.«

»Pap ist kein Idiot«, rief Lukas entrüstet. Er nahm seine Beine vom Tisch und funkelte seine Mutter an.

»Okay«, sagte Mona müde. »Also wie lange?«

»Fünf Minuten. Hab ich doch gesa-agt!«

Im letzten halben Jahr war Lukas sehr schnell gewachsen. Er überragte seine Mutter jetzt um mindestens vier Zentimeter und würde bald so groß wie sein Vater sein. Er war sehr dünn, hatte einige ziemlich auffällige rote Pickel im Gesicht und trug weite Hosen, die ihm bis auf die Hüfte rutschten und die Mona idiotisch und unpraktisch fand – was ihm ziemlich egal war und ihr zeigte, wie sie Stück für Stück ihren Einfluss auf ihn verlor. Aber wenigstens schienen die Depressionen, die ihn noch vor einem Jahr gequält hatten, vorüber zu sein. Er brauchte keine Medikamente mehr, und darüber hätte sie sich eigentlich jeden neuen Tag freuen müssen, den sie sich in dieser Hinsicht keine Sorgen mehr zu machen brauchte.

Aber im Moment schaffte sie das nicht.

»Wann kommt Anton wieder?«, fragte sie bemüht ruhig und cool. Sie weigerte sich, Anton vor Lukas Papa (oder gar Pap) zu nennen. Es war vielleicht nicht ganz fair gegenüber Anton, aber sie konnte nicht anders. Etwas in ihr wehrte sich nach wie vor gegen dieses *Familiengedöns*, dachte sie. Etwas daran kam ihr falsch vor. Als sei alles nur ein Spiel, das sich Anton ausgedacht hatte. Als sei in Wirklichkeit sie die einzige Erwachsene in dieser Dreierkonstellation. Als hätte sie mittlerweile nicht mehr nur einen, sondern gleich zwei halbwüchsige Söhne, die beide gleichermaßen verantwortungslos dachten und handelten. Nur dass so ein Verhalten bei Lukas altersgemäß und verzeihlich war und bei Anton alles andere als das.

»Wann kommt er wieder?«, fragte sie ein zweites Mal, da Lukas nicht geantwortet hatte. Lukas sah sie mürrisch an und sagte nichts.

»Lukas!«

»Weiß nicht.«

»Wo ist er hin? Und lümmel dich nicht so auf den Tisch! Sieht scheiße aus.«

»Weiß nicht.«

Und falls es stimmte, war das sicher besser so.

Als Anton zwei Stunden später kam, hatte Mona sich bereits beruhigt. Sie saß allein auf der nun völlig dunklen Dachterrasse, über sich den wolkenlosen Sternenhimmel, neben sich ein Glas Rotwein, und rauchte ihre zehnte Zigarette des Tages, als innen das Licht anging und seinen Schein auf die grauen Holzbohlen der Terrasse warf. Sie drehte sich nicht um, sondern wartete, bis Anton sie von hinten umarmte. Mittlerweile war Mona so erschöpft, dass sie sich nicht wehrte (nicht zickte, wie es Anton ausgedrückt hätte), sondern seine Hand nahm und sie gegen ihre Wange drückte.

»Wo warst du?«

»Vanicek. Es gibt ein paar Probleme.«

Mona schloss die Augen und legte den Kopf in den Nacken. Der Stadtverkehr, hier nur als gleichmäßiges Brummen wahrnehmbar, lullte sie ein – und auch wieder nicht. Vanicek war Antons Handlanger für alle möglichen Dinge, von denen sie nichts wissen wollte, die sie aber vermutlich nicht bis in alle Ewigkeit von sich wegschieben konnte. Aber es war zu warm, um zu streiten.

»Lukas saß hier allein rum.« Ganz konnte sie es doch nicht lassen.

»Ich bin um sieben gegangen. Er ist doch kein Baby mehr.« *Ich bin doch kein Baby mehr!* Mona seufzte. Anton nahm sich einen Stuhl und setzte sich dicht neben sie. Sie roch sein Aftershave und noch etwas anderes, Undefinierbares – etwas, das gute Gefühle weckte und gleichzeitig melancholisch machte, als sei der Eindruck von Vergänglichkeit zwingender Bestandteil davon.

Mona lächelte in die Dunkelheit. »Wir sind schon ein Paar, oder?« Das war eigentlich harmlos gemeint, aber die Spitze war doch hörbar, und plötzlich spürte sie einen schwachen, aber gleichwohl existenten Anklang an ihre frühere Wut: auf Anton, auf seine Unberechenbarkeit und seinen Unwillen, sich anderen Vorstellungen zu beugen als den seinen. Anton vergrub sein Gesicht in ihrem Haar. Sie spürte seinen Atem auf ihrem Nacken. Er sagte nichts. Er hasste diese Art von Gesprächen, die seiner

Ansicht nach zu nichts führten und nur schlechte Stimmung verbreiteten.

»Bist du müde?«, fragte er.

»Nein.«

»Ach komm schon. Sei müde!«

»Nein!« Aber sie musste doch grinsen, als er seine Hand unter ihrem T-Shirt verschwinden ließ. »Hör auf«, sagte sie.

»Tu doch nicht so.«

»Nein, ehrlich. Hör auf.«

»Ja, ja. Gleich.«

11

Dienstag, 15. 7., 22.10 Uhr

David Gerulaitis hatte Fieber. Nachdem er bei Janosch und anschließend bei seiner Dienststelle angerufen und sich endgültig krankgemeldet hatte, legte er sich ins Bett. Sandy machte ihm einen Kräutertee, der schrecklich schmeckte, aber David würgte ihn hinunter, weil Sandy neben ihm auf der Bettkante saß und er sie nicht ärgern wollte, wenn sie schon mal lieb und guter Laune war.

Das Baby hatte den ganzen Tag geschrien, aber Sandy hatte trotz der Hitze nur sehr kurz und nur zum Einkaufen mit Debbie die Wohnung verlassen. David sagte es nicht, aber seiner Ansicht nach war das der Grund, weshalb er abends krank geworden war: weil er nach der ewig langen Nacht davor nicht einmal tagsüber hatte schlafen können wegen der stundenlangen Schreierei. Er hätte Sandy gern gebeten, mit Debbie zum Schwimmen oder sonstwohin zu gehen, aber er wusste ganz genau, was dann passiert wäre.

Es ist auch dein Kind! Geh du doch mit ihr raus!

Debbie, ich bin wahnsinnig müde und muss heute Abend wieder fit sein.

Ja, ja. Deine blöden Ausreden.

Irgendjemand muss das Geld verdienen, okay?

Genau! Dann bleib du zu Hause, und ich geh arbeiten! Ich find schon was!

Als Friseurin ohne Gesellenbrief (die Geburt war dazwischen gekommen) würde sie bestimmt nichts finden, was eine dreiköpfige Familie ernährt hätte. Doch wenn er ihr das zu bedenken gab, rastete sie jedes Mal vollkommen aus.

Also hatte er nichts gesagt, sich stattdessen ruhelos im Bett gewälzt und war schließlich gegen vier Uhr nachmittags todmüde aufgestanden und mit dem Baby auf dem Arm den Flur auf und ab gewandelt. Auf und ab, auf und ab. Das half zumindest für eine gewisse Zeit. Sandy hatte währenddessen einen kurzen Mittagsschlaf gehalten: Auch sie war erschöpft, er wusste, wie sehr. Das Baby wachte immer mehrmals pro Nacht auf, und er war nie da, um ihr zur Seite zu stehen. Es war auch für sie nicht leicht.

Nein, es war sogar schwerer für sie als für ihn. Denn sie besaß nicht, was er hatte: bei all dem höllischen Stress einen Beruf, der ihm viel mehr Spaß machte, als er ihr jemals eingestanden hätte. Er brauchte diesen Job. Er hätte es nicht ausgehalten, jeden Tag von neun bis fünf in einem Büro zu verbringen. Und da er das wusste, und da er glaubte zu wissen, dass Sandy es zumindest ahnte, hatte er ein chronisch schlechtes Gewissen. Das wiederum spürte Sandy, und es gab ihr Oberwasser in fast allen Auseinandersetzungen. Und dennoch blieb sie de facto die Verliererin. Sie war zu Hause angebunden, nicht er. Und so würde es immer sein, weil sie nie genügend beruflichen Erfolg haben würde, um diesem Teufelskreis zu entkommen: Er war derjenige, der das Geld heranschaffte. Er war frei, zu kommen und zu gehen. Sie nicht. Für Jahre nicht, egal was passierte.

Gefangen in der Kinderfalle, dachte er mit einem Anflug von Mitleid und nahm ihre Hand. Die halb ausgetrunkene Tasse stellte er auf dem Boden ab. Das Fieber machte ihn seltsam hellsichtig; er hatte plötzlich eine Vision von Sandy in zehn, fünfzehn Jahren. Ihre runden, blassen Wangen würden ein wenig hängen, ihre Kinnlinie wäre nicht mehr so gerade und ihre zarte, kleine Nase breiter als jetzt, denn Nasen wurden breiter mit den Jahren, er hatte das bei seiner Mutter gesehen. Insgesamt wäre ihr Gesicht gröber und härter, die beiden jetzt schon ausgeprägten Falten zwischen Nasenflügeln und Mundwinkeln tiefer. Er schloss kurz die Augen, um die Fantasie zu verscheuchen.

»Geht's dir schlechter?«, fragte sie sofort mit einem besorgten, zärtlichen Tonfall, der ihm unerwartet gut tat. Er öffnete die Augen wieder und schüttelte lächelnd den Kopf.

»Ich bin nur müde, glaub ich.«

»Willst du schlafen?«

»Es ist doch noch früh.«

»Na und?« Sie lächelte auch. Ihre langen blonden Haare schimmerten im Licht der Nachttischlampe, und plötzlich fand David sie wieder so schön wie früher, als sie sich ineinander verliebt hatten.

»Ich kann doch noch gar nicht schlafen um die Zeit. Ich komm völlig aus dem Rhythmus...«

»Ja, ja.«

Und im selben Moment spürte er, wie ihm die Lider – endlich! – schwer wurden. Das Baby schlief, jedenfalls hoffentlich die nächsten paar Stunden, und er musste diese Chance wahrnehmen. Sein Kopf fühlte sich tonnenschwer an und gleichzeitig leicht wie ein Luftballon, aber der Schlaf kam dennoch und war ein sehr willkommener Gast. Er spürte kaum noch, wie Sandy ihre Hand aus seiner löste, langsam aufstand und auf Zehenspitzen das Schlafzimmer verließ, um, wie fast jeden Abend, allein im Wohnzimmer fernzusehen.

12

Mittwoch, 16. 7., 12.43 Uhr

Bei einer Durchschnittstemperatur von zwanzig bis fünfundzwanzig Grad dauert es etwa drei Tage, bis der Verwesungsgrad einer Leiche so weit fortgeschritten ist, dass der Geruch auch außerhalb einer verschlossenen Wohnung wahrnehmbar ist. Oft vergehen dann noch ein paar weitere Tage, bis jemand den Hausmeister alarmiert, der dann meist sofort die Polizei anruft. Denn kaum ein Mensch hat den Mut, den zu erwartenden desaströsen Anblick allein zu verkraften.

In diesem Fall dauerte es länger. Das lag daran, dass viele Bewohner im Urlaub waren; zufälligerweise war also genau das Stockwerk, in dem die Tote wohnte, wochenlang fast verwaist. Eine vierundzwanzigjährige Studentin, die eine Woche Billigferien in Agadir inklusive Durchfall und Fieber hinter sich hatte, bemerkte bei ihrer Rückkehr den mittlerweile infernalischen Gestank. So lag die Leiche bereits mehrere Tage in der Küche, bevor die zwei Polizisten gemeinsam mit dem Hausmeister die Wohnung betraten.

Die Wohnung bestand neben Küche und Bad aus drei Räumen, von denen zwei abgesperrt waren. Das einzige begehbare Zimmer befand sich in einem unbeschreiblichen Zustand. Das breite Ehebett war ungemacht, das schmuddelige Bettzeug lag teilweise auf dem Boden. Der Fernseher lief mit abgestelltem Ton. Vergammelte Pizzakartons lagen auf den beiden Nachttischchen rechts und links neben dem Bett und der Fensterbank gegenüber: Da war jemand wochenlang nicht einkaufen gewesen und hatte ständig den Pizzadienst bemüht. Überall lag verschmutzte Kleidung herum, Schuhe, Strümpfe, sogar einzelne Schmuckstücke. Der Kleiderschrank stand offen, war halb leer, und es sah aus, als hätte jemand im verbliebenen Rest der Kleidung herumgewühlt.

Die Polizisten und der Hausmeister begaben sich in die Küche, wo der Geruch sich ins Unerträgliche steigerte. Eine Frau, deren Gesicht so aufgequollen war, dass man seine Züge bereits nicht mehr erkennen konnte, lag rücklings wie gefällt auf dem grau-weiß geflammten Linoleum. Sie trug eine durch die Leichenflüssigkeit dunkel verfärbte Jogginghose und ein überweites T-Shirt, dessen ursprüngliche Farbe ebenfalls nicht mehr festzustellen war. Auch in der Küche stapelten sich alte Pizzakartons; in einer Pfanne befand sich etwas, das auf den ersten Blick aussah wie schwarze Spaghetti. Alles schien vor Schmutz zu starren.

»Scheiße«, sagte einer der beiden Polizisten.

»Fassen Sie bloß nichts an«, sagte der andere zu dem kreidebleichen Hausmeister. Der schüttelte stumm den Kopf. Um nichts in der Welt hätte er hier irgendetwas berührt.

Als sie die Wohnung zu seiner grenzenlosen Erleichterung wieder verließen, vorerst ohne die beiden verschlossenen Räume gewaltsam zu öffnen, fragte er den Größeren der beiden: »Habt ihr das öfter. Solche – äh – Vorfälle?«

»Klar.« Der Polizist war jung und blond und sah sehr gut aus, was in dieser Uniform eine echte Leistung war. Auch er war blass um die Nase, hielt sich aber bemerkenswert tapfer. Der andere war älter und dicker und schien sich von nichts mehr schockieren zu lassen.

Sie traten auf den Gang hinaus, und der Hausmeister lud sie hastig ein, zur *Klärung der Einzelheiten* (diesen Ausdruck hatte er sich sorgfältig zurechtgelegt) mit in seine Wohnung zu kommen – sie war zwar nicht aufgeräumt, und normalerweise wäre ihm das vor Fremden peinlich gewesen, aber nichts erwies sich im Moment so stark wie sein Wunsch, so schnell wie möglich diese Stätte des Grauens zu verlassen, ohne sich eine Blöße zu geben.

»Du bleibst hier«, sagte der Ältere zu dem Jüngeren. »Ich ruf Todesermittlung und Mordkommission an.«

»Okay«, sagte der andere mit wenig begeisterter Miene.

»Bis die kommen, rührst du dich hier nicht weg.«

»Nein. Weiß ich schon.«

Der Hausmeister stand bereits an der Treppe, als der Ältere endlich auf ihn zukam. Gemeinsam gingen sie die zwei Etagen hinunter ins Erdgeschoss. Es gab zwar einen Lift, aber der Hausmeister fürchtete, dass sein Magen selbst diese kurze Fahrt zur Rebellion nutzen würde.

»Möchten Sie einen Schnaps?«, fragte er den Polizisten, als sie glücklich in seinem Domizil angekommen waren.

»Nein. Danke. Aber Sie, trinken Sie ruhig einen. Sie haben's bestimmt nötig.«

»Das können Sie laut sagen. Setzen Sie sich ruhig hin, ich bin gleich wieder da.« Er schlurfte in seine kleine Küche und holte sich eine Flasche Williamsbirne, sein Lieblingsgetränk, das er normalerweise nur an Feiertagen anrührte. Den heutigen Tag konnte man schwer als solchen bezeichnen, aber es war immerhin auch keiner wie jeder andere. So gesehen etwas Besonderes, das man auf irgendeine Weise zu würdigen hatte. Der Hausmeister hatte trotz seines Alters – er war neunundfünfzig – noch nie einen Toten gesehen, und seinetwegen hätte es so bleiben können, bis er selbst ins Gras beißen musste.

Er schenkte sich gleich in der Küche ein Glas ein, kippte es hinunter, atmete tief durch und nahm Flasche und Glas ins Wohnzimmer mit, wo der Polizist am Fenster stand und bereits eifrig in sein Telefon sprach. Das ging noch ein, zwei Minuten so, dann wandte er sich an den Hausmeister, der sich mittlerweile hingesetzt und sich das dritte Glas genehmigt hatte. Er war ein wenig betrunken, aber das war ihm ganz recht so, denn zumindest hatte sich die Übelkeit gelegt. Der Geruch allerdings war noch immer in seiner Nase, versteckte sich in seinen Kleidern, seinen Händen. Vielleicht wurde man ihn nie wieder los. Er goss sich ein viertes Glas ein.

»Die Frau«, sagte der Polizist, in der linken Hand einen kleinen Block, in der rechten einen Kugelschreiber, der über dem weißen Papier schwebte. »Wie heißt die?«

»Sonja Martinez«, sagte der Hausmeister.

»Allein stehend?«

»Verheiratet. Ihr Mann hat sie verlassen. Zusammen mit der Tochter.« Diese Information war wichtig, so viel war auf jeden Fall klar, und er hatte die ganze Zeit auf diesen Augenblick gewartet, um sie endlich loszuwerden. Der Hausmeister war jetzt ein Zeuge. Vielleicht würden Journalisten mit ihm reden wollen, und er käme in die Zeitung oder ins Fernsehen – zumindest ein angenehmer Aspekt an dieser unangenehmen Geschichte.

»Verlassen?«, fragte der Polizist mit uninteressiertem Gesicht und kritzelte in seinen Block.

»Ja. Vor, also, ich würde mal sagen sechs, sieben Wochen. Da stand plötzlich der Transporter vor der Tür, und ich hab den Martinez die Sachen rausräumen sehen, und seine Tochter saß schon im Wagen.«

»Die sind richtig umgezogen?«

»Sah jedenfalls so aus.«

»Haben Sie während dieser Zeit mal mit der – äh –, mit dem Opfer gesprochen?«

»Schon, aber ... Ich meine, sind Sie wahnsinnig, ich werd die doch nicht drauf anreden!«

»Von sich aus hat sie nichts erzählt?«

Das hörte sich so an, als würden die wirklich wichtigen Informationen fehlen, und als sei er schuld daran. Was er nicht war. »Ich hab die doch kaum gesehen in der letzten Zeit! Die hat doch das Haus überhaupt nicht mehr verlassen!«

»Ist ja gut«, beschwichtigte ihn der Polizist. Sein Gesicht war so gelangweilt, als fände er jeden Tag eine grässlich stinkende Leiche. »Wo ist der Mann von ihr? Herr ... Wie heißt der noch mal?«

»Robert Martinez. Ist, glaube ich, Spanier.«

»Mhm. Und wo ist dieser Martinez jetzt, wissen Sie das?«

Der Hausmeister schüttelte den Kopf.

»Hatten die Kontakt zu irgendwelchen Nachbarn? Er oder sie?«

»Also wenn das so wäre, dann wären Sie doch längst hier gewesen.«

Der Polizist schien das erst zu schlucken, dann schoss er plötzlich scharf. »Sie hätten sich ja vielleicht auch mal in das Stockwerk begeben können. Als Hausmeister. Oder?«

Der Hausmeister lächelte. »Ich war eine Woche in Urlaub, auf den Kanaren. Bin gestern zurückgekommen. Können Sie alles nachprüfen.« Sein Ticket lag im Schlafzimmer, er konnte es sofort holen, falls jemand einen Beweis verlangte. Doch das tat niemand, denn in diesem Moment klingelte es an der Wohnungstür.

»Kollegen«, sagte der Polizist trocken, und es klang irgendwie triumphierend. »Machen Sie denen mal auf, die wollen sicher noch 'ne Menge wissen.«

13

Mittwoch, 16. 7., 13.08 Uhr

»Acht, neun Tage, schätz ich mal«, sagte der Gerichtsmediziner, einer von Herzogs Mitarbeitern, deren Namen Mona regelmäßig vergaß. Dann fiel ihr ein, dass er auch im Mordfall Samuel Plessen am Tatort gewesen war. Er hieß – Wagner. Wagner, Wagner, Wagner. Es war nicht gut, wenn man Namen dauernd vergaß. Rachsüchtige Naturen merkten sich das. »Wenn man die Hitze berücksichtigt«, erklärte Wagner, »die geschlossenen Räume, wenig Luftfeuchtigkeit, die den Prozess beschleunigt hätte... Dann ist das hier ein Haus aus den Achtzigerjahren, also gut dichtende Fenster, Lärmschutz... Acht Tage plus minus einen würd ich sagen.«

Im weißen Overall der Tatortleute und mit Gummihandschuhen an den Händen kniete er vor der Leiche. Vorsichtig schob er das T-Shirt der Frau nach oben und hielt mitten in der Bewegung inne. »Das ist ja wie ein Déjà-vu«, sagte er leise. Mona hockte sich neben ihn. Sie spürte, wie ihr der Schweiß in Bächen die Schläfen herunterrann. Sie atmete flach, um den entsetzlichen Geruch nicht allzu tief in sich hineinzulassen. Sie sah in das Gesicht der Frau und registrierte eine aufgeblähte Masse ohne irgendwelche individuellen Kennzeichen – man konnte gerade so erkennen, dass es sich um eine Frau handelte. In den halb geschlossenen Augen und in den Nasenlöchern nisteten dünne weiße Maden: Nichts, was das Wesen dieser Frau einmal ausgemacht hatte, war noch sichtbar oder fühlbar. Der Tod machte alle gleich. Gleich hässlich, dachte Mona, und ein kurzer Schauer lief ihr über den Rücken. Der Tod in diesem Stadium ließ einem nur den Glauben an eine unsichtbare unsterbliche Seele. Der einzige mögliche Trost. Man musste auf ihn zurückgreifen, besonders in ihrem Job, sonst wurde man wahnsinnig.

»Gucken Sie doch mal hin!«, drängte Wagner. Sie sah ihn kurz an (er hatte blaue Glubschaugen mit hellen, fast durchsichtigen

Wimpern, fiel ihr bei der Gelegenheit auf) und warf dann einen Blick auf den Bauch der Frau. Er war von Fäulnisgasen aufgebläht wie ihr Gesicht und von dunklen Adern durchzogen. Aber das war es nicht, was Wagner gemeint hatte.

Jemand hatte fünf, sechs Zentimeter hohe Buchstaben in die Haut des Unterleibs geritzt. Sie sahen nicht so auffällig aus wie bei Samuel Plessen, weil die Haut dieses Opfers bereits stark verfärbt war. Außerdem hatten die Gase im Inneren des Körpers die blutverkrusteten Buchstaben so auseinander gezogen, dass sie fast wie Risse aussahen. Und dennoch war das Wort – denn es war eins – gut lesbar.

DAMALS.

WARST und DAMALS.

»Das ist ja wie bei dem ... wie hieß er noch ...«

Die rechte Hand. Sie umfasste etwas. Mona wies Wagner darauf hin. Er öffnete die Hand vorsichtig. Etwas Schwärzliches lag darin, das vielleicht einmal eine Zunge gewesen war.

»Tja«, sagte Wagner.

»Ja«, sagte Mona leise und stand auf. »Sie können die Leiche ins Institut bringen lassen. Ich melde mich dann bei Herzog.«

Wagner nickte und erhob sich ebenfalls.

Beide überließen das Feld den Tatortleuten und begaben sich nach draußen, wo sie erleichtert die schweißtreibenden weißen Einweg-Overalls abstreiften und vor der Tür liegen ließen.

»Fahren Sie nicht mit dem Lift?«, fragte Wagner.

Mona winkte ab. »Ich geh zu Fuß.«

Sie lief nach unten, wo der Hausmeister wartete, der nach Schnaps stank und sich geweigert hatte, den Tatort ein zweites Mal zu betreten. Was Mona gut verstehen konnte. Sie hatte schon so viele Leichen gesehen, dass sie sie nicht mehr zählen konnte, und dennoch würde sie sich nie wirklich an den Anblick gewöhnen. Am Anfang hatten all die Toten sie nachts heimgesucht, in schauerlichen Träumen, die von Vergänglichkeit und Vergeblichkeit handelten. Jetzt blieb nach jedem weiteren Mordfall, ob gelöst oder zu den Akten gelegt, ein Gefühl zurück, das sich nie zur Gänze verflüchtigte und nur schwer benennen ließ. Es lähmte

Bewegungen und verlangsamte Reaktionen. Es war wie ein Schatten, der helle Tage verdunkelte und Freude nicht mehr aufkommen ließ.

Mona traf den Hausmeister – er hieß Friedrich Brennauer, seit zwei Jahren geschieden, ohne Kinder – auf einem beigebraun gemusterten Sofa in seinem Wohnzimmer an, wo er schwitzend und trübsinnig vor sich hin starrte, bewacht von einem hübschen, blonden Polizisten, dem Mona die Weisung gegeben hatte, Brennauer vom Alkohol fern zu halten, bis die Vernehmung über die Bühne war. Offenbar war das nicht hundertprozentig geglückt. Brennauers Gesicht war gerötet, die dünnen, grauen Haare klebten an seinem dicken Schädel. Er stank nach Schnaps.

Herzinfarktkandidat, dachte Mona. *Ich muss aufpassen.* Sie setzte sich neben ihn. Das Sofa dünstete jahrzehntealte Küchengerüche aus.

»Wie kommen Sie zurecht?«, fragte sie.

Brennauer starrte vor sich hin, ohne zu antworten. Sein Elan von vorhin war verschwunden, und er wusste nicht wohin. Jetzt schob sich der Anblick der Leiche wie eine Fratze vor sein inneres Auge, und er hatte plötzlich Angst, dass sie ihn auch künftig begleiten würde: die tote Frau, die keinerlei Ähnlichkeit mit Sonja Martinez hatte, obwohl es Sonja Martinez sein musste.

»Herr Brennauer?«

Schließlich wandte er Mona sein Gesicht zu. Sein Mund stand offen, und er atmete schwer.

»Mir geht's nicht gut, Frau …«

»Seiler. Kriminalhauptkommissarin. Ich …«

»Mir geht's nicht gut.«

»Das versteh ich. Es wäre trotzdem gut, wenn ich Ihnen ein paar Fragen stellen könnte.«

»Muss das jetzt sein? Mir …«

»Eigentlich schon. Leider. Wissen Sie, die Frau liegt schon recht lange da oben …«

»Erinnern Sie mich bloß nicht! Mir wird gleich wieder schlecht!«

»Tut mir Leid, aber ...«

»Sie stinken auch danach! Nach dieser ...«

»Herr Brennauer, ich kann Sie auch vorladen. Dann müssen Sie extra ins Dezernat 11 am Hauptbahnhof kommen. Wollen Sie das?«

Brennauer überlegte. Sein kariertes Hemd, seine beige Arbeitshose – alles war getränkt mit Schweiß. Seine Stirn war nass, sein Gesicht glänzte. »Nein«, sagte er.

»Dann machen wir's schnell hier. Okay?«

»Von mir aus.« Brennauers Stimme war tief und kehlig, insgesamt fand sie Mona nicht sehr angenehm. Vermutlich konnte er cholerisch werden, wenn etwas nicht lief, wie es ihm passte. Aber jetzt war er zu angeschlagen dafür, und das hatte durchaus sein Gutes.

»Ich schalte jetzt ein Band ein. Sie sind damit einverstanden, dass unser Gespräch aufgenommen wird?«

»Von mir aus.«

Mona klärte die Präliminarien – Datum, Uhrzeit, Ort, Name des Zeugen, Alter – und stellte die erste Frage: »Haben Sie Frau Martinez gekannt?«

»So vom Sehen. Nicht gut.« Brennauer rülpste. Sein Blick wanderte zu der Schnapsflasche auf dem Wohnzimmertisch. Sie befand sich knapp außerhalb seiner unmittelbaren Reichweite.

»Ist Ihnen vor ungefähr zehn Tagen jemand hier aufgefallen? Jemand, den Sie nicht kannten?«

»Hier im Haus?«

»Ja. Auf dem Flur. Strich da jemand herum, den Sie noch nie gesehen hatten?«

»Kann mich nicht erinnern. Nein.«

»Frau Martinez' Mann, Robert Martinez, hat seine Frau verlassen, stimmt das so?«

»Glaub schon. Da war dieser Möbelwagen, und drinnen saß seine Tochter, und dann fuhr er den Wagen weg.«

»Haben Sie ihn danach noch mal hier gesehen?«

»Nie mehr. Aber ich hab den auch früher nicht so oft ...«

»Wissen Sie, wo er sich jetzt aufhält?«

»Hab ich Ihrem Kollegen schon gesagt. Keine Ahnung.«

»Gibt es hier im Haus jemanden, der wissen könnte, wo sich Herr Martinez aufhält? Ein Nachbar oder so?«

»Weiß ich nicht! Ich kenn die Familie doch bloß vom Sehen!«

»Ist Ihnen an Frau Martinez in den letzten Wochen irgendwas aufgefallen?«

»Das hat alles schon Ihr Kollege …«

»Das ist egal, Herr Brennauer. Völlig egal. Wir müssen das alles wissen, weil hier ein Mord passiert ist. Verstehen Sie das, Herr Brennauer? Da ist wer umgebracht worden, und wir müssen den Täter finden. Und wenn das bedeutet, dass wir Sie noch einmal oder zweimal oder fünfmal vernehmen müssen, dann ist das so. Verstanden?«

»Kann ich einen Schluck …«

»Später.«

»Kann ich rauchen?«

Mona nickte und holte ihre eigene Schachtel aus ihrer Tasche. Der Polizist öffnete ein Fenster, und heiße Sommerluft strömte in den stickigen Raum. Mona hörte Kindergeschrei und eine Frauenstimme, die mit hektischem Unterton immer wieder »Boris!« rief. Brennauer zündete sich ein Zigarillo mit gelbem Plastikmundstück an.

»Können wir weitermachen?«, fragte Mona. Sie sah auf die Uhr. Berghammer leitete zur Stunde die PK zum Mordfall Samuel Plessen, verbunden mit dem Aufruf, dass sich all diejenigen melden sollten, die Samuel kurz vor dem Mord lebend gesehen hatten. Er ahnte noch nichts von der Sachlage, die sich hier ergeben hatte.

»Können wir weitermachen?«, wiederholte sie. Brennauer zog an seinem Zigarillo und antwortete nicht. Sein Gesicht war jetzt nicht mehr rot, sondern bleich, mit einem weißlichen Rand um den schweren Mund. Sein Aussehen zeugte nicht nur von momentanem Unwohlsein, sondern von jahrzehntelangem Raubbau an seinem Körper – zu fettes Essen, zu viel Schnaps und Bier, zu viel Nikotin, zu wenig Bewegung. Mona ignorierte das. Wenn er zusammenklappte, musste man einen Arzt holen, aber vorher wollte sie ihre Informationen haben.

»Ich muss wissen…«, begann sie.

»Hören Sie mal, Frau Weißichnichtwas: Ich weiß gar nichts! Nichts! Sie können hier noch eine Stunde…«

»Genau. Eine Stunde oder länger. Wenn Sie nicht kooperieren. Sonst geht's schneller.« Mona zog an ihrer Zigarette. Der Rauch milderte das Leichenaroma, das sie und Brennauer mit sich herumtragen würden, bis jedes einzelne Teil ihrer heutigen Garderobe in der Waschmaschine gelandet war. Selbst an den Schuhen haftete der Geruch wie eine besonders penetrante Ermahnung, ja nicht zu vergessen, was man gesehen hatte.

»Wann haben Sie zum letzten Mal mit Frau Martinez geredet?«

»Weiß nicht mehr.«

»Dann strengen Sie sich an. Ich hab jede Menge Zeit.«

Brennauer sah sie hasserfüllt an, und Mona starrte ungerührt zurück. Vielleicht wusste er ja wirklich rein gar nichts. Aber gehen lassen würde sie ihn erst, wenn sich Letzteres zweifelsfrei erwiesen hatte.

»Also wann?«, fragte sie. Der Schupo erkundigte sich, ob er sich »kurz frisch machen« dürfe, und Mona nickte ihm zu. Der Polizist verließ den Raum. Kurze Zeit später hörte man die Klospülung.

»So vor zwei Wochen«, sagte Brennauer schließlich. »Ungefähr«, fügte er hinzu. Das Zigarillo war schon fast aufgeraucht – ein Zeichen für seine minderwertige Qualität –, aber Brennauer zog immer noch daran, als sei der Rauch Nahrung für ihn. »Nachdem sie in der Zeitung war.« Der Polizist kam wieder herein und nahm seinen Posten am offenen Fenster ein.

»Was? Welche Zeitung?«

»Abendzeitung. Die les ich jeden Tag. Und da war sie drin. Mit Foto.«

»Wieso? Ich meine, worum ging's da? In dem Artikel?«

»Weiß nicht mehr.«

»Aber Sie wissen noch, dass sie drin war? In der AZ meine ich.«

»Ja, sicher, wegen dem Foto von ihr. Ich hab sie gleich erkannt. Und dann hab ich sie auf dem Flur getroffen und drauf angesprochen.«

»Was hat sie gesagt?«

Brennauer drückte sein Zigarillo aus und strengte sichtlich seinen Kopf an. Er sah etwas weniger ungesund aus, vielleicht weil er für eine Minute an die lebende Sonja Martinez dachte, nicht an die tote.

»Weiß nicht mehr genau.«

»So ungefähr?«

Brennauer dachte wieder nach. »Sie hat komisch geschaut. So als ob ihr das gar nicht recht wäre. Das mit der Zeitung und ihrem Bild darin und so. Sie hat eigentlich gar nichts gesagt. Oder nur wenig.«

»Und Sie haben sie gar nichts gefragt?«

»Wieso? Wenn die nicht reden will?«

»Auch wahr«, sagte Mona und beschloss, das Ganze zu beenden. Den Artikel über Sonja Martinez zu finden, würde kein Problem sein. »Also wann ist das jetzt gewesen? Das mit dem Artikel? Wann stand der in der AZ?«

»So vor zwei Wochen. Nageln Sie mich nicht fest, also …«

»Ja, ist ja gut.«

14

Mittwoch, 16. 7., 14.30 Uhr

Der Artikel war vom vierten Juli, also zwölf Tage alt, er stand im Lokalteil, und die Titelzeile lautete: »Wahnsinniger Psychiater befiehlt Frau, ihre Familie zu verlassen!« Der »wahnsinnige Psychiater« war Fabian Plessen. Er wurde mit der Äußerung zitiert, dass er generell niemals vertrauliche Informationen seiner Patienten an die Öffentlichkeit bringen würde, dass er aber so viel zu den Vorwürfen sagen könne: Frau Martinez habe ganz offensichtlich etwas vollkommen falsch verstanden, und falls das so sei, tue ihm das sehr, sehr Leid. In einem weiteren Zitat bat Plessen ausdrücklich darum, dass sich Frau Martinez bei ihm melden solle, um dieses Missverständnis zu bereinigen. Der Artikel war namentlich gezeichnet, der Autor hieß Stefan Heitzmann.

»Wir laden ihn vor«, sagte Mona zum Rest der MK 1. Sie saßen im Konferenzraum, Berghammer war diesmal nicht dabei. Es war nach zwei, und Mona hatte seit morgens um sieben nichts gegessen außer zwei Kugeln Schokoladeneis in der Waffel. Sie gähnte.

15

1983

Der Junge war gut in der Schule, machte seine Hausaufgaben vorbildlich, gab nichts Republikfeindliches von sich. Er nahm brav an den Treffen der jungen Pioniere teil, obwohl das seine freie Zeit noch mehr einschränkte. Er fiel nicht weiter auf, obwohl er keine Freunde hatte, nicht einmal lose Bekannte, mit denen er ab und zu etwas unternahm: Er erfüllte alle formalen Rahmenbedingungen, die der Staat seinen Bürgern abverlangte, und mehr interessierte den Staat nicht. Das Gesicht des Jungen war hager geworden und hatte die frühere Lieblichkeit verloren. Seine Haare waren nicht mehr fein gelockt, sondern dick und strohig, seine Augen blickten ständig in eine andere Richtung. In sich trug er Wünsche und Begierden, Träume und Vorstellungen, die er mit niemandem teilen konnte: Jemanden ins Vertrauen zu ziehen, um auf diese Weise vielleicht einen Gefährten zu finden, war einfach zu riskant.

Der Junge war alt genug, um zu verstehen, dass es in seiner engeren Umgebung niemanden gab, der so war wie er. Was er dachte und fühlte fanden andere entsetzlich und abstoßend, das wusste er. Aber für ihn waren seine Gefühle in Ordnung, er kannte ja keine anderen. Sie verängstigten ihn manchmal wegen ihrer Kraft und Vehemenz, die oft etwas Befehlendes an sich hatte. Aber er wäre nie auf die Idee gekommen, ihnen nicht Folge zu leisten: Was sein musste, musste sein.

An den freien Wochenenden streifte er durch die Natur und beobachtete die Reiher, die im Schilf des Sees nisteten. (Sollte er eines Tages zur Volksarmee gehen, würde er ein Gewehr bekommen, das er heimlich mitgehen lassen konnte. Dann könnte er die Reiher abschießen; er freute sich auf diesen Moment.) Es gab so viele Tiere in dieser Gegend, aber sie waren so schwer zu fangen und zu töten. Nur Mäuse und Ratten hatte er bisher erwischt und einmal einen jungen Hund. Die Nachbarn hatten ihn ihrer kleinen Tochter geschenkt, die bitterlich weinte, als der Hund, den sie Dago getauft hatte, nicht mehr aufzufinden war. Dem Jungen gefiel die Vorstellung, dass all die Aufregung seinetwegen stattfand. Er hatte den Hund beziehungsweise dessen Überreste im Wald an einer schwer zugänglichen Stelle begraben und die Stelle danach sorgfältig mit altem feuchtem Laub, Moos und Tannennadeln bedeckt, bis man nichts mehr sah. Danach hatte er sein Messer im nahen See gesäubert und war nach Hause geschlendert. Er war zufrieden mit sich: Er hatte sich zusammengenommen, die Leiche des Hundes nicht wild und unbeherrscht zerstört, sondern nach allen Regeln der Kunst – seiner Kunst – seziert und damit die Befriedigung erlangt, die er suchte.

Manchmal gab er sich Namen, die er aus dem Westfernsehen oder aus Büchern aufschnappte. Werwolf zum Beispiel. Er sah einen Film, in dem sich ein normaler Mann eines Nachts bei Vollmond in eine reißende Bestie verwandelte, die nur von einer schönen Frau gezähmt werden konnte, und so gefiel sich der Junge eine Zeit lang als blutrünstiges Monster, das sich in einem Jungen versteckte und auf Ausbruch sann. Schließlich bevorzugte er aber eine neue Rolle: die eines Auftragskillers der Mafia, der jedes seiner Opfer mit einem kleinen Mal kennzeichnete – als Indiz für seine Kunden, dass er einen guten Job geleistet hatte, den niemand so perfekt erledigen konnte wie er. Er wollte es sauber und sorgfältig tun, nicht brutal und chaotisch. Er wollte kein Opfer seiner Triebe sein, sondern die Kontrolle behalten.

Aber so konkret waren seine Fantasien nicht immer. Jedes Tier, das er tötete, untersuchte und anschließend ausweidete, öffnete gleichsam die Tür zu einer neuen Bilderwelt, die manchmal nur aus sich langsam verändernden Farben und Formen bestand, manchmal aber auch aus seltsam authentisch wirkenden Erinnerungsfetzen an ein früheres, anderes Leben, das er in bewusstem Zustand nicht kannte.

Sobald er aus dieser somnambulen Verfassung erwachte, fühlte er sich gleichzeitig leer und beschmutzt, so wie es ihm in manchen Nächten ging, wenn ihm übel war und er sich übergeben musste. Manchmal – immer noch zu oft! – lag vor ihm ein totes Lebewesen, das fürchterlich zugerichtet war, ohne dass der Junge wusste, wie genau das passiert war. Dieser Anblick ekelte ihn jedes Mal aufs Neue, und er begann sich selbst zu hassen: Weil er sich wieder nicht hatte beherrschen können. An solchen Tagen wirkte er auf seine Umgebung schlecht gelaunt, aggressiv und verwirrt. Aber niemand dachte sich viel dabei.

Ein Jahr nach dem Tod seines Vaters begann sich seine Mutter sporadisch mit Männern zu treffen. Seine Schwester war zu diesem Zeitpunkt von einem Jungen aus der Nachbarschaft schwanger und hielt sich mehr bei dessen Familie auf als bei ihrer eigenen. Seine Mutter hörte endgültig auf, ihn zu beobachten, und konzentrierte ihre Energie stattdessen darauf, wieder Spaß am Leben zu haben, wie sie sich ausdrückte. Spaß: das waren wechselnde Partner, mit denen sie nach dem Abendessen im Bett verschwand. Der Junge konnte sie nachts manchmal hören; dann hielt er sich die Ohren zu, krümmte sich wie ein Embryo in seinem Bett und tauchte ab in sein Universum der Grausamkeit, in dem er sich mittlerweile mehr zu Hause fühlte als dort, wo sich sein reales Leben abspielte.

16

Mittwoch, 16. 7., 14.37 Uhr

Nach der Vernehmung Brennauers und ihrer Rückkehr ins Dezernat ließ sich Mona von Lucia einen Döner holen, weil sie dachte, sie müsse etwas zu sich nehmen, schon um den penetranten Leichengeruch aus der Nase zu bekommen. Als sie den letzten Bissen hinuntergeschluckt hatte, war ihr bereits übel von dem fetten, würzigen Fleisch, das nicht in die glühende Hitze passte, in der man besser nur Obst und Eis aß. Während sie noch überlegte, ob sie sich ein Glas Wasser holen sollte, klopfte es an der Tür.

»Herein«, rief sie. Patrick Bauer öffnete die Tür und sagte zu einer Person hinter ihm: »Hier ist sie.« Hinter Patrick Bauer erschien ein großer, dunkelhaariger Mann, der sich mit Stefan Heitzmann vorstellte.

»KHK Mona Seiler«, sagte Mona. »Sind Sie der Journalist von der AZ?«

Heitzmann nickte.

»Setzen Sie sich«, sagte Mona und gab Bauer ein Zeichen, dass er gehen könne. Gehorsam schloss er die Tür hinter sich. Einen Moment lang überlegte sie, Fischer zu holen, aber dann entschied sie sich dagegen. Fischer würde den armen Kerl nur wieder anfahren, und dann würde die Vernehmung doppelt so lange dauern, weil den Leuten nichts einfiel, solange sie Angst hatten.

Heitzmann sah allerdings nicht so aus, als würde er sich von jemandem wie Fischer einschüchtern lassen. Mona schätzte ihn auf Anfang dreißig. Vielleicht auch jünger. So ein Schnurrbart gab leicht noch fünf Jahre dazu, und vielleicht war ja genau das der Sinn der Sache.

»Macht es Ihnen was aus, wenn ich das Band einschalte?«

»Ist mir egal«, sagte Heitzmann mürrisch. Gesicht und Hals waren leicht gerötet und feucht von Schweiß. »Kann ich rauchen?«, fragte er und zog im selben Moment seine Marlboros aus den khakifarbenen Hosen.

»Nein«, sagte Mona, warum, wusste sie selbst nicht. Heitzmann sah sie hasserfüllt an, aber er steckte die Zigaretten wieder weg.

»Sie haben diesen Artikel über Frau Martinez geschrieben?«, begann Mona.

»Ja und?«

»Die Frau ist tot. Wir haben sie heute gefunden.«

In Heitzmanns Gesicht regte sich etwas, wenn auch nicht viel. »Hä?«

»Ermordet. Der Hausmeister hat uns von Ihrem Artikel ...«

»Sagen Sie mal, gute Frau, wollen Sie mir was anhängen?«

Diesem Kerl hätte sie Fischer geradezu gewünscht.

»Das kommt darauf an, wie kooperativ Sie sind.« Er wollte Kampf, er bekam ihn. Heitzmann stand auf. »Wissen Sie was? Rufen Sie meinen Anwalt an.«

»Setzen Sie sich wieder hin! Sofort!«

Heitzmann hielt mitten in der Bewegung inne. Schließlich nahm er wieder Platz. Mona hielt seinem zornigen Blick stand, bis er die Augen senkte.

»Wollen Sie was sehen?«, fragte sie mit ruhiger Stimme.

Heitzmann antwortete nicht. Die Röte auf seinem Gesicht hatte sich vertieft, voller Wut auf sich selbst, dass er nachgegeben hatte. Mona holte ein paar Polaroids der ermordeten Sonja Martinez aus ihrer Schublade und warf sie Heitzmann hin. Heitzmann sah widerwillig darauf. Fast im selben Moment sprang er auf und wich zurück bis zur Tür. Mona fiel ein, dass er nicht zu den Polizeireportern gehörte, die Aufnahmen dieses Kalibers gewöhnt waren.

»Scheiße! Was soll das!« Seine Stimme klang brüchig.

Mona sammelte die Fotos wieder ein und verstaute sie in der Schublade. »Das war Frau Martinez, Ihre Interviewpartnerin. So sieht sie heute aus. Verstehen Sie?«

Heitzmann näherte sich langsam im Krebsgang wie ein verängstigtes Tier ihrem Schreibtisch. Er wirkte erheblich weniger selbstbewusst als noch vor ein paar Minuten. »Warum muss ich mir diese Scheiße anschauen?«

»Weil Sie mit ihr geredet haben. Vielleicht als Letzter vor dem Mörder.«

»Was?«

»Was hat Sie Ihnen erzählt? Und setzen Sie sich wieder hin.«

»Sie hat uns angerufen«, sagte Heitzmann. Er setzte sich wieder und stützte seinen Kopf in beide Hände. Der Schweiß lief ihm jetzt in Bächen den Nacken herunter in den Hemdkragen hinein.

»Sie angerufen? Wieso?«

»Nicht mich. Den Lokalchef. Sie hätte eine Geschichte für uns.«

»Welche Geschichte?«

»Dieser Psycho-Fritze da. Plessen. Der, der im Fernsehen war bei diesen ganzen Talkshows. Der hätte ihr gesagt, sie soll ihre Familie verlassen.«

»Das hat sie einfach so behauptet, und Sie ...«

»Machen darüber 'ne Geschichte, bloß weil sich eine verrückte Hausfrau was ausdenkt? Nein.«

»Was, nein?«

»Der alte Plessen hat ihr das schriftlich gegeben. Das macht er nämlich immer. Handschriftlich auf seinem Briefbogen. Immer am Ende eines, äh, Seminars. So 'ne Art Abschiedsbeurteilung.«

»Aha.«

»Die Martinez hat uns das gezeigt. Sie kam in die Redaktion und zeigte uns das Papier, und wir fanden das den Hammer. Gute Geschichte, wenn sie stimmt. Okay, Plessen ist kein A-Promi, aber er ist durch alle Talkshows geschleift worden, viele Leute kennen ihn jetzt, und seine Kurse, oder wie man das nennt, sind seitdem ausgebucht. Wäre fast 'ne Seite drei geworden, aber dann kam was Aktuelles dazwischen.«

»Es hat gestimmt? Er hat wirklich ...«

»Plessen hat's nicht abgestritten. Er hat zwar gesagt, sie hätte das falsch verstanden und so weiter, aber auf dem Papier stand's schwarz auf weiß. Ihr Weg ist das Alleinsein oder so ähnlich.«

»Da stand drauf, die Martinez soll ihren Mann verlassen?«

»Martinez und seine Tochter seien so was wie eine Einheit. Die sie zerstören würde. Das stand drauf. Und dass sie freiwillig gehen solle. Wegen ihrer Ursprungsfamilie. So ähnlich. Ich hab nicht genau verstanden, was damit gemeint war, aber…

»Sonja Martinez soll ihre Familie verlassen, weil…«

»So stand das auf dem Papier. Die Kopien sind in der Redaktion. Und Plessen hat's, wie gesagt, nicht abgestritten. Er hat gesagt: Das ist meine Handschrift. Aber sie hätte das eventuell nicht richtig verstanden. Er hat angeboten, es ihr noch mal zu erklären. Aber das war dann nicht mehr unsere Sache.«

Mona überlegte. »Wann war das?«, fragte sie.

»Vor ungefähr drei Wochen. Die Geschichte lag ein paar Tage, dann kam sie ins Blatt.«

»Ich versteh das nicht«, sagte Mona. »Sie macht diesen…, diesen Kurs, kommt zu Ihnen in die Redaktion… Ich versteh das nicht. Sie musste dem doch nicht Folge leisten. Sie hätte doch bei ihrer Familie bleiben können.«

»Die Martinez kam, weil ihr Mann *sie* verlassen hatte. Sie hat geglaubt, ihr Mann hat sie verlassen weil sie bei Plessen war.«

»Wieso, hat ihr Mann ihr das verboten?«

»Nein, aber… Sie hat sich das eben so eingebildet, wahrscheinlich weil es kurz danach passiert ist. Wir dachten natürlich erst, die spinnt. Aber dann haben wir eben diese Aufzeichnungen gesehen.«

»Wann war dieser Kurs?«

»Weiß ich nicht mehr genau. Vor 'nem Monat oder so. Nee, länger. Sechs bis acht Wochen ist das her.«

Vor sechs Wochen, hatte der Hausmeister erzählt, war Robert Martinez gemeinsam mit seiner Tochter ausgezogen. Vielleicht war Martinez noch einmal zurückgekommen. Vielleicht brauchte er Geld. Vielleicht gab es als Motiv die übliche Lebensversicherung, von seiner Frau unterschrieben und ausgestellt auf seinen Namen. Bauer, Schmidt und Forster waren dabei, das zu ermitteln. Die eingeritzten Buchstaben auf dem Bauch der toten Sonja Martinez konnten eine Finte sein.

Schon wieder eine?

»Sie können gehen«, sagte Mona zu Heitzmann, der erleichtert aufstand. »Ich ruf Sie an, wenn wir noch was wissen müssen.«

»Ja. Ich freu mich schon.« Heitzmann ließ die Tür hinter sich ins Schloss fallen, und in Monas Büro blieb ein penetranter Schweißgeruch zurück. Sie öffnete das Fenster, und ein Schwall feuchtheißer, abgasgesättigter Luft drang in den Raum. Fluchend machte sie das Fenster wieder zu.

17

Mittwoch, 16. 7., 15.00 Uhr

Mona berief eine kleine Konferenz in ihrem Büro ein. Anwesend waren Bauer, Fischer und sie. Forster und Schmidt waren noch am Tatort, um die Nachbarn zu vernehmen. Die Leiche Sonja Martinez' wurde zur Stunde ins Institut für Rechtsmedizin transportiert. Ein paar Sekunden lang dachte Mona über die Frau nach, deren Leben auf so deprimierende Weise geendet hatte. Vielleicht würde niemand um sie trauern. Vielleicht gab es niemanden, dem sie etwas bedeutet hatte. Sonja Martinez war dreiundvierzig Jahre alt geworden und gegen Ende ihres kurzen Lebens so einsam gewesen wie ein ganz alter Mensch.

»Was ist mit Robert Martinez?«, fragte sie Bauer.

»Er ist auf dem Weg hierher«, sagte Bauer. Sein Gesicht war blass; er kam gerade vom Tatort. Bauer war nun auch schon über ein Jahr dabei, und noch immer hatte er sich nicht an das gewöhnt, was Berghammer gern als ihr tägliches hässliches Geschäft bezeichnete.

»Geht's dir gut?«, fragte Mona in dem Wissen, dass sie keine ehrliche Antwort zu erwarten hatte. Bauer durfte sich keine Schwächen mehr leisten, seine Position in der MK 1 war ohnehin nicht besonders stabil. Seine Kollegen nannten ihn untereinander »das Mädchen«. Eine schlimmere Herabsetzung war kaum denkbar, und so hoffte Mona, dass er seinen Spitznamen erst dann erfahren würde, wenn er sich endgültig gefangen hatte.

Falls das jemals der Fall war.

»Alles okay«, sagte Bauer erwartungsgemäß, Fischers hämisches Grinsen ignorierend. Um von seinem Befinden abzulenken, blätterte er in seinem Notizblock. »Ich hab mit Martinez telefoniert, er wird von der Schupo abgeholt. Ich hab gedacht, es ist das Beste, er kommt erst hierher. Zu identifizieren, also ...«

»... gibt's ja nicht mehr viel«, unterbrach ihn Fischer, die Sache mit seiner üblichen Brutalität auf den Punkt bringend.

»Ja«, sagte Mona. »Wir schicken die DNS ein. Alles andere hat wohl ziemlich wenig Sinn. Was hat Martinez gesagt?«

»Er hat geheult«, sagte Bauer. »Klang total entsetzt und fertig.«

»Und? Was hat er gesagt?«

»Dass er mit seiner Tochter in Spanien war und vorgestern erst zurückgekommen ist.«

»Hat er nicht versucht, seine Frau zu erreichen?«

»Er sagt, er hat geklingelt, und sie hat nicht aufgemacht.«

»Das ist doch Blödsinn«, sagte Mona. »Der muss doch noch einen Schlüssel zu der Wohnung haben.«

Bauer zuckte die Schultern.

»Lebt der überhaupt hier?«, fragte Mona. »Ich dachte, der ist Spanier.«

»Schon, der ist aber schon ewig in Deutschland, hat auch kaum Akzent. Arbeitet bei einer Computerfirma.«

»Weißt du, bei welcher?«

Bauer blätterte in seinen Notizen. »Software Industries oder so ähnlich.«

»Ruf da an und fahr hin. Rede mit Chef und Kollegen. Ich will wissen, was dieser Martinez für ein Typ ist.«

»Okay.«

»Hans, du bleibst hier. Wir vernehmen ihn gemeinsam.«

Während Bauer den Raum verließ, zündete sich Mona eine Zigarette an, schon die vierte an diesem Tag, obwohl sie ihren Konsum eigentlich auf täglich sechs beschränken wollte. Fischer rauchte ebenfalls und starrte an ihr vorbei, wie immer wenn sie allein waren. Fischer redete nicht gern mit Frauen, hatte Mona mittlerweile herausgefunden, es sei denn, er versprach sich etwas davon: Sex oder Liebe oder beides. Andernfalls fand er einfach kein gemeinsames Thema. Es war nicht einmal böser Wille, es war eine besondere Form der Unfähigkeit, die ihn möglicherweise quälte, ihm möglicherweise aber auch gar nicht bewusst war. In seiner Gegenwart fühlte sich Mona manchmal wie seine Mutter (obwohl sie dafür viel zu jung war), deren renitenter Sohn bloß in Ruhe gelassen werden wollte. Vielleicht gab es ja für Fischer nur zwei Sorten von Frauen. Eine, von der er was wollte. Und eine, die was von ihm wollte, und schon deshalb in die Kategorie Nervensäge fiel.

Da mit Fischer kein Gespräch möglich war, überlegte sich Mona, was sie Martinez eigentlich fragen wollte. In erster Linie ging es natürlich um die Verbindung Plessen – Plessens Sohn – Sonja Martinez. Wenn sie Glück hatte, war Robert Martinez das Bindeglied. Dann hatte er vielleicht einen Doppelmord begangen. Aus Motiven, die im Moment so völlig im Dunkeln lagen, dass man das Ganze eigentlich schon zu diesem Zeitpunkt ausschließen konnte.

Sonja Martinez die Geliebte von Sam Plessen, der Mord ein Eifersuchtsdelikt ihres rasenden Mannes? Mona versuchte, der Idee irgendetwas abzugewinnen. Ohne Erfolg. Sie hatte Fotos von der lebenden Sonja Martinez gesehen. Eine nicht unattraktive Frau, aber trotzdem – die mit einem Sechzehnjährigen: niemals.

»Wann kommt der eigentlich mal?«, bequemte sich Fischer, das Wort an sie zu richten.

»Langweilst du dich?«, fragte Mona. Sie legte ihre Füße in den dünnen Turnschuhen auf den Tisch und zündete sich eine weitere Zigarette an. Etwas in ihr genoss die Situation: Fischer in einer seiner verhasstesten Lebenslagen. Allein mit einer Frau, von der er nichts wollte.

18

Mittwoch, 16. 7., 15.25 Uhr

Robert Martinez war zu Monas Überraschung blond und blauäugig. Wie Bauer gesagt hatte, sprach er fließend deutsch mit leichtem Akzent. Er wirkte verzweifelt und gebrochen. Nichts an seiner Aussage war widersprüchlich oder unglaubwürdig. Sie mussten die Vernehmung häufig unterbrechen, weil er weinte. Ja, natürlich hatte er einen Wohnungsschlüssel, aber keinen Hausschlüssel mehr, und niemand habe ihm aufgemacht. Daraufhin habe er sich vorgenommen, es am nächsten Abend, nach der Arbeit, noch einmal zu versuchen. Ja, er habe Sonja angerufen, aber der Anschluss sei gesperrt gewesen. Ja, er habe sich Sorgen gemacht. Ja, er habe Angst davor gehabt, was ihn in der Wohnung erwarten könnte. Ja, vielleicht sei das ein Grund gewesen, weshalb er es kein zweites Mal versucht habe, Sonja zu besuchen.

Nein, er kenne Samuel Plessen nicht und seinen Vater nur aus den Erzählungen Sonjas, die bei ihm dieses verhängnisvolle Seminar absolviert habe. Nein, er hasse Plessen deswegen nicht, es sei doch nicht dessen Schuld gewesen, und er habe ihn doch überhaupt nicht gekannt. Nein, er habe auch Sonja nicht gehasst, sie habe ihm im Gegenteil viel bedeutet, aber er habe einfach nicht mehr mit ihr zusammenleben können.

»Warum nicht?«, fragte Mona. Es war mittlerweile vier Uhr, furchtbar heiß, und sie hatte nun doch das getan, was man landläufig durchlüften nannte, was aber in dieser Gegend einen völlig anderen Namen verdiente. Nun stank es in ihrem Büro nicht mehr nur nach Rauch, sondern auch nach geschmolzenem Teer und Abgasen. Martinez schien nichts davon wahrzunehmen. Seine Augen waren geschwollen, sein Gesicht grau unter der an der Costa Blanca erworbenen Sonnenbräune.

»Warum konnten Sie nicht mehr mit ihr leben?«, fragte Mona ein zweites Mal.

»Es ging nicht mehr.«

»Warum?«

»Sie hat … mich fertig gemacht. Mich und Sara.«

»Sara ist Ihre Tochter?«

»Ja«. Martinez lächelte und schien plötzlich ein anderer Mensch zu sein. Dann fuhr er sich mit der Hand durchs Gesicht und begann wieder leise zu weinen. Selbst Fischer blieb still angesichts dieser abgrundtiefen Traurigkeit, die nichts Verlogenes an sich hatte. Man konnte so etwas nicht spielen, dachte Mona, aber gleichzeitig wusste sie, dass manche Leute das sehr wohl fertig brachten. Sie dachte an den Mann, der seine Frau umgebracht und im Garten verscharrt und dann mit einer Ich-vermisse-dich-bitte-komme-zurück-Show im Fernsehen Verwandte, Freunde und Polizei wochenlang getäuscht hatte. Konnte Martinez das auch?

»Ihre Frau. Warum hat sie Sie fertig gemacht? Inwiefern?«

Schluchzen. Dann: »Ich will nichts Schlechtes über sie sagen. Nicht jetzt.«

»Sie müssen aber, Herr Martinez. Wir müssen rauskriegen, was passiert ist. Und Sie müssen uns helfen.«

»Ja.« Martinez schnäuzte sich. Er war etwa im Alter seiner Frau, sehr schlank und fit.

»Bitte: Warum sind Sie gegangen? Warum haben Sie Ihre Tochter mitgenommen?«

»Sonja war – immer nur schlecht drauf. Sie hat immer geweint. Sie hat vor Sara getrunken. Wein und Schnaps … Alles durcheinander. Sie hat sie gar nicht richtig erzogen.«

»Nachdem sie bei Plessen war oder davor?«

Martinez sah sie überrascht an. »Davor, natürlich! Jahrelang ging das so.«

»Ihre Frau war Alkoholikerin?«, schaltete sich Fischer ein.

Martinez richtete seinen Blick auf ihn. »Ich hasse dieses Wort«, sagte er schließlich.

»Aber es stimmt doch, oder?«

»Ja. Sicher. Sie war unglücklich, und deswegen hat sie getrunken.«

»Haben Sie sie unglücklich gemacht?«, fragte Mona. Sie

fühlte sich so verschwitzt und unwohl, dass sie es kaum noch länger aushielt, aber sie waren noch lange nicht fertig.

»Ja«, sagte Martinez und sah aus, als stünde er vor dem nächsten Zusammenbruch. »Ich war schuld.«

»Was haben Sie gemacht? Haben Sie sie betrogen?«

»Ja. Auch. Ich bin ein Mensch … Ich lebe gern, ich lache gern. Anfangs fand Sonja das gut. Wir haben viel zusammen gelacht und hatten Spaß. Aber dann … Sie wollte mich für sich allein. Ich bin nicht der Mann, der das kann. Ich brauche Freiheit. Ich sterbe sonst.«

»Sex mit anderen«, sagte Fischer.

»Was?«

»Das verstehen Sie unter Freiheit. Sex mit einer anderen.«

»Nicht nur«, sagte Martinez; er sah zum ersten Mal während der Vernehmung verärgert aus. Das war besser als erneute Tränen, deshalb ließ Mona Fischer gewähren.

»Was denn sonst noch? Sex mit mehreren anderen?«

»So ein Quatsch!«

»Also, was jetzt?«

Martinez sah Mona an, als erwartete er, dass sie etwas gegen derart ungerechte Beschuldigungen unternahm. Mona sagte nichts.

»Was jetzt?«, wiederholte Fischer in schärferem Ton. Als Reaktion darauf richtete sich Martinez auf. Er ließ sich nicht gern etwas sagen. Es mobilisierte seine Kräfte, um sich zu wehren. »Ich hatte Sex mit anderen … Aber … Sie verstehen das nicht.«

»Dann erklären Sie es mir.«

»Es war notwendig. Ich hätte sie sonst schon viel früher verlassen.«

»Mit oder ohne Tochter?«

»Ach, Sie haben doch keine Ahnung. Sara … Sie liebt ihre Mutter. Aber ihre Mutter hat sich vor ihren Augen betrunken! Sie war nicht für sie da, wenn sie sie brauchte. Verstehen Sie! Das kann man einem elfjährigen Kind nicht zumuten! Verstehen Sie!«

»Ja«, sagte Mona und gab Fischer ein Zeichen, seinen Mund zu halten. Ihre eigene Mutter war so verrückt gewesen, dass Mona den größten Teil ihrer Kindheit in Angst und Schrecken verbracht hatte. Sie wusste, was man Kindern zumuten durfte, und was nicht.

»Ich bin wegen Sara gegangen. Nicht meinetwegen. Ich konnte Sara nicht mehr bei ihr lassen. Ich arbeite viel, den ganzen Tag. Ich habe eine Betreuerin für Sara, mit der sie sich versteht. Ich konnte sie nicht mehr allein lassen mit Sonja. Aber ich hab Sonja geliebt. Ich wäre bei ihr geblieben. Ohne Sara wäre ich bei ihr geblieben. Das schwöre ich.«

»Okay.«

»Ich schwöre es.«

»Ist schon gut.«

Sie würden Martinez verbieten, die Stadt zu verlassen, und ihn eventuell ein zweites oder drittes Mal vernehmen. Sie würden sein Alibi checken, sobald sie die ungefähre Todeszeit hatten, und natürlich, ob es nicht doch irgendeine dieser Lebensversicherungspolicen gab oder sogar ein Testament zu seinen Gunsten.

Aber Mona wusste jetzt schon, dass da nichts war. Sie mussten ganz woanders ansetzen.

19

Mittwoch, 16. 7., 17.00 Uhr

Auf der Konferenz erstatteten Forster und Schmidt Bericht. Demzufolge wusste kein Nachbar auch nur das Geringste außer einer alten Frau, die gegenüber von Sonja Martinez wohnte. Sie hatte vor circa sieben, acht Tagen – das genaue Datum wusste sie nicht mehr – durch den Spion ihrer Tür einen Mann vor Sonja Martinez' Wohnung stehen sehen. Er habe Jeans und ein Sweatshirt mit Kapuze getragen. Er sei recht groß gewesen und schlank. Gesicht, Haare, Alter habe sie nicht erkennen können wegen der Kapuze. Die Farbe des Sweatshirts? Hmm – eher dunkel. Blau? Schwarz? Keine Ahnung. Wie lange er da gestanden habe? Bis Sonja Martinez ihm aufgemacht habe. Wann er wieder herausgekommen sei? Das habe sie nicht mitbekommen, sie sei kurze Zeit später zum Einkaufen gegangen. Hatte sie den Mann schon früher einmal gesehen? Nein, sie könne sich nicht erinnern. Gab es ansonsten Kontakte ihrerseits zu Sonja Martinez? Nein, kaum. »Die hat ja gesoffen wie ein Loch«, zitierte Forster die Frau. »Kein Wunder, dass ihr Mann gegangen ist.«

»Das war alles?«, fragte Mona. Forster zuckte die Schultern, klappte seinen Block zu und wischte sich über die schweißfeuchte Stirn. Berghammer kam herein und stellte sich mit verschränkten Armen neben Fischer an die Tür. Es wurde eng in Monas kleinem Büro, aber der Konferenzraum war zur Stunde von der MK 2 besetzt. Schmidt sagte: »Die Leute wohnen da so nebeneinander her. Die wissen nichts voneinander, keiner von denen. Gerade, dass die sich auf dem Gang grüßen.«

Ein langer Satz für Schmidt. Mona wandte sich an Bauer, der in Martinez' Firma ermittelt hatte. »Irgendwas Interessantes bei dir?«, fragte sie matt.

Bauer wurde rot, wie immer wenn er sich vor Kollegen und Chefs äußern sollte. Mona mochte Bauer, er war sensibel und intelligent, aber seine Ängstlichkeit war ein Problem, das sich einfach nicht besserte.

»Alle finden ihn nett«, sagte Bauer schließlich so leise, dass man ihn kaum verstehen konnte.

»Nett?«, fragte Berghammer mit hörbarer Ungeduld in der Stimme.

Bauer raffte sich auf. »Sein Chef, seine Kollegen, seine Mitarbeiter. Alle finden ihn wahnsinnig nett und lustig. Der Chef weiß von der Sache mit Martinez' Frau. Der Trennung meine ich. Sein Chef sagt, die Martinez habe getrunken, das habe er selber auf Betriebsfesten mitbekommen, und dass er Martinez total verstehen könne.«

»Was verstehen?«, fragte Mona.

»Dass Martinez ausgezogen ist. Das konnte der total verstehen.«

»Aha.«

»Niemals hätte der was mit dem Mord zu tun. Niemals. Schon wegen der Tochter nicht. Der hätte er nie die Mutter genommen.«

»Verdammt«, sagte Berghammer.

»Ja«, sagte Mona.

»Todesursache?«, fragte Berghammer.

»Lässt sich ganz schwer feststellen. Todeszeitraum, sagt Herzog, etwa sieben bis zehn Tage. Stimmt das, dann wäre Martinez draußen. Der war mit seiner Tochter in Spanien.«

»Habt ihr mit der Tochter gesprochen?«

»Noch nicht. Aber ich sag dir eins: Da kommt nichts bei raus. Martinez hat uns seine Hin- und Rückflugtickets gezeigt. Da ist alles in Ordnung.«

»Das weißt du doch nicht. Der kann die Kleine bei Verwandten untergebracht haben und dann mal kurz hierher gejettet sein…«

»Wir checken das.«

»Was sagt Herzog sonst?«

»Er arbeitet noch dran. Bis jetzt ist klar: keine Merkmale äußerer Gewaltanwendung. Bis auf diese Buchstaben auf dem Rücken und eben die Sache mit der Zunge. Weißt du, was ich glaube?«

»Heroin«, sagte Berghammer düster. »Wie der Erste. Oder?«

Mona nickte. »Nur dass er eben nicht der Erste war. Sonja Martinez ist als Erste umgebracht worden. Danach kam Samuel Plessen. D-A-M-A-L-S W-A-R-S-T. Verstehst du? Damals warst… Als nächstes kommt ein D-U.«

»Scheiße«, sagte Berghammer. Sein Gesicht war noch röter als am Tag zuvor; er sah aus, als würde er innerlich kochen. »Da kommt was auf uns zu.«

»Der hört jetzt nicht auf«, sagte Mona. »Der hat gerade erst angefangen. Mal sehen, wie lang der Satz noch werden soll.«

»Wir müssen die OFA einschalten.«

»Ja. Mindestens zwei weitere stehen auf seiner Liste. Nach dem D-U muss ja noch was kommen.«

»Was ist mit diesem Plessen?«, fragte Berghammer.

»Plessen ist ein alter Mann. Alte Männer bringen selten jemanden um, und schon gar nicht ihre einzigen Söhne. Aber irgendwas hat das mit ihm zu tun, schätze ich.«

»Lädst du ihn heute noch vor?«

»Nein«, sagte Mona. »Ich fahr hin. Bauer kommt mit. Und der Rest ermittelt im Umfeld von dem Mann. Irgendwas mit seiner Behandlung, seinen Patienten oder wie man die nennt. Vielleicht kommen wir in der Richtung weiter. Und bitte checkt das Alibi von dem Martinez. Flughäfen etc.«

Wenn Martinez seine Frau umgebracht hatte, hatte er logischerweise auch Samuel Plessen umgebracht. Eine Nachahmertat schied aus, weil der Mord an Sonja Martinez erst heute bekannt geworden war. Dann wäre Martinez also nicht nur einmal, sondern zweimal heimlich hin- und zurückgeflogen, während alle Welt glaubte, er mache durchgehend Urlaub in Spanien. Im Prinzip absurd, dachte Mona.

Aber sie hatte schon ganz andere Sachen erlebt.

20

Mittwoch, 16. 7., 18.10 Uhr

»Wir müssen reden«, sagte Mona zu Bauer, der sofort zusammenzuckte, als wüsste er genau, worum es ging, was ja wahrscheinlich auch der Fall war. Sie standen im Stau, die Hitze hatte kaum nachgelassen, und trotzdem war es zehnmal angenehmer, sich bei offenen Fenstern den Benzingestank um die Nase wehen zu lassen, als im Dezernat zu sitzen und das Gefühl zu haben, das wahre Leben finde anderswo statt.

»Du weißt schon, worüber«, fuhr Mona fort. Sie hielt vor einer roten Ampel – alle Ampeln schienen pausenlos rot zu sein – und wandte sich Bauer zu. Sie erinnerte sich an ein ähnliches Gespräch mit ihm, das schon länger her war und ebenfalls im Auto stattgefunden hatte und bei dem Bauer in Tränen ausgebrochen war. Von Tränen hatte sie für heute genug, aber diese

Unterhaltung ließ sich nicht verschieben. Wenn Bauer nicht sicherer und weniger empfindlich wurde, musste er versetzt werden.

Bauer sah aus dem Fenster und antwortete nicht.

»Patrick!«

Widerwillig wandte er seinen Kopf in ihre Richtung.

»Wir müssen uns unterhalten. Über dich.«

»Ja«, sagte Bauer mit schlaffer Stimme. Aber sein Blick klebte jetzt förmlich auf ihrem Gesicht, als wollte er sich daran festhalten.

»Patrick, du bist bei uns nicht glücklich. Stimmt das?« Die Ampel wurde grün, Mona sah nach vorne, legte den ersten Gang ein und hielt es aus, dass Bauer sie weiterhin mit geradezu beängstigender Intensität anstarrte. Sie fuhren ein paar Meter, bis sie wieder anhalten mussten.

»Bin ich wohl«, sagte Patrick schließlich und wandte sich ab. »Ich find alles echt cool.« Er nickte, wie zur Bekräftigung, ein paar Mal vor sich hin. Es sah bemitleidenswert aus.

»Ich glaub dir nicht. Ehrlich gesagt.«

»Ist aber so. Ehrlich.«

»Die anderen …«

»Die sind okay! Alle!«

Mona seufzte. »Das stimmt doch nicht, Patrick. Du wirst laufend verarscht. Du hast komische Spitznamen. Es funktioniert nicht richtig, euer – äh – Kontakt.« Langsam arbeiteten sie sich zum Mittleren Ring Richtung Autobahn vor. Vor acht Uhr würden sie nicht bei den Plessens ankommen, der Verkehr stadtauswärts war um diese Zeit mörderisch. Mona zündete sich eine Zigarette an, die achte. Bevor sie losgefahren waren, hatte sie zu Hause angerufen – also bei Anton, dem Mann, dessen vermutlich illegale Geschäfte ihre Karriere ruinieren könnten – und erfahren, dass Lukas mit einem Freund auf der Terrasse saß und beide eine Magnum-Portion Eis löffelten. Es gab also zurzeit keinen Grund, sich Sorgen zu machen, auch dann nicht, wenn es spät werden sollte. Es gab keinen Grund … Es gab keinen …

»Welche Spitznamen?«, unterbrach Bauer gnadenlos ihre Gedankenspirale, die sie wieder einmal weit weg führte vom Hier und Jetzt. Seine Stimme klang anders als vorhin, höher, beinahe hysterisch.

»Vergiss es. Ist nicht wichtig.« Warum hatte sie nicht den Mund gehalten? So etwas erzählte man jemandem einfach nicht.

»Ich will es aber wissen.«

»Darum geht's nicht, Patrick.« Andererseits: Vielleicht erteilte ihm die Wahrheit einen heilsamen Schock. Vielleicht brauchte er diese Ohrfeige, um endlich alle Kräfte in sich zu mobilisieren.

»Ich will es wissen. Sag's mir! Was sagen die andern über mich?«

Mona zögerte. Dann sagte sie es ihm. Patrick *das Mädchen* Bauer.

Bauer schwieg den Rest der Fahrt über nach Gersting. Mona hätte gern gefragt, was ihm durch den Kopf ging, aber sie wusste, er würde nicht antworten. Jetzt nicht mehr, nachdem er vor ihr sein Gesicht verloren hatte. Denn genauso würde er es empfinden. Nicht als gut gemeintes Hilfsangebot, sondern als perfide Strafe. Aber möglicherweise war das sogar besser. Monas Erfahrung nach hassten es Männer, sich helfen zu lassen – vor allem dann, wenn die Hilfe von einer Frau kam. Nun kam es darauf an, wie er auf diese schwere Kränkung reagierte: mit Kampfgeist oder Selbstaufgabe. Nur eins kam nicht mehr in Frage, diese Tür hatte sie zugeschlagen: einfach so weiterzumachen wie bisher.

Manchmal, dachte Mona, wäre es nicht schlecht, ein Mann zu sein. Nicht für immer, nur für einen Tag. Um zu spüren, was sie spürten, zu denken, was sie dachten, zu fürchten und zu lieben, was sie fürchteten und liebten. Denn die Unterschiede zwischen Männern und Frauen erschienen ihr mittlerweile so gewaltig, dass Mona sich oft wunderte, dass und wie Beziehungen zwischen den Geschlechtern überhaupt zu Stande kommen konnten.

Eifersüchtige Männer waren außer sich vor Zorn, eifersüchtige Frauen außer sich vor Angst. Ein erfolgreicher Mann war für seine Frau ein Statussymbol, eine erfolgreiche Frau für ihren Mann eine Bedrohung. Frauen wollten immer nur Liebe, Männer immer nur Respekt. Und so weiter.

Es erschien Mona wie ein Déjà-vu, als sie zum zweiten Mal durch Gersting fuhr, obwohl heute die Dämmerung bereits eingesetzt hatte und das Dorf in unwirkliches, rosig-bläuliches Licht tauchte. Aber wieder wirkte Gersting wie von aller Welt verlassen. Die Geschäfte hatten geschlossen, das Café war leer bis auf zwei Gäste, ein junges Paar, das einander gegenübersaß und sich an den Händen hielt. »Wie verzaubert«, murmelte Mona, ohne eine Antwort zu erwarten. Bauer sagte tatsächlich nichts darauf.

Vielleicht würde er noch eine Weile schweigen und sich anschließend doch so benehmen, als sei nie etwas passiert. Vielleicht würde er gleich morgen früh seinen Versetzungsantrag einreichen. Vielleicht würde er auch kämpfen. Möglichkeit Nummer drei wäre Mona die liebste. Denn er war eigentlich gut in seinem Job. Er verstand schnell, worauf es bei Vernehmungen ankam, er hatte ein Ohr für Zwischentöne und Ungesagtes: Sie brauchten Leute wie ihn, aber nur wenn Leute wie er es schafften, ihre Sensibilität beruflich einzusetzen, statt sie wie eine tödliche Waffe gegen sich selbst zu richten. Im Moment schlief Bauer zu wenig, aß zu wenig und man sah ihm viel zu deutlich an, wie sehr er sich anstrengen musste, um nicht den Boden unter den Füßen zu verlieren.

Sie ließen Gersting hinter sich und fuhren die schmale gewundene Landstraße bis zum Ulmenweg. Mona bog ein. Während sie über den schlecht geteerten Weg holperten, vertiefte sich die Dämmerung. Im schwindenden Licht wirkte das Wäldchen vor ihnen wie eine monochrome schwarze Wand; die Silhouette der Bäume bildete einen zackigen Rand, der sich scharf gegen den abendblassen Himmel absetzte.

»Was hat Plessen gesagt?«, fragte Mona, um das Schweigen zu brechen. Als Bauer nicht antwortete, fügte sie hinzu: »Du hast doch mit ihm telefoniert. Vorhin.«

»Ja.«

»Und?«

»Er hat gesagt: Wir sind zu Hause.«

»Sonst nichts?«

»Sonst nichts.«

»Aha.«

»Ja. Was soll er auch sonst sagen? Freu mich schon, hab Ihnen einen Kuchen gebacken?«

Mona musste lachen. Möglichkeit Nummer drei war zumindest nicht völlig ausgeschlossen.

Vor dem Grundstück der Plessens standen mehrere PKWs und einige Übertragungswagen von Privatsendern in der Dunkelheit. Ein Journalist sprang auf, als er Monas Autos ansichtig wurde. »Gehen Sie weg«, sagte Mona. Sie kannte ihn, es war ein Polizeireporter der *Bild*.

»Frau Seiler. Bloß ein paar Worte zum Stand …«

»Morgen bei der PK. Okay?«

»Das ist zu spät!«

»Es geht aber nicht anders. Lassen Sie mich jetzt durch.« Ein Scheinwerfer flammte auf und richtete sich auf ihren Wagen. Mona schloss für einen Moment geblendet die Augen. Sie ließ den Motor aufheulen und schoss zwischen den Autos hindurch zum Tor. Bauer hatte die Plessens per Handy alarmiert; das Tor ging auf und sofort wieder zu. Mona überlegte, wer sich von den Journalisten bereits widerrechtlich im Garten versteckt und wer als Erster brandheiße Familienbilder von Sonja Martinez und Samuel Plessen erbeutet hatte – von der MK 1 hatten sie nur die jeweiligen Passfotos der Toten bekommen. Die Öffentlichkeit hungerte nach solchen Horror-Geschichten, trotz oder gerade wegen der politischen und wirtschaftlichen Krise. Sie lenkten ab von den eigenen Problemen.

21

Mittwoch, 16. 7., 20.35 Uhr

Plessen trug schwarze, leicht knittrig wirkende Leinenhosen und ein schwarzes Seidenhemd, das über der Hose hing. Auch seine Frau hatte weite, schwarze Kleidung an. Zu Monas Überraschung waren sie nicht allein: Fünf Menschen, drei Männer und zwei Frauen, erhoben sich, als Plessen und seine Frau Mona und Bauer ins Wohnzimmer brachten.

»Das sind Freunde«, sagte Plessen.

»Wir würden gern mit Ihnen beiden allein sprechen«, sagte Mona.

»Natürlich. Könntet ihr ...«

»Sicher, Fabian«, sagte einer der beiden Männer. »Bitte sag Bescheid, wenn du uns brauchst.«

»Macht es euch einfach auf der Veranda gemütlich.«

»Kein Problem.« Sie verschwanden lautlos wie Erscheinungen.

Mona fiel auf, dass alle vorhandenen Lampen eingeschaltet waren, nicht nur im Wohnzimmer, auch in der Diele: Das Haus war so hell erleuchtet, als wollte es ein Signal setzen gegen die ewige Dunkelheit des Todes. Das Wohnzimmer war zur Terrasse hin verglast, und Mona überlegte unwillkürlich, wer von den Journalisten sie gerade beobachtete, daraus seine Schlüsse zog und vielleicht ein paar unscharfe Bilder schoss. Aber sie sagte nichts, um das Paar nicht noch mehr zu beunruhigen.

»Haben Sie mit jemand von den Medien gesprochen?«, fragte sie Plessen.

»Nein.«

»Das ist gut«, sagte Mona. »Ich meine, einige von denen bieten viel Geld für Exklusivgeschichten. Trotzdem wäre es besser ...«

»Wir werden sehen«, sagte Plessen mit entschiedener Stimme, sichtlich bestrebt, das Thema zu beenden.

»Möchten Sie mit uns essen?«, fragte seine Frau, die noch

dünner und blasser aussah als bei ihrer Vernehmung im Dezernat und nicht nur tieftraurig, sondern auch verunsichert wirkte. Was bot man Polizisten an, die ausgerechnet zur Abendessenszeit einen Besuch abstatteten?

»Nein danke«, sagte Mona höflich, obwohl sie großen Hunger hatte und sicher war, dass es Bauer genauso ging.

»Vielleicht einen Kaffee? Ich habe auch Cappuccino und …«

»Kaffee für mich, schwarz, danke«, sagte Mona.

»Für mich auch«, sagte Bauer eilig, sichtlich eingeschüchtert von dem Reichtum und dem Geschmack, den diese Umgebung ausstrahlte.

Frau Plessen zog sich daraufhin in die Küche zurück, Plessen selbst blieb bei Mona und Bauer im Wohnzimmer. Der Raum war sehr groß, es gab nur wenige Möbel darin, und jedes einzelne Stück wirkte, als sei es speziell für den Platz, an dem es stand, hergestellt worden. Mona und Bauer nahmen vorsichtig Platz auf einer voluminösen Couch aus rot changierendem Stoff, der aussah und sich anfühlte wie Seide. Plessen setzte sich gegenüber in einen schwarzen Sessel. Zwischen ihnen stand ein blank polierter Glastisch auf einem quadratischen Sockel aus grünlichem Metall. Mona stellte vorsichtig das Tonbandgerät auf den Tisch, schaltete es ein, und sprach die üblichen Präliminarien darauf.

Sie wusste nicht genau, was bei dieser Vernehmung herauskommen sollte, und das machte die Situation schwierig. Dass Plessen kein Verdächtiger war, stand für sie weiterhin fest. Auch seine Frau schied in ihren Augen aus. Was also konnten die beiden wissen, was sie wirklich weiterbrachte? Hatten sie bei der ersten Vernehmung etwas verschwiegen, und wenn ja, war das Absicht oder Versehen gewesen oder nur deshalb passiert, weil sie nicht die richtigen Fragen gestellt hatten?

»Sie haben erfahren, dass Frau Martinez umgebracht wurde?«

»Ja, das hat mir einer Ihrer Mitarbeiter gesagt. Herr …«

»Bauer. Patrick Bauer. Mein Kollege hier.«

»Oh, entschuldigen Sie, ich hab vorhin Ihren Namen nicht richtig verstanden.«

»Macht nichts«, sagte Bauer. Mona spürte mehr, als dass sie es sah: Bauer war nervös, verlagerte ständig seinen Schwerpunkt, rutschte hin und her und machte damit auch sie nervös. Als sie vor dem Haus der Plessens parkten, hatten sie vor dem Aussteigen noch kurz über die Strategie der Vernehmung gesprochen. Bauer, so wollte es Mona, sollte sich zurückhalten, aber genau zuhören, und sofort einhaken, falls ihm Widersprüche auffielen. Das zumindest konnte Bauer nämlich wesentlich besser als seine Kollegen, speziell Fischer: genau zuhören. Und dabei nicht dreinschauen, als würde er seinem Gegenüber am liebsten ins Gesicht springen.

»Frau Martinez ist wahrscheinlich auf ähnliche Weise umgekommen wie Ihr Sohn«, sagte Mona.

Plessen wurde noch blasser, als sei ihm bislang nicht klar gewesen, dass zwischen den beiden Morden ein Zusammenhang bestehen musste. Kunststück, dachte Mona, sie hatten ja selber nicht daran glauben wollen. Ein Mord aus Rache oder Habgier, begangen vom Ehemann, wäre so viel einfacher gewesen und hätte so viel weniger lästige Öffentlichkeit eingebracht. Fernsehen, Radio, Presse – alle hatten blitzschnell Bescheid gewusst und die entsprechenden Schlüsse gezogen, jeder wollte Interviews und Statements, niemand ließ sich mehr von der von Berghammer in Aussicht gestellten PK am nächsten Morgen beruhigen.

»Das steht zwar noch nicht fest«, fuhr Mona fort, »weil die Liegezeit des Opfers zu lang war, um Drogen im Körper isolieren zu können. Aber …«

»Die Buchstaben«, unterbrach sie Plessen. »Auf dem Bauch. Das hat mir Ihr Kollege schon gesagt.«

Mona warf Bauer einen Blick zu, er sah weg. Die Regel war, dass man Zeugen möglichst vage über die näheren Umstände ihrer Vernehmung informierte. Zeugen sollten berichten, was sie wussten, und keine Stories verbreiten, die sie sich vorab zurechtgelegt hatten. Aber jetzt war es zu spät.

»Was hat Ihnen Herr Bauer sonst noch gesagt?«

»Nichts. Nur das mit den Buchstaben.«

»Nichts über die Leiche?«

»Nein. Warum?«

Wenigstens das. Mona hatte ein paar Fotos dabei, für den Fall, dass die Plessens nicht kooperierten. Ein paar wirklich schlimme Bilder, jedenfalls für Laien. Manchmal machten Schockeffekte dieser Art gesprächig. Es war nicht ganz fair und sorgte oft für schlimme Träume, aber das Ziel war die Wahrheit, und die rechtfertigte in ihrem Job durchaus auch grobe Mittel.

»Was war mit der Leiche?«, fragte Plessen.

»Darüber sprechen wir noch. Jetzt brauche ich Informationen über Frau Martinez. Möglichst detailliert.«

»Ja. Fragen Sie.«

»Sie war Ihre Patientin?«

»Patientin? Nein. Ich bin kein Arzt.«

»Sondern? Was dann?«

»Klienten kommen zu mir, um zu erfahren, warum sie Probleme haben, die sie nun schon jahrelang, oft ihr ganzes Leben lang, begleiten.«

»Und die behandeln Sie dann?«

Plessen lächelte plötzlich und schaffte es auf mysteriöse Weise, dass Mona sich beinahe dumm vorkam, zumindest aber taktlos und ungeschickt. Als sei es albern, einem Mann wie Plessen solche Fragen zu stellen.

»Nein, so kann man das nicht nennen«, sagte er, und Mona musste wieder an die Fernsehsendung denken: Plessen hatte damals die Gesprächsführung ganz mühelos an sich genommen und dem Publikum auf diese Weise den Eindruck vermittelt, dass der Moderator gar nicht da war, oder jedenfalls in diesem Moment nicht wichtig.

»Ich behandle ›die‹ nicht«, sagte Plessen. »Wir versuchen gemeinsam, die Wurzel ihrer Probleme aufzuspüren.«

»Und das haben Sie auch bei Frau Martinez gemacht?«

»Ja. Gemeinsam mit den anderen.« Seine Stimme war so leise, dass Mona unwillkürlich das Tonbandgerät näher an ihn heranschob, aber sie verstand dennoch jedes Wort.

»Welche anderen?«, fragte sie.

Wieder lächelte Plessen, als sei Mona ein trotziges, aber doch viel versprechendes junges Ding, das nur noch etwas Feinschliff brauchte, um auf seiner Ebene kommunizieren zu können. Er beugte sich vor und sah ihr direkt in die Augen, und Mona verlor sich fast in diesem Blick, der keine Angst zu kennen schien, sondern ein beinahe hypnotisches Selbstbewusstsein ausstrahlte.

»Welche anderen?«, wiederholte sie.

Plessen senkte die Augen. Der Moment war vorüber, Mona sah wieder einen alten Mann vor sich, gramgebeugt von seinem Kummer. Aber seine Stimme blieb melodisch und sanft, gleichzeitig sicher und klar, wie die eines geübten Verführers.

»Ich mache keine Einzelsitzungen«, sagte er. »Wir arbeiten nur in der Gruppe. Das ist in erster Linie ein energetischer Prozess. Daran sind viele beteiligt, nicht nur der Klient und ich.« Seine Frau kam herein und brachte den Kaffee, schwarz und heiß, wie Mona ihn mochte. Bauer nahm seine Tasse und lächelte Frau Plessen an. Sie lächelte zurück, mechanisch und trotzdem charmant. In diesem Moment hatte Mona eine Idee. Es war ein Risiko, aber auch eine Chance: Vielleicht würde eine Frau wie Roswitha Plessen einem netten, vertrauenswürdigen jungen Mann mehr erzählen als jemandem wie Mona.

»Frau Plessen«, sagte Mona, »ich möchte, dass Sie sich mit meinem Kollegen unterhalten. Das spart uns allen Zeit.« Bauer starrte sie verblüfft an. Glücklicherweise sagte er nichts. Auch Plessens unerschütterliche Ruhe schien plötzlich einen kleinen Riss bekommen zu haben.

»Sie meinen – woanders als hier?«, fragte seine Frau. Sie schwankte leicht. Ob sie sich in der Küche einen genehmigt hatte? Wenn ja – umso besser.

»Ja«, sagte Mona. »Ist das ein Problem?«

»Äh, nein. Fabian …?«

Plessen machte ein Gesicht, als wollte er Protest einlegen, aber Mona kam ihm zuvor. »Bitte«, sagte sie. »Die Vernehmung ist auf die Weise einfach effizienter.«

Bauer stand langsam auf. Eine Vernehmung allein führen zu

können, das war ein Vertrauensbeweis. Mona sah ihn nicht an, aber sie hoffte, dass er es packen würde. Dass er, auch ohne vorherige Absprache, wusste, was sie von ihm erwartete. Er kennt die Fakten, sagte sie sich. Er ist klug. Er weiß, worauf wir hinaus müssen.

»Wir könnten in die Küche gehen«, sagte schließlich Frau Plessen mit unsicherer Stimme. Wieder schien sie zu schwanken, Bauer nahm ganz zart und selbstverständlich ihren Ellbogen.

»Also ...«, sagte Plessen. Er erhob sich halb, setzte sich dann aber wieder hin.

»Gute Idee, das mit der Küche«, sagte Mona, und nickte Bauer zu. Du kriegst das hin, Patrick. Und Bauer, als hätte er plötzlich einen optimistischen Schub, führte Frau Plessen langsam zur Tür, und er machte das gar nicht übel. Mona hoffte, dass er nicht vergaß, sein Band zu benutzen.

22

Mittwoch, 16. 7., 20.51 Uhr

»Frau Martinez«, sagte Mona, als sie mit Plessen allein war.

»Ja?«

»Bei der waren wir gerade. Sie haben sie nicht behandelt, aber mit ihr die –, die Wurzel ihrer Probleme gesucht. Wie ging das vor sich?«

»Jeder Erfolg beruht auf Erkenntnis«, sagte Plessen. Mona merkte verwundert, dass er sich von einer Sekunde auf die andere überhaupt keine Gedanken mehr über seine Frau zu machen schien. Vielmehr wirkte er plötzlich, als sei er in seinem tatsächlichen Element. Er sah auf einen Punkt hinter Mona, sein Gesicht hatte etwas schwärmerisch Beseeltes angenommen.

»Welche Erkenntnis?«, fragte Mona.

»Wir glauben, wir seien autonom, aber wir sind alles andere als das«, sagte Plessen, und gerade als Mona das Gefühl hatte, dass er sie kaum noch wahrnahm, fasste er sie wieder ins Auge. Sein Blick schien sich in ihre Pupillen zu bohren, als wollte er bis in ihr Inneres sehen. Ein Trick, dachte Mona, und trotzdem wurde ihr leicht schwindlig, als begebe sie sich auf eine Reise, von der sie nicht wusste, wohin sie gehen würde.

»Wir sind nicht autonom«, sagte Plessen, als würde er eine Ballade anstimmen. »Wir sind Mitglieder eines umfangreichen Netzwerks. Wir kommen auf die Welt und gehören bereits dazu.«

»Welches Netzwerk?«

Wieder lächelte Plessen, und einen Moment lang wünschte sich Mona, Bauer nicht weggeschickt zu haben. Dann nahm sie sich zusammen.

»Unsere Familie natürlich«, sagte Plessen. »Vater, Mutter, Großeltern, Geschwister, Tanten, Onkel, Cousins, Cousinen. Wir gehören alle dazu. Die Familie drückt uns ihren Stempel auf.«

»Und?«, fragte Mona.

»Jeder von uns hat eine Rolle in diesem komplexen Geflecht«, sagte Plessen. »Auf jedem von uns lastet ein Bündel an Erwartungen, häufig unbewusster Natur. Jeder von uns hat einen Auftrag zu erledigen, den ihm die Familie als unpersönliches Ganzes aufgibt. Es ist an uns zu begreifen, worin dieser Auftrag liegt.«

»Aha«, sagte Mona ratlos. Sie hatte eine Schwester, Lin, mit zwei Kindern, die sich in der Vergangenheit häufig um Lukas gekümmert hatte, wenn Mona wieder einmal Überstunden schieben musste. Dann war da eine Mutter, die ihr restliches Leben in der Psychiatrie verdämmerte, und ein Vater, der vor mehreren Jahren gestorben war. Welcher Auftrag sollte da von woher kommen? Sie fokussierte ihre Gedanken wieder auf den Fall, aber es war gar nicht so einfach. »Warum sollte das so sein? Ich meine, wie kommen Sie darauf? Ist das Ihre Theorie, oder …«

»Es ist keine Theorie«, sagte Plessen sanft. »Es ist einfach die Wahrheit. Ich bin auch nicht derjenige, der sie entdeckt hat. Ich vertrete sie radikaler als so mancher andere. Aber viele haben sie bereits erkannt. Psychologen, große Schriftsteller, Künstler. Sie alle spüren diese Wahrheit.«

»Und dann? Was passiert, wenn man diese Wahrheit spürt?«

Diesmal lachte Plessen laut heraus, aber es klang nicht hämisch oder unfreundlich, eher liebevoll. Sein Gesicht war alt, aber die Art, wie er sich gab, war jugendlich und weise zugleich. Mona erkannte, dass sie noch nie einen Menschen wie ihn getroffen hatte. Der Gedanke verunsicherte sie.

»Wenn man die Wahrheit spürt«, sagte Plessen, »ist man schon einen sehr großen Schritt weiter. Wenn man sie in Worte fassen, also sie sich bewusst machen kann, ist das der nächste große Schritt hin zur Erlösung. Dabei helfe ich den Menschen: ihre eigene Wahrheit auszudrücken, sodass sie jeder verstehen und nachvollziehen kann. Darin sehe ich meine Aufgabe.«

»Und das passiert in welchem Rahmen?«

»Im Rahmen und im Schutz einer Gruppe von Menschen, die ebenfalls auf der Suche nach ihrer eigenen Wahrheit sind. Sie helfen, indem sie andere mit der Wahrheit konfrontieren.«

»So?«

»Ja.«

Eine Pause entstand. Schließlich sagte Mona: »Zurück zu Frau Martinez.«

»Sonja. Sie war so ein liebenswerter Mensch, aber auf dem falschen Weg.«

»Was heißt das, der falsche Weg. Dass sie bei ihrer Familie bleiben wollte? Dass sie ihren Mann und ihre Tochter nicht verlassen wollte?« Langsam fand Mona zu sich selbst zurück, zu ihrem eigenen Wertesystem, ihrer eigenen Art, die Dinge anzugehen. Sie zündete sich eine Zigarette an, absichtlich, ohne um Erlaubnis zu fragen. Plessen sagte nichts dazu. Ein paar Momente schwiegen sie. Aus den offenen Terrassentüren wehte ein kühles, erfrischendes Lüftchen, die Tannen schienen in der leichten Brise zu rauschen, und zum ersten Mal fiel Mona auf, wie still es hier war: ohne jene typischen Stadtgeräusche, die selbst in der ruhigsten Zeit zwischen drei und vier Uhr morgens wahrzunehmen waren.

»Sonja Martinez«, sagte Mona. »Sie haben Ihr geraten wegzugehen. Ihre Familie zu verlassen.«

»Das war ihre Bestimmung, ja. Sie stammt von ihrer Familie.«

»Wie bitte? Ihre Familie wollte von ihr, dass sie geht? Das ist doch… Entschuldigen Sie, aber…«

»Sonja hätte niemals heiraten dürfen. Sie war die älteste Tochter und dazu *bestimmt*, die Firma ihres Vaters zu übernehmen.«

»Was?«

»Das werden auch Ihre Ermittlungen ergeben, warten Sie nur ab. Sonjas Vater hatte eine Fabrik zu vererben und nur Töchter. Also hätte Sonja als die Älteste diese Fabrik übernehmen müssen. Ihr Vater hat sie daraufhin erzogen, so war es gedacht. So wollte es die Tradition.«

»Also…«

»Sie verstehen das jetzt nicht. Aber hören Sie mir einfach nur zu. Sonja hätte eigentlich die Firma übernehmen müssen, aber sie hat sich dagegen gewehrt. Sie hätte die Aufgabe des ältesten Sohns übernehmen müssen. Das war das geltende Familiengesetz.«

»Herr Plessen. Wer hat diese Gesetze gemacht und wozu?«

»Gleich. Darauf komme ich gleich. Sonja hat ihre Bestimmung nicht annehmen wollen, und Sie wissen bestimmt, wie schlecht es ihr damit ging. Sie hat nicht Betriebswirtschaft studiert, sie hat nicht…«

»Hören Sie auf! Das ist doch…«

»Deshalb hätte sie ihre Familie verlassen müssen. Die Firma ist längst verkauft, aber es gibt einen Ausweg für Sonja – also, es hätte einen gegeben. Sie hätte allein leben und versuchen müssen, sich aus eigener Kraft etwas aufzubauen. Etwas, das sie zurückgeben kann an ihre Familie. An das unpersönliche Ganze, das ihre Familie ausmacht.«

»Aber deshalb hätte sie ihre Familie doch nicht verlassen müssen!«

»Ich rede nicht von Sonjas Tochter und ihrem Mann. Die gehören nicht wirklich zu ihr. Ich rede von ihrer Ursprungsfamilie, die nun zersplittert ist, weil Sonja ihre Bestimmung nicht angenommen hat. Verstehen Sie: Sonja hat geweint, sie hat gesagt, sie sei eine schlechte Mutter. Aber das war gar nicht der Punkt. Sie hätte nie Kinder haben dürfen – es sei denn mit einem Mann, der die Erzieherrolle übernimmt. Sie war nicht dafür gemacht, das selbst zu tun.«

»Das glauben Sie?«

»Reden Sie mit Sonjas Mann, wenn Sie es nicht schon längst getan haben. Er wird ihnen sagen, dass sie als Mutter versagt hat. Ich habe keine Schuld daran, dass sie depressiv war. Sie war es, bevor sie zu uns kam, sie war es danach. Ich habe ihr den Weg heraus aufgezeigt, aber sie wollte ihn nicht einschlagen. Das ist ihr gutes Recht, aber die Folgen sind oft verheerend. Ich gebe das vorher all meinen Klienten schriftlich: Wenn sie die Wahrheit, die sie während des Seminars erkennen, nicht anschließend leben, kann das gefährlich für ihr Wohlbefinden sein.«

»Diese Familiengesetze ...«

»Es gibt allgemeine Gesetze, die für alle Familien gelten. Und es gibt individuelle Traditionen, denen Folge geleistet werden muss. Diese Wahrheit ist hart in einer Zeit, wo jeder auf sein Ego pocht und seine individuelle Erfüllung einklagt. Aber es lässt sich nicht ändern. Wir können nicht alles beeinflussen. Wir sind nicht völlig frei.«

»Herr Plessen ...«

»Natürlich gibt es auch Aufträge, die man als Familienmitglied ablehnen kann und soll. Da muss man sehr sorgfältig unterscheiden. Das ist meine Bestimmung, jenes nicht: diese Unterscheidung ist wichtig.«

»Also ...«

»Sonja war eine schlechte Mutter, weil die Tradition ihrer Familie ihr nicht erlaubt hat, eine gute zu sein. Es war ihr nicht mitgegeben. Wie gesagt: Sie hätte niemals Mutter werden sollen.«

Und genau Letzteres hatte ihnen Martinez gesagt, nur nicht mit diesen harten Worten.

»Woher wussten Sie das so genau? Wie kommen Sie dazu ...«

»Ich wusste es natürlich vorher nicht. Wir haben es im Verlauf der vier Tage herausgefunden.«

»Welcher vier Tage?«

»Jeder Seminarzyklus dauert vier Tage, von Dienstag bis Freitag. Die Teilnehmer kommen morgens um neun und gehen abends um sechs. Sie sind gehalten, während dieser Zeit abends nicht auszugehen und mit niemandem über den Inhalt des Seminars zu sprechen.«

»Sonja Martinez ist umgebracht worden. Gibt es jemanden, dem Sie das zutrauen?«

Falls Plessen über den abrupten Themenwechsel überrascht war, ließ er es sich nicht anmerken. »Nein«, sagte er.

»Der Mörder von Sonja Martinez war wahrscheinlich auch der Mörder Ihres Sohnes.«

Zum zweiten Mal während der Vernehmung war es Mona gelungen, Plessen aus der Reserve zu locken. Er wirkte plötzlich unruhig, auf seiner Stirn erschien eine feine, kaum sichtbare Schweißschicht, obwohl sich der Raum mittlerweile angenehm abgekühlt hatte. Mona war erstaunt. Wollte er ausgerechnet diese Wahrheit – denn eigentlich waren sie über Vermutungen doch längst hinaus – nicht sehen? Und wenn nicht, warum nicht?

»Ich möchte Ihnen etwas zeigen«, sagte Mona langsam. Ohne Plessens Antwort abzuwarten, kramte sie in ihrer Tasche nach den Fotos von der Leiche. Als sie sie gefunden hatte, legte sie sie vor Plessen hin und zündete sich erneut eine Zigarette an. Plessen nahm die Polaroids in die Hand, aber er reagierte vollkommen anders als Heitzmann von der Abendzeitung. Er sah sich jedes einzelne der Bilder genau an, und auf seinem Gesicht erschien ein seltsamer Ausdruck: kein Ekel, nicht die Spur davon. Es sah eher wie Mitleid aus. Mona rauchte und beobachtete ihn schweigend. Schließlich legte er die Bilder ordentlich zusammen und schob den kleinen Stapel über den Glastisch zu Mona zurück. Mona ließ sie liegen, wo sie waren. »Jemand hat Ihren Sohn und Sonja Martinez umgebracht. Wir vermuten, diese beiden Morde waren nicht die letzten dieser Art. Bitte helfen Sie uns.«

»Ich kann Ihnen nicht helfen«, sagte Plessen. Seine Stimme war rauer als vorhin, aber das konnte auch an dem Kummer liegen, den diese Bilder wieder in ihm ausgelöst hatten. Es konnte ganz normale Trauer sein. »Ihr Kollege … Als er mir das mit den Buchstaben gesagt hat …«

»Und die Zunge«, sagte Mona, »die war herausgeschnitten. Wie bei Ihrem Sohn.«

»Ja. Ach so. Ich meine, ich wollte sagen, ich habe wirklich nachgedacht über …, darüber. Ich habe einfach keine Ahnung, wer mir das antun will. Ich weiß, da muss mich jemand hassen. Aber ich weiß nicht, wer das ist. Verstehen Sie? Ich kenne solche Menschen einfach nicht. Ich hätte nie gedacht, dass ich jemals … Nie.«

Ein alter Mann, kein Verführer mehr. Mona dachte nach. Schließlich drückte sie ihre Zigarette aus und sah auf die Uhr. »Wir brauchen die Listen all Ihrer – Klienten. Die aus den letzten drei vier Jahren, und die, die sich neu angemeldet haben. Alle.«

»Das ist vertraulich.«

»Nein. Bei Mord ist überhaupt nichts vertraulich.«

23

Mittwoch, 16. 7., 22.33 Uhr

Es war stockdunkel, als Mona und Bauer endlich wieder ins Auto stiegen. Auch diesmal versuchten die Fernsehteams und Zeitungsjournalisten ihnen den Weg zu versperren – erfolglos. Mona fuhr vorsichtig den holprigen Weg entlang, die Scheinwerfer tasteten sich durch das Wäldchen, das das Haus der Plessens von der Landstraße abschirmte. Als wollten sie sich verstecken, dachte Mona. Aber vor wem und warum?

»Was hat sie gesagt?«, fragte Mona.

»Ich weiß nicht«, sagte Bauer zögernd. Sie sah ihn kurz von der Seite an; sein junges Gesicht wirkte zum ersten Mal seit

Wochen bei aller Müdigkeit relativ entspannt. Das Gespräch mit Frau Plessen schien ihm gut getan zu haben. Was nicht ganz der Zweck einer Vernehmung war, aber vielleicht in diesem Fall ein positiver Nebeneffekt. Falls etwas dabei herausgekommen war.

»Ich weiß nicht«, wiederholte Bauer.

Also nicht, dachte Mona.

»Sie ist irgendwie ...«

»Ja?«

»Unglücklich. Glaube ich.«

Unglücklich. Tja, das war kein Wunder. Wenn das das ganze Ergebnis war. »Na ja«, sagte Mona vorsichtig, »das liegt ja auf der Hand. Dass es ihr nicht gerade gut geht, meine ich.«

»Nein, nein. Sie ist generell unglücklich. Das war sie schon, bevor das mit ihrem Sohn passiert ist.«

»Du meinst, die Ehe und all das?« Sie ließen das Wäldchen hinter sich und hatten vor sich eine weite, flache, mondbeschienene Landschaft. So weiß und starr wie Eis. Mona bremste. Bauer sah erstaunt zu ihr herüber, als sie die Zündung ausschaltete, die Wagentür öffnete und ausstieg. Schließlich machte er es ihr nach und stieg ebenfalls aus.

Tiefe Stille lag über der Landschaft. Ganz entfernt hörten sie das Röhren eines hochgetunten Autos, sonst gab es kein Geräusch. »Wahnsinn«, sagte Bauer mit atemloser Stimme. Mona sah zum Himmel hinauf, auf dem ein schartig aussehender Vollmond alles überstrahlte, selbst das Licht der Sterne. Zu Hause warteten Anton und Lukas, aber Mona machte sich keine Sorgen. Lukas schlief wahrscheinlich längst. Er war vierzehn Jahre, er brauchte seine Mutter nicht mehr so sehr, wie noch vor zwei Jahren. Und er hatte einen guten Vater.

Auch wenn gewisse Behörden ...

Sie hörte auf, daran zu denken. Einfach so, ganz mühelos. Alles schien plötzlich sehr weit weg zu sein. Mona lehnte sich an die warme Kühlerhaube, zündete sich eine Zigarette an und hielt Bauer die Schachtel hin. Er lehnte sich neben sie und nahm eine Zigarette. Schweigend rauchten sie nebeneinander in dieser unwirklichen Atmosphäre, die dazu verführte, alles Gewohnte zu vergessen. Scheinbar unverbrüchliche Überzeugungen mündeten in neue Fragen, Wege schienen sich aufzutun, von deren Existenz sie nichts geahnt hatte.

Ich bin wie auf Droge, dachte Mona plötzlich. Sie warf die Zigarette auf den staubtrockenen Boden, und trat sie sorgfältig aus.

»Lass uns weiterfahren«, sagte sie zu Bauer, der nickte und gehorsam auf der Beifahrerseite einstieg. Langsam fuhren sie auf die Landstraße zu, die sie zurückbringen würde in ihren Alltag.

»Ihr habt euch ganz gut verstanden, oder?«, fragte Mona in beiläufigem Ton.

»Ja«, sagte Bauer. Mona bog auf die Landstraße und gab Gas.

»Du hast gesagt, sie ist unglücklich. Ganz allgemein. Warum?«

»Sie hat gesagt, sie fühlt sich einsam hier draußen.«

»Einsam?«

»Ja. Sam – also der Sohn –, der hatte sein eigenes Auto und seine Freunde und war immer unterwegs.«

»Aber ihr Mann ist doch immer hier. Seine Seminare, oder wie man das nennt, die finden doch hier statt.«

»Ja, die finden in einem anderen Trakt im Haus statt. Aber davon ist er völlig in Anspruch genommen. Und sie hat eben nichts zu tun. Für den Haushalt haben sie eine Putzfrau und eine Köchin.«

»Sie langweilt sich.«

»Ja. Sie sagt, hier gibt's ja auch nichts, um sich abzulenken. Sie sagt, Gersting ist total, na ja, tot. Hübsch, aber tot.«

»Patrick, hat sie irgendwas über den Mord gesagt? Beziehungsweise über beide Morde? Irgendwas?«

Sie fuhren durch Gersting, diesen unheimlichen, tatsächlich leblosen Ort. Mona sah nirgendwo ein Licht brennen, dabei war es doch noch nicht spät. Vielleicht gingen Bauern tatsächlich so früh ins Bett, wie es das Sprichwort von ihnen behauptete.

»Sie weiß nicht mehr als das, was sie uns schon gesagt hat. Sagt sie. Die Martinez kennt sie nicht mal vom Sehen. Sie hat nichts zu tun mit seinen Patienten.«

»Verdammt«, sagte Mona. »Ich kann mir nur vorstellen, dass es einer von denen war. Einer von seinen, na, den Teilnehmern seiner Seminare. Aber da gibt's so viele, da ermitteln wir uns tot.«

»Einer wie Sonja Martinez? Einer der wegen irgendwas sauer war, was Plessen gesagt hat?«

»Ja. Er hat ziemlich komische Ansichten. Da könnte durchaus einer was falsch verstanden haben.«

»Und der rächt sich jetzt?«

»Scheint mir logisch zu sein. Und weißt du, was das Schlimmste ist? Wir müssen richtig schnell sein. Denn der hat noch einiges vor.«

24

Mittwoch, 16. 7., ca. 23.30 Uhr

David fühlte sich noch immer nicht besonders, aber er hatte es trotzdem nicht länger im Bett ausgehalten. Wenigstens war Sandy an diesem Tag mit der Kleinen zum Schwimmen an den Feringasee gefahren, und er hatte ein paar Stunden ganz allein in der heißen Wohnung dösen können. Sein Fieber war anschließend nicht mehr so hoch gewesen, und das hatte er zum Anlass genommen aufzustehen und Janosch Bescheid zu geben, dass er wieder fit war. Janosch hatte überrascht und erfreut reagiert, denn in der vergangenen Nacht hatte man ihn ausgerechnet mit dem Sagstetter zusammengesteckt, den er nicht ausstehen konnte.

Sandy war sauer gewesen, als sie mit Debbie nach Hause gekommen war und ihn in Jeans und T-Shirt am Küchentisch hatte sitzen sehen. David verstand nicht ganz, warum (was hatte sie von einem kranken Ehemann?), aber zum ersten Mal sah er, wie allein sie sich fühlen musste. Sie waren erst vor kurzem hierher gezogen, Sandy kannte noch niemanden in der direkten Umgebung; ihre Freundinnen wohnten alle am anderen Ende der

Stadt. Einige von ihnen hatten selber Kleinkinder »an der Hacke«, wie Sandy es nannte, und deshalb wenig Zeit für einen Besuch, andere waren Singles und führten ein Leben, das nichts mehr mit ihrem zu tun hatte: Es gab keine Berührungspunkte, seitdem Sandy abends das Haus nicht mehr verlassen konnte. Alles würde sich bessern, wenn Debbie erst alt genug für einen Babysitter war. Aber im Moment war es hart für Sandy.

David erkannte das, ohne ihr helfen zu können. Er kam ja nicht einmal mehr an sie heran.

All diese Gedanken gingen ihm durch den Kopf, als sie, Janosch am Steuer, durch die Nacht fuhren, zu ihrem nächsten Spot. Sie waren heute nacht nicht in der Stadt, sondern im Umland unterwegs, wo der Drogenkonsum keineswegs geringer, sondern inzwischen eher noch stärker war als in Großstädten, wo es wenigstens noch ein paar andere Möglichkeiten gab, sich abzulenken, als zu kiffen, zu schnupfen, zu schlucken, zu spritzen.

25

Donnerstag, 17. 7., 6.58 Uhr
Mona träumte von ihrer eigenen Bestimmung, die sich als Auftrag tarnte, und der wurde ihr von ihrem Vater erteilt. Im Traum erschien ihr der Vater riesengroß. Der Vater sagte Worte, die sie zwar verstand, die sich aber trotzdem nicht zu einem sinnvollen Ganzen zusammenfügen wollten. Die Mama und ich … Wir haben euch beide lieb, aber wir können nicht mehr … Aber du brauchst keine Angst zu haben … Du bleibst bei der Mama. Für dich wird sich gar nichts ändern. Und ich komme dich ganz oft besuchen.

Du bleibst bei der Mama.

Dieser Satz blieb hängen, als einziger. Mehr als das: Er zischte auf sie herab mit der Wucht eines Fallbeils. Ihr Vater ging weg und nahm ihre Schwester Lin mit. Aber Mona musste dableiben, damit die Mama nicht so allein war. Die Erkenntnis kam langsam, explodierte in ihr wie eine Zeitbombe: Sie hatte Angst vor ihrer Mama, ihren unberechenbaren Zuständen, ihren gewaltsamen Ausbrüchen, ihrer Trinkerei. Und nun würde es niemanden mehr geben, der Mona davor beschützte.

Das ist dein Auftrag, sagte ihr Vater mehrmals hintereinander, während der kleinen Mona die Tränen aus den Augen kullerten. Seine Stimme war hart, sein Gesicht schien immer größer zu werden, bis er aussah wie Gott. Mona wollte mit ihrem Vater gehen, egal wohin. Sie wollte auf keinen Fall in dieser Wohnung bleiben. Aber sie hatte einen Auftrag zu erfüllen, und der lautete: Du sollst deine Mama davon abhalten, sich etwas anzutun.

Nun, immerhin, dachte sie im Traum, Letzteres hatte sie geschafft.

Gott verschwand und hinterließ ein Vakuum. Es gab keine Gefühle mehr in ihr, nicht einmal schlechte. Sie hatte alles ihrer Mutter gegeben und nichts dafür bekommen. Mona sah sich selbst auf einer blühenden Wiese. Sie beugte sich zu den Blumen herunter, aber sobald sie eine pflückte, verdorrte diese und lag braun und unansehnlich in ihrer Hand: Sie war nicht gut genug gewesen. Sie hatte ihre Mutter nicht gesund gemacht. Gott tauchte wieder auf, diesmal hatte er das Gesicht ihrer Mutter.

Kleine Lady, sagte ihre Mutter, und sah so aus wie früher, wenn ein Anfall kurz bevorstand: hämisch und gleichzeitig verängstigt. Der Wahnsinn nahm von ihrer Mutter Besitz, entzündete in ihr ein Feuer, das niemand löschen konnte, schon gar nicht sie selbst. *Kleine Lady, das ist die Strafe*. Und Mona weinte und weinte, denn sie wusste wohl, wofür sie bestraft werden musste. Sie hatte ihrer eigenen Mutter den Tod gewünscht, und das mehr als einmal. Solche Sünden waren unverzeihlich. Mona krümmte sich in der Erwartung des letzten vernichtenden Schlages. Doch das Gesicht Gottes, ihrer Mutter, verschwand hinter Wolken, es verlor seine Macht.

Mona wachte auf: eine erwachsene Frau, die sich vor niemandem mehr fürchten musste. Oder doch?

Sie sah auf den Digitalwecker neben ihrem Bett. Es dauerte, bis sie die grün leuchtenden Zahlen registrierte. Donnerstag, der 17. Juli, 6.59 Uhr. Gleich würde der Wecker klingeln. Mona lächelte. Auf ihren Wangen trockneten letzte Tränen.

26

Donnerstag, 17.7., 8.00 bis 14.40 Uhr
Am Donnerstag war der Himmel bedeckt, aber die Luft eher noch heißer. Schon gegen neun Uhr morgens ballten sich im Westen Gewitterwolken, ab und zu hörte man ein leichtes Donnergrollen. Mona und die restliche MK 1 setzten ihren Vernehmungsmarathon fort. Um eins trafen sie sich, um die Ergebnisse abzugleichen. Das Protokoll der Konferenz ergab folgende Fakten und Vermutungen:

1. Beide Morde hatten etwas mit Fabian Plessen zu tun. Ein Zusammenhang mit seinen Seminaren schien wahrscheinlich, denn:

2. Forster und Schmidt hatten Plessens umfangreiche Klientenliste durchtelefoniert. Sie erreichten in vier Stunden achtunddreißig Personen. Die meisten schwärmten von Plessens Seminaren. Viele gaben an, dass ihnen Plessen ein ganz neues, selbstbestimmtes Leben geschenkt hatte; hierbei handelte es sich meist um Leute, die bereits drei, vier Zyklen bei ihm absolviert hatten. Einige aber zogen vollkommen andere Resumees. Forster und Schmidt erfuhren, dass mindestens ein ehemaliger Klient Selbstmord begangen hatte. Ein weiterer befand sich seit der Therapie in psychiatrischer Behandlung; seine Frau gab Plessen die Schuld. Sie wurde vorgeladen.

3. Auch Sonja Martinez war vermutlich an einer Überdosis Drogen gestorben. Ob es Heroin war, ließ sich nicht mehr feststellen, zumindest aber gab es keine äußerlichen Verletzungen, keine Anzeichen für Gewaltanwendung. Ein natürlicher Tod

hätte im Bereich des Möglichen gelegen, wären nicht die postmortal zugefügten Verletzungen am Unterleib gewesen.

4. Sonja Martinez hatte ihrem Mörder freiwillig die Tür geöffnet, Anzeichen für einen Einbruch gab es nicht. Das bedeutete: Sie hatte ihn entweder gekannt oder ihm vertraut.

5. Die Nachbarin von Sonja Martinez hatte einen Mann beobachtet, der *möglicherweise* der Täter war. Er war etwa 1,80 Meter groß, er trug *vielleicht* Jeans und ein T-Shirt mit Kapuze. Gesicht und Haare hatte die Nachbarin nicht sehen können, und auch zum Alter konnte sie keine Angaben machen. Sie glaubte, dass er »relativ schlank« war, wollte es aber nicht beschwören. Seine Stimme hatte sie nicht gehört. Sie wusste nicht einmal, ob Sonja Martinez ihn in ihre Wohnung gelassen hatte: Vielleicht war dieser Mann der Täter, vielleicht aber auch nur der Vertreter einer Drückerkolonne, der ein paar Zeitschriftenabos verkaufen wollte. Dagegen sprach allerdings, dass der Mann bei niemand anderem aus dem Haus geklingelt hatte.

6. Sonja Martinez' Mädchenname lautete Nordmann. Fischer hatte nach einigen Telefonaten mit unterschiedlichen Meldestellen eine unverheiratete Schwester namens Lydia Nordmann ausfindig gemacht, die in Freiburg lebte. Tatsächlich schien die Familie so zerrüttet zu sein, wie Plessen es angedeutet hatte. Sonjas Schwester mit ihren drei Kindern hätte den Betrieb nicht leiten können, und da Sonja, die Älteste, den Textilbetrieb des Vaters nicht übernehmen wollte, hatte das mittelständische Unternehmen mit Verlust verkauft werden müssen. Der hart erarbeitete Wohlstand war schnell dahin gewesen. Sonja Martinez' Vater war bald darauf an einem Herzinfarkt gestorben, die Mutter lebte schwer rheumakrank in einem Pflegeheim. Lydia Nordmann berichtete, vor sieben oder acht Jahren den Kontakt zu ihrer Schwester abgebrochen zu haben. Auch mit ihrer Mutter und ihrem Bruder habe Sonja Martinez nichts mehr zu tun gehabt. Somit stimmten die Angaben auf sehr erstaunliche Weise mit Plessens Interpretation überein.

7. Aufgrund des enormen Medienechos hatten sich schon am Vormittag mehrere Menschen gemeldet, die glaubten, Samuel

Plessen vor seinem Tod gesehen zu haben. Sie waren allesamt vorgeladen worden, damit ihre Aussagen protokolliert werden konnten. Folgendes schien bereits sicher zu sein: Samuel Plessen hatte sich tatsächlich gegen zwölf Uhr am letzten Tag seines Lebens mehrere Stunden an einem Baggersee aufgehalten. Dort hatten ihn mindestens zwei Personen anhand der Fotos, die in Fernsehen und Zeitungen erschienen waren, identifiziert. Danach wurde er in einem Biergarten unweit Gerstings gesehen. Bei beiden Gelegenheiten schien er allein gewesen zu sein. Zumindest konnte sich niemand der Zeugen an eine Begleitperson erinnern (was nichts zu sagen hatte; das Gedächtnis der meisten Menschen war selektiv). Ab etwa 16.00, 17.00 Uhr desselben Tages verlor sich jede Spur. Aber vielleicht würden sich im Lauf des Tages noch mehr Zeugen melden.

8. All das bedeutete: enttäuschte Journalisten, die sich in wilden Spekulationen ergingen, weil es auf der PK um elf so wenig Neues zu berichten gegeben hatte. Nur die Abendzeitung konnte sich über den Scoop des Jahres freuen, denn die Story über eine Frau, die sich bei der Zeitung über einen zweifelhaften Therapeuten beschwerte und kurze Zeit später ermordet aufgefunden wurde, wurde einem nicht alle Tage beschert. Entsprechend war der Artikel aufgemacht. Eine Reihe von Klienten würde Plessen nun verlieren, so viel schien jetzt schon sicher.

»Hat jemand Hunger?«, fragte Berghammer am Ende der Konferenz. Mona hätte am liebsten nicht reagiert, aber sie wusste, dass das nicht ging. Berghammers Frage bedeutete nicht nur, dass der Chef Hunger hatte und keine Lust, allein zu essen. Sie war vielmehr ein verklausulierter Befehl, der sich an Mona und Hans Fischer richtete und ein Gespräch unter sechs Augen beinhaltete. Mona und Fischer nickten also, obwohl sich die Arbeit stapelte und es eigentlich nichts zu besprechen gab, was nicht schon in der Konferenz Thema gewesen wäre.

»Pizza?«, fragte Berghammer und sah Mona an. Sein Gesicht war schweißbedeckt, der Schnurrbart hing traurig nach unten. Der Rest der MK 1 verdrückte sich nach draußen.

»Mir egal«, sagte Mona ergeben und nahm ihre Tasche. »Und du, Hans?«

»Pizza ist okay«, murmelte Fischer und stand ebenfalls auf. Nach Berghammers zufriedenem Gesicht zu urteilen war das die richtige Wahl gewesen. Die Aussicht auf eine Mahlzeit und ein Bier schienen seine Lebensgeister wieder anzufachen; er wirkte beinahe gut gelaunt. »Wir nehmen mein Auto«, sagte er und dirigierte Mona und Fischer zum Lift in die Tiefgarage.

Sie fuhren zu Berghammers Stammpizzeria nicht weit vom Hauptbahnhof, wo es einen Parkplatz extra für Berghammer gab, der nur dann zu Fuß ging, wenn es sich absolut nicht vermeiden ließ. »Ich hab eine Überraschung für euch«, sagte er, als sie ausstiegen. Mona wandte ihren Blick zum Himmel, der sich noch weiter verdüstert hatte. Die heiße, abgasgesättigte Luft wirkte wie zusammengeballt.

»Was für eine Überraschung?«, fragte sie, den Straßenlärm übertönend.

»Warte nur ab.«

Sie gingen in das Lokal. Mona mochte den Laden nicht mit seiner holzgetäfelten Rustikaleinrichtung und seinen funzligen Lampen unter hässlich bestickten Stoffschirmen, aber ab und zu musste Berghammer dieser Gefallen getan werden. Berghammer begrüßte derweil jovial den Kellner, der die Dreiergruppe zu einem Tisch geleitete, an dem bereits ein Mann saß. Mona erkannte überrascht, dass es Kern war, ein Mitglied der OFA, der es seit einem Kindermord im Umland, der mit seiner Hilfe aufgeklärt werden konnte, zu einer gewissen Berühmtheit gebracht hatte. In den Medien wurde er grundsätzlich »Profiler« genannt, was Kern sich stets erfolglos mit dem Hinweis verbat, er sehe sich als Fallanalytiker. Aber Fallanalytiker las sich wahrscheinlich nicht sexy genug.

»Ist das hier ein konspiratives Treffen?«, fragte Mona und setzte sich auf die Holzbank gegenüber von Kern, einem dünnen Mann Mitte dreißig mit ernstem schmalem Gesicht, das nur lebhafter wirkte, wenn Fachliches erörtert wurde. Berghammer schob seinen voluminösen Leib neben sie. Selbst bei dieser schlechten Beleuchtung sah man die Schweißflecken auf seinem blauen Hemd, und der Geruch war auch nicht gerade appetitanregend. Eigentlich mochte und schätzte Mona Berghammer. Aber er gab sich wie alle Männer der Mordkommission außer Fischer und Bauer: so uneitel, dass es schon beinahe eine Zumutung war.

»Das ist doch kein Zufall«, sagte Mona und rückte ein wenig von Berghammer ab. »Dass er auch hier ist. Oder?«

Berghammer sagte nichts, Kern schwieg ebenfalls.

»Martin! Was soll das? Wieso…«

Der Kellner brachte die Speisekarten, und Mona verstummte genervt. Warum war Kern, wenn Berghammer ihn dabeihaben wollte, nicht einfach in die Konferenz geladen worden? Warum saßen sie hier herum und vertaten wertvolle Zeit? Warum…

Als der Kellner zurückkam, bestellte sie blind eine Pizza Margherita und eine Cola. Berghammer nahm Calzone und ein Bier, Fischer dasselbe wie Mona und Kern entschied sich für Penne all'arrabbiata.

Dann schwiegen sie, bis ihre Getränke kamen.

Nachdem Berghammer einen großen Schluck genommen und seinen Mund abgewischt hatte, schien er endlich willens zu sein, den Sinn der Zusammenkunft zu erklären.

»Ihr kennt euch?«, fragte er mit Blick auf Mona und Kern. Beide nickten irritiert, Fischer ebenfalls, obwohl Berghammer ihn gar nicht beachtete.

»Lasst uns nicht mehr drumherum reden«, sagte Berghammer und fixierte abwechselnd Mona und Kern. »Das hier ist ein astreiner Serientäter. Der macht weiter, wenn wir ihn nicht stoppen. Deshalb hab ich Clemens dazugeholt.«

»Klar«, sagte Mona. Warum diese Präliminarien? Sie hatte mit Kern bereits gearbeitet, es hatte keine Probleme gegeben.

»Dir ist das recht?« Berghammer sah erstaunt und erleichtert aus.

»Sicher. Wieso nicht?« Langsam ging Mona ein Licht auf. Berghammer hatte geglaubt, sie würde glauben, er ziehe ihre Kompetenz in Zweifel, wenn er schon zu Anfang der Ermittlungen Hilfe von außen holte. Typisch Mann, dachte sie. »Wir machen das doch immer bei Serientätern«, sagte sie. »Genau dafür gibt's doch diese Abteilung, oder nicht?«

»Äh ja«, sagte Berghammer. »Genau. Ganz genau.« Er sah aus, als sei ihm ein Stein vom Herzen gefallen. Die Pizza kam, und Berghammers Gesicht entspannte sich, bis er beinahe aussah wie der kleine dicke Junge, der er mal gewesen war. Mona dachte an den Urlaub. In dreizehn Tagen würde sie im Flugzeug Richtung Griechenland sitzen. Wenn alles glatt ging. Im Moment sah es nicht so aus.

27

Donnerstag, 17.7., 15.40 Uhr

»Du bist informiert?«, fragte Mona Kern, nachdem sie ihren leeren Teller ans Tischende geschoben hatten.

»So gut wie«, sagte Kern. Er wischte sich mit der Serviette den Mund ab und nahm einen Schluck von seinem Mineralwasser. So gut wie – das hieß, er hatte umfangreiche Akteneinsicht bekommen, mit Tatortbefundsbericht, Obduktionsbericht, Vernehmungsprotokollen, Angaben zu den Opfern. Und Mona hatte nichts davon gewusst, nur weil Berghammer glaubte, Geheimnisse haben zu müssen. Sie schluckte ihren Ärger herunter.

»Und?«, fragte sie. »Was hältst du davon?«

»Ich denke, es ist einer von den Patienten. Oder Klienten. Von diesem ...«

»Plessen«, sagte Fischer mit saurem Gesicht. Niemand beachtete ihn, das war er nicht gewöhnt.

»Ja. Diesen Therapeuten, oder wie er sich nennt. Einer von seinen Patienten war es.«

»Na ja«, sagte Mona vorsichtig. Kern reagierte sehr empfindlich, wenn man wagte, seine Schlussfolgerungen zu kritisieren. »So weit waren wir eigentlich auch schon. Ich meine ...«

»Du verstehst nicht«, sagte Kern, ohne sie anzusehen. Stattdessen fixierte er einen Punkt auf der rotbraunen Tischdecke. Zum ersten Mal erkannte Mona, dass sich hinter der seriös-professionellen Fassade vermutlich ein ziemlich schüchterner Mensch verbarg.

»Ich verstehe was nicht?«, fragte sie, schärfer als beabsichtigt.

»Wahrscheinlich hat die spezielle Behandlung seine Wünsche erst so richtig virulent gemacht. Also gibt er Plessen die Schuld. Das ist für ihn sehr bequem. Ich schätze, dieser Patient war schon früher irgendwie auffällig. Die Rache an Plessen könnte darüber hinaus so eine Art vorgeschobenes Motiv sein, endlich handeln zu können. Ihr müsst also im Grunde nur die Patientenliste durchgehen und gucken, ob da einer dabei ist, der mal aktenkundig wurde.«

»Wie? Wodurch?«

»Das ist eigentlich schon fast egal. Diese Typen, Serientäter, fangen oft mit Sachen an, die gar nichts mit ihren echten – äh – Bedürfnissen zu tun haben. Diebstahl, Autoknacken, solche Sachen. Aber natürlich geht's auch um Delikte wie Nötigung, Exhibitionismus, Vergewaltigung … Ihr müsst sie einfach durch den Fahndungscomputer schicken. Einen nach dem anderen.«

»Du bist gut«, sagte Fischer. »Wir haben über zweihundert Namen. Ach, mehr. Dreihundert mindestens. Dann ist die Liste völlig chaotisch. Bei manchen stehen nur Vornamen mit einem Initial statt Nachnamen.«

»Die, die ihr habt, schickt ihr eben durch. Einen nach dem anderen.«

»Und was«, fragte Mona langsam, »wenn er sich unter falschem Namen angemeldet hat?«

Kern sah sie an, als wäre er im Leben nicht auf so eine Idee gekommen. So clever er auf seinem Gebiet war – manchmal wirkte er fast naiv.

»Geht das denn?«, fragte er.

»Also – bestimmt. Wie gesagt, die Liste ist völlig chaotisch und bestimmt nicht mal vollständig. Viele Namen sind handschriftlich eingetragen und so weiter. Verstehst du: Dem Plessen ist egal, wie ein Klient heißt. Darum geht's ihm nicht. Der fragt doch nicht nach dem Pass. Sobald der Klient zahlt, ist für ihn die Sache erledigt.«

»Ich weiß nicht«, sagte Kern mit unsicherer Stimme. » Klar, das ist möglich. Dann bringt das natürlich nichts.«

»Clemens. Sag uns doch einfach… Ich meine, hast du irgendeine Vorstellung, nach was für einem Typ Mensch wir suchen müssen? Mann, Frau?«

»Frauen sind fast nie Serientäter.«

»Ich weiß. Aber die Todesart… Ich meine, völlig ohne Gewalt. Das spricht doch eigentlich nicht für einen Serienmörder. Der hat doch Spaß dran, Gewalt auszuüben. Für den gehört das doch zum Spiel.«

»Schon«, sagte Kern. »Aber in diesem Fall… Ich meine, Gewaltbereitschaft baut sich bei dieser Sorte Tätern auf. Ganz langsam und allmählich. Verstehst du?« Sein Gesicht belebte sich, ganz offensichtlich befand er sich auf sicherem Terrain.

»Ja«, sagte Mona. »Aber…«

»Ich würde sagen, er fängt gerade an, sich mit der Materie vertraut zu machen. Da ist die Droge ein ganz gutes Mittel, um jemanden wehrlos zu machen. Man muss selber nicht aktiv werden, aber man kann sich mental schon mal darauf vorbereiten.«

»Er fängt an?« schaltete sich Berghammer ein. Seine Stimme klang alarmiert.

»Ja«, sagte Kern. »Seine Opfer sterben. Er schaut ihnen dabei zu und registriert erst mal, wie es ihm dabei geht. Ich denke, noch sieht er sich selber nicht als Mörder.«

»Sondern?«, fragte Mona verblüfft.

»Er ist ja nicht direkt aktiv, wie gesagt. Gut, bei der Frau wissen wir das nicht genau. Wir können aber doch davon ausgehen, dass er ihr ebenfalls eine tödliche Dosis Heroin gespritzt hat. Aber eine tödliche Spritze geben ist noch nicht dasselbe wie zum Beispiel jemanden mit den eigenen Händen zu erdrosseln.«

»Aber doch so gut wie«, sagte Fischer, der aussah, als würde er gleich platzen. Er stand auf und ging in Richtung Toiletten, wobei er mehrere Stühle anstieß. Mona sah ihm gedankenvoll nach.

»Nein«, sagte Kern zu dem sich entfernenden Rücken Fischers. Dann wandte er sich Mona und Berghammer zu. Sein Blick war jetzt fest und stabil. »Das ist nicht dasselbe. Es ist sozusagen Töten light. Die schärfere Version ist schon das Verletzen der Haut. Das Einritzen der Haut – damit übt er sich.«

»Für später«, sagte Mona nachdenklich. »Wenn er mal richtig rangeht.«

»Das heißt nicht, dass er nicht schon durch Gewaltdelikte aufgefallen ist.«

»Nicht?«, fragte Mona erstaunt.

»Verletzungen, Vergewaltigungen. Das kann alles bereits vorgefallen sein. Aber er hat wahrscheinlich noch niemanden getötet. Vor den beiden Taten, meine ich. Er fängt jetzt an.«

»Er fängt an?«

»Und er wird weitermachen«, sagte Kern. »Ich denke, bei der nächsten Leiche wird er vielleicht schon keine Drogen mehr brauchen als Zwischenschritt. Er wird richtig zustechen und auf diese Weise töten. Die Verstümmelungen werden zunehmen. So könnte ich mir den weiteren Verlauf vorstellen.«

»Was ist mit den Buchstaben?«, fragte Berghammer neben Mona schwer atmend. Das Bier war fast ausgetrunken.

»Ich weiß gar nicht, ob die wirklich so eine Rolle spielen. Wie gesagt, im Moment schafft sich der Täter so eine Art Alibi für sich selbst. Da haben die Buchstaben als Botschaft natürlich schon…, also da könnte sich durchaus ein Hinweis auf den Täter und sein Verhältnis zu diesem Therapeuten verbergen. Aber eigentlich geht es ums Töten an sich.«

»Wie stellst du ihn dir vor?«, fragte Mona. Ihr war leicht übel – von der verrauchten Luft, von dem Geruch nach Essen und Bier, von der Pizza, die nicht besonders geschmeckt hatte.

»Er ist jung, aber nicht ganz jung«, sagte Kern prompt, als hätte er schon lange auf die Frage gewartet. »Er stellt sich schon ziemlich geschickt an. Er ist unauffällig. Er hat wenige Kontakte, gilt als Einzelgänger. Vielleicht lebt er sogar noch bei seinen Eltern. Vielleicht Mitte, Ende zwanzig. Vielleicht etwas älter.«

»Also gut, wir schauen nach den jungen, aber nicht ganz jungen Klienten. Männlich.«

»Ich denke, das wäre gut.«

»Und sonst?«

»Er hat vielleicht schon ein paar Tiere erledigt und ausgeweidet. Viele fangen so an. Aber Menschen – das ist eine andere Geschichte, das macht sich nicht von jetzt auf gleich. Gewaltdelikte ja, Mord nein. Mord hat eine andere Qualität. Aber es gefällt ihm. Ich weiß nicht, er sucht etwas. Unter der Haut, sozusagen. Es ist eine Art Doktorspiel.«

»Jung«, sagte Mona. »Und? Siehst du was Sexuelles? Ich meine, normalerweise haben diese Typen doch eine bestimmte Sorte Frau vor Augen. Aber er bringt einen sechzehnjährigen Jungen um und danach eine dreiundvierzigjährige Frau. Das passt doch nicht.«

»Die Verstümmelungen«, sagte Kern. »Beziehungsweise das Einritzen der Buchstaben. Das hat ganz klar eine sexuelle Relevanz, selbst wenn kein Missbrauch stattgefunden hat. Hat doch nicht, oder?«

»Sah nicht so aus«, sagte Berghammer.

»Spermaspuren an den Leichen?«

»Nein. Nichts in der Richtung.«

»Vielleicht kommt das noch. Wenn er sich sicherer fühlt.«

»Aber die Buchstaben im Unterleib der Frau ...«

»Ja. Der Täter reißt sich noch sehr zusammen. Wie gesagt, beim nächsten oder übernächsten Opfer werdet ihr nicht mehr nur Buchstaben sehen. Da geht's dann richtig zur Sache.«

»Das nächste oder übernächste Opfer«, sagte Mona, »darf es nicht geben.« Sie holte tief Luft. Kern sagte nichts.

»Clemens! Wir müssen das verhindern. Er darf nicht ...«

Kern sah sie zum ersten Mal direkt an, und Mona verstummte. Sie schloss kurz die Augen, und versuchte, die Horrorvision eines entfesselten Täters abzuschütteln – und den Geruch von altem Rauch und verkochtem Essen. Das nächste Mal würde sie darauf bestehen, in ein helles, freundliches Café zu gehen, wo man draußen sitzen konnte, und ...

Kern unterbrach ihre Gedanken. »Er sieht das ganze wie eine Art – na, eben Serie. Fortsetzung folgt, verstehst du? Er hat alles recht gut geplant. Er blieb bei den Opfern, hat sich die Zeit genommen, diese Buchstaben einzuritzen – er hat sich das alles schön ausgedacht. Er ist also kein Idiot und auch nicht verrückt.«

»Er ist intelligent?«, fragte Berghammer.

»Wahrscheinlich. Er hatte beide Situationen super unter Kontrolle. Ihm ist kein Fehler passiert. Das heißt eben auch, er kann auf keinen Fall ganz jung sein. So ab fünfundzwanzig, denke ich.«

»Und Plessen?«, fragte Mona.

»Ich könnte mir tatsächlich vorstellen, dass der Mörder ein Klient von ihm war. Und auch, dass er das Seminar bei ihm wiederholt.«

»Jetzt?«, fragte Mona ungläubig. »Ich meine, damit macht er sich doch verdächtig, das muss er doch wissen.«

»Er weiß das. Aber vielleicht gehört es zum Spiel – seinem Spiel. Vielleicht gefällt ihm gerade das – die Gefahr.«

»Was will er erreichen?«

»Er will töten«, sagte Kern langsam. »Auf seine Weise. Es verschafft ihm Lust. Aber er will auch Aufmerksamkeit. Er will wahrgenommen werden. Und er will sich selber spüren. Er braucht diese Reize.«

»Ist er – verheiratet? Kinder?«

»Vielleicht ist er verheiratet, vielleicht hat er kleine Kinder. Ich glaub es zwar nicht, aber möglich ist es schon. Einige von diesen Typen führen ein total unauffälliges Leben mit normalem Beruf, Familie, allem, was dazugehört. Aber ihr wisst ja: Drei von vier Serientätern sind in der Vergangenheit durch abnormes Verhalten aufgefallen. Darauf müsst ihr achten. Auf das, was gewesen ist.«

»Da gibt's doch dieses internationale Computersystem«, sagte Mona.

»ViCLAS. Ich bin schon reingegangen, die Taten sind ja ziemlich speziell.«

»Hast du was gefunden? Übereinstimmungen?«

»Nichts bis jetzt, auch nicht international. Es gab Ende der Achtzigerjahre einen in Kanada, der hat auch die Haut seiner Opfer geritzt. Allerdings nicht postmortal, und es waren auch keine Buchstaben, sondern so eine Art Hexenzeichen. Aber der sitzt seit zwölf Jahren.«

»Verdammt«, sagte Mona zu niemandem Bestimmten. Jenseits der mit gerüschten Stores verhängten Fenster war ein leises Donnern zu hören. Vielleicht kam es vom Himmel, wahrscheinlicher von einem Schwertransporter.

28

Donnerstag, 17. 7., 16.48 Uhr

»Ich würde gern jemanden einschleusen«, sagte Mona eine halbe Stunde nachdem sie sich von Kern getrennt hatten in Berghammers Büro, das in einen betonierten Innenhof hinausging und deshalb vergleichsweise ruhig war. Draußen wurde es trotz der Tageszeit so dunkel, dass Berghammer das Licht einschaltete. Wahrscheinlich würde es ein Gewitter geben, und aus wäre es mit der Schönwetterperiode, die für hiesige Breiten schon viel zu lang dauerte.

»Setz dich bitte hin«, sagte Berghammer hinter seinem Schreibtisch. Seine Stimme klang irritiert. Mona hielt inne, weil sie registrierte, dass sie in den letzten Sekunden wie eine Irre im Zimmer hin und her gelaufen war. Folgsam nahm sie sich einen Stuhl und setzte sich rittlings darauf, die Lehne zwischen die Beine geklemmt. Nach dem langen Gespräch mit Kern war sie nervös und voller Tatendrang. Außerdem musste die fette Pizza abgearbeitet werden.

»Ich will jemanden bei Plessen einschleusen. Einen von uns. Er soll einen dieser Seminarzyklen mitmachen«, sagte sie. »Was hältst du davon?«

Berghammer überlegte. Das gekippte Fenster zum Hof knallte

mit einem Ruck zu, und Mona hörte das Pfeifen eines plötzlichen Windstoßes. »Es geht los«, sagte sie nachdenklich. Berghammer reagierte nicht darauf.

»Wen?«, fragte er schließlich.

»Ich weiß noch nicht.« Mona stand wieder auf und begann erneut ihren ruhelosen Gang auf und ab vor Berghammers Schreibtisch. Ihre Idee elektrisierte sie.

»Ich will nicht, dass Plessen Bescheid weiß«, fuhr sie fort. Das Fenster kippte plötzlich wieder auf. Mona setzte sich auf die Kante von Berghammers Schreibtisch. Sie wusste genau, dass er das nicht mochte, aber im Moment war ihr das egal. Erneut schlug das Fenster zu, dann klappte es wieder auf und ließ eine kühle Brise in den Raum.

»Warum soll er das nicht wissen?«, fragte Berghammer, während er mit ruhigen Bewegungen aufstand und das Fenster schloss.

»Gegenfrage«, sagte Mona. »Bist du dir so sicher, dass Kern Recht hat?«

»Was meinst du damit?«

»Warum gehen wir automatisch davon aus, dass Plessen nur Opfer ist? Vielleicht hat er ja auch was mit den Taten zu tun. Oder seine Frau. Wir wissen das doch gar nicht.«

»Kern sagt…«

»Kern sagt, es ist ein Serientäter. Kann ja möglich sein. Aber bisher haben wir zwei Tote, und das Einzige was auf einen Serientäter hinweist, sind die eingeritzten Buchstaben. Das *kann* eine typische Handschrift sein, muss aber nicht. Vielleicht will uns der Täter etwas sagen, das wir nicht verstehen.«

»Okay, aber…«

»Deshalb sollten wir in beide Richtungen ermitteln. Oder vielmehr in alle. Es gibt einerseits diese Patienten, denen Plessen nicht geholfen hat. Bislang haben wir einen gefunden, der in der Psychiatrie sitzt. Vielleicht waren beide Taten eben doch bloß Racheakte. Vielleicht weiß Plessen zum Beispiel ganz genau, was die beiden Worte bedeuten und wie der Satz weitergeht, aber er sagt es uns nicht, weil er Angst um seine Existenz hat. Andererseits hat vielleicht Kern Recht, und der Täter macht noch mal einen Zyklus mit – einfach so, aus Spaß. In jedem Fall wäre es gut, wenn jemand von uns da wäre. Sich mal in diesem Haus umsehen und Plessen auf die Finger gucken würde.«

»Okay.«

»Okay? Ich meine, du bist einverstanden? Wir können ...«

»Warum machst du so ein Gesicht? Ist das so besonders, dass ich mal eine Idee von dir gut finde?«

»Nein. Ich freu mich drüber.«

Regen schlug an die Fensterscheiben. Wahrscheinlich war es draußen jetzt schon zehn Grad kälter als noch vor einer Viertelstunde. Mona sprang auf und lehnte sich mit verschränkten Armen an die Tür. »Ich weiß auch schon, wen wir schicken«, sagte sie, und ihre Stimme hörte sich an, als hätte sie soeben ein Match gewonnen.

29

1985

Als der Junge dreizehn Jahre alt wurde, fanden die ersten körperlichen Veränderungen statt, die die Pubertät einleiten. Seine Genitalien vergrößerten sich, sein Stimme wurde brüchig, sein Gang plumper, er schoss in die Höhe und hatte ständig Hunger. Eine Zeit lang ruhten seine merkwürdigen Aktivitäten im Tierreich, und er fühlte sich fast erleichtert: Sein Körper machte ihm stärker als je zu schaffen, und das lenkte ihn vorübergehend ab. Im Rückblick betrachtet gab es damals eine zweite Chance für ihn, sich der hellen, oberflächlichen, wirklichen Welt zuzuwenden, in der es Spaß, Freundschaft und Liebe gab.

Wenn auch nicht in seinem direkten Umfeld.

Die Mutter des Jungen hatte sich nach mehreren Männergeschichten, die enttäuschend, manchmal auch traumatisch endeten, einen neuen zuverlässigeren Freund gesucht. Er war stumm, aber voller Verständnis für ihre Bedürfnisse nach Wärme, Entspannung und Genuss. Er war immer verfügbar und entzog sich nie mit fadenscheinigen Begründungen. Er schrie nicht herum. Mehrere Flaschen von ihm lagerten im Eisfach ihres Kühlschranks und wurden Abend für Abend geköpft. Manchmal leistete ihr dabei ein anderer Trinker Gesellschaft. Diese Beziehungen erwiesen sich als angenehm unkompliziert, haltbar und berechenbar, weil körperlich und seelisch Ausgebrannte in der Regel keine emotionalen Forderungen mehr stellen.

Eine trügerische Ruhe stellte sich ein. In der Klinik funktionierte sie weiterhin als gefürchtet penible Oberärztin und niemand ahnte etwas von ihrem zweiten Leben im permanenten Rauschzustand. Ihr Gesicht schien glatt und unangreifbar, denn tagsüber blieb sie selbstverständlich nüchtern.

Die Schwester des Jungen lebte nun ganz beim Vater des gemeinsamen Kleinkinds und kam kaum noch in ihr altes Zuhause. Dem Jungen war das lange Zeit egal gewesen, weil sie nie ein besonderes Verhältnis zueinander hatten. Doch in letzter Zeit registrierte er ein neues Gefühl – ausgerechnet er, der sich nie für andere Menschen interessiert hatte: Einsamkeit. Er ertappte sich bei dem Wunsch, auch außerhalb des starren Regelwerks der Schule und der Jungen Pioniere wenigstens ab und zu Leute um sich zu haben, mit denen man sich unterhalten und austauschen konnte: Er war auf der Suche nach einem Menschen, der ihn verstand und eventuell sogar teilnahm an seinem Hobby. Seine gesamte Kindheit über war der Junge davon ausgegangen, dass es Menschen wie ihn kein zweites Mal gab. Einerseits schmeichelte ihm die Überzeugung, eine Art Genie zu sein mit einem einzigartigen Interessengebiet. Andererseits hätte er gerne bestimmte Freuden mit jemand anderem geteilt und sich auf diese Weise weniger abseitig gefühlt. Manchmal träumte er von einem Mädchen, das er in seine Kunst einweihen würde. Eine Schülerin, dessen Lehrer er sein würde, eine Gefährtin in seinem Geiste: Diese Vorstellung erregte ihn manchmal so sehr, dass er glaubte zu platzen.

Langsam begann er, seine Fühler nach dem anderen Geschlecht auszustrecken. Sein sexueller Appetit wuchs, aber seine Fähigkeiten, Kontakte zu knüpfen und sich beliebt zu machen, hielten damit nicht Schritt. Er hatte nie gelernt, auf Menschen zuzugehen; seine ersten Versuche waren wenig erfolgreich. Auf andere wirkte er zerfahren und wenig liebenswürdig. Sein strohblondes Haar war struppig, sein Gesichtsausdruck meistens ernst mit herabgezogenen Mundwinkeln. Das alles machte keinen besonders anziehenden Eindruck.

Der Junge war sich dessen allerdings nicht bewusst. Er hatte nie Freunde gehabt, weil er sich für Gleichaltrige nicht interessierte, schon gar nicht für Mädchen. Letzteres hatte sich nun geändert, aber dem Rest der Welt war das egal. Kein Mädchen reagierte auf seine Annäherungsversuche, keine wollte sich länger als nötig mit ihm unterhalten. Der Junge verstand das nicht. Er fragte sich, warum sie ihn nicht wollten. Was machte er falsch? Er hätte gern jemanden um Rat gefragt, seine Mutter oder einen Lehrer, aber er hätte nicht gewusst, wie. Er kannte keine Worte für sein Problem, und es gab auch niemanden, der ihm seine innere Not angesehen hätte. In dieser Gesellschaft sprach man nicht über so etwas. Der Alltag war hier zu Lande ein Organisationsproblem, und man hatte Wichtigeres zu tun, als sich mit Neurosen zu beschäftigen. Selbst enge Freundschaften waren in vieler Hinsicht Zweckgemeinschaften. Gibst du mir Schrauben, besorge ich dir Muttern. Kaufst du Schnaps, kümmere ich mich um eine anständige Mahlzeit.

Der Junge benahm sich weiterhin grenzenlos ungeschickt, gefangen in seinem eigenen emotionalen Universum, das Gefühle anderer nicht registrierte. Er fasste Mädchen an, einfach so, und wunderte sich, dass sie ihn zurückstießen, manche voller Zorn, andere mit einem Ausdruck von Angst in den Augen, der ihn so erregte, dass er nicht aufhören konnte, es immer wieder zu versuchen. Einige Mitschüler kriegten das spitz und stellten ihn empört zur Rede. Einmal wurde er sogar verprügelt, aber der Junge wehrte sich nicht. Es war, als würde er die Schläge nicht spüren. An diesem Tag ging er nach Hause, den Körper voller Kratzer und blauer Flecke, und die Verletzungen empfand er als viel weniger schmerzhaft als die umfassende Ratlosigkeit. Früher hatte man ihn gemieden und nicht weiter beachtet. Jetzt wurde er zum Sündenbock der Klasse, das Opfer hämischer Scherze und dadurch unfreiwillig zum verhassten Mittelpunkt der Aufmerksamkeit.

Die Gründe dafür durchschaute er nicht. Doch sein Überlebenswillen war geweckt: Er verstand, dass es nun in erster Linie darum ging, erfolgreiches Verhalten von den anderen abzuschauen. Seine beträchtlichen schulischen Erfolge – lernen fiel ihm leicht – hatten ihn dieser Notwendigkeit bislang enthoben: Man ließ ihn in Ruhe, weil er keinen Anlass gab, sich über ihn aufzuregen. Doch nun hatte sich die Situation geändert. Er musste erreichen, gemocht zu werden, um seine Bedürfnisse leben zu können.

Wie ein Forscher beobachtete er das Verhalten älterer Jungs, mit denen sich die Mädchen seiner Altersklasse bevorzugt zusammentaten. Er stellte fest, dass die Jungen, die Mädchen besonders gleichgültig und abschätzig behandelten, seltsamerweise am meisten umschwärmt waren. Er versuchte, das zu imitieren, aber der Erfolg war gleich null. Nachts fantasierte er von der weichen, glatten, unversehrten Haut der Mädchen. Er stellte sich die Spitze eines Messers vor, das vorsichtig eindrang, und die purpurroten Blutstropfen, die aus der verletzten Haut tropften. Jetzt musste ihm niemand mehr sagen, dass er sich auf gefährliches Terrain begab. Er erschauerte. Tiere waren Tiere, Menschen etwas ganz anderes. Er schloss die Augen und vollzog Nacht für Nacht den Schritt, der ihn endgültig vom Rest der Welt trennte. Die Visionen seiner Kindheit kehrten mit Macht zurück. Schwarze Flügelfiguren suchten ihn heim und flüsterten ihm Versuchungen ein, in denen es um Blut und Erkenntnis ging: um das, was sich hinter lächelnden Masken, unter schimmernder Haut verbarg. Die Wahrheit. Er wehrte sich nicht länger dagegen.

An den freien Wochenenden ging er wieder auf die Jagd. So nannte er das mittlerweile für sich, obwohl es nie darum ging, eine essbare Beute nach Hause zu bringen. Er freundete sich mit einem alten Mann an, der ganz am Ende der Lagune in einem stets feuchten und muffigen Haus direkt vor dem dichten Schilfgürtel des Sees lebte. Der Mann besaß eine alte, aber funktionstüchtige Schrotflinte und sogar noch Munition. Beides war Vorkriegsproduktion, funktionierte aber erstklassig und so brachte der Mann dem Jungen das Schießen bei. Privater Waffenbesitz war zwar keineswegs erlaubt, aber es gab auf dem Land eine Menge Leute wie den alten Mann – und kein Mensch regte sich über einen leckeren Kaninchenbraten auf, solange er nicht wusste, woher er stammte.

Der Junge erwies sich als geschickt, und der Alte, dessen Augen immer schlechter wurden, überließ ihm schließlich seine Waffe ganz. Der Junge begab sich auf die Pirsch und schoss Rehe, Reiher, Kaninchen, Ratten. Bei jedem erlegten Tier erlebte er aufs Neue die Lust, einen intakten Körper zu öffnen und zu betrachten, was sich darin verbarg. Seine eigene wilde Zerstörungswut, die ihn jedes Mal überfiel, sobald das Messer die Haut geritzt hatte, bekam er im Lauf der Zeit ganz gut in den Griff.

Nachts dachte er daran zurück, und die Erregung ließ ihn aufstöhnen. Die Erinnerung an das Tier vermischte sich mit den Bildern von weißer Menschenhaut. Tags darauf streifte er wieder durch den Wald, um diese Bilder zu verscheuchen. Sie waren nicht nur verboten, sondern durch ein so machtvolles Tabu belegt, dass es nicht einmal ausgesprochen werden musste. Nachts war der Schritt aus der Welt heraus leicht, am Tag stellte sich alles in anderem Licht dar. In seinen wachen Momenten erfasste den Jungen eine Angst von so elementarer Wucht, dass es ihn schüttelte. Er wusste, seine Fantasien waren die Fantasien eines Aussätzigen, aber er konnte sie nicht abstellen. Manchmal überfiel ihn die Furcht vor dem, was in ihm war, auch nachts, dann stellte er sich um zwei Uhr morgens unter die kalte Dusche, lief anschließend ins Freie und wälzte sich im stachligen Gras bis sein ganzer Körper schmerzte. Manchmal lief er auch die hundert Meter durchs Dorf ans Ufer des stillen schwarzen Sees und stürzte sich in sein eisiges Wasser.

Aber er ertrank nicht. Er fand immer wieder zurück. Tapste

an Land über den modrigen Grund, der durchsetzt war mit tückisch spitzen Steinen, aber der Schmerz war ihm willkommen, denn er ließ ihn vergessen, zwang seine wilden, verführerischen Gedanken wie Soldaten ins Glied zurück: Schlotternd vor Kälte und Erleichterung rannte er zurück in sein dunkles Elternhaus, trocknete sich mit hastigen Bewegungen ab und konnte danach endlich tief und traumlos schlafen. Am nächsten Morgen fühlte er sich dann in der Regel erholt und beinahe froh, wenn ihm auch mittlerweile klar war, dass sich die Gefühle auf diese Weise nur vorübergehend bändigen ließen. Irgendwann würden sie zurückkommen, und sie würden wieder eine Nuance kraftvoller sein. Ein weißer Arm mit feinen blonden Härchen, ein schlanker, wehrlos preisgegebener Hals, kräftige nackte Beine unter engen Shorts – es brauchte so wenig, um die schlafenden Hunde in ihm zu wecken. Sie würden ihre Reißzähne fletschen, seinen Kopf ausfüllen mit ihrem gierigen Brummen und Knurren. Sie würden sich seiner bemächtigen bis zu dem Augenblick, wo er sich ihnen ergab, willenlos, weil sie ja doch stärker waren als sein vernünftiges Ich.

Ein Morgen, einer unter vielen. Noch im Bett, wo er sich einigermaßen sicher fühlte, schloss er die Augen vor der Notwendigkeit aufzustehen. Er wusste, gleich würde er die Stimme seiner Mutter hören, und dann würde ein neuer, harter Tag beginnen. Er holte tief Luft und überlegte, wie es wäre, wenn er einfach aufhören würde zu atmen. Er würde sterben. Es wäre ganz leicht. Er müsste nur jetzt – oder jetzt – oder jetzt – die Luft anhalten. Oder einfach ausatmen, und es dabei bewenden lassen.

Schritte kamen an sein Bett.

»Wach auf«, sagte seine Mutter. »Schule«. Er schlug die Augen auf und atmete weiter. Sie stand vor seinem Bett und bedachte ihn mit diesem müden Blick voller Abneigung, den er ihr aus voller Seele zurückgab. Ihre Augen waren verquollen, ihr braun gefärbtes Haar war an den Ansätzen beinahe weiß, ihre Haut war die einer schweren Trinkerin: fahl, fleckig, alt. Selbst ihr Mund wirkte eingefallen. Aber eine halbe Stunde später würde sie wieder aussehen, wie man sie in der Klinik kannte:

blitzwach und unbarmherzig gegenüber jeder Schwäche, jeder Unachtsamkeit.

Nur ihn konnte sie nicht täuschen. Er wusste genau, wie sie war. Langsam schlug er die Decke zurück – er wusste, dass sie es hasste ihn nackt zu sehen –, langsam stand er auf und ging auf sie zu, mittlerweile fast so groß wie sie. Der mit dunkelbrauner Auslegeware bedeckte Holzboden knarrte unter seinen Füßen. Seine Mutter senkte den Kopf wie besiegt und wich ihm bis hinter das Fußende des Betts aus. Das lag an seiner Größe. Bald würde er auf sie herunterschauen können, und was dann passieren würde, falls sie ihn weiter so behandelte, würde er nicht sagen können.

Er ging an ihr vorbei ins Bad. Sein Körper brannte immer noch vom kalten Bad in der letzten Nacht. Er bekam eine Erektion. Er schloss die Tür hinter sich ab, rieb ergeben seinen Schwanz und wartete wie ein Verurteilter auf die schmerzhafte Explosion, die ihm keine Erleichterung bringen würde.

30

Donnerstag, 17. 7., 16.53 Uhr

»Herr Gerulaitis?«

»Ja?«

»Hier spricht KHK Seiler. Erinnern Sie sich an mich?«

»Ja. Sicher. Ich weiß aber immer noch nicht mehr, als ich Ihnen schon erzählt habe. Deshalb hab ich Sie auch nicht angerufen.«

»Macht nichts. Ist egal. Haben Sie Zeit, ins Dezernat zu kommen? Heute noch?«

»Wieso?«

»Das sag ich Ihnen dann. Um sieben in meinem Büro?«

»Äh ...«

»Halb acht?«

»Nein. Sieben ist gut. Ich bin da.«

31

Freitag, 18. 7., 4.10 Uhr
Camouflage nannten sie es, wie beim Militär: Ein ausschlaggebender Faktor für den Erfolg ihrer Tätigkeit war die perfekte Verkleidung. Janoschs Tarnung bestand aus langen Dreadlocks, die er zu einem buschigen Zopf gebunden hatte. Sein Outfit war entsprechend bunt und abgerissen. Deshalb hieß er Bobby M. M. wie Marley. Davids dichtes schwarzes Haar war millimeterkurz geschoren, er trug teure, weite Designerjeans, T-Shirts auf denen »Boss«, »Armani« oder »Dolce & Gabbana« stand, und eine Lederjacke, der man den Preis ansah; er wurde Chico genannt. Alle verdeckten Ermittler der sechsköpfigen Einheit hatten Spitznamen. Karate-Kid, Cowboy, Gringo, Tiger. Nur die Partner der Zweierteams nannten einander mit richtigen Namen. Sieben Abende hintereinander waren sie eine eingeschworene Gemeinschaft, dann gab es aufgrund ihrer Nachtdienste eine Woche vom Staat verordnete Freizeit, in der sie genervt und unruhig waren, weil sie nicht wussten, was sie mit sich anfangen sollten.

Das war ihr Problem.

Mit den langen Nächten auf der Straße, in lärmenden Kneipen und verrauchten Clubs, wo einem die Beats fast die Ohren wegbliesen, konnte ihr Alltag – Freundinnen, Familie, ein nicht abbezahltes Reihenhaus in der öden, friedlichen Peripherie der Stadt – nicht konkurrieren. Das wahre Leben fand in jener schillernden Gegenwelt statt, in der sie sich zu Hause fühlten, obwohl sie in Wirklichkeit doch niemals dazugehören durften. Ihre Ehefrauen schlugen ihnen immer wieder diese eine Wahrheit um die Ohren, aber eher ließen ihre Männer Ehe und Beziehungen den Bach hinuntergehen, als in Frage zu stellen, was sie taten und wie verdammt gut sie sich dabei fühlten.

Ohnehin würde sich alles von selbst regeln, es war nur eine Frage der Zeit. Ein schlagendes Argument, dem tatsächlich nichts hinzuzufügen war. Man konnte diese Arbeit definitiv nicht ewig machen. Irgendwann, in ein paar Jahren schon, würden sie zu alt für die Clubs der Jugendszene sein. Sie würden auffallen. Man würde ihnen ansehen, dass sie nicht dazugehörten. Danach…

Konkret dachten sie sehr selten an das Danach: den Schreibtischjob, der ihnen bevorstand, irgendwann, wenn sie nicht rechtzeitig den Absprung schafften – vielleicht in ein anderes Abenteuer, diesmal mit sehr ungewissem Ausgang. Aber jetzt war jetzt.

Jetzt war jetzt: vier Uhr morgens, kurz vor der Dämmerung. Das Gewitter vom vergangenen Nachmittag hatte sich verzogen, aber die Luft war viel kühler als die Nächte davor. Janosch und David befanden sich auf dem Parkplatz vor einem Club im Norden der Stadt. Sie fuhren langsam die Reihen der parkenden Autos entlang und checkten mit Rasterblick die Kennzeichen auf den Nummernschildern – zwanzig, dreißig Zahlen- und Buchstabenkombinationen von aktenkundigen Dealern und deren Kunden hatten sie stets im Kopf, das gehörte zum Job. Zwei Autonummern von hunderten erkannten sie schließlich wieder. Die dazugehörigen Wagen standen auch noch nebeneinander, was als doppelter Hinweis zu werten war. Janosch stellte den BMW zehn Meter entfernt an einer Stelle ab, von der aus sie die Frontscheiben der beiden verdächtigen Fahrzeuge im Blick hatten.

Dann warteten sie im Auto. Länger als eine halbe Stunde konnte es nicht dauern, der Club schloss normalerweise gegen halb fünf. David zündete sich eine Zigarette an und blies den Rauch durch das offene Seitenfenster. Seine Grippe war überstanden, er fühlte sich nur noch leicht erkältet. Janosch griff zur Schachtel, die David auf dem Armaturenbrett abgelegt hatte. Er brauchte nicht zu fragen, sie teilten alles miteinander. David sah Janosch von der Seite an. Er hätte ihm gern von dem Gespräch mit KHK Seiler erzählt, das er am frühen Abend geführt hatte und nun nicht mehr aus dem Kopf bekam.

Es war eine einmalige Chance, später, bevor er für das hier zu alt wurde, den Wechsel in die Mordkommission zu vollziehen. Er hätte die kommende freie Woche zur Erholung zwar gut brauchen können, aber das stand jetzt nicht zur Debatte.

Ich hätte Sie gern undercover, Herr Gerulaitis. Als Patient bei Plessen.

Dem Psychofritzen?

Ja. Wir glauben nicht, dass Plessen der Täter ist, aber er hat etwas mit den Taten zu tun.

Was soll ich da machen?

Das Seminar mitmachen wie ein normaler Patient … oder Klient. Plessen nennt das Klient. Ansonsten: sich in seinem Haus umschauen. Die anderen Klienten beobachten. Sich ihre Geschichten merken.

Sie glauben, dass einer der Klienten …?

Könnte schon sein. Es ist bis jetzt nur eine Theorie. So oder so, ich will wissen, was während dieser Sache abgeht. Ein ehemaliger Klient hat sich umgebracht, einer ist heute in der Psychiatrie. Irgendwas ist da nicht ganz sauber.

Okay.

Was?

Okay. Ich mach's. Wann muss ich da hin?

Gut! Sie melden sich für nächsten Dienstag, den 22., an. Ihre Dienststelle hat mir gesagt, Sie haben nächste Woche frei.

Ja.

Dann passt das ja. Sie melden sich also ganz normal bei Plessen an, hier ist seine Telefonnummer. Es gibt garantiert freie Plätze seit dieser Mordgeschichte. Bestimmt hat mindestens die Hälfte der Klienten storniert. Plessen wird also für jeden neuen Klienten dankbar sein.

Ja.

Das Seminar dauert nur bis Freitag, den 25. Vier Tage. Sie haben also nicht viel Zeit, sich da umzusehen.

Okay. Kein Problem.

Haben Sie so was schon mal gemacht? Eine …?

Seh ich so aus?

Darum geht's nicht. Ich meine, diese, diese Sitzungen können was in Ihnen auslösen, verstehen Sie? Das ist nicht einfach nur Gerede, Sie müssen sich da einbringen.

Einbringen? Wie denn?

Sie sind ein Klient. Sie haben Probleme. Mit sich, Ihrer Familie, Ihrer Ehe – egal. Sie müssen so tun als ob. Kriegen Sie das hin?

Sicher.

Sie denken, das ist leicht, aber Sie können nicht alles erfinden, für eine komplett neue Vita haben wir keine Zeit. Sie müssen sich, na ja, zum Teil schon auf die Sache einlassen. Aber eben nicht zu sehr. Mitmachen und dabei ganz cool bleiben.

Das schaff ich schon. Ich bin geübt in solchen Sachen. Ich kann ziemlich gut spielen.

Deswegen habe ich an Sie gedacht. Die Leute hier… Erstens kennt Plessen bereits die Hälfte der MK 1 von den Vernehmungen, und dann…

Versteh ich schon.

Er hatte verstanden. KHK Seiler brauchte jemanden wie ihn. Der gut war in seinem Job, weil er sich daran gewöhnt hatte, andere zu belügen und zu betrügen. Der in der einen Minute den zitternden Süchtigen und in der nächsten den abgebrühten Händler spielen konnte. Der in null Komma nichts den Jargon welcher Szene auch immer beherrschte. Der sich, innerlich komplett unbeteiligt, wie ein Chamäleon den Erwartungen anderer anpassen konnte. Der dabei nie vergaß, was er tat und wer er wirklich war. Das war ein mühsamer Akt, ein riskantes Balancieren zwischen zwei Realitäten. Er dachte flüchtig an den Kollegen, der im Auto eines Dealers gesessen hatte und dessen Tarnung nur deshalb aufgeflogen war, weil er an einer Kreuzung »Vorsicht, PKW« gerufen hatte.

Kein Mensch außer Bullen bezeichnete Autos als PKWs. Die Arbeit von Wochen war umsonst gewesen.

Das Projekt war streng geheim, er durfte Janosch nichts davon erzählen. Das war ungewohnt, und es kam ihm nicht richtig vor. Aber er hatte es versprochen. David warf die bis zum Filter aufgerauchte Zigarette aus dem Fenster, wo sie auf dem dunklen Asphalt verglühte.

»Du bist heute so ruhig«, sagte Janosch neben ihm. Feuchte Nachtluft zog in ihr Auto. David fröstelte.

»Bin noch nicht ganz wieder da«, sagte er. »Die Grippe war ganz schön heftig und…«

Er verstummte, weil Janosch ihn anstieß und ihm bedeutete, still zu sein. Hastig drückte Janosch seine Zigarette im Aschenbecher aus und ließ sein Seitenfenster hochfahren. David tat es ihm gleich und holte das Fernglas von der Rückbank. Zwei Personen näherten sich den beiden geparkten Wagen, die sie im Visier hatten. David sah durch das Fernglas. Seine Hand war ruhig, als er die Linse scharf stellte. Es waren eine Frau und ein Mann. Sie gingen schnell und sahen sich nicht an. »Lydia«, sagte David mit gedämpfter Stimme.

»Und der andere? Hervé?«

»Glaub schon. Ja.« David ließ das Glas sinken. Schweigend beobachteten sie, wie das Paar in Hervés Wagen stieg, einem angeberisch aussehenden schwarzen G-Klasse-Mercedes mit getönten Scheiben. David hob erneut das Glas. Hervé, Spezialität Heroin, belieferte seine Kunden normalerweise in ihren Wohnungen. Geschäfte in Clubs oder Autos abzuwickeln war eigentlich nicht sein Stil. Lydia war süchtig und dealte ein wenig in ihrem Bekanntenkreis herum, hauptsächlich um ihren eigenen Konsum zu finanzieren. Interessant war also weniger sie, als der Mann, der sich Hervé nannte, ein Kosovo-Albaner mit Familien-Kontakten zur ersten Liga der albanischen Großhändler.

»Gib mir mal«, flüsterte Janosch und David überließ ihm widerwillig das Glas. Beide waren aufgeregt. Hervé gehörte zu den Mr. Bigs, an die man äußerst selten herankam, weil sie mit jedem gut Freund waren, aber niemandem trauten außer Familienmitgliedern. Unmöglich, jemanden einzuschleusen. Die arbeiteten am liebsten nur mit Leuten, die sie von Geburt an kannten.

»Siehst du was?«, zischelte David, unruhig hin und her rutschend.

»Sie bläst ihm einen«, sagte Janosch mit enttäuschter Stimme.

»Was?«

»Ja. Ich glaub, die schieben einfach nur 'ne Nummer.«

»Arschloch.« Aber der Gedanke – Lydia zu Hervés Füßen, ihre Lippen an seinem Schwanz – erregte ihn gegen seinen Willen.

Lydia war Mitte zwanzig und immer noch hübsch, trotz ihrer Abhängigkeit. Sie kam aus bestem Haus und hatte immer reichlich für Drogen ausgeben können, bis ihre Eltern den Kontakt zu ihr abbrachen und den Geldhahn zudrehten. Würde eine Frau von Lydias Klasse das mit ihm tun, was sie gerade mit Hervé tat – so, als sei überhaupt nichts dabei? Wenn dann nur gegen einen Druck, dachte David und verscheuchte diese beschämenden Gedanken.

»Was machen sie jetzt?«, fragte er.

»Sie sitzt jetzt wieder neben ihm. Hey! Ich glaube, sie rauchen einen Joint!«

»Bist du sicher?«

Janosch gab ihm das Glas, und David drückte es an seine Augen. Er sah einen glühenden Punkt, der zwischen den beiden nun als Schatten wahrnehmbaren Gestalten hin und her wanderte.

»Hervé verkauft doch überhaupt keinen Shit«, sagte er zu Janosch.

»Na und? Macht doch nichts, Weitergabe ist auch verboten!«

David zögerte kurz, eine seltsame Ahnung bemächtigte sich seiner, als ob sie irgendetwas übersehen hätten (aber was sollte das schon sein, und ein Versuch lohnte sich doch immer) – dann sagte er: »Okay.« Beide öffneten ihre Türen und ließen sich auf den Asphalt gleiten. Sie robbten zwischen den parkenden Autos hindurch, bis sie sich hinter Hervés Mercedes befanden. Sie standen auf wie ein Mann, Davids Zweifel lösten sich in der kühlen Luft auf, langsam erhellte sich der Horizont, er spürte das Adrenalin in seinem Blut und hätte am liebsten laut gelacht. Hervé! Ihn zu bekommen, und das auf so leichte Art und Weise, das wäre beinahe eine Sensation. Sie verständigten sich wortlos mit den Augen, dann traten sie mit festem Schritt an das Auto heran, bewaffnet mit ihren Dienstpistolen und ihren halbmeterlangen Mag-Lites. Sie rissen synchron Fahrer- und Beifahrertür auf und leuchteten in die Gesichter der Insassen, die im starken Strahl der mächtigen Taschenlampen fast weiß wirkten. David genoss den Triumph.

»Polizei, Hände hoch und aussteigen«, sagte er mitten in Hervés versteinerte Miene. Hervé legte die Hände hinter den Kopf und stieg aus, mit lässigen Bewegungen, als hätte er diese Prozedur schon tausendmal hinter sich gebracht. Was vermutlich auch der Fall war – früher, als er noch als Kleindealer unterwegs gewesen war, bevor er seine Position innerhalb der Familie gefestigt und einen exklusiveren Kundenkreis zugewiesen bekommen hatte, und damit mehr oder weniger unangreifbar geworden war.

»Stellen Sie sich bitte an die Motorhaube. Beide Hände auf die Motorhaube, Beine auseinander.« Janosch stand hinter Lydia, die schwarze Satin-Pumphosen trug und darüber eine schwarze, durchsichtige Bluse. Ihr langes blondes Haar fiel wie ein Vorhang über ihr Gesicht, als sie sich folgsam auf die Motorhaube stützte. David sah sie zittern und beneidete einen Moment lang Janosch, der das Privileg hatte, sie abzutasten. Dann wandte er sich Hervé zu und ließ seine Hände mit nicht allzu sanftem Druck an ihm heruntergleiten. Beine, Arme, Schultern. Gürtel, Gürtelschnalle. Jeans, die sich hart anfühlten, als wären sie neu oder frisch gewaschen. Hervé ließ alles wortlos über sich ergehen. David befahl ihm, die Stiefel auszuziehen, und sah nach, ob die Absätze ausgehöhlt und zu Verstecken präpariert waren. Er fand nichts.

»Hier«, sagte Janosch, als David Hervé seine Schuhe zurückgab, wieder mit diesem rätselhaften Gefühl, einen verhängnisvollen Fehler gemacht zu haben. Aber Janosch lächelte triumphierend und hielt ein Plastik-Päckchen mit braunem Inhalt hoch. Um sie herum wurde es plötzlich lebhaft; Leute stiegen in ihre Autos, David hörte heiseres Männerlachen, hohes Mädchengekicher, Anlasser dröhnten auf – er achtete nicht darauf. Niemand schien sich um das zu scheren, was sich bei Hervés Auto abspielte.

»Gut«, sagte David ohne große Begeisterung, Lydia war ja nicht diejenige, die sie wirklich wollten. Sie begannen, Hervés Mercedes zu filzen. Sein Wagen war groß, und es nahm viel Zeit in Anspruch, den Innenraum zu durchsuchen. Der Erfolg war gleich null. Sie fanden nicht einmal Zubehör wie Ascorbinsäure zum Strecken der Drogen, Zitronensaft zum Aufkochen, verkohlte Löffel, eine Schnur zum Abbinden des Oberarms. Selbst der Aschenbecher war sauber und leer. Auch der Rest des aufgerauchten Joints tauchte nicht auf. Vielleicht hatte Hervé ihn verschluckt, vielleicht würden Tatortleute zerkrümelte Reste davon auf der staubigen Fußmatte finden – falls man sie anforderte, was angesichts der Lage viel zu aufwändig wäre und deshalb nicht in Frage kam.

Auch in Lydias Auto fand sich nichts. Blieb das Päckchen Heroin.

»Sie können sich umdrehen«, sagte Janosch zu Lydia, die wie Hervé immer noch gebückt über der Motorhaube stand. Lydia richtete sich auf, dehnte und streckte ihre Glieder, warf den Kopf zurück. Ihre langen blondierten Strähnen fielen wie Peitschen auf den Rücken. Dann erst drehte sie sich um. Ihre Augen waren rot, ihre Pupillen klein. Das kam vom Shit. David sah, dass sie leicht zitterte, aber das musste nicht der Heroin-Entzug sein. Vielleicht fror sie einfach, genauso wie er auch. Er überlegte. Langsam gab die Dämmerung einen bedeckten Himmel frei und tauchte die Szenerie in graues Licht.

»Hervé hat Ihnen das Zeug verkauft, oder?«, fragte David schließlich.

Lydia senkte den Kopf und sah ihn von unten herauf an. Sie hatte sich auf den Kotflügel gesetzt, das rechte Bein baumelte über dem Scheinwerfer und sie gab sich redlich Mühe, ihre Nervosität nicht zu zeigen.

»Hat er nicht«, sagte sie. Ihre Stimme klang hoch und gepresst.

»Kommen Sie schon«, sagte Janosch. »Hervé verkauft Stoff, unter anderem an Sie. Das weiß jeder. Das können wir beweisen.«

»Können Sie nicht.«

Das stimmte. »Machen Sie Ihre Lage nicht noch schlimmer«, versuchte es David ein letztes Mal, aber er wusste, dass Lydia das Spiel zu gut kannte, um darauf hereinzufallen. Sie war schon öfter aufgegriffen worden. Sie würde ins Gefängnis kommen, aber ein Anwalt ihrer Eltern würde sie herauspauken gegen die Auflage, dass sie einen Entzug machte, den sie dann nie antreten würde. Bla bla bla. Immer dasselbe.

Andererseits fanden sie vielleicht in ihrer Wohnung so viel Stoff, dass man wenigstens sie wegen Rauschgifthandels anklagen konnte. David glaubte es nicht wirklich, aber der Versuch musste gemacht werden.

Die viel schlimmere Pleite war die Sache mit Hervé. Er hatte nichts bei sich, das war Fakt, und da Lydia sich weiterhin weigerte, gegen ihn auszusagen, mussten sie ihn nach einem fünfminütigen Geplänkel gehen lassen.

»Geben Sie mir Ihren Autoschlüssel«, sagte David müde zu Lydia, nachdem Hervés Auto in einer lärmenden Staubwolke verschwunden war.

»Wieso?«

»Weil wir jetzt zu Ihrer Wohnung fahren. Alles klar?«

Mittlerweile war der riesige Parkplatz fast leer. Ein paar Schwalben schossen dicht über ihre Köpfe hinweg. Lydia sagte nichts mehr, sondern kramte in ihrer winzigen bestickten Tasche. Im Morgenlicht wirkte ihr hübsches Gesicht wie ausgezehrt; David fiel auf, wie unglaublich dünn sie war. Er wartete ungeduldig, mit den Händen in den Hosentaschen. Sie tat ihm nicht Leid. Sie hatte dieses Leben gewählt, sie war an allem selber schuld. Sie hatte alle Chancen gehabt, die anderen nie zuteil wurden. David registrierte plötzlich ein Gefühl so tiefer Verachtung für sie, dass er kaum an sich halten konnte. Er biss die Zähne zusammen, bis die Zorneswelle wieder verebbte.

»Hier«, sagte Lydia schließlich und hielt ihm einen Schlüsselbund hin. Ihre Lippen waren bläulich angelaufen, ihre Hand zitterte. Sie brauchte wirklich einen Druck, so viel war immerhin klar. Eine Tatsache, die sie sich zu Nutze machen konnten. Janosch nahm sie am Arm und öffnete die hintere Tür des BMW. Mit mürrischem Gesicht riss sie sich los und setzte sich hinein. Mit einem geübten Griff kreuzte Janosch ihre Handgelenke vor ihrem Bauch und legte ihr Handschellen an. Danach warf er, ungeachtet ihrer Proteste, mit Schwung die Autotür zu.

»Ich fahr hinter euch her«, sagte David. Janosch nickte ihm zu und stieg auf der Fahrerseite des BMW ein. David nahm Lydias Wagen, einen nagelneuen Mini. Im Konvoi fuhren sie zu Lydias Wohnung.

32

Freitag, 18. 7., 6.13 Uhr

Das Haus, ein renovierter Jugendstil-Altbau, befand sich in bester Innenstadtlage. Das Treppenhaus war breit, die Tür des Lifts mit schmiedeeisernen Ranken und floralen Motiven geschmückt. Es war so, wie David es sich schon gedacht hatte. Die Eltern hatten ihrer Tochter eine Wohnung gekauft, vielleicht sogar eingerichtet, und fühlten sich nun frei von allen weitergehenden Verpflichtungen. Inzwischen würde die Wohnung nicht nur verkommen, sondern, bis auf ein paar Sperrholzmöbel, so gut wie leer sein. Lydia war schon seit Jahren abhängig; bestimmt hatte sie alles zu Geld gemacht, was nicht niet- und nagelfest war. Schweigend bestiegen Lydia, Janosch und er den Lift.

Janosch hatte Lydia die Handschellen abgenommen – sie war mittlerweile zu kaputt, als dass Fluchtgefahr bestanden hätte. Und so hätte ein oberflächlicher Beobachter die drei für Freunde halten können, wenn da nicht Lydias verbissenes, hasserfülltes Gesicht gewesen wäre, die dunklen Ringe unter ihren Augen, die erschöpften und gleichzeitig seltsam steifen Bewegungen, mit denen sie im engen Lift versuchte, jede Berührung mit Janosch und David zu vermeiden.

Der Lift hielt im vierten Stock. Janosch und David ließen Lydia vorausgehen, David gab ihr den Schlüsselbund zurück, damit sie aufschließen konnte, und nahm ihn gleich danach wieder an sich. Wie er erwartet hatte, war die Wohnung, ein großzügiges Dreizimmer-Appartement mit altem Parkettboden und weiß lackierten Flügeltüren, fast unmöbliert. Das Parkett war staubig, David trat prompt auf eine klebrige Masse, die sich kaum von seiner Sohle lösen ließ. Es roch nach altem Müll. Verdammt, dachte er. Sie ist noch weiter unten, als sie aussieht.

»So, hier sind wir«, sagte Lydia. Ihre Stimme klang atemlos, trocken und flach. Lydia hielt sich sichtlich nur noch mit Mühe aufrecht. »Macht es euch bequem«, fügte sie bemüht ironisch hinzu, aber ihre Miene wirkte eher verängstigt als angriffslustig. Janosch ging in eins der Zimmer, David schloss währenddessen die Wohnungstür von innen ab und steckte Lydias Schlüsselbund in die Tasche seiner Jeans.

»Kann ich ins Bad?«, fragte Lydia. »Ich würd gern duschen und so.« David lehnte sich an die Wand des Flurs, ließ seine Blicke schweifen und antwortete absichtlich nicht. Lydia bewegte sich langsam, schwankend weg von ihm. Er behielt sie im Auge. Schließlich drückte sie eine der Türen auf, um blitzschnell dahinter zu verschwinden. Mit einem Satz stand David neben ihr. »Sie können alles machen, pinkeln, scheißen, duschen«, sagte er. »Sie können sich auch einen Druck setzen. Solange wir dabei sein dürfen.«

»Sie blödes … Sie … Arschloch …«

»Lydia, wir können das hier auch abkürzen. Sie sagen uns, wo der Stoff ist, und dann dürfen Sie was gegen Ihr … Unwohlsein unternehmen.«

Lydia traten langsam die Tränen in die Augen. »Ich hab nichts da.«

»Das glauben wir dann, wenn wir hier fertig sind. Kann natürlich dauern. Ist ja eine große Wohnung.«

Lydia setzte sich geschlagen auf die Badewanne, zitternd und leise vor sich hin weinend. David checkte ihren Spiegelschrank, der voller verschreibungspflichtiger Medikamente, aber ansonsten drogenfrei war. Er tastete die cremefarbenen, mit geschwungenem blauem Rand verzierten Badezimmerkacheln ab, ohne eine zu finden, die so lose war, dass man darunter etwas verstecken konnte. Er zog sich Einweghandschuhe an, bückte sich unter das Waschbecken, kniete sich auf den Boden, sah unter das Klo und betastete das hintere Rohr. Alles war verdreckt und sah teilweise sogar angeschimmelt aus; der leichte, aber penetrante Gestank nach Staub und Ekelhafterem peinigte Davids Nase. Am liebsten hätte er hier überhaupt nichts angefasst. Er richtete sich wieder auf. Janosch rief nach ihm.

»Gleich«, rief David zurück. Er nahm Lydia am Arm und fasste sie dabei fester an als unbedingt notwendig. Sie ließ sich willenlos zurück in den Flur führen und danach in den Raum, in dem Janosch gerade beschäftigt war, ein Ostzimmer, in das erste Sonnenstrahlen fielen. Janosch saß vor einem hässlichen Tisch mit einer braunen Pressspanplatte, den Lydia offensichtlich als Schreibtisch nutzte. Auf dem Tisch stand ein neu aussehendes Notebook. Janosch hatte es eingeschaltet. David ließ Lydia los und trat neben ihn. Lydia ließ sich dort, wo sie stand, einfach auf den Boden gleiten.

David beachtete sie nicht länger. »Was ist das?«, fragte er Janosch.

»Ich weiß noch nicht«, sagte Janosch. Er starrte auf das Farbdisplay. »Ich versuch mal, eine der Dateien zu öffnen.« Er machte sich an der Maus und der Tastatur zu schaffen. Davids Blick wanderte nach oben, vorbei an Janoschs Kopf zu einer Fotopinnwand, die Lydia über dem Tisch angebracht hatte. Lydia auf Partys inmitten rotgesichtiger Freunde, Lydia bei einer Bootsfahrt, blass und ernst, Lydia mit Hut auf einer Hochzeit neben der strahlenden Braut. Dann war da ein Bild rechts oben.

David beugte sich vor. Ihm brach der Schweiß aus, und er spürte, wie sein Herz anfing, in einem unruhigen Stakkatorhythmus zu schlagen. Das Blut rauschte in seinen Ohren, als er das Foto abnahm, um es genauer zu betrachten.

Es gab auch auf den zweiten Blick keinen Zweifel. Auf dem Bild befanden sich drei Personen. Eine davon war Lydia, eine Hervé und neben Hervé stand Davids vier Jahre jüngere Schwester Danae. Hervé hatte den Arm um sie gelegt, und Danae schmiegte sich an ihn, als sei das das Normalste auf der Welt. In Davids Kopf fand eine Implosion statt, das Zusammenfallen zweier Welten, die sich nie hätten berühren dürfen. David atmete tief ein und aus.

Es musste nichts zu bedeuten haben.

Sie standen lediglich nebeneinander.

Danae musste ihn nicht einmal kennen.

Der Arm um die Taille seiner Schwester – das machten viele Jungs so, wenn sie fotografiert wurden, das allein hatte nichts zu sagen. Gar nichts.

Aber, wenn doch?

»…David? David, was ist los? Hallo, jemand zu Hause bei dir?« David hob den Blick, langsam, als erwache er aus einem Traum. Janosch war aufgestanden und hatte sich vor ihn gestellt. Er hielt David an beiden Oberarmen fest und schüttelte ihn leicht.

»Was?«, fragte David schwach.

»Du bist ganz blass. Geht's dir nicht gut?«

»Doch. Alles okay.«

»So siehst du aber nicht aus!« Janosch sah ihn besorgt an. David senkte den Blick erneut auf das Foto in seiner Hand. Es war, als wäre im Moment keine Information stark genug, den Kokon des Entsetzens aufzubrechen, der sich um ihn herum gebildet hatte. Er streckte Janosch das Bild entgegen, als würde das alles erklären. Zu spät fiel ihm ein, dass Janosch seine Schwester nicht kannte.

»Wer ist das?«, fragte Janosch, aber im selben Moment schien ein Schatten des Begreifens sein Gesicht zu verdunkeln. »Deine …«

David brachte kein Wort heraus. Janosch drückte ihn auf den Stuhl vor Lydias Schreibtisch und ging zu Lydia, die teilnahmslos auf dem Boden saß und sich an die Wand lehnte. Er hockte sich ihr gegenüber hin und suchte ihren unsteten Blick. »Wer ist das?«, herrschte er sie an. Lydia zuckte zusammen. Sie nahm das Foto, schien sich aber auf nichts konzentrieren zu können. Ihre Augenlider zitterten, ihr Gesicht war aschfahl, auf der Stirn standen winzige Schweißtröpfchen.

»Meine Schwester«, sagte David schließlich, als von Lydia nichts kam. »Die neben Hervé. Das ist meine Schwester.«

Janosch drehte sich um. »Bist du sicher? Ich meine, das Bild ist ziemlich unscharf.«

»Das ist Danae. Ich, ich weiß nicht, was sie da macht.«

Janosch stand auf und warf das Bild mit einer absichtlich verächtlichen Bewegung auf den Schreibtisch. »David, das ist bloß ein Bild. Die muss Hervé nicht mal kennen, die war vielleicht zufällig im selben Club und dann hat wer abgedrückt.«

»Ich weiß.«

»Wir kriegen das raus. Okay? So oder so, wir kriegen das raus. Und dann sehen wir, was wir machen.«

»Ja. Danke.«

»Können wir jetzt weitermachen?«

»Ja, klar. Sicher. Ich bin wieder fit. Es war nur …«

»Das ist nur ein Bild. Denk dran. Aber jetzt …«

»Ja. Ich … nehm mir mal die Küche vor.«

»Super«, sagte Janosch, aber sein Blick blieb beunruhigt.

Eine halbe Stunde später fand David in Lydias Schlafzimmer Stoff im Wert von mindestens zehntausend Euro. Sie hatte das Heroin zwischen Lattenrost und Sprungfedern versteckt. Die Menge reichte leicht für eine Anklage wegen Drogenhandels. David dachte bei sich, dass sie wahrscheinlich gerade erst dabei war, die Sache richtig professionell aufzuziehen, andernfalls wäre die Wohnung sicher in einem besseren Zustand gewesen. Sie nahmen Lydia mit zum Drogendezernat. Es war sechs Uhr morgens, als sie dort ankamen. Mit dem ganzen Papierkram wurde es halb acht. Und wieder kam David zu spät nach Hause. Wieder gab es Ärger, und alles wurde noch schlimmer, als er Sandy erzählte, dass er nächste Woche tagsüber arbeiten musste und sie nicht, wie versprochen, gemeinsam zu ihrer Mutter aufs Land fahren konnten.

»Fahr doch allein mit Debbie«, versuchte David sie zu beruhigen.

»Du Scheißkerl. Heirate doch einfach deinen Job, wie wär denn das?«

»Sandy. Hör jetzt auf!«

Er schloss die Augen. Nichts, gar nichts durfte er ihr von seinem neuen Auftrag erzählen. Seine Stirn fühlte sich erneut fieberheiß an. Immerhin war heute Samstag. Er hatte noch Zeit, Sandy zu bearbeiten, damit sie sich wieder beruhigte. Dann musste er mit seinen Eltern telefonieren, sie unauffällig nach Danae aushorchen.

Auf die Idee, Danae selbst anzurufen, kam er nicht.

Wenigstens war sie bislang polizeilich nicht aufgefallen, weder in Verbindung mit Drogen, noch auf andere Weise: Sie stand in keinem Fahndungscomputer. Das war eine gute Nachricht, redete er sich ein.

Nachts träumte er von Danae, seiner Schwester, die er liebte, aber mit der er nicht sprechen konnte.

Die Tatsache, dass sehr viele an ihrem eigenen Weg
zugrunde gehen, bedeutet dem, der Bestimmung hat, nichts.
Er muss den eigenen Gesetzen gehorchen,
wie wenn es ein Dämon wäre, der ihm
neue seltsame Wege einflüstert.

C. G. Jung

ZWEITER TEIL

1

Montag, 21. 7., 9.00 Uhr

Die neue Woche begann, ohne dass sie sehr viel mehr wussten. Mona stand seit Freitag in Verhandlungen mit einer psychiatrischen Anstalt in einer Kleinstadt namens Lemberg, um den Patienten Fritz Lachenmeier vernehmen zu können, der nach Aussage seiner Frau unmittelbar nach der Therapie Plessens so massive paranoide Symptome gezeigt hatte, dass er von seiner Familie eingeliefert worden war. Der zuständige Arzt in der Klinik sperrte sich erst gegen das Ansinnen, stimmte aber schließlich einer Vernehmung zu, unter der Bedingung, dass sie erst kommenden Montag stattfinde, damit er seinen sehr instabilen Patienten auf den erneuten psychischen Stress vorbereiten könne. Mona hatte sich der Entscheidung gebeugt – ein verwirrter Patient, der vor lauter Angst keinen geraden Satz herausbrachte, würde die Ermittlungen sowieso nicht voranbringen.

Nachdem KK David Gerulaitis zugesagt hatte, undercover an einem Seminar bei Fabian Plessen teilzunehmen, hatten sie beschlossen, eine Sonderkommission zu bilden und die OFA offiziell hinzuzuziehen. Am Wochenende erstellte die OFA anhand der Tatortbefundsberichte, der Vernehmungs- und Obduktionsprotokolle ein Profil des mutmaßlichen Täters. Mona verschaffte diese Entwicklung der Dinge ein entspanntes Badewochenende mit Lukas und Anton, auch wenn das Handy stets griffbereit lag.

Schmidt und Forster observierten die Umgebung von Plessens Villa im Wechsel mit Fischer und Bauer. Ergebnis: keine auffälligen Vorkommnisse. Die Journalisten und Fernsehteams waren teilweise abgezogen, nachdem bekannt geworden war, dass Plessen seine Geschichte samt aller Begleitumstände exklusiv einem Magazin verkauft hatte, um endlich seine Ruhe zu haben. Berghammer hatte noch versucht, ihm das auszureden, aber Plessens Argumente waren durchaus überzeugend gewesen: besser immer dieselbe Nervensäge eine absehbare Zeit lang als hundert Nervensägen wochenlang vor seiner Tür.

Bei der ersten Konferenz am Montagmorgen, dem 21. Juli, verteilten Mona und Berghammer die mehrseitige Expertise der OFA an die nun dreizehnköpfige Sonderkommission Samuel, bestehend aus Berghammer, Mona, den Mitgliedern der MK 1, jeweils einem Mitglied der übrigen vier Mordkommissionen, Kern und seinem Kollegen Sigurd Wimmer von der OFA, und zwei LKA-Beamten. Nach einem weiteren heftigen Gewitter Sonntagnacht war es wieder sonnig und heiß, wenn auch weniger feucht und drückend. Der Mord an Samuel Plessen lag nun sieben Tage zurück, die Entdeckung der Leiche von Sonja Martinez hatte vor sechs Tagen stattgefunden. Die Expertise der OFA entsprach im Wesentlichen dem, was Kern auf ihrer inoffiziellen Zusammenkunft in der Pizzeria entworfen hatte.

1. Der Täter war vermutlich männlich, zwischen zwanzig und dreißig Jahre alt.

2. Beide Morde waren sorgfältig geplant worden, der Täter konnte sich also Zeit nehmen, post mortem alles nach seinen Vorstellungen zu arrangieren. Er hatte die Umstände so gut organisiert, dass er sich nicht beeilen musste, nicht in Panik war.

3. Deshalb musste der Täter mindestens durchschnittlich, wahrscheinlich aber überdurchschnittlich intelligent sein. Die Tatsache, dass er sich offenbar problemlos bei Sonja Martinez Einlass verschaffen konnte (aber kein einziges Ermittlungsergebnis auch nur die entfernte Möglichkeit aufzeigte, dass das Opfer den Täter kannte) wies darauf hin, dass seine sozia-

len Fähigkeiten normal, vielleicht sogar überdurchschnittlich waren.

4. Der Täter wies vermutlich bereits in seiner Kindheit einige abnorme Verhaltensweisen auf, wie zum Beispiel das Töten von Tieren und das anschließende Sezieren. Es erregte ihn möglicherweise, Haut zu verletzen, in das Innere von Lebewesen zu schauen. Die Botschaft der eingeritzten Buchstaben bewertete Kern als eventuell wichtig, aber gegenüber der tatsächlichen Bedürfnislage des Täters als zweitrangig.

5. Der Täter war vermutlich ein unauffälliger Einzelgänger und hatte – aufgrund bestimmter Vorlieben für sexuelle Praktiken sadomasochistischer Art – möglicherweise Schwierigkeiten, eine Freundin zu finden. Eventuell war er in entsprechenden legalen Kreisen aktiv, vielleicht lebte er aber auch komplett asexuell. Möglich, aber nicht sehr wahrscheinlich war, dass er verheiratet war, vielleicht sogar Kinder hatte und bestimmte Obsessionen im Verborgenen lebte. Vielleicht besaß er einen zweiten Wohnsitz, etwa ein abgelegenes Ferienhaus, von dem niemand etwas wusste.

6. Der Täter war im Vollbesitz seiner geistigen Kräfte. Kein Schizophrener in einer akuten Phase hätte die Taten derart planvoll durchführen können.

7. Wenn die beiden Morde Botschaften enthielten, dann (auch) diese: Der Täter wollte auf sich, vielleicht auf seine innere Not, aufmerksam machen.

8. Der Täter befand sich in der Anfangsphase, die beiden Taten waren vielleicht nicht die ersten, aber, wenn er nicht vorher gefasst würde, sicher nicht die letzten ihrer Art. Die nächsten Male würde der Täter vermutlich keine Drogen mehr brauchen, um seine Opfer auf unblutige Weise zu eliminieren. Er würde vielmehr nun den Mut haben, seinen Opfern tödliche Stichverletzungen zuzufügen und seine Opfer anschließend eventuell ausweiden. Das gehörte zum Programm eines Serientäters: dass die Reize von Mal zu Mal stärker werden mussten und die Hemmschwelle immer niedriger wurde.

9. Ein sexueller Hintergrund war wahrscheinlich und würde

sich bei den nächsten Taten möglicherweise eindeutiger manifestieren.

Mona, Berghammer und Kern, die den Inhalt bereits kannten, saßen am Kopfende des Konferenztisches und beobachteten ihre Kollegen beim Lesen. Monas Gedanken wanderten ab. Lukas' Deutschlehrerin und Klassenleiterin hatte sie früh morgens noch vor Schulbeginn angerufen; offenbar hatte Lukas wieder angefangen zu schwänzen. Mona war schon mehrmals in der Sprechstunde dieser Lehrerin gewesen. Sie hieß Frau Hellwart, zeigte lange gelbe Zähne, wenn sie lächelte, und schien ein Problem damit zu haben, dass Mona einen Ganztagsjob hatte, der noch dazu »so anstrengend und zeitraubend« sei. Ob es besser wäre, wenn sie und Lukas von der Sozialhilfe lebten, dann hätte sie auf Kosten des Steuerzahlers den ganzen Tag Zeit für ihn, hatte Mona die Lehrerin einmal schnippisch gefragt, aber keine Antwort erhalten außer dem gelbzähnigen Lächeln. Immerhin kam die Lehrerin nie wieder auf dieses Thema zurück.

Die Tatsache, dass Lukas schwänzte, blieb allerdings bestehen. Heute Abend würde sie mit ihm reden müssen.

»Fragen?«, sagte Berghammer trocken in die Runde und beendete damit Monas Grübeleien. Zehn Köpfe nickten synchron, ein Finger hob sich. Er gehörte einem der beiden LKA-Beamten, einem Glatzkopf mit dünnem blondem Schnauzer namens Daniel Radomski. »Ja?«, fragte Berghammer, eine Spur unfreundlicher. Er mochte es nicht, wenn eine weitere Behörde eingeschaltet wurde. Er regelte am liebsten alles mit seinen eigenen Leuten (wozu er auch die OFA zählte). Aber in diesem Fall hatte das LKA darauf bestanden.

»Lebt der Täter hier?«

Kern antwortete vorsichtig, wie es seine Art war: »Die Tatumstände weisen nicht explizit darauf hin.«

»Heißt was?«, schnappte Radomski, der Mona sofort unsympathisch wurde. Aber Kern ließ sich nicht aus der Ruhe bringen. »Eher nein«, sagte er nach einen kleinen Pause. »Täter, die in der

Nähe des Opfers wohnen, agieren oft hektisch und nervös. Sie haben berechtigte Angst, von jemandem erkannt zu werden. Täter, die aus einer anderen Gegend, einem anderem Milieu kommen, müssen sich diese Sorgen nicht machen. Und dieser Täter schien sehr entspannt zu sein.«

»Heißt das, er wohnt woanders, und kommt, na ja, nur so zu Besuch?«

»Das könnte sein. Ich würde aber eher sagen, er lebt zwar hier in der Stadt, aber eben nicht dort, wo die Morde verübt wurden beziehungsweise wo die Leiche des männlichen Opfers abgelegt wurde. Sondern in einer ganz anderen Gegend.«

Ratloses Schweigen. Schließlich ergriff der Glatzkopf wieder das Wort. »Das kann ja überall sein.«

»Richtig«, sagte Kern. »Wir können also zur Stunde keine halbe Million Männer zum Speicheltest laden. Diese Möglichkeit existiert in einer Großstadt einfach nicht, mal abgesehen davon, dass wir auch über keine eindeutig dem Täter zuzuordnenden DNA-Spuren verfügen. Wir müssen weiterermitteln, bis wir den Standort des Täters besser eingrenzen können.«

Schmidt meldete sich. »Was genau passiert jetzt? Wie gehen wir weiter vor?«

»Ich werde heute mit Patrick nach Lemberg fahren, um den Patienten Fritz Lachenmeier in der psychiatrischen Anstalt zu vernehmen«, sagte Mona zu Schmidt. »Du und Karl, ihr fahrt wieder zur Villa; Hans und Patrick, ihr löst die beiden heute Abend ab. Kennt sich einer von den Anwesenden im Sado-Maso-Milieu aus? Nichtkommerziell und kommerziell? Dominas etc.? Sonst müssen wir jemanden von der Sitte dazuholen.«

KK Marquard von der MK 3 meldete sich. »Ich war bis letztes Jahr bei der Sitte«, sagte er. »Ich könnte ein paar Leute anrufen, die sich in der Szene auskennen.«

»Okay«, sagte Mona. »Du hast die Fallanalyse – frag nach einem Typen, der gern mit Messern rummacht, vielleicht gibt es eine Prostituierte, die sich über einen brutalen Freier mit seltsamen Wünschen beschwert hat, so was in der Art.«

»Ja«, unterbrach sie Marquard mit einem Gesichtsausdruck,

als hätte er schon verstanden und bräuchte keine weiteren Erklärungen mehr.

»Der Rest…«, Mona zögerte, »…studiert am besten noch mal die Aktenlage. Sobald jemandem was auffällt, sobald sich etwas Neues ergibt, werden alle informiert.«

»Noch Fragen?«, schaltete sich Berghammer ein, der wohl wusste, dass gleich das große Murren losbrechen würde. Aber es half nichts, im Moment waren sie weitgehend zur Untätigkeit verdammt. Die beiden Morde waren bis zur Stunde ausermittelt. Die Mitglieder der MK 1 hatten in der vergangenen Woche mit allen gesprochen, die auch nur halbwegs etwas wissen konnten. Alibis waren überprüft worden – es gab einfach nicht mehr zu tun.

Bis zum nächsten Mord.

Berghammer schloss ganz kurz die Augen. Es würde einen nächsten Mord geben, er war sich dessen sicher. Sie würden ihn nicht verhindern können, denn sie wussten noch immer nicht, wonach sie suchen mussten. Jede Spur hatte sich bislang als Irrweg erwiesen. Seufzend beendete er die Konferenz und setzte die nächste für halb vier an – dann, wenn Mona voraussichtlich aus Lemberg zurück sein würde.

»Glaubst du, der bringt was?«, fragte er Mona im Lärm des allgemeinen Stühlerückens.

»Wer soll was bringen?«

»Der Patient von Plessen in der Klapsmühle.«

Mona zuckte die Schultern. »Wir müssen alles versuchen. Vielleicht ist die Fahrt umsonst, aber ich kann den Mann nicht einfach nur anrufen. Wenn ich ihn anrufe, sagt er vielleicht gar nichts oder irgendwas Verrücktes. Außerdem muss ein Arzt dabei sein.«

»Viel Glück«, sagte Berghammer und tätschelte ihr unbeholfen die Schulter. Mona lächelte, obwohl Berghammers Hand, wie so oft in diesem Sommer, schweißnass war und ihr T-Shirt sowieso schon an ihr klebte. Als sie in Bauers Richtung ging, der schon an der Tür stand, schnitt ihr plötzlich Fischer den Weg ab. Sie blieb stehen, überrascht. »Was ist?«, fragte sie unwillig.

»Wieso nimmst du eigentlich das Mädchen mit? Wollt ihr Mädchengespräche führen? Wie man sich am besten schminkt oder so?«

Mona brauchte einen Moment lang, bis sie verstand, wen Fischer mit »das Mädchen« meinte. Sie sah ihn fassungslos an. »Sag mal«, rief sie laut in sein zorniges Gesicht, »was ist eigentlich dein Problem?«

Fischer starrte sie mit zusammengebissenen Zähnen an. Er antwortete nicht. Es war ihm egal, dass Kollegen mittlerweile aufmerksam wurden, sie aus den Augenwinkeln beobachteten, während sie ihre Unterlagen verstauten.

»Ich glaube«, sagte Mona langsam und in derselben Lautstärke, »du bist irgendwie krank. Du benimmst dich wie nicht mehr ganz gescheit. Ich versteh dich nicht. Was ist los mit dir?«

Fischer öffnete den Mund, und Mona legte ihm in derselben Sekunde leicht die Hand darauf. Es geschah ganz spontan, sie hatte es nicht geplant. Es geschah aus dem Gefühl heraus, dass es jetzt genug war. Sie hatte zu lange darüber hinweggesehen, dass Fischer Stimmung gegen sie machte, wann und wo er nur konnte. Es gab keinen Grund dafür, jedenfalls keinen nachvollziehbaren. Sie machte nichts falsch, sie versuchte zu allen fair zu sein, auch zu ihm. Fischer war es, der etwas falsch machte.

»Reiß dich endlich zusammen«, sagte Mona, und die Worte schienen in ihrem Mund regelrecht zu explodieren; es war wie eine Befreiung, Fischer endlich so Kontra zu geben, wie er es verdiente. Sie nahm ihre Hand weg und genoss den Blick in sein vor Verblüffung geradezu dummes Gesicht. »Reiß dich zusammen, Hans. Sonst wirst du bei mir nicht alt.«

2

Montag, 21. 7., 11.13 Uhr

»Was hat Hans gesagt?«, erkundigte sich Bauer, als sie in Monas Wagen saßen und in nördlicher Richtung stadtauswärts fuhren.

»Nichts Wichtiges«, sagte Mona abweisend.

»Das hat aber anders ausgesehen.«

»Patrick. Die Sache geht dich nichts an.«

Eine kleine Pause trat ein. Bauer schien nachzudenken. Hoffentlich über den Fall und nicht über dieses Thema, denn Mona würde nicht mit ihm darüber reden. Nicht mit ihm und auch sonst mit niemandem. Fischer war ein Problem, das sie allein lösen musste.

»Hans bewundert dich. Das kann er nicht aushalten«, sagte Bauer plötzlich. Mona sah ihn bass erstaunt von der Seite an. Bauer duckte sich in den Beifahrersitz, als wollte er sich vor ihr verstecken.

»Wie meinst du das?«, fragte Mona schließlich und richtete den Blick wieder auf die Straße.

Bauer sagte nichts. Wahrscheinlich aus Angst, zu weit gegangen zu sein. Mona schloss genervt die Augen. »Patrick! Ich will wissen, wie du das meinst. Du brauchst keine Angst zu haben. Das hier bleibt unter uns.«

»Okay.«

»Also los.«

»Hans ...« Patrick hielt inne und versuchte es ein zweites Mal. »Er würde alles ganz anders machen als du. Aber du hast den Erfolg. Er versteht das nicht. Und dann ... also ...«

»Ja?«, fragte Mona. Sie bogen auf die Autobahn, Mona gab Gas und schloss ihr Seitenfenster. Die Sonne stand nun hinter ihnen, das machte die Temperaturen angenehmer.

»Du zeigst ihm das deutlich. Dass er keinen Schnitt bei dir macht. Du lobst jeden mehr als ihn. Selbst mich«, fügte Patrick hinzu, ohne zu merken, an welch miserable Position er sich mit dieser Aussage freiwillig platzierte.

»Ach ja?«, fragte Mona verwundert. Es stimmte, sie kommentierte Fischers Leistungen selten, auch dann nicht, wenn sie gut waren. Man lobte niemanden gern, der sich offen renitent verhielt. Renitent… Sie musste an Plessen mit seinen Theorien denken. Vielleicht war auch das Dezernat und überhaupt jede Firma, jedes Büro so etwas wie eine Familie, zumindest von den Strukturen her. Vielleicht hatte in der Familie jeder eine Rolle. Wenn das so wäre, dachte Mona plötzlich, wäre ich die Mutter! Eine Mutter von der erwartet wurde, dass sie ihre Sprösslinge erzog.

Vielleicht rührten einige ihrer Probleme mit Fischer daher, dass sie sich in seiner Gegenwart eher wie eine große Schwester verhielt, während Berghammer… Ja, er war eindeutig eine Vaterfigur. Man orientierte sich an ihm, man vertraute ihm. Vielleicht lag es an Mona, endlich die richtige Rolle einzunehmen, damit ihr Wort Gewicht bekam.

»Komisch«, sagte sie mehr zu sich selbst, als zu jemandem anders, »worauf man alles so kommt, wenn man…«

Bauer sah sie an, als verstünde er nur Bahnhof.

»Ist schon gut«, sagte Mona. Ihr Handy klingelte und sie schaltete auf die Freisprechanlage.

»Ja?«, fragte sie.

David Gerulaitis' Stimme quäkte aus dem Lautsprecher. »Ich wollte nur sagen, es hat geklappt. Ich fange morgen mit dem Seminar an.«

»Super. Dass Sie das so kurzfristig geschafft haben, meine ich. Toll.«

»Plessen wollte das Seminar eigentlich ausfallen lassen. Es gab jede Menge Stornierungen wegen der Geschichte mit seinem Sohn, und es kommen nur wenige Leute, außer mir nur sieben. Normalerweise, sagt Plessen, sind es zwanzig bis dreißig. Aber ich hab ihn überzeugt, es doch zu machen.«

»Gut«, sagte Mona. »Das ist wirklich gut. Melden Sie sich spätestens morgen Abend bei mir.«

»Okay. Bis morgen.«

Gerulaitis konnte sie loben, Fischer nicht. Vielleicht lag es nicht nur an ihm.

»Wer war das?«, fragte Bauer.

»Niemand Wichtiges.« Gerulaitis war ihr Mann, Bauer ging das nichts an.

Mona grübelte weiter. Vielleicht erinnerte sie Fischer an jemanden, dessen Name mit A anfing und mit N aufhörte, und der sich ebenfalls an keine Regeln hielt. Vielleicht war sie manchmal neidisch auf denjenigen. Vielleicht kam sie deshalb nicht von ihm los. Vielleicht war Liebe zu einem gewissen Teil nichts anderes als das: Neid auf Besitztümer oder Eigenschaften, die man bei sich selbst vermisste.

Mona schaltete das Autoradio ein und drehte den Popsender laut auf, ohne auf Bauer Rücksicht zu nehmen. Sie hatte jetzt keine Lust, sich zu unterhalten. Sie musste nachdenken, und das ging im Fahren bei lauter Musik am besten.

3

Montag, 21. 7., 12.10 Uhr

Das psychiatrische Landeskrankenhaus in Lemberg bestand aus mehreren niedrigen Gebäuden aus den Siebzigerjahren, die selbst in der gleißend hellen Mittagssonne düster wirkten. »Wie soll man denn hier gesund werden?«, fragte Bauer, als Mona und er in einem kastenförmigen Raum mit grau geflammtem Linoleumboden und vergilbten Wänden auf den Direktor warteten. Mona antwortete nicht. Sie dachte an ihre Mutter, die ihre letzten Lebensjahre in einer Institution wie dieser verdämmerte, als »therapieresistent« abgeschrieben, mit Medikamenten für immer ruhig gestellt. Ein einzelner Sonnenstrahl fiel in den Raum; gedankenverloren betrachtete Mona die durch ihn sichtbar gemachten herumwirbelnden Staubpartikelchen. Hier ist ganz schön viel los, was wir normalerweise gar nicht wahrnehmen, dachte sie.

Der Direktor kam herein, ein großer, dünner Mann mit einem kurz geschnittenen Schopf eisengrauer Haare. An seinem irritierten Blick erkannte Mona, dass es wahrscheinlich nicht der Arzt war, mit dem sie am Wochenende telefoniert hatte. Er wirkte nervös und gleichzeitig abwesend. Sie stellten sich vor, und der Direktor sagte »schön, prima, dann wollen wir mal« zu niemandem Bestimmten. Er setzte sich hinter seinen Schreibtisch und rief jemanden an, den er Alfons nannte. »Alfons, die Polizisten sind da wegen Fritz Lachenmeier. Kannst du kommen?«

Ein ungemütliches Schweigen setzte ein, als das interne Telefonat beendet war und sie auf Alfons warteten, wer auch immer das sein sollte. Der Direktor schien weder ein leidenschaftlicher Smalltalker zu sein, noch von Neugier geplagt, weshalb zwei Kripobeamte eine anderthalbstündige Autofahrt hinter sich brachten, nur um einen seiner Patienten zu sprechen. Stattdessen sah er mit unbehaglichem Ausdruck vor sich hin und drehte einen Kugelschreiber zwischen seinen mageren Fingern voller Altersflecken hin und her. Bauer und Mona wechselten einen Blick.

»Wer ist Alfons?«, fragte Mona schließlich.

»Dr. Baum, der für Fritz Lachenmeier zuständige Arzt. Sie haben doch gestern mit ihm gesprochen!«, sagte der Direktor unfreundlich, als sei sie völlig begriffsstutzig.

»Das ist richtig«, sagte Mona. »Seinen Vornamen hat er mir aber nicht genannt. Deshalb meine Frage.«

Der Direktor erwiderte nichts darauf. Irgendwie passte er in diese Anstalt.

»Seit wann ist Herr Lachenmeier bei Ihnen?«, versuchte es Mona ein zweites Mal. Der Direktor, sichtlich aus dem Konzept gebracht, sah sie einen Moment lang ratlos an. Dann erhob er sich und ging zu einem Aktenschrank. Nach etwas Geraschel holte er eine braune Aktenmappe heraus und legte sie vor Mona hin. »Ich nehme an, die wollen Sie mitnehmen.«

»Ja«, sagte Mona, überrascht, dass das so schnell und unproblematisch ging. Der Mappe war ziemlich dick. Mona öffnete sie und zog die erste Seite einer unfangreichen Loseblattsammlung heraus. Sie kannte das Blatt von ihrer Mutter: Es war ein Einlieferungsformular. Demzufolge war Lachenmeier seit einem knappen Vierteljahr Patient in der Klinik. Sie überflog rasch das Formular. *Patient glaubt, sein verstorbener Großvater sei wieder am Leben und verfolge ihn mit dem Ziel, ihn zu vergiften.*

Patient zeigt sich hochgradig erregt, als man ihm ein Glas Wasser hinstellt, weil er glaubt, der Geist des Großvaters befinde sich in diesem Wasser.

»Wie geht es ihm jetzt?«, fragte Mona.

»Das können Sie gleich Dr. Baum fragen. Er ist der behandelnde …«

»Ja, das habe ich jetzt verstanden. Aber Sie sind hier der Chef. Sie müssen solche Informationen schließlich auch haben. Und wir haben nicht den ganzen Tag Zeit. Also, wie geht es ihm jetzt?«

Der Direktor senkte die Augen. »Er macht Fortschritte«, sagte er schließlich.

In diesem Moment betrat ein Mann das Büro, der viel zu jung für einen Arzt aussah, aber sich als Dr. Baum vorstellte. Mona atmete auf.

4

Montag, 21. 7., 12.23 Uhr

Dr. Baum brachte sie in sein Büro, das noch kleiner und dunkler war als das seines Chefs und dazu heiß und stickig. Immerhin hatte er ein paar Topfpflanzen aufgestellt. Eine davon hatte riesige pinkfarbene Blüten, ähnlich wie ein Oleander.

»Also«, fragte er, nachdem er ein Fenster geöffnet hatte und sie sich gesetzt hatten. »Was wollen Sie wissen, bevor wir den Patienten holen?«

»Wie geht es ihm jetzt?«, fragte Mona. »Ist er …«

»Ansprechbar? Tja, das kommt drauf an. Wir haben ihn schon eingehend über dieses Seminar bei diesem …«

» Plessen. Fabian Plessen.«

»Richtig. Wir haben Fritz natürlich dazu befragt. Sie finden die Zusammenfassung der Gesprächsprotokolle in seiner Akte. Aber zu dem Thema kommt nicht viel. Ich glaube, nicht so sehr das Seminar war traumatisch, sondern das, was es auslöste. Da ging es offenbar um seinen Großvater …«

»… vor dem er Angst hat?«

Dr. Baum zuckte die Schultern. Er hatte ein offenes, freundliches Gesicht mit sehr jungen Augen. »Seit der Sache, behauptet seine Frau, hat Fritz plötzlich diese paranoiden Wahnvorstellungen, sein Großvater wollte ihm, quasi aus dem Grab, was antun. Seine Frau sagt, vorher war er relativ normal. Ein sehr vorsichtiger Mann, manchmal zwanghaft. Aber doch mehr oder weniger normal.«

»Glauben Sie das?«

»Ja, warum nicht? Fritz ist dreiundvierzig. Es passiert schon mal, dass ein vorher seelisch einigermaßen gesunder Mann einen Schub bekommt. Aus mehr oder weniger heiterem Himmel. Es ist nicht gerade häufig, aber es kommt vor. Im Allgemeinen sind diese Schübe aber dann kürzer. Fritz besteht seit drei Monaten darauf, dass sein Großvater ihn heimsucht und ihm droht.«

»Sie glauben, da war vorher schon was? Er war vorher schon krank?«

»Nicht unbedingt. Sehen Sie, manche Therapien sind einfach nicht für jeden Menschen geeignet. Viele Therapeuten, na ja, sie tun so, als sei es in jedem Fall eine Befreiung, mehr über sich oder seine Familie zu wissen. Aber manche Patienten überfordert das, vor allem wenn es nach der Therapie niemanden gibt, der sie auffängt. Soweit ich das Konzept Plessens kenne, führt er keine individuelle Nachbehandlung durch. Seine Klienten sind anschließend ganz auf sich allein gestellt. Ich halte das für gefährlich.«

»Verstehe«, sagte Mona. Sie sah auf die Uhr. »Können wir jetzt mit dem Patienten sprechen?«

Dr. Baum stand auf. »Sicher, ich lasse ihn herbringen. Wollen Sie was trinken? Kaffee, Tee, Wasser?«

»Wasser«, sagten Mona und Bauer wie aus einem Mund. »Möglichst kalt«, fügte Mona hinzu.

5

Montag, 21. 7., 12.26 Uhr

Fritz Lachenmeier war ein mittelgroßer, schwerer Mann mit dickem, wahrscheinlich von Medikamenten aufgeschwemmtem Gesicht. Kaum hatte er sich hingesetzt, fasste er mit einer ungeschickten, aber völlig selbstverständlichen Bewegung in Dr. Baums Kitteltasche und holte ein grünes Einwegfeuerzeug heraus. Damit zündete er sich eine Zigarette an und hielt anschließend Mona und Bauer die Schachtel hin. Mona nahm eine Zigarette und ließ sich von Lachenmeier Feuer geben. Sie ergriff sein Handgelenk, als sie sah, dass es ihm sein Tremor unmöglich machte, das Feuerzeug ruhig zu halten (auch ihre Mutter rauchte wie verrückt, sobald sie einigermaßen auf dem Posten war, und auch ihre Hände zitterten ständig wegen der Medikamente).

Lachenmeier sah sie dankbar an. Sie fing einen nachdenklichen Blick von Dr. Baum auf und wandte sich sofort ab.

»Wissen Sie, wer wir sind?«, fragte sie Lachenmeier.

»Polizei«, sagte Lachenmeier sofort. Seine Stimme war dunkel und kehlig, seine Aussprache undeutlich. Er begann, leicht hin und her zu schaukeln. Mona erkannte, dass es ziemlich schnell gehen musste. Lange würde er sich nicht konzentrieren können.

»Können Sie sich an Fabian Plessen erinnern?«

Das Schaukeln wurde stärker. Aber immerhin antwortete er: »Ja.«

»Wie war die Behandlung? Fanden Sie sie gut?«

»Ja.«

»Wie gut? Was hat Herr Plessen gemacht?«

Eine Pause entstand; Lachenmeier hörte auf zu schaukeln

und schien angespannt auf etwas zu lauschen. »Er hat immer Recht«, sagte er schließlich. »Widerspruch zwecklos.« Letzteres klang beinahe ironisch, so als wollte er jemanden nachmachen.

»Wer hat das gesagt?«, mischte sich Bauer ein. Lachenmeier sah ihn verständnislos an.

»Widerspruch zwecklos«, zitierte Bauer. »Hat das Plessen zu Ihnen gesagt? Oder zu jemandem anders?«

»Nicht gesagt. Gemacht. So lange geredet, bis man alles geglaubt hat. Dann hat man es nicht mehr rausgekriegt. Aus dem Kopf. Dann war es drin.«

»Was ist denn drin in Ihrem Kopf?«, fragte Mona behutsam.

Lachenmeier hob die Hände und legte sie an seine Ohren. Er begann wieder zu schaukeln, vor, zurück, vor, zurück.

»Herr Lachenmeier? Was ist in Ihrem Kopf?«

»Mein Großvater. Er ist wieder lebendig. Fabian, er hat ihn lebendig gemacht. Jetzt will er nicht mehr ins Grab zurück. Versteht man ja.« Lachenmeier begann hastig zu kichern. »Er macht mir Angst«, sagte er plötzlich.

»Wer? Der Großvater?«

»Er. Und alle anderen. Da kommen ja noch viel mehr.«

»Noch mehr? Wer kann das denn sein?«

»Die Kameraden. Harte Jungs. Machen keine Faxen.«

»Was für Kameraden?«, fragte Mona, doch in derselben Sekunde ging ihr ein Licht auf. Sie rechnete zurück – die Zeit stimmte. Lachenmeiers Blicke flogen im Zimmer herum, er begann hektisch ein- und auszuatmen, auf seiner Oberlippe erschienen Schweißtropfen. Dr. Baum legte ihm beruhigend die Hand auf den Arm, griff aber nicht ein. »Die Kameraden von Ihrem Großvater«, sagte Mona hartnäckig. »Waren die vielleicht von der SS?«

»Nein!«

»SA? Gestapo?«

»Nein! Nein!« Aber Lachenmeier schien nun kaum noch zu bändigen. Er bekann zu keuchen, tief, heiser und verzweifelt. Mona sah Dr. Baum an, der die Arme um seinen Patienten legte und den schweren Mann wiegte wie ein kleines Kind. »Fabian

Plessen », sagte Mona, entschlossen, das Maximum an Informationen aus diesem Mann herauszuholen, bevor er endgültig wieder in seine Wahnwelt abtauchte.

»Ich hasse ihn!« Die Worte kamen undeutlich aber doch verständlich genug.

»Wen hassen Sie? Fabian Plessen?« Mona beugte sich vor, versuchte, seinen unsteten Blick einzufangen. Lachenmeier sah an die Decke und schien dort ein Muster auszumachen. »Ich war ein glücklicher Mensch, bevor Fabian das Grab aufgemacht hat in meinem Kopf«, sagte er schließlich.

»Haben Sie Angst vor Fabian?«

»Vor seinen Freunden.«

»Freunde? Wer soll das sein?« Aber im selben Augenblick fielen Mona die fünf Menschen ein, die anwesend waren, als sie und Bauer die Plessens in ihrem Haus vernommen hatten.

»Fabian hat Freunde. Die rufen an und schimpfen.«

»Wie? Was sagen die denn, wenn sie schimpfen.«

»Die wollen keine Kritik.« Und das sollte sein letzter klarer Satz für heute gewesen sein.

»Keine Kritik? Haben Sie Fabian kritisiert?«

Ein ängstlicher Blick von unten herauf: »Nein!«

»Aber seine Freunde haben Sie angerufen?«

»Nein! Nein, nein!«

Mona versuchte es anders. »Wenn Sie glücklich waren, bevor Sie Fabian konsultiert haben, was war dann der Sinn und Zweck des Ganzen? Warum haben Sie an seinem Seminar teilgenommen?«

Lachenmeier begann leise, ja beinahe lautlos zu weinen. Er antwortete nicht auf die Frage und auch auf keine andere mehr. Nach ein paar Minuten vergeblichen Bemühens ließen sie ihn in Ruhe. Dr. Baum gab dem Pfleger, der stumm an der Tür wartete, ein Zeichen. Lachenmeier weinte immer noch, als der Mann ihn hochzog, und sanft hinausführte. Mona hätte sich am liebsten ebenfalls sofort verabschiedet. Bauer sah aus, als stünde er kurz vor einem Zusammenbruch.

»Geht's Ihnen gut?«, fragte Dr. Baum nach einer Pause mit teilnehmender Stimme.

»Ja«, sagte Mona. »Sicher.« Sie nahm sich zusammen. »Sein Großvater war bei der SS oder einem ähnlichen Verein, stimmt's?«

Dr. Baum nickte. »Waffen-SS. Sie werden das den Gesprächsprotokollen entnehmen können. Dieser Plessen hat während seiner Therapie offenbar eine frühkindliche Erinnerung geweckt. Fritz' Großvater war Fotograf und Mitglied der Waffen-SS und in Warschau zurzeit des jüdischen Gettos stationiert. In den Sechzigerjahren hat er dem damals Sechs- oder Siebenjährigen einige seiner Fotos gezeigt, wo es um Erschießungen jüdischer Widerstandskämpfer ging. Das war wohl nach der pädagogischen Devise *So geht es einem, wenn man nicht brav ist* gedacht.«

»Mein Gott«, sagte Mona. »Das ist…«

»Fritz war ein Kind«, sagte Baum. »Er konnte nach diesem Vorfall nächtelang nicht schlafen. Schließlich hat er das vergessen oder verdrängt oder wie immer man das nennen mag, und das war vielleicht gar nicht so schlecht. Er blieb zwar ängstlich und zwanghaft, auch als Erwachsener. Aber immerhin, er hatte einen Job, eine Frau, zwei Töchter… Dieses Seminar hat er eigentlich nur gemacht, um etwas, na ja, mutiger und lebenslustiger zu werden.« Dr. Baum seufzte. »Tja, stattdessen wurden dabei jede Menge schlafende Hunde geweckt.«

»Was ist danach passiert?«, fragte Mona.

»Fritz hat recherchiert wie ein Besessener. Und seine Befürchtungen haben sich als wahr erwiesen. Er hat sogar diese grauenvollen Bilder wieder gefunden, verpackt in einer Kiste bei seinen Eltern auf dem Speicher. Anschließend begann dieser Verfolgungswahn. Fritz ist regrediert.«

»Regre…?«

»Er ist sechs Jahre alt, und sein Großvater droht ihm, weil er nicht brav war. Wieder und wieder.«

»Er hasst Plessen«, stellte Bauer fest.

»Das kann man ihm wohl kaum verübeln.«

»Ist er in der geschlossenen Abteilung?«, fragte Mona.

»Nein. Aber unter ständiger Aufsicht. Ausgeschlossen, dass er etwas mit diesen Taten zu tun hat.«

»Das sagt sich leicht. Da gibt es Fälle …«

»In seiner Akte befinden sich seine Tagespläne. An den fraglichen Terminen hatte er einmal Gruppenstunde und einmal Einzeltherapie. Und er besitzt ja nicht einmal ein Auto.«

»Der Mord an Samuel Plessen passierte in der Nacht. Theoretisch wäre ein heimlicher Abgang sehr wohl möglich gewesen. Schließlich gibt es die Bahn.« Aber Mona wusste, wie gering die Wahrscheinlichkeit war. Die notwendige akribische Planung, all die strategischen Feinheiten – in seinem derzeitigen Zustand war Lachenmeier dazu nicht in der Lage. Es sei denn, er simulierte perfekt. Aber wer brachte das schon fertig, drei Monate lang, Tag für Tag, eine halbe Ewigkeit?

»Was meinte er mit Plessens Freunden?«, fragte sie zuletzt.

»Keine Ahnung«, sagte Dr. Baum. »Er hat noch nie von denen gesprochen.«

»Hat er je Angst gehabt, bedroht zu werden? Egal von wem?«

»Nur von seinen Schimären. Da waren nie reale Person darunter, wenn Sie das meinen.«

Mona stand auf, und Bauer schloss sich ihr sofort an, sichtlich erleichtert, diesen Ort hinter sich zu lassen. Sie verabschiedeten sich hastig von dem etwas überrascht wirkenden Dr. Baum. In Monas Kopf hatten sich Informationen zusammengefügt, die ein beunruhigendes Bild ergaben.

6

Montag, 21. 7., 15.30 Uhr

Obwohl sie in einen Stau auf der A 8 geraten waren, kamen sie pünktlich zur Konferenz ins Dezernat. Mona erstattete Bericht und fügte hinzu: »Ich schätze, dass wir auf der richtigen Spur sind. Der Täter ist möglicherweise ein ehemaliger Patient Plessens. Plessens Seminare sind sicher gut für gesunde, stabile Leute. Bei jedem, sagen wir, hundertsten lösen sie aber irgendwas aus, das keiner vorhersehen kann. Entweder werden die Patienten dann verrückt oder depressiv. Sie bringen sich selbst um. Oder sie bringen jemand anderen um. Zum Beispiel jemanden, der Plessen nahe steht.«

»Sonja Martinez stand ihm doch nicht nahe«, wandte Berghammer ein.

»Sonja Martinez war die erste Tote, eine Patientin von ihm. Also stand sie ihm in gewisser Weise sehr wohl nahe. Dann folgt sein Sohn, der ihm – klar – näher stand als Sonja Martinez. Und? Wer steht ihm noch näher oder mindestens genauso nah wie sein Sohn? Seine Frau! Wir hätten gleich daran denken müssen: Sie ist die Nächste.« Mona verstummte. Es war mucksmäuschenstill in dem überhitzten, verrauchten Raum.

»Seine Frau, okay«, sagte Berghammer langsam. »Dann wäre sie nach der Logik des Täters das nächste Opfer.«

»Ja, weil Plessen keine weiteren Verwandten hat«, sagte Forster und blätterte in seinem Block. »Seine Eltern sind natürlich längst tot, und Geschwister ...«

»Was ist mit ihnen?« fragte Mona.

»Moment ... Seine einzige Schwester ist vor drei Jahren gestorben. Sie war fünf Jahre älter als er.«

»Cousins, Cousinen?«

»Keine Ahnung«, sagte Forster. »Ist doch auch egal. Selbst wenn es welche gäbe, die würden ihm viel weniger nahe stehen als seine Frau und sein Sohn. Die wären bestimmt nicht in Gefahr.«

»Bleibt seine Frau«, sagte Mona. »Nachdem, was wir wissen, müsste sie die Nächste sein. Wir müssen sie überwachen lassen. Sie braucht Polizeischutz.«

»Das Haus wird doch sowieso schon überwacht«, sagte Berghammer.

»Das reicht nicht. Nicht bei einem Täter, der dermaßen organisiert vorgeht. Sie braucht jemanden, der sie zum Einkaufen begleitet, in die Stadt, zu ihren Freundinnen. Wohin auch immer.«

»Okay«, sagte Berghammer. »Wir schicken zwei Schupos vorbei, die weichen ihr nicht von der Seite. Karl, kannst du das bitte veranlassen? Gut, dann war's das für heute.«

Inmitten des allgemeinen Stühlerückens ging Mona auf Fischer zu und winkte ihm, mit in ihr Büro zu kommen.

7

Montag, 21. 7., 16.34 Uhr

»Wir müssen reden, Hans.«

»Ich hab nichts zu sagen.«

»Gut, dann sag ich dir was. Du bist gut. Du bist intelligent und schnell, und du hast keine Angst. Wir brauchen Leute wie dich. Aber das wird mich nicht daran hindern, dich auflaufen zu lassen, wenn du so weitermachst.«

»Tu was du nicht lassen kannst.«

»Mein Eindruck ist, du hast ein Autoritätsproblem. Sollte sich das nicht bessern, wirst du kaltgestellt. Das geht ganz schnell.«

»War's das?«

»Ja, Hans. Es ist dein Leben, deine Karriere. Überleg dir gut, was du damit anstellen willst. Schönen Feierabend. Und mach die Tür hinter dir zu, wenn du gehst.«

8

Montag, 21. 7., 20.19 Uhr

»Lukas, du hast geschwänzt. Deine Lehrerin …«

»Die blöde alte Gelbzahn!«

»Egal, wie blöd du sie findest, du hörst auf damit. Klar?«

»Die blöde Kuh. Alte Petze.«

»LUKAS, DU HÖRST AUF DAMIT! HABE ICH MICH KLAR AUSGEDRÜCKT? FALLS NICHT, GIBT' S ECHT ÄRGER!

»Schrei nicht so.«

»ICH KANN NOCH VIEL LAUTER SCHREIEN, WENN ICH DAS GEFÜHL HABE, DASS DU DEN SCHEISS HIER NICHT ERNST NIMMST. DU HÖRST AUF ZU SCHWÄNZEN! HABEN WIR UNS VERSTANDEN?«

»Ja.«

»Versprochen?«

»Ja.«

»Ich werd das kontrollieren. Ich werde mit deinen Lehrern Kontakt halten.«

»Mann!«

»Und jetzt geh schlafen.«

»Mam! Es ist erst nach acht!«

»Genau. Und ich will, dass du morgen fit bist. Für die Schule. Gute Nacht.«

»Das ist … kotzig!«

»Schlaf gut.«

»Mann! Ich bin überhaupt nicht müde!«

»Schlaf gut. Raus hier. Ab in dein Zimmer!«

9

1986

Nach vielen ausgestandenen Ängsten begann es dem Jungen zu gefallen, dass die Welt, die man sah, hörte und fühlte nicht die einzige war, die es für ihn gab. Er lernte, auf oberflächliche Weise zu funktionieren und alle Gefühle abzuschalten, die dazu angetan waren, ihn zu frustrieren und zu verunsichern.

Das war die dritte Stufe seiner Entwicklung. In der ersten hatte er Menschen kaum wahrgenommen; sie schienen ohne jede Bedeutung für ihn und sein Leben zu sein. In der zweiten Phase wollte er Teil von ihnen werden – nicht aus Zuneigung oder Erkenntnis, sondern aus purer Einsamkeit, die er in der Rückschau als peinliche Schwäche brandmarkte. In der dritten wandte er sich endgültig von ihnen ab, übernahm aber aus Selbstschutz Verhaltensweisen, die er bei ihnen beobachtet hatte und von denen er wusste, dass sie nicht nur gut ankamen, sondern ihm auch Probleme vom Hals hielten. Schließlich war gerade jemand wie er darauf angewiesen, nicht unangenehm aufzufallen. Ein Jahr lang übernahm er als Agitator die Gestaltung der Wandzeitung, füllte das Blatt anlässlich spezieller Feiertage der Republik mit Fotos und Interviews, die er in seiner Freizeit erstellte. Es machte ihm keinen besonderen Spaß, aber der Zweck war schnell erreicht. Es war unfassbar leicht, Menschen zu täuschen. Sie sahen nur, was sie sehen wollten, nämlich die pure Oberfläche. Man konnte ihnen alles erzählen, solange es in ihr Bild passte. Sie dachten nie über ihre jämmerlich engen Vorstellungen hinaus. Sie hatten keinerlei Fantasie und waren unfähig, Visionen über diejenigen hinaus zu entwickeln, die ihnen von der Partei vorgegeben wurden. Sie machten sich darüber lustig, dass die Zustände im Land so sichtbar von dem abwichen, was die Parolen verhießen, aber sie unternahmen nichts. Der Junge verachtete sie.

Zu diesem Zeitpunkt begann er, Menschen vor sich selbst als Schemen zu bezeichnen: Sie waren existent, spielten aber in seiner Realität keine Rolle, in einer umfassenderen Wirklichkeit allerdings sehr wohl. Er musste sich mit ihnen arrangieren und griff zu einigen Tricks. Da er beispielsweise erkannt hatte, dass die Schemen Widerspruch nicht zu schätzen wussten, gewöhnte er sich bei Gesprächen ein ausdauerndes, scheinbar verständiges Nicken an und vergaß dabei nicht, intensiven Blickkontakt zu halten. Er sprach alle Schemen mit ihren Namen an, weil er merkte, dass sie das mit individueller Wertschätzung verwechselten, und er gewöhnte sich besänftigende Floskeln an, die nach dem Baukastenprinzip beinahe auf jede Situation passten, in denen Misstrauen oder Unstimmigkeiten drohten, die er nicht gebrauchen konnte (*Wir wollen doch alle dasselbe* lautete eine, eine andere: *Jede Medaille hat ihre zwei Seiten*). Er lobte viel und kritisierte nichts. Diese Strategie einerseits und sein phänomenales Gedächtnis andererseits halfen ihm, das elementare Gefühl der Fremdheit im Beisein anderer zu vertuschen. An Mädchen, die ihm gefielen, kam er auf diese Weise zwar nicht heran, aber immerhin machte ihn seine Taktik des geringstmöglichen Widerstandes bei Lehrern und anderen Autoritäten beliebt, und in der Folge ließen ihn selbst übel wollende Klassenkameraden endlich in Ruhe.

Nur seine Mutter glaubte nicht an den sich plötzlich brav und fürsorglich gebärdenden Sohn. Zu abrupt war der Wechsel von einem unzugänglichen Einzelgänger mit hartem, verschlossenem Gesicht zu einem konzilianten Ja-Sager, biegsam wie Gummi, aber letztlich genauso unberechenbar. Aber da sie selbst zu viele Geheimnisse hatte, um ihm noch gefährlich werden zu können, war das dem Jungen egal. Und ihr, wenn sie ehrlich war, irgendwann auch. Sie achtete darauf, dass der Junge seinen schulischen und gesellschaftlichen Verpflichtungen nachkam, und ignorierte ihn ansonsten wie einen lästigen Untermieter, dessen Kündigung man sich gleichwohl nicht leisten kann. Dazu gehörte auch, dass sie aufhörte, abends zu kochen, und stattdessen die paar Lebensmittel, die es gerade zu kaufen gab, auf den Tisch stellte und es ihrem Sohn überließ, sich daraus eine Mahlzeit zuzubereiten. Sie selbst hatte seit ihrer innigen Beziehung zu hochprozentigem Schnaps, den es glücklicherweise immer und überall gab, fast überhaupt keinen Hunger mehr. Oft verschwand sie schon gegen sechs Uhr mit ihrem Freund, der Flasche, im Elternschlafzimmer, das ihr nun ganz allein gehörte.

Auch das ließ den Jungen kalt. Aus Essen machte er sich nichts; manchmal nahm er, neben den Kantinenmahlzeiten in der Schule, wochenlang nichts anderes zu sich als trockenes Brot. Das war kein Problem für ihn. Nichts betraf ihn wirklich. Wenn ihn jemand gefragt hätte, wonach er sich sehnte, hätte er es nicht sagen können. Er wollte nichts und vermisste nichts. Es gab niemanden, den er liebte, und niemanden, den er hasste. Emotional war er wie ausgehöhlt: Leerstellen in Kopf und Herz, die okkupiert wurden von Visionen geheimnisvollen Ursprungs, die von Monat zu Monat konkreter und gewalttätiger wurden. Er unternahm nichts mehr gegen die faszinierenden bedrohlichen Bilder. Sie hatten sich immer als stärker erwiesen als seine Bemühungen, sich ihrem Einfluss zu entziehen.

Dann passierte das, was er später vor sich selbst als »den Zwischenfall« abzutun versuchte. An einem verregneten Nachmittag pirschte der Junge mit dem Gewehr des alten Mannes über der Schulter durch den dichten Erlengürtel, der den See umgab und ihn von weitem fast unsichtbar machte. Nach zwei erfolglosen Stunden, in denen nicht einmal eine Maus seinen Weg gekreuzt hatte, lehnte er sich an einen Baumstamm und ließ das Gewehr auf einen Wurzelstrang gleiten. Im selben Moment legte ihm jemand von hinten die Hand auf die Schulter.

Der Schock des Jungen hätte nicht größer sein können. Hier in seinem Revier durfte ihm niemand begegnen, hier war er eine ganz andere Gattung Mensch als in der Öffentlichkeit, und das würde jeder sehen, der ihn unbemerkt beobachtete. Langsam, schreckgelähmt versuchte er, sich umzudrehen, und erhielt sofort einen heftigen Schlag ins Genick, der ihn auf die Knie zwang. »Was ...«, wollte er sagen, als er ein Seil um den Hals spürte, das dick und fest war wie ein Bootstau. Er griff sich mit einer reflexhaften Bewegung an den Hals und spürte die harten, unnachgiebigen Hanf-Fasern. Das Seil war fest verzurrt, er bekam die Finger nicht dazwischen. Er öffnete den Mund, um zu schreien, doch die Schlinge zog sich weiter zu, und aus seinem Schrei wurde ein müdes Krächzen.

»Halt's Maul, Arschloch«, zischte eine heisere männliche Stimme, die der Junge nicht erkannte. Er kämpfte weiter, bis er keine Luft mehr bekam. Er hatte Todesangst und gleichzeitig war etwas in ihm, das die Situation – die Schmerzen, die wahnsinnige Furcht – bis zum Exzess genoss. Schließlich ließ er sich fallen, hörte auf, sich zu wehren. Für Sekunden verlor er das Bewusstsein, sein Schädel fühlte sich riesig an und wie mit Gas gefüllt. Er dachte, dass er gleich davonschweben würde und dass ihm das nicht unrecht wäre.

»Steh auf! Bück dich nach vorn«, befahl die Stimme immer noch flüsternd. Der Junge tat benommen, was ihm geheißen wurde. Unsicher schwankend starrte er nach unten, auf den feuchten, nach Pilzen und modrigen Pflanzen duftenden Waldboden. Der Mann packte ihn grob an den Hüften und drehte ihn so, dass er direkt vor dem Baum stand. »Leg deine Hände auf die Rinde!«

Der Junge tat es. Ein Schwall Regentropfen fielen auf seinen Nacken, als seine Hände den Stamm berührten. Der Mann streifte ihm die Hose herunter. Dann hörte der Junge, wie sich hinter ihm der Mann ebenfalls ungeduldig seine Hose samt Unterhose herunterriss. Eine Sekunde lang ließ er den Jungen los, dann packte er ihn erneut. Ein schrecklicher, schier endloser Schmerz durchzuckte den Jungen, als der Mann etwas heißes, dickes in seinen After stieß. Er heulte auf.

»Sei still, sonst bist du tot!«

Aber der Junge konnte nicht aufhören zu stöhnen. Ihm war, als würde er gepfählt werden, mit immer neuen, immer tieferen Stößen bis tief in seinen Körper hinein. Er glaubte zu sterben. Übelkeit überflutete ihn, und er spürte eine heiße Flüssigkeit die Beine herabrinnen, vielleicht Blut, vielleicht Urin. Sein Kopf stieß rhythmisch an den Baum, seine Hände krampften sich am Stamm fest, während sich der Unbekannte an ihm verging. Nach endlosen Minuten oder Stunden wurde er losgelassen. Er fiel in sich zusammen wie eine der Gliederpuppen des Marionettentheaters, das er vor Urzeiten mit seinen Eltern und seiner Schwester besucht hatte.

»Dreh dich nicht um! Wehe, du kleines Schwein drehst dich um!«

Die flüsternde Stimme schien sich zu entfernen, doch der Junge rührte sich nicht. Den Kopf in den Waldboden gedrückt, den Holzgeruch der Baumrinde in der Nase hielt er die Augen geschlossen, als könnte er auf diese Weise alles ungeschehen machen, was ihm widerfahren war. Schließlich zwang ihn der Schmerz, sich zu bewegen. Er drehte sich mühsam auf den Rücken; die ganze Region um seinen After brannte, aber sterben, das wusste er nun, würde er daran nicht. Er sah sich vorsichtig um, aber sein Peiniger schien verschwunden zu sein.

Er zog sich die Schuhe und die Hose aus, die wie ein Strick um seine Knöchel gewunden war. Seine Beine waren blutverschmiert und stanken nach Urin und fremder Samenflüssigkeit. Der Junge erhob sich langsam wie ein Automat und zog auch seinen feuchten, schmutzigen Pullover aus. Langsam ging er durch den Regen zum Wasser. Der Boden war matschig, die Luft war kalt, aber das spürte er kaum. Er wusste nur eins: Niemand durfte davon erfahren. Er gehörte nicht zu den Leuten, die sich irgendeine Form von Aufsehen leisten konnten. Er wiederholte sein Glaubensbekenntnis wie ein Mantra, das ihn stark machen sollte.

Ich darf nicht auffallen.

Ich darf nicht auffallen.

Ich darf nicht auffallen.

Das Wasser trug ihn; er schwamm weit hinaus. Tauchte unter, um alles abzuwaschen: den Ekel, die Furcht, die Verwirrung. Regentropfen trommelten auf seinen nassen Kopf, Böen fegten über den grauen See und kräuselten die Wasseroberfläche. Es dämmerte bereits. Er sah auf seine Uhr, es war halb sieben. Seine Mutter würde jetzt bereits in ihrem Zimmer verschwunden sein. Sie würde nichts merken. Niemand würde etwas merken, wenn er es geschickt anstellte. Er watete ans Ufer zurück, zog seine nassen Schuhe, seine verschmierten Hosen, seinen vom Regen schweren Pullover an und stolperte nach Hause.

Seine Mutter merkte nichts. Hätte sie etwas gemerkt, hätte er so lange geschwiegen, bis sie es aufgegeben hätte, weiterzufragen. Aber wahrscheinlich hätte sie ohnehin so getan, als wäre alles ganz normal. Wie immer.

Es gab niemanden, mit dem er über den »Zwischenfall« sprechen konnte.

10

Dienstag, 22. 7., 9.00 Uhr.

Zu Beginn der ersten Stunde am Dienstag hatten die Teilnehmer ihre Schuhe ausgezogen und Plessen hatte, trotz der Hitze, Strümpfe verteilt. Anschließend hatten sich alle im Schneidersitz auf den Boden gesetzt, mit Kissen unter dem Hintern. Dann hatten sie sich vorgestellt. Sabine, Helmut, Raschida, Franziska, Volker, Hilmar, David. Auch Plessen nannte nur seinen Vornamen: Fabian. Aha. David fühlte sich unwohl in seinen Designerjeans und dem T-Shirt mit dem deutlich sichtbaren Armani-Schriftzug. Alle anderen sieben Teilnehmer trugen bequeme Jogging-Klamotten, die abscheulich billig und unkleidsam aussahen. Psychos hatte David Leute mit Therapie-Erfahrung früher immer abschätzig genannt, ohne sich viel darunter vorstellen zu können. Diese Leute sahen nicht aus wie Psychos, sondern sehr normal. Sie erinnerten ihn aus irgendeinem Grund an bestimmte Lehrer: die, die sie früher in der Schule immer verarscht hatten.

Während Plessen – Fabian – eine so genannte Initiationsübung machte, die im Wesentlichen so aussah, dass jeder mit geschlossenen Augen dasitzen und sich seinen »inneren Garten« vorstellen sollte, betrachtete David zwischen seinen halboffenen Lidern die Teilnehmer, einen nach dem anderen. Niemand wirkte in irgendeiner Weise auffällig. Die meisten waren weit über dreißig, also ein gutes Stück älter, als der Mörder laut Fallanalyse sein sollte. Sein Blick blieb an Fabian hängen. Ein zierlicher weißhaariger Mann mit vielen Falten im leicht gebräunten Gesicht. Sein schmaler Mund schien immer leicht zu lächeln. Seine Stimme war leise und monoton (»Nun betretet ihr euren inneren Garten. Überlegt euch, ob die Sonne scheint oder es vielleicht regnet. Gibt es Bäume, Blumen oder ein Haus? Wie sieht das Haus aus?«) Es gab auch an ihm nichts weiter Bemerkenswertes, und David überlegte sich zum ersten Mal, ob er hier nicht seine Zeit verschwendete.

Vier Tage würde er mit diesen Leuten in diesem mit blauen Vorhängen verdunkelten Raum verbringen müssen. Draußen war heißes Badewetter, in den Clubs der Stadt tobte nachts das Leben, und er saß hier – aufgrund eines bloßen Verdachts einer Kriminalhauptkommissarin, die als pedantisch und humorlos galt. Sein Blick kehrte zurück zu Fabian, der, wie die anderen, immer noch mit geschlossenen Augen dasaß, die nicht einmal blinzelten.

»Beschreib uns deinen Garten, David«, sagte Fabian plötzlich, und seine Stimme klang so, als hätte er nicht nur Davids Blick gespürt, sondern auch die Tatsache, dass er sich als Einziger der Gruppe an der Übung überhaupt nicht beteiligt hatte. David schrak zusammen wie ein ungezogenes Kind, das beim Klauen erwischt worden war. Sofort machte er die Augen zu. »Ein, äh, Haus«, sagte er, fieberhaft überlegend, was da noch sein könnte. »Ein Haus mit blauen Rollläden und einer braunen Tür.«

»Das steht in deinem Garten? Ein Haus?«, fragte Fabian freundlich.

»Ja. Und – Blumen natürlich.«

»Ah. Was denn für Blumen?«

»Rosen«, sagte David, weil ihm nichts anderes einfiel. »Rote Rosen. Ein ganzer Busch. Direkt an der Wand.« Er stellte sich die Rosen vor: rot, sehr, sehr rot. Ein dicker Busch roter Rosen, voll erblüht. Einige welke, verkrumpelte Blütenblätter lagen auf dem Boden. Langsam begann sein Garten tatsächlich Gestalt anzunehmen, langsam begann ihm das Spiel zu gefallen. »Die Wände«, fabulierte er weiter, »sind ganz weiß. Die Sonne scheint sehr heiß, und …«

»Schön«, sagte Fabian. »Kommen wir noch einmal zu dem Haus zurück. Schau es dir genau an. Du musst uns nicht mehr erzählen, was du siehst. Aber schau doch noch einmal genau hin.«

»Ja«, sagte David folgsam. Ihm fiel auf, dass seine Stimme sich tiefer anhörte als normalerweise. Er schien immer weiter hinabzusteigen, wohin, wusste er nicht.

»Sehr weiße Wände«, sagte er. »Wie Kalk. Sie fühlen sich auch an wie Kalk.« Fabian Stimme drang an sein Ohr.

»Und jetzt denk doch mal darüber nach, woran dich dieses Haus erinnert. Du musst nichts sagen. Aber ich bin sicher, du hast dieses Haus oder ein ähnliches schon einmal gesehen.«

»Nein«, sagte David, aber im selben Moment wusste er, das war nicht wahr. Er kannte dieses Haus von irgendwo her, es war …

… ein Foto. Es hing in der kleinen, engen Wohnung seiner Eltern mit den Fenstern auf der Nordseite an einer großen, verkehrsreichen Straße, deren Lärm nie aufhörte, nicht einmal nachts. Verdistraße, dachte David, und plötzlich befand er sich in der Wohnung, er sah, roch und spürte sie. Er hörte sie. Denn es war immer laut hier und immer dunkel. Aber im Esszimmer hing dieses riesige Poster mit dem Haus, das er gerade beschrieben hatte, und unter dem Foto stand das Wort Santorini.

So lange er denken konnte, hing dieses Poster im Esszimmer als Ausdruck einer nie gestillten Sehnsucht, denn …

»Du hast dich an etwas erinnert, David?« Wieder Fabians Stimme, sanft und fest. David schlug die Augen auf, Schweiß brach ihm plötzlich am ganzen Körper aus, und eine tiefe, umfassende Traurigkeit ergriff ihn. Er sah Fabian an, der immer noch vollkommen gelassen im Schneidersitz dasaß, die Augen geschlossen, das Gesicht entspannt. »Mach deine Augen zu, David«, sagte Fabian. »Du musst keine Angst vor dem haben, was du siehst. Wir werden dir hier die Angst nehmen vor dem, was du als wahr erkennst.«

Und plötzlich fiel tatsächlich die Anspannung von David ab. Er begab sich gedanklich wieder zurück in die Zeit, in der er mit seiner Familie in der Wohnung lebte, beziehungsweise mit seiner Mutter und seiner Schwester Danae, denn sein Vater war die Woche über meistens nicht zu Hause, und wenn er da war, dann …

… war es …

… nicht sehr angenehm. David war wieder ein Kind, und sein Vater schrie auf ihn ein, und David sah trotzig an ihm vorbei auf dieses Plakat, das ein schöneres Leben in einem wärmeren Land zeigte, in dem sie trotzdem nie gewesen waren, weil sein Vater…

»David«, sagte eine Stimme. Sie war sehr nah bei ihm. David kehrte zurück wie von einer langen Reise. Sein Gesicht, sein Körper waren schweißüberströmt. Vor ihm kniete Plessen – Fabian. »Geht es dir gut?«, fragte Fabian, aber seine Stimme klang überhaupt nicht besorgt, sondern im Gegenteil auf merkwürdige Weise überzeugt: davon, dass David sich auf dem richtigen Weg befand und dass alles gut werden würde. David lächelte. Er fühlte sich zufrieden.

»Schön«, sagte Fabian lächelnd. Mit einer fließend geschmeidigen, kein bisschen altersgemäßen Bewegung erhob er sich und begab sich wieder an seinen Platz zurück. Die anderen Teilnehmer fingen nun an, ihre Augen wieder zu öffnen, sich zu räkeln und zu strecken. David hatte den Eindruck, dass keiner von ihnen das erste Mal hier war, und das wiederum erstaunte ihn, denn versprach Plessen – Fabian – nicht, dass man nach diesen vier Tagen unter seiner Ägide von seinen Problemen befreit sein würde? Oder gab es so etwas wie Anfänger- und Fortgeschrittenenkurse, und er war aus Versehen in Letzteres geraten? Auch er räkelte und streckte sich, um nicht aufzufallen.

»Sabine«, sagte Fabian dann. »Ich erinnere mich, dass du beim letzten Mal deine Familie anordnen wolltest, wir aber nicht dazu gekommen sind. Möchtest du heute die Chance wahrnehmen?«

Sabine war eine blonde, mollige Frau, die David auf Anfang vierzig schätzte. »Wir sind heute sehr wenige«, sagte sie zögernd.

»Ja, das ist richtig«, sagte Fabian. »Ich muss euch nicht erzählen, warum das so ist, ihr habt es sicher alle in der Zeitung gelesen. Wir müssen uns heute also auf die engste Familie beschränken. Also Eltern, Großeltern, Geschwister. Nicht Onkel und Tanten. Das ist sehr schade, aber nicht zu ändern.«

»Ja«, sagte Sabine mit enttäuschtem Gesicht. »Macht nichts.«

»Möchtest du die Anordnung machen?«

»Ja.«

»Dann fang an.«

David verstand nur Bahnhof. Was war mit Anordnung gemeint, was würde jetzt passieren? Er hatte KHK Seiler gefragt, ob es eine Broschüre oder Bücher über Plessens Therapie gebe, aber sie hatte es nicht gewusst. Er war dann in zwei Buchhandlungen gewesen und hatte sich erkundigt, und tatsächlich existierten sogar mehrere Bücher über das, was Fabian tat, aber keines davon war vorrätig gewesen, und zum Bestellen hatte er keine Zeit mehr gehabt.

Aber alle anderen schienen Bescheid zu wissen und standen mit unsicheren, steifen Bewegungen auf und begaben sich, als hätten sie das so verabredet, alle zusammen in die rechte Zimmerecke. David tat es ihnen gleich. Sein rechtes Bein war eingeschlafen von dem ungewohnten Schneidersitz, und den anderen schien es nicht viel besser zu gehen. Sabine deutete auf einen der Männer, Volker, und sagte: »Du bist mein Vater, bitte stell dich da drüben hin.« Dann zeigte ihr Finger auf David. »Du bist mein Bruder, bitte stell dich neben Volker. Nein, näher. Noch näher. Und ich will, dass du ihn anschaust.«

Sabine machte weiter, platzierte ihre »Mutter« ein Stück weit weg von ihrem »Vater« und ließ die »Mutter« in eine andere Richtung als den »Vater« schauen. Schließlich wählte Sabine die Teilnehmerin, es war Franziska, die Sabine selbst darstellen sollte. »Sabine« wurde irritierenderweise ganz woanders hingestellt, so als ob sie überhaupt keinen Kontakt zu ihrer Familie hätte. Und genau das schien auch das Problem zu sein, denn als Sabine sich diese Konstellation auf Fabians Anweisung hin still anschaute, brach sie in Tränen aus.

Und in diesem Moment passierte etwas Merkwürdiges mit David. Er fühlte sich plötzlich nicht direkt wie eine andere Person, aber doch nicht mehr wirklich als David. Die Nähe zu dem »Vater« begann ihn mehr und mehr zu stören; am liebsten wäre er abgerückt, woandershin gegangen. Auch Volker schien sich als Sabines Vater nicht wirklich wohl zu fühlen; er trat von einem Bein aufs andere und biss sich nervös auf die Lippen. Fabian trat zu der Gruppe, die Sabines Familie darstellte.

»Wie geht es dir jetzt?«, fragte Fabian David.

»Nicht gut«, sagte David wahrheitsgemäß, und noch immer wurde er das Gefühl nicht los, dass er die Worte eines anderen sagte, eines Menschen, den er nicht kannte und niemals kennen lernen würde.

»Warum nicht?«, fragte Fabian.

»Es ist … eng hier. Der steht hier so nah bei mir. Ich kann mich überhaupt nicht rühren. Er beobachtet mich dauernd. Ich hasse das. Ich hasse das«, wiederholte David, und es war so merkwürdig, er war gar nicht mehr er selbst, er war ein anderer. Sabines Bruder.

»Du bist Sabines Bruder«, bestätigte ihm Fabian. »Hab keine Angst, das ist normal. Du bist jetzt ihr Bruder. Damit hilfst du ihr. Okay?«

»Ja.« Davids schneller Puls beruhigte sich.

»Okay. Du fühlst dich unwohl an dieser Position. Wie wäre es, wenn du dort, näher bei deiner Schwester, stehen würdest?«

»Ich weiß nicht. Vielleicht besser.«

»Dann stell dich einfach mal neben sie. Hierhin. Und? Wie ist es jetzt für dich?«

»Besser«, sagte David.

»Aber noch nicht ganz gut?«

»Ich würde lieber …«

»Ja?«

»Neben ihr stehen. Sie nicht anschauen. Mehr für mich bleiben.«

»Dann versuchen wir das.«

Und so war es die perfekte Situation für den David, der Sabines Bruder spielte. Seltsamerweise sagte nun auch Sabines Stellvertreterin, dass sie sich wohler fühlte, mit ihrem Bruder an ihrer Seite und ihren Eltern als Gegenüber.

Zum Schluss standen die »Eltern« nebeneinander und sahen ihre »Kinder« an. Sabine, die echte, wirkte glücklich mit diesem neuen Arrangement. Sie stand minutenlang davor, bis Fabian die Gruppe auflöste und sich alle wieder im Kreis niederließen.

»Geht es dir gut, Sabine?«, fragte Fabian.

»Ja. Sehr.«

»Schön. Du siehst glücklich aus.«

»Ja. Danke!«

»Du hast nicht als Einzige gelitten in deiner Familie.«

»Ich …«

»Dein Bruder hat die Aufmerksamkeit deiner Eltern nicht nur genossen, sie hat ihn auch belastet. Zwei begeisterte Menschen, die immerzu das Beste von einem erwarten, sind eine Belastung.«

»Ja, aber … Er war der Liebling zu Hause. Alle haben sich für ihn überschlagen. Ich dagegen …

»Ja. Niemand hat dich beachtet, und du musstest mit ganz vielen Aktionen gegensteuern.«

»Ja. Genauso war das.«

»Immer hast du versucht, Aufmerksamkeit zu bekommen.«

»Ja. Ja!«

»Du hast herumgehurt, gesoffen.«

»… Ja. Ja, das hab ich wirklich.«

»Und jetzt, Sabine?«

»Ich … ich weiß nicht.«

»Jetzt hast du das nicht mehr nötig. Deine Familie steht nun so, wie du sie willst und brauchst. Sie bildet ein harmonisches Ganzes.«

»Ja, hier schon, bei dir. Aber in Wirklichkeit … Also, meine Familie weiß ja nicht einmal, dass ich bei dir bin. Ich meine …«

»Nichts wird bleiben, wie es ist. Das verspreche ich dir. Die Konstellationen werden sich verändern. Das ist ein Naturgesetz. Wir haben die Balance wiederhergestellt, die Dinge fügen sich der neuen Ordnung. Du kannst ganz sicher sein.«

»Ja.«

»Und nun lasst uns mittagessen. Danach ist Volker an der Reihe. Ist das okay, Volker?«

»Ja, toll.« Volker strahlte. Er hatte dicke Lippen, kleine helle Augen und zipflige blonde Haare mit angegrauten Strähnen, die etwas zu lang waren für sein Alter, er war etwa Anfang fünfzig.

»Gut. Roswitha, meine Frau, hat uns etwas zu essen gemacht. Wir setzen uns raus, auf die Terasse.«

David dachte, dass es seltsam wirken würde, wenn er jetzt jemanden nach dem Zweck dieser Übung fragte Vielleicht würde er es heute Nachmittag verstehen. Er ging hinter den anderen her, ratlos.

11

Dienstag, 22. 7., 12.10 Uhr

Zur selben Zeit säbelte Mona lustlos an einem zähen Stück Fleisch herum, das ihr Berghammers Sekretärin Lucia in dessen Büro gebracht hatte. Berghammer aß einen Wurstsalat, der viel besser aussah als Monas Kotelett, und Clemens Kern trank nur Apfelsaft. Die Hitze drückte gegen die staubigen Fenster, die heute geschlossen bleiben mussten, weil im Innenhof abwechselnd eine Betonmischmaschine und ein Presslufthammer lärmten. Mona hielt die Augen gesenkt, während sie versuchte, ihren Bissen herunterzukriegen. Sie wusste, dass Berghammer gute Neuigkeiten im Fall Samuel Plessen und Sonja Martinez erwartete, aber es gab keine Neuigkeiten – keine guten, keine schlechten. Dienstag, der 22. Juli. Am nächsten Tag würde es eine Woche her sein, dass sie Sonja Martinez' Leiche gefunden hatten. Die Spuren wurden langsam kälter, und noch immer wussten sie nicht mehr als vor einer Woche.

»Mona«, sagte Berghammer und verstummte. Der letzte Bissen der fleischfarbenen Wurst war in seinem Mund verschwunden; er kaute noch auf einem Käseeckchen herum, aber danach, gab er Mona mit seinen Blicken zu verstehen, musste Tacheles geredet werden. Mona konzentrierte sich auf die Pommes Frites.

Aber es half alles nichts.

»Mona«, wiederholte Berghammer. Mona sah auf, gezwungenermaßen.

»Ich hätte ganz gern einen Zwischenbericht«, sagte Berghammer, betupfte seinen Schnurrbart mit einer Serviette und schob seinen Teller, in dem ein Haufen roher Zwiebelringe in einer wässrig aussehenden Marinade ertranken, zur Ecke seines Schreibtisches. Mona ließ ihre Gabel sinken und beschloss, zur Offensive überzugehen.

»Ich weiß, dass du gleich eine PK hast und den Medien was erzählen willst«, sagte sie. »Aber es nützt alles nichts, wir sind bisher nicht weitergekommen. Totaler Leerlauf im Moment. Tut mir Leid, aber so schaut's aus«, fügte sie hinzu.

Berghammer schwieg ein paar Sekunden.

»Was ist mit Marquard? Seinen Ermittlungen bei der Sitte?«

»Nichts«, sagte Mona. »Im Moment scheinen keine perversen Freier unterwegs zu sein. Aber er bleibt dran.«

»So«, sagte Berghammer. Langsam schien sich sein Körper an die konstante Hitze zu gewöhnen; er schwitzte weniger, und sein Gesicht war auch nicht mehr ganz so rot. »Hilft nichts«, fuhr er fort. Und dann an Kern gewandt: »Wie ist die Lage bei euch?« Kern sah ihn an mit seinem ernsten Gesicht, das Mona manchmal zum Lachen reizte. Er war so absolut sachlich, seriös und geradeheraus, als machte er immer alles richtig. »Uns fehlen Informationen«, sagte er. »DNS-Spuren und so weiter, es ist einfach nichts da, wo wir ansetzen können. Wir haben ein Täterprofil, aber ein Täterprofil reicht nicht, wenn wir keine vergleichbaren Taten finden.«

»Du hast gesagt, er fängt erst an.«

»Das ist eine Annahme, Martin, das weißt du genau. Ich denke, er steht am Anfang, aber er könnte auch schon Vergewaltigungen begangen haben. Du weißt, dass ViCLAS bislang nicht einmal die ganze Republik erfasst. Kanada ja, USA ja, aber nicht Brandenburg oder Berlin. Zum Beispiel.«

»Das wird ja angestrebt«, sagte Berghammer.

»Gut, aber bis dahin können wir eben nicht so viel tun, wie wir gerne wollen. Wir haben uns mit allen Dienststellen in Verbindung gesetzt und unsere Parameter weitergegeben, und die gucken jetzt mal in ihren eigenen Fahndungscomputern nach. Die LKAs, das BKA …«

»Das ist doch schon was«, sagte Berghammer. Aber Kern schüttelte den Kopf mit gerunzelter Stirn. »Das ist noch gar nichts, Martin. Wir können den Täter im Moment nicht lokalisieren, das ist schon mal das erste Problem. Er lebt zurzeit sicher hier in der Stadt, aber die Stadt ist groß und voller absonderlicher junger Männer. Wir können nicht jeden kontrollieren. Auf dem Land ist das leichter.«

»Das ist doch im Moment egal«, sagte Mona. »Wir haben ja nicht einmal DNS-Spuren, insofern würden Reihenuntersuchungen sowieso nichts bringen.«

»Herrgott«, sagte Berghammer. »Was soll ich den Medien denn sagen? Dass wir auf den nächsten Mord warten, der uns 1a DNS-Spuren liefert?«

»Nein aber … Wir überwachen zurzeit Roswitha Plessen und machen das so unauffällig wie möglich. Vielleicht ist das ein Weg, den Täter …«

»Moment mal«, sagte Berghammer. »Ihr benutzt die Plessen doch nicht etwa als Köder?«

»Nein! Aber die Schupos sind angehalten, alles zu melden, was ihnen im Umkreis der Plessen verdächtig vorkommt, und sich ansonsten im Hintergrund zu halten. Daran ist doch nichts … Ich meine, das ist doch eine Chance.«

»Na ja.«

»Martin, ich und …«, Mona sah Kern an, »… und Clemens, wir würden dir gern was Besseres sagen, aber wir sind noch nicht so weit.«

»Was ist mit der Stoffanalyse?«, fragte Berghammer.

»Bei Sonja Martinez gibt es keine, aus einleuchtenden Gründen. Der Täter hat vielleicht gerade mal ihren Oberarm berührt, um ihr eine Injektion zu verpassen. An Samuel Plessens T-Shirt und seinen Hosen befinden sich Fasern, wie man sie in PKWs findet. Demnach ist er in einem PKW transportiert worden.«

»Das ist doch schon was! Und die Automarke?«

»Es könnten mehrere Marken sein. BMW, Mercedes, Audi … Die sind da nicht wirklich weitergekommen.«

»Verdammt.«

»Tut mir Leid.«

»Die Automarke würde durchaus was über den Täter aussagen«, erklärte Kern.

»Das weiß ich auch«, sagte Mona. »Aber wir kriegen sie wahrscheinlich nicht. Außerdem: Er kann das Auto gemietet haben. Es muss nicht seins sein.«

»Auch dann.«

»Na schön«, sagte Mona, aber sie wirkte nicht überzeugt, ganz und gar nicht.

12

Dienstag, 22. 7., 12.25 Uhr

Nach dem Gespräch ging Mona allein in ihr Büro zurück und setzte sich noch einmal an die Akten. Sie ging die Vernehmungsprotokolle durch, eins nach dem anderen.

Das junge Mädchen, das in Samuel verliebt gewesen war, aber dann nicht mehr, als er anfing, Heroin zu nehmen, und nicht mehr nur Haschisch oder Pillen.

Warum hatte Sam das getan, obwohl niemand in seinem engeren Freundeskreis harte Drogen konsumierte? War er von allein draufgekommen? Sehr unwahrscheinlich, widersprach eigentlich allen üblichen Drogenkarrieren. Gab es also jemanden, der ihn angestiftet hatte? War dieser Jemand der Täter?

Fragen, die sie sich und anderen bereits gestellt hatten. Niemand kannte Sams Dealer. Sie hatten Informanten losgeschickt, die sich in der Szene umgehört hatten, speziell in den Clubs und Lokalen, in denen Sam oft gewesen war. Ohne Ergebnis. Das erlaubte im Umkehrschluss die Vermutung, dass Sams Dealer auch sein Mörder war. Sam hatte ihn vorher gekannt, ihn getroffen, mit ihm Umgang gepflegt – aber seltsamerweise absolut niemandem davon erzählt. Weil er nicht wollte, dass sein Heroinkonsum in seinem Freundeskreis bekannt wurde? Nein, es schien ihm nichts auszumachen, dass seine damalige Freundin davon wusste. Und nicht nur das, er hatte ja sogar versucht, sie ebenfalls zu animieren.

Das Einzige, was Sam verschwiegen hatte, war der Name des Mannes, der ihn mit dem Stoff belieferte. Andererseits hatte seine Exfreundin auch nicht nachgefragt – laut ihrer Aussage hatte es sie gar nicht interessiert. Mona blätterte in weiteren Protokollen. Kurz vor seinem Tod war Samuel nach den Aussagen seiner Freunde und Bekannten eigentlich wie immer gewesen, außer dass er auf härteren Stoff umgestiegen war. Einer hatte berichtet, dass Sam sich in letzter Zeit mehrere Male negativ über seinen Vater geäußert hatte. »Der alte Heuchler« oder etwas Ähnliches habe er gesagt, aber auf Nachfragen nicht reagiert. Anlass dieser Äußerungen war gewesen, dass Plessen häufig im Fernsehen aufgetreten war und Sams Freunde diese neue Prominenz bewunderten.

Der alte Heuchler. Forster und Schmidt hatten die Vernehmung geführt und genau wie Mona und Berghammer diesem Urteil keinen großen Stellenwert beigemessen. »Alle Jugendlichen sagen ab und an, dass ihre Eltern Heuchler sind«, hatte Berghammer kommentiert. Aber selbst wenn es wichtig sein sollte – das führte sie immer noch nicht zu dem Mann, Sams Dealer, mit dem Sam vor seinem Tod Umgang hatte. Niemand kannte ihn. Plessen nicht, seine Frau nicht, Sams Freunde nicht, seine Lehrer nicht. Niemand. Er war ein Phantom.

Aber Sam hatte ihm vertraut.

Der Mann musste also schon aus diesem Grund, genauso wie Kern gesagt hatte, jung sein. Vielleicht, wie Samuel, um eine gewisse Hipness bemüht. Aber das war nicht sicher. Vielleicht war der Mann auch ein ganz anderer Typ, viel älter als er, und Sam hatte ihn trotzdem bewundert – wegen irgendetwas, von dem sie nichts wussten. Oder vielleicht war er nur sein Dealer, und die beiden verband aus Sams Sicht sonst gar nichts. Vielleicht hatten sie nie ein privates Wort gewechselt.

Irgendwo war der Wurm drin. Dieser Täter manifestierte sich einfach nicht, nirgends.

Ein Phantom.

Sonja Martinez. Mona öffnete ihre Akte und begann zu lesen. Ihre feuchten Finger produzierten fettig aussehende Flecken auf dem dünnen Papier.

Sonja Martinez war vermutlich ein Zufallsopfer. Dem Täter ging es nicht um ihre Person, sondern um die Tatsache, dass sie eine Klientin Plessens war. Ihren Namen hatte er der Abendzeitung entnommen und sie daraufhin – außer ihr gab es in der Stadt niemanden, der so hieß – mühelos aufgespürt. Er wusste aus der Zeitung, dass Sonja Martinez allein lebte, nachdem Mann und Tochter sie verlassen hatten. Unter irgendeinem Vorwand – keine Kampfspuren welcher Art auch immer! – hatte er sich Einlass verschafft.

Von Forster stammte die Idee, dass der Täter vielleicht so getan hatte, als sei er Arzt. Mona hatte das sehr überzeugend gefunden. Sonja Martinez ging es vor ihrem Tod nicht nur seelisch schlecht, auch körperlich war sie laut Aussage ihres Mannes und mehrerer anderer Zeugen angeschlagen gewesen. Vielleicht hatte dieser Mann so getan, als wäre er eine Art Notarzt, den irgendjemand – vielleicht Sonjas Mann, der zu diesem Zeitpunkt unerreichbar in Spanien weilte – aus Sorge um Sonjas Gesundheit benachrichtigt hätte. Sonja war nicht in der Position, misstrauisch zu sein. Sie war unglücklich und verzweifelt und vermutlich sogar für jeden Besuch dankbar. Man konnte ihr erzählen, was man wollte, sie hätte alles geglaubt.

Es war nicht schwer gewesen, ihr Vertrauen zu erringen.

Ein Übungsobjekt.

Mona erschauerte. Täter wie dieser Mann waren selten. Serienmörder waren oft entweder komplett verrückt oder sehr dumm oder beides. Aber es gab auch andere. Sie konnten es zur schauerlichen Meisterschaft bringen, und dann stand die Polizei lange Zeit auf verlorenem Posten. Sicher, irgendwann bekam man fast jeden. Manche aber leider erst nach einer entsetzlich langen Blutspur. Und das waren die Fälle, die sich über Wochen und Monate zogen, manchmal über Jahre, die die Öffentlichkeit aufschreckten, die Medien auf den Plan riefen und niemanden mehr zur Ruhe kommen ließen. Mord war so verdammt telegen. Die Seuchen würden sie früher oder später unter Kontrolle kriegen. Krebs würde irgendwann besiegt sein, aber Morde würde es immer geben. Aus Verzweiflung, Habgier, Gemeinheit, abseitigen Bedürfnissen. Mord war die dramatischste und gleichzeitig effizienteste Möglichkeit, einen Konflikt ein für alle Mal zu beseitigen.

Menschen liebten einfache Lösungen. Und Mord war ganz einfach.

Sie hatte noch genau neun Tage. In neun Tagen war ihr Flug in den Urlaub gebucht.

Wenn es so weiterging, würde sie lange keinen Urlaub mehr haben.

13

1988

Sie hatte lange, glatte, dunkle Haare. Ihre Zähne leuchteten, wenn sie lächelte und ihr Busen war groß und fest. Sie war neu in der zehnten Klasse, die der Junge nun besuchte. Sie trug enge Oberteile und West-Jeans, die sofort als solche zu erkennen waren. Die Blicke des Jungen sogen sich an dem Mädchen fest, wenn sie mit wippenden Brüsten, perfekten Schenkeln und diesem wunderschön gebräunten Gesicht, das immer ein Lächeln zeigte, das Klassenzimmer betrat (extra ihretwegen war er plötzlich überpünktlich). Wenn sie sich setzte und ihr Haar zurückwarf, mit immer derselben schnellen, dynamischen Bewegung, schob sich ihr T-Shirt nach oben und ein schmaler Streifen Haut kam zum Vorschein.

Der Junge registrierte nicht, dass er sich genau das Mädchen ausgesucht hatte, in das alle anderen Jungen in der Klasse ebenfalls verliebt waren. Der ganze Raum schien zu vibrieren, wenn sie anwesend war. So aufmerksam er sonst als Beobachter war, diese keinesfalls unwesentliche Kleinigkeit entging ihm: dass sie die Wahl hatte. Kein Mädchen, das die Wahl hatte, hatte sich je für ihn entschieden. Eine einfache, bittere Erfahrung, der sich der Junge bereits gestellt und aus der er seine Konsequenzen gezogen hatte. Mit der zweiten oder dritten Garnitur gab er sich nicht einmal in Gedanken ab. Das Thema Mädchen hatte er somit eigentlich abgeschlossen.

Aber diesmal überfielen ihn die Gefühle mit solcher Gewalt, dass seine ausgeklügelten Abwehrstrategien nicht mehr funktionierten. Er musste in Benas Nähe sein, ihre Stimme hören, sie ansehen, sich jedes ihrer Worte und jede ihrer Gesten gleichsam einverleiben, und es war ihm egal, ob die Schemen etwas merkten oder nicht: Sie war der erste Mensch, den er als lebendig empfand. Sie existierte in seinem Bewusstsein als reale Person. Er brauchte sie.

Schon in der zweiten Woche des neuen Schuljahres sprach er sie an. Sie reagierte freundlich, und es stellte sich heraus, dass sie nicht weit weg von ihm wohnte. Sie gingen also künftig zusammen nach Hause, und damit hatte sich der Junge einen nicht zu unterschätzenden strategischen Vorteil verschafft. Einige Wochen lang ging alles gut, und der Junge begann zu träumen: von ihren Schenkeln, die sich öffnen würden, von ihren Brüsten, in die er sich vergraben würde, von ihrer karamellfarbenen, vollkommenen Haut. Dabei traute er sich nicht einmal, sie zu küssen.

Bena schien ihm zu vertrauen, obwohl sie ihn kaum kannte – warum auch nicht? Sie erzählte, dass sie aus der Hauptstadt kam, dass sie umgezogen waren, weil ihr Vater, ein hoch dotierter Wissenschaftler, sich bei einem West-Besuch abgesetzt und sie, ihre Mutter und ihren jüngeren Bruder zurückgelassen hatte. Sie lud ihn zu sich ein; ein paar Mal aß er mit der kleinen, nun verstümmelt wirkenden Familie zu Abend. Die Mutter des Mädchens hatte in derselben Klinik wie seine Mutter eine Stelle als Ärztin gefunden. Sie war ein ganz anderer Typ als seine Mutter: Sie wirkte warmherzig, lustig, manchmal ein wenig chaotisch. Nur in zwei Dingen waren sich die beiden Frauen gleich: Beide tranken weit mehr, als gut für sie war, und beide neigten dazu, wenn der Stoff ihre Zungen gelockert hatte, ihr Leben und ihr Schicksal ausgiebig zu bejammern.

Wenn der Junge einschlief, dachte er an Bena, wenn er aufwachte, lag ihm ihr Name auf der Zunge. Benas Aura umhüllte ihn wie eine Decke, beherrschte sein Leben, seine Träume, selbst wenn sie gar nicht da war. Bena beruhigte ihn, und sie regte ihn gleichzeitig furchtbar auf. Seine Fantasien begannen erneut, ihm wüste Streiche zu spielen. Nächtelang wälzte er sich im Bett, und an den Wochenenden begab er sich wieder auf die Pirsch, obwohl er sich immer noch vor dem Mann fürchtete, der ihn vergewaltigt hatte. Aber die getöteten Tiere brachten sein kochendes Blut nicht zur Ruhe. In seinen Visionen spielten nun weibliche Schemen eine wichtige Rolle. Nackte, unbehaarte Haut, Brüste, Schenkel, Unterleiber. Diese Figuren hatten keine Gesichter, sie waren nur Körper und nur als solche faszinierend.

Um Bena, die diese Bilder in ihm ausgelöst hatte, nichts antun zu müssen, brauchte der Junge Ersatz. Diese Erkenntnis kam so natürlich und folgerichtig, dass sie ihn nicht einmal schockierte. Bena war die Frau, die zu ihm gehörte, seine Gefährtin für immer, mit der er alles teilen wollte. Die anderen aber waren sehr weit weg. Ihre Stimmen erreichten ihn kaum, ihre Gerüche stießen ihn ab, was sie sagten, dachten, fühlten, interessierte ihn nicht. Aber ihre Körper bargen, stellvertretend für Benas, der für ihn tabu war, Geheimnisse, die er ihnen entreißen musste. Er träumte davon, ein schlagendes Herz zu sehen, den kraftvollen Muskel, das Zentrum des Lebens in der Hand zu halten, seine Zuckungen zu spüren. Bei den Tieren war ihm das nie geglückt; sie waren immer viel zu schnell tot gewesen.

Im Arbeitszimmer seines Vaters, das seit dessen Tod fast unberührt geblieben war, fand er ein anatomisches Buch, das er in sein Zimmer mitnahm und in das er sich vertiefte, um nichts falsch zu machen. Denn er würde nicht unendlich viele Gelegenheiten bekommen, bestimmte Fähigkeiten zu üben. Er musste lernen, blitzschnell zu sein. Geschickt zu sein auch in Stress-Situationen. Und er durfte sich nicht von Gefühlen wie Gier und Euphorie überwältigen lassen. Er musste gelassen bleiben. Stark.

Ich bin stark, sagte er zu sich selbst.

Ich kann das.

Er hätte Bena gern in seine kühnen Pläne eingeweiht, aber es schien nie der richtige Zeitpunkt zu sein, und so ließ er es fürs Erste bleiben.

14

Mittwoch, 23. 7., ca. 6.00 Uhr

In der Nacht von Dienstag auf Mittwoch, den 23. Juli, schlief David schlecht, wie so oft. Die ständigen Nachtdienste hatten seinen Organismus durcheinander gebracht, was zur Folge hatte, dass er immer müde war, ohne sich je richtig erholen zu können. Aber das war diesmal nicht der einzige Grund, weshalb er sich stundenlang wie im Fieber herumwälzte, bis ihn Sandy auf die unbequeme Wohnzimmercouch verbannte, wo er sich Stunde um Stunde durch die verschiedenen Nachrichten- und Musikkanäle zappte.

Als es schließlich hell wurde, fiel er dann doch in einen unruhigen Schlaf. Er träumte von einem Mädchen mit dunklen, lockigen Haaren. Sie ging vor ihm her, ihre Mähne fiel ihr weit den Rücken hinab und leuchtete im unwirklich hellen Sonnenschein. David fühlte sich, als wäre er auf einem verblichenen Foto gefangen, aber er war nicht gefangen, denn er konnte sich bewegen, er lief hinter dem Mädchen her. Er streckte die Hand aus, um sie zu berühren, aber so nah er ihr auch kam, es gelang ihm nicht. Es war, als sei sie umgeben von einer unsichtbaren Schutzschicht, die er nicht durchdringen konnte. Vielleicht wollte er es auch gar nicht.

Dieser Gedanke ließ ihn mitten im Traum innehalten: Vielleicht war es richtig so. Er blieb stehen, und das Mädchen entfernte sich mit unglaublicher Geschwindigkeit von ihm, als hätte sie Siebenmeilenstiefel an den Füßen. Er sah ihr nach und wusste plötzlich, wer sie war. Eine starke Erregung erfasste seinen Körper, das Verlangen begann ihn zu schütteln, er glaubte, nicht mehr weiterleben zu können, wenn er sie nicht sofort haben konnte. Aber sie war verschwunden, außerhalb seiner Reichweite. Er rief ihren Namen, aber er hatte seine Stimme verloren.

Danae. Er wachte auf, mit dem Namen auf seinen Lippen. Die Morgensonne schien hell in den Raum, seine Erektion erinnerte ihn auf fatale Weise an seinen Traum, der nicht sein konnte, nicht sein durfte.

15

Mittwoch, 23. 7., ca. 6.05 Uhr

Auch Mona lag wach im Bett, aber aus ganz anderen Gründen. Neben ihr schnarchte Anton, der Mann, der, zusammen mit ihrem gemeinsamen Sohn, ihre Familie war, denn eine andere gab es nicht. So einfach war das, wenn man keine Wahl hatte. Mona dachte an Lin, ihre Schwester, die immer für sie da gewesen war, aber Anton von Anfang an abgelehnt hatte. Kunststück, Lin war nicht bei einer schwer kranken Mutter in einem Glasscherbenviertel aufgewachsen, sondern beim gemeinsamen Vater in einer hübschen Gegend ohne Jugendbanden. Sie konnte es sich leisten, jemanden wie Anton abzulehnen. Anton hatte Mona damals beschützt. Er war einer der Leader ihres Viertels gewesen und sie seine Freundin, und deshalb durfte niemand anders sie anfassen, und das war gut gewesen. So hatte Mona ihre Jugend ausgehalten, ihre Mutter, der es immer schlechter ging, ihre eigenen Schuldgefühle, weil sie nicht helfen konnte, sondern stattdessen weit, weit weg wollte. Lin wusste nicht, wie das war. Sie hatte sich einen Mann wählen können, ganz frei, ohne Druck von außen.

Mona und Anton würden nie frei voneinander sein.

Gestern hatten Mona und Lin miteinander telefoniert. Lin hatte sie auf dem Handy angerufen, obwohl sie Monas und Antons Festnetznummer hatte. Das war Absicht gewesen.

Wohnst du immer noch bei dem?

Hör schon auf, Lin. Du weißt genau, wie Anton heißt. Du hast auch Antons Nummer.

Anton. Lin hatte den Namen geradezu ausgespuckt. *Der macht dich kaputt mit seinen Geschäften.*

Lukas braucht ihn. Und ich auch.

Lukas braucht was ganz anderes. Stabilität.

Ach was, hatte Mona gesagt. *Lukas braucht Anton. Und perfekte Väter gibt's eben nicht.*

Daraufhin hatte sich Lin mit säuerlichem Unterton verabschiedet, und zum ersten Mal hatte Mona kein schlechtes Gefühl dabei gehabt. Sie und Anton waren bestimmt nicht perfekt, aber wer war das schon? Lukas wurde jedenfalls von beiden geliebt, und das war schon viel. Mehr als Mona je von ihren Eltern bekommen hatte.

Mona reckte und streckte sich, während Anton sich auf die andere Seite drehte und weiterschlief. Der Wecker zeigte sechs Uhr zehn. Zu spät, um noch einmal einzuschlafen, zu früh um aufzustehen.

Wir haben etwas übersehen.

Mona richtete sich auf, rieb sich die Augen. Im Zimmer war es angenehm kühl und still. Den Verkehr der Schleißheimer Straße hörte man hier nur als an- und abschwellendes Grundrauschen, das man nach gewisser Zeit kaum noch wahrnahm. Mona stellte ihre nackten Füße vorsichtig auf den Holzboden und stand auf. Barfuß schlich sie in die Küche, machte sich einen Kaffee, nahm sich ihre Jacke von einem der Stühle und ging hinaus auf die Terrasse, die bereits von den ersten Sonnenstrahlen gewärmt wurde. Mona setzte sich in eine windgeschützte Ecke und trank in kleinen Schlucken den heißen schwarzen Kaffee.

Wir haben etwas übersehen.

Aber was? Sie war gestern Abend alle Protokolle durchgegangen und hatte nichts gefunden. Sie hatten die richtigen Fragen gestellt, an den richtigen Stellen nachgehakt, die wichtigen Alibis überprüft. Und trotzdem etwas übersehen. Sie spürte das einfach. Etwas stimmte nicht. Ein leiser Wind erhob sich, Mona bekam eine Gänsehaut. Sie kuschelte sich in ihre Jacke. Es würde wieder ein heißer Tag werden, aber für abends waren starke Gewitter mit Abkühlung angesagt. Langsam stand sie auf und ging in die Wohnung zurück. Sie duschte und richtete anschließend das Frühstück für Anton, Lukas und sich selbst. Auch als alle am Tisch saßen, grübelte und grübelte sie, sodass Anton und Lukas Witze über ihre strenge, in sich gekehrte Miene machten.

»In einer Woche sitzen wir im Flugzeug«, sagte Anton, und seine Stimme klang lauernd.

»Ja klar«, sagte Mona. Was würde in einer Woche sein? Sie hatte keine Ahnung.

Im Auto, auf dem Weg ins Dezernat, klingelte ihr Handy. Sie schaltete die Freisprechanlage ein. Es war Herzog, der Chefpathologe.

»Was ist?«, fragte Mona zerstreut, während sie versuchte, die Fahrspur zu wechseln.

»Ich weiß nicht recht, wie ich anfangen soll«, sagte Herzog. Er klang zögerlich und unsicher, gar nicht wie er selbst. Mona war sofort alarmiert. »Was ist los?«, fragte sie.

»Also, um es kurz zu machen: Plessen … Ich habe seine DNS mit der seines angeblichen Sohnes verglichen.«

»Wie bitte?«

»Seine DNS. Ich habe sie verglichen.«

Mona glaubte immer noch, nicht richtig zu hören. Aber Herzog gehörte nicht zu den Leuten, die Witze machten. »Sie haben …«

»Ja.«

»Verdammt noch mal … Wie kommen Sie dazu? Und warum weiß ich davon nichts?«

»Ja, es war … Ich war da etwas … eigenmächtig. Ausnahmsweise. Wissen Sie noch, wie Sie mit den Plessens in der Pathologie waren?«

»Ja. Sicher. Und?« Mona überholte einen Lastwagen, der sich

mit lang gezogenem Hupton rächte. Deshalb hörte sie Herzog nur schlecht. »... dass er keinerlei Ähnlichkeit hat.«

»Was? Wer hat keine Ähnlichkeit mit wem?«

Sie hörte Herzog seufzen. »Der Vater mit seinem Sohn. Wissen Sie, ich hatte schon mehrfach solche Fälle. Der Vater denkt, er ist der Vater, aber er ist es nicht. Ich kann das mittlerweile ganz gut sehen. Familienähnlichkeiten meine ich. Ich kann das sehen, an den Knochen, an der Struktur des Gesichts. Und da war keine. Nichts.«

»Das kann nicht wahr sein. Sie haben einfach ...«

»Ja. Es klappt ja schon mit ein paar Haaren.«

Mona war fassungslos. »Sie haben Plessen Haare entnommen? Ohne seine Einwilligung? Ohne, dass wir davon wussten?«

»Nun ... ja. Und bevor Sie jetzt völlig ausrasten, möchte ich Ihnen hiermit sagen, dass Fabian Plessen nicht der Vater von Samuel Plessen ist.«

»Das gibt's doch nicht«, sagte Mona.

»Machen Sie mit dieser Info, was Sie wollen. Aber ...«

»Was wir wollen? Sie sind gut! Sollte das irgendwie von Relevanz sein, können wir es vor Gericht nicht verwenden! Warum haben Sie nicht vorher mit mir geredet? Wir hätten Plessen ...«

»Ja, ja, ja. Dieser Plessen war in Trauer. Da kann man so was nicht fragen, finde ich. Also ...«

»Haben Sie ihm ein paar Haare vom Sakko gezupft und einfach so eine DNS-Analyse gemacht. Das ist ... Das kostet doch auch viel Geld!«

»Ja. Aber ich war mir sicher. Verstehen Sie, ich war mir einfach sicher!«

»Warum haben Sie nicht mit mir geredet? Ich verstehe das einfach nicht!«

Herzog wollte auch einmal Detektiv sein. Männer waren so, dachte Mona. Manchmal hatten sie es satt zu funktionieren, und fingen an zu spielen – auf Risiko natürlich, sonst machte es ja keinen Spaß. Vielleicht war das manchmal gar keine so schlechte Eigenschaft. Diesmal, immerhin, hatte sie Bewegung in den Fall gebracht. Mona musste wegen einem Stau im Paul-Heyse-Tunnel anhalten, Lärm überall, stickige Luft und natürlich keine Klimaanlage in diesem alten gammeligen Dienstwagen. Und jetzt Herzog, der einfach eine DNS-Analyse machte, die man nicht verwenden konnte, es sei denn…

…man ging den offiziellen Weg und bat Plessen um die Genehmigung. Die er nicht gut verweigern konnte, ohne sich verdächtig zu machen. Die Sache war nicht koscher, aber auch nicht wirklich – doch, sie war regelwidrig, aber…

Mona dachte fieberhaft nach, während sich Schweiß auf Stirn und Nacken sammelte.

»Herzog? Sind Sie noch dran?«

»Ja«, krächzte es aus der Sprechanlage.

»Weiß das sonst noch jemand?«

»Nein, ich…«

»Okay, Sie behalten das für sich. Erst mal. Wir checken, ob Samuel Plessen offiziell von Plessen adoptiert wurde. Sollte das so sein, dann können wir uns das sparen. Die DNS-Sache meine ich. Dann bleibt das unter Verschluss.«

»Gute Idee«, sagte Herzog, oder etwas Ähnliches, denn sie stand noch immer im Tunnel und verstand ihn kaum.

»Ich melde mich bei Ihnen«, sagte Mona und unterbrach die Verbindung. Ihr Gefühl, dass etwas nicht stimmte, hatte sich bewahrheitet. Warum hatte Plessen nichts von der Adoption gesagt? Oder wusste er gar nicht, dass Samuel nicht sein Sohn war? Sie mussten Plessen noch einmal überprüfen, seine Person, sein Umfeld, seine Vergangenheit. Plötzlich fiel ihr Forster ein. *Plessens Schwester ist tot*, hatte Forster in der Konferenz gesagt, aber dann nicht gewusst, ob Plessen Cousins, Cousinen, Nichten oder Neffen hatte. Das konnte doch nur eins bedeuten: Forster hatte diese Information über Plessens Schwester direkt von Plessen erhalten, sie aber nicht über die offiziellen Kanäle überprüft, *weil er es für unwichtig hielt*.

Plessen war auch kein zweites Mal befragt worden, denn warum hätte er zu diesem Thema lügen sollen?

Ja, warum?

Sie hatten alles richtig gemacht, nichts ausgelassen, Plessens direktes und indirektes Umfeld komplett durchermittelt. Und dennoch verlief jede Spur im Nichts. Klar war nur eins: Jemand, der Plessen so sehr hasste, dass er Menschen aus seinem engeren Umkreis tötete, musste Plessen gut kennen. Und Plessen musste ihn kennen. Alles andere war unlogisch. Plessen hatte aber behauptet, keine Ahnung zu haben, wer der Täter sei. Das war eigentlich unmöglich. Er *musste* etwas wissen, zumindest aber etwas ahnen oder vermuten. Etwas, das er ihnen nicht mitgeteilt hatte, obwohl ihm klar war, dass er damit Nahestehende in Gefahr brachte.

Ja, das war es gewesen, was an der Sache nicht stimmte, und Mona hätte sich ohrfeigen können, dass sie es nicht früher durchschaut hatte. Plessen war so erstaunlich wenig hilfsbereit gewesen, hatte so unglaublich wenig Engagement gezeigt. Er hatte zum Beispiel kein einziges Mal von sich aus im Dezernat angerufen, um sich nach dem Stand der Ermittlungen zu erkundigen. Alle Hinterbliebenen der Opfer von Gewaltverbrechen taten das, manche auf entsetzlich penetrante Weise. Nur Plessen nicht. Plessen hatte Trauer gezeigt, das schon, und die war, soweit man das beurteilen konnte, auch echt gewesen. Was aber fehlte, war die Wut, dachte Mona. Alle Hinterbliebenen wurden irgendwann von ohnmächtiger, selbstzerstörerischer Wut gepackt. Zweifelten am Sinn des Lebens, an der Gerechtigkeit der Welt, fühlten sich vom Schicksal im Stich gelassen, begehrten auf, einsam und verzweifelt. Mona dachte an die Vernehmung zurück. Plessens Frau Roswitha hatte furchtbar geweint, ihr Mann war blass und still gewesen. Voller Kummer. Aber nicht voller Zorn über den erlittenen Schmerz.

Das konnte damit zu tun haben, dass Plessen eben doch wusste, dass er nicht Samuels Vater war. Ein Stiefsohn war niemals dasselbe wie ein leiblicher Sohn, egal wie viel Mühe man sich gab – der emotionale Unterschied existierte, vor allem, wenn nicht beide Elternteile sich zu einer Adoption entschlossen hatten, sondern einer das Kind mit in die Ehe gebracht hatte.

Wenn Plessen also Bescheid wusste – warum hatte er es ihnen nicht mitgeteilt? So eine Information behielt man einfach nicht für sich, nicht in einem Mordfall. Schließlich konnte man nicht ausschließen, dass Samuels richtiger Vater eine Rolle in diesem Fall spielte. Mona fuhr in die Tiefgarage und stellte ihr Auto auf dem Parkplatz ab. Im Lift grüßte sie ein Kollege aus dem Dezernat 14, und sie nickte ihm geistesabwesend zu. Sie musste das Protokoll über Forsters Vernehmung checken. Und dann noch einmal mit ihm darüber sprechen.

Plessen verschwieg ihnen etwas. Dessen war sich Mona sicher.

16

Mittwoch, 23. 7., 9.00 Uhr

Heute, am zweiten Tag, fühlte sich David schon fast heimisch in dem mit blauen Vorhängen dämmerig gehaltenen Raum. Sie hatten am Vortag noch längere Zeit über Sabine und ihre Familie gesprochen; David hatte nicht alles verstanden, aber im Großen und Ganzen schien Fabians Analyse von Sabines Schwierigkeiten logisch und zutreffend zu sein, und auch Sabine empfand das wohl so. Heute wirkte sie jedenfalls einigermaßen entspannt und gut gelaunt.

Fabian machte nun eine andere Initiationsübung mit ihnen, die er Kundalini nannte. Dafür legte er eine CD mit Trommelmusik auf und wies die Teilnehmer an, die Augen zu schließen und sich im Rhythmus der Musik zu schütteln. Zu – schütteln? David glaubte, nicht richtig verstanden zu haben, aber bevor er fragen konnte, ging es schon los. »Bleibt ganz bei euch!«, rief Fabian, und wieder hatte David das Gefühl, dass jeder außer ihm genau verstand, was mit diesem Befehl gemeint war. Wieder schloss er die Augen nur halb und beobachtete heimlich die anderen, wie sie ihre Glieder hin und her schleuderten. Alle schienen vollkommen in sich selbst vertieft zu sein, obwohl ihre Bewegungen eher steif und eckig wirkten. In Davids Augen machten sie sich lächerlich. Er dachte gar nicht daran, sich selber so zum Narren zu machen.

Pro forma trat er von einem Bein aufs andere und sah sie der Reihe nach an: Volker, Sabine, Helmut, Raschida, Franziska, Hilmar. Drei Männer – Volker, Helmut, Hilmar. Volker: pausbäckig, blondes, schütteres Haar, teilweise ergraut, Anfang fünfzig. Hilmar: Ende dreißig, schlacksig, Vollglatze mit schmalem Haarkranz und einem Gesicht, das stets so wirkte, als habe er was Schlechtes gegessen. Helmut: konnte noch für Anfang dreißig durchgehen. Übergewichtig, fettiges, dunkles Haar, das er im Nacken zu einem dünnen Zopf gebunden hatte. Dicke Lippen, schlechte Zähne. Vom Alter passte er am besten ins Täterprofil, von dem ihm KHK Seiler unterrichtet hatte. Danach hatte sie ihm allerdings eingeschärft, sich nicht sklavisch daran zu halten, sondern alle anwesenden Männer zu beobachten und ihre Familiennamen in Erfahrung zu bringen.

Letzteres erwies sich als schwierigster Punkt, denn man nannte sich ja grundsätzlich nur beim Vornamen. Nachfragen hätten David verdächtig gemacht. Irgendwann würde er sich unter einem Vorwand hinausstehlen müssen, um sich auf die Suche nach Plessens Büro zu machen, wo sich, hoffte er, die aktuelle Teilnehmerliste befand. Alle drei Männer, so viel hatte David beim gestrigen Mittagessen immerhin erfahren, hatten bereits an einem Seminar mit Fabian teilgenommen und wollten nun ihre Kenntnisse vertiefen. Volker war selbst Therapeut, also hier quasi in der Ausbildung, Hilmar war Hauptschullehrer mit Schülern aus schwierigen familiären Verhältnissen, Helmut hatte sich um die Berufsfrage geschickt herumgedrückt, stattdessen etwas von einem Psychologiestudium genuschelt, war also vermutlich arbeitslos. David beschloss, sie im Auge zu behalten, mit Fokus auf Helmut. Er hoffte sehr, dass in punkto Anordnung heute einer der Männer an der Reihe sein würde.

Die Trommelwirbel wurden wilder und schneller, und schließlich wurde auch David von dem suggestiven Rhythmus erfasst. Er schloss die Augen ganz und ergab sich der Musik, die nichts

Melodiöses mehr hatte, sondern nur noch vom Takt der Bongos, Congas und etwas Metallischem, das er nicht einordnen konnte, bestimmt wurde. Es war ganz anders als die elektronischen Hiphop-Rhythmen, die David Nacht für Nacht gewöhnt war. Das hier war lebendig und wild, auf eine Weise rauschhaft, die nichts Dumpfes an sich hatte, sondern im Gegenteil alle Sinne zu schärfen schien, so lange, bis David jedes einzelne Instrument herauszuhören glaubte.

Dann plötzlich brach die Musik ab. David öffnete enttäuscht die Augen. Er hätte noch stundenlang so weitermachen können.

»Geht es dir gut?«, fragte Fabian direkt an David gewandt, und nicht zum ersten Mal hatte David das unbehagliche Gefühl, dass Fabian genau wusste, warum er hier war: Er war zu anders um als normaler Klient durchgehen zu können. Aber das hatte er vorher nicht wissen können, und KHK Seiler auch nicht. Wenigstens hatte er heute Jogginghosen an und das älteste T-Shirt, was er in seinem Schrank finden konnte.

»Ja«, sagte er auf Fabians Frage.

»Möchtest du heute über dein Problem sprechen?«

Verdammt! Das war vorauszusehen gewesen! Und er hatte sich nicht wirklich vorbereitet. *Sie müssen sich einbringen*, hatte KHK Seiler gesagt. *Sie können nicht alles erfinden, für eine komplett neue Vita haben wir keine Zeit. Sie müssen sich zum Teil schon auf die Sache einlassen. Aber eben nicht zu sehr. Mitmachen und dabei ganz cool bleiben.*

Das, wusste er jetzt, war sehr leicht gesagt, vor allem nach diesem Traum heute Nacht, vor allem nach dem, was er vor ein paar Tagen über Danae erfahren hatte. Seine Eltern hatten es ihm nicht sagen wollen, weil er bei der Drogenfahndung arbeitete, aber schließlich hatte er es aus ihnen herausgeholt: Danae war offenbar schon seit Monaten tief drin in der Szene, und es grenzte an ein Wunder, dass er sie noch nie aufgegriffen hatte.

Was sollte er jetzt tun? Er konnte sich nicht weigern, ohne aufzufallen. Er konnte es nicht verschieben (und sich während der Mittagspause eine Story ausdenken), ohne aufzufallen.

»Okay«, sagte er mit heiserer Stimme.

18

Mittwoch, 23. 7., 9.00 Uhr
»Du hast es nicht offiziell gecheckt, stimmt's?«, fragte Mona Forster, der mit gesenktem Kopf vor ihrem Schreibtisch stand. Sie nahm einen Schluck von ihrem dritten Kaffee innerhalb der letzten Stunde. Schwarz und stark. Mona zündete sich eine Zigarette an und zog den Rauch tief in die Lunge.

»Doch. Klar.«, sagte Forster, aber seine Stimme klang eher bockig als überzeugend.

»Karl. Du weißt nicht mal, ob Plessens Schwester verheiratet ist und einen anderen Namen hat beziehungsweise hatte. Du weißt nicht, wo sie wohnt beziehungsweise gewohnt hat.«

»Also ...«

»Du hast dich auf Plessens Aussage verlassen und sie nicht weiter kontrolliert. Das ist so klar, das musst du nicht mehr abstreiten. Bitte check das jetzt nach, geh über die Standesämter, die Meldeämter etc., du weißt, wie's funktioniert. Bitte check nach, ob sie noch lebt, ob es andere Geschwister, Nichten oder Neffen, egal was, gibt.«

»Warum soll Plessen lügen? Das seh ich einfach nicht ein! Ich meine, selbst wenn die Schwester von ihm noch lebt, das ist doch ganz egal, die kann's doch gar nicht gewesen sein!«

Mona schloss kurz die Augen. Es war zu heiß und zu schwül für solche Diskussionen. »Karl, ich will, dass du das jetzt prüfst. Sofort und so schnell wie möglich. Ich will nur sichergehen, sonst nichts.«

»Man kann nicht jede Scheißaussage überprüfen. Nicht jeden unwichtigen Quatsch, den die absondern.«

»Und ich will, dass du prüfst, ob Plessen wirklich der Vater von dem Opfer ist.«

»Was?«

»Ja. Ich will wissen, ob Samuel Plessen offiziell adoptiert wurde. Und sobald du das gecheckt hast, will ich, dass du zu mir kommst.«

»Ich versteh nicht, was das soll, Mona. Wieso soll der adoptiert sein? Wie kommst du da jetzt drauf?«

»Geh jetzt, Karl. Und beeil dich.«

Forster drehte sich auf dem Absatz um, immerhin knallte er die Tür nicht hinter sich zu.

19

Mittwoch, 23. 7., 9.34 Uhr

»Gut, David«, sagte Fabian. »Dann werden wir deine Geschichte nach dem Mittagessen behandeln. Helmut, möchtest du gleich anfangen?«

»Ich?«

»Ja. Wir konnten …, wir hatten beim letzten Mal nicht genug Zeit für dich, und das hat mir sehr Leid getan. Jetzt haben wir alle Zeit der Welt.«

»Ja. Okay. Toll!«

»Also gut, dann geht bitte alle nach hinten. Stellt euch so auf, dass euch Helmut gut im Blick hat.«

Gehorsam wie die Schafe bewegten sie sich in die Zimmerecke, in der sie gestern schon gestanden hatten, bevor Sabine ihre Familie angeordnet hatte. Langsam begriff David das Prinzip. Es ging darum, die Strukturen einer Familie zu analysieren und …

»Es geht darum, die Strukturen einer Familie zu analysieren«, sagte Fabian. »Viele von euch haben den theoretischen Background ja bereits verstanden. Für diejenigen, die noch nie mitgemacht haben, möchte ich es jetzt kurz erklären.« David fragte sich, warum Fabian das nicht schon gestern getan hatte.

»Ich habe extra damit bis heute gewartet, weil man durch Anschauung mehr lernt als durch Erklärungen«, sagte Fabian, und David registrierte irritiert, dass es Plessen schon wieder gelungen war, seine Gedanken zu lesen. Dann sagte er sich, dass dies reiner Zufall sein musste. Er betrachtete Fabian aufmerksam, diesen Mann, der nicht so aussah, als würde er sich von irgendetwas beirren lassen – nicht einmal vom Tod seines einzigen Sohnes. Trotz seines zierlichen Körpers, seines sanften Lächelns umgab ihn eine Aura der Unbeugsamkeit und Unverletzlichkeit. Fabian war sich selbst genug. Er brauchte keine Liebe, keinen Luxus (obwohl dieses Haus genug davon bot) und auch keine Gesellschaft, außer vielleicht die seiner Jünger. Er konnte hier in dieser abgelegenen Gegend leben, mitten in der Natur, in der Nähe dieses seltsamen Dorfes, dessen Bewohner ständig abwesend schienen. Er vermisste offensichtlich nichts.

Von seiner Frau, die ihnen gestern das Mittagessen serviert hatte, ging eine vollkommen andere Ausstrahlung aus, und das lag nicht nur daran, dass sie viel jünger als ihr Mann war. Sie wirkte abwesend und schien sich nur mit Mühe dazu zu zwingen, sich auf den Beinen zu halten.

»Jede Familie«, sagte Fabian, »ist ein Netzwerk, in dem alle ihren Platz haben: die Eltern, die Großeltern, die Cousinen, Tanten, Onkel, Kinder. Tote und Lebendige. Jedes Netzwerk ist anders strukturiert, aber in sich vollkommen logisch aufgebaut. Aus diesem Netzwerk heraus ergeben sich Verhaltensweisen, Erwartungen und Forderungen an jedes Familienmitglied. Manche Mitglieder scheinen nicht mehr dazuzugehören, entweder weil sie als schwarze Schafe gebrandmarkt wurden oder weil sie schon gestorben sind. Aber diese Annahme ist falsch. Sie existieren weiterhin im Verband. Man kann sie nicht vergessen und nicht totschweigen. Sie spielen ihre Rolle, ob wir das wollen oder nicht.«

»Und warum interessiert uns das?«, fragte David.

Fabian lächelte und sah ihn wieder mit diesem direkten, warmen Blick an, der David jedes Mal durcheinander brachte – vielleicht weil ihn noch niemand so angesehen hatte, als hätte er umfassendes Verständnis für all die Verwirrungen in Davids Leben, die sich, und davon schien Fabian zutiefst überzeugt – zu einem klaren Ganzen fügen würden. Gelöste Geheimnisse, die niemanden mehr quälten – ob das erreichbar war?

»Da jedes Mitglied seinen Platz in der Gemeinschaft hat, bekommt auch jedes Mitglied ein ganzes Bündel an Aufgaben mitgegeben. Diese Aufgaben werden selten als solche formuliert. Trotzdem erkennt jedes Mitglied intuitiv, was von ihm erwartet wird. Nun müssen wir unterscheiden lernen: Welche Aufträge dienen dem Ganzen, sind also Bestimmung – und welche sind nur ein Relikt eines falsch geknüpften Netzwerks.«

»Man kann das Netzwerk neu knüpfen?«, fragte Franziska, die offenbar ebenfalls zum ersten Mal dabei war und bislang noch fast nichts gesagt hatte, selbst bei den gemeinsamen Mahlzeiten nicht. Aber jetzt klang ihre Stimme eifrig.

»Ja«, sagte Fabian, und sah sie auf dieselbe Weise an wie vorher David, was David enttäuschte. »Es gibt bestimmte Regeln in jeder Familie, die sind sakrosankt, die können wir nicht verändern. Ihr seid hier, um herauszufinden, welche das sind. Und es gibt Regeln, die ihren Sinn innerhalb der Familie verloren haben, weil sie die Familie nicht stützen, sondern ihre Mitglieder behindern. Diese Regeln werden in Zukunft nicht mehr für euch gelten. Das verspreche ich euch. Noch Fragen?«

»Ja«, sagte David. »Warum spielen wir hier andere Personen? Und warum …«

»Warum das funktioniert? Das, lieber David, ist ein Geheimnis, das ich selbst nicht kenne. Sobald du in diesem Rahmen von einem der Teilnehmer gewählt wirst, um ein Stellvertreter zu sein, tritt ein magischer Prozess in Kraft, der uns befähigt, für kurze Zeit in ein fremdes Leben zu schlüpfen. Wir sind sehr dankbar dafür, denn dieser Prozess führt uns zu Erkenntnissen, die wir anders nicht gewinnen könnten. Noch Fragen?«

»Ja«, sagte David. »Was ist, wenn dieser Stellvertreter sich irrt? Ich meine, es geht doch um Gefühle. Gefühle können doch auch mal falsch sein. Man kann sich doch zum Beispiel auch nur einbilden, dass …«

»Das passiert selten, aber wenn, dann merke ich das«, sagte Fabian in einem Ton, der keinen Widerspruch zu dulden schien.

»Immer?«

»Du kannst dich darauf verlassen.«

David verstummte skeptisch. Irrte er sich, oder klang Fabians sanfte Stimme plötzlich leicht gereizt? Niemand sagte etwas.

»Dann fangen wir an«, sagte Fabian und sprang auf. Wieder fiel David die Geschmeidigkeit seiner Bewegungen auf, und der seltsame Kontrast zu seinem faltigen Gesicht. Er ist jung und alt zur gleichen Zeit, dachte David.

Fabian trat ein paar Schritte zurück, als wollte er die Gruppe als Ganzes im Auge behalten, und sagte: »Helmut, bitte ordne deine Familie heute ein zweites Mal an. Wie gestern bei Sabine und Volker gilt, dass du dich auf die Ursprungsfamilie beschränken musst, weil wir diesmal einfach zu wenige sind.«

Helmut trat nach vorne. Er wirkte verlegen; sein pummeliges Gesicht war rot geworden, seine Bewegungen linkisch. Dann wiederholte sich das Prozedere des vorangegangenen Tages: David war diesmal Helmuts »Vater«. Er stand mit dem Rücken zu Helmuts »Mutter«, die von Sabine verkörpert wurde. Helmuts »Mutter« sah auf den abgewandten Rücken von Helmuts »Vater«. »Helmut« selbst, gespielt von Hilmar, stand an einer Stelle, an der seine Eltern ihn nicht sehen konnten: schräg hinter der »Mutter«, die auf den »Vater« blickte, der irgendwohin schaute, um seine Familie nur ja nicht wahrzunehmen.

»Wie fühlst du dich?«, fragte Fabian David.

»Ich will hier weg«, sagte David, und hatte erneut das Gefühl, eine fremde Person bemächtige sich seiner Stimme, seiner Gestik, seiner Mimik. Es war unheimlich und gleichzeitig faszinierend: Er spürte diesen Wunsch so intensiv, als sei es sein eigener, und gleichzeitig war ihm bewusst, dass diese Gefühle nichts mit ihm, David, zu tun hatten. Sie waren die eines anderen, und sie ergaben sich aus dieser besonderen Konstellation. Sie waren vielleicht nur eine Folge von falschen Platzierungen. Konnte es so einfach sein?

»Du willst weg«, sagte Fabian mit neutraler Stimme. »Kannst du mir sagen, wohin?«

»Raus hier«, sagte David. »Ganz weg. Egal wohin.« Er war plötzlich ein schwerer, maskuliner Mann mit breiter Brust und dickem braunem Haar; er spürte Koteletten an seinen Wangen.

Seine Familie bestand aus einer ängstlichen, dummen Frau und einem feigen, verklemmten Kind, das in der Schule gehänselt wurde, weil es zu dick und zu langsam war, um mitzuspielen. Der Mann hatte überhaupt keine Familie gewollt, und diese hier schon gar nicht.

»Warum gehst du nicht einfach?«, fragte Fabian.

David vertiefte sich in die Frage: Was hielt ihn zurück? Tatsache war, er war immer noch da. Wie konnte das sein? »Es gibt noch jemanden«, sagte er schließlich.

»Jemand, der dich zurückhält?«

»Ja.«

»Wer ist das? Deine Frau?«

»Nein.«

»Meine Großmutter«, sagte der echte Helmut plötzlich aus dem Hintergrund. Fabian drehte sich zu Helmut um. »Deine Großmutter sehe ich hier nicht. Wo ist sie?«

Helmut nahm Raschida an der Hand und platzierte sie direkt vor David. David fuhr zurück: Er war gefangen wie in einem Sandwich. Er konnte nicht heraus. Jetzt war alles klar. Um wegzukommen, hätte er diese Frau töten müssen. Es juckte ihn in den Fingern, genau das zu tun. Und dieser Drang spiegelte sich in dem Gesicht der Frau, die vor ihm stand: Raschidas Ausdruck schwankte zwischen Angst und einer elementaren, kaum beherrschbaren Wut. David wurde schwarz vor den Augen, er ging langsam in die Knie.

»Wir unterbrechen kurz«, hörte er Fabian noch sagen, dann verlor er das Bewusstsein.

20

Mittwoch, 23. 7., 11.13 Uhr

»Sie lebt.«

»Plessens Schwester? Die angeblich tot ist?«

»Ja. Plessen hat gelogen, frag mich nicht, warum. Sie lebt und bezieht Rente. Sie heißt nicht mehr Plessen, sondern Helga Kayser, verheiratet mit Ludwig Kayser. Der ist allerdings vor zwei Jahren gestorben. Kayser mit A-Ypsilon. Sie ist sechsundsiebzig und ist in Marburg gemeldet.«

»Mein Gott, Karl…

»Ich sage dir, das war wirklich ein Problem. Plessen stammt aus einem Nest im Osten namens Lestin. Die Geburtsurkunden sind im Krieg verloren gegangen. Aber glücklicherweise hat eine Frau, die Plessens Mutter sein muss, 1961 in Berlin wieder geheiratet. Sybille Plessen; die Kinder heißen Fabian und Helga, Alter stimmt auch.«

»Das heißt, sie war Witwe.«

»So steht's im Familienbuch von 61, damals hat sich ja noch kein Mensch scheiden lassen. Ihr erster Mann wird im Krieg gefallen sein.«

»Mhm.«

»Also, die Witwe Plessen heiratet ein zweites Mal in Berlin, einen Herrn Dagusat, und zwar im Jahr 1961. Das ist unser Glück, denn Familienbücher werden erst seit 1958 angelegt. In diesem Familienbuch stehen Sybille Dagusat, ihr neuer Mann, ihr Sohn Fabian Plessen und seine Schwester Helga drin. Helga ist, wie er gesagt hat, fünf Jahre älter als er.«

»Und?«

»Sie hat 1961 geheiratet. Im selben Jahr wie ihre Mutter. Witzig, was?«

»Kinder?«

»Keine.«

»Hast du ihre Adresse?«

»Die, unter der sie gemeldet ist.«

»Telefonnummer?«

»Ja.«

»Okay, Karl, wir reden nicht mehr über deine Nachlässigkeit. Gibt es andere Geschwister außer ihr? Nichten, Neffen, sonst irgendwelche Verwandten?«

»Nichts bekannt.«

»Was ist mit der Vaterschaft Plessens?«

»Du hast auch da Recht gehabt. Samuel wurde von Plessen offiziell adoptiert, gleich nachdem die beiden geheiratet haben. Da war Samuel drei.«

»Das heißt, sie haben …«

»… vor dreizehn Jahren geheiratet. Er hat mir aber gesagt …«

»… vor siebzehn Jahren. Ich weiß, ich habe gestern noch mal dein Vernehmungsprotokoll gelesen.«

»Wieso hat er gelogen? Ich versteh das nicht.«

»Keine Ahnung, Karl. Gib mir die Nummer von dieser Helga Kayser, und – geh einfach. Mach schon, denk nicht weiter drüber nach. Konferenz ist in einer Stunde.«

»Ich weiß.«

»Karl, wie gesagt, das alles bleibt unter uns. Versprochen.«

»Ich …«

»Ist schon gut. Jeder ist mal unaufmerksam und …«

»Ich hätte das checken sollen. Schon letzte Woche.«

»Ist schon gut.«

»Noch eine Frage.«

»Ja?«

»Woher wusstest du das mit der Adoption? Ich meine, da kommt man doch nicht einfach so drauf – hast du einen Tipp gekriegt, oder …«

»Einfach Intuition«, sagte Mona und lächelte, bis ihr der Kiefer schmerzte und Forster endlich draußen war.

21

Mittwoch, 23. 7., 11.14 Uhr

»David? David!« David hörte seinen Namen und öffnete die Augen. Einen Moment lang wusste er nicht, wo er war und wer diese Leute waren, die sich über ihn beugten mit vor Besorgnis ganz faltigen Gesichtern. Dann erinnerte er sich an einen Mann mit finsterer Miene und Koteletten. »Hallo?«, sagte er mit schwacher Stimme.

»Er ist wieder da«, sagte jemand. »Macht euch keine Sorgen, das passiert manchmal.«

David drehte den Kopf, Fabian Plessen kam in sein Blickfeld, und im selben Moment fiel ihm alles wieder ein. Er war … zu tief in ein anderes Leben hineingetaucht und hatte irgendwann keine Luft mehr bekommen. Aber jetzt ging es ihm gut. Langsam setzte er sich auf und sah sich um. Plessen hockte sich vor ihn und sah ihn an, diesmal nicht warm und voller Verständnis, sondern besorgt und forschend.

»Das kommt schon mal vor«, sagte er langsam und ließ David nicht aus den Augen. »Aber nicht gerade sehr häufig.«

»Was?«, fragte David. Etwas kratzte in seiner Lunge. Er hustete.

»Du hast dich selbst vergessen. Wie ein gutes Medium. Das ist natürlich nicht ungefährlich. Aber wir kriegen das schon in den Griff.«

David fühlte sich gekränkt. Fabian behandelte ihn, als sei er schwach, schwächer als die anderen. Das war er nicht. Es ging ihm gut.

»Wie ist es, David?«, fragte Plessen. »Wie fühlst du dich jetzt?«

»Gut!«

»Möchtest du pausieren?«

»Nein, ich bin okay. Wir können weitermachen.« Sie waren mittendrin in Helmuts Leben. Vielleicht war sein Leben der Schlüssel zu allem. Vielleicht hatte Helmut das getan, was sein Vater nicht geschafft hatte. Zu töten, um sich aus allen Abhängigkeiten zu befreien. David stand auf, nicht ganz so mühelos wie sonst und ein wenig schwindelig im Kopf. Aber mit dem festen Willen, sich sofort zu erholen. Auch Fabian erhob sich. Die anderen aus der Gruppe standen im Halbkreis um sie beide herum und betrachteten David schweigend und – aber vielleicht bildete sich das David nur ein – mit einem gewissen Neid.

»David hat eine besondere Begabung«, sagte Fabian, als wollte er diesen Neid bestätigen, vielleicht sogar schüren. »Er kann sich in Menschen hineinversetzen, für kurze Zeit jemand anders werden. Das ist für unsere Arbeit sehr wichtig, andererseits dürfen Menschen wie er auch nicht überfordert werden.«

Die anderen nickten, und nun spürte David ganz deutlich, was sie dachten: Der war zum ersten Mal hier. Wie kam es, dass er besser war als sie?

»David, du bist sicher, dass du weitermachen willst?«

»Ja. Mir geht's gut.«

»Schön«, sagte Fabian. »Dann stellt euch bitte genauso auf, wie ihr gestanden habt. Mit Raschida, bitte.«

Alle taten wie geheißen. Und wieder spürte David, diesmal aber nicht ganz so quälend, die Ausweglosigkeit »seiner« Situation. Hinter ihm »Sohn« und »Ehefrau«, die er hasste, vor sich seine »Mutter«, die ihn nicht aus den Klauen ließ.

»Sie ist diejenige, die dich nicht gehen lässt, nicht wahr?«, sagte Fabian zu David.

»Ja. Ich kann nicht weg, solange sie da steht.«

»Meine Großmutter …«, hob Helmut an, aber Fabian unterbrach ihn sofort in gebieterischem Ton. »Warte, Helmut. Zu den Erklärungen kommen wir gleich. Ich will jetzt die Energie nutzen, die in dieser Konstellation steckt.«

»Ja.«

»Ist das okay für dich, Helmut?«

»Ja. Sicher.«

»Gut. Dann sei jetzt ruhig.«

Helmut war ruhig, aber sein unterdrückter Ärger erfüllte den Raum wie eine giftige Wolke.

»Du kannst nicht weg, David?«

»Nein. Nicht solange sie da steht.«

»Du kannst sie beiseite schieben. Sie ist nur eine Frau, sie ist älter als du und schwächer.«

»Ich kann nicht.« David trat der Schweiß auf die Stirn, aber er nahm sich zusammen.

»Warum nicht?«

»Sie hat …« Erneut überkam ihn Schwindel; er biss sich auf Zunge und Backe, damit ihn der Schmerz wieder zu sich brachte. »Sie hat …«

»Ja. Sag es uns.«

»Ich habe – etwas – getan …«

»Du hast etwas getan, was sie weiß, und sonst keiner?«

»Ja.«

»Sie hat dich in der Hand.«

»Ja.«

»Nein.«

»Sie hat …«

»Nein, hat sie nicht. Egal, was du getan hast. Sie kann dir finanzielle Unterstützung entziehen. Sie kann dich ins Gefängnis bringen. Aber deine innere Freiheit kann sie dir nicht nehmen. Du kannst jederzeit gehen.«

David richtete seinen Blick auf Raschida, die seine Mutter spielte. Er sah sie plötzlich, wie sie war. Nur eine Frau, die keine Macht über ihn hatte, es sei denn, er räumte sie ihr ein. Niemand hatte Macht über jemand anderen, es sei denn, der andere verlieh ihm diese Macht. David fühlte, wie ein tiefer Frieden über ihn kam. Er entspannte sich. Er fühlte sich gut – als Vater Helmuts, eines Mannes, den er nicht kannte und über den er nun doch so viel wusste.

»Helmut«, sagte Fabian. »Jetzt bist du dran.«

»Ja?«

»Komm her, Helmut. Du kannst deine Großmutter jetzt woanders platzieren. Aber nur sie, nicht die anderen.«

»Ja.« Und Helmut nahm Raschida am Arm und stellte sie neben seinen »Vater«.

»Wie fühlst du dich jetzt?«, fragte Fabian Raschida.

»Besser«, sagte Raschida.

»Auch du warst in dieser Konstellation gefangen.«

»Ja. Ich kann meinen Sohn jetzt gehen lassen. Wenn er will, soll er gehen. Ich kann mich um andere Sachen kümmern …«

»Okay, Raschida, das reicht. David?«

»Ja. Auch besser.«

»Willst du immer noch gehen?«

David horchte in sich hinein. »Ja«, sagte er schließlich.

»Du willst eine neue Familie gründen?«

»Nein.«

»Du willst für dich sein?«

»Ich will überhaupt keine Familie. Ich hätte ...«

»Nie eine haben dürfen?«

»Ja«, sagte David, und glaubte tatsächlich zu spüren, dass das wahr war – aber wie würde das Helmut empfinden? Wie war das für einen Sohn – zu begreifen, dass seine Existenz eine Art Versehen war, das nie hätte passieren dürfen?

»Gut, bleib trotzdem da stehen, wo du stehst. Gehen kannst du später immer noch. Sabine, wie geht es dir?«

Sabine, als Helmuts Mutter: »Ich will keinen Mann, der mich nicht will.«

»Du kannst deinen Mann gehen lassen?«

»Ja. Er ist ja schon weg. Er war nie wirklich da.«

»Okay. Was ist mit dir, Hilmar?«

»Ich bin... traurig«, sagte Hilmar, der Helmut spielte, mit kleiner, kindlicher Stimme.

»Es ist hart zu erfahren, dass man fälschlicherweise auf der Welt ist«, sagte Fabian. »Eine Mutter allein reicht nicht. Eine Familie ohne Vater ist nicht vollständig.«

»Ja.«

»Aber du hast es doch schon immer gewusst, nicht wahr?«

»Ja.«

»Nun, wie fühlst du dich jetzt? Beschreib es uns genau.«

»Ich bin der, der nicht sein darf.«

»Ja. Wie ist das für dich?«

Eine Pause entstand. Der echte Helmut schien erstarrt vor Kummer, und auch der Rest der Gruppe schien kaum atmen zu können.

»Schrecklich«, sagte Hilmar, noch immer mit dieser kleinen, armen Stimme.

»Ja, schrecklich. Das Leben ist nicht immer süß wie Zucker, das ist wahr. Manchmal ist es bitter wie Galle. Aber wir sind nicht hier, um uns immer und ausschließlich gut zu fühlen. Wir sind hier, um zu lernen und um unsere Bestimmung zu leben, und das an sich ist positiv.«

»Ich verstehe das nicht«, sagte Helmut leise.

»Es ist ganz einfach. Schau in dich hinein. Du fühlst dich nicht nur schrecklich, das ist nicht wahr. Da ist noch etwas anderes in dir. Sag es uns.«

»Ich weiß nicht.«

»Doch, du weißt es. Sag es uns.«

»Vielleicht – Freiheit?«

»Ja! Du hast es verstanden!«

»Frei? Ich bin frei?«

»Ja! Du bist frei. Du bist etwas Besonderes, du bist nicht mehr an Familienstrukturen gebunden. Du kannst alles tun, auf der ganzen Welt.«

»Aber …«

Fabian nahm Helmut an der Hand und führte ihn zu Hilmar. »Stellt euch gegenüber. Nehmt euch an den Händen, seht euch an.«

Hilmar und Helmut fassten sich an den Händen wie Kinder, die Ringelreihen spielen, und sahen sich an. Beide begannen zu weinen. David war nun wieder ganz er selbst, und er fand die Situation entsetzlich peinlich: Zwei erwachsene Männer, die sich so gehen ließen, ohne ihre Würde zu bewahren!

»Du bist frei«, sagte Fabian wieder und legte eine Hand auf Hilmars, die andere auf Helmuts bebende Schulter. David wand sich innerlich; mit einem Mal erschien ihm alles verlogen und falsch. Er schloss verwirrt die Augen. Noch vor Minuten war er vollkommen in seiner Rolle als Helmuts Vater aufgegangen, jetzt fragte er sich, was da mit ihm los gewesen war. Hatte er den Verstand verloren? Plötzlich begann er an allem zu zweifeln: an Fabian, an der Gruppe, an sich selbst. Wer betrog hier wen und warum? Oder war wirklich alles wahr? Und wenn ja – was bedeutete es, wenn Helmut frei war zu tun, was immer er wollte? Konnte es nicht sein, dass er diese Erkenntnis schon umgesetzt hatte? *Wir hatten beim letzten Mal nicht genug Zeit für dich,* hatte Fabian zu Helmut gesagt. Das musste doch heißen, dass Helmut seine Familie bereits einmal angeordnet hatte, sie aber aus irgendeinem Grund das übliche Prozedere unterbrechen mussten. War es das, was in Helmut etwas ausgelöst hatte, das er nicht mehr unter Kontrolle bringen konnte?

David beschloss, die Einzelheiten beim Mittagessen in Erfahrung zu bringen. Bei diesem Gedanken wurde ihm plötzlich bewusst, dass er großen Hunger hatte und sehr müde war von all diesen Strapazen. Aber noch immer hatte Fabian Helmuts Stellvertreterfamilie nicht erlöst: Sabine, Hilmar, Raschida und David standen weiterhin auf ihren Endpositionen und trauten sich dort nicht weg. Helmut hatte sich mittlerweile in eine Ecke verzogen, saß mit angezogenen Knien auf dem Boden, den Kopf zwischen den Händen vergraben. Sein Schluchzen wurde immer lauter und quälender. Fabian saß neben ihm, eine Hand auf seiner Schulter, leise auf ihn einredend.

22

Mittwoch, 23. 7., 12.10 Uhr

Mona wählte zum dritten Mal an diesem Vormittag die Nummer von Plessens Schwester. Helga Kayser war über sechsundsiebzig Jahre alt, nach dem Tod ihres Mannes allein stehend, sie besaß natürlich keinen Anrufbeantworter und bestimmt kein Handy.

Man musste ihr ganz altmodisch hinterhertelefonieren.

Was, wenn sie das dritte Opfer war? Was, wenn sie bereits tot in ihrer Wohnung lag, in ähnlichem Zustand wie Sonja Martinez? Mona hatte viele Leichen im Verwesungszustand wie die von Sonja Martinez gesehen und andere, die noch weitaus schlimmer aussahen und rochen, Leichen, an denen überhaupt nichts Menschenähnliches mehr war, und sie hatte sich daran gewöhnt. Natürlich hatte sie das, sonst wäre sie falsch in ihrem Job. Immerhin bemühte sie sich bei solchen Gelegenheiten ganz bewusst, keine Querverbindungen herzustellen, nicht an ihren eigenen Tod zu denken oder an den von ihr Nahestehenden. Für sich selbst hatte sie gleichwohl Vorkehrungen getroffen: Verbrennen, bitte schön, nicht beerdigen. Sie wollte kein Futter für Würmer und Maden werden.

Nach dem zehnten Läuten legte sie entmutigt auf.

Ein Kriminalbiologe und Entomologe, der ihr bei einem ihrer letzten Fälle geholfen hatte (er musste anhand des Insektenbefalls die Liegezeit einer Leiche bestimmen), hatte ihr einmal gestanden, dass ihm die Vorstellung gut gefallen würde, auf einem Waldboden abgelegt und dort von Fliegenmaden, Hirschkäfern und Fäulnisbakterien langsam verzehrt zu werden. Erde zu Erde, sagte er, und dass es doch nur darum ginge, in einer anderen Materie aufzugehen und, wenn man so wolle, in diesem Sinne weiterzuleben. Mona konnte der Idee überhaupt nichts abgewinnen. Tot ist tot, dachte sie. Und wenn verschwinden, dann lieber schnell, sauber und komplett bis auf ein nettes, handliches, geruchloses Häufchen Asche.

Sie sah auf die Uhr: Gleich begann die Konferenz. Sie hatte versprochen, Forsters Versäumnisse nicht zum Thema zu machen, aber das war schwieriger, als sie gedacht hatte. Wenn sie Helga Kayser jetzt nicht ans Telefon bekam, sogar fast unmöglich. Die Fakten, dachte sie. Die Fakten waren, dass sie jetzt seit drei Stunden versuchte, die alte Frau zu erreichen, dass es aber durchaus sein konnte, dass diese Frau – alt, nicht besonders gut zu Fuß, aber ohne Hilfe – genau diese Zeit brauchte, um ihre täglichen Einkäufe zu erledigen. Vielleicht war sie auch verreist. Alte Leute reisten heute viel herum.

Mona merkte, wie sie nervös wurde, ein schlechtes Zeichen. Wenn *sie* nicht ruhig blieb, wer sollte es dann sein?

Nichts läuft hier wie geplant, dachte sie.

Das Schlimme war nicht, dass immer noch ein oder mehrere Puzzleteile fehlten, damit sie endlich ein Bild des Falles erhielten. Das Schlimme war, sie wussten nicht, nach welchen Teilen sie überhaupt suchen mussten – nicht einmal, wie viele es waren. War es relevant, dass Plessen seinen angeblichen Sohn adoptiert hatte und bei der Vernehmung nichts davon gesagt hatte, oder war es ihm einfach nur ein wenig peinlich gewesen, und er hatte deshalb geschwiegen? War es relevant, dass er sie über seine Schwester belogen hatte, oder wollte er der alten Frau nur einen Vernehmungsmarathon ersparen, der aus seiner Sicht sinnlos und quälend war? Mona zündete sich eine Zigarette an, bereits die sechste an diesem Tag. Wenn das hier alles erledigt war, musste sie ihren Konsum wieder herunterschrauben. Diese hier schmeckte nicht einmal. Sie musste wieder auf fünf, maximal sechs täglich kommen. Das würde sie mühelos schaffen, sobald sie diesen Fall vom Tisch hatten.

Ja, ja, Mona, so wird's sein.

So muss es sein.

Ja, ja. Reg dich ab.

Die Hitze hatte nun ein Ausmaß erreicht, dass man – selten hier zu Lande – Abkühlung geradezu herbeisehnte. Regen – ja bitte! Kühle Luft, die den stickigen Dampf innerhalb von wenigen Stunden aus den Büros fegen würde – herrlich! Heute Abend sollte es Gewitter geben, die nächsten zwei Tage einen Temperatursturz von über dreißig Grad auf die Hälfte.

Hoffentlich!

Mona drückte ihre Zigarette aus und öffnete das Fenster. Sie nahm ihre Unterlagen für die Konferenz und wollte gerade das Zimmer verlassen, als das Telefon klingelte. Ein Doppelklingeln, das hieß, das Gespräch kam nicht aus dem Dezernat, sondern von außen. Mona überlegte noch, ob sie abheben sollte, dann fiel ihr die gelbzähnige Lehrerin ein, die Lukas beim Schwänzen erwischt hatte, und sie ging ergeben zurück zu ihrem Schreibtisch, schloss das Fenster wieder und griff nach dem Hörer.

»KHK Seiler, Dezernat 11. Was kann ich für Sie tun?«

Eine sehr bestimmte weibliche Stimme. »Haben Sie gerade bei mir angerufen?«

Mona sah auf ihr Display. Es war eine lange Nummer mit Vorwahl. Es war die Nummer, die sie nun seit Stunden ohne Erfolg angewählt hatte.

»Frau Kayser?«, fragte sie, ohne daran glauben zu können, dass es sich wirklich um Plessens Schwester handelte. Eine betagte Frau, die ein ISDN-Telefon mit Rufnummererkennung hatte – aber ohne Anrufbeantworter?

»Ja. Sie haben mehrmals bei mir angerufen. Ich war einkaufen, und dann habe ich das Klingeln wohl nicht gehört. Aber ich habe Ihre Nummer auf diesem Dings da gesehen und dachte, ich melde mich mal, falls es was Dringendes ist.«

»Ja... Das ist sehr gut, Frau Kayser. Hier ist Kriminalhauptkommissarin Mona Seiler. Haben Sie gerade einen Moment Zeit? Es handelt sich um Ihren Bruder.«

»Fabian? Ist ihm etwas passiert?« Das klang nicht sonderlich besorgt. Nicht so, wie normalerweise eine Schwester von ihrem geliebten Bruder sprechen würde, wenn die Polizei bei ihr anrief.

»Tja«, sagte Mona, »wie man's nimmt. Ihm geht es gut, aber...«

»Gott sei Dank. Ich meine, das freut mich für ihn. Wissen Sie, wir haben eigentlich kaum noch Kontakt. Ich weiß gar nicht, was er so macht.«

»Nun, er...«

»Das ist wirklich Jahre her, dass ich das letzte Mal was von ihm hörte. Ich bin ganz... Er hat sich nie gemeldet, die ganzen Jahre nicht. Als wär er aus der Welt.«

»Also, das ist er nicht. Aber es gibt da etwas, wobei Sie mir vielleicht helfen könnten. Können Sie mal kurz dranbleiben, ich bekomme gerade einen internen Anruf.« Mona schaltete um, Berghammer war dran und wollte wissen, wo sie blieb. Sie sagte ihm, dass sie sich um zehn, fünfzehn Minuten verspäten und dann erklären würde, warum. Berghammer akzeptierte das und legte auf.

»Frau Kayser? Sind Sie noch dran?«

»Wie war Ihr Name noch mal?«

»Mona Seiler, Kriminalhauptkommissarin. Ich...«

»Wollen Sie mir vielleicht mal erklären, was das alles soll? Sie sagen, Fabian geht's gut, aber Sie müssten mit mir reden. Was ist denn passiert, um Gottes Willen?«

Mona holte tief Luft, und ging in medias res, bevor die Frau sie erneut unterbrechen konnte. Wenn Helga Kayser tatsächlich seit Jahren keinen Kontakt zu ihrem Bruder hatte, würde sie die ungeschminkte Wahrheit schon verkraften. »Der Sohn von Fabian Plessen, Samuel. Ihr – äh – Neffe. Er ist ums Leben gekommen. Auf gewaltsame Weise. Das Gleiche ist mit einer Patientin von Herrn Plessen passiert. Deshalb müssen wir miteinander reden.«

»O Gott. Das ist ja furchtbar.«

»Ja, das ist es, und deshalb müssen wir unbedingt…«

»Das tut mir Leid für Fabian. Das ist ja entsetzlich. Der arme Junge.«

Sprach sie von Fabian oder von Samuel Plessen, ihrem Bruder oder dessen Stiefsohn? Egal, irgendwie gestaltete sich dieses Gespräch als schwierig.

»Haben Sie seine Telefonnummer zur Hand?«, fragte die Frau. Kaum zu glauben, dass sie schon sechsundsiebzig war. »Ich würde ihm gerne kondolieren.«

»Ja, die gebe ich Ihnen gleich. Jetzt müssen wir erst…«

»Ach bitte, machen Sie das doch sofort. Es ist mir wirklich ein Anliegen, und…«

»Frau Kayser«, sagte Mona. »Als Erstes müssen wir uns unterhalten. Dann bekommen Sie die Nummer.«

»Ja, aber worüber denn? Sehen Sie, ich weiß doch gar nichts, ich habe meinen Bruder ja seit vielen Jahren nicht gesehen.«

Wie sollte Mona es ihr sagen? Dass sie eventuell ebenfalls auf der Todesliste stand – wie sagte man das jemandem? Und war die Wahrscheinlichkeit denn wirklich gegeben? Die beiden hatten doch offenbar überhaupt keine Beziehung zueinander. Sie lebte ganz woanders – gut möglich, dass der Mörder von ihrer Existenz gar nichts wusste. War es also den Aufwand wert, wegen einer sehr unklaren Gefahr eine alte Frau in Angst und Schrecken zu versetzen?

Im Moment ist sie alles, was wir haben, dachte Mona, und diese Erkenntnis war alles andere als ermutigend.

»Ich würde Sie gerne kurz besuchen«, hörte Mona sich sagen – und gleich anschließend hörte sie Berghammer, der lamentieren würde, ob sie noch ganz richtig im Kopf sei, Steuergelder für einen Flug nach Marburg zu verplempern, nur auf einen

Verdacht hin, der noch nicht einmal als vage bezeichnet werden konnte.

»Ist das möglich?«, fragte sie trotzdem. »Kann ich heute bei Ihnen vorbeikommen? Es dauert auch nicht lange.«

»Also, ich weiß nicht… Wir können das doch auch am Telefon besprechen, da müssen Sie doch nicht extra herkommen.«

»Doch, das wäre schon sehr wichtig.«

»Ich finde das völlig unnötig. Ich habe auch gar nichts im Haus. Ich kann Ihnen nichts anbieten.«

Mona musste ein Lächeln unterdrücken. »Das ist auch gar nicht nötig«, sagte sie.

»Na schön.« Begeistert klang die alte Frau nicht. Hatte sie überhaupt verstanden, dass Mona von der Mordkommission kam?

»Gut. Ich komme heute Nachmittag zu Ihnen. Passt Ihnen das?«

»Na ja. Ich bin ja sowieso da.«

Heute Nachmittag. Das war nicht mehr lange hin. Sollte Mona sie trotzdem warnen? Ihr einschärfen, niemanden hereinzulassen? Sie ließ es sein.

Der Verdacht war so unbestimmt. Es lohnte sich nicht.

Aber warum fuhr sie dann überhaupt hin?

»Dann sehen wir uns heute Nachmittag«, sagte Mona und beließ es dabei, obwohl da etwas in ihr war, das… Aber sie glaubte im Grunde nicht an Intuition. Intuition brachte man immer nur ins Spiel, wenn man nicht weiterwusste.

Und sie wussten nicht weiter.

Berghammer. Sie musste ihm Bescheid geben. Und sich dann von Lucia, seiner Sekretärin einen Flug buchen lassen.

Und sie mussten Plessen erneut vorladen. Spätestens heute Abend, wenn sie mehr wusste.

23

Mittwoch, 23. 7., 12.10 Uhr

»Ich möchte, dass du dich bei deinen Eltern bedankst«, sagte Fabian. Das hatte er gestern auch zu Sabine gesagt: Dass Kinder ihren Eltern dankbar sein müssten – egal, ob sie unter ihnen gelitten hatten oder nicht. David verstand diese Maxime nicht – seiner Ansicht nach gab es furchtbare Eltern, die sich an ihren Kindern schuldig gemacht hatten und die alles andere verdienten als Dank.

»Ich kann nicht«, weinte Helmut. David betrachtete ihn voller Verachtung: das dicke, fleckige Gesicht, das fettige Haar, die ungeschickten, plumpen Bewegungen. Helmut war der geborene Verlierer.

Serienmörder waren oft Verlierer. Oder sogar fast immer. In sexueller, sozialer, beruflicher Hinsicht. Das lernte man bereits auf der Polizeischule.

Die Luft war feucht und stickig wie in einem tropischen Land, es stank nach Schweißfüßen, und David wünschte sich weit weg von hier. Dies war erst der zweite Tag, er hatte noch mehr als die Hälfte der Zeit vor sich, und heute Nachmittag war er dran, seine Familie aufzustellen. Was würde Fabian mit ihm machen? Davids Herz begann zu klopfen, sein Adrenalinspiegel stieg, er fühlte sich wie kurz vor einem gefährlichen Zugriff. Er versuchte, ruhig und regelmäßig in den Bauch zu atmen, ein Trick aus dem Antistress-Training. Es gab keinen Grund zur Aufregung, er war ja glücklicherweise kein Schwächling voller Komplexe wie Helmut. Und er würde sich natürlich hüten, Fabian Futter zu geben für seine seltsamen Theorien über Eltern, Geschwister und Kinder. Andererseits konnte er auch nicht so tun, als sei alles prima zwischen ihm und seiner Familie, denn warum wäre er denn dann hier?

Er musste etwas erfinden. Irgendein Problem, das ihn nicht wirklich betraf, und er musste glaubwürdig dabei sein. Wenn Fabian misstrauisch wurde, schloss er ihn möglicherweise aus der Therapie aus, und dann war sein Auftrag für die MK 1 zu Ende. Er musste sich etwas ausdenken, und das musste hieb- und stichfest sein.

»Deine Eltern haben dich auf die Welt gebracht, sie haben ihr Möglichstes getan, dich zu erziehen. Sie haben einen Anspruch auf deinen Dank, du weißt das. Diese Maxime gilt in absolut jedem Fall. Bedanke dich bei ihnen. Verbeuge dich vor ihren Leistungen, sonst wirst du niemals frei sein.«

Und sie standen immer noch auf ihren Positionen: Raschida als Großmutter, David als Vater, Sabine als Mutter, Hilmar als Helmut. Der echte Helmut, mutmaßte David, musste sich erst bei seinen Erzeugern bedanken, dann würde es Mittagessen geben.

Verstohlen sah er auf die Uhr, die er hier eigentlich gar nicht haben dürfte. Alle anderen hatten ihre Uhren an der Garderobe abgelegt. Aber er war nicht bereit gewesen, so viel Kontrolle abzugeben.

Sein Magen begann zu knurren. Immerhin konnte er diese Zeit, in der Fabian ausschließlich mit Helmut beschäftigt war, nutzen, um sich eine Familiengeschichte auszudenken.

Aber KHK Seiler hatte Recht, er konnte sich keine komplette Story zusammenfantasieren, das schaffte nicht einmal er. Er musste sich an der Wahrheit entlanghangeln, aber dabei nicht zu viel erzählen. Und vor allem nichts über sein Verhältnis zu Danae. Danae war seine kleine Schwester, sonst nichts, sie war kein Thema, sie durfte keins sein. Es ging ihr gut, sie verstanden sich prima, aus.

Sie nahm Heroin, es ging ihr schlecht und vielleicht war David daran schuld.

Er durfte nicht daran denken, vor allem nicht heute Nachmittag. Danae war seine Leiche im Keller, aber er würde sie hübsch dort liegen lassen. Es würde ihm nicht schwer fallen. Er hatte es zu KHK Seiler gesagt: Er war gut darin, so zu tun als ob. Helmut bewegte sich auf ihn zu. Das auch noch!

»Danke. Danke Papa, dass du alles getan hast, damit ich groß werde.«

Helmuts verheultes Gesicht plötzlich direkt vor der Nase zu haben, das war wirklich schwer erträglich. David versuchte, ein Lächeln aufzusetzen. Helmut stank aus dem Mund, und Davids Nase war empfindlich. Hoffentlich war die Szene schnell vorbei.

»Verbeuge dich vor deinem Vater », sagte Fabian, der hinter Helmut stand. Helmut verbeugte sich vor David, obwohl es ihn entsetzliche Überwindung zu kosten schien.

»Schön«, sagte Fabian. »Wie ist das für dich?«

»Gut«, sagte Helmut, was völlig unglaubwürdig klang, aber Fabian schien sich damit zufrieden zu geben. David wurde fast schlecht. Helmut stank nach Alkohol, halbverdautem Frühstück, kaltem Rauch.

»Nun geh zu deiner Mutter. Sag ihr danke für alles, was sie für dich getan hat.«

David atmete auf.

Fünf Minuten später tapste die Gruppe im Gänsemarsch durch das angenehm kühle Haus auf die Terrasse, wo ihnen Roswitha Plessen vermutlich das Mittagessen servieren würde. David fühlte sich erschöpft wie nach einer langen Nacht, aber seine Nervosität ließ trotzdem nicht nach. Langsam schälte sich die Erkenntnis heraus, dass hier etwas nicht in Ordnung war, das nichts mit ihm und seinen Problemen zu tun hatte. Er sah sich vorsichtig um. Am liebsten hätte er sich von der Gruppe absentiert, um sich im Haus umzusehen, aber das war ausgeschlossen. Vielleicht würde es nach dem Mittagessen möglich sein, wenn er es sehr vorsichtig anstellte. Gestern hatte es nach dem Essen eine Pause von einer Stunde gegeben, die zur freien Verfügung stand. Man konnte im Garten spazieren gehen, nachdenken. Man durfte ins Haus zurück, aber nicht in den privaten Bereich, nur in den Gruppenraum und die Toilette daneben, und Davids Eindruck war, dass Fabian ein Auge darauf hatte, dass sich auch wirklich niemand in die Tabuzone wagte.

Wie am Tag zuvor war der Tisch auf der angenehm schattigen Terrasse bereits gedeckt. Eine leichte Brise wehte durch den Garten. Etwas wird hier passieren, dachte David plötzlich. Er hob den Kopf wie ein Hund, der witterte. Seine Hände begannen ganz leicht zu zittern, wie immer, wenn etwas in der Luft lag. Er sah sich vorsichtig um, aber da war nichts Ungewöhnliches. Er konnte sich normalerweise auf seine Instinkte verlassen, aber diesmal, dachte er, konnte einfach nichts passieren, das Haus wurde schließlich überwacht; er hatte die zwei Streifenwagen heute früh vor dem Tor des Anwesens parken sehen.

Zwei Streifenwagen waren andererseits nicht viel, wenn man die Größe des Areals bedachte.

»Setzt euch«, sagte Fabian, und David bemühte sich, einen Platz neben Helmut zu bekommen.

»Gebt mir eure Teller.«

Plessens Frau war diesmal nicht aufgetaucht, und am liebsten hätte David gefragt, wo sie sei, aber es gab keinen Grund für so eine Frage. Fabian wusste selbst am besten, was in seinem Haus normal war und was nicht. David reichte ihm schweigend seinen Teller, und Fabian klatschte bräunliche Nudeln und Soße darauf. Es sah nicht sonderlich appetitlich aus, aber David war schließlich nicht auf einer Gourmet-Reise. Seine nächste Aufgabe, dachte er, hieß Helmut. Er sah Helmut von der Seite an. Helmuts Lippen waren zu einem weißen Strich zusammengepresst, seine Stirn krampfhaft gerunzelt, als würde sein Gesicht auseinander bersten, sobald er sich einen Moment der Entspannung erlaubte. Er schien nichts um sich herum wahrzunehmen. Eine unauffällige Befragung? Unmöglich in seinem Zustand.

Frei, dachte David. *So sieht also jemand aus, der frei ist.*

24

Mittwoch, 23. 7., 17.23 Uhr

Helga Kayser wohnte in einem Reihenhäuschen aus den Sechzigerjahren. Der ganze Straßenzug war voll von diesen einstöckigen Wohnblocks mit Vorgärtchen, die aussahen wie grüne Planquadrate und deren Hausnummern so gut versteckt waren, dass selbst der Taxifahrer eine Weile ratlos hin und her kurven musste, bis sie vor der richtigen Adresse standen.

Mona bezahlte, ließ sich eine Quittung geben und stieg aus. Es hatte natürlich keinen Direktflug nach Marburg gegeben, stattdessen hatte man sie mit einem Polizeihubschrauber von Frankfurt hierher bringen müssen. Das war umständlich und sehr, sehr teuer, und Berghammer hatte geflucht, aber Mona hatte sich trotz allem durchgesetzt. Helga Kayser war wahrscheinlich nicht in Gefahr, aber sie war die Einzige, die etwas mit Fabian Plessen zu tun hatte und noch nicht befragt worden war.

Sie hat ihn seit Jahrzehnten nicht gesehen, hatte Berghammer gemurrt. *Die hat doch keine Ahnung. Du machst der Frau bloß Angst, und das für nichts.*

Das ist ja das Komische, hatte Mona geantwortet. *Warum sieht die ihren Bruder nicht mehr? Warum kennt sie nicht mal ihren Neffen? Vielmehr ihren Stiefneffen?*

Das kannst du sie alles selber fragen. Am Telefon. Dafür gibt's Telefone. Und wenn dir das nicht reicht, schicken wir einen Marburger Kollegen rüber, der sie dann ein zweites oder drittes Mal vernimmt.

Hör zu, ich will mir selber ein Bild machen. Ich glaube, es ist wichtig. Ich will nicht, dass ihr was zustößt, und wir haben nicht alles getan, damit das nicht passiert. Und am Telefon erzählen Leute die wichtigen Sachen oft nicht.

Mona! Der Täter weiß bestimmt nicht mal, dass Plessen eine Schwester hat! Die Frau ist total unwichtig!

Warum bist du dir so sicher, Martin? Kann doch sein, dass Plessen nur uns angelogen hat, sonst niemanden.

Warum sollte er das tun? Das ergibt keinen Sinn.

Und als sie jetzt vor der Tür stand – einem braun lackierten Ungetüm aus gedrechseltem Holz –, war sie geneigt, Berghammer Recht zu geben.

Sie hob zögerlich den Finger und klingelte. Ein durchdringend schriller Ton bohrte sich in ihr Ohr und ließ sie entnervt zusammenzucken. Eine halbe Minute lang passierte nichts.

Mona klingelte erneut. Die Frau musste da sein. Vielleicht war sie halb taub und hatte deshalb den Ton so laut eingestellt.

Nach dem zweiten Klingeln hörte Mona zögerliche Schritte, die sich der Tür näherten. Jemand machte sich an dem Spion zu schaffen, der Mona wie ein böse blitzendes Auge anzustarren schien. Mona sah geduldig zurück und versuchte, ein freundliches Gesicht zu machen, obwohl ihr nicht danach zu Mute war. Der Flug im Hubschrauber hatte zwar nur eine halbe Stunde gedauert, aber er war voller Turbulenzen gewesen, die ihr der Pilot schon vor Abflug kaugummikauend angekündigt hatte. *Hier liegt ein Gewitter in der Luft. Kann 'ne Spur holprig werden. Wollen Sie 'ne Kotztüte?* Die Frage schien ihm so viel Vergnügen zu bereiten, dass Mona ihn anblaffte, dass dies keineswegs ihr erster Heli-Trip sei und sie schon Bescheid geben würde, wenn sie was brauchte. Glücklicherweise überstand sie den Flug ohne entsprechenden peinlichen Zwischenfall.

Das Gewitter hatte sich bislang nicht eingestellt; hier war es eher noch schwüler als zu Hause.

»Kriminalhauptkommissarin Mona Seiler«, sagte sie zu dem Spion. »Wir haben telefoniert. Können Sie mir bitte aufmachen?«

Das Rasseln eines Schlosses. Wahrscheinlich hatte Helga Kayser mindestens drei Sicherheitsriegel, die ihr von einem schlauen Vertreter angedreht worden waren. Einer von denen, der die Ängste einsamer alter Frauen vor Einbruch und Schlimmerem genau kannte, obwohl die Gefahr, statistisch gesehen, verschwindend gering war.

Die Tür ging auf, kein Sicherheitsriegel, vor Mona stand eine dünne alte Frau mit schlohweißem Haar, das sich bei näherem Hinsehen als Perücke entpuppte, die schief saß. Darunter ein kleines, runzliges Gesicht mit harten Zügen. Helga Kayser war nur fünf Jahre älter als ihr Bruder, aber sie schien einer völlig anderen Generation anzugehören. Da bestand nicht die geringste Familienähnlichkeit, und Mona wunderte sich nicht mehr, dass die beiden keinen Kontakt hatten.

»Tja«, sagte die Frau, Mona misstrauisch von oben bis unten

mustern d, ohne sie hereinzubitten. »Ich weiß ja nicht, was das hier für einen Sinn haben soll.«

Mona war nicht in der Stimmung für eine weitere Diskussion. Wenn das so zäh weiterging, wie es sich anließ, dann musste sie andere Töne anschlagen. Es ging schließlich um das Leben dieser Frau.

»Kann ich bitte reinkommen?«, fragte Mona höflich, aber mit einem Blick direkt in die kleinen blauen Augen der Frau, der ausdrücken sollte, dass jeder Widerspruch zwecklos war.

Die Frau starrte furchtlos zurück und rührte sich nicht von der Stelle.

»Frau Kayser. Ich will Ihnen keine Angst machen, aber ich kann natürlich auch Kollegen aus der Stadt anfordern, mit Blaulicht und allem. Und dann kriegen die Nachbarn die Sache mit. Wäre Ihnen das lieber?«

Die Drohung mit den Nachbarn hatte gewirkt; Helga Kayser trat mit widerwilligem Gesichtsausdruck vom Türrahmen zurück und ließ Mona eintreten, indem sie sich an die Wand des Flurs stellte und ihren Bauch einzog. Trotz der Hitze trug sie eine lange graue Wolljacke und einen schwarzen Rock aus dickem, filzig aussehendem Material. Das Erste, was Mona auffiel, als Helga Kayser sie durch den engen Eingangsbereich in ein mit uraltem Mobiliar eingerichtetes düsteres Wohnzimmer führte, war der Geruch. Dabei war daran nun wirklich nichts Besonderes; Mona kannte ihn aus unzähligen ähnlichen Wohnungen alter Leute. Er war stark und unverwechselbar, er setzte sich zusammen aus dem Körpergeruch immer derselben Personen, aus chemischem Teppichreiniger, Möbelpolitur, Staub, den Ausdünstungen diverser Haustiere und jenem geheimen Schmutz, der sich über die Jahre in den Ecken und Ritzen absetzte und auf die Dauer selbst den stärksten Putzmitteln widerstand. Mona konnte nicht anders, als ihn mit Verfall und Tod zu verbinden.

Sicher war: Frau Kayser lebte schon sehr, sehr lange hier.

»Wollen Sie einen Kaffee?«, fragte Frau Kayser unfreundlich.

»Haben Sie vielleicht ein Mineralwasser?«

»Mineralwasser? Nein.«

»Dann für mich nichts, danke«, sagte Mona. Sie war sicher, dass die alte Frau log. Wer hatte heutzutage kein Mineralwasser im Kühlschrank?

»Schön, dann werde ich mir einen Kaffee machen, wenn's recht ist.«

»Natürlich«, sagte Mona. »Ich hab Zeit.« Das stimmte nicht ganz. Sie würde diese Nacht zwar in Marburg verbringen müssen und hatte es überhaupt nicht eilig, in ihr hässliches Hotelzimmer am Hauptbahnhof zu kommen. Aber sie musste vor neun Uhr mit Berghammer telefonieren, damit er über die neuesten Informationen verfügte. Um neun Uhr hatte Berghammer Plessen vorgeladen. Und dann war da noch David Gerulaitis, der sich seit zwei Tagen nicht gemeldet hatte. Ihn musste sie ebenfalls anrufen, auch wenn sie sich davon nicht mehr viel versprach. Seitdem sie wusste, dass Plessen bezüglich seines Sohnes nicht die Wahrheit gesagt hatte, hatte sie sich innerlich auf ihn eingeschossen.

Und das war, wenn Mona ehrlich war, auch der Grund, weshalb sie unbedingt mit seiner Schwester sprechen wollte. Nicht dass sie wirklich glaubte, dass Plessen seinen Stiefsohn oder seine Patientin umbringen würde. Aber es hatte einen Grund, dass Plessen gelogen hatte, sie war sich dessen sicher, und dieser Grund hing mit den beiden Taten zusammen.

Auch wenn sie keine Idee hatte, auf welche Weise.

Helga Kayser verließ den Raum. Mona sah ihr hinterher und bemerkte, dass sie leicht hinkte. Ihre Beine waren mager und wirkten steif. Mona zündete sich eine Zigarette an, absichtlich ohne zu fragen, denn Frau Kayser verdiente es nicht besser. Sie stand auf und ging zur Terrassentür, die in ein schmales, schattiges Gärtchen führte. Wäre sie Berghammer gegenüber nicht so stur gewesen, könnte sie in spätestens zwei, drei Stunden auf Antons Dachterrasse sitzen, ein paar Gläser Wein trinken, den Tag Revue passieren lassen. Aber sie hatte ja unbedingt hierher gewollt. Mona öffnete die Tür und blies den Rauch in den Garten hinaus. Ein paar Vögel zwitscherten, ansonsten herrschte absolute Ruhe. Eine schwarzweiß gefleckte Katze kam hinter einem Busch hervor und trabte auf Mona zu, ganz offensichtlich vertraut mit den Gegebenheiten.

»So, meine Liebe, wir können anfangen«, tönte es von hinten. Mona drehte sich um. Frau Kayser hatte es sich bereits auf dem Sofa gemütlich gemacht (für Mona blieb damit nur ein schmaler Stuhl als Sitzgelegenheit) und nippte an einer bunten Henkeltasse, die sie wahrscheinlich auf einer dieser Busreisen für Senioren abgestaubt hatte. Frau Kayser war der Typ für solche Kaffeefahrten, dachte Mona, aber vermutlich eine der wenigen Teilnehmerinnen, der man keine überteuerten Küchengeräte oder angeblich kreislaufanregende Badewannensprudler andrehen konnte. Diese Frau, so alt wie sie war, ließ sich bestimmt nicht über den Tisch ziehen. Die sah im Gegenteil aus, als sei sie stolz darauf, mit allen Wassern gewaschen zu sein.

»Setzen Sie sich doch«, sagte Helga Kayser, und Mona bildete sich ein, dass ihre Stimme höhnisch klang. Die Katze schien diese Aufforderung auf sich zu beziehen, sprang erst aufs Sofa, dann wieder herunter und lief schließlich an Mona vorbei quer durchs Wohnzimmer, wahrscheinlich direkt in die Küche. Helga Kayser beachtete das Tier nicht.

Eine merkwürdige Person.

Mona setzte sich auf den Stuhl, der so unbequem war, wie er aussah, und holte ihr Tonbandgerät aus der Tasche. Sie sah sich in diesem ungastlichen Zimmer um. Etwas, dachte sie, fehlte in diesem Raum, und in der nächsten Sekunde erkannte sie, was es war: Familienfotos. Erinnerungsstücke diverser Reisen. Überhaupt Nippes jeder Art. Es gab keine Bilder an den Wänden, keinerlei persönlichen Krimskrams, der sich doch normalerweise im Laufe der Zeit ansammelte, ohne dass man das Geringste dagegen unternehmen konnte. Anders bei Frau Kayser. Die Einrichtung war augenscheinlich seit Jahrzehnten dieselbe, und es war offenbar nichts dazugekommen.

Eine Frau ohne Vergangenheit, dachte Mona. Oder zumindest eine Frau, bei der sich seit vierzig Jahren nichts getan hat. Gab es so jemanden überhaupt?

»Haben Sie Kinder?«, fragte Mona, während sie das Aufnahmegerät aus ihrer Tasche holte und auf den spiegelblanken Glastisch zwischen ihnen beiden stellte. Im selben Moment fiel ihr ein, dass Forster das ja bereits recherchiert hatte.

»Nein«, sagte die Frau. »Ist das wichtig?«

»Das kommt drauf an«, sagte Mona und schaltete das Gerät ein. Sie sprach Datum, Uhrzeit, Frau Kaysers Namen darauf. »Sie sind damit einverstanden, dass ich dieses Gespräch aufzeichne?«

»Bleibt mir was anderes übrig?«

»Antworten Sie einfach nur mit ja oder nein.«

»Und wenn ich nein sage, was dann?«

»Dann können wir Sie vorladen, und die Sache verzögert sich um einen weiteren Tag. Wenn Ihnen das lieber ist, können wir das auch so machen.«

Die Frau tat einen tiefen Seufzer und setzte ihre Tasse mit einem Knall auf dem Glastisch ab. »Also fragen Sie schon um Himmels Willen.«

Wenigstens war sie nicht senil, und das war unter diesen Umständen schon eine Menge wert.

25

Mittwoch, 23. 7., 17.20 Uhr

Davids flackernder Blick beruhigte sich und heftete sich auf Plessens Augen. Sie waren blau mit einem bräunlich-orangefarbenen Ring um die Iris. Die ältesten, weisesten Augen der Welt, kam es David vor. Er spürte seine heißen Tränen auf den Wangen. Ein verstecktes Schluchzen hob seinen Brustkorb: Er war wieder ein sechsjähriger Junge, und sein Vater hatte ihm eine Ohrfeige verpasst, weil David seine rechte Socke nicht gefunden hatte an einem kalten, dunklen Herbstmorgen. Sein Vater wollte ihn in die Schule bringen, er hatte heute dienstfrei, und das war eigentlich ein Grund zur Freude, aber David konnte sich ohne Socke nicht vollständig anziehen. Er spürte den demütigenden Schmerz ein zweites Mal nach so vielen Jahren. Dazu kam die profunde Hoffnungslosigkeit: Sein Vater war ein Menetekel. Unberechenbar und unendlich mächtig. Ein Gott, die meiste Zeit unsichtbar, aber dann wieder überwältigend in seiner zornigen Präsenz. Groß, schlank und schön. Und voller Hass, den David auf sich beziehen musste, denn seine Mutter war nicht da.

»Wo war deine Mutter?«, fragte Fabian. »Wo war sie?«, wiederholte er. Die Gruppe hinter ihm verhielt sich totenstill.

David glaubte, nicht antworten zu können. Er sah erneut in Plessens Augen, bemüht, aus ihnen Kraft zu schöpfen. Aber es kam nichts aus ihnen. Plessen holte tief Luft – »wir haben Zeit, David, nimm sie dir, niemand muss sich hier beeilen« – und legte den Kopf in den Nacken. In der Ecke des hohen Raums stand eine Art Podest, das David zum ersten Mal in diesen zwei Tagen bemerkte. Darauf thronte eine Skulptur, die drei Affen darstellte. Der eine hielt sich die Augen, der andere die Ohren, der dritte den Mund zu. Der dritte war er.

»Deine Mutter. Möchtest du nicht über sie sprechen?« Fabians Stimme war heiser und sanft und dabei von einer unbeugsamen Festigkeit. Er sprach sehr langsam und musste niemals laut werden, um sich Gehör zu verschaffen. Es war im Gegenteil so, dass selbst geschwätzigste Zeitgenossen in seiner Gegenwart verstummten. Ihre Mienen, normalerweise in ständiger nervöser Bewegung, entspannten sich, während sie ihm zuhörten.

David schüttelte den Kopf, während ihn Bilder überwältigten. Immer neue Tränen kamen, als hätte er innerlich einen Wasserhahn aufgedreht.

Seine Mutter hatte heute Migräne, deshalb wollte ihn sein Vater in die Schule bringen, obwohl er eigentlich etwas anderes vorgehabt hätte. Damals passierte das mindestens zwei-, dreimal im Monat, manchmal hatte sie auch mehrere Anfälle in der Woche. Entsetzliche Kopfschmerzen quälten sie, und neben ihrem Bett stand eine Schüssel, in die sie immer wieder erbrechen musste. Man hörte das Geräusch bis in sein Zimmer. David sah es wieder vor sich: Die weißen, kahlen Wände, sein Bett in der Ecke, mit dem rotbraun karierten Bezug, die beiden eng nebeneinander stehenden Fenster gegenüber, durch die man nicht den Himmel, sondern nur die graue Brandmauer vom gegenüberstehenden Haus sehen konnte.

Er saß auf seinem Bett, den Kopf zwischen seinen Armen verborgen. Vor ihm stand sein Vater in Uniform, die Hände in die Seiten gestützt, mit dem Knüppel am Gürtel, in Davids Augen riesengroß, schlank und sehnig, schwer atmend. Langsam und deutlich sagte er: EINE SOCKE VERSCHWINDET NICHT EINFACH SO. SIE IST HIER IRGENDWO. UND JETZT BEEIL DICH, SONST…

»David.«

Fabians Stimme durchdrang den Tumult in seinem Kopf.

»David, rede mit uns. Du bist jetzt ganz weit weg. Komm zurück zu uns. Jetzt!«

David fühlte, wie Leben in seine steifen Glieder zurückkehrte, das Blut in seinen kalten Händen zu zirkulieren begann, die Tränen versiegten. Er lächelte dankbar und wechselte seine Position.

»Wo warst du?«, fragte Plessen.

»Zu Hause. Mein Vater… Er hat mich geschlagen. Ich weiß nicht mehr, weswegen.« Es war ihm zu peinlich, diese Geschichte mit der Socke vor allen zu erzählen.

»Und deine Mutter?«, fragte Plessen. Er beugte sich vor, ein alter Mann mit üppigem weißem Haar, der in tadellosem Schneidersitz vor ihm saß. Er nahm Davids Blick auf, zentrierte und beruhigte ihn.

»Meine Mutter… war krank.« Migräne. Das klang ebenfalls so lächerlich. Nach einer typisch weiblichen Ausrede.

»War sie das öfter?«

»Ja. Oft.«

»Dann konnte sie dir nicht helfen, wenn dein Vater dich schlecht behandelte. Sie konnte dann nicht für dich da sein. Dich nicht verteidigen gegen seine Wut.«

»Nein.«

»Du warst ganz allein.«

»Ja.« Ganz allein. Die Worte hallten in seinem Kopf wider, drangen tief in sein Bewusstsein. David weinte nicht mehr. In ihm breitete sich eine so elementare Schwäche aus, dass er glaubte, sich nicht mehr aufrecht halten zu können. Er befand sich in der Hölle, und die Hölle war bewohnt von einer einzigen Person: seinem Vater. David hatte erlebt, wie Helmut zusammengebrochen war, und er hatte ihn für einen verrückten Schwächling gehalten. Er hatte gedacht, er wäre besser als Helmut, cooler, stärker, aber das stimmte nicht. Er war eher noch schlechter dran, denn nichts und niemand hatte ihn auf das vorbereitet, was er jetzt erlebte.

Vielleicht, dachte er mitten in seinem privaten Inferno, war es gut, all das einmal herauszulassen. Vielleicht musste das eines Tages passieren: dass er Druck abließ wie ein überhitzter Dampfkessel. So zumindest hatte es ihm der Polizeipsychologe erklärt, den sie bei der Drogenfahndung in regelmäßigen Abständen konsultieren mussten, weil, so hieß es von oben, ihr Job seelisch so belastend sei. Der Polizeipsychologe, ein Mann mit Glatze und schwitzigen Händen, hatte David Nervosität attestiert und die Meinung geäußert, dass er eine Menge Probleme verdränge und dass sich das eines Tages rächen könnte. *Sie dürfen nicht alles herunterschlucken,* hatte er gesagt und ihm ein paar Therapiestunden angeboten, woraufhin David den armen Kerl mehr oder weniger ausgelacht hatte. Niemanden ging es etwas an, was in ihm passierte, niemand hatte ein Recht, auch nur einen flüchtigen Blick in seine Seele zu werfen, aber die Sache war die: Fabian hatte sich an dieses Verbot nicht gehalten.

Fabian hielt sich an überhaupt keine Verbote. Wenn, dann stellte er seine eigenen Regeln auf, und nun war David in diesen Regeln gefangen wie eine Fliege im Spinnennetz.

David starrte auf seine »Familie«, die er selbst so angeordnet hatte. Helmut war sein »Vater«, Franziska seine »Mutter«, Sabine seine »Schwester«, Helmut war »David«. Er hatte sie platziert, ohne zu bemerken, dass er damit etwas aussagte.

Mehr, als er hatte voraussehen können. Danae stand zu eng bei ihm. Seine Eltern standen nebeneinander und sahen geradeaus, an ihren Kindern vorbei, die David zu weit links von ihnen platziert hatte, als dass die Eltern sie noch hätten im Blick haben können. Eltern, die ihre Kinder nicht sehen konnten, mussten als Eltern versagen. Warum hatte er das getan? Er mochte seine Eltern, er fand nicht, dass sie etwas falsch gemacht hatten bei ihrer Erziehung, und dennoch war er aufgewühlt wie noch nie in seinem Leben.

Sein Vater stand vor ihm, blass vor Zorn, diesmal nicht wegen einer Socke, sondern … David wusste es nicht. Es war egal. Sein Vater erschien ihm so riesig, dabei war er doch ein eher kleiner, drahtiger Mann. Sein Zorn machte ihn so groß. Sein Vater hatte einen Polizeiknüppel in der Hand und schlug zu. David löste sich aus seinem Körper, sein Blick fiel auf das Plakat mit dem weißen Haus und den blauen Fensterläden und den roten Rosen neben der Tür. Santorini. Er vertiefte sich in dieses Bild, solange die Prügel eben dauerten, und es gelang ihm, fast nichts zu spüren. Sein Großvater stammte von dieser Insel, und sein Vater wollte eines Tages wieder dahin zurückkehren, aber dann hatte er sich als junger Mann in seine Mutter verliebt und war anschließend auf die Polizeischule gegangen und Polizist geworden. Und währenddessen waren David und Danae auf die Welt gekommen. Und plötzlich waren sie zu viert, und zu viert war ein Urlaub auf Santorini sehr teuer, und so kam es, dass sie nie dort gewesen waren. Kein einziges Mal.

Dafür war sein Vater eines Tages woandershin versetzt worden, an einen idyllischen Ort, ein kleines, stockkonservatives Nest in der Mitte von Nirgendwo. Hier sollte eine atomare Wiederaufbereitungsanlage entstehen, und die Polizisten, unter ihnen auch sein Vater, sollten den Bau schützen: vor jenen Demonstranten, die aus unverständlichen und bestimmt nur vorgeschobenen Gründen gegen die attraktiven Arbeitsplätze waren, die dem Ort seinen neuen Reichtum nicht gönnen wollten. So sah es das Dorf, so wurde es den Polizisten berichtet, die willkommen waren als Beschützer. Die eingeladen wurden, beim Metzger für ihre Brotzeit keinen Pfennig zu bezahlen brauchten, im Wirtshaus freigehalten wurden. So dankbar war man ihnen hier.

Und dann waren vier lange Jahre vergangen, zweihundertacht Wochen, mindestens, zweihundertacht mal fünf Arbeitstage, eine Ewigkeit für einen jungen Mann, wie es sein Vater damals war. Sein Vater hatte auch später kaum etwas über diese Zeit erzählt, aber David selbst war einmal dort gewesen, lange danach, und er hatte erfahren, was dort wirklich los gewesen war. Wie die Demonstranten der Staatsgewalt einfach nicht weichen wollten, wie die Polizisten dank einer neuen Direktive des Innenministeriums genötigt wurden, so brutal vorzugehen, dass sich im Laufe der Zeit das gesamte Dorf auf die Seite der Demonstranten stellte. Und die Polizisten beim Metzger nicht mehr bedient wurden, im Wirtshaus nichts mehr zu essen bekamen. Und geholfen hatte es gar nichts.

Der Hass, sagte sein Vater damals, der ist so schwer zu ertragen. Den hält man kaum aus. Das war alles, was er sagte. Ansonsten schwieg er und schaltete um, sobald im Fernsehen wieder und wieder die schaurig-schönen Flutlichtbilder mit den mächtigen Wasserwerfern gesendet wurden und den kläglich aussehenden jungen Männern und Frauen im nassen, kalten Schlamm, die so eine erstaunliche Hartnäckigkeit an den Tag legten.

Sein Vater konnte nichts machen. All seine Versetzungsgesuche wurden abschlägig beschieden, was kein Wunder war, denn jeder seiner Kollegen wollte weg aus dieser Hölle, jeder einzelne.

Und so hatte sein Vater, ein friedlicher, freundlicher Mann, den alle Nachbarn mochten, seine Qual an seinen Kindern ausgelassen, nie vorher und nie nachher hatte er das getan, aber in der Zeit, als David zwischen sechs und zehn Jahre alt gewesen war, hatte er ihn fast jedes Wochenende verprügelt, und immer mit dem Knüppel. Danae hatte er weniger brutal behandelt, aber Ohrfeigen bekam auch sie. David schloss die Augen, als er ihr zartes, vom Weinen verzogenes Gesichtchen vor sich sah. Und ihre Mutter hatte geweint und gleich noch mal so häufig unter Migräne gelitten, aber sie hatte ihren Kindern nicht geholfen. Sie war ihrem Mann nicht in den Arm gefallen, sie hatte ihre Kinder nicht verteidigt.

Und danach war in dieser Familie nichts mehr zu kitten gewesen. Die Kinder sahen in eine Richtung, die Eltern in eine andere.

Und die Wiederaufbereitungsanlage wurde nie gebaut. Alles war umsonst gewesen.

David, der Erwachsene, war gefangen in einem Zeitloch. Er war in das Jahr 1983 gefallen und kam nicht mehr heraus, so sehr er sich auch bemühte. Er starrte immer noch auf das Plakat von der wunderschönen, sonnigen Insel, die sie niemals sehen würden, weil sein Vater nicht genug verdiente, um wenigstens einmal dort Urlaub zu machen. Mit zwanzig Jahren Verspätung spürte David den Schmerz, der ihm damals zugefügt worden war – einen realen körperlichen Schmerz. Seine gesamte Rückseite brannte, und er fühlte sich, als wäre ihm jeder Knochen im Rückgrat gebrochen worden. Er stand gekrümmt vor seiner »Familie«, die an ihm vorbeisah, ein jeder gefangen in seiner Position. Und Fabian gönnte ihm keine Ruhe, keine Erholung von diesem wüsten Trip in die Vergangenheit. So lange, bis David alles erzählt hatte, was er darüber wusste.

Und nun dachte er, vielleicht habe er es überstanden, vielleicht würde auch irgendwann dieser schreckliche Schmerz aus der Vergangenheit verschwinden, da hörte er Fabians Stimme.

»Und deine Schwester. Was spielt sie für eine Rolle?«

David atmete aus, bis keine Luft mehr in seinen Lungen war. Er legte sich einfach auf den Boden, der sich so angenehm kühl anfühlte. Draußen hörte er es donnern. Das lang erwartete Gewitter.

Er war zu schwach, um Fabian noch Widerstand zu bieten. Er leistete sich insgeheim Abbitte: Nein, er hatte nicht gewusst, welche Energie es freisetzte, wenn man jenes Gefüge sichtbar machte, das einen steuerte wie eine intelligente, gleichwohl körper- wie seelenlose Maschine. Er musste lächeln, als ihm klar wurde, dass er sich bislang als freien Mann gesehen hatte. Er war natürlich alles andere als das. Er zappelte in einem Netz, das sich über viele Generationen zog, in dem jeder seinen Platz hatte, und aus dem keiner hinauskonnte.

Es war egal. Er konnte Fabian genauso gut die Wahrheit sagen: Es machte keinen Unterschied. Er würde sowieso nie wieder derselbe sein.

Draußen begann der Regen zu prasseln.

26

Mittwoch, 23. 7., 20.54 Uhr

Mona saß mit ausgestreckten Beinen auf einem harten Bett und zappte sich durch die Kanäle des uralten Fernsehers. Sie war gerade noch rechtzeitig ins Hotel gekommen, bevor der Gewittersturm angefangen hatte. Jetzt schleuderten heftige Böen Milliarden Tropfen gegen die Schallschutzfenster, was sich anhörte wie gedämpftes Maschinengewehrfeuer. Es war neun Uhr abends, Mona hatte gerade bei Anton angerufen und erfahren, dass mit Lukas alles in Ordnung war, und jetzt war sie erschöpft. Von der Auseinandersetzung mit Berghammer am Vormittag, vom unruhigen Hubschrauberflug am Nachmittag, von der alten Frau, mit der sie mehrere Stunden verbracht hatte, ohne den Durchbruch zu erreichen, den sie dringend gebraucht hätte, um diese teure Reise nachträglich zu legitimieren. Trotzdem, hoffte sie wider besseres Wissen, war es nicht umsonst gewesen.

Sie machte den Fernseher aus, zündete sich eine Zigarette an, legte sich zurück und blies den Rauch zur Zimmerdecke, die von vergilbten Rissen durchzogen war. Stille, bis auf die an- und abschwellenden Geräusche des Unwetters. Die Nachttischlampe flackerte. Es roch nach Staub und muffigen Stoffen. Die Einrichtung war unbeschreiblich scheußlich. Lucia, Berghammers Sekretärin, hatte ihr vermutlich das billigste Hotel gebucht, das in der ganzen Stadt zu haben war. Zur Strafe, weil sie ihren Kopf bei Berghammer durchgesetzt hatte.

Mona griff nach ihrer Tasche und holte das Tonbandgerät heraus. Sie legte es aufs Bett und suchte nach der ersten Kassette. Sie setzte die Kopfhörer auf und spulte das Band vor.

»Ihr Bruder. Was war er für ein Typ als Kind?«

»Wie soll er schon gewesen sein?« Eine blitzschnelle Antwort mit so unfreundlicher Stimme, dass Mona selbst jetzt noch zurückzuckte. Sie erinnerte sich wieder an das unbehagliche Gefühl, vielleicht auf dem völlig falschen Dampfer zu sein. Und dann an das schon bessere Gefühl, das ihr sagte: Frag weiter. Lass sie reden. Manche Zeugen liebten das: weit auszuholen. Und waren sie erst einmal dabei, war es nicht mehr so schwierig, sie in jede gewünschte Richtung zu lenken.

So weit die Theorie. In Helga Kaysers Fall funktionierte sie nur eingeschränkt. Helga Kaysers Geschichte – jedenfalls die, die sie im Moment erzählen wollte – begann in den Fünfzigerjahren. Da war sie um die dreißig gewesen. Der Krieg war vorbei, und sie lebte mit ihrer Mutter »im falschen Teil der Hauptstadt«.

»Was meinen Sie damit?«

Die alte Frau hatte sie mitleidig angesehen. »Na im Osten eben. Da wo die Rosinenbomber nicht hinkamen. Das war der falsche Teil. Und ich wollte in den richtigen.«

»Ja… Hatten Sie zu dem Zeitpunkt noch Kontakt zu Ihrem Bruder?«

»Nein. Er war ja schon drüben.«

»Im Westen?«

»Genau.«

»Na gut, aber das ist doch kein Grund. Die Mauer wurde erst später gebaut und…«

»Tja. Ich war hüben, er war drüben.«

»Frau Kayser…«

»Mehr gibt's dazu nicht zu sagen. Ich war auf der Suche nach 'nem Mann, der mich da rausholt, um es mal salopp auszudrücken. Fabian war im Westen und machte sich ‘ne schöne Zeit, ohne an seine Schwester zu denken.«

»Ja … War er – Fabian – schon immer so gewesen?«

»Wie gewesen?«

»So, na ja, egoistisch.«

»Was soll das denn wieder heißen?«

Mona hörte ihren eigenen Atem durch den Kopfhörer. »Hören Sie Frau Kayser, Sie haben gerade angedeutet, dass Ihr Bruder Sie im Stich gelassen hat. Meine Frage ist jetzt, ob er das schon immer so gemacht hat. Ob er dazu geneigt hat, nur seine eigenen Bedürfnisse zu sehen.«

Ein kurzes, bellendes Lachen. Dann: »Tja, meine Liebe, das kann man wohl sagen.«

Schweigen, während Mona darauf gewartet hatte, dass jetzt noch etwas kam. Irgendeine Erläuterung dieser vernichtenden Beurteilung. Aber nichts kam. Frau Kayser hatte stattdessen ihre Lippen zusammengepresst, als wollte sie sich selbst daran hindern, mehr als das Notwendigste herauszulassen.

Mona drückte auf die Pausentaste und dachte nach. Etwas später war Helga Kayser tatsächlich ins Erzählen gekommen und hatte dann gar nicht mehr aufhören wollen. Es ging leider an keiner Stelle um ihren Bruder, sondern ausschließlich um einen Mann, mit dem sie in den Fünzigerjahren unverheiratet zusammengelebt hatte, und um ihren gemeinsamen Sohn.

»Sie haben also doch Kinder?«

»Schon lange nicht mehr. Mein Sohn ist tot.«

»Oh. Seit wann?«

»Ich weiß nicht. Seit fünfzehn Jahren? Er war … krank.«

»Das tut mir Leid.«

Sie waren noch einmal in die Fünfzigerjahre zurückgekehrt. Helga Kayser, damals Helga Plessen, hatte zwar ihren Freund überreden können, mit ihr in den Westen zu gehen, aber er war eines Tages mit dem gemeinsamen Sohn einfach wieder in den Osten zurückgegangen. Hatte sie allein gelassen. War untergetaucht in der »Zone«, und »die Schweine dort«, sagte Helga Kayser, hätten ihr keine Auskunft über seinen Aufenthalt erteilt.

Niemand habe ihr helfen wollen, und schließlich habe sie aufgegeben und einen anderen geheiratet. Erst viel, viel später, als die Mauer längst gebaut worden war, habe ihr Sohn sie von drüben angerufen. Damals sei er zehn Jahre alt gewesen, und sie habe ihn dann wenigstens mit einer gewissen Regelmäßigkeit besuchen können.

»Warum ist Ihr Sohn … Woran ist er gestorben?«

»Bauchspeicheldrüsenkrebs. Ich …, ich musste selber ins Krankenhaus zu der Zeit. Ich hatte …, na egal. Ich habe ihn also gar nicht mehr gesehen. Vor seinem Tod.«

»Sie konnten ihn nicht mehr besuchen?«

»Nein. Wir haben ein paar Mal telefoniert. Er war selber Arzt, wissen Sie. Er hat gewusst, was ihn erwartete. Das macht es so … grausam.«

Die Miene der alten Frau war weicher geworden, zugänglicher und freundlicher. Mona, ganz kribbelig vor mühsam unterdrückter Nervosität, hatte nun beschlossen, sie noch einmal auf ihren Bruder anzusprechen. Vielleicht konnte sie diese veränderte Stimmung nutzen. Aber sie musste es klug anfangen.

»Erzählen Sie mir etwas über Ihre Kindheit.« Das war nun der dritte Anlauf, und diesmal klappte es, wahrscheinlich, weil sie Plessen nicht erwähnt hatte.

»Was wollen Sie denn wissen?«, hatte Helga Kayser gefragt, als ob sie ein wenig begriffsstutzig sei – sie wusste doch, worum und vor allem um wen es ging –, aber Mona hatte nun beschlossen, die Dinge einfach laufen zu lassen und nichts mehr zu erzwingen.

»Alles«, hatte sie also geantwortet. »Wo und wie Sie gelebt haben. Wie Ihre Kindheit so war.«

»Und was nützt Ihnen das, wenn Sie das wissen?«

»Das kann ich noch nicht sagen. Das erkenne ich dann, wenn ich's höre.«

»Ich versteh das nicht. Sie machen die weite Reise hierher, damit ich Ihnen was aus dem Jahre Schnee erzähle?«

Glücklicherweise hatte Mona rechtzeitig erkannt, dass dieses Geplänkel schon Rückzugsgefechte waren. Dass die alte Frau in

Wirklichkeit ganz wild darauf war, von sich zu reden. Sie lebte hier seit Jahren einsam vor sich hin, und nun kam endlich jemand und wollte etwas von ihr erfahren. Und nachdem Mona das gedacht hatte, hatte sie auch den Rest verstanden. Immer hatten sich alle nur für Fabian interessiert. Und niemand für die kleine Helga. Also mussten ein paar Umwege über das Thema Helga gemacht werden, damit man das Ziel Fabian erreichte. Umwege kosteten Zeit, aber das war nicht zu ändern.

»Wie ging es Ihnen so – als kleines Mädchen?«

Und Helga Kayser war tatsächlich auf die Frage angesprungen, hatte sich zurückgelehnt und angefangen zu berichten: über ein armes Dorf in Brandenburg namens Lestin, wo sie Gemüse anbauten und sich Hühner und zwei Kühe hielten und so mehr oder weniger gut über die Runden kamen. Über ihren Vater, der im Krieg eingezogen wurde, und ihre Mutter, die die Familie allein durchbringen musste.

»Zu wievielt – wie viele Kinder waren Sie?«

Kurzes Zögern. Dann: »Nur zwei. Fabian und ich.«

Nur zwei Kinder. Das waren vergleichsweise wenige in den Zwanziger-, Dreißigerjahren des letzten Jahrhunderts. Aber vielleicht hatte es Fehlgeburten gegeben, vielleicht waren einige Kinder in den ersten Lebensjahren an den typischen Krankheiten gestorben, die man nur mit Antibiotika heilen konnte – das alles, dachte Mona, war nicht relevant für den Fall.

»Wie lange haben Sie in diesem Dorf gelebt?«

»Bis ein paar Monate vor Kriegsende. Dann kam die Nachricht vom Tod meines Vaters.«

»Woran …?«

»Er war gefallen. In Russland. Kurz vor Kriegsende. Dann sind wir … Dann mussten wir alle weg.«

»Weg? Wohin?«

»Egal wohin.« Die alte Frau hatte sie spöttisch angesehen. »Die Russen kamen. Sie waren schon in Ostpreußen, und dort haben sie gehaust wie die Wilden. Es gab Dörfer, in denen sie jeden Einwohner erschlagen haben. Jeden Einzelnen, verstehen Sie? Manche haben sie auch aufgehängt oder an Scheunentore genagelt.«

»Woher wussten Sie das damals?«

»Jeder wusste das. Es gab die Flüchtlinge aus Ostpreußen, und solche Geschichten verbreiten sich automatisch. Jeder, der noch seinen Verstand beisammen hatte, hat sich damals auf den Weg gemacht.«

»Wohin?«

»Na, mit Panje-Wagen und allem, was man hatte, Richtung Westen. Haben Sie noch nie was von den Flüchtlingstrecks gehört?«

»Also Ihre ganze Familie machte sich auf…«

»Ja, sicher!« Helga Kayser hatte sie böse angesehen, und Mona war überrascht gewesen über den aggressiven Ton.

»Aha. Und…«

»Sie haben doch keine Ahnung, wie das damals war! Es war Januar und der kälteste Winter aller Zeiten. Die Straßen waren voll, nichts ging voran. Die Wehrmacht hatte die Straßen blockiert, wir kamen tageweise nicht vor und nicht zurück. Überall halb verhungerte Soldaten. Und die Leichen am Straßenrand von den Tieffliegerangriffen! Die Babys, die erfroren sind in der Kälte und nicht begraben werden konnten und massenweise dalagen wie – Puppen! Der viele Schnee, in dem die Räder stecken blieben!«

»Ja. Das war sicher…«

»Ach, sparen Sie sich das. Sie können das gar nicht nachvollziehen. Da…, da galten ganz andere Gesetze, da…«

»Ja? Welche Gesetze galten denn da?«

Und dann war etwas Merkwürdiges passiert. Die alte Frau hatte sich halb erhoben, mit flammendem Blick und einem so angespannten Gesicht, dass mit einem Mal all ihre Falten wie ausradiert schienen, und Mona eine Ahnung bekommen hatte von Helga Kayser, wie sie damals war: eine junge, willensstarke Frau mit breiter Stirn und kantiger Kinnpartie. Doch dann war weiter nichts gekommen als ein mattes: »Gesetze wie im Dschungel. Jeder gegen jeden. Das war normal.« Helga Kayser hatte sich wieder hingesetzt, war auf dem Sofa regelrecht in sich zusammengesunken und hatte plötzlich sehr alt und todkrank ausgesehen. Mona hatte nicht aufgegeben, noch nicht: »Und wie haben sich diese Gesetze ausgewirkt? Ich meine im konkreten Fall, bei Ihnen, Ihrer Familie.« Absichtlich sprach sie Fabians Namen nicht aus.

»Ach das … Das würden Sie nicht verstehen. Und es tut auch nichts zur Sache.«

»Vielleicht doch. Bitte sagen Sie es mir.«

»Das geht Sie nichts an. Das liegt so lange zurück. Und es geht Sie nichts an.«

»Bitte. Es kann wirklich wichtig sein.«

»Nein.« Mit müder, erloschener Stimme. »Lassen Sie mich jetzt in Ruhe.«

Da war etwas passiert, und es war vielleicht wichtig gewesen. Verdammt! Mona hatte ihre Vorsicht fahren lassen. »Ich lasse Sie in Ruhe, wenn Sie mir mehr über Ihren Bruder erzählen.«

»Mein Gott …«

»Frau Kayser! Hier sind zwei Morde passiert, und vielleicht passiert ein dritter, und das Opfer könnten Sie sein! Haben Sie mich verstanden? Sie sagen jetzt bitte sofort, was Sie wissen. Sonst können wir Sie nicht schützen!«

Ein paar lange Sekunden dachte Mona, dass sie die alte Frau nun hatte. Aber dann sah sie wieder das spöttische, distanzierte Lächeln. »Das schreckt mich nicht. Ich hänge nicht am Leben. Nicht mehr. Es lohnt sich einfach nicht.«

»Ja, das denken viele. Aber dann …«

»Wie, sagen Sie, sind die Opfer gestorben?«

Mona hatte es ihr zwar nicht gesagt, aber es war ja kein Geheimnis, es stand schließlich in allen Zeitungen. »Heroin. Eine Überdosis.«

»Heroin«, hatte die Frau nachdenklich geantwortet. »Ist das nicht ein schöner Tod? Sanft und angenehm?«

Mona hatte sie fassungslos angesehen und nicht geantwortet. Durch die geöffnete Terrassentür war der erste kühle Gewitterhauch eingedrungen.

»Immer noch besser als Krebs, finden Sie nicht auch?«

Blitzartiges Begreifen. »Sie sind krank?«

»Ja. Und ich habe eigentlich gar keine Lust, mein Leben in einem Klinikbett zu beenden.«

Und dann hatte die alte Frau doch noch einiges erzählt, aber über Fabian Plessen hatte Mona trotzdem nichts erfahren. Die Familie Plessen hatte den Westen nicht erreicht, sondern war nach langen Irrungen »im falschen Teil der Hauptstadt« bei entfernten Verwandten untergeschlüpft, weil sie im richtigen Teil niemanden kannten. Helga Kayser ließ sich lange über diese Verwandten aus, mit denen sie offenbar nicht zurechtgekommen war, und Mona hatte ein Gähnen kaum unterdrücken können. Ein letztes Mal erkundigte sie sich schließlich nach Fabians Schicksal.

Ach ja, Fabian. Der habe sich sehr schnell, lange vor dem Mauerbau, in den Westen abgesetzt, dort ein Philosophiestudium begonnen und den Kontakt zu seiner Familie weitgehend eingestellt.

»Sie meinen Psychologiestudium«

»Nein. Philosophie. Fabian ist kein Psychologe.«

»Nicht?«, fragte Mona verblüfft.

»Nein.« Und schon wieder hatte Mona das Gefühl gehabt, dass Helga Kayser viel mehr wusste, als sie sagte. Aber alles Nachhaken ergab nichts.

»Warum, glauben Sie, hat er den Kontakt zu Ihnen eingestellt?«, hatte Mona noch wissen wollen.

»Das müssen Sie ihn selbst fragen. Ich hatte dann nicht mehr viel mit ihm zu tun.«

»Gab es Streit?«

»Fragen Sie ihn selber. Mir ist das alles egal.«

Mona nahm den Kopfhörer ab, der unangenehm auf ihren Scheitel drückte. Sie war für ein paar Sekunden vielleicht sehr, sehr nah dran gewesen an der Wahrheit. Sie musste morgen sofort zu Plessen, und diesmal würde sie ihn nicht davonkommen lassen. Sie saß im Schneidersitz auf dem Bett und verbarg ihren Kopf in beiden Händen. Sie brauchte eigentlich eine Überwachungseinheit der hiesigen Polizei für Helga Kayser, aber Berghammer würde sich nach diesem Vernehmungsergebnis wahrscheinlich nicht dafür einsetzen, und dann wäre ein Antrag ihrerseits sinnlos.

Und es stimmte ja: Immer noch gab es keine Beweise, dass Helga Kayser etwas wusste, das relevant war für den Fall. Bisher war da nur Monas Gefühl, dass zwei Menschen gestorben waren, weil etwas in Plessens Familie vorgefallen war. Etwas so Schlimmes, dass...

Ja – was?

Wenn da wirklich was war, würde Berghammer sagen und hätte Recht damit, *dann liegt das fast sechzig Jahre lang zurück, und der Täter hat jetzt und hier zugeschlagen und der ist bestimmt kein alter Mann.*

Warum denn eigentlich nicht? Es war doch keine kräftezehrende Leistung, jemandem eine Heroinspritze zu verpassen, wenn das Opfer sich nicht einmal wehrte. Das konnte doch jeder, selbst ein alter Mann, selbst ein kleines Mädchen.

Aber sechzig Jahre später? Wer tat das schon? Und warum gerade jetzt?

Vielleicht war etwas passiert, das den Mörder aus der Reserve gelockt hatte.

Aber was könnte das gewesen sein?

Mona griff nach ihrem Telefon und rief Berghammer an, ohne auch nur die leiseste Ahnung zu haben, was sie ihm sagen sollte. Aber das machte nichts, denn Berghammer ließ sie gar nicht erst zu Wort kommen. »Tolle Neuigkeiten«, rief er in Monas Ohr.

»Was?«

»Wir haben ihn.«

»Was? Wen?«

»Mona. Den Täter. Wir haben ihn – also sagen wir, ziemlich sicher.«

Mona hätte am liebsten den Hörer in die Zimmerecke geworfen. Das durfte einfach nicht wahr sein. Sie unternahm einen anstrengenden Trip ins Nirgendwo, ließ sich von einer alten Frau an der Nase herumführen (denn so empfand Mona es mittlerweile), und zu Hause passierten die wesentlichen Dinge.

»Wer ist es?«, fragte sie mit schwacher Stimme.

»Ein Arzt. Klinikarzt. Er ist Schweizer und hatte Zugang zu Heroin als verschreibungspflichtigem Mittel für Schwerstabhängige.«

»Ja und?«

»Er war früher Patient – Klient – von Plessen. Er hat sich gestern mit Heroin umgebracht und sich vorher eine Message auf den Arm geritzt. Seine Exfrau hat ihn gefunden. In einer Pension hier in der Stadt. Sie hat uns benachrichtigt.«

»Also…«

»Kein Mensch weiß, was er hier wollte. Er war in der Pension eingecheckt, die ganze Zeit, während die Morde passierten. Die ganze Zeit. Er war immer hier. Alibis Fehlanzeige. Und: Der hat sich jeden Artikel zum Fall ausgeschnitten. Lagen alle in seinem Zimmer, abgeheftet in einem Ordner.«

»Was steht auf seinem Arm?«

»*Kann nicht mehr*. Fein säuberlich mit einem scharfen Messer eingeritzt.«

»Wie bei den Opfern?«

»Fast. Die Buchstaben auf den Opfern waren größer. Aber gut, bei sich selbst kann man das eben nicht so praktizieren.«

»Martin. Hast du nicht daran gedacht, dass er das Tatmuster nur nachgeahmt haben könnte? Ich meine, die ganzen Artikel…«

»Ja, ja. Theoretisch ist das möglich, und wir haben die Ermittlungen auch noch nicht eingestellt. Aber ich denke, er ist es.«

»Martin…«

»Ja?«

»Hast du… den Termin mit Plessen abgesagt? Den um neun?«

»Ja, sicher, Mona. Das hier ist jetzt wichtiger. Wir können diesen Plessen immer noch vorladen.«

»Sicher.«

»Komm nach Hause, Mona. Wann geht dein Flug?«

»Um acht.« Der Gedanke, wieder in den Helikopter zu steigen, verursachte ihr jetzt schon Übelkeit. Als sie aufgelegt hatte, klingelte ihr Handy in der Tasche. Sie sah auf das Display: eine unbekannte Mobilnummer

»Seiler«, sagte sie müde.

»David Gerulaitis. Störe ich Sie gerade?«

Etwas an seiner Stimme alarmierte sie. »Nein, nein gar nicht. Ich wollte Sie selber gerade anrufen.«

»Ja.«

»David – äh – Herr Gerulaitis. Was ist passiert?«

»Ich weiß nicht.«

»Sie wissen was nicht?«

»Könnten Sie …«

»Ja?«

»Könnten wir uns vielleicht treffen? Jetzt gleich irgendwo? Ich bin etwas …, also …«

»Ich bin leider nicht in der Stadt. Können wir nicht jetzt reden, und Sie sagen mir einfach, was los ist?« Seine Stimme. Sie klang so … verwirrt. Als wäre er nicht mehr ganz bei sich. »Bitte, Herr Gerulaitis. Wir können jetzt reden, ich hab Zeit.«

»Ich habe … keine Neuigkeiten. In dem Sinn.«

»Aber etwas ist vorgefallen, das höre ich doch!«

»Fabian Plessen. Er ist – ein Magier. Schwarze Magie.«

»Was?«

»Er holt alles aus den Leuten raus. Und dann lässt er sie fallen. Wie leere Hüllen.«

Mona verstand. »Er hat Sie – äh – behandelt?«

»Wenn man so will.«

Mona schloss die Augen. Sie hatte Gerulaitis zwar gewarnt, aber letztlich war er ihr doch stabil und erfahren genug für diesen Job erschienen. Ein intelligenter junger Mann, der undercover bei der Drogenfahndung arbeitete und so cool und selbstbewusst auftrat, als könnte ihm niemand etwas anhaben: Was hatte Plessen mit ihm angestellt? Wut überkam sie. Dieser Mann war in einem Maße undurchsichtig, dass sie sich schon viel früher und viel intensiver mit seiner Person hätten beschäftigen müssen.

»Ganz ruhig, Herr Gerulaitis. Wo sind Sie jetzt?«

»Ich … In einem Lokal.«

»Warum fahren Sie nicht nach Hause? Zu ihrer Familie?«

»Nein! Ich kann da jetzt nicht hin! Ich bin ein Wrack.«

»Eben deswegen«, sagte Mona sanft. »Lassen Sie sich aufbauen. Von Ihrer Frau.« Er war doch verheiratet, oder nicht? Mona konnte sich nicht mit hundertprozentiger Sicherheit erinnern.

»Das ist doch Scheiße! Ich darf Sandy nicht mal erzählen, was los ist! Wie soll die mich aufbauen, wenn ich nicht sagen darf, was los ist?«

»Okay«, sagte Mona langsam, »dann sagen Sie es mir.«

»Hier? Am Telefon?«

»Sicher. Wo sonst? Sagen Sie mir, was los ist, und dann denken wir gemeinsam nach. Okay?«

Lange Pause. Dann: »Ich hatte Sex mit meiner Schwester. Fabian weiß das jetzt.«

»Oh!«

Sie hatte nicht geahnt, dass er derartige Probleme mit sich herumschleppte. Natürlich nicht. Hätte sie es geahnt, hätte sie ihn niemals für diesen Job eingesetzt.

»Ich war achtzehn, sie war vierzehn.«

»Also …«

»Ich liebe sie immer noch. Ich werde immer nur sie lieben. Sie ist heute süchtig. Abhängig. Das ist meine Schuld.« Das Telefon klickte; Gerulaitis hatte die Verbindung unterbrochen. Mona wählte die Nummer auf dem Display an, aber entweder befand er sich plötzlich in einem Funkloch, oder er hatte sein Handy ausgeschaltet: Sie erreichte nur seine Mailbox. Sie überlegte, ob sie ihm eine Nachricht hinterlassen sollte. Schließlich sagte sie: »Bitte rufen Sie mich zurück, David. Lassen Sie uns darüber reden. Bitte!« Sie hörte ihre eigene Stimme wie ein Echo. Sie legte auf und hoffte, dass er wieder anrufen würde: Sie musste ihn sofort von diesem Auftrag befreien. Aber so wie sie ihn einschätzte, würde er das nicht zulassen. Er war kein Typ, der davonlief. Er würde darauf bestehen, seinen Job zu Ende zu bringen.

Es war mittlerweile halb elf. Sie stand auf und öffnete das Fenster. Kalter Regen spritzte ihr ins Gesicht, und in Sekundenschnelle war das Vorderteil ihres T-Shirts durchnässt. Mona schloss die Augen und öffnete den Mund. Das Wasser prickelte auf ihrer Zunge; es schmeckte herrlich kühl.

Was, dachte sie, *soll ich jetzt nur tun?*

27

1988

In der Vergangenheit hatte der Junge das Wort Liebe benutzt wie eine leere Vokabel, die dazu diente, seine wahren Absichten zu verschleiern und gleichzeitig anderen den Eindruck zu vermitteln, dass er wusste, wovon er sprach. Dass er dazu gehörte. Jetzt begann er zu ahnen, was Liebe wirklich bedeutete: ein gefährliches Durcheinander in seinem Kopf, das ihn in Besitz nahm und so verwirrte, dass er an manchen Tagen – Bena-Tage nannte er sie – nicht enden wollende Durchfälle bekam und kaum noch etwas essen konnte. Wenn Bena ihm nahe kam, schienen sich all seine Sinne auf sie zu fokussieren, als wäre sie eine herrschsüchtige Göttin, die keine anderen Gefühle neben sich duldete. Trotzdem wäre er nie auf die Idee gekommen, sie anzufassen. So wie er war, verbot sich das ohnehin von selbst, und irgendwie, fernab jeder Logik, glaubte er, dass Bena das verstand und guthieß: Bena und er, dachte er, brauchten den körperlichen Kontakt nicht, denn ihre Seelen waren bereits vereinigt. Bis zu dem Tag – ein Sonntag mitten im August –, an dem sie ihn betrog.

So sah er das.

Später – zu spät – begriff er, dass Bena ihn keine Sekunde lang verstanden hatte. Ihre Gemeinsamkeit der Seelen hatte er sich nur eingebildet. Bena war nichts Besonderes, sie hatte keine einzigartigen Gaben, und sie war auch nicht seine Schwester im Geiste. Im Gegenteil. Sie unterschied sich in nichts vom Rest der

Welt, sie war nur attraktiver als die anderen Idioten um ihn herum – und manchmal, in schwarzen Stunden, lachte er laut über sich und seine grenzenlose Dummheit, die ihn damals beinahe hätte leichtsinnig werden lassen.

Es war bis dahin ein kalter, nasser Sommer gewesen, den man schon aufgegeben hatte. Doch dann, um den zwanzigsten August herum, hatte sich das Wetter von einem Tag auf den anderen beruhigt, die regenschweren Sandböden trockneten im Nu, die Temperaturen erreichten die 30-Grad-Marke, und am dritten heißen Tag begann der Junge wieder einen seiner Streifzüge im Wald, die ihn immer weniger befriedigten. Bena hatte er erst morgens gesehen. Sie hatten zusammen eine Comicserie im Westfernsehen angeschaut, dann war sie zum Mittagessen nach Hause geradelt. Nachmittags wollte sie Hausaufgaben machen. Angeblich.

Ihm war das gar nicht so unrecht. Seine hässlichen, kleinen Dämonen – so nannte er sie mittlerweile: hässliche, kleine Dämonen, der Name machte sie fassbarer und auf trügerische Weise harmloser – rumorten schon seit Tagen in seinem Kopf herum, sein Blickwinkel hatte sich wieder auf charakteristische Weise verschoben: Die Welt erschien ihm in diesem unerträglich scharfen Licht, das ihre schartigen Konturen sichtbar machte und ihre Brüchigkeit spürbar. Um diese unangenehme Hellsichtigkeit zu beenden, musste er etwas tun, das die Dämonen besänftigte. Er dachte nicht nach, als er in sein Zimmer ging und sein Gewehr holte. Seine Mutter hatte Sonntagsdienst in der Klinik; er war ganz allein. Das alte Haus schien zu knistern und zu knacken unter der trockenen Hitze, die staubige Luft legte sich auf seine Lunge. Er trank ein großes Glas Wasser in der Küche, bevor er das Gewehr schulterte und aufbrach.

Langsam arbeitete er sich durch den Erlengürtel am Ufer weg vom See in den dichteren Wald hinein. Insekten summten um ihn herum, ansonsten schien die Natur ein Mittagsschläfchen zu halten: Eigentlich war es die falsche Zeit, um auf die Jagd zu gehen, vor allem im Sommer. Aber die Dämonen hielten sich nicht an solche Termine. Sie schrien und flüsterten, versuchten, ihn in bestimmte Richtungen zu drängen – und nach einigen Versuchen, sie zu überhören, gab er ihnen nach. Bald bewegte er sich wie in Trance, Schritt für Schritt voran. Zweiglein knackten unter seinen Schuhen, Schweiß lief ihm über das Gesicht, selbst der Schatten der Fichten und Kiefern spendete keine Kühle mehr.

Und dann hielt er plötzlich inne. Da war ein Geräusch, das nicht in den Wald gehörte. Ein leises Stöhnen, dann unterdrücktes Gekicher. Der Junge verhielt mitten im Schritt, das Gewehr drückte auf einen Nerv seines Rückens; er verlagerte es vorsichtig auf die andere Seite. Ein Specht klopfte seine monotone Botschaft in den Stamm, im Unterholz raschelte es. Der Junge blieb regungslos stehen und schärfte seine Ohren. Wieder vernahm er das leise Stöhnen; es war ganz in seiner Nähe und kam von… links vorne. Der Junge nahm das Gewehr ab und legte es lautlos auf den Waldboden. Dann kniete er sich auf den Boden und kroch, jeden überflüssigen Laut vermeidend, hin zu der Quelle der fremden Geräusche.

Nach ein, zwei Minuten stieß er auf eine winzige Lichtung, und dort lag Bena mit jemandem aus der Schule, der, soweit sich der Junge erinnerte, Paul hieß und zwei Klassen über ihr war. Der Junge zuckte zurück und zwar nicht gerade leise, aber das Paar war zu beschäftigt, um ihn zu bemerken. Die beiden lagen auf einer bräunlich gemusterten Wolldecke, Bena hatte sich halb über Paul gebeugt, ihr dunkles Haar fiel an einer Seite herunter und schien seine Wangen zu streicheln. Sie war splitternackt. Der Junge sah zum ersten Mal Benas weiße Brüste, die einen scharfen Kontrast zu ihrem braunen Bauch bildeten (sie wollte nie nackt baden wie die anderen es oft taten, sie trug immer einen Bikini; auch das hatte dem Jungen an ihr gefallen). Paul zog sie nach unten; seine Lippen schienen mit ihren zu verschmelzen, und schließlich kniete sich Bena mit der größten Selbstverständlichkeit rittlings über ihn und führte den steifen Schwanz Pauls in ihre… ihre…

Der Junge schloss die Augen und sah feurige Räder. Schließlich schaute er wieder hin, er konnte nicht anders.

Langsam bewegte sich Bena auf und ab, das Gesicht in den Himmel gehoben. Sie schien nichts um sich herum wahrzunehmen. Paul stöhnte laut auf.

Der Junge konnte sich nicht rühren vor Entsetzen und Erregung.

Nach einer ihm endlos scheinenden Zeit kroch er wieder zurück, während die beiden sich in ein lautes und furioses Finale steigerten, sodass er sich kaum vorsehen musste. Bena würde ihn nicht bemerken, und Paul war ihm egal. Als er weit genug weg war von der verstörenden Szenerie, erhob er sich. Seine Muskeln zitterten; er klopfte sich mechanisch Erde und Kiefernnadeln von der Hose ab. Gesicht und Kleidung waren schweißnass und verdreckt. Er onanierte hastig, um das unerträgliche Spannungsgefühl loszuwerden und ergoss sich schließlich unter Krämpfen ins ausgetrocknete Moos.

Danach lehnte er sich an einen Kiefernstamm und starrte vor sich hin. Er dachte an nichts. Es gab nichts zu denken oder zu beschließen; er wusste nur, dass ein neuer Abschnitt begonnen hatte. Eine andere Zeitrechnung.

Als Bena ihn abends besuchen wollte, erhitzt und glücklich und nicht ahnend, was sie angerichtet hatte, machte er ihr die Tür vor der Nase zu. Er war nicht einmal böse auf sie oder eifersüchtig. Es war nur so, dass sie ab jetzt für ihn nicht mehr existierte.

Zwei Tage später, die Hitze hatte nicht nachgelassen und sollte noch bis weit in den September hinein anhalten, sah der Junge eine unbekannte Frau, von der er sofort wusste, dass sie sein Leben verändern würde. Es passierte, als er abends von einem Treffen der Jungen Pioniere nach Hause radelte. Die Frau lief in der Mitte der schlecht befestigten Fahrbahn; ihre Schritte waren stolpernd und unsicher wie die einer Betrunkenen. Letzteres gab den Ausschlag. Der Junge entdeckte in der Dämmerung einen schweren Ast, bremste und hob ihn auf. Dann fuhr er langsam hinter der Frau her. Er wusste, dass nach circa fünfzig Metern eine Stelle kam, an der die Straßenlaterne ausgefallen war, und er übte sich in Geduld, bis die Frau die Stelle erreichte. Dann schien die Zeit stehen zu bleiben. Der Junge hörte auf, in die Pedale zu treten; sein Rad glitt lautlos dicht an sie heran.

»Hallo«, sagte er. Er war in dem Alter, in dem sich die Stimme selbstständig machte und mal kieksend klang wie die eines Jungen oder tief und rau wurde wie die eines Mannes. Sein Hallo, stellte er erleichtert fest, war diesmal tief und rau. Die Frau schreckte zusammen und beschleunigte, ohne sich umzudrehen, ihre Schritte. Der Junge wusste, dass er nicht viel Zeit hatte. Nach der dunklen Passage kamen bereits die ersten Häuser des Dorfes, und bei den Temperaturen saßen viele der Bewohner in ihren Gärten, grillten, tranken und genossen die lauen Temperaturen. Er trat wieder in die Pedale, bremste dann scharf neben der Frau und packte sie an ihren langen Haaren. Sie hatte ähnlich lange Haare wie Bena und auch etwa dieselbe Figur, aber sie war, soweit er das beurteilen konnte, ein gutes Stück älter. Die Frau stieß einen überraschten kehligen Laut aus, und der Junge ließ den Ast seitlich auf ihren Kopf sausen.

Sie tat keinen Mucks mehr und fiel um wie ein Stein. Er musste zufällig genau die richtige Stelle getroffen haben. Ihm wurde schwindelig vor Glück und vor Angst: Diesen raschen Erfolg hatte er nicht erwartet. Er parkte sein Rad am Straßenrand in der Dunkelheit und ging hastig zu der Frau. Sie lag da wie tot. Der Junge legte Zeige- und Mittelfinger an ihre Halsschlagader, wie er es aus seinen Büchern gelernt hatte, und stellte fest, dass ihr Herz kräftig und regelmäßig schlug, sie also nur bewusstlos war. Er packte sie unter den Armen und zerrte den überraschend schweren und sperrigen Körper neben sein Rad. Er war sich wohl bewusst darüber, wie riskant diese Aktion war und wie schlecht er sich darauf vorbereitet hatte: Um diese Zeit war die Straße zwar normalerweise wie ausgestorben. In einer warmen, mondbeschienenen Sommernacht galten aber andere Regeln.

Egal. Jetzt gab es kein Zurück mehr.

Hastig formte er aus einem Taschentuch einen Knebel und stopfte ihn der Frau in den Mund. Mit einem Stück dünnem

Seil, das er immer bei sich hatte, fesselte er ihr Hände und Füße. Dann zog er das Kleid der Frau über ihren Kopf und machte einen Knoten in den Rock, sodass sie, selbst wenn sie aufwachen sollte, nichts sehen würde. Er zerrte ihr die Unterhose herunter und sah im Mondlicht auf ihren bleichen Bauch, der doch nicht so schlank wie Benas war.

Bena.

Er stellte sich hin, nun wie gefangen in einem Programm, das scheinbar ohne sein Zutun ablief, und sah auf sein Opfer herab: den Bauch, das schwarze Schamdreieck, die hilflos gefesselten Beine. Arme und Kopf waren unter dem Kleid verborgen. Genauso hatte er es sich immer vorgestellt. Nun war es Wirklichkeit geworden. Heute Nacht würden die Dämonen ihm schmeicheln, ihn ihren Großmeister nennen und ihn ansonsten die nächste Zeit in Ruhe lassen. Jetzt waren sie ganz still, so still wie die Welt um ihn herum. Er nahm seinen Schwanz in seine Hand und begann ihn zu reiben, aber es funktionierte nicht. Er holte sein Messer aus der Fahrradtasche und kniete sich neben die Frau. Seine Hand zitterte und nun wurde sein Schwanz steif.

Er begann vorsichtig ihre Haut zwischen Nabel und Schritt zu ritzen, erfreute sich an dem im Mondschein schwarzen Blut, das tröpfchenweise austrat (die Frau begann zu zappeln und dumpfe Geräusche von sich zu geben, aber er hörte nicht darauf). Vorsichtig schnitt er ein zweites Mal etwas tiefer dieselbe Linie entlang. Die Frau zappelte in ihren Fesseln, wand sich wie eine Schlange, und die durch das Taschentuch gedämpften Schreie waren nun zu laut, um ignoriert zu werden. Der Junge ließ von ihr ab; es war einfach zu gefährlich. Das nächste Mal würde er es geschickter anstellen. Er sprang auf, bevor sie reagieren konnte, packte sein Rad und fuhr auf direktem Weg nach Hause ohne sich auch nur einmal umzudrehen.

Er hatte keine Angst. Er wusste, dass die Frau, vorausgesetzt, es gelang ihr, ihre Fesseln allein zu lösen, niemandem etwas sagen würde. In einer sozialistischen Republik gab es offiziell eigentlich keine Verbrechen, und an Vergewaltigungen (so drückte man es nicht aus, aber so dachten die meisten) waren Frauen in der Regel selber schuld. Und nicht einmal das war passiert. Stattdessen ein nicht sehr tiefer, nicht besonders stark blutender Schnitt, der nicht einmal als ordentliche Verletzung durchgehen würde: Keiner würde der Frau glauben wollen, bei dieser schlechten Beweislage. Und sie würde lieber alles vergessen, als sich einem peinlichen Verhör unterziehen, bei dem man hier zu Lande nie wusste, was es für Konsequenzen nach sich zog. Hier zu Lande ging man sehr, sehr ungern zur Polizei, es sei denn, man wollte seinen Nachbarn anschwärzen.

Und tatsächlich passierte nichts. Der Junge sah die Frau nie wieder; er erfuhr nie, wie sie hieß und woher sie kam. Aber er hatte eine Grenze überschritten. In Zukunft würde er sich perfektionieren. Die kleinen hässlichen Dämonen erwarteten das von ihm, aber das war längst nicht der einzige Grund. Der wahre Grund war: Er fühlte sich so gut danach wie schon lange nicht mehr. Gereinigt und beruhigt. Er war dabei gewesen, der Frau ihr Geheimnis zu entlocken. Zwar auf noch nicht perfekte Weise: Das Gewalttätige daran hatte ihm nicht gefallen, darum ging es ihm auch nicht. Aber er war diesmal nicht ausgeflippt, hatte nicht – wie es ihm früher mit den Tieren passiert war – unbeherrscht wie ein Berserker an ihrem Körper herumgefuhrwerkt und dabei alles zerstört, sondern er war ruhig und planvoll vorgegangen, präzise wie ein Chirurg. Ästhetisch, nicht barbarisch.

Ein paar Tage später änderte sich allerdings seine Stimmung. Es war wieder ein warmer Abend, seine Mutter hatte Nachtdienst, außer ihm war niemand im Haus, das ihm plötzlich sehr groß und leer erschien. Bena hatte sich nicht mehr bei ihm gemeldet und war ihm in der Schule aus dem Weg gegangen, hatte sich in der Pause stattdessen zu Pauls Clique gesellt, und Paul hatte den Arm um sie gelegt, was ihre Beziehung offiziell machte. Vielleicht lag es daran, dass sich ihm an diesem Abend etwas, das von entfernt an ein schlechtes Gewissen erinnerte, bleischwer auf den Magen legte. Jedenfalls wurde ihm klar, und das war wie ein Schock, dass er sich jeden Weg zurück in die normale Welt verbaut hatte. Er war ein Freak, ein Außerirdischer, ein Fremder. Sein Gefühl, nicht dazuzugehören, hatte sich auf einzigartige Weise materialisiert. Der ultimative Beweis war die Frau mit ihrem nackten weißen Bauch und ihrem schwarzen Schamdreieck, wie sie wehrlos vor ihm im Mondlicht lag. Er machte sich nun nichts mehr vor: Egal, ob die Frau redete oder nicht, egal ob man ihr glaubte oder nicht, er hatte jenes Tabu gebrochen, das so mächtig war, dass es nicht einmal in Worte gefasst werden konnte.

Jeder anständige Mensch würde ihn zutiefst verachten für das, was er getan hatte. Niemand würde ihn verstehen.

Das war großartig und unheimlich: Er war nun endgültig ganz allein. Und das würde sich nie wieder ändern.

28

Mittwoch, 23. 7., 23.11 Uhr

David lief durch die Straßen der Stadt. Er hatte seine Schuhe ausgezogen, weil sie schwer von Nässe waren und ihn auf seinem Weg wohin auch immer nur behinderten. Das Gewitter tobte nun schon stundenlang, als hätte es sich direkt über ihm zusammengezogen, als *meinte* es David Gerulaitis *persönlich*, den Mann, der seine Schwester geschändet und entehrt hatte und nun endlich seine gerechte Strafe dafür erhielt. Es blitzte und donnerte, Sprühregen ergoss sich aus endlosen Schleusen, verschwand gurgelnd in den Gullis, die wenigen Autos, die noch unterwegs waren, schleuderten fächerförmige Wasserfontänen auf die Bürgersteige. David wurde mehr als einmal getroffen, was ihm völlig egal war.

Seine Lippen waren blau und zitterten, zu Hause saß Sandy mit ihrem gemeinsamen Kind und ärgerte sich wahrscheinlich grün und blau, weil es schon so spät und er immer noch nicht zu Hause war, und das war ihm nicht egal, wirklich nicht, aber er konnte nicht zurück, vielleicht nie mehr. Er musste diesen Auftrag zu Ende bringen (es kam nicht in Frage, KHK Seiler und mit ihr die gesamte MK 1 zu enttäuschen), aber danach würde er den Dienst quittieren, sich von Sandy scheiden lassen und den Rest seines Lebens darauf verwenden, seine Schwester Danae wieder zu einer glücklichen Frau zu machen. Er würde alles, alles tun, um sie wieder lachen zu sehen, und wenn der Preis darin bestehen sollte, sie nie wieder zu treffen, wäre er auch dazu bereit: Er würde nach Timbuktu gehen, um ja nicht in Versuchung zu kommen, sie anzurufen, zu sehen, zu küssen, zu…

Er war stehen geblieben und weinte, seine Tränen vermischten sich mit dem Regen. Er hatte versucht, Sandy zu erreichen, aber sie hatte nicht abgehoben und den Anrufbeantworter ausgestellt (das tat sie manchmal, wenn sie ahnte, dass er lediglich anrief, um mitzuteilen, dass er sich verspätete). Er hatte es bei Janosch versucht, dort lief der AB. Und schließlich hatte er die Nummer seiner Eltern gewählt. Sein Vater hatte abgehoben, völlig verschlafen, und David hatte – aufgelegt. Er konnte nicht mit ihm sprechen, es war zu viel passiert. Er dachte an seine Eltern, seine zerrüttete Familie und zuletzt an Fabian, der die Dinge nicht hatte ruhen lassen wollen, sondern immer weitergebohrt hatte. Bis David die Wahrheit sozusagen bis zum Hals stand und ihm nichts anderes mehr übrig geblieben war, als sie zu auszusprechen. Langsam und stockend, Wort für Wort verließ sie den Tresor seines Gedächtnisses, und nun war sie in der Welt. Nun gab es Zeugen für das, was bislang seins und Danaes Geheimnis gewesen war. Sabine, Raschida, Hilmar, Helmut, Franziska, Volker würden es vielleicht anderen Leuten erzählen, warum auch nicht, und weil das so war, würde diese Geschichte David bis an sein Lebensende verfolgen. Man konnte ihn damit beleidigen, sogar erpressen. Er würde niemals frei sein davon, egal, was passierte.

Hat es deine Schwester auch gewollt?

Ich weiß nicht.

Doch, David, das weißt du genau. Hat sie es gewollt? Hat sie dich dazu gedrängt?

Ich…

Denn wenn sie das tat, David, war sie eine Hure, und du bist frei von aller Schuld. War es so?

Nein!

Nein?

Ich wollte es. Sie nicht.

Bist du sicher?

Ich habe sie überredet. Sie …

Ich verstehe, David.

O ja, Fabian hatte verstanden: dass David nun ganz in seiner Hand war. Seelisch geschwächt, manipulierbar in jede denkbare Richtung.

David blieb stehen: ein neuer Gedanke. Vielleicht ein Weg aus dem Teufelskreis seiner Verzweiflung. Mal angenommen, Fabian wusste aus irgendeinem Grund Bescheid über Davids Auftrag, *und* er hatte selbst etwas mit den Taten zu tun: War dann die Entwicklung der Dinge nicht geradezu ideal für ihn? Würde KHK Seiler oder irgendein anderer der MK 1 einem Kollegen glauben, der so sichtbar aus der Fassung war wie David? Spielte er Fabian auf diese Weise nicht perfekt in die Hände?

Ich muss mich wieder einkriegen, dachte David. Langsam setzte er sich erneut in Bewegung, diesmal in Richtung der Straße, wo er vor Stunden sein Auto geparkt hatte und dann einfach drauflosgelaufen war. In ihm reifte ein Entschluss, und langsam beruhigte sich sein hektischer Atem.

Er würde, dachte er, die Scharte wieder auswetzen. Morgen würde er Fabians Haus auf den Kopf stellen, ohne dass Fabian oder sonst jemand es merkte: Er würde Beute machen, sie KHK Seiler vor die Füße legen und auf diese Weise vergessen machen, was gewesen war, denn: Es gab Wahrheiten, glaubte David plötzlich zu erkennen, die so elementar waren, dass sie die Kraft hatten, andere Wahrheiten auszulöschen. Dann wurde unwesentlich, was noch vor Stunden wichtig schien. Ein leichtes Lächeln stand auf Davids nassem Gesicht, als er sich auf die Suche nach seinem Wagen machte. Es sah ein wenig irr aus und so war es gut, dass er niemandem begegnete, bis er atemlos hinter dem Steuer saß und nach Hause fuhr.

29

Donnerstag, 24. 7., 3.57 Uhr
Mona schreckte hoch. Einen Moment lang fand sie sich nicht zurecht in diesem kleinen, muffig riechenden Zimmer. Sie hatte geträumt: von einer riesigen Schlange an Planwagen, die sich durch Schnee und Dreck kämpften, von erfrorenen Babys, die am Straßenrand lagen, weil man sie im eisigen Boden nicht begraben konnte.

Was war damals passiert, und warum hatte Plessens Schwester darüber nicht reden wollen?

Machte es Plessen verdächtig, dass er die Adoption verschwiegen hatte? Ein Mann brachte seinen einzigen Sohn nicht um. Aber seinen Stiefsohn?

Mona stand auf und trat ans Fenster. Der Regen hatte aufgehört. Sie öffnete das Fenster, frische, kühle Luft drang in das Zimmer. Es war vier Uhr morgens, noch war kein Verkehr. Mona genoss ein paar Augenblicke lang die Stille, dann machte sie das Fenster zu und ging wieder ins Bett.

30

Donnerstag, 24. 7., 10.43 Uhr
Die Exfrau des Arztes, den Berghammer für den Täter hielt, hieß Claudia Gianfranco. Sie war relativ groß, mindestens eins achtzig, und breitschultrig wie eine Leistungssportlerin. Sie hatte ein gebräuntes, für eine Frau recht kantiges Gesicht und einen geraden Blick: Mona musste zugeben, dass sie bestimmt kein Typ war, der sich wilde, fantastische Geschichten ausdachte, um sich wichtig zu machen. Vielleicht hatte Berghammer also tatsächlich Recht, was zur Folge hätte, dass Mona die Spur Helga Kayser und all ihre Erwägungen in diesem Zusammenhang vergessen konnte.

Es war Donnerstag, der 24. Juli, Viertel vor elf Uhr morgens, Mona saß neben Berghammer und Fischer an Berghammers Schreibtisch, die Frau hatte davor Platz genommen. Sie wirkte weder nervös noch ängstlich, dafür in Maßen neugierig. Auch die Tatsache, dass dies bereits ihre zweite Vernehmung war, schien sie nicht aus der Ruhe zu bringen. Mona stellte sich als Leiterin der MK 1 vor und bat sie, ihre Geschichte ein weiteres Mal zu erzählen, da sie am Vortag nicht habe dabei sein können.

»Das ist kein Problem«, sagte Claudia Gianfranco gelassen. Sie sprach reines Hochdeutsch mit einem leichten Schweizer Akzent. »Darf ich rauchen?«

»Sicher«, sagte Mona und schob ihr einen Aschenbecher hin. Claudia Gianfranco zog ein silbernes Etui aus ihrer Handtasche, öffnete es und hielt es Mona hin. Verblüfft über diese höfliche Art, die man hier so gar nicht gewöhnt war, nahm Mona eine Zigarette heraus und ließ sich von der Frau Feuer geben.

»Ihr Mann, ich meine, Ihr Exmann«, begann Mona.

»Wir haben uns vor einem Jahr scheiden lassen«, unterbrach sie die Frau.

»Ja. Wie ist es Ihrem Mann danach gegangen?«

»Schlecht. Er wollte die Trennung nicht. Mir hat das sehr Leid für ihn getan, aber so ist das Leben, nicht wahr?« Claudia Gianfranco sah Mona mit einem Blick an, der die beiden anwesenden Männer auszuschließen schien. Mona lächelte unwillkürlich.

»Wie schlecht?«, fragte sie weiter.

»Na ja… So schlecht, dass er sich in Behandlung begeben musste.«

»Sie meinen, dass er eine Therapie gemacht hat?«

»Ja, das stimmt. Er fand, das sei nötig.«

»Sie nicht?«

»Ich halte davon gar nichts, um ehrlich zu sein. Ein Erwachsener muss in der Lage sein, seine Probleme selbst zu lösen. Ich meine, das macht ihn doch erst zu einem Erwachsenen.«

»Das ist sicher Ansichtssache«, sagte Mona, erstaunt über diese dezidierte Äußerung.

»Sicher«, sagte die Frau in einem Ton, als hätte sie diese Diskussion schon häufiger geführt und fände sie etwas langweilig.

»War Fabian Plessen der erste Therapeut Ihres Mannes?«

»Nein, der dritte. Die beiden ersten hat er zu Hause in Zürich aufgesucht. Ich glaube, er mochte das.«

»Er mochte was?«

»Na, in seiner Seele herumzustochern. Sich dauernd mit sich selbst zu beschäftigen und seinen kleinen Wehwehchen«, sagte die Frau lächelnd, und diesmal war ihre Verachtung keine Frage der Interpretation mehr. Eine kurze Pause trat ein.

»Okay«, sagte Mona schließlich. »Mir wurde berichtet, dass Sie sich gestern bei der Mordkommission gemeldet haben.«

»Ja, das stimmt. Ich habe mit einem Herrn ...«

»Fischer«, sagte Fischer mürrisch, garantiert beleidigt, weil sie sich an seinen Namen nicht erinnert hatte.

»Richtig«, sagte die Frau, Fischers unfreundliche Art ignorierend. »Also ich habe mit Herrn Fischer gesprochen und ihm gesagt, dass ich meinen Mann verstorben in dieser Pension aufgefunden habe.«

»Sie haben Ihren Mann tot aufgefunden, und dann gleich ...«

»Natürlich nicht«, unterbrach sie die Frau, diesmal ein Unterton von Ungeduld in ihrer Stimme. »Sie wissen doch selber wie das ist. Ich meine, es war natürlich furchtbar. Erst musste ich den Wirt verständigen, der rief dann bei der Polizei an und dann kamen diese Leute von der ...«

»Vom Dezernat für Todesermittlung«, half ihr Mona.

»Ja, und ich musste dann das Zimmer verlassen und in ein leeres Nebenzimmer gehen und dort stundenlang auf einem Bett hocken, bis dann endlich einer von denen kam und mir diese Artikel unter die Nase hielt und mich fragte, ob ich eine Ahnung hätte, wieso mein Mann diese Artikel ausgeschnitten hätte, und dann sagte ich ihm, das ist gar nicht mehr mein Mann, und ...« Claudia Gianfranco schwieg. Ihre Augen blieben trocken, aber die Hand, die die fast zu Ende gerauchte Zigarette hielt, zitterte.

»Lassen Sie sich Zeit«, sagte Mona sanft. Weil sie neben ihnen saß, konnte sie Fischers und Berghammers Gesichter nicht sehen, aber die beiden verhielten sich mucksmäuschenstill, was normalerweise gar nicht Fischers Art war, Mona aber sehr angenehm fand.

Die Frau nahm einen tiefen Zug und drückte den Stummel aus. Ihre Bewegungen waren wieder ruhig und sicher. »Tut mir Leid«, sagte sie.

»Das macht nichts«, sagte Mona. »Sie sind in einer Ausnahmesituation. Sie müssen sich hier nicht zusammennehmen. Es ist nur so, dass wir trotzdem einige Informationen von Ihnen brauchen.«

»Ja, natürlich. Deshalb bin ich ja auch hier.«

»Ist es okay, wenn wir weitermachen?«

»Mir geht es wieder gut. Bitte fragen Sie ruhig.«

»Warum waren Sie in dieser Pension?«

»Paolo hatte mich angerufen. Er war verzweifelt, er hat mich gebeten zu kommen. Er hat nicht gesagt, warum, aber ich dachte, ich müsste das tun. Ich sei ihm das schuldig.«

»Okay. Der Kollege von der Todesermittlung hat Sie dazu veranlasst, uns zu benachrichtigen?«

»Ja.«

»Aufgrund des Artikels über die Morde an Samuel Plessen und Sonja Martinez, der im Besitz Ihres Mannes war?«

»Ja. Paolo – mein Exmann – hatte den Artikel ausgeschnitten. Und noch einige andere, die sich mit derselben Thematik befassten.«

»Wann hatten Sie Ihren Exmann zum letzten Mal gesehen?«

»Sie meinen vor gestern? Das ist ungefähr …, ich weiß nicht, etwa einen Monat her. Es war in Zürich, kurz nach dem Seminar bei diesem Plessen.«

»Wie verlief dieses letzte Treffen?«

»Er hat mich angerufen. Es war schon ziemlich spät, sicher halb zwölf, zwölf. Ich war schon ins Bett gegangen. Jedenfalls klingelte das Telefon, und ich bin herangegangen, und er … Ich habe ihn weinen gehört. Es war so schlimm, dass er anfangs kaum sprechen konnte.«

»War das unmittelbar nach dem Seminar?«

»Ja. Er war mit dem Zug zurück nach Zürich gekommen und hat mich direkt angerufen, noch vom Bahnhof aus.«

»Was hat er gesagt?«

»Er sagte, dass er jetzt nicht in seine leere Wohnung könne, dass er das einfach nicht schaffen würde und ob er ausnahmsweise bei mir übernachten könne. Ich war natürlich überhaupt nicht begeistert, aber ich habe ja gesagt. Eine Viertelstunde später stand er dann vor der Tür, und ich habe ihn fast nicht mehr wiedererkannt.«

»Wieso?«, fragte Mona. »Was war mit ihm?«

Claudia Gianfranco zündete sich die nächste Zigarette an und zog den Rauch ein, als wäre er Nahrung für sie. Ihr Gesicht war um ein paar Schattierungen blasser geworden, aber sie hielt sich immer noch sehr gut. »Er hatte einen Dreitagebart und war ganz hohlwangig – als hätte er in den letzten drei, vier Tagen nichts mehr gegessen. Und seine Augen waren… Ich weiß nicht, die sahen so verzweifelt aus, so total verängstigt.«

»Haben Sie vorher gewusst, was für eine Art Seminar das ist? Hat Herr Gianfranco mit Ihnen darüber gesprochen?«

»Ja, ich glaube schon. Kurz. Er hat gesagt, es ginge um seine Familie. Irgendwelche Strukturen. Mich hat das damals nicht so interessiert, wie gesagt. Ich fand immer, dass ihn diese ganzen Leute noch schwächer gemacht haben, als er ohnehin schon war. Ich…«

»Und jetzt«, unterbrach sie Mona, um das Ganze etwas zu beschleunigen, »als er Sie nachts besuchte: Was hat er da über das Seminar berichtet? Wie lief das in seinen Augen ab?«

»Nun, es waren ungefähr zwanzig Leute da, Männer und Frauen, und…«

»Entschuldigung, aber das meine ich nicht. Den Ablauf finde ich nicht so interessant. Ich meine, was kam im Fall von Paolo Gianfranco heraus? Welche Probleme hatte er laut Plessen? Was war das Ergebnis?«

Die Frau schwieg ein paar Sekunden. Man hörte das Brummen des Verkehrs, die Straßenbahn und – neu dazugekommen

– das zischende Geräusch von Autoreifen auf nassem Asphalt. Der Regen, anfangs recht warm, war in den letzten Stunden eisig geworden, die Temperatur um mindestens fünfzehn Grad gefallen, das Juliwetter unversehens in Oktoberwetter übergegangen. Nur in den schlecht zu lüftenden Büros hielt sich noch die Restwärme der vergangenen Wochen. Mona war seit sechs Uhr auf den Beinen und direkt vom Flugplatz ins Dezernat gekommen. Vor dem Hubschrauberflug hatte sie mit Anton telefoniert, und er hatte ihr das Versprechen abgenommen, abends spätestens um neun zu Hause zu sein. Lukas ging es gut, er hatte in einer Mathe-Schulaufgabe eine Drei plus geschrieben, und das war für seine Verhältnisse sensationell. Anton hatte Lukas ans Telefon gerufen, damit Mona ihm gratulieren konnte, und das hatte Mona dann ausgiebig getan und versprochen, dass sie heute bei McDonald's Abendessen würden, was ein Freudengeheul zur Folge hatte. Anton hatte dann im Hintergrund erklärt, er wolle auch mitkommen, und das hatte Lukas noch besser gefallen. Er mochte es, wenn sie zu dritt waren »wie eine richtige Familie«. Und eins musste man Anton lassen, bei all seinen nicht zu leugnenden Fehlern: Einen besseren Vater und Hausmann als ihn gab es nicht.

Mona unterdrückte ein Gähnen. Claudia Gianfranco sagte: »Muss ich das erzählen? Ich meine – das ist sehr privat. Ich weiß auch nicht, ob seine Familie das in Ordnung findet ...«

»Leider ist das jetzt nicht relevant. Das ist ein Mordfall, und da gibt es keine Privatsphäre mehr.« Das mussten ihr Berghammer oder Fischer doch bereits gesagt haben. Oder hatten sie entsprechende Fragen gar nicht gestellt? Mona war nicht mehr dazu gekommen, das Protokoll vor der Vernehmung zu lesen, Berghammer hatte sie nur kurz über die wichtigsten Ergebnisse informiert. Mona wiederholte ihre Frage: »Was hat Herr Gianfranco über das Seminar berichtet?«

Claudia Gianfranco holte tief Luft und verschränkte ihre Arme, als sei ihr kalt. Die Wendung des Gesprächs schien ihr unangenehm zu sein – in Monas Augen ein gutes Zeichen. Zeugen, die zu schnell und zu ausführlich ins Detail gingen, neigten dazu, mangelndes Faktenwissen mit Erfindungen zu ersetzen. Im Grunde galt die Faustregel: Je flüssiger jemand erzählte, je besser alles zusammenpasste, je runder die Geschichte wirkte, desto misstrauischer musste man sein. Gute Erzähler waren immer begabte Lückenfüller.

»Also gut«, sagte die Frau. »Es ist im Grunde sehr schnell gesagt. Paolo war heroinsüchtig. Schon lange, bestimmt schon zwei Jahre. Es fing an, als er Arzt in diesem Programm wurde, das kranke Schwerstabhängige mit Heroin versorgt, damit sie es sich nicht mehr auf der Straße besorgen müssen und andere nicht mit AIDS anstecken.«

»Wann hat er angefangen, selbst Drogen zu nehmen?«

»Etwa ein halbes Jahr, nachdem er mit dem Programm begonnen hatte. Er hat es vor sich selbst so begründet, dass er wissen wolle, was in seinen Patienten vor sich gehe. Er hat es einmal genommen, dann noch einmal … Erst aus Interesse. Dann immer, wenn er sich ein High verschaffen wollte, weil es gerade nicht so gut lief.«

»Was lief denn nicht gut?«

»Unsere Ehe. Zum Beispiel.« In Claudia Gianfrancos Augen schien etwas auf, etwas Verletzliches, Schuldbewusstes.

»Ihre Ehe lief nicht so besonders, und da hat Ihr Mann sich mit Drogen getröstet«, sagte Mona betont sachlich. Sie wollte keine Gefühle, nicht in diesem Stadium. Gefühle waren manchmal hilfreich, aber häufiger verfälschten sie Tatsachen und legten falsche Spuren.

»Ja. So in etwa. Damals wusste ich das natürlich nicht. Später habe ich das Zeug in seinem Nachttisch gefunden.«

»Also gut, Ihr Mann war süchtig, Ihre Ehe lief nicht gut, Sie haben sich scheiden lassen. Was hatte das mit Herrn Gianfrancos Familie zu tun?«

»Tja, ich fand eigentlich, nichts. Ich habe ja den Sinn dieser Behandlung auch gar nicht verstanden. Aber Paolo, oder vielmehr dieser Therapeut – er hat da eine Art Muster gesehen. Paolo war der Erstgeborene. Sein Vater war ebenfalls der Erstgeborene, sein Großvater väterlicherseits ebenfalls. Und alle diese Männer standen angeblich unter dem Erfolgsdruck, Hervorragendes zu leisten, weil das wohl irgendein Urahn mal getan hat, und alle haben, was diese quasi implizite Forderung betraf, offenbar versagt. Der Großvater hat sich umgebracht, Paolos Vater war schwerer Trinker und ist an einem Leberschaden gestorben, und jetzt drohte Paolo dasselbe. So sah er es. Das war bei ihm angekommen: dass er selbst zum Tod verurteilt ist.«

»Aha«, sagte Mona ratlos. »Und was hat ihm Plessen geraten?«

»Das hört sich sehr einfach an. Er hat ihm geraten, diesen Auftrag abzulehnen«, sagte Claudia Gianfranco. »Soweit ich das richtig verstanden habe, hat er mit ihm eine Art Ritual durchgeführt. Es ging jedenfalls darum, diesen Auftrag abzulehnen, um den Erfolgsdruck von ihm zu nehmen.«

»Das ist doch ganz vernünftig.«

»Schon, aber das Ritual hat nicht... Ich weiß auch nicht, es hat wohl nicht richtig funktioniert.«

»Überhaupt nicht?«

»Ich glaube, während des Seminars schon. Dort fühlte sich Paolo sogar wie befreit, und er war diesem Plessen wahnsinnig dankbar. Aber danach hatte er Angstzustände. Panikattacken. Abends in seinem Hotelzimmer.«

»Wieso?«

»Das konnte er mir nicht sagen. Er hatte nur diese körperlichen Symptome, diese Angst, einen Herzinfarkt zu bekommen: Schweißausbrüche, wahnsinnige Atemnot. Dazu die fixe Idee, an seiner Sucht und seinem Ungenügen zu sterben wie sein Vater und sein Großvater. Als Paolo das Plessen mitgeteilt hat, hat Plessen das Ritual am nächsten Tag wiederholt, am dritten Tag des Seminars. Aber in der Nacht darauf wurden die Zustände wieder schlimmer, und am nächsten Tag hat Paolo das Seminar abgebrochen.«

»Anschließend kam er zu Ihnen.«

»Ja, er hat sich in den Zug gesetzt und sein Auto stehen lassen, weil er dachte, dass er in seinem Zustand nicht selber fahren könne. Er war die ganze Nacht bei mir, er konnte nicht mehr allein schlafen, aus Furcht vor diesen Zuständen. Er war vollkommen fertig. Ich habe Angst um ihn gehabt, aber ich wollte ihn auch nicht ständig um mich haben.«

»Sie haben ihn am nächsten Tag wieder nach Hause geschickt.«

»Ja. Ich wollte doch gar nicht mehr mit ihm zusammen sein. Ich… Wir waren doch geschieden. Er hatte mich betrogen, ich hatte ihn betrogen, wir haben uns gestritten, und irgendwann war unsere Liebe tot. Und ich wollte ein neues Leben ohne ihn. Es gab einen anderen Mann, mir ging es wieder gut, und ich bin nun einmal keine Krankenpflegerin.«

»Das ist okay«, sagte Mona sanft.

»Ich kann mich doch nicht mein ganzes Leben um ihn kümmern!« Das klang wie ein Aufschrei.

»Nein«, sagte Mona beruhigend. »Das hätte keiner von Ihnen verlangen können.«

Die Frau begann nun doch zu weinen. Mona zündete ihr eine Zigarette an, beugte sich vor und schob sie ihr zwischen die Lippen. Die Frau lächelte unter Tränen und zog daran. »Es tut mir Leid«, sagte sie zum zweiten Mal.

»Sollen wir eine Pause machen?«, fragte Mona.

»Nein. Es geht schon.« Claudia Gianfranco holte ein Taschentuch aus ihrer Handtasche, wischte sich die Augen und schnäuzte sich. Etwas Wimperntusche war verlaufen, aber keiner der Anwesenden machte sie darauf aufmerksam.

»Was ist danach passiert?«, fragte Mona. »Ich meine, haben Sie noch einmal mit ihm telefoniert oder sich gemailt oder etwas in der Art?«

»Ja, wir haben ganz oft telefoniert. Er hat… Er hat mir erzählt, dass er wollte, dass Plessen dieses Ritual bei ihm wiederholt. Es wurde die nächste fixe Idee von ihm. Aber Plessen…«

»Ja?« Mona horchte auf.

»Er hatte wohl keinen freien Termin mehr für Paolo. Also, ich kann das verstehen, der Mann war total ausgebucht, inzwischen kam ja auch die Fernsehsendung, die seine Therapie dann auch hierzulande erst richtig bekannt gemacht hat.«

»Ja.« Mona erinnerte sich wieder an die Sendung, an Plessens gelassene Art und an den hektischen Moderator mit seinem ungeschickten Gestammel. Und plötzlich, als hätte sich in ihrem Kopf eine Tür geöffnet, erinnerte sie sich noch an etwas anderes.

Das verzückte Publikum. Ein Schwenk der Kamera, die begeisterten Gesichter der Leute. Ihr war das damals etwas aufgestoßen, und sie hatte sich überlegt: War das vielleicht gar nicht das normale Publikum? Hatte Plessen einfach seinen Fanclub ins Studio befehligt?

»Plessen konnte Paolo also erst einen Termin für den kommenden Herbst geben.«

»Aha«, sagte Mona langsam.

»Darüber hat Paolo sich furchtbar aufgeregt.«

»Ja, das kann ich verstehen. Was hat er denn genau gesagt?«

»Dass er das eine Schweinerei findet. Dass man so nicht mit Menschen umgehen kann. Solche Sachen.«

»War er jemand, der zur Gewalt neigt?«

»Nein. Eigentlich nicht.«

»Hat er Drohungen ausgesprochen. Gegen Plessen?«

»Drohungen? Nein, das nicht. Aber er war besessen von diesem Mann. Er hat ihn bestimmt noch zwei-, dreimal angerufen, damit dieser Plessen den Termin doch vorverlegt. Aber es hat nicht geklappt.«

»War das typisch für ihn? Ich meine, sich mit Absagen nicht abzufinden – hat er öfter so auf ein Nein reagiert?«

Die Frau dachte nach. Dann sagte sie: »Er konnte schon sehr penetrant sein. Mit Abfuhren hat er ganz schlecht umgehen können.«

»Da wurde er schon mal aggressiv?«

»Ja. Er konnte schon … Er konnte dann richtig heimtückisch und intrigant sein.«

»Ist er vielleicht doch mal gewalttätig geworden? Ich meine körperlich?«

Claudia Gianfranco senkte den Kopf, Berghammer machte eine hastige Bewegung, die Mona mehr spürte als sah. »Frau Gianfranco?«, hakte sie nach.

»Ich… Das habe ich gestern Ihren Kollegen schon…«

»Ich würde es gern auch noch mal hören.«

Claudia Gianfranco machte ein Geräusch, als würde sie alle Luft, die in ihr war, von sich geben. »Okay«, sagte sie wie jemand, der sich nicht mehr wehren mag. »Er hat mich mehrfach geschlagen. Nicht oft – vielleicht zwei- oder dreimal.«

Berghammer und Fischer fuhren beinahe hoch, Mona wandte nun doch den Kopf nach links zu Fischer und rechts zu Berghammer. Die Gesichter der beiden waren undurchdringlich, aber sie saßen plötzlich kerzengerade da, und somit war eins klar: Das hatte die Frau ihnen gestern nicht erzählt. Mona spürte ein leichtes Triumphgefühl, ihre Aktien stiegen messbar bei Berghammer, obwohl diese Aussage zwar gut klang, aber immer noch nichts bewies. Nicht das Geringste außer – immerhin – die Bereitschaft zur Gewaltanwendung.

»Entschuldigen Sie, dass ich das frage«, sagte Mona. »Aber wie hat er Sie geschlagen? Wie lief das ab?«

»Einmal eine Ohrfeige. Einmal knallte er mich an die Wand. Ich bin ziemlich kräftig, wissen Sie. Aber Männer sind immer stärker. Immer.«

»Ja, ich weiß.«

»Das ist eine frustrierende Erfahrung.«

»Ich weiß. »

Die beiden Frauen schwiegen, als seien sie allein im Raum. Schließlich fragte Mona: »Möchten Sie etwas trinken oder essen? Sich frisch machen?«

»Nein.«

»Möchten Sie…«, es war nur ein Instinkt, mehr nicht, »… vielleicht noch etwas loswerden? Etwas, das hier noch nicht zur Sprache gekommen ist?«

Ein leiser Seufzer. Dann: »Ja… also…«

»Ja?«

»Da ich schon mal dabei bin… Ich bin da gestern nicht mehr so dazu gekommen.« Claudia Gianfranco sah Fischer und Berghammer entschuldigend an.

»Worum geht's denn?«

»Ich, ich weiß nicht, ob dieser Plessen wirklich nur Opfer ist.«

»Wie meinen Sie das?«

»Er… Als es Paolo so schlecht ging, habe ich etwas recherchiert, im Internet. Ich habe mir Zusammenschnitte von seinen Fernsehauftritten besorgt. Ich finde, er ist eine sehr zweifelhafte Person mit sehr zweifelhaften Ansichten.«

»Inwiefern?«, fragte Mona aufmerksam und in dem Bewusstsein, dass sie genau das versäumt hatten: sich näher mit den Theorien zu befassen, nach denen Plessen arbeitete. Mona hatte Plessen vernommen, und er hatte ihr bei dieser Gelegenheit ein paar Grundzüge erklärt, aber das war alles gewesen und bestimmt nicht genug. Zu wenig Zeit war kein Argument. Zu wenig Lust, sich in eine ihr fremde Materie zu vertiefen, dicke, schwierige Bücher zu lesen und davon nur die Hälfte zu kapieren: Das traf die Sache schon eher. Die nächste stürmische Regenfront verdunkelte das Büro, und Fischer stand auf, um das Licht anzumachen.

»Inwiefern?«, wiederholte sie, als Claudia Gianfranco sichtlich nach Worten suchte.

»Kennen Sie den Fall der Frau, die krebskrank war und die Plessen dazu bringen wollte, alle Hoffnung fahren zu lassen, weil angeblich nur ihr Tod ihre Familie retten könnte?«

»Nein«, sagte Mona, und dann fiel ihr Sonja Martinez ein. Das hörte sich irgendwie ähnlich an.

»Der Tod ist etwas Schönes. Lassen Sie sich fallen in das Unvermeidliche.«

»Das hat Plessen gesagt?«

»Ja. Sie müssen wissen, in der Schweiz ist Plessen schon etwas länger bekannt als hier. Er hat einige Seminare öffentlich abgehalten. Ich war bei einem in Zürich dabei, als Zuschauerin. Die Frau hat geweint. Sie hatte die Hoffnung zu überleben, und dann sagt ihr einer, stirb, du störst hier nur noch.«

»Hat Plessen das wirklich so gesagt?«

»Das musste er doch nicht! Die Botschaft ist doch sowieso klar!«

»Was haben Sie sonst noch herausgefunden?«

»Die Theorien, an die er glaubt, sind sehr konservativ. Ehre deine Eltern, egal wie sie zu dir waren, denn sie sind Teil eines größeren Ganzen, lautet eine von ihnen. Eine andere ist, dass ältere Männer keine jüngeren Frauen heiraten dürfen, und ältere Frauen keine jüngeren Männer. Dass Männer niemals zum Wohnort, zur Familie ihrer Frau wechseln dürfen, nur umgekehrt sei das möglich.«

»Warum?«

»Das würde die quasi naturgegebene familiäre Dynamik stören. Wenn jemand widerspricht, ruft er ins Publikum: Und, wie war das bei Prinzessin Anne und ihren Männern, die alle nicht geblieben sind? Dann lachen alle und vergessen, dass bei Prinzessin Diana und Prinz Charles seiner Theorie zufolge ja wohl alles richtig gelaufen ist. Aber diese Ehe hat ja wohl auch nicht funktioniert.«

»Äh, nein, das stimmt.«

»Dazu kommt, dass er immer diese Leute um sich herum hat. Sie sind wie … Jünger. Es gibt zum Beispiel Artikel über ihn in seriösen Blättern, die von seinen Leuten lanciert und geschrieben wurden, und die Redakteure haben es nicht einmal gemerkt.«

»Aha.« Wieder dachte Mona an die Fernsehsendung mit den gedungenen Claqueuren Plessens (oder bildete sie sich das jetzt nur ein?).

»Ich kann Ihnen das Material geben.«

»Ja. Danke.«

»Ich hasse diesen Mann«, sagte Claudia Gianfranco. »Ich würde alles tun, um …«

»Frau Gianfranco!«

»Paolo ist sein Opfer, ich bin absolut überzeugt davon.«

»Würden Sie Paolo …, würden Sie ihm zutrauen, dass er einen Mord begeht?«

»Ich habe die ganze Nacht darüber nachgedacht. Gestern hätte ich noch gesagt: nie im Leben. Niemals.«

»Aber?«, fragte Mona.

»Er hat sich sehr verändert die letzten Wochen … Ich weiß es einfach nicht.«

»Was glauben Sie, was mit ihm passiert ist?«

»Ich glaube, ich bin sicher, dass er Opfer einer Gehirnwäsche geworden ist.«

Vielleicht, dachte Mona, aber das macht ihn ja noch lange nicht zu einem Mörder.

»Wissen Sie«, sagte Claudia Gianfranco, und ihre Stimme wurde lauter und hektischer, und nun merkte man erst richtig, wie oft und intensiv sie sich mit diesem Thema beschäftigt hatte: »Die Leute kommen zu diesem Plessen oder einem anderen, der arbeitet wie er, mit den Bruchstücken ihrer Familiengeschichte. Mehr haben sie nicht in der Hand, nur diese paar Puzzlestückchen. Denn mehr hat man doch nie, da kann man doch recherchieren wie man will, die ganze Wahrheit kennt keiner, weil die so viele individuelle Facetten hat, da wird man ja schon beim Suchen verrückt! Und dann erwarten diese armen Leute, dass jemand diese unvollständigen Puzzlestückchen alle wieder zusammensetzt und die Leerstellen mit seinen Erkenntnissen ergänzt, damit sich ein Bild ergibt, eine schlüssige Story. Und plötzlich sehen die Leute ihr Leben wie ein Drama mit Anfang, Höhepunkt und Schluss. Und mir ist schon klar, viele wollen das so. Es macht sie zu jemandem. Zu einer Persönlichkeit mit einer individuellen Geschichte. Ich verstehe das schon.«

»Frau Gianfranco…«

»Und sie wollen und brauchen das, um sich selbst vollständig zu fühlen. Verstehen Sie, was ich meine? Aber das ist letztlich eine Illusion. Wir werden nie die ganze Wahrheit kennen, nur unsere individuelle Version davon. Und manche bezahlen bitter für diese Illusion.«

»Sie meinen Ihren Exmann.«

»Ja. Paolo hätte da nie hingehen dürfen.«

»Sie haben sich richtig damit auseinander gesetzt.«

»Ein paar Wochen lang, ja. Dann habe ich es wieder gelassen. Ich habe versucht, Paolo von dieser Sache abzubringen, aber er hat nicht losgelassen. Im Gegenteil…«

»Ja.«

»Man kann machen, was man will. Menschen ändern sich

nicht. Wenn sie eine fixe Idee haben, lassen sie sich nicht überzeugen.«

»Das stimmt sicher. Frau Gianfranco…«

»Ja?«

»Danke, dass Sie uns so geholfen haben!«

Die Frau sah Mona an, ihre Augen waren jetzt sehr groß und voller Tränen. Mona konnte nicht anders: Sie griff über den Schreibtisch nach der Hand Claudia Gianfrancos. »Sie haben eine Menge durchgemacht«, sagte sie. »Können wir noch irgendetwas für Sie tun?«

Claudia Gianfranco entzog Mona ihre Hand. Sie schien aufzuwachen und wurde im Handumdrehen wieder zu der beherrschten, selbstbewussten Frau, die sie der Öffentlichkeit präsentierte, auch wenn sie im Privatleben gern einmal schwach gewesen wäre. Aber das würde immer ein Wunschtraum bleiben, denn sie gehörte zu der Art Frau, der man Schwächen nicht erlaubte. Von der man im Gegenteil verlangte, dass sie stets mit allem fertig wurde. Und die deshalb immer wieder an Leute wie ihren Exmann geraten würde, deren Leben sie in die Hand nehmen musste und die selbst nach der Trennung noch an ihrem schwesterlichen Rockzipfel hingen.

Was sie wohl für eine Familie hatte? Welche »Bestimmung« ihr wohl das Leben schwerer machte als notwendig?

Fragen, die sie nicht weiterbrachten. Hatte diese Vernehmung sie weitergebracht?

Mona zweifelte daran.

Frau Gianfranco stand auf und schüttelte ihnen allen dreien mit einer gewissen Feierlichkeit die Hand. Fischer und Berghammer standen sogar auf; soweit Mona aus den Augenwinkeln sehen konnte, hatten sie reichlich belämmerte Gesichter. Dann sahen sie ihr nach, wie sie hoch aufgerichtet und mit sicherem Schritt das Büro verließ und die Tür leise hinter sich schloss.

31

Donnerstag, 24. 7., 13.00 Uhr
Die Konferenz des Tages fand in voller SoKo-Besetzung statt: Berghammer, Mona, die Mitglieder der MK 1, jeweils ein Mitglied der übrigen vier Mordkommissionen, Clemens Kern und Sigurd Wimmer von der OFA und die zwei LKA-Beamte Daniel Radomski und Michael Schütz. Mona rutschte unruhig auf ihrem Stuhl hin und her: Sie wollte keine weitere Besprechung. Sie wollte Plessen vernehmen, mit David Gerulaitis telefonieren (auch heute früh war er nicht zu erreichen gewesen, auf seinem Festnetzanschluss lief der Anrufbeantworter, auf seinem Handy die Mailbox), kurz: aktiv werden, statt reden. Mona hatte nicht direkt etwas gegen SoKos, in der Theorie waren sie hervorragende Einrichtungen. Vor allem wenn einem die Medien im Nacken saßen und Ergebnisse verlangten, die sie drucken oder senden konnten, machte sich die Errichtung einer SoKo immer gut. Aber wahr war eben auch: Je mehr Leute an einem Fall arbeiteten, desto langwieriger gestaltete sich die Koordination der Ergebnisse, desto schwerfälliger wurden die internen Abläufe, desto weniger Raum blieb für spontane Entscheidungen. Und viele der nötig gewordenen Besprechungen gerieten zu lang und waren deshalb einfach Zeitverschwendung.

Aber so etwas sagte man nicht. Und als Leiterin der MK 1 konnte es sich Mona auch nicht erlauben, der Veranstaltung einfach fernzubleiben und ermittlungstechnisch ihr eigenes Süppchen zu kochen. Wozu sie durchaus neigte und was ihr Berghammer auch schon vorgeworfen hatte: dass sie im Grunde ihres Herzens alles andere war als ein Teamplayer, dass aber Ermittlung Teamarbeit sei und nicht für Einzelkämpfer geeignet, die sich profilieren wollten. Und so weiter.

»Ich hätte gern was zu erzählen auf der PK«, begann Berghammer, was übersetzt hieß: Gebt mir was, Leute. Möglichst ein Ergebnis, mit dem wir punkten können. Forster hob seine

Hand, Mona erteilte ihm das Wort, Forster machte ein triumphierendes Gesicht. »Dieser Gianfranco hat eine Anklage wegen Nötigung bekommen«, sagte er und tippte mit seinem Kugelschreiber auf seinen offenen Block.

»Und?«, fragte Mona. »Verurteilung?«

»Das nicht«, sagte Forster und sah Mona an, als sei sie ein Spielverderber. »Die Anklage musste fallen gelassen werden. Keine Beweise.«

»Wer hat ihn angezeigt?«

»Eine Sylvia Schmidt aus Zürich. Wir suchen sie noch. Ich meine, das Ganze ist zehn Jahre her und ...«

»Zehn Jahre?«

»Ja und? Nötigung ist immerhin ...«

»Schon gut«, sagte Mona. »Also Nötigung.«

»Er war damals Medizinstudent und diese Sylvia Schmidt seine – äh – Kommilitonin oder wie man das nennt. Er hätte sie unsittlich berührt und auch bedroht.«

»Wie bedroht?«

»Eher erpresst als bedroht. Sie hatte zu diesem Zeitpunkt was mit ihrem Professor und wollte nicht, dass das rauskommt. Er hat gesagt, wenn sie ...«, Forster machte eine einschlägige Geste mit den Händen, was ihm beifälliges Grinsen eintrug, »... dann würde er nichts sagen. Diese Sylvia fand das gar nicht witzig und so kam es zur Anklage.«

»Wie endete das Ganze?«

»Er hat alles abgestritten und behauptet, in Wirklichkeit sei sie in ihn verliebt gewesen. Wie gesagt: Die Anklage wurde fallen gelassen aus Mangel an Beweisen. Gegen ihn ausgesagt hat auch keiner.«

»Ziemlich vage Geschichte«, bemerkte Mona, was ihr einen ärgerlichen Blick von Berghammer eintrug. Berghammer hatte sich auf diesen Täter eingeschossen, das war ihr klar, und sie wusste auch, warum, aber das Problem war: Sie glaubte überhaupt nicht daran. Keine Sekunde lang, schon gar nicht nach dieser Vernehmung. Dabei, dachte sie, ließ sie die Fakten keineswegs außer Acht: Paolo Gianfranco war mit Sicherheit ein unglücklicher, vielleicht auch ziemlich neurotischer Mensch gewesen, er hatte sich zu den Tatzeiten in der Stadt aufgehalten, er hatte jeweils kein Alibi, er hatte Zugang zu Heroin und war selbst süchtig gewesen, und er hatte nicht zuletzt Grund, Plessen zu hassen. Trotzdem. Das Muster der beiden Taten, Clemens Kerns ausgefeiltes Psychogramm des Täters: Da stimmte einfach nichts überein.

Andererseits war das nicht unbedingt ein Argument, gab Mona vor sich selbst zu.

»Clemens«, sagte sie. »Was meinst du?«

Und Kern sagte zu ihrer Erleichterung genau das, was sie erwartet hatte, wenn auch auf seine vorsichtig gewundene Art: »Er ist … Also, er passt nicht wirklich in unser Profil. Natürlich sagt das nicht zwangsläufig aus, dass er es nicht war, aber …«

»Eben«, sagte Berghammer und hörte sich an wie ein trotziges Kind. Was ihm überhaupt nicht ähnlich sah und nur zeigte, wie sehr ihm dieser Fall an die Nieren ging. Aber nicht nur seine Nerven lagen blank, dachte Mona, und jeder falsche Verdächtige kostete sie mehr Zeit, als sie hatten.

»Wir hatten«, fuhr Kern fort, »einen Serientäter anvisiert, das weißt du ja so gut wie ich, Martin, und in dieses Schema passt er nicht rein.«

»Serientäter können auf ihre Umgebung ganz normal wirken …«

»Schon«, sagte Kern. »Aber Patrick«, er sah zu Bauer, der prompt wieder rot wurde, »hat sich bei Gianfrancos Familie und seinen Freunden umgehört, er hat mit der Mutter und seinen beiden Schwestern telefoniert, und was die erzählt haben …«

»Ja? Was haben die denn so erzählt?«, fragte Berghammer mit unwirscher Stimme und richtete einen so ungnädigen Blick auf Bauer, als sei der dabei, ihm den ganzen Fall zu verderben. Sofort befand sich Bauer mit seinem glühenden Gesicht im Mittelpunkt des Interesses und blätterte mit zitternden Fingern fahrig in seinem Block herum: Es war eine Katastrophe zu befürchten, und Mona konnte ihm nicht helfen. Diesmal nicht. Doch dann ergriff Kern – und dafür würde Mona ihm ewig dankbar sein –

wieder das Wort. »Wenn du erlaubst«, sagte er zu Bauer, »fasse ich einfach mal deine Ergebnisse zusammen, wie sie sich mir darstellen.« Bauer nickte erleichtert, Berghammer machte ein Gesicht, als würde er Kern am liebsten in die Parade fahren und Bauer nach allen Regeln der Kunst bloßstellen, aber glücklicherweise siegte sein im Grunde freundliches Naturell, und er nickte Kern zu.

»Dieser Paolo Gianfranco war ein freundliches, kontaktfreudiges Kind«, sagte Kern. »Er war als Jugendlicher überall beliebt. Er hatte auch als Student viele Freunde. Er war bestimmt sehr...äh... verwöhnt und empfindlich, und er konnte tatsächlich unangenehm werden, wenn er seinen Willen nicht bekam. Er war ein impulsiver Typ, nicht sehr diszipliniert, er hat sich nicht immer korrekt verhalten. Aber seine Veränderungen zum Negativen hin, von denen auch seine Familie berichtet, sind alle in die Zeit gefallen, in der er bereits süchtig war. Lassen wir diese Anzeige wegen Nötigung mal außer Acht, schließlich hat es da keine Verurteilung gegeben, dann bleibt übrig: Er hat in den letzten anderthalb Jahren die typischen Symptome eines Süchtigen gezeigt: Egozentrik, Nervosität, Angstzustände. Nun zu Plessen. Diese Therapie hat sicher etwas in Gianfranco ausgelöst, aber es... Ich glaube, es reicht einfach nicht für einen derart ausgeklügelten Rachefeldzug.«

»Wenn es das war«, warf Fischer ein. »Bisher ist das doch bloß eine Annahme. Wir haben bislang lediglich zwei Morde und...«

»Sicher.« Kern zögerte.

»Bis jetzt gibt es, wie gesagt, zwei Morde. Sie *könnten* Serientaten sein. Sie müssen aber nicht.«

Mona schaltete sich ein. »Ich glaube auch nicht an Gianfranco«, sagte sie, und es war ihr egal, ob sie Berghammer damit zur Weißglut trieb (was sie tat, sie sah es an seinem Gesicht). Und dann setzte sie noch einen drauf, denn, verdammt noch mal, die Zeit drängte, und so kamen sie einfach nicht weiter. »Ich glaube, wir sind auf der total falschen Spur mit diesem Gianfranco. Ich glaube, wir hätten uns von Anfang an viel mehr auf Plessen konzentrieren müssen.«

»Mona«, sagte Berghammer, »du …«

»Nein, jetzt hör du mir mal zu, Martin. Du willst Ergebnisse sehen, und das verstehe ich, aber Gianfranco ist kein Ergebnis, Gianfranco ist ein Irrtum. Der gehört nicht zu den Typen, die sich so was fein säuberlich ausdenken, mit Plan und Wohnung auskundschaften und allem Drum und Dran. All diese akribischen Vorbereitungen, die für so eine Tat notwendig sind: Das ist – war – nicht Gianfrancos Art. Der war zu impulsiv und emotional dafür. Hätte er Plessen umbringen wollen, dann wäre er hingefahren und ihm an die Gurgel gegangen. Wenn er das fertig gebracht hätte, denn wir wollen nicht vergessen, der hatte Depressionen und Angstzustände. Der war wahrscheinlich gar nicht in der Lage …«

»Du hast ja wohl vor allem eins vergessen: wie wir ihn gefunden haben!« Das war Fischer, der sich nun ostentativ auf Berghammers Seite stellte, um sie zu ärgern (und natürlich: um ihr zu schaden).

»Hab ich nicht«, sagte Mona und wandte sich ihm zu, frontal, damit Fischer sie nicht länger von der Seite angehen konnte. »Klassische Nachahmertat. Mehr nicht. Vielleicht wollte er sich nicht einmal umbringen, vielleicht hat ihm nur die Sache mit den Buchstaben irgendwie gefallen. Vielleicht war die Überdosis ein Versehen.«

»Blödsinn!«

»Denn«, fuhr Mona fort, »Ihr wisst so gut wie ich, dass die Überdosis nur gering war. Hätte man ihn rechtzeitig gefunden, wäre er gerettet worden. Das stimmt doch, oder?«

Schweigen breitete sich aus. Es stimmte, Herzog hatte es ihr fünf Minuten vor der Konferenz bestätigt. »Es kann ein Versehen gewesen sein und dann …«

»Blödsinn«, unterbrach sie Fischer zum zweiten Mal, und nicht einmal er hätte sich diese Unverschämtheiten herausgenommen, wenn er nicht sicher gewesen wäre, dass Berghammer ihm den Rücken stärken würde. »Man ritzt sich keine Buchstaben in die Haut, um dann …«

»Ja«, sagte Mona. »Was? Um was zu tun? Sich umzubringen?

Diese ganzen Vorbereitungen, und dann hat er nicht mal an einen Abschiedsbrief gedacht?«

»Die Buchstaben auf seinem Arm – das war doch sein Abschiedsbrief! Das sieht doch …«

»Das ist schon möglich«, sagte Mona. »Möglich, Hans, – mehr nicht. Alles andere ist Spekulation, ich bleib dabei. Es würde uns gut in den Kram passen, aber ich sehe Gianfranco trotzdem nicht als Täter. Mord im Affekt – das vielleicht. Aber nicht Heimtücke. Kein von langer Hand vorbereiteter Racheakt. Kein Mann, der sich ewig mit der Materie beschäftigt, der die perfekte Gelegenheit abwartet, der absolut planvoll vorgeht, bevor er zuschlägt.«

»Tolle *Analyse*, Mona. Wirklich … *tief gehend*. Bist du unter die Psychos gegangen, hab ich da was verpasst?«

»Hört auf«, sagte Berghammer. Er machte eine Miene, als würde ihn das alles nichts angehen, aber Mona kannte ihn gut genug um zu wissen, dass es in ihm brodelte.

»Gern«, log Mona, während sich im Konferenzraum Grabesstille ausbreitete. Bis spätestens heute Abend würde die Fehde Fischer gegen Seiler im ganzen Dezernat die Runde gemacht haben, und in diesem Moment hasste Mona Fischer so leidenschaftlich, dass sie sich zusammennehmen musste, um nicht zum tätlichen Angriff überzugehen. Aber immerhin sah sie Fischer an – nein: Sie starrte ihn nieder, so lange, bis er mit verbissenem Gesicht den Kopf abwandte. Ein kleiner Sieg, aber ein Sieg. Dem noch mehrere folgen mussten: Sie musste Fischer ausschalten, ein für alle Mal, bevor er dasselbe mit ihr tat. Es gab keine Zusammenarbeit mit diesem Mann; sie hatte das viel zu lange nicht einsehen wollen.

»Vorschlag zur Güte«, sagte sie zu Berghammer, bevor der sich etwas ausdenken konnte, was sie noch mehr Zeit kostete als die Geschichte mit Gianfranco.

»Mona …«

»Ich ermittle weiter Richtung Plessen und Patrick hilft mir. Ihr konzentriert euch auf Gianfranco.«

»Also …«

»Du sagst auf der PK, wir untersuchen zurzeit den Selbstmord eines Arztes, der Patient von Plessen war und eventuell mit der Tat in Verbindung gebracht werden kann. Wahrscheinlich haben die Medien den Zusammenhang sowieso schon hergestellt.«

Berghammer sagte nichts darauf. Er betrachtete sie mit einem Ausdruck, den sie nicht recht deuten konnte, aber etwas sagte ihr, dass sie gewonnen hatte.

Fürs Erste.

»Okay?«, fragte Mona.

»Mach, was du willst«, sagte Berghammer schließlich mit einer Stimme, die zwischen Resignation und unterdrückter Wut schwankte, und der Rest der Runde spitzte überrascht die Ohren, denn so einen Spruch hatte noch niemand von ihm gehört.

32

Donnerstag, 24. 7., 13.00 Uhr

Bei Kindern schlich die Zeit im Minutentakt, bei Erwachsenen raste sie im Stundentakt, und bei alten Menschen zirkulierte sie um sich selbst. Helga Kayser hatte immer noch ein hervorragendes Gedächtnis, aber für sie war die Zeit kein Fluss mehr mit einer definierten Richtung, sondern ein See, in den sie eintauchte, wann es ihr beliebte. Dann durchdrangen sich Gegenwart und Vergangenheit, als wären sie eins, und es spielte plötzlich keine Rolle mehr, ob ein Ereignis fünf Minuten oder fünfzig Jahre zurücklag – die Intensität der Erinnerung veränderte sich nicht mehr. Und es gab noch andere Phänomene, die sie an sich beobachtete, seitdem sie die siebzig überschritten und ihr Mann sie als Witwe zurückgelassen hatte. Woran sie sich zum Beispiel niemals gewöhnen konnte, war die zunehmende Gebrechlichkeit, die sich durch die Operationen und die anschließenden qualvollen Behandlungen noch verstärkt hatte. Jeden Tag wachte sie auf und ärgerte sich über ihren Körper, der sie immer mehr im Stich ließ. Was so gar nicht mit dem Lebensgefühl übereinstimmte, das sich bei Helga Kayser irgendwo zwischen fünfzig und sechzig eingependelt hatte – eine der wenigen Illusionen, die sie sich noch leistete, denn vor sich selbst zuzugeben, dass man auf die achtzig zuging? Da konnte man, dachte sie, doch gleich dem Sensenmann eine persönliche Einladung zukommen lassen!

Ging das allen alten Leuten so? Sie wusste es nicht, es interessierte sie auch nicht. Sie sprach ohnehin kaum noch mit anderen Menschen, außer das Notwendigste, zum Beispiel beim Einkaufen oder bei den wöchentlichen Nachuntersuchungsterminen im Krankenhaus. Ihre Nachbarin zur Rechten, mit der sie sich viele Jahre lang recht gut verstanden hatte, war vor einigen Wochen gestorben, das Haus zur Linken stand zum Verkauf, seit sein Besitzer in ein Seniorenwohnheim gezogen war. Helga Kayser war nie schüchtern gewesen, aber jetzt, im Alter, hatte sie jede Lust verloren, neue Kontakte zu knüpfen. Sie hatte genug erlebt, genug Leute gekannt, kein weiterer Bedarf, danke schön!

Dieser Donnerstagmorgen war, wie so oft, eine Quälerei gewesen. Sie hatte Nierenschmerzen und wieder einmal Blut im Urin, und was das bedeutete, brauchte ihr kein so genannter Experte zu erzählen. Sie beschloss dennoch, nicht schon heute, sondern erst wieder am nächsten Montag, ihrem regulären Termin, in die Klinik zu gehen. Sie wusste nicht, wie lange sie diesen Entschluss durchhalten konnte – ging es einem schlecht, war Einsamkeit doppelt schwer zu ertragen –, aber schon der Gedanke an das hilflose Gesicht ihres Arztes nahm ihr jeden Elan. Die Medizin, so stand es überall zu lesen, hatte unglaubliche Fortschritte gemacht; Krankheiten, die noch vor einem Jahrhundert als Todesurteil galten, konnten heute ruckzuck geheilt werden.

Woran lag es also, dass die Ärzte sich heutzutage unsicherer benahmen als jeder medizinische Laie?

In ihrer Jugend hatte es sich doch um einen geachteten Beruf gehandelt! Ein Herr Doktor, erinnerte sie sich, konnte sich des demütigen Respekts seiner Patienten sicher sein, und war auch entsprechend aufgetreten: selbstbewusst und mit dieser onkelhaft-allwissenden Autorität, die besser gewirkt hatte als jedes Medikament. Heute gaben einem Ärzte nicht einmal mehr Ernährungsratschläge. *Nehmen Sie Ihre Medizin, essen Sie, was Ihnen schmeckt, und wenn Sie was nicht vertragen, lassen Sie es weg,* hieß es unisono. Was doch nichts anderes bedeutete als: Was immer Sie versuchen, um Ihre Krankheit aus eigener Kraft in den Griff zu bekommen, ist völlig umsonst. Vielleicht äußerte sich auf diese Weise einfach nur der typische Frust der Onkologen. Kein Wunder, schließlich ging es mit den Heilchancen ausgerechnet jener Krankheit, der sie sich verschrieben hatten, überhaupt nicht voran. Helga Kayser jedenfalls war bereits recht direkt und schonungslos mitgeteilt worden, dass es in ihrem Fall keine Hoffnung mehr gab. Man könne ihr aber eine Kur verschreiben, falls sie das wünsche, ein Angebot, das Helga Kayser umgehend abgelehnt hatte. Eins wollte sie sich bestimmt nicht auch noch zumuten: den Anblick anderer todgeweihter Patienten in fortgeschrittenen Stadien des Siechtums, an denen sie ihren Zustand in naher Zukunft studieren konnte.

Heute Morgen hatte sie sich mühevoll angezogen – der Schmerz war geblieben, dumpf und monoton – und versucht, ohne Appetit etwas zu frühstücken. Aber das sorgfältig mit Butter und Honig bestrichene Brötchen war dann doch unberührt auf ihrem Teller liegen geblieben, und zu sich genommen hatte sie nur ihren geliebten Milchkaffee mit viel Zucker und einem Schuss Sahne. Nun saß sie schon seit Stunden auf ihrem Sofa in ihrem Wohnzimmer und sah in den Regen hinaus, als Gesellschaft nur den Schmerz, der sie nicht eine Sekunde lang allein ließ.

Als jüngere Frau hatte sie sich natürlich ab und zu Gedanken darüber gemacht, was sie in einem hoffnungslosen Krankheitsfall wie dem ihren tun würde, und sie war sich sicher gewesen, dass sie ihrem Leben im richtigen Moment selbst ein Ende setzen würde. Aber geriet man dann wirklich in die Situation (die man, war man ehrlich, nie für möglich gehalten hätte; solche

Katastrophen betrafen doch immer nur andere!), stellte sich die Sache mit dem freiwilligen Abgang etwas anders dar. Egal, was Helga Kayser gestern zu der Kommissarin gesagt hatte, Tatsache war, dass sie trotz ihrer körperlichen Probleme keineswegs sterben wollte. Der Lebenswille, erkannte sie in hellsichtigen Momenten, starb ganz zuletzt, sicher ein Erbe aus archaischer Vorzeit, in der diejenige Art am längsten Bestand hatte, die am erbittertsten um ihr Dasein kämpfte.

Sie nahm eine alte Zeitschrift vom Stapel und blätterte sie durch, um die Zeit herumzubringen, bis sie den Fernseher einschalten konnte. Vormittags und mittags liefen nur Boulevardnachrichten oder Talkshows, in denen Menschen mit schadhaften Zähnen in mangelhaftem Deutsch aufeinander einbrüllten, und das konnte sie in ihrem Zustand nicht ertragen. Es war sehr still, nur der Regen rauschte vor ihrer Terrassentür. Sie war heute noch gar nicht draußen gewesen, hatte nicht einmal ein Fenster aufgemacht, aber es hatte sicher erheblich abgekühlt, und vielleicht kamen daher auch ihre Nierenschmerzen, redete sie sich ein, während sie ohne jedes Interesse Servicemeldungen überflog, in denen es um schlaues Steuernsparen, die perfekte Autopflege und neueste psychologische Erkenntnisse ging. Verheiratete Männer lebten länger als Singles, stand zum Beispiel in der Zeitschrift, wohingegen bei Frauen die Ehe keinerlei messbaren Effekt auf deren Lebensdauer hatte.

Soso.

Langsam nickte sie ein und träumte von ihrem Mann. Er saß auf einer Art Sessel mit einer Lehne aus schwarzen Federn. Er sah aus wie Gott und ermahnte sie, den Klempner zu benachrichtigen, weil der Abfluss wieder verstopft sei. Sein Zeigefinger fuchtelte vor ihrer Nase herum, und sie wollte zurückweichen, was aber nicht ging, da sich hinter ihr etwas wie eine Wand befand. Seine Stimme war viel sonorer als noch zu seinen Lebzeiten, ja, sie ertappte sich dabei, dass sie richtig Respekt vor ihm bekam – früher undenkbar, in ihrer Ehe hatte eindeutig sie die Hosen angehabt. Beeil dich, ich will dich hier haben, dröhnte die Stimme, und sie hörte sich zu ihrer eigenen Überraschung demütig antworten: Ja, Schatz, ich komme ganz bald zu dir. Und dann läuteten plötzlich liebliche Glöckchen, ein paar Schäfchenwolken zogen vorbei, die Sonne schien auf eine strahlend grüne Wiese, und ihr wurde ganz warm ums Herz.

Die Glöckchen hörten nicht auf zu klingeln, und schließlich wachte sie auf: Jemand läutete Sturm an ihrer Tür. Schlaftrunken tapste sie in die Diele und legte ihr Auge an den Spion. Ein Mann stand draußen. Er trug einen blauen Kittel und rief: »Paketpost.«

Sie wurde sofort misstrauisch. Seit vielen Jahren hatte ihr niemand mehr Pakete geschickt.

»Ich erwarte nichts«, rief sie durch den Briefschlitz.

»Es ist auch nicht für Sie. Ich wollte Sie fragen, ob Sie ein Päckchen in Empfang nehmen können«, sagte der Mann. Er hatte sich ebenfalls zum Briefschlitz heruntergebeugt, und sie sah seinen Mund. Rasch fuhr sie wieder hoch. »Für die Frau Smoltcyk«, hörte sie den Mann mit bittender Stimme sagen. Die fünfköpfige Familie Smoltcyk wohnte gegenüber, und Helga Kayser hatte kaum Kontakt zu ihnen, weil die Kinder frech waren und an den Wochenenden auf der Straße herumlärmten. Sie zögerte, ihre Hand hielt das Plättchen hoch, das den Spion bedeckte, wenn niemand heraussah.

»Das wäre sehr nett«, rief der Mann. Er hatte sich wieder aufgerichtet, sodass sie ihn gut sehen konnte. Er sah eigentlich normal und recht adrett aus, aber was hieß das schon?

»Sie müssen denen aber eine Nachricht hinterlegen. Ich geh nicht extra rüber!«

»Klar. Wir haben einen Vordruck, den werfe ich den … äh … Smoltcyks in den Briefkasten. Abholung ist deren Sache.«

Helga Kayser öffnete die Tür, nahm das Päckchen in Empfang und legte es auf die Konsole neben die Tür. Ihr fiel nicht auf, dass es zwar frankiert, aber nicht gestempelt war.

»Darf ich ganz kurz hereinkommen?«, fragte der Mann. Er war noch relativ jung und lächelte schief. »Ich müsste mal … Ich würde gern kurz Ihr Bad benutzen.«

»Nein«, sagte Helga Kayser. Vor solchen Bitten warnten einschlägige Fernsehsendungen seit Jahren, und sie hatte sich immer daran gehalten – man ließ, hieß es, die Kerle rein, und sie räumten einem die Bude leer, sobald man nicht hinsah, und manchmal passierte noch viel Schlimmeres. Außerdem war der Mann ihr nicht angenehm. Sie dachte an die Warnungen der Kommissarin.

»Bitte!«, sagte er, und es klang wie ein Flehen. Sein Gesicht war tatsächlich blass, fiel ihr auf. Vielleicht war ihm wirklich nicht gut, und sie… Aber nein, sie hatte ihre Prinzipien. »Ich lasse grundsätzlich keine fremden Leute in mein Haus.«

»Na schön«, sagte der Mann, und es sah so aus, als gäbe er nach. Er trat sogar, Helga Kaysers Wahrnehmung zufolge, einen Schritt zurück, er schien sich umzudrehen, zu ducken, und…

In der nächsten Sekunde lag sie plötzlich auf dem Rücken, der Mann befand sich über ihr, sein Gesicht war sehr groß, und sie sah vergrößerte Poren und ein paar rote Pickel auf seinem Nasenrücken, Akne, dachte sie, als ob das in irgendeiner Weise von Belang wäre, und dann spürte sie, wie er ihre Arme auf den Boden presste.

»Ganz ruhig«, keuchte er, »dann passiert Ihnen nichts«, aber sie glaubte ihm kein Wort, sie erkannte die Gefahr in seinen ausdruckslosen Augen, an der hektisch pochenden bläulichen Ader an der rechten Schläfe, sie nahm überhaupt so viel wahr, wie selten: Seine brennend roten Lippen, die aus der Nähe wie zerbissen aussahen, seine gelblichen Zähne, die ihr länger und breiter schienen als normal, seinen Mundgeruch, der ihn als Kaffeetrinker auswies. Seine Augen. Sie waren grau wie Kieselsteine, die Pupillen winzig wie Pfeilspitzen. Sie wusste: Wenn sie überleben wollte, musste sie sich wehren. Sie öffnete den Mund, um zu schreien, aber es kam nur ein verängstigtes Quieken heraus. Der Mann richtete sich auf, geschmeidig wie ein Tier. Er bückte sich zu ihr herunter, packte sie unter den Achseln und schleifte sie ins Haus, als wäre sie leicht wie ein Kind. Und während sie verzweifelt versuchte, ihre Stimme wiederzufinden, knallte ihr Kopf an eine Stufe und die Tür fiel ins Schloss. Es wurde dunkel um sie herum.

Benommen versuchte sie, sich aufzurichten, aber der Mann presste nun ein Knie auf ihren Brustkorb, was sie völlig bewegungsunfähig machte. Sie spürte den kalten Steinboden der Diele und hatte zum ersten Mal in ihrem Leben akute Todesangst. Sie sah zu ihm hoch, wollte etwas sagen, etwas fragen, aber er beachtete sie gar nicht. In seiner rechten Hand hielt er eine Spritze, mit der linken nahm er den transparenten Plastikschutz der Nadel ab, und nun wusste sie, was ihr blühte.

Heroin. Die Kommissarin hatte Recht gehabt. Heroin. Ein sanfter Tod, falls sie sich nicht weiter wehrte, das hatte sie selbst gesagt: dass es das war, was sie sich doch eigentlich nur wünschen konnte. Aber den Moment des Sterbens wollte sie sich schon selbst aussuchen, und ganz sicher sollte es nicht hier geschehen, in dieser unwürdigen, peinlichen Situation, während ihr die Perücke verrutschte! Die Schmerzen in der Niere waren wie ausgelöscht durch den Schock, und wer wusste schon, vielleicht gehörte sie doch zu jenen Ausnahmen, von denen man immer las, die Krebs überlebten und viele Jahre später ruhig in ihren Betten entschliefen …

Sie räusperte sich. Vielleicht wenn sie ganz ruhig mit ihm redete …

»Wer sind Sie?«, krächzte sie.

Der Mann sah auf sie herunter, mit spöttischem Grinsen. »Hallo, Großmutti«, sagte er, und jetzt erkannte Helga Kayser, wie lange er sich auf diesen Moment vorbereitet hatte, auf diese Wahrheit, die er ihr nun endlich ins Gesicht schleudern konnte. »Ich bin dein kleiner Enkel. Weißt du noch?«

Sie schloss die Augen. O ja, sie erinnerte sich an ihre Besuche, damals als die Mauer noch stand. Sie erinnerte sich an seine Schwester, die schon mit vierzehn Flittchen-Manieren gezeigt hatte, und natürlich auch an ihn, dieses finstere, abweisende Kind – nein, sie hatte weiß Gott keine großmütterlichen Gefühle für diese Brut aufbringen können. Und ihre Schwiegertochter erst, die überhaupt nicht zu ihrem Sohn passte, genauso wenig wie dieser unsympatische Nachwuchs, von dem sich Helga Kayser nie vorstellen konnte, dass es wirklich seiner war (dumm nur, dass die rein physische Ähnlichkeit zumindest damals nicht zu leugnen war)… »Mein Gott«, sagte sie schwach. Sie hatte sich schuldig gemacht, das stimmte. Nach dem Tod ihres Sohnes hatte sie den Kontakt zur Familie einfach eingestellt. Das war – nicht nett gewesen, sie gab es vor sich selbst zu. Sie hatte noch ein paar Jahre lang die üblichen Weihnachtspäckchen geschickt – sie fielen von Jahr zu Jahr kleiner aus; zum Schluss waren nur noch Schokolade und Kaffee drin gewesen –, aber nachdem die Familie nicht mal Dankesbriefchen geschrieben hatte, hatte sie auch das eingestellt.

Der Mann nahm ihren rechten Oberarm und band ihn mit einer Art Stoffgürtel ab. Diese Bewegungen waren Helga Kayser aus der Klinik vertraut, und tatsächlich schien der Mann so geschickt wie ein Arzt oder Krankenpfleger zu sein. »Es ist gleich vorbei«, sagte er mit geschäftsmäßiger Stimme, und das war die Sekunde, in der Helga Kayser sich geschlagen gab. Das Knie des Mannes auf ihrem Brustkorb schnürte ihr die Luft ab, von unten zog es kalt in ihren alten, geschwächten Körper, ihre Niere begann wieder zu schmerzen (es war die zweite, die nach der Operation verbliebene, ohne sie wäre sie abhängig vom Dialysegerät), und sie hatte plötzlich nicht mehr die Energie, sich zu wehren. Sie sah in die Augen ihres Peinigers, suchte dort nach etwas – sicher nicht Liebe, aber doch Beruhigung, so etwas wie eine Belohnung dafür, dass sie sich so brav und schicksalsergeben in seine Pläne fügte –, aber der Mann sah sie an wie ein Ding ohne Leben, ohne Persönlichkeit. Für ihn war sie jetzt schon eine Leiche. »Schluss jetzt«, sagte er, und sie spürte den Piks der Nadel und redete sich ein, dass man ihr Blut abnehmen und danach etwas gegen ihre Schmerzen geben werde, und das waren dann schon die letzten bewussten Gedanken ihres Lebens. Das Nächste, was sie spürte, war ein Blitz, der durch ihren Körper ging und gleich danach ein umfassendes Wohlbehagen.

Dann Atemnot.

Dann nichts mehr.

33

Donnerstag, 24. 7., 13.00 Uhr
Helmut fehlte. Das war es, was David sofort aufgefallen war, als er den Therapieraum betreten hatte. Er hatte Fabian gefragt, Franziska und Raschida, aber niemand hatte etwas gewusst, und schließlich hatte er aufgegeben. Sie saßen beim Essen und schwiegen. David blieb wachsam. Heute Nacht würde er mehr wissen.

34

Donnerstag, 24. 7., 13.18 Uhr
»Ich muss mit Ihrem Mann sprechen«, sagte Mona. »Es ist dringend.«

Sie hörte die verängstigte Stimme von Roswitha Plessen durch den Hörer und schloss genervt die Augen.

»Ich kann ihn jetzt nicht stören. Er hat … Er arbeitet mit Klienten!«

»Na und? Dann muss er das eben für eine Stunde unterbrechen!«

»Das …, das macht er nicht. Nie! Ich darf ihn nicht einfach so stören.«

Sie würde es nicht tun, sie hatte viel zu viel … Respekt vor ihren Mann. Respekt? Oder Angst? Mona holte tief Luft. »Es geht um Ihren Sohn, Frau Plessen«, sagte sie. »Ich meine Sam, *Ihren* Sohn. Verstehen Sie mich?«

Schweigen am anderen Ende der Leitung. Dann, verstört: »Was meinen Sie damit?«

»Was meine ich womit, Frau Plessen?«

»Ich …«

»Ich rede von *Ihrem* Sohn Sam. Den Ihr Mann adoptiert hat. Was er und Sie versäumt haben, uns mitzuteilen – unverzeihlich übrigens, wenn man bedenkt, dass sein leiblicher Vater möglicherweise etwas mit der Tat zu tun hat.«

»Sein leiblicher Vater ist tot. Sonst hätten wir …«

»Nein, Frau Plessen das hätten Sie bestimmt nicht. Weil Ihr Mann gar nicht möchte, dass jemand erfährt, dass er Sam nur adoptiert hat. Ist es nicht so?«

»Okay«, sagte Roswitha Plessen nach einer Pause. »Ich hole ihn.«

»Danke.«

Mona legte den Telefonhörer auf den Tisch und schaltete auf Lauthören. Sie zündete sich eine Zigarette an – die dritte an diesem Tag – und dachte an Plessen und die Wirkung, die er auf Menschen hatte, an David Gerulaitis, den sie nicht erreichen konnte und von dem sie nicht einmal wusste, ob er seinen Auftrag weiterverfolgte oder untergetaucht war.

»Plessen », dröhnte es aus dem Lautsprecher, und Mona nahm den Hörer in die Hand. »Mona Seiler, Mordkommission«, sagte sie. »Ich muss mit Ihnen sprechen. Am besten sofort.«

»Das geht selbstverständlich nicht.«

»Warum haben Sie uns verschwiegen, dass Ihre Schwester noch lebt?«

»Was?«

»Sie haben meinem Kollegen erzählt, Ihre Schwester sei gestorben. Das ist nicht wahr, sie lebt. Warum haben Sie das getan?«

»Mein Gott …« Er klang jetzt etwas konzilianter.

»Warum?«, beharrte Mona.

»Können wir heute Abend darüber reden?«

»Nein, ich will jetzt mit Ihnen darüber reden! Sofort!«

»Dann laden Sie mich vor. Ich habe Klienten hier, und denen gegenüber habe ich eine Verantwortung. Wir sind mitten drin, ich kann die jetzt nicht allein lassen.«

»Sie können doch wohl eine Pause machen!«

»Nein. Und jetzt lassen Sie mich in Ruhe! Heute Abend, ab neun, bin ich frei. Dann können wir reden.« Er legte auf. Als Mona ein zweites Mal anrief, lief der Anrufbeantworter. Sie sah auf die Uhr: Es war genau zwei Uhr. Sollte sie Plessen abholen lassen oder bis heute Abend warten?

Er würde ihr nichts erzählen, nicht unter Zwang.

Sie beschloss zu warten.

35

Donnerstag, 24. 7., 20.03 Uhr

Der Anruf von Berghammer kam, als Mona mit Lukas und Anton in einem Burger King saß und Lukas sich mit Hamburgern und Fritten voll stopfte und glücklich aussah wie selten. Er war ziemlich groß für sein Alter und kam bereits in den Stimmbruch, und schon deshalb fand es Mona rührend und erstaunlich, dass er immer noch so gerne mit seinen Eltern zusammen war. Auch wenn sie ganz genau wusste, dass der Grund für Lukas' kindliche Anhänglichkeit ein Versäumnis ihrerseits war. Denn Anton und sie hatten jahrelang ihren Zwist, der sich immer wieder daran entzündete, dass Anton niemals der Mann sein würde, den Mona öffentlich präsentieren konnte, auf Lukas' Rücken ausgetragen.

Lukas ist dankbar, dachte Mona, während sie in ihre heiße Apfeltasche biss und Anton dabei ansah, der gut aussehend und braun gebrannt dasaß, und nichts von diesem »Schrott« wie er es nannte, zu sich nahm. Der mitgekommen war, obwohl er Fastfood-Restaurants hasste, nicht nur das Essen, auch die laute, billige Atmosphäre. Er war ein guter Vater, aber das würde ihr und Lukas nichts nützen – im Fall des Falles.

»Wie war dein Tag?«, fragte er.

»Und deiner?«, schnappte sie zurück, wohl wissend, dass er ihr nichts darüber erzählen würde. *Heute wieder ein paar BMWs in die Ukraine verschoben*?, hätte sie am liebsten gefragt und tat es nur deshalb nicht, weil Lukas dabei war (der doch irgendwann sowieso begreifen würde, womit sein Vater so viel Geld verdiente!).

»Gut«, sagte Anton gelassen, und gut war vor allem, dass jetzt ihr Handy klingelte, was jenes Gespräch gar nicht erst entstehen ließ, das sie schon hundert Mal geführt hatten und das immer ohne Ergebnis geblieben war.

»Ja?«, sagte sie in den Hörer.

»Martin Berghammer hier.«

Ihr dämmerte Schlimmes. »Ja?«

»Die alte …, die Schwester von diesem Plessen. Sie ist …«

»Was?« Mona sprang auf, Anton und Lukas sahen peinlich berührt zu ihr hoch, ein paar Leute drehten sich um.

»Sie ist tot, Mona. Ermordet.«

»O nein. Nein.«

»Wir fliegen heute noch mit dem Heli hin. Du, Hans und ich. Es ist alles organisiert. Wir treffen uns um zehn am Flugplatz.«

»Ja. Klar.« Sie dachte an ihr Gespräch mit Plessen, das sich nun um einen weiteren Tag verschob. Aber das hier war noch wichtiger. Wie er es wohl aufnehmen würde, dass seine Schwester nun tatsächlich tot war?

»Es … tut mir Leid, Mona«, sagte Berghammer. »Ich war … Ich hab falsch gelegen mit diesem …«

»Tja, Martin, das nützt jetzt nicht mehr allzu viel, stimmt's?«

Das Werden der Persönlichkeit ist ein Wagnis, und es ist tragisch, dass gerade der Dämon der inneren Stimme höchste Gefahr und unerlässliche Hilfe zugleich bedeutet. In unergründlicher Weise ist oft Niederstes und Höchstes, Bestes und Verruchtestes, Wahrstes und Verlogenstes gemischt, einen Abgrund von Verwirrung, Täuschung und Verzweiflung aufreißend.

C. G. Jung

DRITTER TEIL

1

Donnerstag, 24. 7., 20.10 Uhr

Am Donnerstagabend verließ David das Haus Plessens, wie die anderen auch. Der Regen hatte aufgehört, aber die Luft fühlte sich noch kühl und feucht an, als sie gegen acht Uhr durch das parkähnliche Anwesen zum schmiedeeisernen Tor gingen. David hielt sich hinter dem Rest der Gruppe und trat kurz bevor der Erste – Hilmar – das Tor öffnete hinter einen Rhododendron.

Er duckte sich und sah auf die kräftigen dunkelgrünen Blätter. Im nassen Gras sogen sich seine Turnschuhe mit Wasser voll, und das war nicht gut, weil er auf diese Weise sichtbare Spuren hinterlassen würde. Er durfte nicht vergessen, die Schuhe auszuziehen, bevor er das Haus erneut betreten würde, und notierte sich das in Gedanken. Angestrengt lauschte er den Gesprächen der sich entfernenden Gruppe, um festzustellen, ob sie ihn draußen eventuell vermissten. Es klang nicht so. Auch die Polizisten zählten nach Davids Erfahrung nie nach, ob all die Leute, die tagsüber im Haus gewesen waren, es abends auch wieder verließen. Morgens machten sie immer einen Riesenaufstand mit Personalausweiskontrolle und allem, und abends guckten sie nicht einmal richtig hin, wer herauskam und wer nicht. Am zweiten Tag des Seminars hatte David Mona Seiler von dieser Unaufmerksamkeit berichten wollen, es aber vergessen. Jetzt kam ihm das zugute.

David hörte ein paar Abschiedsgrüße, das dumpfe Plopp zufallender Autotüren, dann mehrere Startgeräusche auf einmal und das Knirschen von Kies unter Autoreifen. Bald war alles wieder ganz still. David dachte an die Polizisten in den beiden Streifenwagen, die vor dem Tor Wache schoben, und verharrte fünf Minuten hinter dem Busch, bis er sich sicher war, dass niemand auf der Suche nach ihm war.

Vorsichtig richtete er sich auf. Es war noch immer sehr hell; bis zur Dämmerung musste er sich ein neues Versteck suchen. Gebückt lief er durch den Garten bis zu einem mannshohen Fliederbusch, hinter dem er unsichtbar bleiben würde und von dem aus er die Terrasse der Plessens im Auge behalten konnte. Hinter dem Flieder ragte die Mauer des Anwesens empor. David zwängte sich dazwischen und hockte sich, mittlerweile fast tropfnass, auf die Erde. Ihn fröstelte, und trotzdem war er dankbar über das kühle Wetter, das Plessen oder seinen Gärtner davon abhalten würde, den Garten zu gießen und dabei eventuell über David zu stolpern.

Die Minuten schlichen dahin. David versuchte, nicht an diesen vorletzten Tag zu denken, an dem Sabine noch einmal ihre Familie anordnen wollte, weil sie mit dem Ergebnis nicht hatte leben können. Sie hatte geweint, und so viel David verstanden hatte, war sie mit der Position des Bruders nicht einverstanden. Sie wollte, dass der Bruder sie ansah. Ihr »ein richtiger Bruder« war, wie sie es ausgedrückt hatte. Aber Plessen war kein Jota von seiner Bewertung abgewichen, und er hatte sich auch geweigert, das Prozedere der Anordnung zu wiederholen. *Was wahr ist, bleibt wahr*, hatte er Sabine auf seine leise, geduldige und doch seltsam autoritäre Weise erklärt. *Es hat keinen Sinn, die Wahrheit verfälschen zu wollen, nur weil sie uns nicht bequem ist, Sabine.*

Aber ich kann so nicht weitermachen.

Du kannst schon. Aber wir sind heute das Trotzköpfchen, was?

Nein, aber …

Sabine. Wenn du die Wahrheit nicht sehen willst – es gibt Menschen, die bereit sind, dir fromme Lügen zu erzählen. Du brauchst sie nur aufzusuchen.

Was … meinst du damit?

Männer und Frauen, die sich deine Geschichten zum hundertsten Mal anhören – so wie du sie immer wieder gern erzählst, immer wieder: die Legende der armen Sabine.

Fabian …

Und sie werden dir genau die Absolution erteilen, die du so gerne hörst, und sie werden dir sagen, dass deine Familie sehr böse zu dir gewesen und dir gar nichts anderes übrig geblieben sei, als Männern hinterherzusteigen und um Liebe zu betteln.

Nein!

Aber sie werden dir damit nicht geholfen haben. Hätten sie dir in der Vergangenheit geholfen, wärst du ja gar nicht hier. Stimmt das?

Ich …

Sabine, ein für alle Mal: Ich gehöre nicht zu diesen Männern und Frauen. Von mir erfährst du die Wahrheit und nichts als das, und wenn du sie annehmen kannst, bist du gerettet. Wenn nicht, bleibst du, was du bist. Ein ewiges Trotzköpfchen im Körper einer überreifen Frau, die sich lächerlich macht mit ihrem kindischen Benehmen. Willst du das?

Sabine hatte geweint und nicht antworten können, und David hatte sich beinahe noch schlechter gefühlt als am Tag davor, als es um ihn und Danae und seine Eltern gegangen war. Sabine war dann kurz vor dem Mittagessen einfach gegangen, hatte ihre Sachen zusammengerafft und das Seminar am vorletzten Tag abgebrochen, und David wäre ihr am liebsten gefolgt, wenn sein Auftrag nicht gewesen wäre, den er erfüllen musste und für den ihm nur noch heute oder morgen Nacht Zeit blieb. Er holte sein Telefon aus der Hosentasche und rief seine Mailbox ab. Es gab mehrere Nachrichten von Mona Seiler, in denen sie ihn bat, sie umgehend zurückzurufen, was er von hier aus schlecht tun konnte. Sandy hatte nicht angerufen. Als er heute früh gegen vier Uhr morgens nach Hause gekommen war, war sie weg gewesen und Debbie auch. Ihre Hälfte des Kleiderschranks war leer. Sie hatte ihm einen Zettel hinterlassen, auf dem in ihrer geschnörkelten Kinderschrift stand, dass sie mit Debbie bei ihren Eltern sei, »um nachzudenken«. Er hatte morgens um acht bei ihren Eltern angerufen, ihre Mutter hatte abgehoben und ihm ausgerichtet, dass Sandy nicht ans Telefon kommen wolle.

David schaltete das Handy auf Vibrationsalarm und schob es in die Hosentasche zurück.

Die Zeit verging, Minute für Minute, und jede einzelne spürte er wie ein zusätzliches Stück Blei an seinem Körper. Er setzte sich auf den feuchten Boden; der Schmutz und die Nässe waren ihm mittlerweile egal. Langsam senkte sich die Dämmerung auf den Garten. David nahm sein kleines, zusammenklappbares Fernglas und fixierte die Terrasse. Die Glastür zum Wohnzimmer war geschlossen, und soweit er sehen konnte, befand sich niemand in dem großen Raum. Eine weitere Viertelstunde später, um zehn nach neun, gingen ein paar Lichter im Haus an. Sie waren also da. Zumindest war Fabian da, seine Frau hatte David auch heute nicht gesehen. Genauso wenig wie Helmut. *Wo ist Helmut?*, hatte er Fabian zum wiederholten Mal beim Mittagessen gefragt, und Fabian hatte ihm erneut geantwortet, dass er keine Ahnung habe. *Machst du dir keine Sorgen?*, hatte David danach wissen wollen, und Fabian hatte ihn wieder mit diesem weiten, unergründlichen Blick angesehen, als würde er tief in ihn hereinschauen und ihn gleichzeitig gar nicht wirklich wahrnehmen.

Nein, hatte er schließlich mit einem leicht amüsierten Unterton geantwortet, und sich abgewandt, als betrachtete er die Unterhaltung als beendet. David war schon früher aufgefallen, dass Fabian es nicht mochte, wenn man beim Essen allzu ausführlich miteinander sprach. Aber David war hartnäckig geblieben, hatte Fabian am Ärmel seines T-Shirts gezupft, wie ein renitentes Kind.

Warum nicht? Ich meine… Er ist doch schließlich…

Ja? Was? Plessen hatte sich ihm wieder zugewandt, und nun war die Ironie offensichtlich und David war plötzlich überhaupt nichts mehr eingefallen. Er hatte Fabian nur weiter angesehen, nicht bereit, ihn jetzt entkommen zu lassen. Schließlich hatte Fabian tief Luft geholt und mit lauter Stimme, die am ganzen Tisch zu hören war, eine Erklärung abgegeben, die für alle gedacht war und gleichzeitig das Zwiegespräch mit David beendete.

Ich weiß, dass es so genannte Therapeuten gibt, die eine Art Verantwortung für ihre Klienten übernehmen. Zumindest behaupten sie das. Es klingt gut, zugegeben. Aber damit maßen sie sich an, eine elternähnliche Funktion einzunehmen. Das tue ich nicht. Ich finde die Wahrheit heraus. Eure Wahrheit, die Wahrheit eurer Familien. Was ihr damit anfangt, ist eure Sache. Ich bin nicht euer Vater, denn ihr habt bereits einen. Ich bin nicht eure Mutter, denn ihr habt bereits eine. Ich bin der Katalysator. Mehr zu sein steht mir nicht zu.

Danach hatte Fabian das Mittagessen für beendet erklärt, und sie waren gehorsam im Gänsemarsch in den Gruppenraum zurückgekehrt – nur noch zu fünft, da ja Sabine und Helmut fehlten. Der Nachmittag war vergleichsweise ruhig verlaufen. Sie hatten einen Konflikt Raschidas mit ihrer Großmutter besprochen, danach war Franziska dran gewesen, und nun fehlte nur noch Hilmar, dessen Familie morgen, am letzten Tag, angeordnet werden sollte.

Es war nun fast dunkel, und David wagte sich zum ersten Mal aus seiner Deckung. Ihm war kalt; T-Shirt und Jeans fühlten sich klamm an, und er bedauerte, keine Regenjacke mitgenommen zu haben. Er stellte sich auf den Rasen vor der dunklen Terrasse. Kein Heulen ertönte, kein Bewegungsmelder ließ Scheinwerfer aufflammen und das Anwesen in Alarmbeleuchtung tauchen. Das war schon mal ein gutes Zeichen. Aus einem Raum seitlich neben dem Wohnzimmer fiel Licht; wahrscheinlich handelte es sich um die Küche. Er schlich sich an das Fenster heran. Es stand einen Spalt offen, und er hörte von innen leises Gemurmel einer Männer- und einer Frauenstimme. Obwohl er sich Mühe gab, konnte er kein Wort verstehen. Die Männerstimme, die Tonmelodie klang nach Fabian, die Frauenstimme war leiser, und David konnte sie nicht einordnen.

Er entfernte sich ein paar Meter vom Haus, bis ihn der Lichtkegel aus dem Fenster nicht mehr unmittelbar traf, richtete sich auf und sah in den Raum. Plessen und seine Frau saßen einander gegenüber, vermutlich an einem Küchentisch. David konnte ihre Profile deutlich sehen, aber nicht den Tisch und auch nicht, ob er gedeckt war. Roswitha Plessen führte häufiger ein Glas Rotwein an die Lippen. Sie wirkte nervös, wechselte ständig ihre Sitzposition und David zog sich noch weiter in die Dunkelheit zurück, für den Fall, dass ihr Blick zufällig aufs Fenster fallen sollte. Fabian, sah er, nahm nichts zu sich. Er saß im Gegensatz zu seiner Frau ganz ruhig da, aber sein Gesicht schien David im grellen Deckenlicht sehr blass zu sein.

Er musste warten, bis die beiden ins Bett gingen, vorher konnte er nicht aktiv werden. Und selbst dann würde es sich erst erweisen, ob es überhaupt eine Möglichkeit gab, in dieses Haus zu kommen, ohne regelrecht einzubrechen. David besaß entsprechendes Werkzeug, und eine Alarmanlage hatten seine geschulten Blicke nicht orten können, nicht einmal Sicherheitsschlösser schien es zu geben. Aber was, wenn sich im Haus Polizei befand? Das konnte schließlich nicht ausgeschlossen werden: Vielleicht hatten die beiden rund um die Uhr Personenschutz. Gesehen hatte er zwar niemanden, aber das hatte nichts zu bedeuten.

David stellte sich wieder an die Wand neben das Küchenfenster. Schließlich verstand er doch etwas.

»Ich will, dass wir…«, Genuschel, »…wegfahren.« Fabians Stimme. Seine Frau antwortete etwas Unverständliches. Fabian sagte darauf: »Spätestens morgen Abend. Das… uns gut tun.« Wieder konnte David die Antwort der Frau nicht verstehen, ihm kam es aber vor, als sei sie dagegen. Er war ebenfalls erstaunt. Fabian wollte wegfahren? Gleich nach dem Seminar? Er bekam noch ein paar Fragmente der Unterhaltung mit, unter anderem das Wort »Blumenriviera«, das ihm nichts sagte, dann hörte er das Geräusch von klapperndem Geschirr und hin und her gehenden Schritten. Dann erhob sich – aber vielleicht bildete sich das David nur ein – eine dritte Stimme: die eines Mannes, aber nicht Fabians. Also gab es möglicherweise doch Polizisten im Haus. David spitzte die Ohren; am liebsten hätte er noch einmal in die Küche hineingesehen, aber das traute er sich nicht.

Ein paar Minuten später wurde das Licht aus geschaltet. David sah auf seine Digitaluhr: Es war halb elf. Eine halbe Stunde würde er noch warten und dann einen Versuch wagen. Er setzte sich und lehnte sich an die Hausmauer.

Inzwischen war es langsam und unmerklich stockfinster geworden. David, das Stadtkind, hatte gar nicht gewusst, wie dunkel es auf dem Land werden konnte, vor allem, wenn auch noch der Himmel bedeckt war, so wie in dieser Nacht. Gut, dass er daran gedacht hatte, eine Taschenlampe mitzunehmen, nicht seine Mag-Lite, sondern eine kleinere. Er schaltete sie ein und hielt seine Hand über den Lichtstrahl. Langsam schlich er mit der Lampe in der Hand um das Haus herum, das nun so massiv und leblos wie ein Monolith erschien. David fand keine offen gelassene Tür, kein gekipptes Fenster. Er musste es mit einem seiner Dietriche probieren. Wäre Fabians Haus besser gesichert gewesen, hätte er ein viel größeres Risiko eingehen und sich direkt nach dem Seminar im Haus verstecken müssen. Aber Fabian schien trotz der abgeschiedenen Lage seines Hauses mitten im Wald überhaupt keine Angst vor Einbrechern zu haben.

Das passt zu ihm, dachte David, während er sich an der Haustür zu schaffen machte. *Fabian hat keine Angst, vor wem auch immer.*

Wider Willen bewunderte er ihn dafür.

Die Haustür bekam David jedoch nicht auf; das Schloss war komplizierter, als es zunächst den Anschein hatte. Er versuchte es an der Terrassentür. Nach viel Gefummel ebenfalls Fehlanzeige. Noch einmal überprüfte er das Haus rundherum. Schließlich fand er ein winziges Fenster, das entweder in ein Gäste-WC oder in eine Speisekammer führte. David war nicht sicher, ob er da durchpassen würde, aber er beschloss trotzdem, es zu wagen, denn etwas anderes würde ihm kaum übrig bleiben. Er suchte einen spitzen Stein, fand einen in einem Blumenbeet, zog sein T-Shirt aus, wickelte es um den Stein und schlug das Fenster ein. Der Lärm wurde durch den Stoff nur wenig gedämpft und schien ihm überwältigend zu sein, aber es passierte nichts. Er griff vorsichtig in das gezackte Loch, das er in die Scheibe geschlagen hatte, und öffnete das Fenster. Es war nicht einfach, aber er schaffte es, sich hineinzuzwängen.

2

Freitag, 25. 7., 0.30 Uhr

Es regnete nicht mehr, der Himmel war sternenklar, aber dichter Bodennebel lag über dem Flugfeld, als der Hubschrauber auf dem kleinen Landeplatz vor Marburg landete. Mona fühlte sich gleichzeitig todmüde und hellwach, als sie gemeinsam mit Berghammer und – zu ihrem Verdruss – Fischer ausstieg, der sie auf dem ganzen Flug ignoriert hatte. Die Rotorblätter dröhnten in infernalischer Lautstärke, der starke Wind, den sie verursachten, fuhr ihr in die langen Haare, bis sie wie eine Fackel von ihrem Kopf abstanden. Als sie die paar Schritte zu dem wartenden Streifenwagen gelaufen waren, erhob sich der Helikopter majestätisch blinkend in die Dunkelheit und wurde innerhalb von ein paar Sekunden vom Nebel verschluckt.

Die sich nun einstellende Stille nach dem stundenlangen Fluglärm, den die Kopfhörer kaum hatten dämpfen können, war wohltuend, aber auch verwirrend. Mona brauchte ein paar Sekunden, um sich zu akklimatisieren. Währenddessen stieg ein Polizist in Uniform aus dem Streifenwagen und begrüßte sie alle drei. Berghammer stieg vorne im Wagen ein, Fischer und Mona setzten sich in den Fond, so weit voneinander entfernt wie nur möglich.

»Wie war der Flug?«, fragte der Schupo, während er auf dem kleinen Landeplatz wendete und auf ein schwach erleuchtetes, flaches Gebäude zufuhr.

»Gut«, sagte Berghammer und räusperte sich. »Ziemlich ruhig.« Dabei war er noch vor fünf Minuten kreidebleich gewesen und hatte den Piloten um eine Tüte gebeten. Wenn Mona Männer um eine Eigenschaft beneidete, dann war es die ihrer Vergesslichkeit eigene Schwächen betreffend. Der Polizist bremste vor dem Gebäude und bat Berghammer, mit auszusteigen.

»Bloß der Formalkram«, sagte er. »Ich brauch 'ne Unterschrift von Ihnen wegen dem Helikopter.«

Berghammer wälzte sich leise stöhnend aus seinem Sitz, Mona und Fischer blieben allein im Auto. Die Minuten vergingen; keiner von ihnen sagte ein Wort. Schließlich stieg Mona aus und lehnte sich an die Beifahrertür. Sie zündete sich eine Zigarette an und rauchte langsam und genussvoll. Es war angenehm kühl und sehr ruhig. Ein perfekter Moment. Mona wusste was sie in den nächsten Stunden erwarten würde: viel Trubel, eine scheußlich zugerichtete Leiche, eine Hausdurchsuchung, die die Kollegen in Marburg auf die Schnelle hatten richterlich genehmigen lassen und keine einzige Minute Schlaf in dieser Nacht. Aber diesen Augenblick der Stille konnte ihr niemand nehmen; er gehörte ihr, und das war gut so.

3

Freitag, 25. 7., 0.43 Uhr

Ein paar Minuten später kamen Berghammer und der Polizist zurück. Mona setzte sich wieder in den Wagen. Sie sah, dass Fischer sein Fenster geöffnet hatte und den Rauch seiner Zigarette in die frische Nachtluft blies. Wahrscheinlich wäre er auch gern ausgestiegen, hatte es aber sein lassen, um nicht nachzumachen, was Mona als Erste getan hatte. *Unser Zusammenleben funktioniert nach Regeln, die im Sandkasten aufgestellt und dann nie wieder geändert werden*, hatte Berghammer einmal gesagt, als würde er jemanden zitieren, und hatte danach hinzugefügt: *Es hat keinen Sinn, sich darüber aufzuregen, nicht einmal, sich darüber lustig zu machen. Es ist einfach so, basta.* Diesen Regeln zu Folge hatte Mona einen winzigen Sieg errungen, weil sie als Erste auf die Idee gekommen war, das Auto zu verlassen, womit sie Fischer gezwungen hatte, sitzen zu bleiben. Und viele winzige Siege summierten sich irgendwann zur gewonnenen Schlacht.

4

Freitag, 25. 7., 0.56 Uhr
Mona war katholisch erzogen worden, sofern man in ihrem Fall von Erziehung sprechen konnte (seelische Misshandlung traf es schon eher). Ihre Mutter war alles andere als eine brave Gläubige und eifrige Kirchgängerin gewesen, aber in manchen Augenblicken ihrer Krankheit heulte sie vor Angst vor dem Höllenfeuer, mit dem eines Tages ihre Sünden bestraft werden würden. Von ihr hatte Mona eine nicht ausrottbare Neigung zu abergläubischen Ängsten und magischen Obsessionen geerbt, die sie normalerweise auch vor sich selbst gut verbergen konnte. Aber ein Ort, der zum Tatort wurde, dessen war sie sich sicher, verlor seine Unschuld auf ewig. Er war entweiht durch die schlimmste Sünde, die Menschen begehen können.

Natürlich würde Mona diese Überzeugung nie jemandem mitteilen, schon gar nicht einem ihrer Kollegen. Aber das Unbehagen blieb. Jedes Mal musste sie sich aufs Neue überwinden, um hinzugehen, hinzusehen und sich nicht zu fürchten.

Die Reihenhaussiedlung, in der Helga Kayser wohnte – gewohnt hatte –, war eine grell beleuchtete Insel in einem Meer von Dunkelheit. Scheinwerfer waren aufgestellt, insgesamt sechs Streifenwagen blockierten die Straße, der gesamte Bereich um Helga Kaysers Haus war abgesperrt, der Verkehr wurde umgeleitet. Obwohl es mittlerweile fast halb zwei war, schien die ganze Nachbarschaft auf den Beinen zu sein. Mindestens dreißig Personen, viele in Schlafanzug und Morgenmantel, drängten sich um das rotweiße Band, das die Absperrung markierte. Fernsehen und Presse waren ebenfalls da; Mona sah ein Kamerateam und mehrere Fotografen.

Mona, Berghammer und Fischer wurden von ihrem Fahrer zu

einem der ermittelnden Beamten geführt, einem großen, fetten Mann, der sich mit KOK Fehrhaber vorstellte und sich sichtlich ungern bei einem Interview mit einem Lokaljournalisten unterbrechen ließ. Der Journalist schien über die wichtigsten Umstände Bescheid zu wissen, denn er wandte sich sofort an Mona.

»Stimmt es, dass Sie diese Frau verhört haben, direkt bevor der Mord passiert ist?«

»Nein«, sagte Mona.

»Stimmt es ...«

»Nein. Ich meine: Wir können später reden. Nicht jetzt.«

»Lassen Sie die Kollegin in Ruhe«, mischte sich Fehrhaber mit barscher Stimme ein, nicht um Mona zu Hilfe zu kommen, sondern weil er sich ärgerte, plötzlich nicht mehr im Mittelpunkt zu stehen. Das sah man ihm so deutlich an, als stünde es in fetten Lettern auf seiner Stirn. Mona schloss einen Moment lang die Augen. »Ist schon gut«, sagte sie dann. »Lassen Sie uns jetzt reingehen.« Fehrhaber betrachtete sie einen Moment lang mit zusammengezogenen Brauen, dann nahm er väterlich Monas Arm, was sich Mona gern verbeten hätte, denn sie fand den Mann ziemlich unangenehm. Aber sie wusste nicht, wie sie das anstellen sollte, ohne unhöflich zu werden. Fischer und Berghammer konnte sie nirgendwo sehen, wahrscheinlich waren sie schon drinnen, konnten sich in aller Ruhe umsehen, während sie diesen Fehrhaber nicht loswurde.

»War die Spurensicherung schon da?«, fragte sie ihn.

»Natürlich. Die Nachbarin hat uns ja schon gegen halb acht alarmiert. Hier ist alles praktisch erledigt.«

»Gut«, sagte Mona.

»Die Leiche ist natürlich noch da. Extra für Sie.«

»Was?«

»Nun, wir haben an Sie gedacht. Dass Sie die Leiche so sehen sollen, wie man sie vorgefunden hat. Sonst hätte Ihre Anwesenheit ja gar keinen Sinn.«

Sollte das eine Anspielung sein? Falls ja, beschloss Mona, sie zu überhören. Die Ermittlungen waren jetzt allein in der Verantwortung der MK 1, beziehungsweise der SoKo Samuel. Die

Marburger Kollegen hatten nichts mehr damit zu tun, außer als Handlanger, ob es ihnen nun passte oder nicht. Als sie am Eingang angelangt waren, streifte Mona Fehrhabers Hand von ihrem Arm und ging vor ihm ins Haus.

Die Leiche der alten Frau lag halb im Wohnzimmer, halb in der Diele. Die Nachbarin von gegenüber, eine Frau Smoltcyk, hatte sie gefunden, weil der Mörder die Haustür nicht nur offen gelassen, sondern sogar ein Buch zwischen Tür und Angel geschoben hatte. Er wollte also, dass Helga Kayser entdeckt wurde – und zwar schnell.

Warum diese Eile?

Sie würden Clemens Kern fragen müssen.

Helga Kayser lag auf dem Rücken, die Arme eng am Körper, die Beine gespreizt. Die Perücke saß ordentlich auf ihrem Kopf, aber sonst war sie, anders als die Leichen von Samuel Plessen und Sonja Martinez, vollkommen nackt, und Mona nahm sich ein paar Sekunden Zeit, den wehrlosen alten, schrecklich zugerichteten Körper zu betrachten und sich innerlich von Helga Kayser zu verabschieden, die sie nicht hatte retten können. Vielleicht wäre die alte Frau sowieso bald gestorben – ohne schützende Kleider sah man erst, wie krank und unterernährt ihr Körper gewesen war –, aber das war kein Trost, nicht im Geringsten. Es war Monas Aufgabe gewesen, diesen Mord zu verhindern, und sie hatte es nicht geschafft. Es wäre zu einfach, Berghammer die Schuld zu geben, der sich gegen Monas Willen auf einen falschen Verdächtigen eingeschossen hatte. Die Wahrheit war, dass sie bei der Vernehmung Helga Kaysers versagt hatte. Die alte Frau hatte etwas gewusst, und sie hatte nichts gesagt, weil Mona sie nicht richtig befragt hatte. Nicht einfühlsam genug. Nicht hartnäckig genug. Vielleicht auch nicht streng genug.

Mona kniete sich vorsichtig neben die Leiche. Berghammer und Fischer standen mit dem Rücken zu ihr vor der offenen Terrassentür und debattierten leise miteinander, ohne sie mit einzubeziehen, aber das war ihr egal. Dieser Fall war jetzt ihr Fall, ihrer ganz allein, und niemand, schon gar nicht diese beiden, würden ihn ihr wegnehmen. Sie sah auf den offen stehenden Mund der Leiche – auch Helga Kaysers Zunge war herausgeschnitten worden, als wollte der Täter sie noch nach dem Tod zur Stummheit verdammen. Sie fuhr mit der Hand ganz leicht über die bleiche, faltige Haut, den – wahrscheinlich mit Messerstichen – malträtierten Unterleib voller klaffender kleiner Wunden: Clemens Kern hatte Recht gehabt. Die Brutalität des Mörders steigerte sich. Sie betrachtete die unmittelbare Umgebung der Leiche. Es gab nur relativ wenig Blut, das hieß, dass der Täter dem Opfer die Verletzungen nach dem Tod zugefügt hatte. Das Muster der Serie passte zu hundert Prozent.

Der Schoß aus dem dies kroch …

Was war das? Mona schüttelte den Kopf, versuchte, diese seltsame Eingebung aus ihrem Kopf zu vertreiben.

Ist fruchtbar noch …

Der Täter, dachte sie plötzlich, ist mit dem Opfer verwandt. Er ist jung, er glaubt, sie … Mona schloss den nun folgenden Gedanken in sich ein, bis auf weiteres. Sie würde sich diese – na ja – Idee merken (sie, die überhaupt nicht an Dinge wie Intuition glaubte!). Und sie würde das morgen mit Clemens Kern besprechen. Aber jetzt waren andere Dinge wichtig. Zum Beispiel die beiden eingeritzten Buchstaben.

D-U

Das war keine Überraschung. Der Satz hatte so weitergehen müssen, wenn er Sinn ergeben sollte. D-A-M-A-L-S / W-A-R-S-T / D-U … Was war wer – wann? Und warum? Und wer konnte das nächste Opfer sein – außer Fabian oder Roswitha Plessen? Zwei Streifenwagen standen vor dem Anwesen, ein Schupo war zum persönlichen Schutz von Plessen und seiner Frau abgestellt, nach Monas Meinung zu wenig angesichts des riesigen, einsam gelegenen Grundstücks, aber mehr waren nicht genehmigt worden. Personalknappheit. In jeder Krise wurde als Erstes am Personal gespart. Kein Wunder, dass niemand diesen Job mehr machen wollte.

Mona betrachtete die beiden Buchstaben genauer. Auch diese Verletzungen waren post mortem zugefügt worden. Mona nahm einen Arm der Toten in die Hand und drehte ihn hin und her. Es gab eine Menge Einstiche in der Armbeuge und im Handrücken – aufgrund ihrer Krankheit hatte Helga Kayser wahrscheinlich ständig Injektionen bekommen – und einen Einstich, der frischer aussah als all die anderen. Sie würden wohl also auch bei Helga Kayser eine Überdosis Heroin im Blut finden.

Sie hätten diese Frau retten können. Mona hätte nur bei ihr bleiben müssen, sonst nichts. Falls das nicht möglich gewesen wäre, hätten sie unauffälligen Personenschutz beantragen können. Sie hätten den Mörder bereits fassen können. Es war nicht passiert, weil Berghammer keine Geduld gehabt hatte. Und weil Mona sich bei ihm nicht durchgesetzt hatte. Er war ihr Chef, aber er hatte einen Fehler gemacht, und sie hätte ihn nachdrücklicher darauf hinweisen müssen.

So etwas würde ihr nicht mehr passieren. Nie mehr.

»Martin«, sagte sie, immer noch bei der Leiche kniend.

Berghammer drehte sich um und betrachtete sie, ohne ein Wort zu sagen.

»Wir sollten jetzt das Haus durchsuchen«, sagte Mona.

»Sicher«, antwortete Berghammer schließlich und kam langsam auf sie zu, das schwere Gesicht grau vor Müdigkeit. Mona stand auf und sah ihm direkt in die Augen. Es fiel ihr nicht leicht, die Beherrschung zu bewahren. »Wir haben einen Riesenfehler gemacht«, sagte sie. Berghammer senkte den Blick. Zum ersten Mal, seit sie ihn kannte, fand sie, dass er alt aussah. In jeder Beziehung.

»Ja«, sagte er und nickte mehrmals vor sich hin, als müsste er sich selber überzeugen, dass es so war.

»Wir haben nicht viel Zeit«, sagte Mona. »Der …, der wartet nur auf seine nächste Chance.«

»Okay. Fangen wir an.«

»Sind die Plessens benachrichtigt worden?«

»Ja.«

»Die Schupos, die sie bewachen?«

»Ja.« Er antwortete ihr wie ein Schuljunge seiner Lehrerin.

5

Freitag, 25. 7., 2.18 Uhr

Es war nicht einfach gewesen, Fabians Büro zu finden, aber David hatte Glück gehabt. Erstens, dass es sich im Erdgeschoss befand und nicht im ersten Stock wie die Schlafräume. Und zweitens, dass das gesamte Erdgeschoss mit Marmor ausgelegt war. David hatte nicht vergessen, seine Schuhe auszuziehen, und barfuß konnte man auf diesem Boden fast geräuschlos laufen. Neben dem Wohnzimmer und der Küche entdeckte er noch drei weitere Räume; den Trakt, in dem sich der Gruppenraum, eine kleine Küche und ein Bad befanden, kannte er ja bereits. Ein Raum war abgesperrt, ein weiterer sah aus wie eine überdimensionierte Abstellkammer und wurde offenkundig zu nichts anderem benutzt. Der dritte Raum grenzte an den zweiten. Und hier befand sich das, was David suchte: Im Schein seiner Taschenlampe entdeckte er einen aufgeräumten Schreibtisch aus glatt poliertem hellem Holz, darauf einen PC älteren Baujahrs, darunter einen kleinen Rollcontainer.

David schwitzte, nicht nur vor Aufregung, sondern weil der Raum so warm und stickig war und so staubig roch. Er schloss vorsichtig die Tür hinter sich. An dem Fenster gegenüber der Tür befand sich ein Rollo. David ließ es langsam ganz herunter, bis sich die Lamellen lückenlos aneinander schmiegten: Es schien dicht zu sein. David schaltete das Deckenlicht ein. Selbst wenn das Rollo doch nicht alles abschirmte – weniger verdächtig als der hin und her schießende Strahl einer Taschenlampe war eine ruhige, stetige Beleuchtung allemal.

Er sah sich um. Viel Sorgfalt war auf die Einrichtung offenbar nicht verwandt worden. Der Boden war mit billiger, grauer Auslegware belegt, vor dem Schreibtisch stand ein schwarzer Klappstuhl aus Plastik, an der rechten Wand von David aus gesehen befand sich ein klapprig wirkendes Metall-Regal mit Büchern. David warf einen Blick auf die Titel. Virginia Satyr. Nie gehört. Jean Paul Sartre, »Der Pfahl im Fleische«. Den Namen des Autors kannte er von irgendwoher, wahrscheinlich aus der Schule, der Titel war ihm fremd. Dann gab es eine Reihe von Büchern, die von Fabian selbst stammten. Mindestens fünf unterschiedliche Titel entdeckte David beeindruckt, alle in mehreren Ausgaben versammelt.

Er wandte sich dem Schreibtisch zu, öffnete dessen Schubladen und fand nur eine Sammlung alter Kugelschreiber, alte Klebstoff-Tuben, Textmarker, die bestimmt nicht mehr funktionierten und Kopierpapier, wahrscheinlich für den Drucker unter dem Tisch. Er schloss die Schubladen, kniete sich auf den Boden und öffnete den Rollcontainer. Hier wurde er fündig. Die einzelnen Folder in der Hängeregistratur waren ordentlich mit Daten beschriftet, die jeweils vier Tage umfassten. Das konnten nur Seminar-Unterlagen sein. David nahm den vordersten Folder heraus. Di., 22. 7. bis Fr., 25. 7. Es lag tatsächlich eine Teilnehmerliste darin, sonst allerdings nichts, während die älteren Folder viel dicker waren. David zog wahllos einen der älteren heraus; neben der Liste fand er dort säuberliche handschriftliche Notizen zu jedem einzelnen Teilnehmer. Warum gab es zu dem aktuellen Seminar keine? Vielleicht stellte Plessen sie immer erst zum Schluss zusammen.

Er studierte die Teilnehmerliste seiner Gruppe. Es waren alle aufgeführt, mit Adresse und Telefonnummer. David notierte sich beides von Helmut, der heute nicht erschienen war. Helmut hatte den hässlichen Nachnamen Schwacke. Das passte, fand David. Er steckte den Folder wieder zurück in die Hängeregistratur. Das Ergebnis war nicht gerade überwältigend, gemessen an dem Aufwand, den es gekostet hatte, hier hereinzukommen. Er setzte sich auf den Klappstuhl, schaltete den Computer ein und wartete ungeduldig, bis das altersschwache Gerät hochgefahren war. Stirnrunzelnd betrachtete er die installierten Programme und stellte fest, dass der PC nicht einmal einen Internetanschluss hatte. Er versuchte, eine der gespeicherten Dateien zu öffnen. Sie waren mit einem Passwort gesichert. David probierte es erst mit Roswitha, dann mit Fabian, aber sie waren beide falsch. Schließlich schrieb er Samuel, dann Sam, dann Plessen.

Nichts.

Genervt machte er das Gerät wieder aus.

Helmut Schwacke. Ob ihn dieser Name weiterbrachte? Er dachte an Helmuts verzerrtes Gesicht beim Mittagessen nach dessen Familienanordnung, die mit einem so desaströsen Ergebnis für ihn geendet hatte. Was fühlte jemand, dem gesagt wurde, dass er nie hätte geboren werden sollen? Kummer? Verzweiflung? Hass? Je nachdem? David dachte an die starren Augen, die aufgesetzte Teilnahmslosigkeit. Und? Er seufzte.

Langsam überkam ihn Müdigkeit. Er hatte die letzte Nacht kaum geschlafen, das machte sich jetzt bemerkbar. David gähnte. In der Scheibe vor dem dunklen Rollo spiegelte sich undeutlich sein blasses Gesicht und sein weit geöffneter Mund. Er war erschöpft, aber er musste weitermachen, denn so eine Chance würde sich kein zweites Mal bieten. Morgen würden entweder Fabian oder seine Frau oder einer der Schupos das eingeschlagene Fenster bemerken, danach würden sie ihre Sorgfalt bei der Überwachung der potenziellen Opfer verdoppeln. Irgendwas musste er finden! Das durfte einfach nicht sein, dass er völlig unverrichteter Dinge wieder abzog – als Fang lediglich Helmut Schwackes Adresse, die sich KHK Seiler, falls es sie interessierte, genauso gut auf offiziellem Weg besorgen konnte!

Unter halb geschlossenen Augen ließ er den Blick schweifen. Der Raum war so klein und übersichtlich, hier konnte man eigentlich nicht viel verstecken. Er stand auf und stellte sich noch einmal vor das Bücherregal. Er langte hinter jede der Reihen, auf der Suche nach einem Versteck. Nichts. Er sah sich die Titel genauer an, schlug hier und da ein Buch auf, blätterte es durch – vielleicht war ja eins hohl? Er kam sich allmählich vollkommen lächerlich vor.

Dann hielt er inne. Zwischen zwei Titeln, nach einer langen Reihe von dickleibigen Lexika stand etwas unauffälliges Schwarzes, das aussah wie aus Plastik. Eine Videokassette. Was hatte sie in einem Bücherregal zu suchen? David nahm sie heraus. Der Klebezettel am Rücken der Kassette war unbeschriftet. Das war zumindest seltsam. In diesem Raum befand sich nicht einmal ein Fernseher, von einem Videogerät ganz zu schweigen. David brach erneut der Schweiß aus. Er steckte die Kassette in seinen Hosenbund und ließ das T-Shirt darüber fallen. Den Klappstuhl stellte er wieder ordentlich vor den Schreibtisch und vergewisserte sich, dass der Computer wirklich ausgeschaltet war und auch sonst so wenig wie möglich auf seine Anwesenheit hinwies. Dann verließ er den Raum, holte seine Schuhe aus der Gästetoilette und schlich zur Haustür, gegen alle Wahrscheinlichkeit hoffend, dass sie nicht abgeschlossen war. Er hatte keine Lust, sich ein zweites Mal durch das Klofenster zu zwängen.

Die Haustür war tatsächlich nicht abgesperrt. *Als ob Fabian es darauf anlegt*, dachte David verwundert. Sein Herz klopfte, seine Knie zitterten ganz leicht, dabei war seine Ausbeute nur eine Kassette, die so neu aussah, dass sie vielleicht leer war. Nichts Besonderes, keine Affäre, sagte er sich immer wieder, aber etwas in ihm schien es besser zu wissen. Geduckt schlich er durch den stockdunklen Garten, neben dem gepflasterten Weg, der zum Tor führte und an dessen Verlauf er sich orientierte. Eine leichte Brise war aufgekommen; über seinem Kopf hörte er es in den hohen Bäumen rascheln, als würden sich die Wipfel flüsternd miteinander unterhalten.

Schließlich sah er die beiden Streifenwagen, die direkt vor dem Tor postiert waren. Er warf einen Blick zurück auf das Haus: Ein Fenster war jetzt erleuchtet, aber es war seiner Erinnerung nach nicht das, hinter dem er das Schlafzimmer der Plessens vermutete. David zog sich hinter den Rhododendron in der Nähe des Tors zurück und behielt das Fenster im Auge. Niemand schien sich dahinter zu bewegen. Vielleicht waren doch Schupos im Haus und hielten Wache – in einem Zimmer dicht bei den Plessens, wie es sich gehörte. David sah zum Tor und fragte sich, wie er unbemerkt hinauskommen sollte? Das Grundstück war von einer hohen Mauer umgeben, die konnte er ohne Hilfe nicht überwinden. Eigentlich hatte er vorgehabt, die Nacht hier zu verbringen und sich am nächsten Morgen unauffällig den anderen Teilnehmern anzuschließen. Da hatte er aber noch nicht gewusst, dass die Nacht dermaßen kühl und klamm werden würde.

Er überlegte. Er erinnerte sich, dass es einen Schuppen ganz in der Nähe des Seminarraums gab, der aussah, als würden dort Gartengeräte gelagert. Langsam tastete er sich dorthin, vorbei an der Terrasse des Hauses, seine Augen mühsam ans Dunkel gewöhnend. Nach einigen Minuten Sucherei entdeckte er das schattenhafte Gebilde des Schuppens und ging darauf zu. Er tastete sich am groben Holz entlang, bis er auf die Tür stieß. Sie war verschlossen. David fluchte lautlos und zerrte seine Dietrich-Kollektion aus der Hosentasche. Ein paar weitere Minuten vergingen, dann hatte er das Schloss geknackt. Er schaltete die Taschenlampe ein. Tatsächlich gab es hier Torfstecher, Gartenhandschuhe, einen elektrischen Rasenmäher – und eine Leiter. Die Höhe – knapp drei Meter – schien genau richtig zu sein. David nahm die Taschenlampe zwischen die Zähne und schaffte die hochkant stehende Leiter mühsam aus dem Schuppen.

Sie war aus Holz und unglaublich schwer. David schulterte sie und schleppte sie hin und her schwankend in Richtung Mauer. Seine Erschöpfung war mittlerweile so groß, dass es ihm schon beinahe egal war, ob man ihn erwischte oder nicht. *Möchte nicht wissen, wie ich aussehe,* dachte er, während sich das splittrige Holz schmerzhaft in seine Schulter grub. Endlich war die Mauer erreicht – an welcher Stelle wusste David nicht, es interessierte ihn auch nicht, er war nur froh, endlich hier herauszukommen. Er stellte die Leiter an die Mauer und kletterte mit wackligen Knien hinauf. Zu seiner Erleichterung reichte sie tatsächlich bis fast zum Rand. David setzte sich rittlings auf die Mauer und versuchte, die Leiter nach oben zu ziehen.

Keine Chance. Das Ding war viel zu sperrig und zu schwer. David schaute auf der anderen Seite nach unten – und sah nichts. Alles schwarz. Er musste also ins Ungewisse springen. Und hoffen, dass sich nicht ausgerechnet direkt an dieser Stelle etwas befand – was, das wollte er sich lieber nicht ausmalen –, das seinen Sprung auf unsanfte Weise beenden würde. Er wartete ein paar Sekunden, hoffte wider alle Vernunft, dass sich das Dunkel unter ihm etwas lichten würde, was nicht geschah. Dann sprang er.

7

1988

Etwa zwei, drei Wochen nach der Tat begann der Junge von seinem ersten menschlichen Opfer zu träumen. Es war immer derselbe Traum, wie eine Endlosschleife, aus der es kein Entkommen gab. Eine gesichtslose Frau mit dunklen Haaren näherte sich ihm, lockte ihn mit verführerischen Gesten, legte ihre Kleider ab und reichte ihm das Messer wie eine Aufforderung zu wiederholen, was er bereits getan hatte. Er nahm das Messer aus ihrer Hand und begann, ihre Haut zu ritzen, genoss den Anblick des Blutes, das langsam und dickflüssig aus der Wunde quoll, und die ganze Zeit schien die Frau ihn freundlich anzusehen, ja, ihn stumm, aber unmissverständlich aufzufordern, doch jetzt noch nicht aufzuhören, wo es anfing, richtig Spaß zu machen. Und der Junge fasste Mut, ließ die Spitze des Messers tief in ihr Fleisch gleiten, mitten hinein in die lebenswichtigen Organe, und nun begann das Blut munterer zu sprudeln, der Junge verlor seine Beherrschung und fing an, wie wild auf sie einzustechen, auf ihren Schoß, der alles Unheil der Welt in sich barg, und irgendwann sah er herunter auf diese irrsinnige … Schweinerei, und er schluchzte vor Ärger über sich selbst, und die Frau lachte ihn aus, weil er es wieder nicht fertig gebracht hatte, ein sauberes Stück Arbeit zu leisten …

Er hasste diesen Traum. Er dachte, es gäbe nur ein Mittel, ihn auszulöschen: es das nächste Mal richtig zu machen, bis ganz zum Ende zu gehen, aber auf saubere Weise. Die Dämonen in seinem Kopf waren verstummt, aber ihre Saat – die Obsession – war aufgegangen. Der Drang zu töten war nun unwiderruflich ein Teil von ihm und trug die schrecklichsten Früchte in Form abseitigster Sehnsüchte. Erst jetzt begann die tatsächliche Spaltung in einen guten Jungen und einen bösen Jungen. So jedenfalls nahm der Junge sich wahr: als eine Doppelpersönlichkeit mit einer Licht- und einer Schattenexistenz.

Er fand sich damit ab. Bemühte sich, in der Welt der Schemen zu funktionieren, und begriff, dass es bei diesen Anstrengungen eigentlich ausschließlich darum ging, sein Schatten-Ich zu schützen. Warum war er so? Warum konnte er nicht sein wie alle anderen? Oder waren die anderen wie er, und niemand gab es zu? Nein. Niemand, den er kannte, war wie er. Das sah er an den harmlosen Eins-plus-eins-macht-zwei-Gesichtern: Dahinter gab es keinen Raum für Geheimnisse. Im Westfernsehen sah er sich manchmal Filme an, in denen das Böse Gestalt angenommen hatte. Er fühlte sich verwandt mit Darth Vader, Freddy Krueger, Carrie. Immerhin: Sie existierten so wie er, wenn auch nur als Erfindung, als Idee des Bösen. Er hingegen war real.

War er real? Diese scheinbar absurde Frage löste Ängste aus, die ihn so quälten, dass er sich nächtelang nicht mehr einzuschlafen traute.

Dann gab es wieder ruhigere Tage, Phasen, in denen er manchmal glauben konnte, doch normal zu sein, vielleicht etwas seltsam, aber nicht abseitig oder krank. Bis sein Schatten-Ich wieder die Oberhand gewann, seine Gedanken erst verwirrte und dann fokussierte: auf ein einziges Ziel. Der Junge gehorchte dann wie eine Marionette, mit dem zwingenden Gefühl, dass sein musste, was jetzt geschehen würde. Und so blieb sein erstes Opfer nicht sein letztes.

Der nächste Angriff erfolgte drei Monate nach dem ersten. Der Junge war mittlerweile sechzehn. Seine Schulnoten hatten sich verschlechtert, aber er gehörte immer noch zu den fünf, sechs Besten der Klasse. Lernen bereitete ihm keine große Mühe, Hausaufgaben und Prüfungen erledigte er fast nebenbei. Bena schien manchmal das Gespräch mit ihm zu suchen, aber er beachtete sie überhaupt nicht mehr. Wenn sie ihm auf der Straße begegnete (oft Arm in Arm mit Paul, mit dem sie jetzt »ging«), wechselte er sofort die Seite. Wenn er sie ansah, überkam ihn meistens eine explosive Mischung aus Gier und Ekel, und in diesen Momenten hasste er die Macht, die sie immer noch über seine Gefühle hatte. Dem wollte er sich nicht länger aussetzen.

Eines Tages traf er sie vor dem Lebensmittelgeschäft im Nachbarort, in dem alle aus der Gegend einkauften. Sie kam aus der Tür heraus, er wollte gerade hinein – ein Ausweichen war diesmal unmöglich. Bena sah ihn direkt an, und einen Moment zu lang ließ er sich fallen in diesen warmen Blick ihrer wunderschönen braunen Augen. Danach drängte er mit hochrotem Kopf an ihr vorbei, stieß sie beinahe zur Seite, hörte nicht auf ihr Rufen, ignorierte sie total, als sie hinter ihm herlief, ihn am Ärmel zupfte, Dinge sagte wie: Wir haben uns doch mal gut verstanden, ich weiß nicht, was los ist, rede doch mit mir. Er riss sich los, schweigend, und ließ sie stehen. Zwei Verkäuferinnen sahen ihn erstaunt an, was ihn noch mehr in Verlegenheit brachte. Am selben Abend spürte er, dass es wieder so weit war. Zeit zu töten, dachte er bemüht sachlich, als ginge es um eine banale Pflicht.

Der Junge ging nicht mehr in den Wald. Tiere hatten jeden Reiz für ihn verloren. Er hatte sich noch im Sommer sein altes, klappriges Fahrrad mit neuen Reifen (zufällig gab es gerade welche in Hülle und Fülle) und viel Öl wieder in Schwung gebracht. Seitdem radelte er nun bei jedem Wetter durch die nähere und weitere Umgebung, uneingestanden auf der Suche nach potenziellen Tatorten. Eine Woche nach der peinlichen Szene mit Bena fuhr er, warm eingepackt gegen die feuchte Novemberluft, einen schlammigen Waldweg entlang und hielt plötzlich an: Etwa fünfzig Meter vor ihm lief eine kleine Gestalt in einem überdimensionierten grauen Anorak. Aus der Entfernung sah sie aus wie ein Kind, ob Mädchen oder Junge konnte er nicht erkennen. Ein Kind war weniger gut als eine Frau, aber besser als nichts.

Er hielt an, zog seine Mütze ins Gesicht und wickelte sich ein Tuch um Mund und Kinn. Danach stieg er wieder auf und trat in die Pedale. Der Wind kam von vorne und blies ihm winzige Nebeltröpfchen ins Gesicht, das war nicht angenehm, aber auf diese Weise konnte das Kind ihn nicht näher kommen hören. Kurz bevor er das Kind erreicht hatte, stoppte er das Rad und ließ es achtlos umfallen. Das Kind drehte sich um, und der Junge sah ein kleines, in Schal und Kapuze verpacktes erschrockenes Gesicht, das ihn einen Moment lang irritierte. Es war ein Mädchen. Es wurde blass vor Angst, und der Junge griff zu. »Leg dich hin!«, herrschte er das Mädchen an und warf es gleichzeitig auf die matschige Erde. Es war helllichter Tag aber die Chancen standen gut, dass bei diesem Wetter niemand vorbeikommen würde. Das Mädchen lag wie gelähmt auf dem Rücken. »Dreh dich um!«, schrie der Junge. Erstaunlich gehorsam legte sich das Mädchen auf den Bauch. Es begann leise zu weinen. Zeit zu töten, dachte der Junge wieder, aber eigentlich, das spürte er, war er noch nicht so weit. Noch nicht.

Er fesselte die Arme des Mädchens und drehte es anschließend wieder auf den Rücken. Unter der Kapuze trug die Kleine eine Mütze aus dünnem Baumwollstoff, die zog ihr der Junge bis über die Augen. Danach stopfte er ein Taschentuch in ihren Mund. Alles klappte wie am Schnürchen. Er war froh, dass er das Kind noch nie gesehen hatte; das erleichterte ihm die Sache. Denn es ging hier um eine Sache, seine Aufgabe war ganz unpersönlich, sie hatte nichts mit diesem Mädchen hier zu tun, sie war nur zufällig zur falschen Zeit am falschen Ort. Aber das konnte er ihr nicht hier und jetzt erklären.

Hastig öffnete er ihren Anorak, zog ihr die Schuhe und die Hosen aus, und schob Hemd und Pullover so weit es ging nach oben: weiße Haut, die etwas verschloss. Weiße Haut, ein Tresor, den er knacken musste. Er fesselte ihre zappelnden Beine, achtete nicht auf die dumpfen Geräusche, die sie hinter dem Knebel verursachte. Alles musste jetzt sehr schnell gehen. Er zog sein frisch geschärftes Messer aus der Hosentasche und vollführte einen raschen, oberflächlichen Schnitt quer über ihren Unterleib. Die gedämpften Schreie des Mädchens wurden lauter und wilder, ihr Körper wand sich wie eine Schlange, als der Junge, euphorisch von dem Anblick des Blutes einen zweiten Schnitt machte. Einen, der sich mit dem ersten Schnitt kreuzte. Nun, dachte er, müssten sich die Hautlappen an den Stellen anheben lassen. Aufklappen lassen wie ein Buch.

Aber so einfach war es nicht. Um genau zu sein, es funktionierte kein bisschen so, wie er es sich vorgestellt hatte. Das lag vor allem daran, dass das Kind keine Sekunde lang ruhig liegen blieb, sodass er sein Messer kein weiteres Mal zu einem sauberen Schnitt hätte ansetzen können. Das brachte ihn in Rage, und fast wäre es wieder zu einer Schweinerei gekommen – da begann es so heftig und stürmisch zu regnen, dass der Junge aufwachte aus seinem fast tranceartigen Zustand, und sah, was er beinahe angerichtet hatte. Einen Moment lang packte ihn wieder einmal die gigantische Furcht vor dem, was in ihm war, und beinahe hätte er eine riesige Dummheit gemacht und das Mädchen laufen lassen. Dann wäre er in ziemliche Schwierigkeiten geraten, denn dieses Kind würde nicht schweigen, sondern …

Er brachte es dann doch nicht fertig, es zu töten, er war einfach noch nicht so weit. Er ließ es stattdessen liegen, was zu dieser Jahreszeit und bei diesem Wetter und an diesem Platz auf dasselbe hinauslief. Während er sein Rad hochzog, warf er einen letzten Blick auf das gefesselte, geknebelte Kind, das ihn so enttäuscht hatte und immer noch wie wild in seinem Blut zappelte, statt sich wenigstens für ein paar Sekunden ruhig zu verhalten. Dann riss er das Rad in die Richtung, aus der er gekommen war und fuhr durch den eisigen Regen in die frühe Dämmerung. Er brauchte ein Betäubungsmittel, dachte er, so wie er es in Tierfilmen gesehen hatte: Man schoss die Tiere an, und sie fielen sofort in eine tiefe Narkose. So etwas brauchte er, aber so etwas gab es hier nicht, schon gar nicht für ihn.

Das Mädchen wurde noch in derselben Nacht gefunden, aber es starb trotzdem. Nicht an den Wunden, die der Junge ihr zugefügt hatte, sondern an Unterkühlung. Der Junge erfuhr davon nicht durch die Zeitung, sondern durch seine Mutter. An einem der folgenden Abende saß sie mit einem ihrer Saufkumpane aus dem Ort im Wohnzimmer. Und während die beiden sich die Kante gaben, erzählte die Mutter mit schwerer Stimme von dem Mädchen, das zu spät in ihre Klinik gekommen war und das man nicht mehr hatte retten können.

»Das Schwein«, sagte sie.

»Kranker Kerl«, bestätigte der Mann neben ihr und machte sich an den Knöpfen ihrer Bluse zu schaffen.

Die Mutter begann zu weinen. Wodkatränen.

»Wer macht so was?«, fragte sie niemanden Bestimmten, in den Raum hinein, aber der Mann antwortete trotzdem, geistesabwesend, denn er war mittlerweile beim BH angelangt. »Der is eben krank«, lallte er, während er ungeschickt an dem Verschluss herumhantierte. »Ein krankes, verkorkstes Schwein. Den sollte man abstechen wie eine Sau.«

Der Junge zog sich in sein Zimmer zurück, während es die beiden stöhnend auf dem Sofa trieben. Die Tat hatte ihm diesmal keine Erleichterung gebracht, im Gegenteil. Die Träume hatten keineswegs aufgehört, sie schienen eher noch länger und ausführlicher zu werden. Und wieder begannen ihn die bohrenden Fragen zu quälen, denen er sich nicht stellen mochte. Er war nun einmal so, wie er war. Es gab für ihn keine andere Option. Er musste tun, was er tat, und so würde es immer bleiben. Es würde sich nie ändern. Der Zwang würde ihn sein Leben lang im Würgegriff halten.

Aber warum war er so?

Es gab keine Antwort. Er wusste nicht einmal, wo er anfangen sollte zu suchen. Er ging ins Bad, wo seine Mutter unbeschriftete Döschen voller Schlaftabletten aufbewahrte. Er machte eins der Döschen auf und schüttete den Inhalt, etwa vierzig Pillen, in den Mund. Er zerkaute die entsetzlich bitteren Tabletten zu einem ekelhaft schmeckenden Brei und spülte ihn mit einem Glas Wasser herunter, als sei das gar nichts. Er betrachtete sich im Spiegel über dem Waschbecken. Als er müde wurde, legte er sich in die trockene Badewanne, bewaffnet mit dem Handspiegel seiner Mutter, denn er wollte sich beim Sterben zusehen. Keine Sekunde lang bedauerte er, was er getan hatte. Stattdessen beobachtete er interessiert, wie sein Gesicht allmählich blasser wurde. Seine Hände wurden kalt, Schweiß trat ihm auf die Stirn, bis sie glänzte. Bald vergrößerten sich seine Pupillen, bis er nicht mehr scharf sehen konnte, und ihm wurde etwas übel. Das war das Letzte, woran er sich später erinnerte.

Gut zehn Stunden später erwachte er in dem Krankenhaus, in dem seine Mutter arbeitete. Ihm war entsetzlich schlecht, sein Magen tat weh, seine Speiseröhre brannte wie Feuer, aber es gab keinen Zweifel: Sein Versuch, sich selbst auszulöschen, war gescheitert. Er war am Leben. Seine Kondition war stärker als sein Wille zu sterben. Sein Körper würde sich erholen, und sein Geist würde nichts dagegen tun können. Der Junge schloss die Augen.

Als er sie wieder öffnete, saß seine Mutter im Ärztekittel neben seinem Bett und sah ihn hasserfüllt an, als wollte sie sagen: Nicht mal das kriegst du auf die Reihe!

8

Freitag, 25. 7., 2.38 Uhr

David sprang in die Dunkelheit und landete einen langen Moment später auf federnd weichem, leicht abschüssigem Waldboden. Doch das Gefühl der Erleichterung war nur kurz, denn als er nach dem Aufprall einen Ausfallschritt zur Seite machte, knickte sein linker Fuß um, und ein spitzer Schmerz durchzuckte seinen Knöchel wie ein Stromschlag. Er spürte, ohne hinzufassen, dass die Region drumherum in Sekundenschnelle anschwoll. Er fluchte, und Tränen traten ihm in die Augen. Langsam ließ er sich auf den Waldboden gleiten und ruhte sich etwas aus. Er betastete seinen Knöchel, der tatsächlich fühlbar dicker geworden war. Stöhnend erhob er sich aufs Neue und machte sich mit dem Gedanken Mut, dass sein Wagen nur etwa hundert Meter entfernt stand, gut versteckt zwischen zwei Büschen.

Im Schneckentempo humpelte er durch die Nacht, stolperte ein ums andere Mal über spitzes Unterholz, immer eine Hand an der rauen Außenmauer des Anwesens, um sich nicht zu verlaufen. Sobald er nahe genug am Tor war, würde er einen Haken durch den Wald schlagen, an den beiden Streifenwagen vorbei, hin zu seinem Auto. So weit der Plan. Sein eigenes Keuchen klang ihm laut in den Ohren, als er sich Schritt für Schritt vorantastete. Schließlich erreichte er das Ende des Grundstücks. Seine Hand glitt von der Mauer. Er sah aus etwa dreißig Metern Entfernung die beiden Streifenwagen vor dem Tor stehen und überlegte sich gerade, welchen Weg er nehmen sollte, um nicht gesehen zu werden, als ihm etwas auffiel.

Instinktiv ging er in die Knie, was sein Knöchel umgehend mit einer neuen Schmerzattacke bestrafte. Er zog zischend die Luft durch die Zähne, und erneut kamen ihm Tränen, die er sich zornig aus den Augenwinkeln wischte. Er sah noch einmal genauer hin. Mit dem Polizisten im ersten Wagen schien etwas nicht zu stimmen. Er saß vollkommen reglos da, seine Haltung wirkte steif und sein Kopf unnatürlich verdreht. David dachte nach. Vielleicht irrte er sich. Viel mehr als der Schattenriss des Fahrers war von seiner Position aus nicht sichtbar. Wenn David nun nach dem Rechten sah und mit dem Mann doch alles in Ordnung war, würde er sich in Teufels Küche bringen. Unentschlossen blieb er stehen, voller Sehnsucht nach seinem Auto, voller Unlust, sich mit weiteren Problemen abzugeben. Er spitzte die Ohren, doch bis auf die natürlichen Geräusche des Waldes war nichts zu hören. In der Ferne schrie ein Tier, ein anderes schien zu antworten. Von weit her ertönte Hundegebell, das in ein lang gezogenes Jaulen überging. Die Nacht wurde kalt und kälter, David fröstelte in seinen verdreckten Klamotten.

Auf der Erde suchte er nach etwas, das er werfen konnte, am besten einen kleinen Stein. Er fand keinen Stein, aber immerhin ein stabiles Aststück, etwa vier Zentimeter dick. Das war besser als nichts. David warf es in Richtung des vorderen Wagens und traf den Kotflügel. Es gab einen relativ lauten Knall, als das Holzstück abprallte. David duckte sich rasch, aber es passierte nichts. Der Polizist saß weiterhin regungslos am Steuer, obwohl er dieses Geräusch gehört haben musste. Auch der Polizist im zweiten Wagen, den David von seiner Position aus nicht sehen konnte, reagierte offenbar nicht. Jedenfalls war nichts zu hören. David lief es kalt den Rücken herunter, er vergaß den Schmerz in seinem Knöchel und richtete sich auf. Langsam ging er auf die beiden Wagen zu. Nichts regte sich, selbst der Wald schien für Sekunden den Atem anzuhalten.

Der Schupo im ersten Wagen war entweder eingeschlafen oder… David wagte nicht, weiterzudenken. Er trat an die Fahrertür und sah durch das offene Fenster ins unnatürlich weiße Gesicht des Mannes. Die Augen waren halb geöffnet und sahen nirgendwohin. Der Mann schlief nicht, er war tot. Seine Mütze lag auf seinem Schoß, sein Hinterkopf war verschmiert, sein Hemd voller schwärzlicher Spritzer. David hörte ein leises, kaum wahrnehmbares Stöhnen und schreckte hoch. Das Stöhnen kam nicht aus diesem Wagen, sondern aus dem zweiten. Hastig lief er an der Motorhaube vorbei dorthin. Der Polizist im zweiten Wagen war über dem Lenkrad zusammengesunken. Sein Hinterkopf schien zu bluten. David legte ihm gerade die Hand auf die Schulter, als er spürte, dass jemand hinter ihm war. Eine Zehntelsekunde zu spät wollte er sich umdrehen, als er selber einen Schlag auf den Kopf bekam, der ihn sofort in die Knie gehen ließ. Instinktiv hielt er sich an dem Fensterrahmen fest und versuchte dem zweiten Schlag auszuweichen. Er hörte eine Frauenstimme, die leise »Scheiße« rief. Der zweite Schlag donnerte auf das Autodach, dicht neben ihm. David fuhr herum, sein Kopf war schwer wie eine Kanonenkugel, er konnte ihn kaum aufrecht halten. Er sank auf die Erde, sein Rücken hielt Kontakt zum Auto, etwas am Wagen, wahrscheinlich der Türgriff, bohrte sich in seine Nieren, dann in seine Wirbelsäule, in seinen Nacken. Dann saß David auf dem Boden und sah die Frau an, die hoch aufgerichtet vor ihm stand, mit beiden Händen einen Baseballschläger schwingend. Sie hatte ihre Haare unter einer Art Tuch verborgen, ihr Gesicht war schweißbedeckt und ihre Lippen verzerrt. Trotzdem erkannte David sie auf Anhieb. Es war Sabine, dieselbe Sabine, die das Seminar gestern Mittag unter Protest verlassen hatte.

»Sabine…«, sagte David und spürte, wie seine Stimme schwächer wurde, bis nur noch ein heiseres Flüstern herauskam.

»Sei bloß ruhig.« Sabine ließ den Schläger direkt auf seinen

Kopf sausen. Er hörte die verdrängte Luft pfeifen und sah vor seinem inneren Auge seltsam unbeteiligt, wie dieser finale Hieb seinen Schädel spalten würde. Blut und Gehirnmasse würden austreten, und das würde umgehend zum Tod führen. Ohnehin konnte und wollte garantiert niemand diesen Schmerz überleben. David spürte noch, wie sein Kopf zur Seite fiel, als sei seine Halsmuskulatur bereits vollständig gelähmt, dann war nur noch Schwärze um ihn herum.

9

Freitag, 25. 7., 4.08 Uhr

»Hier sind Briefe«, sagte Fischer und knallte einen Packen davon auf den Küchentisch, an dem Mona saß und todmüde eine Zigarette rauchte. Es war nach vier Uhr morgens. Zusammen mit drei Beamten der Marburger Polizei stellten sie seit Stunden das Haus von Helga Kayser auf den Kopf, ohne mehr als das zu finden, was sich wahrscheinlich in jedem Haushalt der Welt im Laufe vieler Jahre ansammelt. Aktenordner, die vergilbte Versicherungsverträge, Mietunterlagen und uralte, längst verjährte Steuererklärungen bargen. Berge von Schwarzweiß-Fotografien, vorzugsweise Gegenlichtaufnahmen von abgestorbenen Bäumen und kontrastreich abgesetzte Schneelandschaften, wahrscheinlich ein Hobby des verstorbenen Herrn Kaysers, denn ein fensterloses Labor mit Vergrößerungsapparat und Entwicklerzubehör hatten sie ebenfalls gefunden. Im Keller entdeckten sie tonnenweise Altkleider aus vier bis fünf Jahrzehnten, säuberlich zusammengelegt und ohne ersichtlichen Zweck in sieben voluminösen Umzugskartons gelagert.

»Briefe?«, fragte Mona. »Wo hast du die denn her?« Aus den zwei Schreibtischen im Haus jedenfalls nicht; die hatten sie als erstes gefilzt. Fischer sah sie triumphierend an. Zumindest für ein paar Minuten schien er ihren ewig schwelenden Streit vergessen zu haben.

»Komm mal mit«, sagte er. Mona drückte wortlos ihre Zigarette aus und folgte ihm. Er führte sie in den Keller, in einen mit Holzpaneelen gepflasterten Hobbyraum.

»Nein«, sagte Mona ungläubig, als sie das Versteck sah. Es war ein unter den Paneelen sorgsam in den Estrich eingelassenes Karree, etwa siebzig Zentimeter breit und knapp einen halben Meter tief. Es wirkte beinahe rührend. Hier hatten die Kaysers über viele Jahre hinweg die Habseligkeiten aufbewahrt, die ihnen wichtig erschienen. Neugierig trat sie näher. »Eine Schmuckschatulle«, zählte Fischer auf und sah über ihre Schulter. »Alte Fünfmark-Münzen, mindestens dreißig Stück, eher mehr, ein Reh aus – weiß nicht – Porzellan oder was. Dann ein Bündel D-Mark. Dreißig Hunderterscheine.«

»Wie bist du da draufgestoßen?«

»Die Stelle klang hohl beim Drüberlaufen«, sagte Fischer betont cool. »Ich dachte, hey, da ist doch was, und dann war dieses Quadrat in den Brettern.«

»Gut«, sagte Mona. »Klasse Leistung. Wirklich gut«, wiederholte sie, und zu ihrer Verwunderung schien sich Fischer über das Lob zu freuen. Sie kniete sich auf den Boden und betrachtete die Ausbeute. Es war nicht viel in dem Versteck gewesen, und die meisten Dinge schienen alt zu sein. Bis auf den Schmuck (zwei Goldringe, besetzt mit echten oder falschen Diamanten, eine Kette mit einem glitzernden Herz) waren es Erinnerungsstücke, nur für die jeweiligen Besitzer von Wert. Und nun lag sie vor ihnen aufgereiht: die armselige Ausbeute zweier Leben. Mona nahm den Sack mit den Fünfmarkstücken in die Hand. Sie erinnerte sich: Viele Leute hatten diese Münzen damals gesammelt, bevor es das neue Geld gab, in der Hoffnung, dass sie später einmal etwas wert sein würden.

»Tja«, sagte sie. »So werden wir alle mal enden.«

»Was?«, fragte Fischer, ungeduldig von einem Bein aufs andere tretend.

»Nichts«, sagte Mona und legte den Sack zu den anderen Sachen zurück. Aber sie kam nicht los von dem Gedanken: wie sich Herr Kayser, damals noch relativ jung, die Mühe gemacht hatte, dieses Versteck zu basteln, obwohl es doch damals bereits Tresore gab, die viel sicherer waren. Aber darum war es dem Paar wahrscheinlich in Wirklichkeit gar nicht gegangen. Eher um das gemeinsame Geheimnis, das niemand gekannt hatte außer ihnen selbst. *Sie waren einmal jung, und sie haben sich geliebt,* dachte Mona. Sie stand auf. »Lass uns mal einen Blick auf die Briefe werfen«, sagte sie zu Fischer.

Er ging hinter ihr die Treppe hoch, sein Gesicht wieder so undurchdringlich wie eh und je. In der Küche schob sie ihm einen Stuhl zu und setzte sich selbst ebenfalls wieder hin. Sie nahm den Packen der Briefe – es waren insgesamt bestimmt zwanzig, und sie sahen allesamt alt und zerknittert aus – in die Hand, teilte ihn in zwei ungefähre Hälften und schob Fischer eine zu. Dann sah sie auf die Absender und die Poststempel ihres Packens. Einige waren verschmiert und unleserlich. Die anderen datierten alle aus dem Jahr 1979. Der Absender war immer derselbe: Frank Staller aus Markheide, Deutsche Demokratische Republik.

»Markheide«, sagte Mona, und Fischer sah von seinem Packen auf. Seine Augen waren rot gerändert vor Müdigkeit.

»Und?«, sagte Fischer.

»Nichts«, sagte Mona. »Ich les jetzt mal einen der Briefe. Ich könnte mir vorstellen, der stammt von ihrem Sohn.«

»Die Kayser hat einen Sohn?«

»Ja. Von ihrem ersten Mann. Der Sohn ist Mitte der Achtzigerjahre gestorben. Krebs. Warte mal.« Mona holte das abgetippte Gesprächsprotokoll mit Helga Kayser aus ihrer Tasche und blätterte es durch. »Da steht's: Der Vater ihres Sohnes hat sich mit dem Sohn in den Osten abgesetzt, als die Mauer noch nicht stand. Und der Sohn hat sich wahrscheinlich in Markheide niedergelassen. Scheint irgendein Ort im Osten zu sein.« Sie holte den Brief aus dem Umschlag. Das linierte Papier war grau und wirkte billig, die verblasste blaue Schrift war nur schwer zu entziffern. Fischer schob ihr stumm den Rest der Briefe zu. Sie bemerkte es kaum.

2. Januar 1979

Liebe Mutter,

bitte entschuldige, dass ich jetzt erst schreibe, aber vor und nach der Jahreswende geht es in der Klinik immer rund. Die Leute trinken zu viel und werden krank oder aggressiv… Das ist hier sicher nicht anders als bei euch. Es geht mir und den Kindern gut. Wir kommen zurecht, danke. Du musst das nicht immer fragen, wir leben nicht in einem Entwicklungsland. Wir leiden keinen Hunger, wirklich nicht, wir haben alles, was wir für den täglichen Bedarf brauchen (wenn auch nicht viel mehr, aber es soll sich ja alles in den nächsten Jahren bessern!) Danke auch für das Paket, es ist gut angekommen, wurde nicht gefilzt, die Schokolade und der Kaffee sind köstlich. Ich möchte aber eigentlich nicht, dass du dich unseretwegen dauernd in Unkosten stürzt. (…)

Der Brief war relativ kurz, der Inhalt, soweit Mona es beurteilen konnte, vollkommen belanglos. Sie öffnete einen zweiten, datiert vom 8. März desselben Jahres.

(…) Unser kleiner Ferdinand kann nun schon recht gut laufen, danke der Nachfrage. Er zieht sich meistens am Tischbein hoch und strahlt dann vor Stolz, wenn es klappt. Er ist überhaupt ein süßes Kind, ganz anders als unsere Ida, die von Anfang an ein Trotzkopf war und sich so schwer einordnet, dass wir uns manchmal richtig Sorgen machen. Hannes hingegen entwickelt sich ganz viel versprechend.

Wir arbeiten beide sehr viel, deshalb ist es nötig, dass die Kinder tagsüber in der Schule, beziehungsweise in der Krippe betreut werden. Hier ist es normal, dass die Mütter berufstätig bleiben, und ich habe nicht den Eindruck, dass es den Kindern schadet, wenn sie mit anderen Kindern zusammen sind.

Ich weiß, du denkst, sie werden »indoktriniert«. Ich weiß nicht, woher du diese Vorurteile nimmst. Du weißt doch gar nicht, wie unser Land funktioniert, du hast doch niemals hier gelebt. Aber lass uns darüber nicht streiten. Du bist glücklich dort, wo du bist, ich bin glücklich hier. Es war damals, als du mich verloren hast, sicher schwer für dich, wir haben ja oft darüber gesprochen, und du hast es immer wieder erzählt. Denk nicht mehr so viel an die Vergangenheit. Dass mein

Vater damals mit mir in einer Nacht-und-Nebel-Aktion verschwand und mich mitgenommen hat, tut mir heute noch Leid für dich. Ich kann dir deine Verzweiflung gut nachfühlen, aber nun ist es eben so gekommen, und letztlich hat sich für mich alles zum Besten gewendet – bitte glaub mir, dass es so ist! Ich möchte nirgendwo anders leben, obwohl manches natürlich nicht so leicht ist wie bei euch. Dennoch habe ich nicht den Eindruck, dass es euch summa summarum besser geht als uns. Es gibt ja noch mehr als irdische Güter. Es gibt stimulierende Ideen für unsere Gegenwart und viele Hoffnungen auf eine Zukunft, die bestimmt hält, was jetzt versprochen wird. Bei euch hingegen scheint mir alles schon so »fertig« zu sein, wenn du verstehst, was ich meine. Perfektion hat auch etwas Lebloses, Reizloses. (...)

30. April 1979

Liebe Mutter,

ja, der Schmerz ist furchtbar. Ich weiß nicht, wie man mit so etwas fertig wird, ich kenne niemanden, dem so etwas widerfahren ist.

Ferdinand war ein so liebes Kind, so zutraulich und strahlend, dass der Unfall wie eine besonders perfide Strafe wirkt – wenn wir nur wüssten, wofür! Wie kann ein gesundes Kind in seinem eigenen Bett ersticken? Es gibt eigentlich keinen Grund für so etwas. Ferdi war längst aus dem Alter des plötzlichen Kindstodes raus, ich weiß nicht, was da passiert ist, ich kann mir keinen Reim darauf machen.

Es hat eine Obduktion gegeben, unsere Kollegen in der Klinik waren wunderbar, sie haben sich wahnsinnige Mühe gegeben, aber das alles hat nichts ergeben. Das Leben erscheint mir so grau und so leer, dass ich es manchmal am liebsten beenden würde, aber das kann ich meiner Familie nicht antun, ich kann nicht einmal mit jemandem darüber sprechen. Deshalb bin ich so froh, dass ich dich habe. Seitdem Vater nicht mehr lebt, bist du der Mensch, dem ich am meisten vertraue. Ohne dich hätte ich wahrscheinlich nicht die Kraft, um weiterzumachen. (...)

Längst saß Mona allein in der Küche und arbeitete sich systematisch durch die Briefe, während Fischer, Berghammer und die anderen das obere Stockwerk und das Dachgeschoss durchsuchten.

6. September 1979

(...) Die Zeit heilt angeblich alle Wunden, aber bei uns scheint sie eine Ausnahme zu machen. Wir sind immer noch am Boden zerstört, aber dieser Zustand scheint uns nicht zu verbinden, sondern unwiderruflich auseinander zu treiben. Jeder von uns leidet anders. Ida treibt sich in jeder freien Minute mit dummen halbwüchsigen Jungs aus der Nachbarschaft herum, und das mit zwölf! Sie ist in den letzten Monaten gewachsen, sie hat einen Busen bekommen, und die meisten halten sie bestimmt für wesentlich älter, als sie ist. Ich möchte nicht wissen, welche Erfahrungen sie bereits gemacht hat. Ich werde es auch nicht erfahren, denn Ida wird den Teufel tun und uns ins Vertrauen ziehen. Hannes, unser hübscher, zarter Hannes, der sich trotz seiner leichten Behinderung so gut gemacht hat, spricht nun kaum noch und wirkt mit seinen sieben Jahren manchmal regelrecht debil. Er bringt anständige Noten nach Hause, aber er hat so gut wie keine Freunde. Ist das normal mit sieben? Kommen Freunde später? Ich habe keine Ahnung.

Warum schmiedet Leid Familien nicht zusammen, sondern lässt sie im Gegenteil auseinander brechen, kannst du mir das sagen? Kennst du diese Erfahrungen? Ich weiß, du bist nicht mehr ganz jung, du hast deine eigenen Probleme, und ich würde dich mit solchen Fragen nicht belasten, wenn ich jemanden hätte, mit dem ich reden könnte. Aber meine Umgebung ... Ich glaube, sie wollen mir nur helfen, wenn sie sagen, dass wir noch zwei andere wohl geratene Kinder haben, dass wir uns auf sie konzentrieren sollen, dass wir das Vergangene ruhen lassen sollen. Aber das Vergangene kommt mir so gegenwärtig vor, als würde es Tag für Tag aufs Neue geschehen. Ich sehe unseren Ferdi vor mir, süß und lustig. Ich träume von ihm, und dann wache ich auf, und es gibt diese paar Sekunden, in denen der Traum die Wirklichkeit überstrahlt, und ich glaube, dass alles wie früher ist. Die Erkenntnis, dass nichts mehr so sein wird, wie es war, überfällt mich jedes Mal wie ein Schlag, und ich möchte dann am liebsten sterben, um weiterträumen zu können.

Unserer Ehe, du kannst es dir denken, hat das Unglück ebenfalls nicht gut getan. Susanna geht es noch schlechter als mir. Sie trinkt eine Menge, mehr, als für sie gut ist. Und wenn sie betrunken ist, wird sie streitsüchtig und wirft mir absurde Versäumnisse vor, mit Worten, die ich gar nicht wiedergeben kann. Wir sind beide sehr froh, dass wir unsere Arbeit haben. Der durchgeplante Alltag hilft uns, das Namenlose von uns wegzuschieben, so lange, bis wir es nur noch als unbestimmte Bedrohung wahrnehmen. Der Schmerz ist dann nicht mehr scharf und unerträglich, sondern dumpf, unkonkret und so allumfassend, als wäre die Welt nicht mehr farbig, sondern grau. Es gibt manchmal sogar Stunden, in denen ich Ferdi vergesse. Dann habe ich ein entsetzlich schlechtes Gewissen, denn ich fühle, dass Erinnern wirklich das Einzige und Letzte ist, was ich für ihn tun kann. Eine Verpflichtung, wenn auch eine qualvolle: Er hat unser Leid verdient, denn niemand konnte so viel Freude geben wie er.

Wir hatten diesen wunderbaren Sommer. Ferdi hätte ihn genossen. Es tut so weh, dass er nie wieder die Sonne sehen wird. (…)

10. Oktober 1979

(…) Ich bin sehr erschüttert über das, was du berichtet hast, Mutter. Ich kann – mag – es auch kaum glauben. Es klingt wirklich

Bitte entschuldige, ich kann nicht weiterschreiben. Ich muss das erst verarbeiten. Denke nicht, dass ich dein Vertrauen nicht schätze, aber ich bin

Ich kann

Ich schicke diesen unvollständigen Brief jetzt ab, weil du eine Antwort erwarten kannst, nach allem, was du mir bestimmt unter Schmerzen anvertraut hast. Es ist nicht deine Schuld, dass ich bislang zu schockiert war, um dir zu schreiben.

Gib mir einfach noch etwas Zeit.

Alles Liebe, dein Frank

28. Dezember 1979

(…) Es tut mir Leid, dass du dich über mich geärgert hast, ich kann dich sehr gut verstehen. Ich habe sehr lange nichts mehr von mir hören lassen. Aber wie soll ich sagen – diese Ereignisse liegen sehr weit zurück, 1945 herrschten Zustände, wie ich sie mir nicht einmal vorstellen kann, und deswegen wage ich die Schuldfrage einfach nicht zu stellen. Dass ich dir so lange nicht geschrieben habe, liegt auch daran: Ich kann dazu nichts sagen, außer: wie furchtbar! Ich kann dir keine Ab-

solution erteilen wie ein Priester, ich bin ja nicht einmal religiös. Dennoch: Ich bin sicher, du hast alles getan, was möglich war, um diese Tragödie zu verhindern. Das hast du mir geschrieben, und das glaube ich dir, und du warst damals schließlich sehr jung! Du hattest keine Entscheidungen zu treffen. Damals galt Gehorsam noch etwas, und du warst nichts anderes als das. Gehorsam. In einer schrecklichen Zeit. (…)

Das war der letzte Brief. Mona lief mit ihm nach oben. Berghammer stand mit den Händen in den Taschen seines Regenmantels im Schlafzimmer der Kaysers und wirkte dort wie bestellt und nicht abgeholt. Das Fenster stand offen, kühle Nachtluft drang in den Raum. Der Sommer macht eine kurze Pause, hatte der Nachrichtensprecher gestern früh angekündigt, und genauso war es. Die Matratze lag umgedreht auf dem Boden, der Kleiderschrank war komplett ausgeräumt, die Kommodenschubladen herausgezogen. Haufen von Kleidern und Unterwäsche türmten sich auf einem Stuhl und einem kleinen Nachttischchen. Der Rest lag auf dem Boden. Berghammer stand mittendrin in diesem Chaos und starrte Löcher in die Luft. »Martin«, sagte Mona. Er schrak zusammen.

»Was ist?«, fragte er mit gereizter Stimme, ohne sie anzusehen.

»Habt ihr irgendwas gefunden, das einem Tagebuch ähnlich sieht?«

»Was? Nein!«

»Nichts?«

»Nein. Leute wie diese Kaysers schreiben kein Tagebuch. Briefe vielleicht, aber kein Tagebuch. Müsstest du eigentlich wissen.«

»Apropos Briefe …«

»Ja?« Berghammer klang immer noch ungeduldig, aber wenigstens wandte er sich ihr jetzt zu, und sie starrten sich an, Berghammer neben einem Kleiderhaufen auf dem Boden, Mona im Türrahmen verharrend, weil man in dieses Zimmer gar nicht mehr hineinkam, ohne auf etwas zu treten.

»Komm doch bitte mit in die Küche«, sagte sie. Nebenan hörte sie es rumpeln und leise fluchen; wahrscheinlich rückte jemand einen Schrank oder ein Regal beiseite, um nachzuschauen, ob etwas darunter lag. Berghammer zögerte kurz und stieg dann vorsichtig über den Kleiderberg. Sein Fuß landete ausgerechnet auf einer voluminösen blau gerippten Männerunterhose, die wahrscheinlich einmal Herrn Kayser gehört hatte. Mona drehte sich um und ging vor ihm die knarzende Holztreppe hinunter.

»Hier«, sagte sie, als sie in der Küche ankamen, und deutete auf die Briefe, die sie nach dem jeweiligen Datum auf dem grauweiß geflammten Resopaltisch geordnet hatte.

»Was ist damit?«, fragte Berghammer.

»Briefe«, sagte Mona. »Von Helga Kaysers Sohn. Du weißt schon, der der Anfang der Achtzigerjahre gestorben ist.«

»Ja. Und?«

»Einer der Briefe nimmt Bezug auf etwas, was ihm seine Mutter geschrieben hat. Etwas, das in der Vergangenheit passiert ist.«

»Mona, also ehrlich, ich versteh nur …«

»Diese Taten«, unterbrach ihn Mona. »Die Morde. Die haben was mit der Vergangenheit zu tun. Da bin ich mir sicher. Ich meine, umsonst kritzelt keiner »Damals« auf eine Leiche. Verstehst du? Der bezieht sich doch mit diesem Wort auf was.«

»Also …«

»Setz dich erst mal hin«, sagte Mona und drückte Berghammer auf einen der gepolsterten Küchenstühle. Berghammer verzog sein Gesicht: Es roch muffig nach altem Brot und diversen Wurstsorten, aber sie hatten nichts im Kühlschrank gefunden außer einem angebrochenen Liter Milch, ein paar Naturjoghurts und einer unangerührten, mit Butter und Honig bestrichenen Semmel. Helga Kayser schien nicht mehr viel Appetit gehabt zu haben. Wahrscheinlich hatte sich der Geruch über Jahrzehnte eingenistet und war nun nicht einmal mehr durch tagelanges Lüften zu vertreiben.

Mona nahm gegenüber von Berghammer Platz. »Martin«, sagte sie eindringlich. »Ich bin mir ziemlich sicher, da war etwas in der Kindheit von Plessen und seiner Schwester. Sie war ganz nah dran, mir das zu erzählen.«

»Und?«, fragte Berghammer wieder. Langsam fragte sich Mona ernsthaft, was mit ihm los war. Er wirkte so desinteressiert. Als ginge ihn das alles hier nichts an. Warum war er dann überhaupt nach Marburg mitgekommen? Warum hatte er sich diesen Stress angetan mit dem Hubschrauberflug mitten in der Nacht, bei dem ihm auch noch schlecht geworden war? Als Chef der Mordkommissionen musste er solche Anstrengungen doch gar nicht mehr unternehmen. Für solche Aufträge hatte er doch seine Leute.

Was ihn andererseits nie davon abgehalten hatte, bei interessanten Fällen immer selbst dabei sein zu wollen.

»Ich weiß nicht«, sagte Mona. »Ich glaube, der Täter ist mit ihr … irgendwie verwandt. Ich glaube, es geht da um eine Familienkiste.«

Berghammer sah an ihr vorbei. Er saß mit den Händen in seinen Manteltaschen auf dem Küchenstuhl wie ein zufälliger Besucher, der nur auf einen Sprung vorbeigekommen und gerade dabei war, sich zu verabschieden.

»Martin?«, fragte Mona vorsichtig, nicht ganz sicher, ob er ihr überhaupt zugehört hatte.

Berghammer zuckte ganz leicht zusammen, als wäre er mit seinen Gedanken sehr weit weg gewesen. Er gähnte. »Kannst du mir einen Kaffee machen?«, fragte er.

»Wie bitte?«

»Kaffee«, sagte Berghammer heiser. Mona sah ihn an, plötzlich alarmiert.

»Stimmt was nicht?«, fragte sie. »Fühlst du dich nicht gut?«

Berghammer machte den Mund auf, um ihr zu antworten. Schweiß trat ihm auf die Stirn, und er öffnete seinen Hemdknopf. Er war sehr blass, und um die Lippen herum bildete sich ein seltsamer weißer Rand.

»Martin, was …«

Bevor Mona ihre Frage beenden konnte, kippte Berghammer, als hätte ihm eine unsichtbare Kraft einen heftigen Stoß gegeben, einfach vom Stuhl. Mona sprang auf und lief um den Tisch. Berghammer lag wie tot auf dem Boden, neben ihm der umgefallene Stuhl.

10

Freitag, 25. 7., 5.06 Uhr

Nachdem der Krankenwagen da gewesen war und die Sanitäter Berghammer mitgenommen hatten – er atmete wieder, nachdem Mona erste Hilfe mit Herzmassage und Mund-zu-Nase-Beatmung geleistet hatte, aber es sah trotzdem nicht besonders gut aus, wie einer der Ersthelfer Mona mitgeteilt hatte –, saßen Mona und Fischer allein in der Küche, vor sich die Briefe von Helga Kaysers Sohn. Die Durchsuchung des Hauses war mehr oder weniger abgeschlossen, die Marburger Polizei hatte das Feld geräumt, selbst den unsympathischen KOK Fehrhaber waren sie losgeworden. Die Leiche Helga Kaysers war abtransportiert worden und würde in ein paar Stunden auf einem von Herzogs Obduktionstischen liegen. Das Haus wirkte nun, nachdem die Armada an Beamten verschwunden war, sehr einsam und leer. Vor den Fenstern dämmerte es, und eine Milliarde Vögel freute sich lautstark auf den kommenden Tag.

»Wie sieht's mit einem Testament von Helga Kayser aus?«, fragte Mona ohne viel Hoffnung. Sie hatte seit vielen Stunden nicht geschlafen und nichts gegessen, aber im Moment war ihr das egal.

»Nichts gefunden«, antwortete Fischer. Für seine Verhältnisse benahm er sich beinahe nett, zumindest aber endlich einmal so kooperativ, wie es seiner Position angemessen war. Berghammers Herzinfarkt – denn es war einer, der Notarzt hatte es bestätigt – schien Fischer einen Dämpfer verpasst zu haben.

»Gar nichts? Nicht mal was Handschriftliches?«

»Nur ein Testament von ihrem Mann. Er hat ihr alles vererbt. Das Haus und 50 000 Mark auf der Bank. Von ihr: nichts.«

Fischer nahm sich eine Marlboro und hielt – Zeichen und Wunder geschahen – Mona seine Schachtel hin. Mona zog eine Zigarette heraus und ließ sich von Fischer Feuer geben. Sie nahm einen tiefen Zug und blies den Rauch an die Zimmerdecke. »Das heißt ja wohl, dass da sonst niemand mehr ist«, sagte sie.

»Du meinst irgendwelche Nachkommen?«

»Ganz genau. Helga Kaysers Sohn ist tot, und zu ihren Enkeln hat sie keinen Kontakt. Nehme ich mal an. Sonst gäbe es doch irgendeine Verfügung. Irgendwas. Habt ihr hier irgendein Schriftstück gefunden, in dem die Namen … Warte mal …«, sie sah in einem der Briefe nach, »… Ida, Ferdinand, Hannes oder Susanna Staller vorkommen?«

»Nichts. Sind das ihre Enkel?«

»Ida und Hannes Staller sind ihre Enkel. Ferdinand war ihr Enkel, aber der ist als Kind gestorben. Stand in diesen Briefen drin. Der Vater, Frank, war ihr Sohn, und der ist auch tot. Die Mutter, also Helga Kaysers Schwiegertochter, heißt Susanna. Kapiert?«

»Ja. Und?«

»Im Nachlass von Helga Kaysers Sohn müsste sich ein Brief befinden. Den müssen wir haben, denn in dem geht's um irgendein Ereignis. Irgendwas ist da passiert. Verstehst du: »DAMALS WARST DU …« – das ist an jemanden gerichtet, der »damals« dabei war. Ich nehme mal an, es geht um Plessen.«

»Clemens sagt aber …«

»Ich weiß, was Clemens sagt. Ich sage auch nicht, dass der Täter kein Serientäter ist, und Serientäter haben keine Tötungsmotive im üblichen Sinn wie Eifersucht, Rache oder Habgier, die funktionieren ganz anders. Weiß ich alles. Aber Clemens hat auch gesagt, dass Serientäter manchmal Botschaften vorschieben, um ihren Tötungsdrang quasi vor sich selbst zu legitimieren.«

»Diese ganzen Mitteilungen sind nur Show?«

»Ja und nein. Ja, weil es dem Täter eigentlich um den Akt an sich geht. Nein, weil er sich dafür … Ich meine, für eine reine Show war der Aufwand einfach zu hoch. Er hat also ein Motiv, das über die reinen Serientätermotive hinausgeht. Ein echtes Motiv, kein bloß vorgeschobenes. Würde ich sagen.«

»Aber …«

»Und die Lösung könnte in dem Brief stehen, den Helga Kayser damals ihrem Sohn geschrieben hat, und auf den der Sohn geantwortet hat. Leider eben so, dass man seiner Antwort nichts entnehmen kann. Wir müssen also diesen Brief finden. Den von Helga Kayser an ihren Sohn.«

»Verstehe.«

»Das heißt: Wir müssen diese Frau und ihre Kinder finden.« Mona verstummte. Sie dachte an ihre Idee, dass der Täter mit seinem letzten Opfer verwandt sein könnte. Vielleicht – einer der Enkel? Eine besonders fürsorgliche Großmutter schien sie jedenfalls nicht gewesen zu sein. Es gab laut Fischer keinerlei Hinweise darauf, dass sie nach dem Tod ihres Sohns den Kontakt zu seiner Frau und seinen Kindern aufrechterhalten hatte. Keine Briefe, die sie bekommen hatte, nichts. Sie würden noch ihre Telefonate der letzten Monate überprüfen, aber Mona glaubte nicht, dass etwas dabei herauskommen würde.

Warum war sie so gewesen? So kühl und abweisend ihrer eigenen Familie gegenüber, sobald ihr eigener Sohn nicht mehr lebte?

Mona stand auf und sammelte die Briefe sorgfältig ein. Auch Fischer erhob sich und fuhr sich über seine kurz geschorenen Haare. Er wirkte beinahe unsicher, als er fragte: »Und jetzt?«

Mona gähnte herzhaft. Dann sagte sie: »Wir müssen zurück, und zwar so schnell wie möglich. Jemand soll uns möglichst bald zum Flugplatz fahren, und dann nehmen wir den Heli.«

»Und Martin?«

»Martin wird nicht transportfähig sein. Die werden ihn hier behalten. Wir machen einen Abstecher zur Klinik, um zu sehen, wie's ihm geht. Ich werde seiner Frau Bescheid sagen.«

»Okay.«

»Organisierst du das mit dem Heli?«

»Ja.« Fischer verschwand ins Wohnzimmer, und kurze Zeit später hörte sie ihn telefonieren. Mona lehnte sich ans offene

Küchenfenster. Das Vogelgezwitscher schien immer lauter zu werden, und inzwischen hatte sich der Horizont rötlich verfärbt. Der Himmel war wolkenlos, und soweit sie das beurteilen konnte, würde es nach dem kurzen Regen-Intermezzo wieder ein heißer Tag werden. Die Sommerpause war vorbei. Sie nahm ihr Handy und suchte Berghammers Privatnummer in ihrem gespeicherten Verzeichnis. Sie kannte Frau Berghammer und wusste, es würde kein leichtes Gespräch werden. Aber es musste erledigt werden, und je weniger sie vorher darüber nachdachte, desto besser.

11

1988

Der Junge erholte sich erstaunlich schnell von seinem ersten Selbstmordversuch. Tatsächlich konnte er sich noch am Abend desselben Tages in der Klinik nicht mehr wirklich daran erinnern, weshalb er sich eigentlich hatte umbringen wollen. Das hieß allerdings nicht, dass er seinem Schicksal (in Form seiner Mutter, die ihn in der Badewanne gefunden hatte, als sie pinkeln gehen wollte) dankbar war. Vielmehr nahm er es relativ emotionslos hin, dass er nun doch weiter auf der Welt sein würde, und da dies nun einmal der Fall war, würde er sich sein Leben auch nach seiner Façon gestalten. Am nächsten Morgen besuchte ihn Bena, die nur erfahren hatte, dass er »einen Zusammenbruch« erlitten hatte. Dem Jungen war ihre Anwesenheit sehr unangenehm, aber da er ihr in dieser Situation nicht entkommen konnte, nahm er Zuflucht zu seiner antrainierten Höflichkeit, die alle Bemühungen Benas, wieder Zugang zu ihm zu finden, umgehend zunichte machte. Eine halbe Stunde später verabschiedete sie sich traurig und vollkommen ratlos, und das blieb der letzte Kontakt zwischen ihnen beiden.

Einige Monate vergingen, in denen nicht viel passierte.

Herbst und Winter waren nicht besonders kalt, aber so nass, dass sich weitere Aktionen von selbst verboten. Ohnehin hatte der Fall des toten kleinen Mädchens per Flüsterpropaganda ein derartiges Aufsehen erregt, dass auch offizielle Stellen sich gezwungen sahen, eine zwar sehr allgemein gehaltene, aber doch deutliche Warnung vor Mördern und Sittlichkeitsverbrechern zu veröffentlichen. Die Tipps waren zwar für potienzielle Opfer wenig hilfreich (auf die Idee beispielsweise, menschenleere Gegenden zu meiden, kam man auch von allein), aber immerhin würde sich der Junge künftig vorsehen müssen.

So verbrachte er seine Freizeit vorzugsweise in seinem Zimmer, auf dem Bett liegend, sich seinen Fantasien hingebend. Die Tatsache, dass nun auch andere Menschen zumindest theoretisch wussten, dass unter ihnen jemand lebte, der fremd und gefährlich war, machte dem Jungen einerseits Angst und schmeichelte ihm andererseits. Eine prekäre Balance: Er nahm sich nun als Abenteurer auf einer riskanten Expedition wahr. Das Einzige, was ihm noch fehlte, war ein Ziel. Alle Abenteurer, egal ob sie zu Fuß zum Südpol oder in den wilden Dschungeln Afrikas unterwegs waren, taten das nicht einfach so. Sie hatten alle ein Ziel, zumindest aber wollten sie etwas erfahren: über das Land an sich und über ihre Leistungsfähigkeit und ihre Grenzen.

Er hingegen hatte ein kleines Mädchen umgebracht. Er hatte sie nicht wirklich getötet, aber ohne ihn wäre sie noch am Leben, das war Fakt. Andere Menschen taten so etwas nicht, das war ebenfalls Fakt. Warum er? Woher kam dieser Drang, den andere als abartig empfinden würden? Warum empfand er kein Mitleid wie zum Beispiel seine Russisch-Lehrerin, die mit tränenerstickter Stimme seiner Klasse von »dem entsetzlichen Verbrechen an einem wehrlosen kleinen Mädchen« berichtet hatte?

Das Mädchen gehörte zu den Schemen, und für Schemen konnte er keine Gefühle aufbringen. Nicht nur das, er glaubte auch den Schemen ihre Gefühle nicht. Sie redeten zu oft und zu viel davon. *Du bist immer so beherrscht,* hatte Bena einmal gesagt, damals, als sie noch viel zusammen waren. *Als würdest du nichts wirklich an dich heranlassen. Sei doch mal locker, geh aus dir raus! Sei du selbst!* Er selbst? Der Junge hatte darauf nicht geantwortet aber unbestimmt gelächelt, wie er seit ein, zwei Jahren immer lächelte, wenn es darum ging, sein wahres Ich, seine Schattenexistenz zu verbergen. In diesem Fall hatte es nichts genutzt, das hatte er an ihrem irritierten Gesichtsausdruck gesehen. Bena, die einzige Person, die ihm je etwas bedeutet hatte, hatte er nicht täuschen können, auch wenn sie nicht ahnte, was wirklich in ihm steckte.

Eines Abends ging seine Mutter aus. Sie zog sich ein Kleid an, das nicht besonders gut saß, weil sie in den letzten Jahren eine Menge abgenommen hatte, aber immerhin besser aussah als die verbeulten Hosen und überweiten T-Shirts, in denen sie gewöhnlich auf dem Sofa herumlümmelte, die Flasche immer in Griffweite. Heute aber schminkte sie sich sorgfältig vor dem Spiegel in der Küche, bis es vor der Haustür hupte. Ohne sich von dem Jungen zu verabschieden, der stumm am Küchentisch saß und sie beobachtete, nahm sie ihre Handtasche und ging hinaus. Instinktiv spürte der Junge, dass diese erste richtige Verabredung seit langer Zeit nicht nur im Leben seiner Mutter etwas ändern würde. Ein leichter Anflug von Panik überkam ihn.

Er ging zum Schreibtisch seiner Mutter, der in ihrem Schlafzimmer stand, und begann ihn methodisch zu filzen nach irgendeinem Hinweis, wer dieser Mann sein könnte, der offenbar dabei war, sich in ihr Leben zu drängen. Dabei stieß er ganz hinten in der Ecke einer Schublade auf ein dickes Bündel zusammengehefteter Umschläge. Er zerrte es hervor und stellte enttäuscht fest, dass es uralte Briefe seiner Großmutter an seinen Vater waren. Er warf sie hinter sich auf den Boden und suchte noch eine halbe Stunde weiter, ohne etwas zu finden, das ihn interessiert hätte.

Schließlich stopfte er alles in die Schubladen zurück (seine Mutter war so unordentlich mit ihren Sachen, dass sie bestimmt nichts merken würde) und stand auf. Sein Blick fiel auf ihr ungemachtes Bett. In der Kuhle zwischen Kissen und Decke lag zusammengeknüllt ein zart und seidig aussehendes, lachsfarbenes Etwas, das mit Sicherheit aus einem Intershop stammte. Seine Mutter besaß die dafür notwendigen Devisen nicht, also musste es ein Geschenk sein. Und allein dessen Vorhandensein sagte mehr aus als zehn Liebesbriefe. Der Junge ging zum Bett und hob das kurze Nachthemd, das er noch nie an seiner Mutter gesehen hatte, ans Gesicht. Es müffelte leicht nach ihrem spezifischen Körpergeruch, der ihn anzog und abstieß zugleich. Verächtlich warf er das Teil wieder aufs Bett und wollte das Zimmer verlassen. Gerade noch rechtzeitig entdeckte er die Briefe seiner Großmutter, die er auf den Boden geworfen hatte.

Er bückte sich und nahm sie mit, um sie wegzuwerfen. Seine Mutter hatte sie bestimmt kein einziges Mal gelesen und würde sie nicht vermissen, und sie wegzuwerfen war einfacher, als die Schublade erneut auszuräumen, um das Bündel wieder dahin zu schieben, wo er es gefunden hatten. Dann überlegte er sich, dass es doch einigermaßen auffällig war, die Briefe einfach in den Müll zu werfen. Sollte seine Mutter sie dort entdecken, würde sie wissen, dass er an ihren Sachen gewesen war – etwas, das sie hasste, wahrscheinlich, weil ihr ihr eigenes Chaos peinlich war.

Deshalb trug er die Briefe in sein Schlafzimmer, wo er sie unter der Bettdecke deponierte. Er machte sich ein Brot mit Butter und Wurst und aß es hastig im Stehen, während die Krümel, von ihm unbemerkt, auf den Küchenboden fielen. Danach würgte er einen halben Liter kalte Milch herunter. Er war nervös, und seine Glieder kribbelten, dass er am liebsten um sich getreten hätte. Es war so anstrengend, sich dauernd zusammenzureißen. Manchmal kam er sich vor wie ein Hund, der Tag und Nacht an der Kette lag, und nicht einmal bellen durfte. Draußen prasselte der Regen mit einer Ausdauer, als ginge es darum, den halben Landstrich unter Wasser zu setzen. Das bedeutete, dass er auch heute Abend nichts unternehmen konnte. Seine Sinne schärften sich auf unangenehme Weise, wie immer, wenn es bei ihm wieder »so weit war«. Er öffnete ein Fenster, weil er hoffte, dass ihn die kühle, nach Wald riechende Luft beruhigen würde, aber das Gegenteil war der Fall. Er zog sich seinen Anorak an und lief an den See, der in der nassen Dämmerung zu schimmern schien. Er sah hinaus auf die glatte Fläche, auf der sich Myriaden von Tropfen bildeten und wie durch Zauberhand wieder verschwanden, um anderen Platz zu machen. Er lief am schlammigen Ufer entlang, ungeachtet der Tatsache, dass er für das Wetter nicht die richtigen Schuhe trug. Bald war er vollkommen durchnässt und zitterte.

Er nahm eine Abkürzung durch den Wald nach Hause. Natürlich begegnete er niemandem, und schon gar keinem potenziellen Opfer. Trotzdem fühlte er sich besser, weniger angespannt, als er das windschiefe Gartentürchen aufstieß und den Hausschlüssel aus der Hosentasche unter dem Anorak nestelte. Im Bad schälte er sich aus seinen nassen Kleidern und nahm eine heiße Dusche. Danach klaute er eine Zigarette von seiner Mutter, zündete sie an und begab sich in sein Schlafzimmer. Es war erst neun Uhr, zu früh, um zu schlafen. Unter der Bettdecke fand er das Bündel Briefe. Er zog die dünne Paketschnur ab, mit der es nachlässig zusammengebunden war, nahm wahllos einen der Briefe heraus und öffnete ihn. Die Schrift seiner Großmutter war groß und sehr leicht zu lesen. Diese Tatsache und dass er nicht wusste, was er mit diesem Abend sonst anfangen sollte, führte dazu, dass er sich durch den halben Packen arbeitete. Und nach zwanzig Minuten auf jenen Brief stieß, der ihm später einmal alles zu erklären schien – selbst seine fremdartigen Wünsche und Begierden.

Doch so weit war er jetzt noch nicht. Jetzt las er nur mit wachsender Spannung eine jener Geschichten, die sich vermutlich im Bodensatz jeder Familienlegende befinden und in aller Regel dem kollektiven Vergessen anheimfallen. Mehr als je war dem Jungen bewusst, dass er etwas Verbotenes tat, und er genoss es. Als er fertig war, faltete er das Schriftstück zusammen und versteckte es in einem seiner Schulbücher. Die übrigen Briefe wickelte er in altes Zeitungspapier und stopfte sie dann doch in den Mülleimer.

Nachts erwachte er von dem polternden Geräusch unsicherer Schritte. Er hörte das Wispern seiner Mutter und eine tiefere

Stimme. Er hasste diese Stimme schon jetzt. Zornig starrte er in die Dunkelheit, fantasierte von einem gefesselten, durch geeignete Mittel wehrlos gemachten Mann, den er langsam töten würde. Allmählich fielen dem Jungen die Augen zu. Er befand sich auf einer breiten grauen Straße, die sich schnurgerade bis zum Horizont zog. Ein etwa achtjähriger Junge mit sehr blonden Haaren, so blond wie seine eigenen einmal gewesen waren, kam ihm mit unsicheren kleinen Schritten entgegen und sagte: »Komm mit mir. Ich kenne die schönsten Spiele der Welt.« Auch ihm fehlte der Zeigefinger der linken Hand, und auch sein Fuß war ganz leicht nach innen abgewinkelt. Dem Jungen kam es vor, als läge in dieser Erscheinung eine besondere Botschaft, aber er konnte sie nicht entschlüsseln.

Noch nicht.

12

David hatte jedes Zeitgefühl verloren, und vielleicht war das eine ganz sinnvolle, sogar gnädige Abwehrreaktion von Körper und Geist: Seine Qualen hatten einen Grad erreicht, dass er sie kaum noch als solche wahrnahm. Er zog sich in sich selbst zurück, an einen geheimen Ort, den selbst die schlimmste Folter nicht erreichen konnte. David Gerulaitis gab es nicht mehr. Es gab ein namenloses Wesen, das in Bildern dachte (wilde, bunte Bilder waren das!) und sich reduzierte auf die allerelementarsten Bedürfnisse. Hunger und Durst waren viel zu komplex für dieses Wesen. Es war schon zufrieden mit der temporären Abwesenheit von Übelkeit und Schmerz, ein gesegneter Zustand, der durch minimale Bewegungen und Positionsverschiebungen manchmal erreichbar war. Es registrierte so wenig wie möglich von der Wirklichkeit: eine lange Autofahrt über eine Schotterpiste – Schmerz! Den kalkigen Geruch eines leicht modrigen Kellers – Übelkeit!

Dann nichts mehr.

Dann eine Frauenstimme, die das Wesen einmal gekannt, aber nun wieder vergessen hatte.

Dann Stille.

Langsames Erwachen in einer Welt, in der Leid und Pein das Regiment übernommen hatten. Das Wesen schloss die Augen. In so einer Welt wollte es nicht leben. Es versuchte, in sein kleines Refugium ganz tief in ihm drin zurückzukehren, aber das funktionierte nicht mehr. Widerwillig bewegte es sich durch einen langen, hässlichen Gang in die Gegenwart. Das Wesen war nun wieder David, es hatte einen schweren, unbeweglichen Körper (der zu nichts nutze war, da Hände und Beine gefesselt waren), und es sah in totale Dunkelheit.

»Hallo«, sagte das Wesen namens David, aber David hörte keinen Laut. Sein Bewusstsein kehrte zurück, die fiebrigen Visionen verschwanden. Einen Moment lang war er erleichtert. Es dauerte ein paar Sekunden, bis er feststellte, dass etwas in seinem Rachen stak und ihn beim Atmen behinderte. Er schmeckte nassen Baumwollstoff. Eine Erinnerung wurde wach: an seinen Vater, der ihm die Tränen mit einem Stofftaschentuch trocknete, als er noch ganz klein war. Er versuchte, seine Lippen zu bewegen, aber etwas klebte auf seinem Mund. Keine Panik, dachte er und atmete sorgfältig durch die Nase. Ganz ruhig. Ein und aus und ein und aus. Sein Kopf tat furchtbar weh und ihm war elendig schlecht, aber daran durfte er nicht einmal denken, denn Brechreiz konnte jetzt seinen schnellen Tod bedeuten.

Am besten war es, nichts zu tun. Er hatte einmal ein Polizeiseminar belegt, wo es darum ging, wie man »gefährliche Situationen für Leib und Leben« meisterte. In der gefährlichen Situation, in der er sich jetzt befand, war Nichtstun das Allerbeste. Er konnte sich nicht befreien. Er lag seitlich, eine Wange auf den kalten Steinboden gepresst, und das war die einzige mögliche Position, da seine Hände auf dem Rücken gefesselt waren. Auch seine Füße waren gefesselt, was ihn komplett wehrlos machte. Er war nicht in der Verfassung zu kämpfen. Sein erstes Ziel musste es jetzt sein, sich zu erholen. Zu schlafen, statt zu grübeln, um eventuellen Panikgefühlen keinen Angriffspunkt zu bieten. David machte die Augen zu und versuchte, an Sandy und an Debbie zu denken. Mit aller Macht vergegenwärtigte er sich friedliche, schöne Momente mit seiner Frau und seiner Tochter. Gut, dachte er mit einem Anflug von Galgenhumor, viele solcher Momente hatte es in letzter Zeit nicht gegeben – eigentlich konnte er sich viel leichter an Zank und stundenlanges Kindergeschrei erinnern als an Liebe und Harmonie.

Na schön, dann dachte er eben daran. Es ging ja nur um die Ablenkung.

Aber sobald er das beschlossen hatte, kamen dann doch ganz andere Bilder. Sandy, jung, blond, schön und leidenschaftlich verliebt in David – die erste Frau, die in der Lage war, die verbotenen Gefühle für seine Schwester auszulöschen. Sandy, die taktvoll die Badezimmertür abschloss, wenn sie die Schwangerschaftsübelkeit schüttelte, weil sie wusste, dass sich David vor dem ständigen Erbrechen ekelte. Sandy, glücklich mit dickem Bauch im neunten Monat, als sie noch nicht ahnte, was auf sie zukommen würde – nach der Geburt.

Dann Debbie. Deborah. David hätte sie gerne Danae genannt, aber Sandy war aus irgendeinem Grund – vielleicht weil sie etwas ahnte – dagegen gewesen. Sie hatte sich mit Danae auch nicht sonderlich gut verstanden. In gewisser Weise waren beide Frauen immer Rivalinnen gewesen. David schloss die Augen. Ja – warum sollte er jetzt nicht an Danae denken? Seine Sehnsucht nach ihr musste er doch nicht länger unterdrücken, es war doch ohnehin eine fast ausgemachte Sache, dass er das hier nicht überleben würde. Niemand wusste, wo er war. Seine Frau war bei ihren Eltern und würde ihn demzufolge nicht vermissen. Seine Arbeitswoche begann erst wieder am Montagabend, also in drei Tagen, wenn er sich nicht irrte – und bis dahin war er hier verdurstet. Gut, KHK Seiler würde ihn eventuell vermissen. Aber eine Großfahndung würde sie wohl kaum nach ihm einleiten. Seit ihrem letzten Telefonat dachte sie wahrscheinlich sowieso, dass er nicht ganz dicht war.

Er überlegte, ob Fabian Plessen von dem hier wusste. War Sabine eine Komplizin von ihm, oder war Fabian das Opfer?

Vielleicht lebte er schon gar nicht mehr. So oder so, David würde es wahrscheinlich nie erfahren. Bestimmt würde sie ihn hier einfach verrecken lassen. Langsam dämmerte er wieder weg. Vor seinem inneren Auge tauchte Danae auf, die ihn anlächelte und sagte *Lass mich doch endlich in Ruhe,* aber dabei so verführerisch aussah, dass David genau dazu nicht in der Lage war, und plötzlich lag sie in seinen Armen, wie schon so oft in seinen Träumen, warm und duftend, und es war wieder so herrlich, ihren Körper so dicht an seinem zu spüren, und dann flüsterte ihm jemand etwas ins Ohr, es waren aber keine Liebesworte, sondern eine Frage.

Ist es nicht ganz bequem, von einer verbotenen Liebe zu träumen?

David zuckte heftig zusammen, und sein Körper wand sich prompt vor Schmerz. Jeder Quadratzentimeter seiner Haut schien nass zu sein, salzig riechender Schweiß lief ihm in Bächen herunter, brannte in den Augen, durchfeuchtete seine Kleider: ein Anfall, der ihn zitternd und frierend zurückließ. Er war jetzt wieder vollkommen wach und erkannte, dass er hohes Fieber hatte. Heftiger Durst gesellte sich dazu: Wenn ihn nicht bald jemand befreite, würde er sterben. Ganz allein in dieser muffig riechenden Dunkelheit. Eine Vorstellung, die so entsetzlich war, dass sie ihm einen Adrenalinstoß versetzte, der ihn für Sekunden in eine trügerische Munterkeit versetzte. Um diese Stimmung zu nutzen, übte er sich in Zweckoptimismus. KHK Seiler würde ihn nicht einfach so aufgeben, im Gegenteil. Wie jede andere fähige Polizistin wäre sie alarmiert von seinem plötzlichen Verschwinden und würde alle Hebel in Bewegung setzen, um ihn aufzuspüren. Denn dass sein Untertauchen etwas mit ihrem Fall zu tun hatte, verstand sich ja wohl von selbst, wenn man seine fünf Sinne beisammen hatte. David merkte, dass er sich etwas besser fühlte, und machte angestrengt weiter mit seinem Positiv-Denken-Programm, denn alles war sinnvoller, als dieses deprimierende, halb bewusste Dahindämmern, dieses Treiben auf den Wellen auf und ab schwellender Übelkeit.

Also: Spätestens heute Nachmittag um vier, dann nämlich, wenn das Seminar offiziell zu Ende sein würde, würde sie wieder versuchen, ihn zu erreichen. Dann würde sie Fabian nach seinem Verbleib fragen, dann feststellen, dass er den letzten Tag nicht anwesend war, dann… David überlegte. Sie würde den Polizeiapparat anwerfen. Eine Formulierung, die ihm so gut gefiel, dass er sie in Gedanken noch einmal wiederholte. Den Polizeiapparat anwerfen: Das klang nach einer perfekt geölten, hundertprozentig effizienten Maschinerie, die auf Knopfdruck funktionierte, was nicht ganz seinen tatsächlichen Erfahrungen entsprach, aber den Zweck erfüllte, ihn zu ermutigen. Es hatte nämlich keinen Sinn zu schlafen und sich auszuruhen. Zu viel Ruhe würde ihn nur schwächen, und er musste stark bleiben, um das hier so lange wie möglich zu überleben. Nein, er würde nicht aufgeben, er würde bis zum letzten Atemzug kämpfen, denn dabei konnte er nur gewinnen.

David versuchte, seine Hände und Füße trotz der engen Fesseln zu bewegen, damit ihm die Glieder wenigstens nicht komplett abstarben. Er spürte seine Füße kaum noch und versuchte deshalb seine Zehen abwechselnd anzuspannen und zu lockern. Nach einigen kraftlosen Bemühungen begann sein rechter Fuß immerhin zu kribbeln. Seine Hände schienen in Ordnung zu sein; er hatte Gefühl in allen zehn Fingern und konnte sie auch mühelos bewegen. Das war gut. Nicht so gut war, dass ihm sofort sterbensübel wurde. Er hielt sich sofort still. Regungslos. Leise und regelmäßig durch die Nase atmen. Auf keinen Fall würgen.

Der Brechreiz ging vorüber, aber der Kopfschmerz wurde so stark, dass es kaum auszuhalten war. Wieder trat ihm Schweiß auf die Stirn, er fühlte sich zu Tode erschöpft und sehr allein. Ihm kamen die Tränen, so Leid tat er sich. Vielleicht war es am besten, er verabschiedete sich zumindest schon einmal in Gedanken von all den Menschen, die ihm viel bedeuteten. Er dachte an seine Eltern, seinen verstummten Vater und seine verschüchterte Mutter: Wie glücklich er als Kind gewesen war, bevor sein Vater, vielmehr dessen Stolz, Würde und Lebenslust, unwiderruflich zerstört wurden und er seinen Schmerz an seine Familie weitergegeben hatte. Danae…

Er bekam keine Luft mehr und hörte sofort auf zu weinen. Mit Gewalt blies er Tränen und Rotz durch die Nase auf den Steinboden unter sich und atmete tief ein. Plötzlich bildete er sich ein, etwas zu sehen. Es war nur sehr schemenhaft – ein helles Quadrat, das sich allmählich aus der totalen Finsternis schälte. David beschloss, daran zu glauben. Er starrte das Quadrat an wie eine Erscheinung, aber es veränderte sich nicht, wurde weder heller noch dunkler. In seiner direkten Umgebung konnte er weiterhin nichts sehen. Er wurde schläfrig, als habe ihn jemand unter Drogen gesetzt. Vielleicht war dieses langsame Gleiten hinaus aus der bewussten Wahrnehmung der Beginn einer langen Reise in den Tod.

13

1989

Kurz vor seinem siebzehnten Geburtstag beging der Junge seinen ersten echten Mord. Die Geschichte mit dem kleinen Mädchen lag nun ein halbes Jahr zurück, und die Erinnerung daran hatte sich in den Köpfen der Leute allmählich verflüchtigt. Das war möglich, weil es hier zu Lande keine Medien gab, die eine Schauergeschichte dieser Art genüsslich so oft hochkochen ließen, bis sich selbst die gelassensten Gemüter in einem Land voller perverser Mörder wähnten.

Diesmal wollte der Junge alles richtig machen. Opfer sollte am liebsten eine Frau sein, kein Kind. Das Problem mit der Betäubung war allerdings nicht gelöst, deshalb würde der Akt wieder relativ gewaltsam ablaufen, was der Junge nicht mochte, aber angesichts der Gegebenheiten nicht ändern konnte. Das ideale Szenario verlief in seiner Vorstellung ohne Gewalt, denn nur dann war eine saubere Arbeit möglich. Da der Junge weder Zugang zu Narkotika noch zu Drogen hatte, musste er sich mit einem gezielten Schlag behelfen, der seine Zielperson ausschaltete (er nannte sein Opfer Zielperson wie in westlichen Fernsehkrimis, wohl wissend, dass dort etwas ganz anderes damit gemeint war).

An den ersten warmen Tagen und Abenden begab er sich, ausgerüstet mit einem Hammer, einer Rolle Paketklebeband und einem Messer, auf Menschenjagd. Er wusste, dass er sich auf den Zufall verlassen musste (wenn er keine Frau fand, musste es eben wieder ein Kind sein), denn er hatte kein Auto und nicht einmal annähernd so viel Freizeit, dass er sich stunden- oder tagelang auf die Pirsch begeben konnte, bis wirklich alles stimmte. Seine Möglichkeiten waren begrenzt, aber er würde das Maximum aus ihnen herausholen. Er war groß und relativ kräftig geworden, viel muskulöser noch als im vergangenen Jahr: Wenigstens in dieser Hinsicht hatte sich einiges verbessert.

Seine wichtigste Eigenschaft musste Geduld sein. Diesmal sollte nichts schief gehen.

Drei Wochen vergingen, in denen nichts passierte, außer dass sich der Junge Arme und Beine beim Radfahren über Stock und Stein zerkratzte, in der Hoffnung, auf eine einsame Spaziergängerin zu stoßen. Eines Abends war es dann so weit. Das Wetter war kühl, tagsüber hatte es mehrmals geregnet, aber nun war der Himmel klar. Der Junge fuhr auf einer Landstraße voller Schlaglöcher, deren Asphaltplatten sich so weit auseinander geschoben hatten, dass zwischen den Lücken Gras und Unkraut wuchsen. Er passierte eine enge Kurve, dann sah er eine Frau, die etwa fünfzig Meter vor ihm lief, eilig, mit etwas unsicheren Schritten, in einen dünnen Sommermantel gehüllt. Den rechten Arm hielt sie angewinkelt, wahrscheinlich um den Mantel vorne zuzuhalten, der linke Arm schlenkerte steif und ungeschickt im Rhythmus ihrer Schritte hin und her. Das sah merkwürdig aus und der Junge überlegte kurz, ob sie vielleicht behindert war. Diese Vorstellung bremste ihn; er hörte auf, in die Pedale zu treten und fiel zwanzig, dreißig Meter zurück. Die Frau vor ihm wurde kleiner und kleiner. Der Junge zögerte. Er wollte keine Behinderte, er wollte eine richtige, erwachsene Frau.

Andererseits hatte er nun keine Lust mehr, noch länger auf das ideale Opfer zu warten. *Man kann sie sich nicht backen*, dachte er und beschleunigte seine Fahrt, bis er die Frau wieder deutlich sehen konnte. Dann ließ er das Rad im Leerlauf rollen und wartete, ohne genau zu wissen, worauf. Es war sieben Uhr abends, die Sonne ging unter und tauchte die Landschaft in rotgoldenes Licht. Danach verwischte die langsam einsetzende Dämmerung die Konturen der Apfelbäume, die die Straße wie eine Allee säumten. Er beschleunigte erneut. Die Frau sah sich nicht um, aber der Junge bildete sich ein, dass sie immer schneller ging, je näher er kam, als würde sie etwas ahnen, ohne es genauer wissen zu wollen, so wie man es als Kind tat, wenn man Angst hatte: Man kniff ganz fest die Augen zu, im magischen Glauben, dass sich Gefahren auflösten, wenn man sie nicht beachtete.

Der Junge umfasste mit der linken Hand den Hammer, den er in der tiefen Tasche seines Regenmantels verborgen hatte. Die Luft war immer noch feucht und kühl, sein Atem produzierte Dampfwölkchen. Er verlangsamte seine Fahrt und blieb schließlich neben der Frau stehen. »Entschuldigung«, rief er mit seinem aufgesetzt höflichen Lächeln, das noch den strengsten Lehrer, den verbissensten Fähnchenführer überzeugt hatte.

Aber nicht Bena, nicht seine Mutter und auch nicht diese Frau. Sie schien deutlich zu spüren, dass etwas nicht in Ordnung war und wich ein paar Schritte zurück. Sie sah nicht behindert aus, besonders helle allerdings auch nicht. Sie war schlank, ungefähr Ende vierzig und hatte ein kleines, graues Mäusegesicht, umrahmt von kurzen krausen Haaren. Der Junge stieg von seinem Rad, machte eine besänftigende Bewegung mit der Hand und bewegte sich ansonsten nicht. Sie sollte von allein näher kommen; eine Verfolgungsjagd mit lautem Hilfe-Geschrei war ihm zu riskant. Er wartete ein paar Sekunden, bis die Frau tatsächlich auf ihn zukam, dann aber unschlüssig stehen blieb, zu weit weg von ihm, als dass er ihr etwas hätte tun können.

»Können Sie mir vielleicht sagen, wie viel Uhr es ist?«, fragte er mit der freundlichsten Stimme der Welt. Die Frau stand regungslos da, die rechte Hand um das Revers ihres Mantels gekrampft und antwortete nicht, als sei sie vor Angst gelähmt. Der Junge nahm sein Rad und ging langsam auf sie zu. »Ich wollte nur die Zeit wissen«, sagte er. »Um halb acht muss ich nach Hause.«

»So«, sagte die Frau, nun offensichtlich darum bemüht, ihre Fassung zu bewahren. Noch immer bewegte sie sich nicht.

»Ja«, sagte der Junge. »Könnten Sie … Haben Sie vielleicht eine Armbanduhr?«

Er wusste selbst nicht so recht, wie es jetzt weitergehen würde. Ob er den Mut haben würde, die Frau frontal anzugreifen und ihr ins Gesicht zu sehen, wenn er auf ihr kniete, mit der linken Hand ihre Kehle zudrückte und mit der Rechten den Hammer schwang, um dann den finalen Schlag zu landen? Er hatte keine Ahnung, ihm war nur klar, dass er heute keine Wahl hatte. Im Fall des Falles würde er sie töten müssen, sie hatte ihn deutlich gesehen, sie würde ihn später wiedererkennen. Eine Mischung aus Erregung und Furcht durchströmte ihn. Wenn jetzt ein Auto käme oder ein Spaziergänger, dann würde nichts geschehen. Nichts. Die Frau würde sich kurz über ihn wundern, vielleicht heute Abend ihrem Mann davon erzählen, und ihn danach vergessen. Einen Moment lang erschien dem Jungen diese Vorstellung reizvoll. Er musste ihr nichts tun. Es konnte alles so bleiben, wie es war. Er heftete seinen Blick auf die Frau und hörte aus purer Neugier auf, sich zu verstellen. Sein Lächeln verschwand, er fletschte die Zähne wie ein Wolf und begann zu knurren. Er fühlte sich großartig dabei, als würden ihn fremde Kräfte übernehmen und seine Energien bündeln wie einen Laserstrahl.

Die Erstarrung der Frau löste sich in derselben Sekunde. Mit einem kurzen, wehen Laut drehte sie sich um und lief die Straße in der Richtung entlang, aus der sie gekommen war. Der Junge ließ sofort sein Rad fallen und verfolgte sie zu Fuß. Er war jetzt eine auf Töten programmierte Maschine, stark und unerbittlich. Er nahm jetzt nichts mehr wahr außer seinem Opfer. Im Laufen zog er den Hammer aus der Manteltasche und legte ihn locker in die linke Hand. Als er dicht hinter der Frau angelangt war (natürlich hatte sie keine Chance gegen ihn), streckte er den rechten Arm aus und packte sie an ihrem Mantelkragen.

»Stehen bleiben«, donnerte er ihr mit seinem schönsten Vopo-Bass ins Ohr. Sie dachte gar nicht daran, versuchte vielmehr verzweifelt, sich ihm zu entwinden, und schließlich landeten beide auf dem harten, brüchigen Asphalt. Sie war für eine so kleine Frau erstaunlich kräftig, aber schließlich hatte der Junge sie doch bäuchlings auf die Straße gezwungen und drückte sein Knie in ihren Nacken. Er nahm den Hammer in die rechte Hand, und weil er in dieser Position nicht richtig ausholen konnte, schlug er sie mit ihm auf die Schläfe. Die Frau schrie auf und wand sich unter ihm wie verrückt. Er platzierte einen zweiten, gezielten Schlag auf nahezu dieselbe Stelle, aber auch diesmal klappte es überhaupt nicht. Die Frau wurde nicht einmal bewusstlos. Stattdessen brüllte sie wie am Spieß vor Schmerz und Angst, und schließlich wurde der Junge von solch einem Zorn gepackt, dass er nicht mehr in der Lage war, saubere Arbeit zu leisten.

Er warf den Hammer weg und drückte ihr mit seinem Unterarm die Kehle so gewaltsam zu, dass sie verstummte. Nicht mal ein Röcheln brachte sie noch zu Stande. Stattdessen hörte er ein vernehmliches Knacken (aus seinen medizinischen Unterlagen wusste er, dass er ihr wahrscheinlich das Zungenbein gebrochen hatte). Er zog ihren Kopf nach hinten und verdrehte ihn nach links. Ein zweites Knacken, und ihr Körper erschlaffte endgültig.

Dieses Gefühl war überwältigend. Der Junge wäre am liebsten aufgestanden und hätte seinen Triumph in die Welt hinausgeschrien. Hätte ihn jetzt jemand gesehen, er hätte nicht davonlaufen können. Dieses Opfer war jetzt seins, SEINS, und er konnte damit machen, was er wollte. Niemals hätte er es kampflos jemandem anders überlassen. Er drehte die Tote auf den Rücken. Sie hatte Schürfwunden am Kinn, auf der Nase und auf der linken Backe, weil er sie so heftig auf den Asphalt gepresst hatte. Augen und Mund waren aufgerissen zu einem stummen

Schrei. Der Junge nahm seine Beute und schleppte sie von der Straße weg zum nahe gelegenen Waldrand. Mittlerweile war es beinahe dunkel. Gut, dass er an alles, also auch an eine Taschenlampe gedacht hatte. Er sah zum Himmel und lächelte. Zum ersten Mal war er sicher, in hundertprozentiger Weise seiner Bestimmung gemäß gehandelt zu haben, und auch wenn sich dieses schöne Gefühl wieder verflüchtigen würde, die Euphorie gepaart mit der Vorfreude auf das, was jetzt geschehen würde, würde er sich bewahren, das schwor er sich.

Die Leiche war schwerer, als er gedacht hatte. Schließlich schulterte er sie wie einen Kartoffelsack und legte sie keuchend etwa hundert Meter von der Straße entfernt hinter einem Gebüsch ab. Die Blätter schienen ihm als Sichtschutz dicht genug zu sein, selbst wenn er seine Taschenlampe einschaltete. Aber im Grunde war ihm das egal – etwas in ihm wünschte sich sogar, gesehen zu werden. Etwas in ihm sehnte sich nach einem Zuschauer, als sei er ein Hund, der seinem Herrn ein Stöckchen vor die Füße legte und danach voller Stolz über seine Leistung mit dem Schwanz wedelte. Gleichzeitig war dem Jungen noch nie so klar gewesen wie jetzt, dass ihn diese Tat für immer und ewig zur Einsamkeit verdammte. Der Junge verscheuchte diese Gedanken, schaltete die Taschenlampe ein und legte sie auf einen Baumstumpf, den Strahl genau auf Bauch und Unterleib der Leiche gerichtet. Er öffnete den Mantel der Toten, und schnitt mit seinem frisch geschliffenen Messer Rock und Bluse auf, danach BH und Unterhose. Nun lag die Frau, deren Namen er nicht einmal kannte, nackt vor ihm. Und diesmal würde er mit ihr tun können, was immer er wollte. Sie würde sich nicht mehr wehren, nie mehr. Sein Herz klopfte einen hämmernden Rhythmus. Er holte tief Luft. Langsam beugte er sich nach vorn und machte den ersten Schnitt. In ihm brodelte ein Verlangen, das auf die totale Zerstörung ausgerichtet war, aber er hoffte, dass er es in Schach halten konnte, bis er seine Arbeit beendet hatte.

14

Freitag, 25. 7., 8.05 Uhr

Der Helikopter landete mit Mona und Fischer an Bord, ohne Berghammer, der in einer Klinik in Marburg um sein Leben kämpfte. Sie waren noch in dem Krankenhaus gewesen, hatten versucht, ihn zu sehen, aber man hatte sie nicht auf die Intensivstation gelassen. Die letzte Nachricht der Dienst habenden Ärztin war, dass er im Koma liege und man zum gegenwärtigen Zeitpunkt noch nicht sagen könne, ob und wann er wieder aufwachen würde. Es sieht nicht sehr gut aus, hatte die Ärztin noch gesagt. Während des Flugs sprachen Mona und Fischer kein einziges Wort miteinander, obwohl sie sich über Kopfhörer hätten verständigen können. Es gab nichts zu sagen, sie hatten vorher alles besprochen. Mona schlief eine halbe Stunde lang, trotz des Lärms der Rotorblätter, in dem Wissen, dass es heute keine weitere Verschnaufpause geben würde.

Zwei Streifenwagen warteten am Flugplatz, als sie mit steifen Gliedern und schmerzendem Nacken ausstiegen. Fischer stieg in den einen, Mona in den anderen. »Fahren Sie los«, sagte sie zu dem Schupo neben ihr. »Ich sag Ihnen dann schon, wohin es geht.« Aber der Schupo hörte nicht ihr zu, sondern dem Polizeifunk, der seine Nummer aufrief. Der Schupo gab seinen Namen und seine Position durch. Und dann hörte auch Mona, was passiert war.

15

Freitag, 25. 7., 10.03 Uhr

Roswitha Plessen lag in der Badewanne, und ihr Tod war nicht friedlich gewesen. Keine Überdosis diesmal, die sie hatte einschlafen lassen. Roswitha Plessen war erschossen worden, genauso wie die zu ihrer Bewachung abgestellten Polizisten. Zwei saßen tot in ihren Streifenwagen, einer lag vor dem Bad, mit aufgerissenen Augen, die blicklos an die Decke starrten. Plessen befand sich bereits im Krankenhaus, als Mona in seiner Villa eintraf. Sein Zustand, hatte es geheißen, sei kritisch, aber es bestehe, so der Notarzt, »etwas Hoffnung«.

Bei vier Menschen bestand nicht die geringste Hoffnung mehr. POM Prasse, POM Dellbrück, POM Kratzer waren mit gezielten Kopfschüssen getötet worden, ebenso Roswitha Plessen. Der Tatort war ein Bild des Grauens. Ein altgedienter Streifenpolizist weinte, als er seine toten jungen Kollegen sah, von denen zwei Familie hatten und einer frisch verlobt war. Mona nahm ihn in den Arm, und er durchnässte ihr T-Shirt mit Tränen und Rotz. Mona fühlte sich so müde und schlapp wie noch nie in ihrem Leben, aber es würde noch lange dauern, bis sie sich ausruhen konnte.

16

Freitag, 25. 7., 10.06 Uhr

»Es ist was passiert«, sagte Clemens Kern von der OFA. Er beugte sich über die Leiche Roswitha Plessens. Der Täter hatte sie vollständig entkleidet (das weiße, blutige Nachthemd lag zusammengeknüllt auf dem Boden des Badezimmers), in ihren Unterleib hatte er das Wort S-T-I-L-L geritzt. Scham- und Genitalbereich waren mit zahlreichen aggressiven Stichen verunziert, die Zunge war herausgerissen. Der Täter hatte sie in die Hand der Toten gelegt.

»Es ist was passiert«, wiederholte Kern.

»Sehr witzig«, sagte Mona, die ihm über die Schulter sah.

»Ach komm, Mona. Du weißt, was ich meine.« Kern stand auf, und Mona wich ein paar Schritte zurück, hinaus aus dem kleinen, von oben bis unten besudelten Bad. Obwohl es noch früh war, drang die Hitze eines neuen Sommertages bereits durch die offenen Fenster. Der Geruch des geronnenen Blutes war überwältigend – überwältigend schrecklich. Kern und Mona stellten sich in den Gang, Mona bot Kern eine Zigarette an, er gab ihr im Gegenzug Feuer. Sie lehnten sich nebeneinander an die in warmen gelben Tönen gestrichene Wand und rauchten, ohne sich anzusehen.

»Scheiße ist hier passiert«, sagte Mona schließlich.

»Klar. Aber das hab ich nicht gemeint.«

Mona wandte den Kopf und betrachtete Kerns scharf geschnittenes Profil. »Weiß ich doch. Was hast du gemeint?«

Kern fixierte einen Punkt auf der Wand gegenüber. »Der Täter… Irgendwas hat ihn aus der Reserve gelockt. Irgendwas oder irgendwer.«

»Das hier…, das war nicht geplant?«

»Ganz bestimmt nicht. Bislang ist alles nach Plan gelaufen, nach seinem Plan natürlich; er war uns immer die berühmte Nasenlänge voraus. Ganz cool. Aber das hier ist ein Schlachthaus.«

»Du meinst, er hat es nicht gewollt?«

»Nein. Jemand ist ihm in die Quere gekommen, deshalb hat er das hier veranstaltet.«

»Wer kann das denn gewesen sein, Clemens? Ich meine… Wir haben doch immer brav nach seiner Pfeife getanzt. Waren immer zu spät am Tatort. Genau wie jetzt.« Mona nahm einen tiefen Zug und merkte zu spät, dass sie bereits am Filter angelangt war. Zu den Gerüchen des Todes gesellte sich nun noch der beißende Gestank nach Verkokeltem. Genervt warf sie die Zigarette auf den Boden und trat sie aus. Die Tatortleute waren schon da gewesen, insofern war es egal.

»Keine Ahnung«, sagte Kern und stieß sich von der Wand ab. »Wann ist Konferenz?«

Mona sah auf die Uhr. »In zwei Stunden. Um zwölf. Ich will vorher noch in die Klinik zu Plessen.« Plötzlich wurde ihr klar, dass Berghammers Krankheit sie ratzfatz zur neuen Leiterin der Ermittlungen befördert hatte. Es gab niemanden außer ihr, der das hätte übernehmen können. EKHK Krieger, ihr direkter Chef, war schon seit anderthalb Jahren krankgeschrieben, und seine Stelle war nie kommissarisch besetzt worden, weil man festgestellt hatte, dass sie eigentlich ziemlich überflüssig war. Berghammer hatte seine Aufgaben mit übernommen. Und nun war sie dran mit Berghammers Aufgaben, zumindest was die SoKo Samuel betraf.

»Zwölf Uhr«, wiederholte sie. Wenn sie sich jetzt nicht beeilten, konnte sie ihren Urlaub zu dritt vergessen, und sie wusste genau, dass jeder Mann diese Überlegung als Lappalie bezeichnet hätte. Aber für sie war es alles andere als das. Urlaub war die einzige Möglichkeit, vierundzwanzig Stunden lang mit ihrem Sohn zusammen zu sein. Und diese Nähe brauchte er genauso wie seine Mutter.

Sie mussten es einfach schaffen.

»Zwölf Uhr«, wiederholte Kern. Er ging ins Bad zurück, warf seine aufgerauchte Zigarette ins Klo und betätigte die Spülung, scheinbar unempfindlich für die Leiche in der Badewanne, für das bräunlich rote Blut an den Wänden.

Mona sah ihm einen Moment lang zu, gedankenverloren, dann ging sie nach unten ins Erdgeschoss, um ihre Leute zu suchen: ihr Team, das alles andere als perfekt war, aber nun mal das einzige, das sie hatte. Auf der Treppe stieß sie auf Patrick Bauer, der mit dem Rücken zu ihr auf der drittuntersten Stufe saß und eifrig etwas in seinen Block kritzelte.

»Und?«, fragte Mona hinter ihm. »Was Wichtiges herausgefunden?«

Bauer sprang auf wie ein Rekrut in Hab-Acht-Stellung und drehte sich um, das Gesicht hochrot. »Ich… äh…«

»Schon gut«, sagte Mona und ging an ihm vorbei die Treppe hinunter, ihm sachte die Schulter tätschelnd. »Das hat Zeit bis zur Konferenz.«

»Entschuldigung«, sagte Bauer mit seiner verlegenen Stimme.

»Ja. Ist schon gut.« Mona ging weiter zur Haustür. Irgendwas stimmte wieder nicht mit ihm, aber um Bauers Probleme konnte sie sich jetzt nicht kümmern. »Konferenz ist übrigens um zwölf. Kannst du das den anderen sagen?«

»Ja, ich…«

»Okay.« Mona machte die Tür auf, ein Strahl Morgensonne erhellte die Diele. »Bis nachher.«

»Mona. Warte … Kannst du mal kurz warten?«

Das auch noch. Mona drehte sich um, die Klinke in der Hand. »Ja?«, fragte sie ungeduldig.

»Ich … Da war eine Köchin. Oder Haushälterin. Sie hat das hier überlebt. Ich hab gerade mit ihr gesprochen. Zufällig. Sie saß in ihrem Zimmer, und ich kam da zufällig rein, und …«

»Oh. Aha.« Etwas hatte sich verändert. Etwas Wichtiges. Mona schloss langsam und sorgfältig die Tür; die Diele versank wieder in kühler Dämmerung. Bauer stand noch immer an der Treppe. Sie ging wieder zu ihm hin. »Setzen wir uns«, sagte sie und tat es Bauer vor. Er nahm zögernd neben ihr auf der Stufe Platz. »Welche Haushälterin?«, fragte Mona und hoffte und ahnte im selben Moment, dass sie vor einer Art Durchbruch standen. Eine einzige zuverlässige Augenzeugin würde sie einen Quantensprung nach vorne bringen.

»Sie ist schon ewig bei den Plessens«, sagte Bauer und blätterte in seinen Notizen.

»Was heißt ewig?«

»Mindestens zehn Jahre, sie hat es selber nicht mehr genau gewusst. Als der Mord an Samuel Plessen und der an Sonja Martinez passierte, war sie in Urlaub. Bei ihrer Mutter in Russland«, fügte Bauer hinzu.

»Aha«, sagte Mona. Also deshalb hatte keine Vernehmung einer Frau stattfinden können, die wahrscheinlich mehr über die Familie Plessen hätte sagen können, als es die einzelnen Mitglieder taten. Sie war nicht da gewesen. Und natürlich hatte Plessen nichts über ihre Existenz verlauten lassen – zu einem Zeitpunkt, an dem sie vielleicht noch einiges hätten verhindern können. Man hätte sie aus Russland einfliegen können, man hätte …

Nichts davon war geschehen, weil Plessen sich nicht geäußert hatte.

»Was hat sie gesagt?«, fragte Mona, ganz schwach vor Zorn über Plessen, der mit dem Tod kämpfte, dessen Familie nun komplett eliminiert war, und der der Einzige gewesen wäre, der diese Tragödie hätte verhindern können. Denn davon war sie überzeugt: dass es in Plessens Macht gelegen hätte, rechtzeitig einzugreifen. Er hätte nur die ganze Wahrheit sagen müssen. Über seine Schwester, seine Kindheit, seine Arbeit, seine Klienten, seine Forschungen, seine psychologischen Erkenntnisse. Auf diese Weise hätten sie ihn wahrscheinlich rechtzeitig gefunden: den verstörten Menschen, der das alles anrichten konnte, weil sie letztlich keine Ahnung hatten, was ihn antrieb und wie man ihn stoppen konnte.

»Sie heißt irgend so was wie Olga Virmakowa«, berichtete Bauer.

»Eine Russin?«

»Ja, aus St. Petersburg. Dort lebt auch ihre Mutter. Ich schätze mal, sie ist illegal hier, also nur mit Touristenvisum. Deshalb hat sie die Polizei auch nicht verständigt.«

»Okay. Und?«

»Ich bin da zufällig reingeplatzt. Sie hatte sich … Na ja, sie saß auf dem Bett, als ob ihr schlecht wäre oder so.«

»Wo ist sie jetzt?«, fragte Mona.

»Einer von den Notärzten kümmert sich um sie.«

»Das hast du veranlasst?«

»Ja«, sagte Bauer, in einem Ton als wüsste er nicht ganz genau, ob das in Ordnung gewesen war oder nicht. »Du warst oben mit Clemens. Und da hab ich gedacht …«

»Ist schon in Ordnung. Du kannst solche Entscheidungen treffen. Hast du vorher mit ihr …«

»Ja.«

»Was?«

»Ich hab mit ihr geredet. Bevor der Arzt kam.«

Mona sah ihn an. »Gut«, sagte sie nur. »Was hat sie gesagt?«

»Sie war erst, na ja, sehr aufgeregt. Aber ich konnte sie beruhigen. Sie kann auch ganz gut deutsch.«

»Gut, Patrick. Was hat sie gesagt?«

»Sie ist letzten Abend früh schlafen gegangen, gegen neun. Sie hat ein Zimmer mit Bad und allem neben der Küche. Der

Mörder hat das offenbar nicht gewusst. Deshalb hat er sie nicht gefunden.«

»Und? Was ist passiert?«

»Plessen und seine Frau haben gegen zehn gegessen und haben dann selber abgeräumt.«

»War das normal? Haben sie das öfter gemacht?«

»Ja. Aber Plessen hatte vorher einen Anruf bekommen, und der hat ihn sehr erschüttert, hat sie gesagt. Er sei ganz blass gewesen. Sie wusste aber nicht, wer es war, und er hat es ihr auch nicht gesagt.«

»Berghammer wird ihn angerufen haben«, sagte Mona. »Wegen seiner Schwester.«

»Kann schon sein. Jedenfalls war er sehr blass, sagt sie. Dann hat er sie ins Bett geschickt. Mitten in der Nacht, sie weiß nicht mehr, wann, ist sie aufgewacht von einem Geräusch, das sich angehört hat wie ein Schuss. Anschließend hat sie einen Schrei gehört und Getrappel über dem Kopf. Dann ist sie aufgestanden und hat sich nach oben geschlichen. Sie hat sich ein Messer aus der Küche genommen und ist die Treppe hoch, und dort hat sie den Täter gesehen. Er hat geschossen. Sie hat gesehen, wie er den Schupo erschossen hat, der zu Roswitha Plessens persönlichem Schutz abgestellt gewesen war. Es war vor dem Bad.«

»Hat sie sein Gesicht gesehen? Das von dem Täter?«

»Nicht so richtig. Aber es war ein junger Mann, da ist sie sich sicher. Ein schlanker, kräftiger junger Mann.«

»Haarfarbe, Größe? Oder war es zu dunkel?«

Patrick sah bedauernd von seinen Notizen auf. »Nein, es war ganz hell, richtige Festbeleuchtung, hat sie gesagt. Aber sie hat Angst gehabt. Sie hat ihn nicht deutlich gesehen, weil sie zu viel Angst hatte. Schlank, kurze blonde Haare, mehr weiß sie nicht.«

Mona erinnerte sich an die Nachbarin von Sonja Martinez. Auch sie hatte am Mord-Tag einen Mann gesehen, allerdings mit einem Kapuzen-Shirt, der an Sonja Martinez Wohnungstür gestanden war. »Okay«, sagte sie. »Weiter.«

»Sie ist dann wieder die Treppe hinuntergelaufen, in ihr Zimmer. Sie hat die Tür abgesperrt und, gebetet und geweint.«

»Der Mörder hat sie nicht gesehen?«

»Das weiß sie nicht genau. Jemand, wahrscheinlich der Täter, ist danach noch einmal durchs ganze Haus gestreift. Sie hat ihn gehört, und sie glaubt, dass er sie gesucht hat. Er hat aber nicht versucht, die Tür zu ihrem Zimmer aufzumachen. Möglicherweise hat er sie einfach nicht gefunden, das Zimmer ist ja sowieso etwas versteckt. Die Tür ist ziemlich schmal, man könnte meinen, dahinter gibt's nur noch eine Speisekammer. Deshalb ist sie sich nicht sicher, ob er sie gesehen hat.«

»Was hat sie dann gemacht?«

»Sie hat die ganze restliche Nacht auf ihrem Bett gesessen, so sehr hat sie sich gefürchtet.«

»Hat sie kein Telefon in ihrem Zimmer?«

»Nein.«

»Kein Handy?«

»Sie sagt nein.«

»Glaub ich nicht. Sie hat bestimmt eins, als Haushälterin braucht man eins. Wahrscheinlich ist es so, wie du sagst: Sie ist illegal hier und hat deswegen die Polizei nicht alarmiert.«

»Kann schon sein«, sagte Patrick. Seine Stimme hörte sich frischer und bestimmter an als früher, und in den letzten Minuten schien er ein paar Zentimeter gewachsen zu sein.

»Wo ist sie jetzt?«, fragte Mona. Sie musste sich unbedingt bewegen – etwas tun, um die lähmende Müdigkeit zu überwinden.

»Vorhin war sie im Wohnzimmer mit dem Notarzt.«

»Okay, ich geh da jetzt mal hin. Du gibst den anderen Bescheid, wegen der Konferenz um zwölf. Und, Patrick…«

»Ja?«

»Das hast du super gemacht. Ich hoffe, das bringt uns einen Riesenschritt voran.«

»Danke.« Bauer stand auf, schien wieder mal nicht zu wissen, wohin mit seinen Händen, und steckte sie schließlich in die beiden hinteren Taschen seiner Jeans. Das sah ziemlich komisch aus, besonders als er sich in Bewegung setzte, und Mona musste sich das Lachen verbeißen, obwohl hier eigentlich nichts komisch war, gar nichts. Schwerfällig wie eine alte Frau zog sie sich am Treppengeländer aus dunklem poliertem Holz hoch. Flüchtig kam ihr der Gedanke, wer wohl, falls Plessen ebenfalls sterben sollte, diese Villa erben würde, und dass sie als Erbin dieses Haus nicht würde haben wollen. Nicht geschenkt, dachte sie und ging ins Wohnzimmer zu der einzigen echten Augenzeugin, die die SoKo Samuel hatte.

17

Freitag, 25. 7., 10.47 Uhr

Olga Virmakowa, oder wie immer sie hieß, war eine kleine, dicke Frau um die fünfzig. Sie lag auf einem der mit weißem Leder bezogenen Sofas; das Erste, was Mona von ihr sah, waren ihre voluminösen, blaugelb gemusterten Turnschuhe, die über die Seitenlehne ragten, wahrscheinlich weil ihr ein Sanitäter geraten hatte, die Beine hoch zu legen. Ansonsten war das Wohnzimmer leer, nur die herausgezogenen Schubladen, abgehängten Bilder und hin und her verschobenen Möbel zeigten, dass hier eine Reihe von Leuten sämtliche Spuren gesichert hatten, die der Täter eventuell hinterlassen hatte. Doch jetzt waren die Tatortleute abgezogen und die Notarztwagen ebenfalls. Stattdessen würde der Leichenwagen, der die Toten ins Institut für Rechtsmedizin transportieren sollte, in den nächsten Minuten eintreffen. Fischer sprach zurzeit mit den Klienten Plessens, die um acht Uhr vor dem Tor gestanden hatten, vollkommen entsetzt über den Anblick der ermordeten Polizisten. Schmidt, Forster, Bauer und die beiden Beamten vom LKA wuselten wahrscheinlich irgendwo in diesem riesigen Haus herum, während Clemens Kern bestimmt schon wieder in der Stadt war, an seinem Computer saß und erneut versuchte, ein Tatmuster zu finden, das dem Geschehen hier entsprach und auf diese Weise Rückschlüsse auf die Identität des Täters zulassen würde.

Kern war Spitzenklasse in seinem Job, das bezweifelte Mona

nicht, und auch nicht Sinn und Zweck einer ausgefeilten Fallanalyse. Aber die gute, alte, mühselig frustrierende, so oft in Sackgassen endende Ermittlungsarbeit konnte sie nicht ersetzen, die vor allem darin bestand, Fragen zu stellen – sich selbst, den mittel- und unmittelbar Beteiligten, all jenen, die glaubten, schon mit einer Theorie aufwarten zu können, aber nur heiße Luft produzierten, und all jenen, die felsenfest glaubten, nichts zu wissen, was manchmal stimmte, manchmal auch nicht. Fragen stellen, und zwar die richtigen: Das war ihr Job. Selbst die besten, aufrichtigsten Zeugen waren wie Züge, die man aufs entsprechende Gleis setzen musste, weil sie sonst in die falsche Richtung abdampften.

»Frau Virmakowa?«, sagte Mona und trat ans Sofa zu der Frau mit den überdimensionierten Turnschuhen, die überhaupt nicht zu ihrem einfachen grauen Kleid und den stämmigen, mit hautfarbenen Nylons bestrumpften Beinen passten. Die Frau drehte ihren Kopf in Monas Richtung, und Mona sah in überraschend helle, sehr blaue Augen, die nichts Ängstliches an sich hatten, eher etwas Schalkhaftes: Ganz offensichtlich hatte sie sich von dem Schock ganz gut erholt. Mona setzte sich auf den Rand des Sofas und lächelte die Frau an. »Sind Sie Frau Virmakowa?«

Die Frau nickte, den Blick unverwandt auf Mona gerichtet.

»Können wir miteinander reden, oder sind Sie noch zu müde?«, fragte Mona. Sie hatte nach der Unterhaltung mit Bauer noch schnell mit der Klinik telefoniert, in der Plessen lag, und erfahren, dass es keine Veränderung gab. Plessen war bewusstlos, sein Zustand kritisch. Ihn hatten zwei Kugeln, eine im Knie und eine unterhalb des Herzens, getroffen. Die Wunden an sich waren also nicht lebensgefährlich, aber Plessen hatte viel Blut verloren, und er war kein junger Mann mehr, der solche Verletzungen locker wegsteckte. »Es ist gut möglich, dass er nicht mehr aufwacht«, hatte der Arzt gesagt. »Es ist genauso möglich, dass er sich wieder komplett erholt. In seinem gegenwärtigen Zustand können wir ihn jedenfalls nicht operieren, und das ist schon mal schlecht.« »Okay«, hatte Mona gesagt, und anschließend die beiden Schupos angerufen, die vor seinem Zimmer Wache hielten. Sie hatten ihr versprochen, Bescheid zu sagen, sobald Plessen ansprechbar sein würde.

»Mir geht es gut«, sagte Olga Virmakowa mit tiefer, ein wenig brüchiger Stimme und starkem, osteuropäischem Akzent. Sie legte ihre warme, etwas verschwitzte Hand auf Monas und machte Anstalten, sich aufzusetzen. »Wie geht es Ihnen?«, fragte sie Mona, als handle es sich hier um einen Höflichkeitsbesuch. Vielleicht war sie seelisch doch angeschlagener, als sie aussah.

»Gut, danke«, sagte Mona, entschlossen, keine weitere Zeit zu verlieren. »Und bleiben Sie ruhig liegen. Sie müssen nicht aufstehen, nur weil ich da bin.«

»Kann ich? Ich bin sehr erschöpft.«

»Natürlich, das macht gar nichts. Ich habe gehört, Sie haben mit meinem Kollegen gesprochen, Patrick Bauer.«

»Ja. Er war sehr nett.«

»Ja, das stimmt. Frau Virmakowa, wie mir Herr Bauer gesagt hat, haben Sie den Täter nicht deutlich sehen können, und ...«

»Nein. Nicht deutlich. Zu aufgeregt, zu viel Angst. Gleich wieder die Treppe heruntergelaufen, damit er sieht mich nicht.«

»Würden Sie ihn wiedererkennen?«

Ein Ausdruck von Angst lief über das Gesicht der Frau. Sie antwortete nicht.

»Bitte, Frau Virmakowa. Der Mann hat Menschen getötet.«

»Vielleicht. Ich – hoffe.«

»Okay. Sie haben Herrn Bauer gesagt, es war ein junger Mann. Stimmt das?«

»Ja. Da bin ich sicher. Ein junger Mann, nicht alt.«

»Jetzt interessiert mich eigentlich nur, warum Sie da so sicher sind? Wenn Sie ihn doch gar nicht richtig gesehen haben?«

Olga Virmakowa dachte nach, die Stirn in tiefe Runzeln gelegt. »Bewegungen«, sagte sie schließlich.

»Bewegungen?«

»Ja, sie waren – jung. Nicht alt, nicht steif. Jung.«

»Im Sinne von: elastisch, kräftig, sportlich, gute Figur? Meinen Sie so was?«

»Ja, das alles, aber noch etwas… Ich weiß das Wort nicht…«

Mona dachte nach. »Meinen Sie vielleicht… routiniert?«

»Routiniert? Ich weiß nicht, was das heißt, Entschuldigung…«

»Routiniert – also, wie jemand, der das schon öfter gemacht hat?« Die richtige Frage kam manchmal wie aus dem Nichts.

»Ja!«, sagte Olga Virmakowa und strahlte Mona an. »Als ob er jeden Tag das macht. Als ob er viel übt, das zu machen. Jede Bewegung hat gestimmt. Verstehen Sie?«

»Ja.«

»Sehr – äh – professionell. Wie im Fernsehen, wenn sie zeigen Polizei.«

Monas Glieder wurden schwer wie Blei, und am liebsten hätte sie sich neben die alte Olga auf die Couch gelegt. Aber das war so ziemlich das Letzte, was sie jetzt tun durfte. Sie holte ihre Schachtel Zigaretten aus ihrer Tasche, schüttelte eine heraus und zündete sie sich an. Nikotin war jetzt das Einzige, was sie wach hielt. Und die Erkenntnis, die ihr nun mit Verspätung den Adrenalinstoß versetzte, den sie brauchte, um alles Nötige in die Wege leiten zu können.

Es ist einer von uns.

Es war zumindest möglich und wäre eigentlich nicht wirklich überraschend. Eigentlich hätten sie schon eher darauf kommen können. Die Taten, so verrückt sie waren, zeigten, was Planung und Durchführung betraf, die Handschrift eines Vollprofis. Kaum war Mona bei Plessens Schwester gewesen, schon starb diese am nächsten Tag eines gewaltsamen Todes, und das, obwohl Mona sie gewarnt hatte: Diese zeitliche Koinzidenz war doch kein Zufall. Da hatte sie doch jemand genau beobachtet – und zwar so, dass sie es nicht mitbekam. Da spielte jemand mit ihr, der wusste, wie Ermittlungen abliefen. Und der ihnen deshalb immer den entscheidenden Schritt voraus war.

David Gerulaitis. Der Einzige, der ihr einfiel.

Nein, das war nicht möglich!

Oder doch?

David Gerulaitis war *jung*. Als verdeckter Ermittler *routiniert* im Täuschen anderer. Geübt an der Schusswaffe. Problemlos in der Lage, zum Beispiel ein Telefon anzuzapfen, beispielsweise bei Helga Kayser. Kaum hatte Mona sich per Anruf angekündigt, hatte er vielleicht schon eine Zugfahrt nach Marburg gebucht. Sie erinnerte sich an ihr letztes Telefonat mitten in der Nacht, als sie in diesem muffigen Marburger Hotel war. Er hatte sie vom Handy aus angerufen. Das konnte er von überall her, auch von Marburg aus. Er hatte ein Spiel mit ihr gespielt, von Anfang an. Die Leiche, deren Fund er selbst gemeldet hatte, wodurch er mit einem gewissen Automatismus aus dem Kreis der Verdächtigen ausschied …

War das wirklich denkbar? Oder verrannte sie sich da in irgendwas, ähnlich wie Berghammer mit seinem Schweizer Heroin-Arzt?

»Frau … äh … Polizei?« Das war Olga Virmakowa, die sie ganz vergessen hatte. Mona sah auf die Frau herunter, ihr leicht pausbäckiges, abgearbeitetes Gesicht mit den blitzblauen Augen.

»Entschuldigung, ich hab ganz vergessen, wo ich bin.«

»Kann ich in mein Bett gehen? Sehr müde.«

Mona überlegte. »Nein, Sie müssen mitkommen«, sagte sie dann. »In diesem Haus sind Sie nicht sicher.«

»Was? Nein, bitte, ich …«

»Es geht nicht anders«, sagte Mona. »Der Mörder könnte zurückkommen. Und dann findet er Sie.«

»Ich …«

»Machen Sie sich keine Gedanken. Um Ihre Aufenthaltsgenehmigung geht es nicht. Nur um Ihre Sicherheit.«

»Ich habe nur Touristenvisum. Jede drei Monate neu.«

»Das haben wir uns schon gedacht.«

»Ich kriegen Strafe?«

»Das glaub ich nicht. Schlimmstenfalls müssen Sie nach Russland zurück.«

»Ja. Das wäre sehr schlimme Strafe.« Olga Virmakowa setzte sich leise stöhnend auf, schwang erstaunlich behende ihre Beine mit den absurd aussehenden Turnschuhen über die Sofalehne und saß nun neben Mona. Sie roch ein wenig nach Schweiß und einem billig parfümierten Waschmittel. Mona gab ihr vorsichtshalber ihre Karte. »Mona Seiler«, sagte sie zu der Frau und deutete auf ihren Namen. Hoffentlich konnte die Frau ihn lesen, in Russland gab es doch eine ganz andere Schrift. Aber Olga Virmakowa nickte. »Mona Seiler«, wiederholte sie und fuhr mit dem Zeigefinger den Prägedruck nach. Dann fragte sie: »Sie Chef?«

Mona dachte einen Moment nach, bevor sie antwortete. Dann sagte sie: »Ja, im Moment bin ich der Chef.« Und es war ein gutes Gefühl, das ließ sich nicht leugnen.

Sie holte einen der Schupos, der Olga Virmakowa ins Dezernat mitnehmen würde, und ging in die Diele, um David Gerulaitis anzurufen, bereits zum zweiten Mal an diesem Morgen, und auch diesmal wieder umsonst. An seinem Festnetzanschluss lief der Anrufbeantworter, dessen Aussage Mona inzwischen fast auswendig konnte, und als sie seine Mobilfunknummer wählte, kam erneut die Ansage »Diese Nummer ist vorübergehend nicht erreichbar.«

Mona dachte nach, in der Diele stehend, das Handy in der Hand, als Fischer von irgendwoher in ihre Nähe kam. »Hast du mit Plessens Klienten gesprochen?«, fragte sie ihn.

»Ja, mit allen, die da waren«, sagte Fischer. Sein Gesicht war bleich und unrasiert, seine Augen lagen tief in den Höhlen. Er sah mindestens so erschöpft und leer aus, wie Mona sich fühlte, aber seine Stimme klang wach und klar.

»Wussten die was?«

Fischer schüttelte den Kopf, schnappte sich den einzigen Stuhl, der vor einem Spiegeltischchen neben der Garderobe stand, und ließ sich darauf fallen, als würde er nie wieder aufstehen wollen. »Plessen hat mit ihnen gearbeitet, ganz normal. Gestern. Sie haben nichts Ungewöhnliches festgestellt, nichts gesehen, nichts gehört. Das Übliche in diesem Fall. Allerdings haben zwei gefehlt. Und drei waren heute früh nicht da.«

Mona horchte auf. »Wer?«, fragte sie.

»Die Teilnehmer wussten nur die Vornamen, aber ich hab die Teilnehmerliste gefunden. Einer heißt Helmut Schwacke, die andere Sabine Frost, der dritte David Gerulaitis. Das ist derjenige, der heute früh nicht gekommen ist. Hier sind die Unterlagen.« Fischer schwenkte ein DIN-A4-Blatt, wahrscheinlich die Liste.

»Komisch«, sagte Mona. »Heute wäre der letzte Tag des Seminars gewesen. Stimmt doch, oder?«

»Es hat gestern so eine Art Streit oder was gegeben«, sagte Fischer. Er blätterte in seinem Block. »Jedenfalls ist diese Sabine Frost gestern Mittag einfach abgehauen. Heulend, sagen die anderen. Plessen hat sie wohl als so eine Art Flittchen hingestellt.«

»Aha.«

»Und dieser Helmut Schwacke ist einfach nicht mehr gekommen, schon gestern nicht mehr. David Gerulaitis war bis gestern Abend da.«

»Die ganze Zeit?«, fragte Mona möglichst beiläufig.

»Wie die ganze Zeit?«

»Dieser David soundso. War der die ganze Zeit da? Außer heute früh?« Sie sah beklommen, wie Fischer ein Licht aufging. Er studierte die Teilnehmerliste. »Dieser David – sag mal, irgendwie kommt mir dieser Name doch verdammt bekannt vor.«

Irgendwann musste er es sowieso erfahren. »Da könntest du Recht haben.«

Fischer fläzte sich in den Stuhl und starrte Mona von unten herauf an. »Das war doch der, der die erste Leiche gefunden hat. Der verdeckte Ermittler.«

»Stimmt«, sagte Mona.

Fischer dachte nach, wälzte in seinem müden Hirn die Fakten hin und her. »Du hast ihn undercover hergeschickt?«

»Richtig.«

»Er sollte das Seminar mitmachen und mal sehen, ob der Mörder dabei ist?«

»Ja.«

Fischer sagte nichts darauf.

»Könnte sein«, sagte Mona langsam, »dass er flüchtig ist.«

»Was?«

»Ich kann ihn seit gestern nicht mehr erreichen.«

»Was heißt das?«

»Du hast mich schon gehört. Wenn er das Seminar jeden Tag von morgens bis abends mitgemacht hat, hat er zumindest für den Mord an Helga Kayser ein Alibi. Hat er das?«

»Warum hast du mir nichts gesagt? Vor der Vernehmung von den Leuten? Du hast mich voll ins offene Messer laufen lassen.«

»Fang nicht wieder mit diesem Blödsinn an, Hans. Ich habe das Recht so was zu tun, auch ohne dass du mir dein Okay gibst. Klar?«

»Mona ...«

»War Gerulaitis gestern hier, also zum Zeitpunkt, als Helga Kayser ermordet wurde, oder nicht?«

Fischer senkte den Kopf, zu müde, um die Sache mit seiner üblichen Kampflust weiter zu verfolgen. »Er war da«, sagte er schließlich. »Die ganze Zeit. Alle waren gestern da, außer diesem Helmut Schwacke. Und dieser Sabine Frost, die mittags abgehauen ist.«

»Trotzdem«, sagte Mona. »Irgendwas stimmt da nicht. Ich kann Gerulaitis seit gestern Morgen nicht mehr erreichen. Sein Handy hat keinen Empfang, auf dem Festnetz läuft immer nur der Anrufbeantworter. Seine Frau scheint auch nie da zu sein. Ich versteh das nicht.«

»Vielleicht ist ihm was passiert.«

»So oder so«, sagte Mona. »Ich werd ihn zur Fahndung ausschreiben.«

18

1989

Nach seinem ersten Mord machte der Junge eine Pause von mehreren Monaten. Nicht etwa, weil er ein schlechtes Gewissen hatte – mittlerweile wusste er, dass es seine Bestimmung war zu töten, und verbot sich, über diese Tatsache länger nachzudenken –, sondern weil die Befriedigung über seine Tat derart tief ging, dass sie viel länger anhielt als nach seinen kindlichen Tierspielchen.

Ein für seine Verhältnisse recht unbeschwerter Sommer kam, in dem er zu seiner eigenen Überraschung einigen seiner Schulkameraden näher kam. Darunter war ein Mädchen – nicht Bena –, die sich offensichtlich für ihn interessierte. Er fand sie nicht sonderlich anziehend, aber auch nicht komplett unattraktiv – sie war ihm sympathisch genug, um sich ihrer Gruppe, bestehend aus zwei weiteren Mädchen und zwei Jungs in seinem Alter, anzuschließen. Sie nannten sich fortan die Sechser-Gang und unternahmen die üblichen Dinge – nachts schwimmen, rauchen, sich betrinken, reihum knutschen. Dem Jungen lag nicht wirklich etwas an diesen Aktivitäten, aber wenn das der Preis war, um eine Weile irgendwo dazuzugehören, zahlte er ihn nicht ungern. Es war immerhin eine Abwechslung. Das Mädchen, sie hieß Renate, schien sexuell relativ erfahren zu sein. Sie erzählte häufig von ihren Abenteuern mit älteren Männern und den Fertigkeiten, die sie sich bei diesen erfahrenen Liebhabern angeblich angeeignet hatte. Der Junge verstand, worauf es ihr bei diesen Themen ankam, und er ging zum Schein darauf ein, indem er ihre Attraktivität scherzhaft übertrieben lobte. Das bemäntelte eine Zeit lang ganz gut sein nicht vorhandenes Verlangen nach ihr.

»Du kriegst sicher jeden, den du willst«, flüsterte er ihr beim Schein des Lagerfeuers zu, während die beiden anderen Paare bereits heftig miteinander zugange waren. Er war auf angenehme Weise betrunken und fühlte sich entspannt.

»Das kannst du mir glauben«, flüsterte sie zurück.

»Zeig mir doch mal, was du kannst.«

Und bereitwillig beugte sich Renate nach unten, fasste ihm an die Badehose, ließ sich von dem schlaffen Inhalt nicht beirren, zog seine Badehose aus und streichelte seinen Schwanz. Der Junge legte sich auf den Rücken und sah in den Sternenhimmel. Die Nacht war warm, seine Gedanken wanderten weg von diesem Ort, er vergaß Renate, und schon wurde sein Penis steif. Glücklicherweise verlangte Renate nicht von ihm, dass er sie anfasste – dann wäre es gleich wieder aus gewesen mit seiner Erektion –, sondern schien richtig wild darauf zu sein, ihm zu beweisen, über welche erotischen Fähigkeiten sie verfügte.

Und tatsächlich, sobald er nicht mehr an Renate dachte, konnte er das, was sie mit ihm machte, genießen. Sein Schwanz wurde härter und härter, er fing an zu stöhnen, Bilder kamen und gingen – Bilder, die nichts mit dem zu tun hatten, was hier passierte –, er hob sein Becken fast schon gewaltsam ihrem Mund entgegen, schließlich nahm sie ihre rechte Hand zu Hilfe, rieb und rieb, und in einem weiteren Stöhnen, das beinahe schon ein Schrei war, explodierte er zuckend in ihre Hand.

Gleich darauf wurde ihm übel. Er stand hastig auf, zog seine Badehose wieder an und übergab sich in den See. Renate stand hinter ihm, klopfte ihm sacht und fürsorglich auf den Rücken und merkte nicht, dass diese Berührung immer neue Übelkeitsschwälle in ihm auslöste. Der Junge wagte nicht, es ihr zu sagen, sondern ließ sie gewähren. Er wusste, dass er sich jetzt zusammenreißen musste, sonst würde er nicht nur Renate verlieren, sondern auch die anderen. Im Lauf der Wochen hatte er sich an die Gesellschaft der anderen gewöhnt – und das in einem Maße, dass es ihm plötzlich nicht mehr besonders reizvoll erschien, allein zu sein. Er hätte nicht sagen können, was ihm daran gefiel, mit Leuten seines Alters zusammen zu sein, die ihn offensichtlich akzeptierten.

Tatsache war, dass er nicht mehr darauf verzichten wollte. Jedenfalls jetzt noch nicht. Das hieß aber: Er musste sich auf irgendeine Weise mit Renate arrangieren. Sie durfte auf keinen Fall erfahren, dass er sich nichts daraus machte, sie anzufassen oder – er schüttelte sich innerlich – mit ihr zu schlafen, so wie es Bena mit ihrem Freund tat. Als es ihm wieder besser ging, gab er ihr einen sachten Kuss auf die Lippen und bedachte sie mit einem tiefen Blick, der sie fürs Erste zufrieden stellte.

»Tut mir Leid«, flüsterte er.

»Macht doch nichts. Geht's dir besser?«

»Ja, danke.«

Die beiden anderen Pärchen hatten nichts von ihrem Intermezzo mitbekommen, so beschäftigt waren sie miteinander. Der Junge sah auf sie herunter. Auf einen Außenstehenden wie ihn wirkte der Anblick der ineinander verschlungenen Körper nicht anregend, sondern lächerlich. Der Junge nahm Renates Hand, und sie machten einen romantischen Spaziergang am See entlang. Eine Stunde später, es war mittlerweile halb vier Uhr morgens, verabschiedete er sich mit einer Umarmung von ihr. »Du bist etwas ganz Besonderes«, flüsterte er ihr ins Ohr, und diese Botschaft kam genauso an, wie er es geplant hatte. »Danke, Hannes«, flüsterte Renate und presste ihre Lippen auf seine. Hannes öffnete widerwillig seinen Mund und ließ sie mit ihrer Zunge darin herumspielen, weil er wusste, dass das sein musste, damit sie ihn weiter mochte. Und, wichtiger noch, damit er vor ihr und den anderen als normal durchging.

NORMAL. Ein absurder Gedanke.

19

Freitag, 25. 7.

David erwachte, schlief wieder ein, segelte am Rand wilder, angstvoller Träume entlang, und wachte endgültig auf, weil er ein Geräusch hörte. Ein echtes Geräusch, kein weiterer Bestandteil seiner Albträume. Er riss die Augen auf und starrte in die Dunkelheit. Jemand kam eine Treppe herunter: So klang es. Eine Treppe aus Stein oder Beton, denn es gab kein Knarzen, nur ein dumpfes Tap-tap-tap-tap. In Schuhen mit weichen Sohlen.

Gummisohlen. Turnschuhe. *Gummisohlen. Turnschuhe.* David klammerte sich an diesen Begriffen fest, die ihm Halt zu geben schienen in einer schwankenden Welt, in der alle Sicherheiten so plötzlich verschwunden waren, als hätte es sie nie gegeben. Und plötzlich erschien ihm dieser Zustand so selbstverständlich, als hätte er jahrzehntelang in einer Illusion gelebt und sei erst jetzt mit der Wirklichkeit konfrontiert worden. Einer Wirklichkeit, die so aussah, dass alles jederzeit möglich war. Das Beste und das Schlimmste. *Das Beste und das Schlimmste.*

Die Schritte klangen erst unregelmäßig und zögerlich, dann schienen sie plötzlich fester und schneller zu werden, dann verklangen sie für ein paar Sekunden. Lange genug, dass sich David überlegte, ob er sich nicht vielleicht doch getäuscht hatte. In einer Situation wie seiner bildete man sich die seltsamsten Dinge ein.

Dann ein Quietschen, wie es das Öffnen einer schweren Metalltür verursachte. Das Deckenlicht ging an, eine nackte Birne. David kniff unwillkürlich die Lider zusammen, obwohl er doch so sehnsüchtig auf Helligkeit gewartet hatte. Eine Zeit lang sah er gar nichts, schließlich zwang er sich dazu, seine tränenden Augen wieder zu öffnen. Er konnte etwas sehen. Endlich. Schon diese winzige Annehmlichkeit machte ihn so dankbar, dass er am liebsten geweint hätte, wenn das möglich gewesen wäre, ohne Rotz zu produzieren, der ihn in Sekundenschnelle ersticken würde. Der Baumwollknebel stak fest in seinem Mund. Sorgfältig atmete David durch die Nase. Er betrachtete die in streifigem Weiß getünchte Decke über sich.

Er befand sich, wie er richtig vermutet hatte, in einem Kellerraum. Neben ihm – er wandte vorsichtig den Kopf – war ein riesiges, rostfarben gestrichenes Ding, wahrscheinlich der Heizkessel. Ein Keller also. David hob beschwerlich den Kopf. In der Ecke gegenüber saß eine Gestalt. Mühsam schärfte er seinen Blick. Die Gestalt sah ihn schweigend an. David konnte ihre Augen sehen, der Rest – Mund-, Kinn-, Hals- und Stirnpartie – war hinter einer schwarzen Skimütze verborgen, einem dieser Dinger, die man auf Pisten kaum noch sah, dafür auf gewalttätigen Demonstrationen oder auf jenen Videos, die Banküberfälle für die Ewigkeit festhielten. Neben der Gestalt stand ein schwarzer Rucksack.

Als die Gestalt feststellte, dass er bei Bewusstsein war, stand sie auf und ging auf ihn zu. Sie war nicht sehr groß, mollig und trug Jeans und ein kurzärmliges rotes T-Shirt, das Schweißflecken unter den Achseln zeigte, wie David aus seiner Perspektive gut erkennen konnte. Es war eindeutig eine Frau, und sie war nicht mehr ganz jung. Sie kam David bekannt vor, aber er verfolgte diese Überlegung nicht weiter. Die Tatsache, dass sie sich die Mühe gemacht hatte, sich zu maskieren, gab ihm etwas Hoffnung, diese Sache hier doch lebend zu überstehen. Da er ohnehin nichts sagen konnte, versuchte er, sich zu entspannen.

Die Frau stand zu seinen Füßen und fixierte ihn schweigend. Ihre Augen waren blaugrau und hatten sehr kleine Pupillen. David hielt ihrem Blick stand. Obwohl er ihr Gesicht nicht sehen konnte, strahlte die Frau etwas Bedrohliches aus. Auf David wirkte sie, als würde sie bei jedem falschen Wort aus der Haut fahren. Also wartete er, ohne zu zappeln, ohne einen Laut von sich zu geben.

Aber er konnte nicht verhindern, dass langsam die Erinnerung zurückkam. Er stand wieder am Auto des zweiten Schupos, der über dem Lenkrad zusammengesunken war. Er beugte sich wieder über den Mann, dann hörte er wieder ein Geräusch, dann sah er wieder ein Gesicht. Das Gesicht einer Frau: Sabine. Sabine war es gewesen. Sie hatte ihn niedergeschlagen. Sie hatte ihn hierher gebracht. Sie würde ihn vielleicht hier sterben lassen.

O Gott, dachte er. Sabine Frost. Diejenige, die ihm anfangs am wenigsten aufgefallen war, vor allem, weil er ja laut Auftrag nach einem Mann suchen sollte. Ein Mann zwischen zwanzig und dreißig Jahren alt. Sabine Frost war mindestens Mitte vierzig und eine Frau. David versuchte, ruhig zu bleiben, aber die Übelkeit, die er bislang so erfolgreich niedergekämpft hatte, kehrte zurück. Gleichzeitig spürte er das Fieber, wenn auch nicht so stark wie noch vor – Stunden? Minuten? Er wusste es nicht. Er wusste nur: Er war krank und brauchte einen Arzt oder wenigstens ein Bett, in dem er sich auskurieren konnte.

Ohne ihre Augen von ihm zu wenden, zog die Frau eine Schachtel Zigaretten aus ihrer Hosentasche. Mit erstaunlicher Grazie ließ sie sich in den Schneidersitz fallen und zog den Schlitz der Mütze unter das Kinn. Es war tatsächlich Sabine. Sie klopfte auf die halb leere Schachtel, und eine Zigarette rutschte heraus, die Sabine zwischen die Lippen nahm. Sie zündete sie an und blies den Rauch direkt in Davids Richtung. Er kitzelte in seiner Nase. David musste niesen – eine unangenehme Prozedur, weil er so unbeweglich war. Sabine lachte heiser. David spürte seinen Körper, seine mit Klebeband gefesselten Hände, seine tauben Füße. Nun bewegte er sich doch, zornig über seine Wehrlosigkeit, die ihn zum Gefangenen dieser – verrückten Idiotin machte. Warum tat sie das alles? Was machte sie überhaupt hier? Wollte sie ihm beim Sterben zuschauen? Er wand sich auf den Rücken, dann, als er die Schmerzen in den Händen nicht mehr aushielt, auf die andere Seite. Dann wieder zurück, sodass er Sabine wieder sehen konnte, die seelenruhig vor sich hin rauchte und ihn überhaupt nicht zu beachten schien.

Schließlich drückte sie die Zigarette auf dem Boden aus und schnippte sie dicht an David vorbei unter den Heizkessel. Sie kniete sich hin und beugte sich über Davids Gesicht, ihre Augen und ihr Mund wirkten verquollen und alt. Mit einer einzigen schmerzhaften Bewegung riss sie das Klebeband von seinen Lippen. David schossen die Tränen in die Augen, aber er wagte keinen Laut, bis sie das feuchte Tuch aus seinem Mund entfernt hatte. David hustete. »Durst«, sagte er mit leiser, heiserer Stimme, bevor sie ihm das Ding wieder hereinstopfen konnte, was sie früher oder später tun würde. Dessen war er sich sicher. Und auch, dass sie ihn nicht freiwillig herauslassen würde. Nie. Sie hatte ihre Maske abgenommen, als käme es nicht mehr darauf an, ob er sie erkannte oder nicht, und das konnte nur bedeuten, dass sein Tod beschlossene Sache war.

Seine einzige Chance bestand darin, lange genug am Leben

zu bleiben, bis ihn jemand vermisste. Bis ihn jemand suchte. Bis ihn jemand fand.

»Du kannst übrigens schreien, so laut du willst«, sagte Sabine, als habe sie seine Gedanken gelesen. »Hier hört dich eh keiner.«

Warum sie ihn dann geknebelt hatte? David fragte nicht. Vielleicht einfach nur, um ihn zu quälen. Sabine zog ihre Mütze mit einer achtlosen Bewegung ganz vom Kopf und warf sie in die Ecke, in der der Rucksack stand. Ohne Mütze war deutlich zu erkennen, wie blass sie war, mit wirrem, fliegendem Haar, ohne Make-up, ohne Lippenstift. Letzteres fiel David besonders krass auf, denn während des Seminars war sie immer sorgfältig geschminkt gewesen. »Wo bin ich?«, krächzte er, damit sie nur ja nicht ging und ihn hier allein ließ. Sobald sie gehen würde, wäre er zum Tode verurteilt, das wusste er genau. Sabine stand auf und schlenderte zu ihrem Rucksack. Einen Moment lang befürchtete David, dass sie den schwarzen Beutel schultern und einfach verschwinden würde, und beinahe hätte er lautstark protestiert. Aber stattdessen bückte sich Sabine und kramte in dem Behälter herum. Schließlich zog sie eine Wasserflasche heraus und ging zu David zurück.

»Mund auf!«

David sperrte gehorsam den Mund auf, und Sabine setzte die Flasche an. David trank gierig. Da er auf der Seite lag, ging eine Menge Wasser daneben und durchnässte sein Sweatshirt, aber das war ihm egal. Wenn sie ihm zu trinken gab, hieß das, dass sie ihn noch am Leben lassen wollte. *Ein gutes Zeichen*, dachte David, wärend er das abgestanden schmeckende Wasser schlürfte, als wäre es Champagner. *Ein gutes Zeichen, ein gutes Zeichen, ein gutes …*

Sabine nahm ihm das Wasser weg, obwohl sein Durst noch lange nicht gestillt war.

»Bitte«, flüsterte David; seine Lippen waren noch ganz nass, er leckte sie gierig ab.

»Bitte – mehr.«

Sabine schloss die Flasche mit dem blauen Drehverschluss,

als hätte sie nichts gehört, aber David gab nicht auf. »Bitte, gib mir noch was. Bitte!« Es gab plötzlich nichts Wichtigeres als diese erst halb leere Flasche, die Sabine in der Hand hielt, als wäre sie etwas vollkommen Nebensächliches. Rote Nebel wallten vor Davids Augen auf, seine Kehle fühlte sich an, als würde jemand einen Dornenzweig durch sie ziehen, und das Einzige, was ihm helfen konnte, ließ Sabine gerade wieder in ihrem Rucksack verschwinden. Ein trockenes Schluchzen schüttelte David, eine Mischung aus Wut und Verzweiflung.

Nein! So starb man einfach nicht!

»Sabine!«, hörte er sich sagen. Seine Stimme klang immerhin schon kräftiger.

Sie wandte sich mit verächtlichem Lächeln um. In der Hand hielt sie eine Video-Kassette. Sie sah neu aus, wie unbespielt. Sie war unbeschriftet. Sie sah aus wie die, die David aus Fabians Haus hatte mitgehen lassen. »Was ist das?«, fragte er sich dumm stellend.

»Du Arschloch. Das weißt du doch genau!«

»Weiß ich nicht. Keine Ahnung.«

»Er wollte, dass du es siehst.«

»Was? Das Video?«

Sabine sah mit einem Mal mürrisch aus. Sie antwortete nicht. Sie stand in der Mitte des Raums, als wüsste sie mit einem Mal nicht mehr, wie es nun weitergehen sollte.

»Wer ist *er*?«, fragte David hartnäckig weiter. Die Gier nach Wasser war abgelöst worden von dem leidenschaftlichen Wunsch, nicht allein zu sein. Nur ja nicht allein zu sein. Vor allem nicht in der Dunkelheit. »Wer ist *er*? Was ist auf dieser Kassette drauf?« Er konnte einfach nicht aufhören.

»Sei jetzt ruhig.«

»Sabine…«

Es war ein Fehler, ihren Namen zu nennen, und er hatte es nun schon zum zweiten Mal getan. Es war ein Fehler, sie auch noch darauf hinzuweisen, dass er sie kannte, dass er sie verraten konnte, dass er sterben musste, wenn sie nicht wegen eines Kapitalverbrechens ins Gefängnis kommen wollte. Was war das

Strafmaß für Kidnapping? Mindestens zehn, fünfzehn Jahre, soweit er sich erinnerte. Dann fielen ihm die toten Polizisten ein, und er schloss sekundenlang die Augen. Kidnapping. Dieses Delikt fiel aus Sabines Sicht schon längst nicht mehr ins Gewicht.

Sabine warf ihm die Kassette vor die Füße. Er sah sie verständnislos an. »Ich hau jetzt ab«, sagte sie, eine Ausdrucksweise, die überhaupt nicht zu der schüchternen, weinerlichen Sabine passte, die er bei Fabian erlebt hatte. »Nein!«, rief David sofort und bäumte sich in seinen Fesseln auf. »Bleib da!« Er war wieder ein kleiner Junge, der in einem dunklen Schlafzimmer allein gelassen wurde. Er wehrte sich gegen diese entwürdigende Angst, aber in seinem Zustand – gefesselt, verschwitzt und elend – gelang es ihm einfach nicht mehr, cool zu bleiben.

»Mutti kommt bald wieder«, sagte Sabine in einem spöttischen Singsang-Ton, während sie sich den Rucksack über die linke Schulter hängte. »Mutti lässt dich nur ganz, ganz kurz allein, das verspreche ich. Ganz kurz. Nur um Besorgungen für meinen kleinen Schatz zu machen.« Ihr Gesicht tauchte dicht über seinem auf; sie grinste. Ihr Atem roch schwach nach Zwiebeln. Wieder drehte sich Davids Magen um, aber immerhin machte Sabine keine Anstalten, ihm den widerlichen Knebel wieder anzulegen. »Mein kleiner Schatz«, sagte sie, und diesmal klang es fast zärtlich. »Erhol dich gut!« Das Licht ging aus, die Tür fiel mit einem dumpfen Knall hinter ihr ins Schloss.

20

Freitag, 25. 7., 11.00 Uhr

Da Monas Dienstwagen in der Garage des Dezernats 11 stand, nahm sie einer der Schupos mit in die Stadt. Sobald Mona auf dem Beifahrersitz im Streifenwagen Platz genommen hatte, schlief sie ein, den Kopf ans geschlossene Fenster gelehnt, die strahlende Sonne ignorierend, die einen heißen Tag ankündigte.

Um Viertel vor zwölf wachte sie davon auf, dass sie jemand an der Schulter rüttelte. Sie schreckte hoch und sah in das besorgte Gesicht ihres Fahrers. »Geht's Ihnen gut?«, fragte er. Sie parkten in zweiter Reihe vor dem Gebäude des Dezernats. Mona war verschlafen, durchgeschwitzt und hatte das Gefühl, schlecht zu riechen: Es ging ihr nicht gut, ganz und gar nicht. In ihrem Mund war ein scheußlicher Geschmack nach kaltem Rauch. Und wann hatte sie zum letzten Mal ihre Kleider gewechselt? Sie wusste es nicht mehr.

»Danke, ist schon in Ordnung«, sagte sie, während sie eilig die Beifahrertür öffnete. Autolärm und Benzingestank gaben ihrem Kreislauf fast den Rest, aber sie stieg aus, reckte sich und verabschiedete sich mit Handschlag von dem Polizisten, der netterweise ebenfalls ausgestiegen war. Sie winkte ihm zu, als er wieder im Auto Platz nahm, und ging durch die Glastür in den hässlichen Sechzigerjahre-Bau, in dem sich das Dezernat 11 nun schon seit vielen Jahren befand, ungeachtet der Zusage der Stadt, diesem und den anderen hier ansässigen Dezernaten ein neues, moderneres Gebäude zu errichten. Sie drückte auf den Knopf an der Lifttür, und im Liftschacht begann es zu rumpeln wie bei einem beginnenden Erdbeben.

Alles wie immer.

Das hatte auch etwas Beruhigendes.

Der Lift kam, und Mona stieg ein. Sie hatte noch zehn Minuten Zeit bis zur Konferenz, und die wollte sie nutzen, indem sie Berghammers Sekretärin Lucia bitten würde, ihr ein frisches T-Shirt und frische Unterwäsche zu besorgen. Nein, das ging nicht. Lucia hatte, genauso wie der Rest der Belegschaft, keine Ahnung, dass Mona ihre ursprüngliche Wohnung nur noch zu Tarnzwecken hielt und in Wirklichkeit bei Anton lebte. Lucia durfte die Wohnung nicht sehen, in der sich außer ein paar ausrangierten Möbeln nichts mehr befand. Sie musste woanders frische Kleidung besorgen. In dieser Gegend gab es genug Jeans-Shops, in denen man T-Shirts für zehn bis zwanzig Euro bekam. Mona zuckte zusammen, als der Lift mit einem Ruck im dritten Stock hielt. Sie war im Stehen eingenickt. Gähnend stieß sie sich von der Wand ab und drückte die Tür auf. Ihre müden Augen fielen auf das »Keine Macht den Drogen«-Plakat an der Wand des mit grüner Schutzfarbe gestrichenen Gangs, auf dem ein melancholisch aussehendes Mädchen in Schwarz-Weiß abgebildet war. Das Poster befand sich schon so ewig an dieser Stelle, dass es an den Rändern vollkommen vergilbt war.

Wenn man länger nicht hier war, merkt man erst, wie furchtbar alles aussieht, dachte Mona, ungeachtet der Tatsache, dass sie erst gestern den ganzen Tag im Dezernat verbracht hatte, von längerer Abwesenheit also keine Rede sein konnte. Aber die letzte Nacht und dieser entsetzliche Morgen hatten so viel verändert, dass es ihr vorkam, als sei eine halbe Ewigkeit vergangen. Sie ging zu Lucia und beauftragte sie, T-Shirts und Unterwäsche zu kaufen, und brachte als lahme Ausrede an, dass es bei ihr zu Hause so schrecklich aussehe, dass sie diesen Anblick niemandem zumuten könne. Lucia bedachte sie mit einem seltsamen Blick, dann zuckte sie die Schultern, nahm Monas Geld und ihre eigene voluminöse Handtasche und machte sich sofort auf den Weg. Mona ging in ihr Büro und suchte dort ein sauberes Handtuch. Sie fand eins, das halbwegs sauber roch, und wusch sich mit einem Rest Seife an ihrem Waschbecken. Das Wasser war glücklicherweise trotz der Hitzewelle eiskalt geblieben. Sie hielt ihr Gesicht unter den Strahl, so lange, bis sie wieder einigermaßen munter war. Dann rief sie Anton an.

»Wann kommst du heim?«, war seine erste Frage.

»Ich weiß nicht. Wir sind mittendrin.«

»Mittendrin? Du bist seit fast zwei Wochen mittendrin!«

»Ja. Tut mir Leid. Wie geht's Lukas?«

»Wer ist Lukas? Ich kenn keinen Lukas.«

»Witzig. Ist er in der Schule?«

»Nein, in der Pilsbar zum Bierholen.«

»Anton. Jetzt sei nicht sauer. Ich muss das hier zu Ende bringen.«

»Du bist überhaupt nicht mehr zu Hause.«

»Das ist mein Job. Sobald du einen hast, der präsentabel ist, gebe ich meinen auf. Dann bin ich immer da.«

»Hör auf mit dem Scheiß.« Aber sie hörte, wie er grinste, und atmete auf. Schlachten an der Heimatfront würden sie jetzt überfordern.

»Bis dann«, sagte sie knapp, bevor er es sich anders überlegte, und unterbrach die Verbindung. Eine Minute lang saß sie an ihrem Schreibtisch, die Hände hinter ihrem feuchten Haar verschränkt, und drehte sich in ihrem vertrauten Gedankenkarussell. Anton war als Partner nicht perfekt, aber als Vater sehr wohl. Sie wusste, sie konnte sich auf ihn verlassen. Und sie wusste, das war mehr, als man von anderen Männern mit respektableren Berufen behaupten konnte und letztlich alles, was zählte, wenn man einen gemeinsamen Sohn hatte.

Oder? Oder?

Es klopfte an der Tür, und Lucia kam herein, bewaffnet mit einer riesigen Tüte.

»Das ging schnell«, sagte Mona überrascht.

»Sonderangebot gleich hier um die Ecke«, sagte Lucia und stellte die Tüte auf Monas Schreibtisch. »Ich hab einfach mal drei genommen, kannst dir eins aussuchen. Plus Unterhosen und BH. Macht fünfzig Euro sechzig. Geht auf Kostenstelle. Mir fällt da schon was ein.« Sie zwinkerte Mona zu und drückte ihr ihren Hunderteuroschein wieder in die Hand.

»Super. Danke.«

»Kein Problem. Brauchst du sonst noch was?«

»Nein. Wie geht's Martin?«

»Nicht gut. Er ist immer noch in Marburg.«

»Nicht transportfähig?«

»Nein. Seine Frau ist jetzt bei ihm. Sie hat mich vorhin angerufen.«

»Wie geht's ihr? Wie kommt sie klar?« Mona hatte Frau Berghammer im Laufe der vielen Jahre vielleicht fünf-, sechsmal gesehen. Eine kleine, nervöse Frau mit sorgfältig onduliertem Haar und wachsamem Blick, die aussah, als lebte sie in permanenter Erwartung einer Katastrophe.

»Nicht so besonders«, sagte Lucia. »Sie hat sehr geweint.«

»Hm. Na ja. Kann ich verstehen.«

»Wenigstens ist ihr älterer Sohn bei ihr.«

»Das ist gut.«

»Ja«, sagte Lucia. »Das finde ich auch. Da ist sie wenigstens nicht allein mit alldem. Konferenz ist um zwölf?«

»Ja.« Mona sah auf die Uhr. »Ich zieh mich nur noch um, dann fangen wir an. Die anderen sollen schon mal in den Konferenzraum. Sagst du ihnen das?«

»Sicher. Bis dann.« Lucia verließ das Büro. Mona wechselte hastig ihre Kleider, bis auf die Jeans. Nächsten Dienstag begannen Lukas' große Ferien. Bis dahin musste der Fall gelöst sein, denn sie wollten nächsten Mittwoch gemeinsam in Urlaub fahren. Das war einfach so, basta. Sie wollten in Urlaub fahren, und deshalb musste die Sache schnell über die Bühne gehen.

Mona nahm ihre Unterlagen und ging hinaus.

21

Freitag, 25. 7., 12.30 Uhr

Nachdem Mona der SoKo Samuel von Berghammer berichtet hatte und die ersten Fragen zu dessen Zustand auf sie eingeprasselt waren, die sie so ausführlich wie möglich beantwortete, bekam Clemens Kern das Wort. Die ersten Zigaretten wurden angezündet, als Kern im Wesentlichen das wiederholte, was er Mona schon am Tatort in Gersting gesagt hatte: Es war seiner Ansicht nach etwas geschehen, das den Täter aus dem Konzept gebracht hatte. »Das heißt nicht«, betonte Kern, »dass er niemanden mehr umbringen wollte. Im Gegenteil, der Mord an Roswitha Plessen war sicherlich geplant.«

»Die Buchstaben in ihrem Unterleib ...«, begann Mona, aber Kern unterbrach sie.

»Darauf wollte ich eben hinaus. Der Satz ist beendet, er lautet DAMALS WARST DU STILL. Das heißt: Roswitha Plessen war tatsächlich gemeint. Nur dieser also unglaublich brutale Ablauf passt nicht in die Serie. Deshalb denke ich, dem Täter ist jemand dazwischengekommen. Er hatte das Gefühl… Ich glaube, er dachte, er müsste sich beeilen.«

»Wer oder was kann das sein?«, fragte Mona. Der Name David Gerulaitis kam ihr in den Sinn, brachte sie aber im Moment nicht weiter. Zumindest fiel ihr bei der Gelegenheit ein, dass sie ihn ja zur Fahndung ausschreiben wollte.

»Wie du schon gesagt hast, Mona«, sagte Kern. »Wir waren es nicht.«

»Wer dann? Plessen vielleicht?«

»Möglich. Aber warum gerade jetzt?«

»Vielleicht hat er etwas gemerkt.« Aber Mona glaubte selbst nicht daran. Plessen ahnte mit Sicherheit schon lange die Zusammenhänge, und er hatte trotzdem nichts unternommen. Andererseits war es jetzt um seine Frau gegangen, die er, soweit Mona das beurteilen konnte, mehr liebte, als jeden anderen Menschen. Vielleicht hatte er nun doch beschlossen, aktiv zu werden, vielleicht…

»Wir müssen uns auf jeden Fall auf die Frage konzentrieren, wer mit dem DU gemeint ist«, sagte Kern.

»Ach nee«, brummte einer, vielleicht Schmidt, vielleicht Forster.

»…denn«, fuhr Kern ungerührt fort, »…wenn wir wissen, wer mit DU gemeint ist, erfahren wir auch, wer der Täter ist.«

»Der Täter«, sagte Mona langsam, »könnte ein Mann namens Hannes Staller sein. Das ist natürlich bisher nur eine Vermutung.«

»Wie bitte?«, sagte Kern, vollkommen verblüfft. »Du…, du hast einen konkreten Verdacht? Wieso…« Mit einem Mal wurde es ruhig, sehr ruhig. Mona wartete ein paar Sekunden, bis die Blicke aller Anwesenden auf sie gerichtet waren. Sie zündete sich eine Zigarette an und blies den Rauch mitten in die Schwade über dem ovalen Konferenztisch, die sich schon in den ersten fünf Minuten gebildet hatte und die im Verlauf der Sitzung erfahrungsgemäß so dicht werden würde, dass man kaum noch sein Gegenüber erkennen konnte. »Ich habe Briefe gefunden, die Helga Kaysers Sohn geschrieben hat«, sagte Mona.

»Weil sich der Täter offenbar auf ein Ereignis bezieht, das länger zurückliegt, habe ich die Briefe sehr sorgfältig gelesen.«

»Und?«, fragte Kern, sichtlich verärgert, dass sie ihm heute Morgen nichts davon erzählt hatte. Mona wandte sich extra an ihn, als sie weiterredete. Jemand wie Kern war unersetzbar, auch wenn seine Schlussfolgerungen manchmal banal schienen: Man konnte es sich nicht leisten, ihn zu verprellen. »Helga Kaysers Sohn Frank Staller hat im Osten gelebt. Er ist Anfang der Achtzigerjahre an Krebs gestorben und hat eine Frau und zwei Kinder hinterlassen. Ein Brief von ihm, er stammt aus den Siebzigerjahren, hat mich besonders aufmerksam gemacht. Er ist…, war leider nur die Antwort auf einen Brief, den seine Mutter an ihn geschickt hatte. Es ging da offenbar um etwas, das passiert ist, als die Familie Helga Kaysers auf der Flucht vor den Russen war. Der Sohn schien ziemlich schockiert gewesen zu sein, über das, was seine Mutter ihm über dieses Ereignis geschrieben hatte.«

Kern hielt den Kopf gesenkt, aber Mona wusste, dass er genau zuhörte. »Nur noch mal zur Erinnerung«, sagte sie. »Helga Kayser ist Fabian Plessens ältere Schwester, die Plessen uns zu Beginn der Ermittlungen verschwiegen hat. Nicht nur das: Er hat Forster angelogen und behauptet, sie sei bereits gestorben. Da es in Plessens, beziehungsweise Kaysers Geburtsort keine Unterlagen mehr über die beiden gibt…«

»Warum nicht?«, fragte Schmidt.

»Die sind im Krieg verloren gegangen, heißt es auf dem dortigen Standesamt. Das war nichts Besonderes damals, das ist in dem Chaos zwischen 1944 und 1945 öfter passiert. Aber Plessens Schwester hat ein zweites Mal in Berlin geheiratet, und in diesen Unterlagen taucht Helga Kaysers Mädchenname Plessen wieder auf. So haben wir sie überhaupt erst gefunden.« Tatsachen, die der SoKo bekannt waren, aber es war nie verkehrt, Erinnerungen aufzufrischen. »Nun zu diesem Brief.« Mona sah auf ihre Notizen. »Beziehungsweise zu allen Briefen. Aus ihnen geht hervor, dass Frank Staller, also Helga Kaysers Sohn, drei Kinder hatte. Das Jüngste hieß Ferdinand und ist unter ungeklärten Umständen gestorben. Das mittlere heißt Hannes und seine ältere Schwester Ida. Hannes dürfte heute ungefähr dreißig sein. Er passt vom Alter her als Einziger ins Täterschema. Er kennt alle Opfer. Er hätte vielleicht ein Motiv.«

»Oder seine Schwester«, warf Fischer ein.

»Der Täter ist ein Mann«, sagte Kern.

»Das weißt du doch gar nicht.«

»Doch, das wissen wir«, sagte Mona. »Wir haben eine Zeugin, die die letzten Morde zumindest teilweise beobachtet hat. Patrick hat diese Zeugin aufgetan, und er hat mit ihr gesprochen. Sie heißt Olga Virmakowa und ist Plessens Haushälterin. Sie befindet sich hier, zu ihrem eigenen Schutz, denn sie hat den Täter gesehen. Er ist ein noch relativ junger Mann. Da gibt's überhaupt keinen Zweifel. Der Täter ist jung, und er ist männlich.«

»Aber dieser Hannes Staller ...«, unterbrach sie Fischer.

»Wir wissen natürlich nicht, ob er es war«, sagte Mona. »Wir wissen nicht mal, wo er sich heute aufhält. Aber eins ist klar: Wir müssen ihn finden und mit ihm reden. Und wir müssen seine Mutter finden, Susanna Staller, denn vielleicht weiß sie etwas. Das Problem: Wo sie heute lebt – keine Ahnung. Wo ihr Sohn Hannes sich aufhält – keine Ahnung. Das Letzte, was wir über diese beiden wissen, steht in den Briefen von Frank Staller an Helga Kayser. Und die sind von 1979.«

Stille.

»Was ist mit Plessen?«, fragte Forster schließlich. Seitdem er die Sache mit Plessens Schwester verbockt hatte, benahm er sich vorbildlich beflissen.

»Plessen ist in der Klinik. Sein Zustand ist unverändert. Sobald er vernehmungsfähig ist, sagen mir die Schupos Bescheid, dann können wir ihn befragen. Die Kugel, mit der er getroffen wurde, konnte noch noch nicht entfernt werden; er ist im Moment einfach zu schwach für eine OP. Sobald sie draußen ist, wird sie untersucht. Die Kugeln, mit denen die Schupos und Roswitha Plessen getötet wurden, sind bereits im Labor.« Den Verdacht, dass der Täter unter der Polizei zu suchen war, behielt

Mona für sich. Jemand machte das Fenster auf, und Straßenlärm flutete in den verrauchten Raum. Ein paar Sekunden sagte niemand etwas, dann schloss Bauer das Fenster wieder.

»Was jetzt?«, fragte Fischer, der sich etwas beruhigt hatte.

»Susanna Staller und Hannes Staller. Diese beiden müssen wir finden«, sagte Mona ein zweites Mal. Forster sagte: »Ich kann das machen.«

»Gut«, sagte Mona. Es war gut, dass Forster die Scharte wieder auswetzen wollte. »Sobald du Namen hast, soll dir Patrick beim Durchtelefonieren helfen.«

Bauer nickte.

»Dann muss ich euch noch etwas sagen.« Und Mona berichtete vom Einsatz David Gerulaitis' als verdecktem Ermittler in Sachen Plessen. »Das Problem ist, dass er seit gestern Morgen nicht mehr zu erreichen ist, weder mobil noch bei sich zu Hause. Heute früh ist er nicht aufgetaucht. Wir müssen ihn also zur Fahndung ausschreiben. Hans, kannst du das machen? Ich geb dir alle Unterlagen.«

»Was glaubst du, wo er ist?«, fragte Fischer so zahm, wie sie ihn seit undenklichen Zeiten nicht mehr erlebt hatte.

»Keine Ahnung«, sagte sie. »Ehrlich gesagt, kann es sein, dass ihm was passiert ist.«

»Vielleicht hat der Täter …«

»Kann sein. Kann sein, dass Gerulaitis ohne Absprache mit mir auf eigene Faust ermittelt hat.« Mona erzählte nichts von dem Telefonat, das sie in Marburg mit Gerulaitis geführt hatte. Wie verwirrt er da gewirkt hatte, wie instabil. Es war möglich, dass er sich zu einer Kurzschlusshandlung hatte hinreißen lassen und auf diese Weise dem Täter in die Quere gekommen war. Es war möglich, dass er ebenfalls tot war. Dann würde Mona lange nicht mehr ruhig schlafen können.

Nach der Konferenz nahm sie Fischer beiseite. »Wir müssen ihn finden«, sagte sie zu ihm. »Verstehst du?«

»Was meinst du damit?«

»Du hast schon kapiert. Er hat sich für diesen Einsatz in Gefahr gebracht, wir sind für ihn verantwortlich. Fahr zum letzten

Tatort, sprich mit der Spurensicherung. Vielleicht haben die irgendwas gefunden, was auf Gerulaitis hinweist.«

»Er war am Tatort? In der Nacht?«

»Weiß ich nicht«, sagte Mona ungeduldig. »Aber wenn er wirklich verschwunden ist, fällt mir keine andere Erklärung ein.«

Fischer nickte.

»Ach, und noch was: Er hat einen Partner, mit dem er gemeinsam undercover arbeitet. Keine Ahnung, wie der heißt, aber sein Name steht im Protokoll von Gerulaitis' Vernehmung. Du weißt schon, der vom vorletzten Dienstag, als wir Plessens Sohn gefunden haben.«

»Okay.«

»Ruf Gerulaitis' Partner an. Vielleicht weiß der was.«

»Ja. Mach ich. Und du?«

»Ich fahre in die Klinik. Sehen, wie es Plessen geht. Ich bin sicher, er weiß was. Und jetzt wird er es sagen.«

»Wenn er noch lebt«, sagte Fischer und verstärkte damit Monas Befürchtungen.

Denn wenn Plessen nicht mehr lebte, würden sie diesen Fall vielleicht nie lösen.

21

Als Sabine die Tür hinter sich geschlossen hatte, wartete David ein paar Minuten, dann begann er zu rufen und zu schreien. Natürlich war das riskant, denn eventuell befand sich Sabine noch in diesem Haus und würde ihn hören, aber er musste alles versuchen, um gefunden zu werden. Freiwillig würde Sabine ihn nicht gehen lassen, das wusste er. Er fühlte sich schlecht. Wieder lag er in vollkommener Dunkelheit und Stille. Als das Licht noch gebrannt hatte, hatte er festgestellt, dass der Raum fensterlos war, bis auf ein winziges vergittertes Viereck, vor dem sich wahrscheinlich auch noch ein Luftschacht befand. Er versuchte, seine Augen auf dieses Viereck zu fokussieren, und ganz allmählich löste sich ein grauer Schimmer aus der Dunkelheit. Das war nicht viel, aber besser als nichts. David rief weiter um Hilfe und horchte in regelmäßigen Abständen, ob irgendjemand darauf reagierte.

Nichts geschah.

Woraus er schloss: Das Haus, zu dem dieser Keller gehörte, stand entweder in einer menschenleeren Gegend oder war von einem großen Garten umgeben. In beiden Fällen konnte er sich die Seele aus dem Leib schreien, niemand würde ihn hören. Andererseits gab es keine andere Chance, hier herauszukommen. Und er hatte vielleicht nicht mehr viel Zeit. Er dachte sich zwei Sätze aus, die er ständig wiederholte. Sie lauteten: »Ich heiße David Gerulaitis und werde hier gefangen gehalten! Bitte rufen Sie die Polizei!« Er rief diese Sätze, so laut er konnte, ohne große Hoffnung, aber in dem Bewusstsein, dass Schreien sinnvoller war, als sich seinem Schicksal zu ergeben.

Wie spät es wohl war? Welchen Tag sie wohl hatten? Würde KHK Seiler ihn als vermisst melden? Vielleicht gab es Spuren von ihm am Tatort, die man verfolgen konnte. Nun – sicher gab es Spuren, winzige DNA-Spuren, die man mit seinen Haaren oder Hautschüppchen vergleichen konnte (seine Wohnung, sein Bad, waren ja voll davon). Andere Spuren am Auto des ermordeten Polizisten würden zweifelsfrei zeigen, dass an dieser Stelle ein Kampf stattgefunden hatte: Früher oder später würde man sich die Wahrheit zusammengereimt haben, so viel zumindest war sicher. Aber bis man zu einem Ergebnis kommen würde, war er tot. Sabine konnte ihn nicht überleben lassen, nicht, nachdem er sie gesehen hatte.

»Ich heiße David Gerulaitis und werde hier gefangen gehalten! Bitte rufen Sie die Polizei!«

Seine Stimme wurde heiser, und der Durst verstärkte sich. Er versuchte, seine verschleimten Atemwege freizuhusten, aber sein Husten klang staubtrocken, und als er einmal angefangen hatte, konnte er kaum wieder aufhören. Er räusperte sich verzweifelt, um das Kitzeln in seiner Kehle, seinen Lungen zu dämpfen. Als er das nächste Mal rufen wollte, stellte er fest, dass er keine Stimme mehr hatte. Er probierte es noch ein paar Mal, dann gab er auf.

Eine halbe Stunde verging, in der David jede einzelne Sekunde kommen, verharren und vorübergehen fühlte. Die Zeit materialisierte sich in seiner Fantasie zu einer zähen, undurchdringlichen Substanz, die sich mit provozierender Trägheit voranbewegte, aber in Wirklichkeit kaum von der Stelle kam. Nach dieser halben Stunde sehnte sich David mit zunehmender Nervosität nach Licht und Gesellschaft – jeder Art von Gesellschaft, und wenn sie seinen Tod bedeuten sollte. Jede Veränderung war ihm willkommen, solange sie diesen unerträglichen Stillstand beendete. Trotz der Schmerzen, die ihm das verursachte, wälzte er sich auf den Rücken und den Bauch und dann wieder auf den Rücken, um seinen Körper zu spüren, der ihm mehr und mehr abhanden zu kommen schien. Er dachte an Geschichten von Leuten in Dunkelhaft, die oft schon nach drei Tagen den Verstand verloren und ihren Schergen alles erzählten, was diese hören wollten.

Die Würde des Menschen ist antastbar.

O ja, David wusste nun, dass das stimmte. Sich in einem Zustand wie dem seinen zu befinden veränderte alles, auch die eigene Identität, auch das Gefühl für sich selbst. Es beschädigte wesentliche Eigenschaften wie Stolz und Mut, es veränderte den Charakter von Grund auf und vielleicht für immer. Seine Gedanken begannen, ein Eigenleben zu führen, Bilder durchfluteten ihn wie ein endloser Strom an Erinnerungen, gespeicherten Filmszenen und bloßen Hirngespinsten. Die dunklen Augen eines Jungen begannen ihn zu verfolgen. Sie gehörten einem jungen Albaner, den David vor ein paar Monaten verhaftet hatte. Er war einer von den kleinen Fischen, die sich die eingesessenen Dealer-Familien als Nachschub ins Land holten, wenn zu viele andere ins Netz der Ermittler gegangen waren.

Seine Mutter war von den Serben vergewaltigt und umgebracht worden, sein Vater verschollen. Das hatte er David erzählt, und David hatte in seine Augen gesehen, und sie waren leer gewesen wie die eines Menschen, der sich von seinesgleichen nichts mehr erwartet und der auch nichts mehr zu geben hat. *Die Würde des Menschen ist antastbar.* Davids Gedanken verwirrten sich; er fiel in eine leichte Ohnmacht, aus der er Sekunden später wieder erwachte.

Noch immer war es dunkel. Aber er hörte etwas. Das Tap-Tap von Schritten auf der Treppe vor der Tür. Er fuhr hoch. Nichts, was jetzt kam, konnte schlimmer sein als die letzte halbe Stunde. Jemand machte sich fluchend an der Tür zu schaffen. Schließlich schwang sie auf, Licht fiel von draußen herein, und dann ging auch die Birne an der Decke an. David sah Sabine hereinkommen, die etwas trug. Es war ein kleiner Fernseher mit integriertem Videoteil. Sie stellte das Gerät keuchend vor Davids Füße und suchte einen Anschluss für das Kabel. Schließlich fand sie einen und schloss das Gerät an. Sie trug dieselbe Jeans und dasselbe verschwitzte rote T-Shirt wie eben und war nicht mehr maskiert. Ihr Gesicht sah, wenn das überhaupt möglich war, noch blasser und verkniffener aus als vorhin. Der Ausdruck war seltsam, beinahe krankhaft.

»Er will, dass du das siehst«, sagte sie trocken.

»Wieso? Was?«, flüsterte David, denn mehr Volumen gab seine malträtierte Stimme nicht her. Er spürte, wie das Fieber stieg und ihm wieder der Schweiß ausbrach. Er begann zu zittern, obwohl es hier unten warm war.

»Guck halt hin!« Sie schaltete den Fernseher ein und drückte auf die Fernbedienung. Kurzes weißes Rauschen. Dann sah David eine Gestalt vor einem Fenster sitzen in einem Zimmer, das er nicht kannte. Die Kamera zoomte näher heran. Sonnenlicht fiel in das Zimmer, und im hellen Gegenlicht war das Gesicht der Gestalt nicht zu erkennen. Aber David wusste trotzdem sofort, wer es war. Auch wenn er es nicht glauben konnte, nicht glauben wollte.

22

Freitag, 25. 7., 14.03 Uhr

Die Klinik, in der die Ärzte um Plessens Leben kämpften, hatte einen kleinen, sonnenbeschienenen Garten, obwohl sie mitten in der Stadt war. Mona legte sich auf eine der Bänke im Schatten einer Kastanie und schlief sofort ein. Sie träumte von Plessen, seinem sanften Gesicht, seiner leisen Stimme, seiner stahlharten Autorität. In ihrem Traum saß sie vor ihm und tauchte in seinen hypnotischen Blick ein.

Du bist nicht wie deine Mutter und wirst es auch nie sein, sagte er zu ihr, denn er konnte Gedanken lesen und wusste, dass das ihre größte Angst gewesen war: wahnsinnig zu werden wie ihre Mutter. Für ewig ruhig gestellt in der Psychiatrie wegzudämmern wie ihre Mutter. Das würde nicht passieren, Plessen hatte es gesagt. Sie weinte ein wenig vor Erleichterung, als er sagte: *Aber dein Sohn trägt das Feuer der Vernichtung in sich.*

Sie hatte das Gefühl zu stürzen, sie hörte sich selbst laut stöhnen, sie riss die Augen auf. Einer der Schupos, die Plessen bewachten, stand vor ihrer Bank. Mona sprang so hastig auf, dass ihr schwarz vor Augen wurde. Sie stützte sich an der Lehne ab. Wie heiß es war!

»Ist er…äh…«

»Er ist wach«, sagte der Polizist, Schweiß stand ihm auf der gebräunten Stirn. »Er kann reden. Kommen Sie schnell!«

Sie eilten gemeinsam durch den langen Flur bis zum Lift, der sie in den vierten Stock brachte, wo sich die Intensivstation befand. »Er wird nicht lange reden können«, sagte der Polizist im Lift. »Die werden ihn gleich fertig machen für die OP, jetzt wo es ihm besser geht.«

»Hat er… irgendwas im Hals? Irgendeinen Schlauch oder was?«

»Nichts. Aber vielleicht sind die Ärzte schon da.«

»Egal«, sagte Mona. »Zwei Minuten reichen. Er kennt den Täter, da bin ich mir sicher. Er muss mir nur den Namen sagen.«

Ihre Sohlen quietschten auf dem glänzend geschrubbten Linoleum, der Krankenhausgeruch nach Schweiß, Angst und Desinfektionsmitteln nahm ihr fast den Atem. Mona verschwendete keine Zeit mit Anklopfen, als sie vor Plessens Zimmer standen.

Plessen war allein. Er wirkte sehr klein und alt in dem weiß bezogenen Bett. Genau wie der Polizist gesagt hatte, wurde er nicht künstlich ernährt oder beatmet. Nur von seinem Handrücken aus schlängelte sich ein dünner Schlauch zu einer Plastikflasche mit transparenter Flüssigkeit, die an einem chromblitzenden Galgen hing. Mona nahm sich einen Stuhl und setzte sich neben das Bett. Plessen war tatsächlich wach. Seine blauen Augen folgten jeder ihrer Bewegungen. Seine Lippen sahen blass und verkrustet aus.

»Wie geht es Ihnen?«, fragte Mona leise.

Plessen versuchte zu sprechen, aber es kam kein Ton heraus. Mona beugte sich über ihn. »Sie müssen nicht laut sprechen, Sie können ruhig flüstern. Ich kann Sie hören.« Sie bewegte ihren Kopf, bis ihr Ohr seinen Mund fast berührte.

»Wer war es?«, fragte sie leise.

»Ich weiß nicht«, flüsterte Plessen.

»Aber Sie haben den Täter gesehen, das stimmt doch?«

»Ja. Er war jung. Sehr kräftig.«

»Also: Wer war es?«

»Ich kenne ihn nicht. Wirklich nicht.«

Mona richtete sich auf. »Das ist doch nicht wahr«, sagte sie sehr laut, zu laut. Plessen war ihre letzte Hoffnung. Es konnte einfach nicht sein, dass er nichts wusste. Es durfte einfach nicht sein. Plessen murmelte etwas vor sich hin, und Mona beugte sich wieder an seinen Mund. Sie verstand: »Es war derselbe Mann wie auf dem Video.«

»Welches Video? Wo ist das jetzt?«

»In meinem Büro. Er hat mich damit erpresst. Ich habe ihm viel Geld gegeben. Aber er wollte immer mehr.«

»Geld wofür? Damit er was nicht tut?«

»Das ist eine so lange Geschichte.«

»Haben Sie uns deswegen erzählt, Ihre Schwester sei tot, obwohl sie noch gelebt hat? Damit sie diese Geschichte nicht erzählen kann?«

Plessen antwortete nicht, aber seine Augen senkten sich: die Augen eines todkranken Mannes. Und das war Antwort genug. In diesem Moment klopfte es an der Tür, und eine Ärztin mit streng zurückgekämmtem blondem Haar kam herein. Mona hob die Hand, und die Ärztin blieb unwillkürlich stehen. Mona wusste, dass es nun um Sekunden ging. Man würde sie nicht in Ruhe mit dem schwer verletzten Mann reden lassen, und das war aus Sicht der Ärzte vollkommen verständlich. Sie zerbrach sich den Kopf nach der letzten Frage, die sie ihm stellen konnte, bevor man ihn in den OP brachte.

Sie wandte sich Plessen zu. »Wo ist Hannes Staller?«, fragte sie.

Sie sah völlige Verständnislosigkeit auf dem Gesicht des alten Mannes, und ihr Mut sank.

»Hannes Staller«, wiederholte sie mit drängender Stimme. »Der Enkel Ihrer Schwester. Der Sohn von Helga Kaysers Schwiegertochter Susanna Staller. Wo ist er?«

Und da veränderte sich etwas, nicht nur im Ausdruck Plessens. Die ganze Atmosphäre im Zimmer schien sich aufzuhellen.

»Susanna ...«, flüsterte Plessen.

»Ja?«

»Sie heißt nicht mehr so. Sie heißt ..., ich weiß nicht mehr ... Sie hat mich einmal angerufen, vor ein paar Monaten ...«

»Wo ist sie jetzt?«

»Sie brauchte Hilfe, Geld. Aber ich ...«

»Sie haben ihr keins gegeben?«

»Ich kenne sie doch gar nicht ... Ich ...«

Zwei Schwestern betraten das Zimmer. Die Ärztin kam ans Bett und sagte: »Hören Sie, Frau ..., wie auch immer, jetzt ist hier jedenfalls Schluss. Wir müssen den Patienten fertig machen.«

»Ja«, sagte Mona. »Eine Frage noch: Wie heißt Frau Staller

jetzt? Bitte, Herr Plessen, denken Sie nach. Wie heißt sie? Wo ist sie?«

»Sie lebt hier irgendwo in der Stadt. Sie heißt… Es war etwas mit K – Keiler…«

»Kleiber?«, fragte Mona, sie wusste nicht, warum.

»Ja! Das war sie. Susanna Kleiber.«

Die Ärztin schob sie zur Seite, und Mona wehrte sich nicht mehr. Sie ging hinaus auf den Gang und setzte sich auf eine Bank am Fenster.

Kleiber. Wer hieß so? Woran erinnerte sie dieser Name? Sie zückte ihr Handy, um im Dezernat anzurufen. Die Tür von Plessens Zimmer schwang auf, das Rollbett wurde an ihr vorbeigeschoben. Sie sah Plessens Gesicht, seine blauen Augen, die sie fixierten, als wollte er ihr noch etwas sagen. Sie lief hinter der Ärztin und den beiden Schwestern her, die ihr Plessen zu einer Operation entführten, die er vielleicht nicht überleben würde.

Schließlich ging sie neben dem Bett her und nahm Plessens bleiche, geäderte Hand. Er sah sie immer noch an wie ein Kind seine Mutter: Er hatte Angst, das spürte sie. Angst, nicht mehr aufzuwachen, nie mehr. Vor dem Lift hielten sie an, die Ärztin drückte auf den Knopf. Die Lifttüren öffneten sich lautlos. »Hier können Sie jetzt aber nicht mehr mit rein«, sagte die Ärztin energisch. Aber Plessen hielt Monas Hand fest. »In meinem Schlafzimmer«, sagte er und plötzlich war seine Stimme laut und klar.

»Ja?«

»Sie finden dort den Brief.«

Mona schaltete blitzschnell. »Den Brief Ihrer Schwester an ihren Sohn?«

»Er ist… in meinem Nachtkästchen. Eine Kopie. Damit hat er mich erpresst.«

»Wer? Wer hat Sie erpresst?«

»Ich… kenne ihn nicht. Ich weiß nicht, wer er ist. Ich weiß nicht, woher er den Brief hat. Er hat gesagt, er hat ihn jemandem abgekauft.«

Abgekauft? Wie unglaubwürdig! »Wem soll er den denn abgekauft haben?«

»Ich…, ich weiß nicht.«

»Okay. Ich, wir werden das rausfinden.« Aber Plessen ließ ihre Hand immer noch nicht los.

»Es tut mir Leid«, sagte er. »So Leid. Ich habe…«

»Ja«, sagte Mona. »Mir tut es auch Leid. Viel Glück.«

Plessens Hand wurde schlaff, und Mona legte sie sorgsam auf die dünne Decke zurück. Die Ärztin schob das Bett in den Lift, die Türen schlossen sich hinter ihnen.

23

»Janosch«, sagte David. Janosch, sein Partner, auf den er sich verlassen hatte, wie man sich nur auf beste Freunde verließ. Janosch *war* sein bester Freund gewesen. Und nun war er der Mastermind hinter Verbrechen, die selbst Davids aus jahrelanger Erfahrung gespeiste Fantasie sprengte, »Hallo, David«, sagte die Gestalt am Fenster, und sollte noch irgendein Zweifel an ihrer Identität bestanden haben, war sie jetzt ausgeräumt. Es war Janoschs Stimme, es war Janoschs leises Lachen, das David mindestens so gut kannte wie sein eigenes. In diesem Moment veränderten sich die Lichtverhältnisse auf dem Video. Offensichtlich hatte jemand einen Spot eingeschaltet, der sich nun langsam, wie um es spannend zu machen, in Janoschs Richtung bewegte, bis er dessen Gesicht erleuchtete, sodass Janosch nun klar zu erkennen war: die aschblonden, jetzt kurz geschnittenen Haare, die scharfe Raubvogelnase, die leicht unreine Haut, obwohl er schon über dreißig war, der schmale Mund, das kräftige Kinn. Der leicht verdrehte linke Fuß, eine Behinderung, die sich Janosch so sorgfältig abtrainiert hatte, dass man sie nur sah, wenn er müde war.

»Du bist bestimmt überrascht, mich hier zu sehen, David«, sagte Janosch, und es klang, als lese er es von irgendwoher ab oder als hätte er es extra für diese Gelegenheit auswendig gelernt. »Aber du sollst wissen, dass du der einzige Mensch gewesen bist, dem ich vertraut habe, und deshalb will ich, dass du alles von mir weißt, bevor ich verschwinde. Fangen wir einfach, na ja, mit der Wende an. Da war ich Siebzehn, und da, wo ich herkomme, sind, na sagen wir mal, ein paar Dinge vorgefallen, die mich dazu veranlasst haben, ganz woanders mein Glück zu suchen. Alles begann …«

24

1989

… mit Renate, dieser verdammten Schlampe, dieser Nutte, die den Jungen nicht in Ruhe lassen konnte, so lange, bis er sie in einer Oktobernacht, in der er sexuell nicht so funktionierte, wie sie sich das vorstellte, ganz kunstlos und vollkommen ungeplant erwürgte. Mit ausgerechnet jenem Tanga-Slip aus dem Intershop, auf den diese dumme Schnepfe so stolz gewesen war. Im Fernsehen sprach ein alter Westpolitiker mit auffallend abstehenden Ohren vor tausenden von Menschen die paar Worte, die alles verändern sollten, während der Junge in seinem Bett eine tote Frau liegen hatte, auf die er sich nicht vorbereitet hatte. Seine Wut auf Renate, auf sich selbst, auf seine Unfähigkeit, wenigstens zum Schein Sex mit einer Frau zu haben, war grenzenlos. Das Bett war der einzige Ort, an dem er nicht lügen konnte.

Der Junge sprang auf und zog sich an, ohne zu wissen, was als Nächstes passieren sollte. Glücklicherweise war er allein im Haus, denn seine Mutter war mit ihrem Verlobten bei einem Arbeitskollegen eingeladen (der Junge hasste diesen Mann, einen Herrn Kleiber, der seiner Mutter schon nach wenigen Wochen Bekanntschaft einen Heiratsantrag gemacht hatte). Er warf einen Blick auf das zerwühlte Bett. Die Decke lag halb über Renates rechtem Bein, ihr linkes Bein, ihre Hüften, ihr Busen, ihr bläulich angelaufenes Gesicht waren unbedeckt. Sein Blick wurde angesogen von dem schwarzen Busch zwischen ihren

Beinen. Warum erregte sie ihn jetzt, wo sie tot war? Diese Frage stellte er sich nicht, denn die Antwort hätte ihn nirgendwohin geführt.

Es war so, und daran würde er nie etwas ändern können.

Aber er war viel zu nervös, um in die Tat umsetzen zu können, was seine Fantasie ihm verlockend vorgaukelte. Er ging in die Küche und rauchte eine Zigarette, die er im Zimmer seiner Mutter fand. Er tigerte durch das Haus, unentschlossen. Schließlich sah er auf die Uhr und stellte erschrocken fest, dass es bereits halb ein Uhr nachts geworden war. Seine Mutter hatte morgen einen langen Arbeitstag, würde in spätestens einer Stunde zu Hause sein, und bis dahin musste er Renate loswerden. Er musste sie verstecken. Vielleicht begraben. Oder im See versenken. Und es musste schnell gehen, sehr schnell. Er musste sich etwas einfallen lassen, sofort.

Er dachte an das Boot, das der Nachbarin gehörte. Es war nur mit einem Seil vertäut, das sich leicht lösen ließ. Im Sommer war er mit Renate und seinen anderen neuen Freunden nachts manchmal heimlich auf den See gerudert, und sie hatten getrunken und waren im Mondschein geschwommen. Der Junge schulterte Renates Körper, der im Tod ungelenk und schwer wie Blei war, und schwankte aus dem Haus. Der Vollmond schien kalt auf ihn herab, als er sich mit seiner Last auf den Steg der Nachbarin schleppte. Es gab ein dumpfes Geräusch, als er Renates Leiche auf die im Mondlicht irisierenden Holzbohlen fallen ließ. Ob ihn jemand gesehen hatte? Plötzlich war ihm das völlig egal. Er ging zurück zum Haus, einfach so, ohne zu schleichen oder sich im Schatten der Bäume zu ducken, und holte aus dem Schuppen einen alten, braunen Kartoffelsack, den er in Windeseile mit Steinen voll packte, bis er ihn kaum noch schleppen konnte.

Er zerrte den Sack auf den Steg, schwitzend trotz der nächtlichen Kälte, warf einen kurzen Blick auf Renates totes verzerrtes Gesicht, zog dann den Sack über ihre Leiche und verknotete ihn mit einem Stück Paketschnur. Er fühlte keine Trauer, kein Bedauern: Eigentlich hatte er sie nie besonders gemocht.

Das Zusammensein mit den anderen, ihren Freunden, hatte ihm Spaß gemacht, aber Renates Verliebtheit hatte er immer nur billigend in Kauf genommen. Im Grunde war er froh, dass es vorbei war: seine sülzigen Liebesschwüre, seine albernen Lügen von ihrer angeblichen Seelenverwandtschaft – all dieser verbale Aufwand, nur um zu bemänteln, dass er rein gar nichts empfand. Dazu kamen die Ausreden, die er erfinden musste, um sich nur ja nicht mit ihr allein in einem Zimmer wiederzufinden, in dem ein Bett oder eine Couch stand. Und nicht zuletzt ein zunehmender Widerwille, sich mit ihr zu befassen, der schon an Ekel grenzte.

Vorbei. Endlich.

Er rollte den Sack samt Inhalt ins Boot, das leicht schwankte, aber sein Gleichgewicht hielt. Dann machte er das Boot los und ruderte in die Mitte des Sees. Der Mond sah ihm stumm dabei zu, wie er den Sack mit Ach und Krach über den Bootsrand ins Wasser wuchtete. Zufrieden beobachtete der Junge, wie der Sack, beschwert mit Renates totem Körper und jeder Menge Steinen, von der Wasseroberfläche verschwand, die sich gleich anschließend wieder glättete, als wäre nichts passiert. Als hätte es Renate nie gegeben. Er fühlte sich leicht und frei, als er wieder zurückruderte und das Boot sorgfältig vertäute. Bevor er einschlief, überlegte er sich, was er der Polizei sagen würde, die bestimmt mit ihm reden wollte, denn in seiner Gegend verschwanden Menschen nicht einfach so. Nirgendwo verschwanden Menschen einfach so. Aber ihm würde schon etwas einfallen.

Und so war es auch. Die Polizei kam zwei Tage später, als seine Mutter in der Klinik war, und der Junge berichtete mit seinem ehrlichsten Gesicht, dass er an diesem Abend mit Renate Schluss gemacht habe, und dass sie weinend aus dem Haus gelaufen sei und dass er seitdem nichts mehr von ihr gehört habe. Er heuchelte Schuldbewusstsein und deutete die Sorge an, dass sie sich eventuell etwas angetan habe. Es gab eine Menge Aufruhr in dem kleinen Ort, und er stand auch kurze Zeit unter Verdacht, ohne dass man ihm etwas nachweisen konnte. Man erinnerte sich an die Frau, die man im Frühsommer tot aufgefunden hatte. Schließlich legte sich die Aufregung aber wieder. Renates Leiche wurde nicht gefunden, weil sich niemand große Mühe machte, danach zu suchen. Die Zeichen standen auf Umbruch, und jemand wie Renate, die nur eine schwer kranke Mutter hatte und sonst keine Verwandten, wurde nicht lange vermisst.

Acht Monate später war seine Mutter wieder verheiratet, und der Junge und sie trugen einen neuen Nachnamen (seine ältere Schwester war schon seit Jahren mit einem schweren Trinker und Prügler verheiratet, den sie gleichwohl nicht verließ). Nicht lange nach der Hochzeit beschlossen seine Mutter und ihr neuer Mann, Andreas Kleiber, im Westen, wo man viel besser verdiente als in diesem Kaff hier, ihr Glück zu versuchen. Natürlich ging der Junge mit, bevor man ihn erneut vernehmen konnte. In seiner Heimat hielt ihn nichts mehr außer den Erinnerungen an eine Kindheit und Jugend voller Qual und rätselhafter Zwänge und Begierden. Vielleicht dachte er, an einem anderen Ort von vorne anfangen zu können. Später konnte er sich nicht mehr daran erinnern.

Weil sich die Gelegenheit dazu ergab, besuchte ausgerechnet er in der neuen großen Stadt die Polizeischule, und das erwies sich als die richtige Entscheidung. Es ging ihm dort gut. Er suchte sich eine kleine Wohnung, ein Einzimmerappartement, und lernte fleißig für die unterschiedlichen Prüfungen. Er absolvierte den Streifendienst, studierte anschließend für den höheren Dienst, wurde als verdeckter Ermittler eingesetzt, lernte David kennen, fühlte sich wohl in dieser Gemeinschaft junger Männer, die keine Gefühle von ihm verlangten, die er nicht geben konnte, sondern nur Mut und Trinkfestigkeit. Beides besaß er. Dass er mit Ende zwanzig immer noch keine Freundin hatte, wusste niemand, nicht einmal David. Alles entwickelte sich positiv. Selbst mit seiner Mutter, die er häufig besuchte, kam er besser aus als je. Seine Mutter hatte eine Stelle als Ärztin in einem Krankenhaus gefunden, ihr neuer Mann arbeitete als Büroleiter in einer Spedition.

Über zehn lange Jahre war sein Leben in Ordnung.

Dann verließ Kleiber, das Schwein, seine Mutter wegen einer

Jüngeren. Seine Mutter verlor ihre Arbeit und begann erneut zu trinken, und diesmal gab es keinen rigiden Tagesablauf, der sie daran hinderte, schon morgens die erste Flasche Wodka zu leeren. Das Geld wurde knapp. Sie wandte sich erst an seine Großmutter, dann an seinen Onkel. Beide wiesen sie ab. Stattdessen musste Janosch, wie er sich mittlerweile nannte, um auch auf diese Weise einen Strich unter die Vergangenheit zu ziehen, herhalten, sich ihr betrunkenes Weinen anhören, ihr kleines Haus mit dem verwahrlosten Garten an der Peripherie aufräumen und sauber halten, ihre Sachen waschen, Erbrochenes aufwischen, sie ins Bett bringen, wenn sie nicht mehr in der Lage war, sich zu bewegen.

Eines Nachts sah er seinen Onkel – derselbe, der nichts von seiner eigenen Familie wissen wollte – im Fernsehen über Familien dozieren und deren seltsame Verknüpfungen, über verschlüsselte Aufträge und geheimnisvolle Barrieren und Ängste. In derselben Nacht träumte Janosch zum ersten Mal nach Jahren wieder von einer toten Frau, ihrem weißen jungfräulichen Bauch und einem Messer in seiner Hand, das lebendig wurde. Der Traum kam zu einem Zeitpunkt, der nicht hätte ungünstiger sein können: Er war erfolgreich, genoss den Respekt seiner Kollegen und die Zuneigung seines Partners. Er hatte plötzlich eine Menge zu verlieren. Aber die Träume, die ihn nun wieder Nacht für Nacht heimsuchten, scherte das nicht. Sie verlockten ihn mit herrlich schrecklichen Bildern von Tod und Macht, und irgendwann ertappte er sich bei nächtlichen Spaziergängen, in denen er auf der Suche nach einem geeigneten Objekt seiner Begierden war, die er kaum noch im Zaum halten konnte, und daran war …

25

»… er schuld«, sagte Janosch. Er beugte sich nach vorn, und sein Gesicht lag nun wieder im Schatten, das Licht des Spots spiegelte sich in der Fensterscheibe hinter ihm, und man sah eine schemenhafte Figur. Wahrscheinlich Sabine.

»Wer war an was Schuld?«, fragte David wie betäubt, ungeachtet der Tatsache, dass Janosch ihn nicht hören konnte. Und es gab auch keine Antwort darauf, nur noch einen Schlusssatz. »Wenn du das hörst, David, bin ich weg, weit weg. Wenn du hier herauskommst – und das wird passieren, keine Angst – bin ich untergetaucht. Ich habe alle Papiere zusammen. Danke David, dass du mein einziger Freund warst.«

Das Rauschen kehrte zurück, Sabine schaltete das Gerät mit der Fernbedienung ab und starrte auf den schwarzen Bildschirm, als würde sie trotz allem noch mehr erwarten. Als müsste da noch etwas kommen, etwas, das sie selbst betraf. Es war sehr still in dem Raum, und die Angst in David wuchs. Möglicherweise wollte Janosch tatsächlich nicht, dass David etwas passierte. Was Sabine betraf, sah die Sache aber ganz anders aus, das spürte David an ihrem Blick, ihren angespannten Bewegungen, an ihrer Aura von jahrelang ertragener Frustration, die sie umgab wie ein schwüles, schweres, explosives Parfum. Sabine würde ihn nicht gehen lassen, nicht freiwillig.

David wusste, er durfte nichts sagen, nichts fragen. Gelassenheit konnte ihn retten, Nervosität töten. Sabine stand mit knackenden Gelenken auf und trug den Fernseher wieder hinaus, diesmal laut und genervt stöhnend, als sei das Gerät plötzlich doppelt so schwer wie vorhin. Als sie wieder hereinkam, mied David ihren Blick, tat so, als ob er sehr müde wäre, als ob er nicht mehr viel mitbekäme. Sabine setzte sich neben ihn und begann zu sprechen, als sei er gar nicht da oder vollkommen unwichtig. Aber in Wirklichkeit wollte sie, dass er zuhörte, dass er nachfragte, sich für sie interessierte, für ihre Erfahrungen und Gedanken. Solange er das tat, würde sie ihn leben lassen. Deswegen musste er jetzt dafür sorgen, dass sie erzählen konnte, tausendundeine Stunde lang, wenn nötig.

26

Freitag, 25. 7., 14.32 Uhr

»Janosch Kleiber«, sagte Fischer in Monas Ohr. »Das ist der Partner von diesem Gerulaitis. Hat Gerulaitis in seiner Vernehmung gesagt. Soll ich dir die Stelle mal vorlesen?«

»Nein danke. Ich bin sowieso gleich da.« Mona unterbrach im Gehen die Verbindung und ließ ihr Handy sinken. Janosch Kleiber war Hannes Staller. Aus Hannes hatte er Janosch gemacht, und Kleiber hieß er wahrscheinlich, weil seine Mutter Susanna ein zweites Mal geheiratet hatte. Sie hatte Recht gehabt: Der Täter war von der Polizei, und das war bei der Professionalität seines Vorgehens kein bisschen erstaunlich. Sie rief Fischer erneut an.

»Hör zu, Hans, und frag jetzt nicht lange. Janosch Kleiber ist der Täter. Jedenfalls mit ziemlicher Wahrscheinlichkeit. Ich will, dass du ihn vorlädst.«

»Jetzt gleich?«

»Ja, aber unauffällig. Sag ihm, es geht um seinen Kollegen Gerulaitis. Tu so, als brauchten wir seine Hilfe. Okay?«

»Ja.«

»Ich bin gleich da. Viertelstunde. Wenn er nicht auffindbar ist, versuchst du's bei seiner Mutter Susanna Kleiber. Die wird ebenfalls vorgeladen. Wenn du ihn nicht erreichst, schreibst du ihn zur Fahndung aus.«

»Und seine Mutter?«

»Die noch nicht. Irgendwas von Gerulaitis gehört?«

»Nichts.«

»Okay. Bis gleich. Ach, noch was. Schick einen Streifenwagen zu Plessens Haus. In seinem Schlafzimmer, im Nachtkästchen befindet sich die Kopie eines Briefes. Die brauchen wir. Beeil dich Hans. Wir haben nicht mehr viel Zeit.«

»Ja.«

»Gut, danke. Ich fahr jetzt los.«

Mona verließ die Klinik, in der Plessen operiert wurde, und steuerte den Parkplatz an, auf dem sie ihren Wagen abgestellt hatte. Es war der heißeste Tag, den sie je erlebt hatte. Die Luft war trocken wie in der Wüste, eine leichte Brise brachte keine Abkühlung, sondern fühlte sich an, als käme der Wind direkt aus dem Backofen. Das Auto stand in der prallen Sonne, weil es keinen Schattenplatz mehr gegeben hatte. Mona öffnete die Wagentür, und eine Hitzewelle schlug ihr entgegen, die sie nach Luft ringen ließ. Die Polster aus Kunstleder waren so heiß, dass sie sich beinahe die Hand verbrannte, als sie sich beim Hinsetzen abstützen wollte. Auch das Lenkrad war zu heiß, um es anzufassen. Mona kramte ihre alten Handschuhe aus dem Handschuhfach und war sich über den Anblick, den sie bot im Klaren: Eine Frau, die mitten im besten Sommer aller Zeiten schwarze Lederhandschuhe trug. Sie öffnete alle vier Fenster, fluchte, wie so oft in diesen Wochen, über die nicht vorhandene Klimaanlage und gab Gas.

Eine Viertelstunde später saß Mona an ihrem Schreibtisch im Dezernat und bat Lucia, eine außerplanmäßige Konferenz in ihrem Büro einzuberufen. Sie hatte seit gut dreißig Stunden nicht mehr geschlafen. Wann sie das letzte Mal etwas gegessen hatte, konnte sie nicht sagen. Bei der Hitze hatte man sowieso keinen Hunger. Mit den Zähnen riss sie das Zellophan von einer neuen Schachtel Zigaretten. Kern, Fischer, Bauer, Forster, Schmidt kamen, die beiden LKA-Beamten ließen sich entschuldigen, was Mona völlig egal war. Sie waren sowieso keine Hilfe gewesen.

Mona erstattete der SoKo Samuel Bericht über die Aussage Plessens – falls man das Stammeln eines Schwerverletzten so nennen konnte.

Skeptisches Schweigen in der Runde, das Mona ignorierte. »Was ist mit dem Brief?«, fragte sie Fischer.

»Einer der Schupos hat grade angerufen. Da ist kein Brief in Plessens Nachtkästchen und auch sonst nirgendwo im Schlafzimmer. Kein Schriftstück, nichts.«

»Verdammt. Wurde das Ding durchsucht? Ich meine, von dem Täter?«

»Ziemlich wahrscheinlich. Die Schublade ist halb rausgezogen, Sachen liegen auf dem Boden, hat der Schupo gesagt.«

»Und was ist mit Janosch Kleiber?«

Fischer schüttelte den Kopf. »Weder mobil noch Festnetz.«

»Ist er in Urlaub? Hat er sich bei irgendwem abgemeldet?«

»Weiß ich doch nicht. Seine Dienststelle hat jedenfalls keine Ahnung, wo er steckt. Er hat diese Woche frei, die interessieren sich nicht dafür, was…«

»Ja, ja. Was ist mit Susanne Kleiber?«

»Susann*a*. Mit *a* am Schluss. Nichts. Scheint nicht zu Hause zu sein. Handy hat sie keins. Jedenfalls kein angemeldetes.«

»Hast du auch die Richtige?«

»Ich hab Nummer und Adresse von Kleibers Dienststelle. Sie gehört zu den Personen, die benachrichtigt werden sollen, wenn Kleiber was passiert. Zufrieden?«

»Okay. Dann…« Mona nahm einen letzten Zug von ihrer Zigarette und drückte den heißen Filter aus. Ihr Team stand um ihren Schreibtisch herum wie bestellt und nicht abgeholt, und manchmal war dieser Anblick regelrecht lähmend. Aber sie hatte nun mal kein besseres. »Patrick«, sagte sie. »Du und ich, wir fahren jetzt zu Kleibers Wohnung. Danach zu seiner Mutter. Hans, du besorgst einen Durchsuchungsbeschluss für beide Wohnungen.«

»Jetzt?«

»Jetzt. Heute ist Freitag, ein ganz normaler Arbeitstag…«

»Wetten, dass kein Richter mehr da ist bei dem Wetter?«

»Ist mir egal. Dann spürst du die eben auf ihrem Segelboot auf. Ich brauche diesen Durchsuchungsbeschluss. Gerulaitis ist verschwunden und Kleiber vielleicht flüchtig. Wir haben keine Zeit mehr.«

»Und was soll ich sagen?«

»Dass wir Kleiber für den Täter halten.«

»Aber…«

»Er ist es. Die Verantwortung dafür übernehme ich. Wenn jemand Näheres wissen will, soll er mich anrufen.«

»Kleiber ist unser Hauptverdächtiger«, sagte Fischer, und man sah richtig, wie der alte Trotzkopf in ihm wieder zum Leben erwachte. »Mehr nicht. Und das weißt du genau.«

»Besorg mir den Beschluss, und dann sehen wir weiter.« Mona stand auf und winkte Bauer. »Gib mir Kleibers Adresse. Und die seiner Mutter«, sagte sie zu Fischer.

Fischer riss ein Blatt aus seinem Block und gab es ihr. »Was willst du damit machen?«, fragte er, aber so, als wüsste er die Antwort schon.

»Besorg mir den Beschluss, dann ist alles in Ordnung. Dann muss sich kein Mensch nachträglich aufregen«, sagte Mona. Gemeinsam mit Bauer, der hinter ihr hertrottete wie ein junger Hund, verließ sie das Büro und ließ vier ratlose Männer zurück.

27

Der Keller schien heißer und heißer zu werden, aber vielleicht lag das nur an Davids Fieber und an seinem Durst. Sabine hatte ihm bereits die ganze Literflasche Wasser eingeflößt, aber er fühlte sich immer noch ausgedörrt wie nach einem Wüstentrip. Das Problem war, er durfte Sabine jetzt nicht zum Wasserholen schicken. Verließ sie diesen Raum, war der Bann gebrochen, und sie würde wieder wissen, was aus ihrer Sicht zu tun war: David zu töten, damit er sie nicht ans Messer liefern konnte.

Sabine hatte geredet und geredet, und David hatte bislang nicht viel tun müssen, um den schier endlosen Strom an Geständnissen nicht versiegen zu lassen. Jemand wie Sabine machte Therapien, und zwar offenbar eine nach der anderen, doch nur aus dem einen Grund: um wieder und wieder ihre Probleme den Leuten zu beichten, die verpflichtet waren, ihr zuzuhören. Ihr das zu geben, was sie von anderen nicht bekam: Liebe, Mitleid, Fürsorge. So bekam sie wenigstens für kurze Zeit ein Gefühl für sich, ihre Persönlichkeit, ihre Identität.

Und so waren sie in epischer Ausführlichkeit Sabines Kindheit durchgegangen, die sie im Schatten eines älteren Bruders verbracht hatte. Sabines Jugend, in der sie Pickel bekommen hatte und dick geworden war und deshalb noch weniger geliebt wurde als in ihrer Kindheit. Sabine als junge Erwachsene, die den Sex entdeckt hatte und damit eine Möglichkeit, Männer zumindest für kurze Zeit für sich einzunehmen. Sabine als Endzwanziger, als sie feststellte, dass die Männer, die sie wollte, sie nicht liebten, sondern ihre übertriebene Willigkeit nur ausnützten. Sabine als Mittdreißigerin, als sie ihre sichere Beamtenposition im Finanzministerium aufgab, weil ihr ein Therapeut eingeredet hatte, sie sei zur Künstlerin berufen. Sabine als Enddreißigerin, als ihr langsam schwante, dass dieser Tipp ein schlechter gewesen war: Niemand hatte ihre künstlerischen Erzeugnisse ausstellen oder kaufen wollen, und die Galerieszene erwies sich sowieso als total korrupt. Sabine als Anfangvierzigerin, fast pleite, deren Eltern ihr widerwillig Geld zum Überleben überwiesen, jeden Monat eine Summe, die Sabine als viel zu klein für ihre Bedürfnisse erachtete. Und nun, langsam aber sicher, kamen sie zur Gegenwart oder vielmehr: der sehr nahen Vergangenheit.

Janosch. Wie sie ihn kennen gelernt hatte. Wie er sie dazu gebracht hatte, seine Handlangerin zu werden – denn dass sie nie mehr gewesen war, das verstand sich für David von selbst. Sabine eine Serienmörderin, die jede Tat bis ins Kleinste plante und keinerlei verwertbare Spuren hinterließ? Dafür war sie nicht intelligent genug.

»Janosch«, sagte David. Seine Kehle fühlte sich an wie Sandpapier. »Wie habt ihr euch …«

Sabine saß jetzt neben ihm, mit gekreuzten Beinen. Er sah zu ihr hoch, obwohl das in seiner seitlich liegenden Position anstrengend war (denn die Fesseln hatte sie ihm trotz aller gewährten Vertraulichkeiten nicht einmal gelockert), damit sie nur ja nicht glaubte, sein Interesse an ihrer Person ließe auch nur für Sekunden nach. Sie antwortete nicht, dachte offenbar darüber nach, wie viel sie ihm erzählen durfte. Dann fiel ihr wohl ein, dass er diese Gefangenschaft ohnehin nicht überleben würde, denn ein seltsam eitles Lächeln umspielte plötzlich ihren Mund.

»Es war, als ich das erste Mal ein Seminar besuchte«, begann sie und sah dabei wieder schmallippig vor sich hin. »Er hat mich in Gersting in der S-Bahn angesprochen, als ich am letzten Seminartag nach Hause fuhr. Warum willst du das wissen?«, fragte sie mit gerunzelter Stirn.

Dann, David konnte es sehen und atmete innerlich erleichtert auf, entspannte sich ihr Gesicht, siegte der Wunsch, über Janosch und sie zu sprechen.

28

2003

Es war im Frühjahr gewesen, als Janosch spürte, dass die Lust in ihm wuchs und wuchs, und sich kaum noch eindämmen ließ. In dieser Zeit überfiel er eine polnische Tramperin, schlug sie nieder, betäubte sie mit Stoff, an den er in seinem Job mühelos herankam, und schnitt an ihr herum. Die Tramperin überlebte, ging aber nicht zur Polizei: Er war wieder einmal davongekommen. Aber das war keine Erleichterung für ihn, nicht mehr, denn mittlerweile wusste er zu gut Bescheid. Er konnte sich nichts mehr vormachen. Er wusste jetzt, wie man Leute wie ihn nannte, und dass sie selbst in der Knasthierarchie zum Abschaum des Abschaums zählten, fast so schlimm wie Kinderschänder. Er wollte nicht zu diesen Leuten gehören, er wollte normal sein, eine Freundin haben, vielleicht irgendwann Kinder.

Aber normaler Verkehr klappte bei ihm nicht, und er wusste, dass junge Frauen das erwarteten. Sein Hass auf sich wuchs. Und dann fiel ihm eines Tages wieder der Brief seiner Großmutter an seinen Vater in die Hände, den er damals, vor Jahren versteckt hatte, und er glaubte plötzlich zu wissen, warum er war, wie er war. Es war ein »Auftrag« seiner Familie, nach der Wahrheit zu suchen, nach so vielen Jahren des Lügens und des

Verschweigens. Er hatte den Drang, Menschen aufzuschneiden, weil er ihr Innerstes sehen wollte: die Wahrheit, die sie nicht leugnen konnten, weil sie sichtbar, substanziell, wesentlich war. Er glaubte, sein Vater sei Chirurg geworden, weil er ebenfalls auf der unbewussten Suche nach Wahrheit war. Und er glaubte, den Schuldigen gefunden zu haben: ausgerechnet sein Onkel, der Wahrheit predigte und eine Lüge lebte.

Irgendwann kam ihm die Idee, die Teilnehmer der Seminare, die sein Onkel regelmäßig durchführte, heimlich zu beobachten. Jeden Abend, wenn sie sich wieder auf den Nachhauseweg machten, stand er hinter einem Busch neben dem Eingangstor der Villa. Sabine war ihm gleich aufgefallen, denn sie sah von Mal zu Mal schwächer und verheulter aus. Gegen Ende des Seminars war sie fast so rachsüchtig wie er, wenn auch aus anderen Gründen. Fabian war der erste Therapeut, der sich weigerte, sie zu bemitleiden. Er behandelte sie streng und unnachsichtig, und das war sie nicht gewohnt. Er stieß sie auf die Erkenntnis, dass ihr Leben eine Kette von Irrtümern war, die sie nun richtig stellen musste. Das Problem war, dass sich Sabine dazu nicht in der Lage fühlte. Es war leichter, Janoschs Handlangerin zu werden, als sich ernsthaft und konsequent mit ihrer Zukunft zu befassen. Sie konnte bleiben, wie sie war: überzeugt davon, dass jeder an ihrem Schicksal Schuld hatte außer sie selber.

Janosch durchschaute das und machte es sich zu Nutze: ihre Sehnsucht danach, gelobt zu werden, ihr nie befriedigter Geltungsdrang. Sabines Hilfe zu gewinnen war eine leichte Übung auf der Klaviatur der Manipulation, die er mittlerweile beherrschte wie kaum ein anderer.

29

»Wie habt ihr es gemacht?«, fragte David bemüht gelassen, aber seine Gedanken rasten, als sich die Wahrheit Stück für Stück in seinem Kopf zusammensetzte, und zwar unabhängig von Sabines Worten. Janosch war Samuel Plessens Dealer gewesen – klar, er hatte von den Beschlagnahmungen ja immer Stoff vom Feinsten. Die tödlichen Dosen, die er für Samuel und für die anderen Opfer brauchte, konnte er abzweigen, keiner hätte etwas gemerkt.

Auch er nicht. Er hatte gedacht, Janosch zu kennen, aber er hatte keine Ahnung, was für ein Mensch er wirklich war.

»Es war einfach«, sagte Sabine. Und dann erzählte sie die letzte Geschichte, bevor seine Uhr ablief. Wie Janosch Plessens Patientin Sonja Martinez besuchte und sich als Bote Plessens ausgab. Wie er Samuel Plessen in das Haus seiner Mutter bestellte, die zurzeit in einer Klinik ihren ersten Alkoholentzug probierte. Wie er dabei zusah, als sich Samuel die tödliche Spritze setzte. Wie er ihn anschließend zu jenem Club brachte, der zufälligerweise ausgerechnet in dieser Nacht geschlossen und leer war. David erinnerte sich an seine Vernehmung mit KHK Seiler, wie sie ihn gefragt hatte, ob der Fundort eine Botschaft an ihn beinhalten könnte, und wie entschieden er mit »nein« geantwortet hatte, weil er den Toten ja nicht kannte.

Aber es war eine Botschaft an ihn gewesen. Vielleicht sogar eine Art perverser Hilferuf.

David schloss die Augen, während Sabine weiterredete. Von Plessens Erpressung, die ihnen viel, viel Geld brachte, denn Plessen hatte so viel Angst um seinen Ruf gehabt, dass er die geforderte Summe unverzüglich auf ein Nummernkonto im Ausland überwiesen hatte. Dorthin, wo Janosch auf sie warten würde, damit sie gemeinsam ein neues Leben beginnen konnten. Das wird er nicht tun, dachte David, aber er hielt tunlichst den Mund. Er überlegte, wie spät es jetzt war. Ob man ihn bereits suchte. Tat man das nicht, würde seine Zeit recht bald zu

Ende sein. Er war in einer seltsamen Stimmung, beinahe euphorisch. Die Details der einzelnen Morde kannte Sabine nicht, weil sie bei keinem unmittelbar dabei gewesen war. Sie hatte »alles organisiert«, wie sie sich ausdrückte. Die Zugfahrt nach Marburg zum Beispiel, zu Plessens Schwester. Aber selbst die toten Polizisten vor Plessens Haus waren auf Janoschs Konto gegangen. Sie war Mitwisserin, aber keine Mörderin.

Bis jetzt.

»Warum hast du mich niedergeschlagen?«

»Du hast gestört.«

»Wobei?«

Sie lächelte, wieder ohne ihn dabei anzusehen. Und dann kam es ihm. Roswitha Plessen war das nächste, das letzte Opfer gewesen. Janosch hatte seine Rache an Plessen zu Ende gebracht. David war dazwischengeraten, unabsichtlich, beinahe zufällig.

Und dann stellte er die letzte Frage – die, die ihn noch von seinem sicheren Tod trennte.

»Warum hat er das alles getan?«

Sabine schien darauf gewartet zu haben. »Willst du es sehen?«

Sehen? »Äh – ja.«

Sie schaltete den Fernseher wieder ein und spulte das Video ganz zurück, bis an den Anfang. Wieder war Janosch zu sehen, aber diesmal saß er mit dem Rücken zur Kamera, und seine Haare waren noch lang und verfilzt. Diese Aufnahme war also älter als die, der er bereits gesehen hatte. Sabine schaltete auf Standbild und wandte sich um, zu David.

»Die ganze Wahrheit«, sagte sie. »Und danach bist du tot.«

»Glaub ich nicht«, sagte eine Frauenstimme von der Tür her.

David wälzte sich blitzschnell herum, obwohl ihm das höllische Schmerzen bereitete. Er sah KHK Seiler an der Tür stehen, die Pistole im Anschlag. Langsam kam sie in den Raum, hinter ihr der Kollege mit dem Tick am linken Auge, ebenfalls mit der Waffe im Anschlag, aber genauso linkisch und ungeschickt, wie David ihn von seiner Vernehmung her in Erinnerung hatte.

Sabine hatte sich blitzschnell hinter den Fernseher geworfen, als gäbe es irgendeine Chance, dass man sie dort nicht finden würde. Trotz seiner Schmerzen und seines miserablen Gesamtzustands hätte David beinahe laut losgelacht. Stattdessen begann er zu weinen wie ein Kind, als ihm KHK Seiler hastig die Fesseln löste und das Blut mit qualvoller Wucht in seine Hände und Füße schoss.

»Wie geht es Ihnen?«, fragte sie, und in diesem Moment liebte er sie, ihre wirren dunklen Haare, ihre übernächtigten braunen Augen, ihren besorgten Gesichtsausdruck, der überhaupt nicht zu der Frau passte, die er als KHK Seiler kannte.

»Ganz – gut«, hörte er sich selber krächzen.

»Der Krankenwagen ist gleich hier.«

»Ja.« Die Tränen flossen ungehindert, und es war ihm egal.

»Die kriegen Sie wieder hin.«

»Ja. Und – danke. Und es tut mir Leid ...«

Zwei Schüsse und eine Explosion fegten ihm die Worte vom Mund. Sabine lag auf dem Boden, in ihrer schlaffen Hand eine Pistole. Der Fernseher rauchte. Das war das Letzte, was er sah: den rauchenden Fernseher. Ohne es zu merken, kniff er die Augen fest zu. Genug Leichen für die nächsten Wochen.

»Verdammt, Patrick«, hörte er KHK Seiler sagen, während hinter seinen geschlossenen Augen rote Nebel wallten. »Warum hast du geschossen?«

»Sie hatte ..., hatte eine Waffe. Sie hat auf mich gezielt. Sie wollte ...«

»Lebt sie noch?«

»Ich, ich glaub nicht.«

»Verdammt«, sagte Mona Seiler ein zweites Mal, diesmal direkt an Davids Ohr. Er dachte noch: *Das Video! Es ist bestimmt kaputt!*

Dann verlor er das Bewusstsein.

30

Donnerstag, 1. 8., ca. 17 Uhr
Die griechische Sonne brannte so heiß, dass man sich nur im Schatten aufhalten konnte. Mona döste auf einem Liegestuhl unter einem Bastschirm. Vor ihr das Meer, glatt wie ein Spiegel. Hinter ihr die Anlage eines Fünf-Sterne-Hotels. Ein Geräusch weckte sie. »Ich dachte, das interessiert dich«, sagte Anton. Er legte ihr jene Zeitung auf die nackten Beine, die man in jedem Urlaubsort bekam.

Brutaler Serienmörder sagt:
Ich war's nicht

Mona setzte sich auf und las den dazugehörigen Artikel.

»Und?«, fragte Anton, der sich neben sie gesetzt hatte.

»Sie haben Serienmörder geschrieben, statt mutmaßlicher Serienmörder. Das gibt bestimmt Ärger.«

»Das meine ich nicht«, sagte Anton ungeduldig.

»Weiß ich schon. Aber seit wann interessierst du dich für meinen Job?«

»Wieso? Ist doch spannend.«

Mona sah ihn von der Seite an. »Na ja, hier steht's doch. *Janosch K. hat sein Geständnis zurückgenommen.* »

»Wieso?«

»Ich darf nicht darüber sprechen. Weißt du doch.« Mona stand auf. »Komm«, sagte sie. »Lass uns schwimmen gehen.«

Als sie zwei Stunden später ihre Zimmerschlüssel holten, gab ihr der Rezeptionist einen Zettel mit einer Telefonnummer, die sie nicht kannte. Daneben stand der Name *Bergamar*.

»He wants you to call him back«, sagte der Rezeptionist.

»Okay. Ich komm nach«, sagte Mona und sah Anton an. Anton zuckte die Schultern und nahm Lukas mit an die Poolbar, wo Lukas eine Cola und Anton ein Bier trinken würden. Mona fuhr mit dem Lift nach oben, ging in ihr Zimmer und rief die Nummer an, die auf dem Zettel stand. Schon nach dem zweiten Läuten hob Berghammer ab. Seine Stimme klang noch nicht wie die eines gesunden Mannes, aber es schien ihm schon erheblich besser zu gehen.

»Du hörst dich gut an«, sagte Mona. Sie legte sich aufs Bett, den Hörer am Ohr. Die frische Bettwäsche roch gut, das Zimmer war angenehm klimatisiert, nicht zu warm, nicht zu kühl. Luxus hatte eine Menge für sich.

»Geht so«, sagte Berghammer in ihr Ohr. »Die haben mich auf Diät gesetzt.«

»Du Armer.«

»Hör zu Mona, ich will's von dir hören.«

»Was?«, fragte Mona, obwohl sie genau wusste, was er meinte.

»Janosch Kleiber. Ich will's von dir hören. Die anderen wollen mich immer nur schonen, du bist die Einzige ...«

»Ist ja schon gut. Was willst du wissen?«

»Die Staatsanwaltschaft stellt sich stur, die sagen mir einfach nichts, und dann erfahre ich die Scheiße aus der Zeitung!«

»Na schön«, sagte Mona.

»Was ist schief gelaufen? Ich versteh's nicht.«

»Ich hab's mir gedacht«, sagte Mona.

»Was? Was gedacht?«

»Schon als wir Kleiber am Flughafen festgenommen und seinen falschen Pass, mit dem er eingecheckt ist, nirgendwo gefunden haben. Er hat ihn wahrscheinlich irgendeiner Ausländerin ins Gepäck gestopft. Nein, schon früher.«

»Was schon früher?«

»Ich hab's mir schon früher gedacht. Dass er alle Spuren vernichten würde, wie ein Vollprofi. Wir waren ja vorher in seiner Wohnung. Und da war nichts mehr. Keine Pläne, keine Indizien, nichts.

»Und die Tatortleute?«

»Nichts, Martin. Tabula rasa.«

»Die Wohnung war leer?«

»Eben nicht. Die Möbel waren da, Klamotten hingen in seinem Schrank, alles wie bei jemandem, der nur mal kurz wegfährt. Ganz spontan, einfach so. So hat er's uns auch verkauft. Aber ansonsten hat er alles vernichtet. Jeden Hinweis. Kein Fitzelchen Papier mehr da. Keine Drogen. Nichts.«

»Das gibt's doch nicht.«

»Wie gesagt, ein Vollprofi.«

»Was war mit diesem Griechen? Gerusonstwas?«

»Laut Gerulaitis' Aussage hat Kleiber per Video ein Geständnis abgelegt.«

»Ja und?«

»Das Geständnis Kleibers war demnach auf einem Video, wahrscheinlich zusammen mit der Geschichte, mit der Kleiber Fabian Plessen erpresst hat. Das Video ist beim Schusswechsel im Keller von Susanna Kleibers Haus zerstört worden. Kleibers Komplizin Sabine Frost wurde …, ist …«

»Patrick hat sie erschossen«, half ihr Berghammer.

»Ja. Es war Notwehr.«

»Ja, ja. Was ist mit der Aussage von diesem Gerulaitis? Die kann man doch verwenden.«

»Wie man's nimmt, Martin. Gerulaitis hat sich beurlauben lassen, wegen Stress. Er ist nicht sicher, ob er seinen Job weitermachen will. Und das gönne ich ihm, aber so was macht sich vor Gericht nicht gut, das weißt du selber. Ein guter Anwalt stellt Gerulaitis als psychischen Problemfall hin, und damit wird seine Aussage, na ja, nicht unglaubwürdig, aber …«

»Scheiße.«

»Kleiber ist wirklich gut. Er hat einfach gar nichts gesagt. Die Staatsanwaltschaft hat trotzdem drauf bestanden, mit ihm als Täter an die Öffentlichkeit zu gehen. Sie haben U-Haft verhängt, obwohl der Fall nur auf Indizien beruht. Es gibt keinen einzigen Beweis. Wir hatten eine Superzeugin, die Haushälterin Plessens, eine Russin, die die Morde in Plessens Haus zum Teil beobachtet hat. Aber sie hat Kleiber nicht wiedererkannt. Zumindest hat sie das behauptet. Sie ist Russin und …«

»Russin?«

»Ja. Sie ist illegal hier.«

»Dann hatte sie Angst«, sagte Berghammer mit resignierter Stimme. »Die Russen haben alle eine Scheißangst, wenn's um Mord geht.«

»Sie wollte mir einfach nicht glauben, dass Kleiber Einzeltäter ist. Sie dachte wahrscheinlich an Mafia oder so. Jedenfalls hat sie ihn bei der Gegenüberstellung nicht identifiziert. Und das bricht der Klage das Genick, würde ich sagen. Ein guter Anwalt haut Kleiber da leicht wieder raus.«

»Und du?«

»Ich hab mich offiziell distanziert. Ich wusste, Kleiber würde nichts zugeben, niemals. Der ist so. Der lässt sich nicht einschüchtern. Der ist innerlich so kalt...«

»Verstehe.«

»Jetzt ist die Staatsanwaltschaft dran, Martin. Selber schuld, wenn die sich so aus dem Fenster hängen. Mir ist das egal.«

Eine Pause entstand. Sie hörte Berghammer am anderen Ende der Leitung atmen. Er glaubte ihr nicht, und sie sich selber auch nicht. Das offene Ende des Falls war ihr alles andere als egal. Es nagte sehr wohl an ihr. Sie war trotzdem in Urlaub gefahren, weil Lukas wichtiger war – wichtiger sein musste – als ihr Job. Ohne Lukas hätte sie verbissen weiter-, immer weiterermittelt und wahrscheinlich doch irgendwann aufgeben müssen. Ohne Lukas und auch ohne Anton, das sah sie plötzlich ganz klar, würde sie zu den Leuten gehören, die nichts hatten außer ihren Beruf. Sie sah sich selbst vor sich ohne ihre Familie – alt und allein.

Es war die richtige Entscheidung gewesen.

»Ich habe eine Familie«, sagte sie, womit sie nicht nur Lukas meinte, aber das brauchte sie Berghammer ja nicht auf die Nase zu binden. »Die braucht mich. Und ich sie auch.«

»Mir musst du das nicht erzählen. Ich liege hier, weil ich das vergessen hatte. Das wird jetzt anders.«

»Ach, Martin. Ich bin froh, dass es dir besser geht.«

»Mach's gut, Mona. Hab einen schönen Urlaub. Gönn dir richtig was, dir und deinem – äh – Sohn?«

Mona lächelte. »Ja.«

»Wie …«

»Er heißt Lukas.«

»Wenn du wieder da bist, sehen wir weiter.«

»Ja. Danke, Martin. Und gute Besserung!« Mona legte auf. Sie blieb noch ein paar Minuten ganz ruhig auf dem Bett liegen. Außer dem Summen der Klimaanlage war nichts zu hören.

Sabine Frost war tot, Plessen war es nach der Operation kurzzeitig besser gegangen, doch dann fiel er Stunden später in ein Koma, aus dem er vielleicht nie wieder erwachen würde. Plessens Haushälterin Olga Virmakova hatte den Verdächtigen nicht erkennen wollen, und Gerulaitis, selbst psychisch angeschlagen, hatte seine Informationen von einem Video, das nicht mehr existierte, und von einer Frau, die von ihrer eigenen Familie als schwer gestört erachtet wurde. Warum also sollte ein Vollprofi wie Janosch Kleiber nicht auf unschuldig plädieren? Was konnte ihm denn schon nachgewiesen werden?

Gut, es gab Indizien. Es hatte mehrere ähnliche Taten in der Gegend gegeben, aus der er herkam; Kern hatte das herausgefunden. Aber diese Taten lagen viele Jahre zurück, sie waren unter einem anderen Regime passiert, Beweismittel waren kaum noch vorhanden und verwertbare DNS-Spuren schon gar nicht. Bevor Plessen ins Koma gefallen war, hatte sie noch einmal kurz mit ihm sprechen können, sehr kurz. Eine halbe Million hatte er nach eigener Aussage auf ein namenloses ausländisches Nummernkonto überwiesen, das wahrscheinlich Sabine Frost eingerichtet hatte – nach dem Mord an Sonja Martinez, vor dem Mord an Plessens Stiefsohn. Sie hatten das Konto mit der Summe ausfindig gemacht, aber da es auf keinen Namen lief, half ihnen das nicht weiter. Und da der Brief Helga Kaysers an ihren Sohn verschwunden war, würden sie wahrscheinlich nie erfahren, welcher Vorfall in der Vergangenheit Plessen so viel Angst gemacht hatte, dass er auch dann noch geschwiegen hatte, als der Zusammenhang zwischen Erpressung und Mord offensichtlich war.

Kleiber wäre nicht der erste Mörder, der aus Mangel an Beweisen davonkam. Damit musste man leben: Die totale, lückenlose Gerechtigkeit war eine Illusion. Kleiber würde, glaubte man Kerns Analyse, weitermorden, weil er gar nicht anders konnte. Töten verschaffte ihm Lust, und er würde es auf lange Sicht nicht lassen können. Irgendwann würde man ihn drankriegen, aber dann würde es für die Opfer zu spät sein.

So war die Welt. Hart und ungerecht.

Aber jetzt hatte Mona Urlaub. Sie hatte ihn sich wahrlich verdient, und sie brauchte ihn. Wenn sie zurückkehrte, würde sie sich weiter mit dem Fall Janosch Kleiber befassen. Jetzt nicht. Jetzt würde sie ihr Leben genießen, denn darauf hatte sie lange genug gewartet. Mona stand auf, duschte, zog sich um, schminkte sich und fuhr mit dem Lift nach unten. Zu ihrer Familie.

EPILOG

Zeitung für Märkisch-Oderland

Frauenleiche lag über zehn Jahre im See

Markheide – Das im Friedländer See gefundene Skelett wurde nun von Rechtsmedizinern untersucht. Das Ergebnis: Es handelt sich um eine Frauenleiche. Circa zehn bis dreizehn Jahre lag die Tote mitten im See. Mord oder Selbstmord – das ist hier die Frage. »Der Zustand der Leiche erlaubt keine diesbezüglichen Schlüsse«, so Markus Düffgen, Rechtsmediziner in Berlin. Deshalb untersuchen nun Polizeitaucher (siehe Foto) den See, in der Hoffnung, Hinweise zu finden, die diesen uralten Fall doch noch aufklären. (…)

Zeitung für Märkisch-Oderland

»Seejungfrau« wurde ermordet!

Markheide – Die von den Bewohnern Markheides poetisch als »Seejungfrau« getaufte Frauenleiche konnte per DNA-Analyse identifiziert werden. Es handelt sich um die im Jahr 1989 spurlos verschwundene Renate Willemsen. Und noch etwas steht nun fest: Renate Willemsen wurde ermordet. Taucher fanden auf dem Grund des Friedländer Sees einen mit Steinen beschwerten Sack, der sich offenbar im Lauf der Jahre geöffnet hatte. DNA-Spuren der Leiche fanden sich an diesem Sack. (…)

Zeitung für Märkisch-Oderland

Erste Spur im Fall »Seejungfrau«

Markheide – Offensichtlich hat die Kripo eine heiße Spur bezüglich des Mordes an Renate Willemsen, die damals erst achtzehn Jahre alt war. Sie führt »in den Süden«, gab Hauptkommissar Walter Eder auf einer Pressekonferenz bekannt. (…)

Mein lieber Frank,

ich würde gerne glauben, dass Gott Kinder wie Ferdinand besonders früh zu sich nimmt, damit die Welt sie nicht verderben kann. Ich weiß, das wäre kein Trost für dich, aber mir gäbe es Hoffnung.

Mein jüngster Bruder hieß Karl. Auch in ihm war keine Lüge, nichts Falsches, nichts Berechnendes. Kann ein Kind gütig sein? Karl lächelte alle Menschen an, und er hat auch seine Mörder angelächelt. Ich bin überzeugt davon, dass er das tat, und ich hoffe, sein Lächeln verfolgt sie bis in ihre Albträume. Ich hoffe, ihr Tod wird lang und qualvoll und ihre Strafe schrecklich sein. Ich habe zum letzten Mal in meinem Leben geweint, als sie ihn abgeholt haben und er sich zu uns umdrehte, erstaunt, dass wir ihn mit diesen fremden Männern gehen ließen, wo wir ihm doch immer eingeschärft hatten, sich vor Fremden nicht sehen zu lassen. Immer schön in seinem Zimmerchen zu bleiben, besonders während seiner Anfälle. Sein liebes Gesicht ist in mein Gedächtnis eingebrannt, und mein einziger Trost besteht darin, dass er vielleicht nicht lange leiden musste.

Wir haben Karl lange Zeit vor ihren Schergen verstecken können, aber als mein Vater, dein Großvater, fiel, hatte Karl seinen wichtigsten Beschützer verloren. Unser Vater lehrte uns Liebe und Fürsorglichkeit, die anderen lehrten uns Erbarmungslosigkeit. Vielleicht wäre Fabian anders geworden, wenn es sie nie gegeben hätte. Sie haben seine Seele vereist, bis er wurde wie sie, und dieser Prozess ist irreversibel.

Sie haben Karl abgeholt, kurz bevor wir geflohen sind. Fabian hat ihn gemeldet und darum gebeten, ihn abzuholen. Er sagte, Karl mit seinen schrecklichen Anfällen wäre uns auf der ge-

planten Flucht ein Klotz am Bein, man würde uns vielleicht aufhalten und zurückschicken, wenn man ihn entdeckte, und da sei es doch besser, nur Karl zu opfern als die gesamte Familie. Die Familie als Ganzes sei doch wichtiger als Karl, der es ohnehin nie zu etwas bringen, der uns immer auf der Tasche liegen würde und das, wo wir doch ohnehin kaum genug zu essen für uns drei hatten. Die Regierung, sagte Fabian, würde für ihn sorgen. Ausgerechnet die Regierung, die bis zum bitteren Ende alle Unschuldigen in ihren Untergang mitnahm. Als die Männer in den weißen Kitteln kamen, um Karl abzuholen, salutierte Fabian vor ihnen. Und dann war er still. Sein Gesicht verschloss sich wie die Tür eines Tresors. Und als er Monate später wieder sprach, schien er ein anderer Mensch geworden zu sein.

Nein, ich habe nichts unternommen, um ihn daran zu hindern. Ich war achtzehn, fünf Jahre älter und reifer als Fabian, und ich habe trotzdem nichts getan, um Karls Leben zu retten. Ich war zermürbt von den ewigen Bombenangriffen und wie hypnotisiert vor Angst – vor den Russen, vor der Zukunft, vor den vielen Feinden im eigenen Land. Ich habe mich dieser Angst gebeugt.

Ich bin wie Lots Frau zu Stein geworden. Ich lache und weine nicht. Niemand liebt mich, und wenn ich nicht mehr existiere, werde ich keine Lücke hinterlassen. Es ist gut, dass du weit weg von mir aufgewachsen bist. Schuld frisst sich in die Seele, deformiert die Gefühle. Sie lässt sich nicht abtragen, und das, was sich als ehrliche Reue maskiert, ist nur der selbstsüchtige Impuls, Mitleid zu erregen. Es gibt keine Vergeltung, die meiner Sünde angemessen wäre.

Aber ich gebe etwas weiter, Frank, und davor muss ich dich warnen. Gib Acht auf deine Kinder, erziehe sie zu Liebe und Verzeihen. In der Bibel steht, Schuld überträgt sich bis ins siebte Glied, aber ich glaube, sie ist in Wirklichkeit unsterblich.

Siehst du die Kopie? Das Original bekommt, zusammen mit einer Abschrift von diesem Brief, ein Notar, der es nach meinem Tod veröffentlichen wird.

Deine Mutter

Meldebogen 1

Lfde Nr. 81243

Name der Anstalt: Landesanstalt Brandenburg
in: Brandenburg

Vor- und Zuname des Patienten: Karl Plessen
Geburtsdatum: 1. 6. 1935 **geborene:** ——
Letzter Wohnort: Lestin **Ort:** Lestin
ledig, verh., verw. od. geschieden: ledig
Konf.: evangelisch **Rasse*:** deutschbl.
Staatsang.: deutsch
Seit wann eingeliefert: 1. 2. 1945
Anschrift d. nächst. Angehörigen: Lestin, Bauergasse 10
Von wem gemeldet: Fabian Plessen (Bruder), wh. Lestin, Bauergasse 10
In anderen Anstalten gewesen, wo und wie lang: keine
Zwilling ja/nein: nein
Geisteskranke Blutsverwandte: keine

Diagnose: Es handelt sich bei dem Patienten nach dem neurologischen, encephalographischen und psychischen Befund um ein schweres organisches Zustandsbild starker Epilepsie. Der Patient ist dadurch völlig pflegebedürftig. Auf psychischem Gebiet findet sich neben einem erheblichen Intelligenzmangel (Intelligenzalter von 5,8 Jahren bei einem Lebensalter von 9,6 Jahren zur Zeit dieser Untersuchung) eine organische Demenz (schwerste Mängel der Konzentrationsfähigkeit usf.)

Ist mit Entlassung demnächst zu rechnen: nein

Bemerkungen: Mit einer nennenswerten Besserung des o.g. Zustandsbildes ist keinesfalls zu rechnen. Die Anleitung selbst zu leichtesten Beschäftigungen oder irgendeine sozial noch verwertbare Betätigung wird bei dem Patienten niemals möglich sein. Eine Behandlung im Sinne des Erlasses des Reichsministeriums des Inneren erscheint deshalb angezeigt.

gez.: Ernst Huber, beh. Arzt
Ort: Landesanstalt Brandenburg
Datum: 6. 2. 1945

***Deutschen oder anverwandten Blutes (deutschblütig), Jude, jüdischer Mischling I. oder II. Grades, Neger (Mischling), Zigeuner (Mischling) usf.**

DANKSAGUNG!

Ohne die Hilfe der folgenden Personen hätte dieses Buch nicht entstehen können, deshalb danke ich:
Wolfgang Schöbel für seine wertvollen Ideen und seine ehrliche Kritik
Matthias Schranner für seine faszinierende Geschichte
Barbara Heinzius für ihr kompetentes Lektorat
Hagen Schnauss für Informationen aus einem verschwundenen Land

Wichtige Informationen konnte ich dem Buch »›Euthanasie‹ im NS-Staat« von Ernst Klee (S. Fischer Verlag) entnehmen: danke!